民国通俗小说典藏文库·张恨水卷

京尘幻影录

张恨水◎著

（第二部）

中国文史出版社

目　录

1

第十一回

柳暗花明一篇旧账
旗收鼓息半夕狂欢

却说戚总理骂了一声忘恩负义的东西，闵良玉以为是骂他，吓了一跳，只得远远地在一张椅子上坐下，脸也不向这边正望着。戚总理继续说道："他这次外出，全是我的力量。现在我危急起来，发一个通电，他都不响应一下，真是岂有此理。我看他的官又能做几时。这种过河拆桥的人，没有别的法子对待他，只望人家将来也拆他的桥，让他感到拆桥的痛苦。"闵良玉仔细一听，知道不是骂自己，才敢抬起头来，但是身上的里衣已经粘在背上，给汗湿透了。戚总理坐在左边一张软椅上，所有来参加会议的人分两边，随便在他以下两个位子坐起，都侧着身子向上，没有作声，听戚总理说话。戚总理说完，余怒兀自未息，口里衔着一根翡翠烟嘴，略微偏着头，两只手却拢着放在怀里，沉默着不说话。立时十几个人鸦雀无声的，都不敢说什么。有一两个人，忍不住咳嗽，却都用手捂着嘴，把头偏到一边去出声。

戚总理斜对面的便是杨心田。因望着他说道："今日下午，接到的两通电，你们都看见了。那个样子，情形似乎有些转机。现在第一着，我们是要极力筹笔款子，把政费开销一次。即便下台，我们也不要无办法地下台。"杨心田道："心田也是这样想，现在正把那笔煤油矿借款努力进行。大概这个星期，就可望签字。"戚总理道："你只管进行，外面那些浮言，不要去管他，你想这矿我们不抵押给外人，自己就能开采吗？自己既不能开采，押了出去，多少总可以有点儿收入，岂不比把一座矿产当着废物放在那里好些。"说着，回过头来，对萧雨辰道：

"那些议员，他们为什么也在里面捣乱？要起岁费来，左一封公式，右一回代表，不断地和政府麻烦。政府说没钱；就叫政府设法。而今正设法弄钱，他们又从中阻碍。反说什么卖国，什么丧权。钱他们也要，好人他们也做，这议员真是可以当。"说毕，冷笑了一声。萧雨辰道："反正他们不能开会，私人资格在外面闹，让他闹去。"戚总理道："不是那样说。我们的空气，本来就不很好，现在他们今日一个意见书，明日一个通电，天天闹得不歇，究竟有些讨厌。"萧雨辰笑道："我看这事没有什么问题，每个人发他二百元岁费，风声自然会平息的。"戚总理昂着头想了一想，说道："议员里面，有个姓包的，不是和你很好吗？这回反对煤油矿借款，就是他主动，这些议员真不讲交情。"高伟民听说，笑了一笑，戚总理看见，便问高伟民道："伟民，你笑什么？"高伟民道："不讲交情的人，岂但是议员。"说时，眼睛不觉地对闵良玉看了一看。

闵良玉明知他的意思，是指着任延良的事，未免有些局促不安，便轻轻咳嗽了两声，走到一边案几旁去喝茶。原来这戚总理是闵良玉的长亲，闵良玉一直做到总长，都是戚总理提拔所致。所以他虽身居阁员，对于戚总理是有些畏怯的。戚总理见他今天老是不得劲儿的样子，便道："我看良玉今天有些个不痛快，又有什么事故发生了吗？再不然是输了钱？"闵良玉被这一问，脸上越发要红起来。背着大家在茶几边喝茶，定了一定心，才回转脸来搭讪着说道："没有什么。"戚总理摇着头，笑了笑，说道："不对吧？总有点儿事情不如意，或者又是你们太太和你办交涉。"闵良玉怕戚总理只管追问，高伟民一说出来，老大不方便，只得含糊答道："是的。"戚总理将那翡翠烟嘴在嘴里取出来，在椅子靠上，轻轻地敲着烟灰，将眉毛皱着道："唉！家庭的事难说哟。大局怎么样糟，都不愁没有法子收拾。家庭一糟起来，那是没有法子的。"幸亏戚总理叹了这口长气，才把闵良玉的事情敷衍过去。他也插嘴说道："刚才总理说，我们或去或留，就在这几日内。趁这个时候，把财政问题定出一个办法来，自然是上着。议员呢，不能开会，随他去吧。"大家听了他这话，心想这都是人家说过去了的，要你重新捡起来说一回，有什么意思。

魏叔恭他是戚总理的秘书长，和在座的程子敬都是谋士一流，先前大家议论，他们不作声，后来议论完了，魏叔恭便道："我们既然要进行借款，态度要十分沉默，不要有一个慌张的样子露出来。对那边西欧公司的代表，通知一个信让他出京，到天津去。外面一定会说，煤油矿借款已经破裂了。再过两天，就是星期六，烦成伯、心田到天津去走一趟，就在这个时候，在天津签字。签字以后，我们可以先得到三十万镑垫款，马上存到国内银行里去。一面开出议员的发费支票，一面发宣传费，让制造空气方面都有钱到手。钱既送出去，一星期的空气，是可以和缓的。我们就在那个时候，趁机会把借款案件宣布。这事情，一定可以办过去的。到了那时，我们已经有了钱了，再做第二步打算，就不怕了。"戚总理口里衔着翡翠烟嘴，笼着衫袖，靠在椅子背上，偏着头静听魏叔恭说话。魏叔恭说完了，戚总理点点头，又略微摇一摇头，没有作声。程子敬接上说道："叔恭说得是。至于南海方面，历来和我们过不去，也无非是想在财政上活动活动。我们就忍痛再拨一笔给他，要他切实发一个挽留的电，以免他钱到了手，又来要二次。"

戚总理听到说南海，刚才那稍微有点儿笑容的面色，慢慢地又庄重起来，抽完了一根烟卷，接上又抽一根。程子敬见他如此，也没有往下说，抿着嘴咳嗽两声。程子敬隔座是萧毅然，萧毅然隔座是光求旧，也都咳嗽了两声。戚总理道："他们真是压迫我们过甚，就是这三个月工夫，除了派代表来交涉不算，大概催款的电报总在二十通以上，平均是几天一个电报。而且我们也不是不应酬，有总是付，何以逼得这样紧?"便问杨心田道："我们一齐付了多少款子了?"杨心田道："大概总在三百六七十万。"戚总理道："你看这还算少吗? 那地方的支出，有比这笔账还大的?"萧雨辰见戚总理态度这样激昂，心里却捏着一把汗。心想，若是南海方面知道这个消息，越发地不帮忙，这倒阁的声浪，怕只有高无已了。便道："这班人哪里可以和他讲理? 我们只一方面敷衍款子，一方面说出中央的窘况来，请他自己斟酌数目。"戚总理忽然地站了起来，背着手，来去走了两步，然后坐下说道："这种局面，怎样干得下去? 他要来，让他来吧。"

魏叔恭知道戚总理的为人，是非常能受压迫的。今天的态度迥异从前，恐怕此老别有人撑腰，所以如此强硬，有心要探一个实在，便道："南海前天要款的电报，还没答复，何不就复他一电，探探他的意思？"戚总理抽着烟想了一想，说道："好吧，你拟一个电报给我看看。唉，实在呢，他们那种理，向谁也说不过去。中国不亡则已，若是亡了，他们要负一大半责任。哼！我看你们不顾一切，要到几时？"魏叔恭见他果然强硬异常，便到旁一间小屋子里去，用纸拟了一个电稿。那电报却是依着戚总理的态度拟的。拟好了，便交给戚总理。他接过来一看。那电文是：

> 电悉，需款迫急，自履实情，苟可专力，岂容袖手？然待援之电，疆吏频来。无米之炊，中央独执。揆之人情，既不能堪，衡之事实，殊无以应。君等国家重寄，兴亡与共，艰巨之任，当不容责诸一人……

戚总理看到这里，忽然笑起来，便对魏叔恭道："怎么样，你呆气发起来了吗？这种电报发出去，岂不是自画催命符，要大家搬家出京？"魏叔恭道："原是根据总理今日的意思拟的。"戚总理捧着电稿在手上踌躇了一会儿，没有作声。半晌，稿子交给魏叔恭道："电报还是客气一点儿好，上衔就写南海弟吧。"魏叔恭道："那么我们还是照极力想法一方面说。"戚总理道："那样就好。"程子敬因为说了一遍拨款的话，戚总理太不高兴，正觉收不转来。而今见戚总理的话，不过是银样镴枪头，心里倒有些好笑。便道："电报呢，固然是要复的。详细的情形，似乎还要派一个人去说才好。"

戚总理道："能派人去一趟，那是很好的。不过除了你，没有和南海感情再好些的。"程子敬道："总理的意思怎么样？若是认为有派人前去之必要，子敬可以再去跑一趟。"戚总理道："很好，就是这样办吧。"戚总理说完这话，自退回上房去了，临走的时候，说道："你们仔细商量一个办法，再来告诉我吧。"这一场会议，本是戚总理召集的，一点儿办法没商量出来，戚总理倒先退席了，不过他虽不在此，大家说话，却自由多了，会议开了两小时，决定大家继续地干，一面请高伟民注意外面空气。会议散席之后，闵良玉对高伟民道："时候还早，不过一点钟呢，要不要到十二号去坐一坐？"原来这十二号，是一家火柴公司经理的住宅。这经理叫龙德水，乃是戚总理的儿子戚十爷的亲戚。因为戚十爷常借他这里请客，无形中把这里变成了一个俱乐部。他们戚系的人物，每晚常在这里聚会。这时闵良玉说要到十二号去，高伟民猜他还有事约着要说，便道："也好，我陪你去坐一坐。"闵良玉道："那么，我坐你的汽车去吧。坐在车上也好谈话。"高伟民道："可以，要走就走。"

他们这样说着，客厅里的茶房，早已通知出去，叫汽车夫开车。二人出门，坐上汽车，闵良玉就先说道："老大哥，你怎样在老总面前戳我的痛脚？"高伟民装糊涂道："什么事，没有啊。"闵良玉微笑道："怎样没有，你不是跟着老总说话，暗暗地影射姓任的那桩事情吗？"高伟民道："没有的话，这是你多心。"闵良玉道："我想认点儿晦气，让他占些便宜吧。明天我拿一两百块钱来，派人送去，让他去吧。"高伟民道："本来呢，一二百块钱是很小的事，就是白舍了也没关系。据派去调查的人回来说，那人情形苦得很，你就多给些钱吧。"闵良玉道："是，能够省些麻烦，多花几个钱也不算什么。"谈了一会儿，汽车已到了十二号。下车进去，便一直到他们自己相会的内客厅去，只见杨心田、程子敬已先行在座了。闵良玉道："刚才一转眼不见你们，你们倒先来了。"

回头一看，戚十爷坐在一张沙发椅上，左右两边，坐着两个油头粉面的女子。一个噘着嘴坐在那里，一个极望十爷这边紧靠。身子一扭一扭的，鼻子里哼着道："就是今天吧，不要明天了。"闵良玉对那个哼着的女子道："凤琴，你又是什么事撒娇，要糖吃吗？"凤琴道："人家有几笔账，逼得不得了，请十爷想一点儿法子呢。"闵良玉笑道："我明白了，是要钱用啦，那很容易，你请十爷把你娶过来，钱就有的用了。"凤琴笑道："闵总长，你不要笑我们了，我们哪有那个福气呀？"高伟民又对那个噘着嘴的女子道："翠仙，你又是为什么发气？"翠仙鼓着嘴道："十爷专骗我们，说了今日给我们支票，又约明日，明日来了，又有明日呢。"十爷笑道："你们听听，这样说，我倒成了一个赖

5

债的人了。"

正笑时，只见凤琴手上拿一张纸条，站起来跑到一边去，拍着手道："得了，得了，我只要这些吧。"十爷皱着眉毛道："老二，不要胡闹，你怎样在我这里摸去了？那是公款。"凤琴把纸条往衣袋里一塞，身子一扭，笑着说道："我不管。"闵良玉笑道："十爷何苦又把她们开心？像前回小青得的那种支票一样，你老人家暗中加了一个不付款的记号，让人家空喜欢一场。"戚十爷和闵良玉打了一个照面，已经会意，只微笑了一笑。凤琴偷看着戚十爷的脸色，犹豫了一会儿，便将那张字纸递给闵良玉，却站在他面前，挡着戚十爷过来，因问闵良玉道："闵总长请你看一看，这上面也有那个记号没有？"闵良玉一看，原来是张窄幅六行宣纸信笺，上写着凭条交付来人大洋四千元，此致烟酒银行，某年月日重记。这正是戚十爷开的亲笔支票，和银行发给存户的印刷支票，还要加增一倍信用，便笑着对凤琴道："傻孩子，你又受骗了，这是一张废纸呢。十爷开支票，数目字都是大写的，这个四字，是小写的，哪里兑得到钱呢？"说毕，一手便将支票交给戚十爷。

戚十爷将支票接到手里，望袋里一塞，对凤琴说道："这实在是公款，不能动，回头我给你开一张支票得了。"凤琴这才知道受了骗，心里不住地骂闵良玉杀千刀。心想你要巴结上司，哪里没有巴结的法子，却要刻苦我们。想到这里，脸上马上变了色。戚十爷也觉自己过于拘执一点儿，未免给这两位爱人难堪，便对程子敬道："刚才我给你的两张支票，你交还我吧。"程子敬笑道："红十字会和贫儿院，催了十几回了，这个钱应该给他们。耽搁不得了。"戚十爷道："不要紧，你暂时借我用一用，明日我就还你。"程子敬见戚十爷已说出了口，不忍做那煞风景的事，便将两张支票掏出来，交给戚十爷。戚十爷到手，一秒钟也不曾停留，马上分开来，一张给了凤琴，笑道："你是红十字会。"又一张给了翠仙，说道："你是贫儿院。"凤琴一看，都是一千元一张的支票，笑道："十爷，你这是什么话呀？"戚十爷道："这是我的捐款，人家讨了整个月哩，我还没有交给人家，你现在捞去了，你不是红十字会吗？现在你们得了钱了，不要麻烦我了，应该烧两口烟，给我过过瘾吧。"说毕，一只手拉一个，就一阵风似的，到里面屋子里烧鸦片烟去了。闵良玉摇头道："十爷的钱只有她们要得到。这风声放出去，恐怕明天又有人来和他找麻烦了。"杨心田笑道："他愿意花，你要干心痛什么？你不帮人家的忙，你倒打破人家的买卖。"

闵良玉听了这话，忽然想起一桩事，便扭着杨心田的手道："来，我有句话和你商量。"说时，二人便坐到客厅犄角的一张沙发椅上来。闵良玉低声说道："你提起买卖，我真记起一笔买卖来了。那个西藏殖边军的军饷，共欠三四年，他们那个代表屡次和我商量，要求你和他想一点儿法子。"说到这里，声音越发低了，说道："扣头尽管重些，他倒不拘执。"杨心田道："现在正式的军饷，还有欠到两三年的。这种有名无实的边防军，谁去管他。我就报账，也开销不出去，至少人家要说我不知缓急。"闵良玉道："难道边防的军事，比内部的军事还轻些吗？"

杨心田道："照理说，边防是国家大问题，自然值得注意，但是在事实上说，大家都在内部谋生活，谁管什么边防，还要什么殖边军？"闵良玉道："我们也不说官话，我们也不谈事实，我们只谈我们的买卖。你拨别处的款子，恐怕至多是四六扣，你若愿意和他们帮忙，无论如何，可以打对扣。这人情还不是落得做？"杨心田微笑道："对扣？别人手里多着呢。不过我接手以来，我是有一笔算一笔，没有干过这些事罢了。既然这事是你介绍，我就帮一点儿忙，也不算什么。可是有一层要考虑，你想，西藏的军饷都照发了，中央的军饷怎样按捺得住？总得另想一个法子，塞住各方的嘴。以免援例。"闵良玉道："有什么法子呢？"杨心田眼睛对四围一转，笑道："过两天再说吧。"他便起身向别处去了。

那高伟民究不失为侦察机关的领袖，他见闵良玉和杨心田拉到一边叽叽咕咕说了一阵，仿佛又有什么西藏中央几句话，可以听见，便猜准了四五成，是关于边务的款项问题，便就着问闵良玉道："你因为心田正在进行借款，在他那里埋下伏笔吗？"闵良玉心虑，不能一口否认，便道："是笔不相干的小款子，有人托我疏通他，把这笔款子拨了。"高伟民见他说话支吾，不便往下问。不过心里想着，你两人既勾结起来办，当然不是小数目，我且在一边守着，只要你两下买卖成了，我少不得在内里分你一笔。主意想定，也就自向一边去。说道："外边有人打牌，我看牌去。有事我们明日再通电话吧。"闵良玉随口答应着，因为他这句话说得太含混，不知道是指着任延良那个问题，还是指刚才这桩事，心下倒有些怀疑。当晚回去，便拿了二十块钱、一张火车免票，交给他的马弁，吩咐明日一早送到杏花村，交给一个姓任的，叫他赶快回家。马弁将钱吞下了，将免票也交给一个朋友，托他去卖钱。

　　到了次日，马弁带着十几位弟兄，戎装佩刀，直走到杏花村来。不问三七二十一，便要掌柜的交出任延良来。掌柜的见他们下马入门气焰如虹的样子，还敢说什么，只得引着他们，和任延良见面。马弁便道："我们总长吩咐下来，你是奸细，不许你在北京停留。你赶快将东西收拾好，马上到车站去。"任延良见他们板着面孔，瞪着眼睛，先有三分害怕，便道："叫我走，我就走，但是我没有钱打火车票。"马弁道："那我们不管。你怎样来的，你还怎样回去。别废话了，快些收拾。"说着把身子凑上前来，简直有要打的样子。任延良哪敢再作声，一阵风似的，把行李收起。他们这些弟兄，倒有几分义气，替他将东西拿出大门，又替他雇好一辆车子，把任延良拥上车去。客栈里掌柜跑了出来，拉住车子说道："任先生，你该我的账，全没有给，就这样走吗?"马弁走过来，掀开掌柜的手，复又把双手使劲一推，掌柜的摔了个狗吃屎。马弁骂道："浑蛋! 人家盘缠都没有，你还要和他讨账。"说毕，便喝着车夫道："走!"几个人不容分说，簇拥着车子走了。他们用三四人押着任延良进了火车站，又要他上车。任延良再三哀求道："老总，我实在没有钱打票，怎样上车?"押的人说："我们管得着吗? 不走，你就预备挨揍。"可怜任延良，委委屈屈，只好上车，预备查票的来了再来讲情。这里马弁回去见了闵良玉，就说钱也交出去了，车票也交出去了。闵良玉哪里知道内中的情形，还夸奖他办事敏捷呢。闵良玉办完了任延良这桩事，就想起西藏那笔军饷案子，便打了电话，将那个西藏代表过有才请到家里来见面。闵良玉因对他说道："你所要求我的事情，我和杨总长商量过一回，据他说，这种边防款项，向来是不管的。若是边防都拨了款，中央军队都可以援例，这事就扩大了。"过有才道："我们也知道这种情形，但是前次已回禀了总长，不敢望多，只要有个

8

一月两月的，点缀一下子那就很可以的了。"

闵良玉想了一想，以下的话，却又不好说。因为领款打扣头，这虽是公开的事，向来总长本人是不直接办的，都是由总务厅长出面办理。现在这个事，他又不直接和发款方面要钱，乃是托甲部总长，向乙部总长疏通。这个扣头，乙部总长落下去了，甲部又要分，再添上个总务厅长，多少也要沾润些，分的人就太多了。若是不要总务厅长出来吧，料想杨心田照老规矩行事，决计是不出面的。回头授受两方，都是次等角色，介绍人仅是整个儿的总长，又不好意思。盘算了许久，得了一个主意，便对过有才道："这笔款就是可以办到，恐怕也要费许多手续，我哪有许多工夫，来管这种闲事？这样吧，我指给你一个人，阁下去同他办吧。"过有才道："诸事都望总长玉成，总长怎样说怎样好，就请总长将人指定，有才马上就去领教。"闵良玉道："也不忙在一天，请阁下明天到舍下来一趟，我叫指定那人在这儿等你。"过有才又说了一番感谢的话，便告辞走了。

过有才去后，闵良玉便对听差道："你把贾舅老爷请来。"听差去了一会儿，贾舅老爷来了。一进门，远远地挨着门站着，不敢过来，眼睛的视线，不向闵良玉对面射来，只望着闵良玉穿的一只鞋子，嘴里轻轻地问道："姐夫要买什么？"闵良玉骂道："没有出息的东西！你这一辈子，都只替我和你姐姐买些零碎就算了吗？"贾舅老爷不敢作声，呆呆地站着。闵良玉道："你也应该争一口气，替我做一两件正经事情，迟早也好混出去，不能老跟我。"贾舅老爷想道：倒霉，又是叫我来碰钉子，心里这样想着，口里依旧不敢说出什么来，只是鼻子里哼了一阵。闵良玉道："你过来啊，这种神头鬼脸的就不像办大事的，何怪我一见你就生气。"贾舅老爷从小就在姐夫家里长大的，姐姐不在面前，姐夫说一，他不敢说二。这时闵良玉叫他过来，他就过来，侧着身子，坐在闵良玉对面。

闵良玉道："我找你也非别事，有一笔款子，有人托我接洽，我派你去办。"说着，就把西藏代表过有才领款的话说了一遍。因道："数目多少，这要看那边总务厅长怎样说，我们倒也不必帮哪一边，按哪一边，只望多处说得了。第一要记得的，就是扣头，他们若是五扣，我们也要五扣，他要七扣，我们也要七扣，这个是一点儿不能含糊的。至于领钱的话，杨总长自会开支票送给我，你可以不必问。这可不是公事，你不要指望什么车费应酬费。"贾舅老爷听一句答应一句，未敢有什么驳回。闵良玉道："我已经约了那过代表明天到我家里来。你可以和他谈谈，回头便一块儿去见那边的总务厅长解豹。那解豹人是很厉害的，你说话得留心，别露了马脚。他接洽这些事，都是在他三姨太太公馆里，你先打一个电话问问，厅长在那里没有，然后再去。他那里不叫解宅，电话里叫合心公司。"贾舅老爷听说，都答应了。

到了次日，贾舅老爷照着闵良玉的吩咐，先在公馆里等着。一会儿过有才来了，贾舅老爷便请他在客厅里会面。刚谈不到三句话，听差便来说总长请。贾舅老爷让过有才坐着，便自己到上房里来见闵良玉。闵良玉道："那西藏代表来了吗?"贾舅老爷说："来了。"闵良玉道："没有别事，就是你不要对他说，你是我的亲戚。你和他接洽，可以用个人的关系，分润一点儿。这分来的钱，我不要你的，就算预支了我的津贴。有多少，算多少，我在津贴上扣吧。"贾舅老爷道："知道了，还有别的事吗?"闵良玉道："没有别的事，你去吧。"贾舅老爷复身走到外面客厅里来，对过有才道："敝亲里外的事，都得我管，所以陪客都不能好好地陪。"过有才笑道："不要紧。贾先生和闵总长是……"贾舅老爷道："闵太太就是家姐。"过有才道："哦，是舅老爷，失敬失敬。"贾舅老爷道："我对于敝亲的事，可以做全权代表。过先生有什么话，尽管和我商量就行……"

过有才哪里知道他郎舅内中的情形，就十分地信任，所有对闵良玉不能当面说的话，以为在舅老爷面前，还可以隔子打炮，倒一五一十地直说了。因对贾舅老爷道："不瞒阁下说，这笔款子，我们也不打算领到。因为闵总长特意找着兄弟，说愿帮屯垦使的忙，总可以想法。只要我多领少到手，事就好办了。兄弟原不知道什么叫多领少到手，后来闵总长说：领款的人，若是得五千可以出一万的收条，那五千就由发款的人落下了。款子虽不重要，经手人为着这重大的回扣，哪怕特别想法子呢，他总要办成的。兄弟到京里来，原是屯垦使差了来办一点儿私事的。领款的话，就没有想到。叫兄弟担负这大的责任，出对折的回扣，

10

实在有些不敢。后来一想这西藏的军饷，要正式支领的话，恐怕十年也领不到一月。如今有钱领，正像捡到的一般。捡一个是一个，怕什么大扣头，于是就斗胆答应了，可以照规矩出对折。后来闵总长又说：这款子实在不重要些，叫兄弟认个例四六折。收条出十万，实收四万，兄弟既抱了捡钱的主意，所以也遵命了。这两天蒙闵总长关照，和杨总长接洽了好几回，事情是有希望，不过杨总长还嫌扣头少些。兄弟一想，敝处有什么看不破，请舅老爷对总长说一说，改为例三七折吧。"贾舅老爷道："这样说，阁下并不是到京来领款的吗？"过有才道："不是领款的。"贾舅老爷道："既然不是领款，何以谈到这个问题呢？"过有才道："因为敝垦屯使有一封信送给闵总长。闵总长知道兄弟在北京的寓所，便将兄弟传见。问兄弟自西藏来，西藏的军费有多久没有领了？兄弟就说：有三四年没有收到了。闵总长听说，就教了兄弟领款的法子，所以进行到现在。"贾舅老爷一想，这样说来，分明是我姐夫在外面拉生意，他必在里面大大地捞一笔。见财有份儿，我岂能让你一人发财？口里说话，心里已打好了算盘。便道："阁下人极老成，兄弟乐于帮忙，只要能争得一份，兄弟总多尽一份力量……"

过有才道："舅老爷能这样帮忙，我是很感激的，多少扣头都不计较，只要有钱到手就是了。"贾舅老爷见他又老实又好说话，心里十分欢喜。满打算发一笔大财。便道："既然如此，我们就去见解厅长。"马上打了一个电话，给解豹三姨太太家里，约好解豹在那里等，于是同坐了一辆汽车前来。这边解豹，早按杨心田嘱咐照规矩办理，当时出来接待，很是客气。因对过有才道："你老哥既是从西藏老远地到这儿来，我们就是无法可施，也要想点儿法子。现在兄弟仔细筹划了一下，可以筹出十五万款子，汇到西藏去。不过里面有一层困难。就是这是一笔小外债，共是四十五万。前任总长从中挪了三十万用了，并没有正式出账，如今只剩下这笔尾数，还存在银行里，若是要用的话，必得把四十五万的总数都承认了，才拿得出来。不过部里若是承认，有收入，必定要有支出。就径开贵处四十五万的报销，然后收支两抵，才能付款。不然的话，部里只好让这笔款作为悬案，慢慢地和银行里办交涉，是不敢动的。此外也没有别的款子，可资挹注。"过有才踌躇了一会儿，说道：

"部里这样和敝处想法，敝处当然遵命办理。不过敝处开了四十五万的收据，结果只能收到十分之一的款子，恐怕屯垦使不能相信。西藏到北京，路途又远。兄弟要将内中情形慢慢地说明，实在也很费事。"

解豹听了过有才的口气，知道他是怕在三十万除消之外，还有折扣，所以有这样的误会，便笑道："我们既同办一件事，当然用不着说官话。本来呢，向来付不关重要的款子，有四六或对成的折扣。不过尊处能出四十五万的收条，就为敝部解决了一件悬案。我们总长，虽一文不染，可是少了一笔三十万的冤枉亏空。所以杨总长和兄弟说了，这次拨尊处的款项，不要什么折扣。就是兄弟个人，也愿帮一点儿忙，什么也不敢相烦。"说毕，然后又哈哈大笑道："真是过先生要多礼的话，就请我吃一餐小馆子吧。贾先生，你以为如何？"贾舅老爷一想，糟了。我正等他们条件议好了，好从中要钱，现在这样一来，分明是一个先扣了一笔大的，一个实得了一笔现的，倒要把介绍人抛开一边。怪不得人说：解豹手段厉害。这样一来，不但我捞不着一点儿好处，我怎样回复姐夫？肚子里盘算了一会儿，也笑道："这请客的事，我说要解厅长做东，过先生还应该在后呢。这话怎说哩？你想，贵部那四十五万外债，既是前任用了三十万，杨总长岂能放过他？现在杨总长既不追究，自然啦，一定是肯负责任的了。恰好有西藏这笔军饷，大家通融一下，就解决过去了。要不然的话，杨总长少不得赔出三十万来。所以这回杨总长虽不收进三十万，可省得拿出三十万，也是值得恭喜的。我们这介绍人，两边都有功，两边的酬谢，都要领受呢。"

解豹听他说话，笑里藏刀，倒认为是个劲敌。便笑道："对于贵处的一份，我们也筹划了的。闵总长上次有一笔五万的款子，还没有开支票。杨总长对兄弟说了，那支票不必开了，就在这一回事情里面划消吧。"贾舅老爷道："敝亲还欠杨总长钱吗？"解豹笑了一笑，说道："当然有。"贾舅老爷道："哦！是了，大概是牌账。"解豹又笑了一笑，说道："贾先生还有所不知。闵总长有了这笔账，才有这一次的接洽呢。现在就照闵总长的计划办，我想闵总长也很满意的。"贾舅老爷道："既然如此，让兄弟回去问个明白，再来进行吧。"解豹和贾舅老爷在这里大开谈判，那当事人过有才坐在一边，反而一言不发。等他们谈完了，才对解豹道："解厅长所说，兄弟都可以承认。不过这里曲折太多，希望解厅长写一封信给兄弟，兄弟可以把这信寄到西藏屯垦使署去，作为兄弟个人的报销。不知道使得使不得？"解豹眼珠一转，用手抚摩着下颏，呆了一会儿。

过有才道："并非兄弟分外要求，这不过是备了一种手续。若是解厅长认为手续上有困难的话，就作罢论。只要尊处直接打个电报给屯垦使，那也可以的。"解豹道："这个不成问题，还有一桩事，要阁下办一办呢。这个时候，无缘无故发出一笔四五十万的边款，恐怕有人议论。总要想个法子，塞住各方的嘴，而且免得他人援例。这个法子，杨总长已经通知闵总长了，闵总长很是同意，只要你老哥去办。"过有才道："只要办得到的，是兄弟自己的事，当然尽力去做。"解豹笑道："一点儿不费力。就请你老哥放出空气，说是边防十分不稳，现在屯垦军枪械虽然勉强可以维持，但是子弹和饷款十分欠缺，恐怕不能维持多日。屯垦使因为这个缘故，缩短战线，扼守宁静。此外还有一层，就是要有真的两个电报，拿来在阁议上看，然后才是真凭实据，中央不能不发款了。"过有才一口答应道："这是很容易的事。最好请解厅长拟一个电报大意，兄弟好密电屯垦使，请他照样打了来，省得拍来的电报和我们计议的不合。现在四川境内安定已久，西康到北京的电报，有十天就可以来回，还不算十分迟慢。"

解豹看过有才为人极其老实，又要卖弄自己的本领，便毫不思索，为他拟了两个电稿。第一电是报告边情请款，第二电是请款辞职。拟完了，随手就交给过有才道："这个样子能用吗？"过有才看了一遍，说道："好极了，解厅长也到川边去过吗？"解豹道："没有去过。"过有才道："没有去过，怎么拟的电稿，就像办过多年边防的一样？"解豹被他这一夸奖，面上很有得色笑道："公事看得多，触类旁通，也不是难事呢。"过有才道："一切都照解厅长的话去办，兄弟绝没有一点儿成见，就请解厅长转陈杨总长。"解豹听说很是满意，心想这三十万，我们是捞准了。闵良玉那里，已经有约，在别处填补，再加他一点儿也有限。便道："过先生说话，极是痛快，拨款一层，兄弟也不让它丝毫延宕。只要电报回来了，我们就努力进行。"过有才道谢了一番，便和贾舅老爷一同出门，又到闵良玉公馆里来。贾舅老爷便先问过有才道："贵处总可实收十五万，和敝亲这方面怎样算法呢？"过有才毫不思索，一口便说道："当然是对半分。有言在先，哪有反悔的道理？就是对于贾舅老爷个人，也不敢少许，五千之数，兄弟敢负责任。"

贾舅老爷一想，这个东西，真是一个大傻瓜。不知道那边的屯垦使，怎样会派这样一个人来当代表。心里虽然这样骂他，面子上自然装出十分感谢的样子，便留过有才坐在客厅里，自己到上房去，把接洽的情形，对闵良玉报告一遍。闵良玉道："杨心田的心事，也太狠毒些，给人家十五万，就要从这上面倒赚出三十万来。什么银行里的小外债，什么前任挪动了三十万，全没有那回事。他要把五万陈牌账抵销，就算了事，那可不行。这个过代表，人倒是老实，我要出去见见他。"说着，便叫人请过有才内客厅里相见。过有才见面，总是感谢，一点儿异议没有。闵良玉道："我和贵上是老同学，原不必要多分这边的。但是解厅长的话，阁下想是已听见了。"说到这里笑了一笑，说道："他不过拨掉我一笔陈账呢。"过有才道："是，解厅长这人很精明。他这里还拟了有两个电报，请总长看看。"说着，便在身上掏出那两张电稿来，交给闵良玉。闵良玉自负是陆军人才，笑道："电报是拟得好。不过据这上面所说的军情，一日之间，外兵已追过来二百里，军事没有这种情形，这是老大一个破绽。"过有才道："是呀，幸亏总长看出来了，不然要闹大笑话。就请总长的示，要怎样改法？最好请总长就顺便改上两个字。"

闵良玉哪又知道什么考虑，将那两张电稿又看了一遍，情不自禁地提起笔来，便改了几句，又在电稿后批了几个字道："如此便对了。"过有才一见大喜，便将电稿接过来，揣在身上，当时又谈了一些别的话，便告辞回家了。到了次日，过有才用了官电纸，发那不要钱的电报，将在北京接洽的情形，详详细细，打了一个电报到西康去。一面就在北京放出空气，说边情怎样紧急，边军怎样薄弱。在那中央安定之时，报上无非记些阁潮或财政，并没有惊天动地的新闻。这时忽然传出边防上闹出大问题来，总是一桩未经人道的新闻。大家怎样不注重？就这样喧扰了几天，官场中又发出一个官电来，正是和所传的消息一样，边境时有摩擦。自这天起，接二连三的，来了好几个电报，总是说情形危急的，到了后来，阁议上就议决了一条，拟款五十万，汇到西康去。这钱就交给西藏屯垦使署的代表。

阁议散了以后，闵良玉约着杨心田一路到家里来谈话。闵良玉问道："我们原定拟四十五万，怎样拨五十万？"杨心田道："何必恰好是四十五万呢？反正多拟几个，大家多分几个，有什么使不得？"闵良玉笑道："这个姓过的，真好打发，我们怎样说，他就怎样好。不过你们解厅长有些拿我开玩笑，说扣账就说扣账，为什么要说扣赌博账？"杨心田笑道："你好赌，谁不知道？还用得着隐瞒吗？唯是说赌博账，才显得一文没有捞着呢。"闵良玉笑道："那且不管。我想这一次事情，你应该少要几个。愚兄实在穷得厉害，我们对半分吧？"杨心田道："难道解厅长那一份，还出在我名下吗？"闵良玉道："当然。我这边一个人由我一个人支配，也不要分润你那边的了。"

杨心田道："你那边是舅老爷，还有什么不好支配。"闵良玉不料他已窥破了秘密，未免有些不好意思的，便道："我正因为这事要秘密些不让外人知道，所以叫敝亲去，并不是要独吞这股账。"杨心田道："依我的办法，全数分作五股，你我各分二股，让解厅长分一股，你看这办法如何？"闵良玉道："老弟，我们有言在先，账是对分的。现在事情办妥了，你又要占老哥的便宜吗？"杨心田道："怎么倒是我占便宜了。钱是一个人发，又另是一个收，老哥是个第三者，倒要比两方都多得些，这还是谁占便宜哩？"闵良玉道："不能那样说，若不是我从中介绍，试问这事情怎样做得成。老弟，你是个有钱的机关，哪里不捞几个万，何必与我争这一点儿小事？"杨心田见他话说得可怜，有些依允了，便笑道："你这是梁山上的口气，不爱交游，只爱钱了。"闵良玉听了这话，突然脸色一变，说道："爱钱是爱钱，反正不卖国！"杨心田见他言中带刺，脸也红了，说道："你说哪个卖国？"闵良玉又是丝毫无有涵养的人，说道："谁卖国，谁听了就疑心。"杨心田道："我们做事，都是总理做主，要卖国，总理就先卖国了。我是世代读书的人家，乃是清白身体，不是推磨子跟的出身。"

原来闵良玉祖上，曾开过小磨坊，这句话正是影射着他。闵良玉气得嘴唇皮像触了电一般，不断地乱抖，将桌子一拍道："你这话浑蛋！"杨心田道："你浑蛋！"闵良玉本坐在杨心田对面，突地站起来，两只手互相卷衫袖，口里说道："浑蛋！浑蛋！你敢到这里来猖狂，老爷大拳头不认得你。"杨心田是个机灵鬼，看见闵良玉其势汹汹，自己是个文人，怎样敢和他斗力？走起来就抢出客厅门，站在客厅门外指着里面道："我在你家里，你好关起门来讹人吗？我不和你一般见识，我去见总理，评评这个理去。"带说带走，就走出去了。杨心田一走，闵良玉火气也消了，心里一想他真去见总理吗？也许不至于。不过这样和他一决裂，这十几万要到手的款子，完全扔到水里去了。这样一想，身子都软了，随身便坐下来。

刚才杨心田和闵良玉大吵的时候，闵良玉手上一根未抽完的烟卷，顺手一放，放在桌上。及至他一拍桌子，那根烟卷又落到椅子上去。这时闵良玉坐下，闷闷地想着，两人若是真翻了脸，这十几万款子，恐怕要吹。无论如何，还是和杨心田合作的好。不过刚才动手要打人，如今再又去将就他，自己可不输这口气。但是果然不输这口气，钱又没法子弄回。越想越不好办，越不好办，越一心只记着那一笔钱，什么都忘了。恰好这些听差，看见他生了气，不敢站在身边，都走远了。在椅子上的那根烟卷头，慢慢地就把他一件线呢羊皮袍子烧着，先是烧个小窟窿，后来越烧越大，由后身一直烧到胁下来，闵良玉见面前烟雾腾腾的，四周一望，并不知道烟从何处来，好生奇怪。便站起身来，低头在身边看，只在他这一走一扇风的时候，皮袍面子索性由烟里冒出火来。闵良玉慌了，便拿手去扑。无奈着火的地方在后身和胁下，正又扑不着，一阵乱抓，火势格外来得凶猛。口里喊救命，便往上房里跑。这内客厅到上房，还算相近，跑过一个院子便到了。上房里的丫头和老妈子，看见总长带着一身火焰，望里飞跑，也慌了，都帮着喊救命。内中有个老妈子机灵些，顺手找了一把长条帚，没头没脑，对闵良玉身上乱扑，打算把火扑灭。闵太太正在屋子里洗脚，听着外面喊救命，也不知道出了什么大事，赤着双脚，便望外跑。她一见是总长身上遭了丙丁，人急智生，反而跑回房去，端了那一盆洗脚水出来，走得近些，对闵良玉就是一泼。因为闵太太究竟力气小，第一下，只倒了大半水。这一下子，虽然把皮袍子上的火都已泼熄，她还不放心，接上又把小半盆水索性倒出来。这小半盆水，不费力气，未免泼得高些，便由闵良玉脑后，直淋下来。这第二下，弄得闵良玉满头满身满脸，都是洗脚水，闵良玉只叫得哎哟一声，便倒在地下。

闵太太本以为是火气攻了心，口里直嚷不好了，便抢着上前来挽扶。这时听差老妈子挤了满屋，七手八脚将闵良玉扶进房去，脱了皮袍子，让他坐在软椅上。闵良玉原是急慌了，并没有别的毛病，便道："你们不要乱，我并没有烧着，这是那一顿笤帚，打得我头昏眼花，后来那一盆水，当头淋下，我更是受不住。现在脸上，还是蒙着难过，赶快拧一把手巾来我揩揩吧。"大家见总长已经说话如常，才放了心，便忙着找衣服，拧手巾。闵良玉道："怪！怎么我头发上有些臭味，准是笤帚扑的。"闵太太道："不是的吧？"说了这四个字，立刻想到自己还赤着双脚站在地下，哟了一声，便跑进套房去。这里的听差、老妈子，也就慢慢散去。

闵良玉擦了脸，换好衣服，闵太太才出来了，说道："你去洗个澡吧。"闵良玉道："水又没有泼进身上去，洗什么澡？"闵太太道："你非洗不可，不但要洗澡，连那头发，你都得剪去。你不洗澡，我就不和你说话了。人身上被火烧了，多么丧气。你应该把这丧气洗了，才不碍事。"闵良玉哪里知道他太太的用意是叫他洗去洗脚水呢？他还是不肯去。闵太太道："那笤帚打在你身上，你也闻见臭的呀。"闵良玉所住的，是个旧式房子，并没有浴室。要洗澡非去上洗澡堂子不可，所以懒得去，便道："笤帚打在衣服上，哪就会沾到肉上去了哩？"闵太太也不和他说许多，就吩咐听差开车。一面叫老妈子找了一套里衣出来，立逼着闵良玉上车。闵良玉不胜太太的压迫，只得出去。一直等洗了澡理了发回来，闵太太才问他，好端端的，怎么会把衣服烧了。闵良玉笑道："我看你一定要我去洗澡，许另有原因。你把实话告诉我，我才对你说。"闵太太笑道："没有什么事，给你去去丧气。"闵良玉道："但是看你那样着急，就像还有什么问题似的。"闵太太笑道："有是有点儿小原因。你真要问，我就告诉你。"说到这里，闵太太笑了一笑，又道："还是你先说吧。"

闵良玉是个直性人，心里有一桩不能解决的事，恨不得逢人便说，哪里还忍得住？于是就把介绍西藏这笔饷款，和杨心田分扣头不能平均的事，从头至尾说了一遍。闵太太听到事情已经决裂，款子要取消的话，对着闵良玉脸上，着实地啐了一口。说道："这样的朋友我们就该把他当财神爷待，你那样大骂人家，还把他追出去，这不是看见大堆的洋钱望大门口推吗？你好好地给我去和人家讲和，不然的话，我先和你拼上。"闵良玉道："我刚刚和他翻脸的，马上就去和他讲和，也有些不好意思。况且我就是去讲和，他一定还是怒气未息。我去和他说好话，那不是自讨没趣？"闵太太道："天天见面的朋友，吵了两句，那算什么？只要你和他一赔小心，他自然就好了。"闵良玉不耐烦起来，身子一扭，说道："你就看我那样不值钱。和人家吵了一顿，又去赔小心。"闵太太道："为什么不能去？不看多日朋友的关系，你就看在那十几万洋钱上，也该去。你若不去的话，钱就没有了。我不知道是面子要紧，还是钱要紧。为了虚面子，丢了财不发，除非发了疯病差不多。"这几句话，闵良玉听了倒是动心的，便道："马上去，这实在不好意思，明天我们在阁议上要会面的。让我借着公事，和他客客气气先说上一篇话。阁议散了，我就好把前事丢开，和他谈心了。"闵太太道："这是多要紧事？哪里等得了明天？你去不去？你不去的话，我就去见他了。"闵良玉道："胡闹！这是我们的公事，你怎样去得？"闵太太道："这是我们做买卖，什么公事？就是公事的话，而今男女平权，你办得的事，我也办得。你见得的人，我也见得。"说着马上换了衣服，就叫听差开车，去拜访杨总长，闵良玉素来怕太太的，哪里拦阻得住，自己叹了一口气，自向屋子里睡觉去了。

　　这里闵太太坐汽车到杨公馆，便一直望里去。门房见是一位坐汽车来的太太，当然是拜会自己太太的，绝没有什么作用，并不挡驾，就向里引。闵太太也知道他一定误会了的，便道："我姓闵，是来拜会你们总长的。"门房倒愣住了。这个样子，既不是下流人，又不是什么代表，怎么不拜访太太，要拜访总长？闵太太带去的听差，早抢上前一步，说道："李爷，这是我们太太。"门房才知道，这是闵总长的太太，便引闵太太在客厅里坐着，自己到上房去回话。杨心田一想，糟了。这闵良玉的太太，外号胭脂虎，最是惹不得的。她来拜会我，决计不为别事，准是闵良玉把我和他吵闹的事情说了，所以娘子军大兴问罪之师。我怕是不怕她，不过这种无聊的妇人，和她是无理可讲的。她不要脸，我不能陪着她不要脸。我宁可躲避躲避，别在家里闹出笑话采。便把自己的二姨太太请出来，让她出去招待，只要把闵太太敷衍走了就得，受她几句话，那都不要紧。

杨姨太太原是一个交际明星的出身，对于这事，是很能胜任愉快的。一到客厅里，先就满面春风，给闵太太一顿恭维。闵太太见杨太太客气，她越发地不安，就把前来的原因，简单说了一遍。只是说，我们总长脾气太坏，对不住杨总长，我特意来赔罪的，务必请杨总长来见一见。杨太太这才知道她来全是好意，并非来捣乱的，便笑道："这事，我们老爷并没有回来说，我们一点儿也不知道。我想，他们都是好朋友，一定不放在心上的。既然蒙闵太太这样多礼，等他回来，我把闵太太这番好意，对他说一说就是了。"闵太太笑道："杨太太不必客气，杨总长在家我是知道的呢。我除了和他道歉而外，我还有极要紧的话和他说，务必请他一见。若是真没有回来的话，我就等一等也可以的。"杨太太见她如此说，料是非见不可，也就转口笑道："老实说，他并非不见，只觉对不住闵太太，所以不好意思相见。"闵太太道："那我越发非见不可了。"杨太太想早一点儿让她走，只得进去对杨心田一一说了，让他亲自出来见。杨心田笑道："我明白了，这闵良玉是个有孔必钻的东西，怕一和我翻脸，钱就没有了，自己又不好转圜，所以把他这位有名的太太来和我讲和。你不来，我也罢了。既然如此将就，我倒要搭点儿架子。"

于是杨心田放着胆子，坦然地走到客厅里来。闵太太是认得他的，一见面，早就是扣足九十度，深深地给他三鞠躬。落座以后，杨心田刚说了一声好久不见，闵太太就开了话匣子了，她说："良玉做的事，实在对不起杨总长。我一听说，就和他大吵了一顿。别说凭多年的朋友，就是大家在一处做官，说一声官官相护，也不能自家吵起来。再说杨总长好意，让我们在一处办事分钱，也就够交情的了，别的朋友，谁能办到？我们和杨总长，不是外人。关起门来说一句话，知道戚总理能干几天？我们还不是捞一个算一个。大家一生气，把事弄坏了，一大笔钱，全丢了货。我们合不来，杨总长也合不来。我们有多少家私，嫌钱烫手吗？所以我特意到府上来奉看，劝您别生气，都瞧我吧。"

闵太太大刀阔斧，夹七夹八说了一大篇话，杨心田简直听不进耳，便笑道："良玉大概是今天喝了几杯酒，所以说话很不留地步。但是他那个脾气，我是知道的，所以就先回来了。生气的话，绝对没有那回事，还用嫂子亲自到舍下来，我实在抱歉得很。"闵太太笑道："到底杨总长是个明白人，说的话很对。这样说，那款子的话，还是可办的了。"杨心田道："这事恐怕要迟一步。"闵太太把身子望上站了一站，然后坐下，两眼睁着，望着杨心田的脸，问道："怎么了？您还生气吗？"杨心田道："并不是我生气，因为那个西藏代表，刚才也在舍下，我就告诉他，这事原是闵总长介绍的，现在闵总长不愿意办，这种架空的事，不敢负这个大责任，作为罢论吧。那人也是很谨慎的，他很赞成这话。闵太太想一想，我是当面辞了他了，而今立刻又要说回来，不是反复无常吗？"闵太太勉强笑道："这话，依旧是杨总长生气呢。得了，你瞧我吧。至于多少的话，那是好通融的。杨总长有什么意思，尽管说，我是可以做主的。"杨心田道："既然如此，让我再问问那西藏代表看。"闵太太道："我知道杨总长一答应就成了的，你不必客气了。"

杨心田要说没有法想，无奈那闵太太只是央告，实在受不了她的磨烦，只得说道："既然嫂子这样说，我总极力照原议去办。"闵太太道："那么，杨总长总算答应了。我这里谢谢你了。"说着站起来和杨心田作了一个揖，转身又笑了一笑道："还有一件事，要求你答应。就是将来拨款子的时候，这钱请你交在我的手上。良玉的事，是瞒不了您的，他在外面，弄了一个不相干的人，什么东西也往那边拿。这大年纪，上面有七十多岁的老太爷，下面有六七个孩子，不顾上也不顾下，不想从前，也不想将来，还是要做这种糊涂事。所以钱总不要过他的手，免得反做出许多坏事来。"杨心田见她背起奶奶经来，未免有些头痛，而且闵太太专制的手腕，心里就大不以为然，便道："这事好办，让我和良玉商量妥了，交钱的日子，我自派人送到府上去。"闵太太道："不必，到了那个日子，请你打一个电话，我就亲自来拿。这事还请总长不要对他说，他要知道又要麻烦了。其实是他一个人，我也不管，随他闹去。无奈上有老，下有小，要不过问的话，将来弄得不可收拾，要给人家笑话。"杨心田怕她这奶奶经越念越长，她说什么，就答应什么，好容易才把她敷衍走了。

到了第二日，闵良玉在阁议退席以后，借着太太的事，对杨心田道歉，便一抱拳道："拙荆昨日到府上去，吵闹得很，实在不成话。"杨心田懒懒地答道："不要紧。"闵良玉笑道："前事我们一笔勾销。走，今天我们上俱乐部玩玩儿去。你要怎么样取乐，都由我做东。"杨心田道："今天晚上，我怕有事呢。"闵良玉把手拍着他的肩膀，笑道："老弟台，得了吧。做哥哥的和你正式道歉，你还不能满意吗？"杨心田见他如此，也只得言归于好了。这两天，闵良玉就天天找着杨心田会面。就是不会面，也要打一个电话。杨心田却只是淡淡的，对于西藏军饷的事，闵良玉不提，他也不提。闵良玉一提，他就说吩咐解豹和过有才接洽。其实却在暗地里将支票开出去了，以为只要过有才得了钱，对于闵良玉不妨慢慢地让他着急。

那过有才先是人家怎样说，他怎样好。谁知道将支票拿到手，把钱一兑，马上翻了脸了。次日他便到解豹家里去，对解豹道："真是对不住，我们屯垦使已经来了电报，说是阁议上既经拨付五十万，我们只收十几万，未免太吃亏了，宁可把款子退还，那五十万的收条，却是不能开。兄弟是个什么人，哪里能做这个大主，所以要解厅长想个法子。"解豹察颜观色，就知他来意不善，心里却暗笑，你收条在我手里，我怕什么，便道："你老兄说这话，未免有欠考虑了。事情是你老兄接洽的，收条是你老兄开的。你老兄既然负有代表全权，你老兄开了收条签了字，我们就像收到西藏屯垦使的收据一般。至于屯垦使不能认可的话，那要由老哥对屯垦使负责，部里是不管的。"过有才道："这个兄弟何尝不知道，不过屯垦使他还有一种手腕，我不能不来告诉，就是部里要以为收条在手，对他不理的话，他就要牺牲兄弟，把部里叫他捏报边防危急的话要据实宣布出来，兄弟个人牺牲不足惜，可是杨闵两总长有勾通舞弊，侵吞国币的大罪，不只碍及个人，连现在的戚内阁，都怕要动摇，阁下担得起这个担子吗？"

解豹听了他这些厉害话，倒抽了一口凉气，却仍旧装着没有事的样子，仰在沙发上，慢慢抽雪茄烟，笑道："屯垦使真要这样闹，恐怕是牵牛下水，先打湿脚。"过有才道："解厅长以为电报是自西康发出来的，他就不能赖吗？他只要指着是署里的参谋，和兄弟勾通一气，盗名发的电，也不过一个失检之罪，有什么了不得？况且他远在西藏，中央鞭子虽长，不及马腹，又奈何他？无论如何，这事只可以部里吃一点儿亏，不可决裂。俗言说：投鼠忌器。为了这点儿小事，闹出大乱子来，哪一方面也不合适。"解豹见他口风十分紧，知道这事很棘手，空话是排解不开的，说道："你老哥说得也对，让兄弟见了杨总长再决定一个办法，总望不朝决裂的路上做去。"过有才道："那也好，我明天来听老兄的回信。"说毕，他毫不犹豫，径自去了。

　　解豹不敢怠慢，当天就把这话告诉了杨心田。他倒笑道："他还想敲我们的竹杠，理他呢？他所说全是一篇恐吓的话，就算西康方面打电报出来，否认上回告急电报。至于部里叫他捏造边报的话，他有什么凭据？"解豹跌脚道："就是有凭据哩。上次我告诉他这个主意，他就要我和他拟个电稿。是我一时大意，就拟了两个给他。后来西康拍来的告急电，和那稿子一样，其中改了两句，据说是闵总长亲笔改的。这过有才，照那稿子拍电回西康去，再让那里拍出来。原来的稿子，他确留在身边。这都是亲笔字据，无论如何，都赖不了的。"杨心田道："好好做一世的人，这回在阴沟里翻了船，我看那过有才，不但不让我们打扣头，连闵总长的介绍费他都不愿出的。不然，为什么让闵总长也在稿子上落下行亲笔。这个人手段太厉害，和他决裂不得。你看他要补多少，酌量补给他吧。等证据拿回来了，再和他慢慢算账。"

　　解豹见自己总长都没有办法，还敢怎样？次日便陪着过有才吃馆子逛胡同，极力地联络，结果愿补出十二万，就要过有才将电底拿出来。过有才道："兄弟以后还要混事呢，怎能不交出来。但是和收据上的数目，依然相去太远。杨总长一部分的，差不多全拿出来了，闵总长的一部分，却分文不动，也无此理，这事就烦解厅长和闵总长商量一商量。好在款子还没有分配，一齐就由解厅长交给兄弟，那就省事多了。"解豹一想，你这是分明威胁我去和你奔走，我也有我的法想。若是挤得闵

22

良玉多出两个，我总可以少出几个，当时也就坦然答应了。次日见了闵良玉，把过有才拿着电底，挟持索款的话，从头至尾说了一遍。又说对于军事，我们不很明了，总可以设法推诿。贵部却是管辖机关，如今发生勾通疆吏，捏报边讯，要索中央饷款的情事，这个直接的责任，那就大了。闵总长是老军务，当然知道。

　　闵良玉听了解豹所说的话，大炸之下，叫起来道："那还了得？他们这些不相干的东西，都敲起我们的竹杠来了。"解豹道："闵总长有什么法子对付他吗？"闵良玉道："我有什么法子？我是跟着你们转，你们怎样办，我也怎样。"解豹笑道："我们怎样办呢？只得认背，全数交给他了。"闵良玉听了此话，又是一惊，问道："什么？全数给他？"解豹道："可不是。你想他有那一张电稿在手里，就是老大的把柄。闵总长和我一样的不幸，都有亲笔字据在上面，能奈他何？"闵良玉捏着拳头，在桌上一捶骂道："好小子，我要毁了他。"解豹道："他又不犯什么罪，我们怎样能处置他？这事越闹大了，越不好办，只有暗中把这事消灭了，大家落一个干净。"闵良玉气得半天不能说话，仰躺在椅子上。解豹道："闵总长怎么样呢？要不答应的话，恐怕他就进一步和我们为难了。"闵良玉道："好吧，让我自己和他说说看。"当天闵良玉就下了一张帖子，请过有才到公馆里来吃饭，打算当面恳求。谁知过有才胆子更小，以为他是个武人，不要中了圈套，又不肯来。闵良玉看在钱的分儿上没有法子，只得自己到旅馆里来拜访，过有才心想，当面说也好，看你怎样办，便请闵良玉进来相见。闵良玉先是说了一番官运不好，落了一身亏空的话，后来就说："好容易接洽了这一桩事，才能够在杨总长那里拨开一笔五万陈账。"过有才笑道："这事有才已经知道了，原是在令亲贾先生面前一句笑话。实际上，闵总长这边是和杨总长那边差不多。"闵良玉道："这是谁说的？"过有才道："有才原先也不知道，因为接了屯垦使的电报，和解厅长要全数，他就说实在不过分得一半，其余是给闵总长这边的。"闵良玉听了，头顶心里，又打了一个闷雷。愣了半天，在衫袖里抽出一个公事封套来。抱拳捏着，对过有才一拱道："过君才学很好，我想请你帮忙。"说毕，便交给过有才道："请看一看。"

过有才一见他拿出来，料着就是什么顾问咨议的聘书，不过不便打开来看。现在他要当面看，便干脆地打开来。一看那公文，却是委自己为欧战军事考查委员会的会员。这个委员，每月虽不过拿二三百元津贴，可是地位很高，平常人想不到的，连忙站起来道："谢谢总长。"闵良玉道："坐下坐下，我们都是自己人，还客气什么？阁下现在是个中校吧？"答道："是的。"闵良玉道："现在有一批保案，快要发表，我可以给阁下加上一个名字，或者还可于上校之外，加个少将衔。"过有才听说，又谢了一谢。闵良玉见自己的妙计，有点儿发生效验力了，便道："我想请阁下打个电报回西康去，问一问贵上，能不能通融一点儿。我的意思……"说到这里，打了一个哈哈，接上道："也不能说分文不能退还，好在我总会到别的上面去想法，总不至于亏负贵处。"

　　过有才一想，怎么样，你就靠许给我这一点儿虚面子，就想把十万款子拉倒吗？除非天下人都是傻子，只有你一个人聪明，才有这样的怪事呢。当时也不做十分明白答复，只是唯唯诺诺，含糊过去。让闵良玉走了，立刻打一个电话给解豹，说是闵总长有点儿赖债的意思，这个电稿，还是没法交出来。解豹还想挤出闵良玉几个呢，也是不愿如此的，便道："不要紧，款子在我们这边呢，他不答应，也不能拿钱去呀。你不要理他，事都由我和你交涉，至少他也要比我们多出个一两万。"过有才有了这一层保障，太太平平把一张聘书收下，闵良玉只算白做人情。先是解豹要他全吐出来，说来说去，闵良玉出了十四万，算只弄了一万块钱到手。解豹又从中落下二万，连杨心田名下的，只补交二十四万给过有才。结果五十万款子，过有才弄去了四十一二万，其余的人，都是白忙了。别人罢了，那贾舅老爷痴心妄想，早就念着过有才许的那五千元。这几天在上房进进出出，常听见闵良玉骂人。什么干了，完了，十几万全去了。过有才这小子我不能饶他，我决不能饶他。

　　他仔细一打听，原来是过有才弄了一个圈套，将自己的姐夫许多款子都骗去了。不用提，他所许的那五千款子，也是镜花水月，毫无希望。看见人家发一二十万大财，一个也捞不着，未免有些不服气。无论如何，总要弄他几文才好。想了一想，这非找到刘慕唐夫妻两个人出来，那是不成功的。我且去和他们谈一谈，准有些办法。这样一想，便来会刘慕唐，因为他不在家，由他的太太出来接见。贾舅老爷一五一十就把经过事说了。刘太太笑道："贾先生是希望那五千呢，还是想多要些呢？"贾舅老爷道："五千就不容易了，哪里还敢望多的？"刘太太道："希望五千，那正是想不到。要希望多的，可又有法子想呢。"贾舅老爷道："那就更好了。刘太太既说此话，一定有妙计在内，很愿请教。"刘太太道："法子哪里能预定，只要你能介绍他到我这里来一趟，我就有法子。"贾舅老爷道："这个我或者可以办到，让我先去碰碰看。能来的时候，我就先打一个电话过来。"刘太太用手托着腮，想了一想，微笑了一笑，摇着头把那一对长耳环在耳朵上打秋千一般地摆动，说道："他欠了贾先生五千块钱的愿心没有还。您这一去，他就要疑心您是讨债的了，还见得着吗？您且请回去，等我和慕唐商量好了，再来打电话给你。"贾舅老爷以为她也没有什么办法，也就扫兴而返。

到了次日，刘太太忽然在终南饭店打了一个电话来，说是现住在十五号，请您来一趟。贾舅老爷一想，怪呀，那里正是过有才住的地方，她怎样也去了？难道他们原认识吗？但是她既打电话来，多少有些缘故。我且去看看，当时就到终南饭店来。一见面时，还有个女子在这屋里。刘太太便介绍道："这是镜华女士。"贾舅老爷就和她客气了几句，心想为什么又多这样一个人出来？而且那女子穿得斯文一派，布裙革履，极其朴实，也不像是刘太太的朋友。心里正这样疑惑着，刘太太便指着镜华道："这是我最好的朋友，我现在请她来和你帮一个忙。"于是就含着笑容，低低地说了一遍。

贾舅老爷恍然大悟，说道："好好，就是这样办。"谈了一会儿，贾舅老爷便伏在窗子上闲眺，只见对面窗子忽然打开，过有才伸出头来喊道："贾先生。"贾舅老爷道："原来过先生住在这儿，我就过来拜访。"一刻儿工夫，便到过有才屋子里来。他对于五千块钱那事，一字不提，只说些闲话。过有才道："你老哥今天为什么有工夫到这里来？"贾舅老爷叹了一口气，说道："好人总是不得志的。"说着一指窗子外面，又道："有位史女士是个旧家庭的小姐，道德学问都极其好。只因为家庭中是后母主持，对她种种虐待，她不堪其苦，就搬到旅馆里来住。要找一个地方，为安身立命之所。但是这又不是一天两天可以解决的，而且她也不愿久住在这种鱼龙混杂的旅馆里。因此我想了一个法子，介绍她到一位刘太太家里去教书，刚才正是介绍她们宾东见面呢。"过有才道："我说呢，这旅馆里，怎样有这般端庄文雅的女子独身住着。我原是也不留意，因为昨天她走错了路，走到我这屋子里来了。她倒大大方方的，说了一声对不住，从从容容地走了。这样说来，是一个受有教育的女子，令人可敬，贾先生给她帮忙足见热心了。这刘太太是个什么人家，能够优待她吗？"贾舅老爷道："这刘太太的丈夫刘慕唐，也是政治上有名的人物，当然可以优礼的。这刘君交际甚广，过先生也许会过。"过有才道："大概会过。"贾舅老爷道："我是天天和他见面的，过先生有工夫吗？我可以约在一处叙叙。"过有才却怕他借这个机会索款，很踌躇一会儿。贾舅老爷笑道："哦，我还有一句话忘了说，就是前次我们所说的款子一节，那是一句笑话，过先生千万不要介意。兄弟为敝亲奔走，那是应尽的义务，说不到要报酬。就是对于阁下，我也没帮什么忙，绝不那样无聊。"

贾舅老爷这样一说，弄得过有才倒有些不好意思，说道："笑话了。贾先生几时约那位刘先生，我一定奉陪。"贾舅老爷道："就是明天吧。我也不约外人，只两三个人，才好痛痛快快畅谈几句呢。我这且告辞，要送这位史女士到刘宅去呢。"贾舅老爷出来，到刘慕唐家里去，谈笑一阵，到了次日下午，便约过有才、刘慕唐同在一家小馆子里便饭。过有才和刘慕唐一会面，见他是矮矮的白胖子，嘴上留着一撮小胡子，一见人笑容可掬。谈起川边，他说也到过，只是年数隔得久了，地名都记不很清楚。谈起屯垦使，他说也认得，在日本常见面呢。过有才一想，我们屯垦使，外传是士官学校的学生，其实他并没有出过国，怎样和他同过学？心想他或者有误会，也不怎样去纠正他。说道："是的，屯垦使前年曾到北京来过一趟，刘先生一定常常会面。"刘慕唐道："常会面呀，第一天到京他就来拜会我。就是他的如夫人和贱内也至好呢。"过有才道："怎么？他还有姨太太同来吗？我们在西康，只知道他只有一位太太。"刘慕唐笑道："若不是老朋友，他是要守秘密的。过先生在西康有多少年了？"过有才道："有四五年了。"刘慕唐道："那难怪不知道，这都是早日干的事，以后他是守秘密的呢。"一篇话，说得过有才将信将疑。不过他有一桩长处，和人谈到一处，便极其亲密，不由你不软化。当天吃饭，还没有吃完，他就对贾舅老爷道："对不住，我还有两处约会。"说着和过有才一握手，笑道："明天晚上，在舍下小酌，没有别人，除了请贾兄作陪而外，还有一位女教员，过先生务必要到。"过有才道："那一定到府奉访。"

刘慕唐出了饭馆，径直回家，赶上家里正把晚饭吃毕。刘太太便问道："还要吃一点儿吗？"便盛了一碗饭来。刘慕唐一面吃饭，一面报告和过有才接洽的经过。太太笑道："他既然肯来，我们慢慢地招待，也不必急呢。"刘慕唐道："我有一句话忘记告诉你，就是那贾舅老爷，也是一个刁钻鬼，说话要留心些。一句话里，他倒能猜出三四句话来。"刘太太道："我早知道，还用你说吗？"他们商量了一阵，越发胸有成竹。

次日下午，过有才巴不得天黑，便坐了马车到刘慕唐家来。那时刘慕唐不在家，由刘太太请在客厅里坐。过有才一进门，见有两个女子，一个是那位史女士，此外一位自然是刘太太了。刘太太穿着西装，两只胳膊全露在外面，奉揖点头，那都是不便的，所以老老实实行西洋礼，伸出手来和过有才握手。握手之后，便给他和史镜华女士介绍。史镜华因他已行握手礼在前，也和过有才握了一握手，含着笑容说："和这位过先生在旅馆里就会过呢。"过有才道："正是，我昨日就听见贾先生说，女士学问道德都极其高尚，令人非常钦佩。"说着，说着直望后退，要坐到椅子上去。偏是不留意，直退到红木桌子边，那桌子的犄角，在腰跟上戳了一下。这个地方，平常都不让人格支，现在桌子戳了一下，真个痛入肺腑。因为女客在前不敢失仪，痛得眼泪直望肚里落。红着脸坐下，好半晌，没说出话来。

好在刘太太史女士都没留意，过有才勉强忍住痛，对刘太太道："慕唐兄不在家吗？"刘太太笑道："他就是这样，说他没事，一天忙到晚。说他有事，事情又全不相干。今天临出门的时候，还说今天有两位贵客要来，无论如何是要早些回来的。"说到贵客两个字，便笑着对过有才、史镜华二人一望。史镜华眉毛微微一扬，放出浅笑，从容不迫，用柔和的声音说道："贵客两个字，应该专指过先生，我是一个没有出息的女子，这两个字怎样承担得起？"过有才搓着两只手，笑道："史女士说话，太客气。我们是武人，又是从边防上来的，满身都是粗野的习气，见了女士这种有学问的人，未免自惭形秽。"

他们彼此说客气话，刘太太在一边也跟着凑趣，说道："二位都不必客气，据我看，都是人才，只有我们是勉强攀交罢了。"史镜华道："我们年轻，正要刘太太指教，不应该说这话。"刘太太笑道："史小姐今年贵庚是？"史镜华道："十九岁了。大概看起来不止，总在二十岁以上吧？"刘太太道："不！只好看出来十七八岁罢了。"说时，回头一望过有才道："过先生以为我看得对吗？"过有才又搓了两搓手，说道："是的。"无意之中，又打听得史女士的年纪，自然也是欢喜。谈了一会儿，贾舅老爷也来了。唯有主人翁刘慕唐，直让大家等了一个钟头，他才前来。一进门，便一路地作揖，口里说："对不住，对不住，有劳久等。"刘太太道："你还说了今天要早点儿回来呢，何以迟到现在？"刘慕唐道："不要谈起，遇到了一班资本家，一见就要我打小牌。打了四圈，又接上四圈，怎样也走不了。"刘太太道："是哪些人？"刘慕唐道："有严竹荪伍鹤遗在内。"刘太太道："这严竹荪不就是你说做九六发了财，有三四百万家财的那个人吗？"

刘慕唐道："岂止三四百万，这家伙的资产恐怕快到一千万了。他的银行，现在正在翻造，预备五十万的建筑费哩。"刘太太道："伍鹤遗虽是个买办，钱也不少的。他和严竹荪，谁有钱些？"刘慕唐道："他的钱也不会少，总在四五百万吧？"刘太太对史镜华道："史小姐听听，他的胆子大不大？居然敢和这些阔人在一处打牌。"刘慕唐笑道："我是有把握的呢。在场三个人，有两个人的牌全不相干，我自信可以胜他。不然，我也不会入局的。便宜了他们，只赢了五千多。"刘太太道："你少高兴吧，明天倒退出去十倍也不止，我看你把什么钱给人？将来还打算为赌账逃跑吗？"刘慕唐道："得了，在座还有生客，不要宣布我的丑态了。"这句话引得大家都笑了。过有才心里却想着，这姓刘的倒真是一个大手笔，能够和这些大资本家来往。对于他，也就相当地愿意联络。

及至一会儿入席，又是一桌很好的酒席，刘慕唐夫妻双双作陪。大家吃了酒之后，有几分醉意，便慢慢地放荡起来，贾舅老爷拉着胡琴，让刘慕唐夫妻各唱了一段戏，便要过有才也凑些余兴。过有才笑道："我是个粗人，什么也不会。"贾舅老爷却也不勉强，便对刘太太道："可惜这没有钢琴，要是有钢琴的话，请史小姐弹一个调子，那是极好。"史镜华喝了一点儿酒，电灯下，映着脸色，泛出一层浅红，笑道："那种本事，也极平常。学过音乐的，谁也知道。"刘太太道："哦！史小姐学过音乐吗？那么，一定不只会钢琴，别的乐器，应该也有很拿手的。"史镜华道："也不能算拿手，不过琵琶一样，还弹得来几个调子。"刘太太伸出右手四个指头，在左手巴掌心里拍了几下，连说："好极好极。我正买了一把琵琶要跟人学，还没有找到师傅哩。这真是踏破铁鞋无觅处，得来全不费工夫了。"一迭连声，便叫老妈子把内室里墙上挂的那把琵琶拿来。史镜华用手绢揩着嘴唇，微微一笑，说道："我倒不料刘太太家里就有琵琶，幸而没说大话。要是说了大话，这就无法转圜了。"刘太太道："听听史小姐这个口音，一定弹得很好，我们洗耳恭听吧。"说时琵琶已经取来，史镜华离了座位，讨了手巾，擦了手脸，又漱了一漱口，然后将椅子挪开一步，侧着身子坐下，把弦子拂了一拂，头微点了一点，似乎这把琵琶很合意似的。刘慕唐对过有才道："你看这个样子，就是老行家的样子了。"史镜华也不理，于是把琵琶先弹了儿下，试一试弦子，回头对大家道："献丑了。"一声道毕，只见她十个纤纤玉指，在琵琶弦上忽上忽下，叮叮当当弹将起来。她侧着身子，正偏向过有才这一边，琵琶虽然遮着半边面孔，只看她目光流动，含着浅笑，就可知道她的心神，已和琵琶声音融化成了一片。

这时大家正襟危坐，静静地往下听。史镜华将一段琵琶弹完，大家不约而同地鼓起掌来。过有才道："史小姐真是一个聪明人，这一段曲子，是何等委婉动听。"史镜华笑道："既然过先生这样谬奖，大概是不嫌弃，我再弹一个调子吧。"说着，马上又弹起来。过有才很是得意，以为这一套琵琶完全是为我而发的。弹毕，史镜华望着过有才一笑，说："不中听别见笑。"连忙就把琵琶交给旁边的老妈子。刘太太道："史小姐真有音乐天才，越弹越发好听，能不能够再弹一段？"史镜华笑道："音乐这样东西，只好偶然兴到一玩儿。老是不停，就要减少兴趣的。我弹得本来不好，再要让我弹，那简直不中听。"刘太太对刘慕唐一望，好像若有所悟，便道："我们是外行，哪里懂得其中的奥妙，那我就明天再领教吧。"他们这样谈话，过有才高兴得了不得。心想，她的东家要她弹一个调子都不行。我没有开口，她反而自己愿意弹一个调子给我听。不见高山，不现平地，她给我这个面子，总算不小了。偷眼一看史镜华时，她脸上带着浅笑，走到一边，背过脸咳嗽去了。过有才能拿一纸电底敲到二三十万竹杠，自然是个聪明绝顶的人，还有什么事情不能看透。所以他心里那一种快乐，非言语可以形容。同席的几个人，虽然见他脸上时露浅笑，以为他这人生性和蔼可亲，似乎都没有注意。

吃过饭之后，大家坐在客厅里谈话，史镜华对于过有才的论调，总是附和，主张竟没有不同的。过有才觉得这女子又聪明，又解事，总是一个知己，因此很愿意和史镜华谈话。当天刘慕唐对过有才说，没有事，可以前来谈。过有才道："我是很粗野的，谈不上什么呢。"史镜华接口说："何必客气。"过有才听了这话，已经会意，从此每天必到刘慕唐家来一趟。接连来了三天，才知道刘慕唐家是个无形的俱乐部。每天晚上，总有许多客前来取乐。这一天刘慕唐在家介绍两位客和过有才见面，一个是严竹荪，一个是伍鹤遗，正是两位大银行家。

那严竹荪马上说："慕唐，你说三差一，要打电话去找一角，现在不用找了，现在的有四位了。"刘慕唐道："哪来的现成四角？"严竹荪道："这位过先生不能来一角吗？"过有才心想，我怎样敢和你们这些银行家打牌？便道："兄弟不会打牌，不能奉陪。"伍鹤遗道："无事消遣，不过打一二千块钱一底。"严竹荪道："不会打是客气话，不过不爱这个罢了。"正商量着，贾舅老爷来了。刘慕唐道："这不用踌躇了，可以入局了。"于是严、伍、刘、贾四位坐下打牌，过有才在一旁观局。只打到第三牌，刘慕唐就和了一个三台，接上又和了两小牌，看那样子，这四圈牌，一定是要大赢的了。正在这个时候，外面来电话，请刘慕唐说话。刘慕唐对过有才道："请你和我打一牌。"过有才笑道："你的手气正好，若是从中用一个人挑水，就要泄气了。"刘慕唐道："不要紧，不要紧，越有人助威，战事越顺利的。"

看牌的人，遇到挑水这桩事，那是难得的机会，现在刘慕唐一定要过有才上场，过有才口里虽然谦逊着，可是人家一起身，他也就挨身上前，坐到椅子上去了。偏是他的手气也好，接连和了两牌。一会儿刘慕唐走来，拍着过有才的肩膀，说道："我有事，要出去一趟，这牌我出倒了，你去打吧，输赢我不问。"过有才一看面前的筹码赢了三四千了。无论如何，不会大输的。刘慕唐所说，当然是玩话。便道："很好，让给我了，不要反悔。"刘慕唐装出匆匆要走的样子，说道："不反悔，不反悔。但是你输了，不要埋怨我呀。"说了这句话，他也不等人家答复，径自走了。过有才接手打了十二圈，刘慕唐还没回来。算一算，赢了七八千了。严竹荪道："太累了，收场吧。"他是大输家，他既要收场，而输得少一点儿的伍鹤遗，也是没有精神，于是各开了一张支票给过有才。他这时要不接钱吧，钱就是刘慕唐的。接下了吧，又怕刘慕唐不答应。心想，我收下再说，看刘慕唐的态度行事。贾舅老爷也输了三百块钱，过有才径自做主，不要他的。

这晚上过有才回去，又欢喜，又恐怕。欢喜是赢了这些钱，恐怕是刘慕唐要拿回去。到了次日，和刘慕唐一谈起。刘慕唐道："当然是你的，说叫我说出了呢？"他这样慷慨，倒出于过有才所未及料，七八千块钱，自己一把捞来了，觉得也有些不过意，便道："后面一部分虽然是我赢的。前面一部分总是慕唐兄赢的，要不然我们对半分吧。"刘慕唐笑道："我们二人这样谦让，一定不易解决。不如请出你的好友来做一个调人，你看如何？"过有才明知他指的是史镜华女士，便问道："谁是我的好友，我不知道。"刘慕唐也笑道："请出来你就知道了。"便吩咐听差，到书房里请出史小姐来。史镜华来了，刘慕唐将原由一说，史镜华到："双方都有理。依我主张，就把那钱做合股公司的资本。过一两天再打一回牌。赢了呢，资本算是过先生的，赢的钱再分。输了呢，资本有余，是过先生的。不够两下公摊出来。"过有才原不愿再打牌，可是一听史镜华的话，又是袒护自己一方面的，未便拒绝，只好答应她："好，就是这样办吧，可是我太占便宜了。"

这话约定之后，过了两天，依旧约着严竹荪、伍鹤遗、贾舅老爷三人再打一场，结果，又赢了四千五。过有才赢钱赢得了趣味，便不时地到刘家去。一来是借此和史镜华接近接近，二来是赌钱。因为这史女士，人非常的贞静，约她看戏吃饭，或者游园，她总不到。你若到刘家去会她，她却诚恳地相陪。到了刘家，他那里总是有人的，两三个人一说，不由得不赌。起先过有才自有盘算，输了一千八百的就不来，只当少赢几文。可是连赌半月，麻雀扑克摊宝都试过，总是赢多输少。合计前后所赢的钱已不下四五万，这样一来，胆子就大了。由小赌慢慢变成大赌，由人家邀他赌，变成他邀人家赌，而且老赌的几个人，他都认识，全是阔人，绝没有什么欺赖的。

有一天，刘慕唐忽然提议，说后天是他夫妻双寿，必要乐一天，请的客都要是夫妻双请。吃完饭之后，摇一场小摊宝，也要夫妻双双入局。过有才道："这一会我是无望的了，因为我是一个单身客啦。"刘慕唐笑了一笑，说道："我们所谓夫妻，原不一定是要结了婚的。"过有才道："无论结婚不结婚，我都没有这种太太。"刘慕唐道："有才兄，你还装什么傻，一定要我说出来吗？"过有才道："我何尝装傻？"刘慕唐笑道："那也就巧了，我是非请你不可的，你没有太太。史小姐，我也非请不可的，她是没有老爷。我的主意想把你两位配成一对，行不行？"

过有才本来坐在椅子上的，听了这话，连忙站了起来，摇着头，口里连说："使不得，使不得。人家小姐，哪里像我们可以随便胡闹的。"刘慕唐笑道："这也不过我心里这样算着罢了，难道我那请柬上当真还把过太太三个字写上不成？到了那天，所有的来宾都是一双一双的，唯有你一男一女却是单的。明是各管各，暗中我就算有一双来宾了。"过有才道："虽然这样说，究竟不相宜。将来被史小姐知道了，见怪起来，岂不是笑话？"刘慕唐道："她怪什么？我请客，她做客，虽然凑巧和你各是一位，但是这并不能怪我们做主人翁的。至于你呢，也是一个客，你怎样知道我有成双请客的用意。她就知道，也不能怪你呀。"过有才他口里虽然那样说，有些使不得。其实他心里巴不得如此，要看史镜华对此事的态度究竟怎样。于是含着笑说："来我是来，我希望你再另请一两位男客和女客，这事就不成问题了。"

刘慕唐道："那也好，到了那时再说吧。"过有才见他如此答应，知道成了定局，心中正是欢喜。

到了那日下午，刘慕唐家里来了七八对夫妻，男的举止阔绰，女的衣服丽都，都是阔人的模样。过有才一进他的客厅门，刚好史镜华小姐也是从内室里面出来。于是刘慕唐夫妇把他两人同时介绍给各来宾。这男宾里面，严竹荪、伍鹤遗、贾舅老爷，原是极熟的。其余的几位，也是常在这里相见的。唯有那些女宾，一一花枝招展，都是成对地坐着。过有才心想，幸而今天有一位史小姐伴着，要不然的话，只有我一个人是单的，未免孤寂乏味。再一看史小姐，今天也不像平常那样素淡，穿了一件印度红的长袍。头上又插了两小朵珠花，竟不像是女教员，也是时髦太太了。那些男宾呢，还有一半知道他二人关系的。其余的人，却一律认作是过有才未结婚的太太，把他两人也让在一块儿坐。史镜华似乎也有些知道。不过看她的意思，因为和过有才有相当的友谊，这一点儿小嫌疑她也不肯回避，竟毫不为难地在各处周旋。过有才这一乐，真出乎意外，就索性借此机会，和她老坐在一处。谈了一会儿，刘慕唐夫妻招待他们入席，过有才和史镜华又坐在一方。

席散之后，史镜华有些醉意，过有才站在一边，捧着一杯茶喝，脸可对着墙上仇十洲的工笔仕女，看着发痴笑。史镜华悄悄地走到他身后，轻轻地叫了一声过先生。过有才一回头，见她脸上红红的，眼珠也有些神涩，像近视眼一般地望人。便说道："史小姐酒喝多了。"史镜花道："今天我们都不该米。"说到这里，有些不好意思望下说的样子，便不由得把眼光望低处射，看着人家的脚尖。过有才道："怎样不该来？"史镜华依旧不用眼睛看他，口里却说道："你还看不出来吗？"过有才只听了"你还看不出来吗"这七个字，正像触了电一般，也不知答复一句什么好，半天才答了一句："没有什么关系。"史镜华道："回头他们又要押宝，若是辞了不入局，这些来宾一定不高兴的。若要加入呢，我实在不愿意引起许多误会。"过有才听了误会这两字，心里又是一乐，依旧说："没有什么关系。"史镜华道："我是不大会猜宝，我只陪陪过先生得了，你怎样猜，我就跟着你怎样猜？"过有才道："不要紧，可以在我这里拿千把块钱去玩玩儿。"

他二人正在这里轻轻地说话，计议入局的事情，刘太太悄悄由身后走到前面来，对过有才道："你二位怎样？打算临阵脱逃吗？"过有才红着脸道："不能够，总是要勉强奉陪的。"史镜华似乎还有些不好意思，却走到一边去。刘太太对过有才点头微笑，心里好像了解一切，人家越是这样注意，史镜华越是默默忍受。史镜华越是默默忍受，过有才越是欢喜。心想，今天晚上既然有些资本家在这里，我要大方些，不要在人家面前相形见绌。主意定了，邀着史镜华和来宾周旋，喜洋洋地，脸上总有些得色。

一会儿听差来说，场面已经摆好，请大家入局。于是刘慕唐拿出筹码来，见人分散。暂时规定每人只是一千元。刘慕唐自己坐在桌子横头，做了庄家。场面是两张大餐桌子并起来的，大家押宝的人，分二面坐下。各人的太太，都坐在一处。那史镜华女士，也就紧挨着过有才坐下。过有才不知道什么押宝，糊里糊涂地坐在那里，由史镜华替他支配，约莫一小时，也赢了数百元。在场的严竹荪忽提议，说道："今天在场的人，角色很齐，我主张就此场面大玩儿一下，各位赞成吗？"一言未了，几个人站起来叫好。刘慕唐道："既然要玩儿大的，我可不敢做庄，让别位来吧。再说各位女宾，也可自由退席。"那些女宾见他们要大赌，便都退席了，有的回家去，有的和刘太太到里面去谈话。史镜华却不走，依旧坐着，对过有才笑道："你多多赢些，我替你管账吧。"过有才在桌子下和史镜华握了一握手，算是道谢。

那些人因严竹荪性情甚豪，便推严竹荪做宝官。一赌下去，先是严竹荪输了，过有才差不多赢到三万。电灯底下，照着史镜华的气色，笑靥生春，兀自止不住。这时过有才百事如意，就是有人举他做大总统，他也不愿做。得意忘形，尽管许史镜华的条件。说道："我明天买一个极大的钻石戒指送你，谢谢账房先生。"史镜华道："管账也是应该的呀。你要送我的东西，我要等你大赢一注才要呢。"过有才道："等什么，就是这一宝吧。"一看场面上只空了四门没有人下注，他一高兴便说："这宝我买了，全移在四上。"严竹荪笑道："注子不少呢，有一万多呢。"过有才道："那你不用问，我买了就是了。"严竹荪口里衔着一根雪茄烟，这时他拿下来弹了一弹灰，一只手摸着小胡子，微微地一笑，说道："你能再下一注大的吗？"他那样说着，在他的意思，以为

34

过有才没有这个力量了。过有才正在高兴头上，哪里肯让人家量定，马上又出了一万押四上的孤丁。这时满桌的人都紧张起来。及至将宝盒揭开，正是一个三。过有才连买注带下注，输了三万多。史镜华把脚一顿，皱着眉道："何必呢，一回就输了许多。"过有才输了钱，虽有些后悔。但是看到史镜华这样替他不快，又得到相当的安慰，这时是第二宝了，严竹荪忽然站了起来，两只手互相抱着，口里咀嚼着，那半截雪茄烟上下乱动。看他那种战胜而骄的样子，真是睥睨一切。刘慕唐道："有才兄，你看看竹荪的样子，我们着实地押上一宝，免得他得意。我下三千，押在二上，你呢？"严竹荪两手依旧抱着，两只肩膀微微一拍，笑道："像你这样的注子，还打不下我的威风来呢。"这一句话，激动了全局，大家都加增了注子，望下押去。过有才也是气愤不过，拼命地下了五千一注。打开宝来，过有才又输了。

从此以后，过有才的手气就不好，押到哪里，输到哪里。除了赢的钱输脱不算，还输了四万多。但是严竹荪也没赢，是些押宝的人分散地赢去了。严竹荪伸了一个懒腰，笑道："这一场鏖战，真够瞧的了。我不做庄了也要押几宝玩玩儿，哪位接手？"大家面面相觑，都不肯上场，怕输赢的数目太大。史镜华轻轻地说道："我们输了这些，就此收场吗？那太不值得了。"严竹荪将雪茄烟望地下一扔，肩膀耸了一耸，又一拍手道："我可没赢钱下台。有才兄要怕散场的话，最好是接手做庄。"

过有才一输钱，心里本来有些着急，大家一抬，他越发心火望上，按捺不住，将桌子一拍，说道："好，我就再把五万块钱拼一下。"史镜华在一边看见，也似乎很着急，说道："你的手气不很好，我先和你摇两宝，好吗？"过有才见她一片热忱，而且又极愿意和她联络，自然不便拒绝，只得答应了。过有才一坐到庄家位上去，开首史镜华便替他摇了三宝，果然赌风很好，竟赢了两千。这些押宝的人便说："史小姐你还是让庄家自己来吧，关系很重呢。"史镜华没作声，就让过有才自己动手了。谁知这宝盒子里的骰子，竟像认得人一般，一交到过有才手里，马上就变了卦，不到半个钟头，就输了三四万。

他越输，史镜华越急，替他张罗这样，张罗那样。他本来穿了一件时髦的大袖衣服，两只衫袖不时地在桌上拂来拂去，一件新衣服都闹脏了。过有才虽然输钱输得厉害，看着也是过意不去，便道："我是要赌到天亮的。夜深了，你去休息吧。"史镜华道："不，我要看见你有一点儿起色才走呢。"过有才没法，只得由她。可是他的赌运实在不好，输了五万，又输了五万。一晚之间，竟输了十三四万。依着过有才还要望下赌，史镜华劝他不要这样急，越急是越输的，便对在场的人道："这个时候，我们歇了。今晚休息一晚，明天再来，好不好？"大家道："那也可以，不过这一场的账，要这一场就结束，不能够到下一场去算。"过有才道："那是当然如此，不过我的支票本并没有在身上，晚上送到慕唐兄这里，看行不行？"刘慕唐道："一天半天不成问题，在场诸位今晚向我要就是了。"大家见刘慕唐如此说，就各自走了。在过有才又有过有才的计划，心想，我辛辛苦苦敲来的钱，岂能这样输了？我这一回去，在银行里把现款提出，我就马上逃走。只是有一层，史镜华的人情太重，把她丢了，又觉有些不忍。她若能和我一路逃走，那就好了。

他正这样想着，那史镜华就像猜到了他的心事一般说道："你的精神太不济了，借着刘先生的汽车，我送你回去吧。"过有才听了大喜，连忙答应说好。史镜华和他一同坐了汽车，到了旅馆里，便道："这是哪里说起，快活一晚上，输了许多钱，你不心疼吗？我都心痛呢。"过有才笑了一笑，说道："你别着急，没有那样便宜的事，当真我那样傻，输了的钱全拿出来？"史镜华听了这话，心里倒吓了一跳，连忙问道："你有什么法子不拿出来，快告诉我，我很替你着急呢。"过有才取了一根烟卷，将火柴擦着，便躺在沙发椅上抽烟，眼望着史镜华微笑。史镜华道："唉！你这人怎么了？人家正同你着急哩，你在这里自在。"过有才道："你先别问我，我要问你一句话。蒙你看得起我，半个月来，特别垂青，我很感激。但是你是诚意呢，还是到了朋友之情而止呢。"史镜华低着头，甩手弄着沙发椅套上的荷叶边，低声说道："我的身世，你是知道的，何待我说呢？"过有才道："这样说，你是愿意和我合作的了，我老实告诉你吧，我现在存在银行里的款子，有二十万开外，足过我的下半辈子了，这是我终身大事，我岂能够输掉？我下场之后，就决定了主意，马上提款出京，把输的钱，全数背了。只因为与你感情太

36

好，不忍一个人独走哩。"史镜华道："这法子要是要得，设若他们声张起来，岂不于你的名誉有碍？"过有才笑道："这是赌博债，我只要一离开北京，他们是没有法子对付我的。第一，他们不能用法律来解决。第二。他们也不敢登报声明。除此而外，他们还有第三个法子不成？"史镜华道："我一时之间没有主意，容我考量考量。"过有才道："这事要走就走，哪里容得慢慢考量？"史镜华道："就是要走的话，你打算坐哪一班火车呢？"过有才道："十二点钟以前，把款子提出，四点钟就可以走了。"

史镜华见他已决计要走，都依从着他，答应一块儿同走。过有才虽然一宿未睡，也没有休息，喝了一壶浓茶，吃了一些点心，便到银行里提款去了。史镜华表示对他极端服从，坐在房间竟没有走。只等过有才出了门，她马上叫了几处的电话，前后足说了一个钟头。好在这屋子里是电话分机。她关起门来，随便怎样说，人家也听不见呢。过了两小时，过有才欣然回来，对史镜华道："百事都已办妥，我们这就可以休息一会儿。到了三点多钟，直上东车站。"史镜华红着脸用手按住心口，说道："我心里乱得很，怎么办？"过有才笑道："这事除了你我以外，谁也不知道，你慌什么？难道你以为半天没回刘家去，怕刘家马上来找你吗？"史镜华连忙说道："这个不成问题，我常常出来整天的，他家里也不过问的。"过有才道："那么，你为什么还心慌呢？你只管放着胆子，跟着我走，保你什么问题也没有。"史镜华道："但愿如此才好。昨晚上熬了一夜，你且先睡一睡，让我来写几封信，和一些好朋友告别。"过有才听了，当真倒上床去睡。但是心里有事，哪里睡得着？睡了又爬起来。史镜华道："怎么样？你心里也乱得很吗？"说话时，将信纸压在腕下，有意无意之间，好像是不愿意过有才看见，过有才因为不敢违拗她的意思，只好又倒下去睡，笑道："我心里乱虽乱，和你那个乱法，可有些不同。"史镜华道："你给我睡下去，别打搅，让我快些把信写完吧。不然，我写到要上火车，也写不好呢。"过有才听她如此说，就不打搅，让她去写。史镜华将信写好，回头一看床上的人，已睡着了，她便悄悄走出旅馆去，见对面马路边上立着一个小孩，将手一招，把那小孩招过来，便拿了一个字条给他，自己仍悄悄地走回旅馆。

到了两点钟，过有才便醒过来，草草地收拾行李，算清了旅馆费，叫了一辆汽车，一直到东车站来。过有才先让史镜华坐在候车室里，自己便去买票。

当他刚刚要到票房的窗子边下，两个穿灰布长袍、头戴黑瓜皮小帽的将他肩膀一碰。过有才知道这种人是不可貌视的，就让他碰一下，没有作声。谁知他两人却向着过有才笑起来。那种冷峭的笑容，看了只是令人寒心。过有才心虚，便停住了脚，对他两人一望。那两个人中，有一个人问道："您先生上哪儿去？"过有才要在平时人家这样干涉他，他早就要申斥人家两句。现在不敢强硬，只说道："我和你两人又不相识，问我做什么？我到奉天去，怎么样？"又一个人笑道："我们也是公事，不然，敢和您麻烦吗？"说着在大襟里面，掏出一面小小的徽章，给他看了一看。过有才道："啊！你们专门是调查人员出京的。"那两人含糊着答应了一声。又问道："您不是有一位太太同下汽车的吗？"过有才道："在候车室里。"有一个人道："那就是了。"过有才见他纠缠不清，心里总有些慌，便索性在身上掏出一张名片来，交给他俩大道："我是西藏屯垦使的代表，也没有带护兵，也没有带听差，就是我夫妻两个，要到奉天去走一趟。这总算说得清清楚楚的了，你们还有什么事要问吗？"那两人道："您别生气，那边候车室里，有人请您过去说一句话。"过有才道："我刚从那里来，有谁请我说话？"那两个人把他拦住，不让他向前买票，说道："刚才您没有看见他，他可看见你呢。就几步，您去说说话，再来买票，那也不迟。"过有才听说是到候车室去，料着也没有大变故，便道："这事就奇了，是谁一定要和我说话呢？"只得跟着他两人向候车室来，一进门，就见七八个人围住史镜华。她一声不响坐在那里，哭丧着脸，几乎要掉下泪来。过有才一见，不出魂飞魄散，心里不由得扑扑乱跳。立时一个人，对他一阵冷笑。这人一笑，把他这一生的幸福、半天的计划，都已送入东洋大海。那人说："你要是懂事的，就和我走。"过有才心胆俱碎，哪里说得出话来。要知这人是谁，过有才跟不跟他去，下回交代。

38

第十二回

好事多磨乞怜一饭
为官有道约法三章

却说过有才在车站逃走，被人包围，有人要带他同走。这人不是别人，正是贾舅老爷。现在逃走，被人碰见，正是两罪俱发。一刻儿工夫，不知怎样措辞才好。要说跟他去，是怕吃官司，要说不跟他去，又怕他声张起来。心里十分为难，只得问道："你要我到哪里去？"贾舅老爷道："这个你不用问，跟我同去，自然有人出来，和我们评一评理。"过有才听他这种口声，分明是要打官司。回头一看史镜华，已是面无人色，便对贾舅老爷道："这事自然是我的不是。你可否……"贾舅老爷不等他说完，便道："你不要废话。事到如今，我是不能和你客气的了。"拉着过有才的手，就要拉他走。这时，刘慕唐忽然从人缝中挤了出来，说道："我已接到电话，知道有这回事。这地方不是说话之所，就请大家到舍下去走一趟。如能解决，那是千好万好，不能解决，我们再说。"一只手挽着过有才的胳膊，一只手却把贾舅老爷推开，又对史镜华道："我们一路走吧。"过有才听说是到刘家去，总可以文明解决，也道："很好，我们一路走。"于是和史镜华三人，先走出车站，上了汽车，一直到刘慕唐家里来。

不到五分钟，贾舅老爷也来了。刘慕唐当着过、史二人的面，说道："有才兄，这桩事做得实在欠考虑一点儿。关于史女士这一方面，虽然说是二位的婚姻问题，旁人不能过问。但是贾先生介绍到舍下来，我是负有责任的。史女士不辞而去，我不能摆脱干系。再要谈到有才兄个人身上，我的责任就更大了。昨天有才兄共输一十五万，都是我担保的。今天晚上，一准交出。现在有才兄一走，人家向我要钱，我把什么东西给人，你不是害苦了我吗？"过有才坐在一旁，默默无言。那刘太太看见史镜华在这里窘得很，便让她到自己屋里去安息。史镜华将事办到这里，总算已尽责任。走回房去，倒头便睡，安然入梦了。

这外面客厅里，刘慕唐将过有才埋怨了一顿，贾舅老爷是大肆咆哮，非要法律解决不可。刘慕唐从中作好作歹，叫过有才把输的钱，完全拿出来，另外写了五千块钱的一张支票，给贾舅老爷，算是他拐诱史镜华的罚款。过有才看那种情形，明知刘贾二人勾通一气，来敲自己的竹杠，但是要不答应的话，一来的确是自己理屈，二来已经知道贾舅老爷已经约好了许多穿灰布长袍的人在这里监视，恐怕要以权威来对待。委委屈屈，只好如数开出支票。在刘慕唐家里，一直休息了一天一晚，让大家将支票把钱兑到手，方才放他回家。过有才这一份懊丧，真个如丧考妣。自己手上，除了解到西康的公款而外，还落个一万数千元，就打算早日出京，省得把钱又花了。无如心里念着史镜华对自己那份感情，总舍不得丢她，所以一天挨一天，总想设法和她见一面再走。偏是自此以后，史镜华总不出来，刘家又一时不好意思去，只得忍耐着。

一天无事，在电影院看电影，隔座两个人谈话，有一个人提起刘慕唐的名字，因此便听下去。一个道："他的生意怎样？"一个答道："你还不知道吗？前几天，他们做翻了一个冤桶，弄了十几万了。"一个又问道："怎样弄得许多？"一个又答道："他们既做翻戏，又施行拆白，双管齐下，怎样不发财哩？听说当天晚上，就靠他的姨妹，那个李老四一个人包办。他们摇的是摊宝，宝盒里的假骰子，都是李老四一人暗中调换。这一回做下来，李老四分得总不少吧？"他二人说话，虽然声音很低，因为过有才相隔甚近，句句听得逼真。这一下，正是在头顶心里打了一个霹雳，哪里还有心看电影，马上回到家去，伏在枕上，痛哭了一顿。仔细一想，那个史镜华，分明是个假小姐，从那天在旅馆里走错了房门而起，她处处都是来引我上钩的。我说呢，我偷上车站，刘慕唐又没有耳报神，怎样会知道，分明是她暗中已约好了，将计就计，叫我上圈套了。

过有才越想越糟心，大悔自己不该迷了心窍，要和什么史小姐交朋友，现在想要这笔钱转来，是决计没有希望的了。但是就这样丢了，也是不甘心，总要出一口气才好。自己有个同乡关伟业，是个二等政客。对于上中下三等的人才，他都认识，心想何不去请教请教他。若是能够得一部分回来，我就全数相送，也是心愿的。

到了次日，他便到关伟业家里来拜访。这时已是下午三点钟了，关伟业还没有起来。过有才因有事要和人家相商，只得在客厅里等候。所幸关伟业因听差进去叫醒，也就起床了。漱洗已毕，他又喝了一碗牛乳，共总费了半点钟，才出来相见。过有才道："昨晚上打了牌吗？"关伟业道："我是到了晚上，百事都来了。昨晚在雁老家里开会，天亮才回来。这一次，你很好，弄得钱不少，可以满载而归了。我以为你早该走了，何以还在北京？"过有才两只手互相搓了几下，叹着一口长气道："不要谈了，回去不得了。"关伟业道："怎么呢，他们已经派人跟着你吗？咳！是我大意。我要早早地知会一声，你就平安出京了。"过有才听了他的话，有些不懂。问道："谁派人跟着我？"关伟业道："既然没有人跟着你，你怎么知道回去不得？"

过有才也不相瞒，就把刘慕唐做翻戏，自己中了圈套的话，从头至尾说了一遍。关伟业哈哈大笑，说道："你也中了魔了，怎么跑到刘慕唐家里去，那是有名的黑店呢。你要是早几天到我这里来，所谓史小姐，你也许和她在我这里见过面。她为了替人荐事，接连来了好几次呢，我劝你死了心吧，钱到他们手里去了，那是没有法子弄回来的。你要知道他虽是一般流氓，可是他们请的镖客，都是天字第一号的人物，怎样可以惹得？"过有才道："这样说来，眼睁睁把钱给他就算了吗？"关伟业道："除了把钱送给他，那还有什么法子呢？不但如此，你也应该躲避躲避，仔细有人和你算账呢。"

过有才道："和我算账？哪个和我算账？"关伟业微笑了一笑，昂着头想了一想，半晌没有作声。过有才道："谁和我算账，我真不知道。"关伟业笑道："你何至于不知道。你想，你这回一手抓起一二十万款子，是什么手段弄来的，当真你以为人家口服心服，不敢有反响吗？我老实告诉你，闵良玉把你已恨入骨髓，已经预备下网罗，待你自己望那里面钻。在这一二日内，大概就要动手。你若不好好准备，远走高飞，不但钱要丢去，哼……"过有才听了这话，把要钱的心事固然抛入东洋大海，心里也就被冷水浇了一般，不知如何是好，半晌作声不得。关伟业道："你是一个眉毛眼睛空的人，怎么着？你会一点儿不知道？我看你手上还落了那些个钱，趁机出京，多少还不吃亏。"过有才道："伟业兄，你听到什么确实的消息吗？"关伟业笑道："不算是消息，是闵良玉当面告诉我的呢。他那人本来很粗，他说的话，我也不便转告。只是他有一句话，很关紧要。他说若是你落在他手里，要用军法从事。"过有才坐在那里，踌躇了一会儿，怏怏地告辞出去，就像真有人在后面监视他一般，连夜收拾行李，就出京去了。

当过有才走的那天，恰好刘慕唐在那天晚上，因为有一桩小事来访关伟业。关伟业笑道："你近来好哇？"刘慕唐道："穷忙罢了。"关伟业笑道："忙则有之，穷却未必吧？"他说着话，抽着一根烟卷，慢慢地喷烟，眼睛却望烟在空中细细地分散，不住地从口角中露出微笑。刘慕唐笑道："近来赌了几回钱，稍微赢了几文。"关伟业笑道："我们南方人有一句话，鹭鸶不吃鹭鸶肉。你们这回做的事，手腕太辣了一点儿。不然我也不知道，这个过先生是我最近的同乡，他所做的事，是不瞒我的，我很知道呢。"他轻描淡写地说了这几句话，刘慕唐脸上立刻变了色，勉强装出笑容，说道："这过先生是关先生的同乡，我倒失敬。"关伟业笑道："我也很可惜，是你知道迟了。若是知道早些，也不至于送掉姓过的那条命。"

刘慕唐大吃一惊，连忙问道："怎么样？这位过先生自杀了吗？"关伟业道："我相信这个消息不至于是谣言。昨天晚上，有人接到汉口的电报，说他投江了。人家都很奇怪，不知道他为什么出此下着，只有我心里明白，他是葬送在你们一班人手里了。这个玩笑，你们开得不小。"刘慕唐知道他和过有才是个很亲密的同乡。他若当真把这事宣布出来，虽然没有什么证据，不会犯法，可是社会上的清议，也就可畏。无论如何，这事倒要他力守秘密的，便道："这消息未必可靠。就是可靠的话，还望你老哥保守秘密，不要把他宣布出来。将来要用小弟的时候，小弟总可帮忙。"关伟业笑道："帮忙的话，就不必谈了。记得过中秋节，托人和你挪移两三千元过节，不借也罢了，竟连一句回信都没有。"刘慕唐道："没有此事，没有此事。老哥是托哪个对我说的？"关伟业笑道："这事已经过去，不必深提。这人是谁，现在也不必说了。"刘慕唐一想，哪里有这回事，莫不是他要敲我一个小竹杠，故意这样给我一点儿口风吧？便笑道："过去的事，当真不值得谈。但是我可发个誓，你所托的人，实在没有对我说及此事。好在过年也近了，若是年关下，你老哥有什么困难之处，我总一定帮忙。"说着，将胸间拍了一下。关伟业道："年关下，也许我不甚困难。倒是目前手边很窘。"他说了这话，刘慕唐恍然大悟，说道："这一回事情，过先生赌运不佳，竟输了他一个人。大家零零碎碎的，各分了几个钱。兄弟所分得的数目，很是细微，不能够担任多数。让我去和几个大赢家商量，再来复命。"关伟业道："笑话了，难道这一点儿小事，还要请老兄代我化缘不成？"刘慕唐连连摇手道："不，不，你老哥不要误会。我和他们去商量，只说我自己筹款，决不提到你老哥的。今日不算，明天一天，后天一准有回信。"关伟业捧着拳头，略微一拱手，笑道："感激，感激。"

刘慕唐回家去，和他太太一商量，说是关伟业要敲我们的竹杠，希望我们送他几个钱，你看应该送多少呢？刘太太道："他既然要钱，当然露了一些口风，你看他的意思怎样？"刘慕唐道："至少也恐怕要两千。"刘太太道："这未免太多了，我们就不给那些，你看怎么样，还能把我们告下来吗？"刘慕唐道："你怎样说这种傻话？他们当政客的，和我们差不多也是同行。我们可以认识的人，他没有不能认识的。我们真是把他得罪了，以后他专门和我们为难，到处和我们宣布罪状，我们在北京怎样立足？俗言道得好，鱼帮水，水帮鱼，我帮他一点儿忙，总不至于白帮，他一定对我们有些报酬的。我看他也实在为难，有三四个月没有付房租了。"刘太太道："他不是未成铁路督办吗？一个月一千多元的办公费呢？"刘慕唐道："他那样挥霍，一千多块钱，何济于事，加倍还不够用呢。"刘太太道："照你的意思，你看要送他多少钱呢？"刘慕唐道："我先送他一千，他若不肯，我再补送他一百二百，大概也就过去了。不过这事要烦你一趟，由你送去，免得啰唆。"刘太太道："也好，仅此一千块，我包他不能再要了。"

到了次日，刘太太揣着一千元钞票，便来见关伟业，说道："慕唐身体有些不舒服，不能亲自前来，又怕关先生等着钱用，所以我赶紧就送过来。"说时掏出一叠钞票，便递给关伟业。他先见是刘太太来了，以为刘慕唐又来施行软化政策，脸上板得铁紧，嘴上一撮小胡子都根根直竖，眼睛也不望着刘太太，只是扬扬不睬，向窗子外看着。现在刘太太忽然拿出一叠钞票来，连忙站起来接，笑吟吟地两手一捧，说道："慕唐不舒服吗？请大夫瞧了没有？刘太太也特什么了，这、这、这还要您忙着送来，迟一两天也不打紧，请坐请坐。"说着，连忙按着呼人铃，将听差叫了进来，说道："你们是怎样办事的？客来这久，还没有倒茶。"刘太太道："不必客气，这是一千，请您点一点数。"

关伟业听说是一千元，心里有些不以为然，但是手上接着一大卷钞票，又厚又软。要和人家翻脸，先有些不好意思，况且送钱来的又是刘慕唐的太太，当然也要客气一点儿，便笑着说道："慕唐兄帮我的忙，我是很感激的。"说着，闭嘴吸了一口气，唧的一声响。在这一响声中，眉毛皱起多深，好像表示无限的缺憾的意思，然后放出干笑来说道："他为什么不帮忙帮到底？"刘太太道："关先生又不是外人，慕唐为人，还有什么不知道的。他是有钱就用，前扯后空，绝不能舒舒服服过日子的。"说到这里，歪着头一笑，又说道："前些日子，虽然进了一点儿款子，他拿到手补了以前的亏空了，这一点儿款子，还是七拼八凑的哩。他在家里，也是这样说，这一点儿钱，我真不好意思送了去，但是关先生也等着款子用，不宜耽搁。你看怎样好？是我说：你也知道无面目见朋友吗？他说：你就代我送去吧。我说：你无面目见关先生，我又好意思去见人吗？不过关先生是极能原谅人的，我想我去或者不至于碰钉子。"说着，脸朝着关伟业，又笑了一笑，说道："关先生能不给我碰钉子吗？"

这一番话，说得关伟业真不好意思生气，笑道："笑话了，蒙慕唐兄帮我的忙，我还能一定要多少吗？就是慕唐一点儿也不帮忙，那也是本分，我又能怎样呢。"刘太太想：这人口气真紧，还有些不然的意思呢。便道："目前实在是一时凑不起来，我想宽余一点儿日子，让慕唐再设一点儿法子，或者多少还可以帮点儿忙。"关伟业笑道："慕唐兄真就为难到这样吗？我这人也不能那样不知进退，慕唐兄既然帮了我的忙,我就很感激了,不能说他非填足我的欲壑不可。现在刘太太又答应替我再想法子,那是再好没有了。"在刘太太一边,她的来意,只要搪塞过去就是了,何必久在这里开舌战,便站起身来,笑道:"关先生事忙,我不要在这里只是打搅,再会吧。"关伟业道:"何必忙呢?我叫内人出来奉陪,可以在这里用了便饭去。饭后无事,叫内人陪着去听戏。"刘太太道:"不必客气,过一两天我再来奉约吧。"刘太太说完,便自走了。这里关伟业三言两语,就敲得了一千元的竹杠,真是喜出望外。别的事情不必说,第一桩事,是应该请一次客了。这个时候,戚阁的空气,一天坏似一天。他们当政客的人,最注意的是这些事,以便为未雨绸缪之计。

关伟业本是个未成铁路督办,顶头上司乃是交通总长,自己的去留,纯以交通总长为转移。现在的交通总长是汪瑞轩,自从他掌内务的时候,因为合办选政发生了关系,所以他调了交通,就把进行未成铁路的这一件好差事来奉酬。这未成铁路,虽然还没有一寸铁路,因为借着名义办借款,早就在德国买了几十辆敞篷车。这车子借着西边路行驶,每月倒也收些租钱。除了这车辆的租钱而外,部里又贴出一点儿钱来,凑成三千元,给这个未成铁路进行局做办公费。关伟业除了开销,可以实落个一千七八百元。无论如何,要算一个好位置。况且进行未成的铁路,非要大批款子不可,这个年头,中国人自己是无款筑路,外债又借不到,这局子里一点儿也不能进行什么事,自然也就无公可办。据人传说,这个铁路局,若是没有特别事故,每个月只要办四件公事:第一件,是行文给西边路局,提取敞篷车月租。第二件是调查这几十辆车了,有没有损坏和修理。第三件是收到月租,量报交通部。第四件是开卒局的报销。一个大铁路局,每月只办四件公事,除了当顾问咨议的人,不能比这再闲了。又有钱,又不用办事,这是当政客的人最愿干的。所以关伟业对于这个差事,事前很费了一番钻营的功夫。现在戚阁摇动,交通总长也要更动了。自古道一朝天子一朝臣,到了那时,这督办当然是要倒的。所以关伟业早就留心,未来交通总长是谁,以便先去联络下一着伏笔。

现在设法打听得实了,未来的交通总长却是龙际云。自上星期起,龙际云便由天津到北京来了，正式活动。关伟业也去见了两回，只是人家正在奔走政治之际，这种不关重要的宾客，他哪有什么工夫来应酬？所以关伟业见是见了，这样冷冷淡淡，自己相信并没有得丝毫的结果。无论如何，要请龙际云到家里来吃一餐饭，总要花个四五十元。若碰到来宾高兴，再一找意外的娱乐，花钱更多。恰好这一星期，手头异常地窘；而且知道龙际云是最爱卖弄风雅的。自己客厅里，向来是洋派，以贵客的脾气，恐怕不能留客久坐。最好把客厅重新改造一番，关于古雅些的陈设，买的买一点儿，借的借一点儿。但这样办，也是要钱的。因此一天挨下一天，竟没有办下来。现在有了钱，那是急于要办的了。当日，便下了几封请柬，把龙际云接近的几个熟人，也都请了。又因为很少能谈风雅的朋友，便又下了三封帖子，一封是林翰林，一封是戴鲁恩，一封是甘维朴，这三人都是遗老，在前清和龙际云还同过事，一定是龙际云所能欢迎的。

帖子发出去，关伟业就来收拾客厅。先托人借了一堂雕花红木的桌椅，把沙发椅洋式茶几首先换了。琉璃厂那些珂罗版套印的古字画，本来就不很贵，于是买了许多，在客厅客房里四壁张挂起来。又花了一点儿钱，在小市上的古董摊子上，赁了几样五六等瓷器古玩。就是屋子里悬挂的电灯也嫌它太洋式，弄了许多大小的仿古纱灯，把它一一罩将起来。不到两天，各事都已办好。关伟业为了请这一餐酒，总算费了一身血汗的功夫。但是他自己知道，和龙际云的关系太浅了，随随便便下一封帖子，他未必肯来。在那布置客厅的时候，他事先就坐了汽车，专程去拜访甘维朴，打算请他转邀。自己和甘维朴，彼此虽然交情不深，却是同乡，每年会馆里团拜的日子，总要见一面。所以前来拜会，总也不算十分冒昧。论起这些遗老，他们虽未能脱去官派，不过甘维朴这班人，尽是些老读书人，交游上还随便一点儿。甘维朴家的门房，虽然不认识关伟业，见他坐了汽车来，绝不是向老爷借钱求事的人，便没有说不在家，先进去回禀了。

甘维朴见门房送上名片来，是未成铁路督办关伟业，心想昨日收到他一封请帖，今天又来拜见，莫不是要我替他作一篇寿序碑记之类吗？他是现任交通总长的私人，或者竟是奉命而来，有什么事恳求我也未可知，于是便吩咐门房请进来，关伟业进来，穿过客厅，进了小书房，只见临窗的横案上，一只墨铜古鼎，焚着沉檀，香烟缭绕。位子上，摆了一本很大的木版书。走近案旁一看，书上还有卦爻，大概是《易经》。甘维朴不等他近前，早是捧着两手，拱了一拱揖。关伟业也深深几个揖，说道："维老，我们久违了。"彼此坐下，甘维朴道："我们好久不见。"关伟业道："是的，日子太长远了，还是新年在会馆里见面的，总要过来领教，俗务又多。"甘维朴摸着胡子笑道："现在正是你们的世界，我们是衰老无用了。"关伟业道："我们都是胡闹，其实论起经济学问，哪一样及得上老前辈？"

说话时，甘家的听差送上两盖碗茶。宾主二人，一人一碗。关伟业对于这样的款式，倒相隔了一二十年，心里倒是一动。茶上过之后，听差又捧上一根水烟袋，放在关伟业面前的茶几上。烟袋嘴上，斜架着一根燃好了的纸煤儿。关伟业看见这个，一时想起来了，记得同乡说过，甘家的用物，只有三个洋字，一个字是洋钱的洋；二个字，是洋油的洋；三个字，是洋火的洋。因为这都是没法子拒绝的。而今看来，竟有些相符了。不然，家里的用物何以都是十八世纪的？关伟业就抽不来这水烟袋，而又仿佛听到说，从前官场的例子，主人一碰茶碗，就是送客，因此面前摆着的茶烟，只是和供品一般，没有敢动。

甘维朴不知道他的来意如何，不便先开口问他，便笑道："近来天气很好。"关伟业道："是，照现在这个样子，竟不像是冬天了。"甘维朴道："你老兄得忙吧？"关伟业笑道："就是这样瞎混。"甘维朴道："部里公事怎样？总长天天上衙门吗？"关伟业道："在老前辈面前，不敢撒谎。不瞒维老说，我是一个月也不上三次衙门。部里的事，简直不知道。"甘维朴笑道："你就不到部，也是天天奔走政治。到部不到部，那倒没有关系了。"关伟业敷衍了这一阵客套，心想该谈入正题了，便笑着对甘维朴道："久在政治上活动，闹得头昏目眩，实在也无意味。我现在很想读一点儿书，养一养性情。"

甘维朴听说，脸上不期露出笑色，拈着下颏下几根苍白胡须，说道："好！就是这样好。我很赞同。"关伟业笑道："我想书本子丢的年数太久了，糊里糊涂地读，不知从何下手，也不知道看哪些书最好。"

甘维朴道："六经以外无奇书，要说正心修身，齐家治国，那还是看一点儿圣经贤传。宇宙之大，哪一件事，能外乎圣贤的大道理?"关伟业道："自然读书还是四书五经最好。此外，我也想学点儿诗词古文，陶冶性情。"甘维朴听了这话，不觉将大腿微微一拍，连说了几个对字，笑道："名教中自有乐地，老弟你这是想开了。你不瞧我这个?"说时，指着桌上那一本《周易》道："我天天研究这个，就很有趣味了。"一面说，一面摆着他那颗苍白的脑袋，口里吟道："闷坐寒窗读《周易》，不知春去几多时?"关伟业道："维老说得极是，所以我很愿意常邀几位老前辈在一处叙叙。"甘维朴笑道："不是你提起，我倒忘了。昨天收到一封帖子，我不知道宠召为了什么事。这样一说，雅人深致，所谓以文会友，我是一定要到的了。"关伟业道："我正是怕维老不到，所以今天亲自过来奉请。"甘维朴道："到的，到的，这种宴会不赴，要赴什么宴会?但不知其余还约了一些什么人?"关伟业就把戴鲁恩、林翰林、龙际云数了一遍。甘维朴道："所请倒也是吾道中人，不过际云正忙着要上台，他有这样的闲工夫吗?"关伟业道："依说，这也并不算闲事，我想有维老在座，对他说明，他不好意思不到。"甘维朴道："既然这样，我就写一个小字条给他，约他到会吧。"关伟业道："倒不必写信，我看打一个电话给他就行了。"甘维朴道："舍下没有设电话，一来这种机巧东西有伤天地之和。二来，我也没有了不得的事，可以不必装设，所以电灯电话自来水，舍下都用不着它。譬如从前北京城里没有这样东西，我们怎样也住得很舒服哩?"

关伟业听了他这话，真是闻所未闻。照理，本来可以驳他几句，但是自己既为求人而来，当然要顺着人家的主张说话，便道："我就常说，洋人来而教国以利，机器兴而教民以懒。"甘维朴听了这话，闭着眼睛，摸着胡子，点着头，默了一会儿神，于是摇着头道："启予者子也。老弟台此言，真先得我心矣。"关伟业道："要论起文章道德，实在不懂，这两句话，倒是我向来所要说的。不过不在同道者的面前，我是不发表的罢了。若是我们能常常叙会，大家痛痛快快地谈一谈，比什么事还有趣，维老以为如何?"甘维朴道："对了，后天我一定是要叨扰的。"关伟业道："固然我希望维老到，就是其他所约的各位，我也一样地望他们到。这其中，别人都罢了，就是怕龙际老不能到。论起来少一位客呢，倒不算什么，只是很扫兴的。"甘维朴道："老兄既然这样有兴致，我一定要把际云约到。"关伟业听了，连忙拱了一拱手道："这就完全拜托维老了。唯其如此，所以我第一个就是来奉约维老。我在家里就这样想着，这话一和维老提起，维老必十二分赞成。现在一说，维老果然同意，可信我的眼光不错了。"甘维朴点头微笑道："这就是所谓物以类聚了。"

甘维朴自负是独清独醒一流，向来是和少壮人物谈不拢的。现在关伟业说话，跟着他转，他是非常地高兴，所以很赞成关伟业的行动。关伟业见事情已办得有希望了，不要老是奉托，转托多了，人家是要疑心的。于是起身告辞，又去拜访戴鲁恩。戴鲁恩和甘维朴虽是一路的角色，但是自己个人物质上的需要，那是很愿意过讲究的。因此这两位老头子，也各有批评。戴鲁恩说甘维朴一切依照旧日的陈设，未免俭则伤廉。乡党一章，门弟记孔子的起居饮食很洋。他老人家不是食不厌精、脍不厌细吗？像维老那样办，和王荆公学古差不多，有些不近人情。至于甘维朴呢，他说："凡人咬得菜根，则百事可做。所以士志于道，不能恶衣恶食。像鲁老那种样子，恐怕放僻邪侈，无所不为。"戴鲁恩听了这话，也曾心里不受用，因此他和林翰林这些人载酒听歌，总要拉了甘维朴在一处。第一二次，甘维朴是不愿意。后来去得惯了，只要有人做东，他也是到。他又有他的说法，说是天下事已不可为，我们得乐且乐。除了几个老友，也没有余子可以共话，何必拒人太甚呢？因此一班遗老，都把他看破了，就绰号他叫不可为。

关伟业并不是他们一路的人物，哪里知道他们的内幕。这日来拜会戴鲁恩，料想他家一定也是很简陋的，不料到了门口，只是很大的朱漆门楼。门楼上钉了一块黑牌，写着绿字，名曰晚晴园，门里一带树木扶疏。这时正是初冬之际，廊外铺了一片的黄叶。假山石上，垂着零零落落的枯藤，在风前摇曳。景象虽很萧疏，却自有一片清逸之气。听差引了他到客厅里坐，向阳一带玻璃门，里面梅花晚菊香橼各种盆景，分布四周，走进来就是一阵清香。他这才知道此老和甘维朴为人，是有些不相同的了。一会儿戴鲁恩走出来见客，穿着枣红缎子灰鼠皮袍，套着玄锻团龙马褂。马褂里系着一根腰带，将挂的眼镜盒露在外面。头上戴一顶瓜皮帽，迎面组了一个珠子。

关伟业想着，这是几十年前最漂亮的装束，这老头儿怎么会弄成这一个样儿，成了一个老妖怪了？戴鲁恩拱一拱手道："难得光临，请坐请坐。"关伟业道："久就想来奉看，总不得闲。近来打算摆脱一些无味的应酬，多在老前辈面前领教。"戴鲁恩道："昨天还接到一封尊柬，关先生何以这样客气？"关伟业又将对甘维朴说的话说了一遍。戴鲁恩道："这倒很有趣。本来我们几个老朋友，到了冬天，有个消寒会。今年人事有些变动，还没有开始。关先生喜欢谈谈，不妨也加入。"关伟业道："一定加入的。就是由舍下这一会算起，也不妨。"戴鲁恩道："请的那些客，恐怕不能一致吧？别人不说，单以里面际老而论，他就快要上政治舞台了，还能和我们这班闲人在一处混吗？"关伟业道："龙际老在天津的时候，就常常参与这些诗酒之会的。"戴鲁恩道："彼一时，此一时，哪里能那样说呢？"关伟业道："那么，舍下之约，际老恐怕也未必到。伟业想转托鲁老电约一下，可以吗？"戴鲁愚碍着面子，也就答应了。这时，关伟业有几分放心，仗着二老的面子，料龙际云无法推诿，很高兴地回去预备一切。

到了第三日，关伟业订了一桌烧烤全席，又预备下极好的鸦片烟，让客来消遣。到了晚上八点钟，客陆续地来到。这里面有两位客，和龙际云是特别接近的，一个是黄楚江，一个是范同风。本来也是政客一流，很闲散的。因为龙际云有些事情由他两人接洽，于是他两人，就被一般人所注意，花天酒地，应接不暇。此外还有李逢吉、何銮保、曹伯仁三位，都是唐雁老的亲信。因为雁老组阁的呼声，传之已久，关伟业对于他手下的人，始终取联络主义。人家因为他是一个督办，也乐于和他往返。因此多数人都成了朋友。今天这三位，主人翁是挑了头儿尖儿的请了。客人都到了，唯有龙际云不见来，关伟业道："际老怎样不来，又有什么公干耽搁了吗？"甘维朴道："总会来的，我已约好了。"黄楚汀道："方才我还和际老在一处下了一盘棋，他没有什么事，一会儿一定来的。"关伟业道："际老今天晚上没有什么约会吗？"黄楚江道："没有什么约会，他的事我还有不知道的吗？不信，他一会儿就来的。"

关伟业见他说得这样肯定，也就信以为真。不到二十分钟，来了电话。听差报告，说是龙宅有电话来，说是总裁有事，已经搭了八点钟的晚车，上天津去了，请告诉关督办，谢谢，不能来了。

这电话一说，黄楚江有些不自在，而关伟业格外有些不自在起来了。里里外外忙了四五天，只想请龙际云来一趟，不料到了这个时候，他竟轻轻悄悄上天津去了。花了好几十块钱，请这些不相干的人，到家里来大嚼一顿，这算什么意思。这样一想，便溜到上房去。叫着听差来，说道："预备的大烟，不必摆出来了。你还得去告诉厨子，那烤猪烤鸭，都可留着家里吃，只要把菜搬出来就行了。其余没有办的东西，都不必办，把酒吃完就算了。"

听差也知道老爷这席酒，是为请龙总裁的，龙总裁不来，连听差也觉得扫兴。原来关伟业招呼了车饭钱照优发给，听差就做主对那些车夫先行预告了，说是得四吊的有六吊，得十吊的有十四吊，先鼓吹了一顿。这时，那些车夫要起车饭钱来，关家的听差只照常例给他。那些车夫不信，说这一定是听差将款子中饱了，一定不依，就在大门口吵将起来。听差说这是我们老爷说的，我不能多给。那些车夫听说是老爷吩咐的，就要和听差一路到客厅里去见关伟业。听差说没有这样的规矩，我带你们去见了我们老爷，我这饭碗还要不要？有两个汽车夫，便对几个包车夫一丢眼色，说道："反正我们在这里说话，里头听不见，谁知道这里面弄了什么鬼？"那几个包车夫于是就嚷起来道："说了给我们六吊钱，又给我们四吊。这拿去买什么，也不够吃的，我们饿死了，可饿死了。"

这话一句高似一句，客厅里果然听见了。关伟业正是心里不高兴，便按了铃将听差叫进来，劈头劈脑一顿大骂。听差两头受气，也忍不住了，便道："他们吵着要车饭钱呢。"关伟业道："他们要钱，你给他不就算了吗？"听差道："原来不是老爷吩咐车饭钱多给几吊吗？我就对他们说了。后来龙总裁没来，咱们这里，遇事都省一点儿，所以车饭钱又照规矩给了他们，他们就不依了。"关伟业道："胡说！你当听差当转去了。我告诉了你，叫你少给车饭钱吗？"听差也是痰迷了心窍，一时撑不住气，便道："督办不是告诉我，龙总裁没来，把酒吃完，就算

51

了吗?"关伟业道:"浑蛋,我要打你这东西一顿,你当着客,说出这些混账话。"听差一边走出去,一边隔着帘子骂道:"打?打给多少钱?我拼了不干这个,我就不怕你。你因为要请姓龙的请不到,把烤猪烤鸭,都留着家里吃,我好心给你省钱,你倒怪我。"他一边骂,一边走远了。

这一下,真把关伟业气得发昏。好在他有两个听差,另一个听差出去,依旧把车饭钱从优发给,才算了事。关伟业打算留起来的烤猪烤鸭,不便留了,也只好依旧端出来吃。那些客听了听差的话,自然也大为扫兴。但是关伟业是个做政客的人,讲究的是面子,哪里肯让客看出破绽来?因此索性表示客气一点儿,开了一瓶白兰地。酒吃完之后,又留住大家抽鸦片烟。这些客见他殷勤招待,也就把刚才一幕喜剧忘去。

这里面第一要算甘维朴最合算,因为他对外洋来的食品,虽一律拒绝,外洋传来的鸦片烟,倒是中年就上瘾,这样东西,如吃的饭一般,不会厌腻的。甘维朴于此,正是老而弥笃。不过以土价日昂,自己是个抱节俭主义的,不能尽量抽。只好算是抽一半,扛一半的瘾。这里关伟业一说请抽烟,甘维朴马上笑道:"怎么着,老弟台家里,还预备有这种东西吗?"关伟业一想,大概这件事,在老顽固面前,又说不过去,便道:"无非弄一点儿膏子玩玩儿。"甘维朴笑道:"这种东西,叫芙蓉膏,又叫福寿膏,其实我以为这名字还不能恰合,最好是叫疗愁药,或者叫忘愁液。我想在陶渊明时代,若是有大烟,靖节先生一定也会丢了酒杯,来扶烟枪。因为当隐士的人,是闭门高卧的,这大烟恰好让人躺在床上抽,不是足为高卧之资吗?我看得天下事,已无可为了。终日在家中看书而外,就是借这烟一解胸中之闷。"

关伟业一听他的话,原来也是一根老枪,倒是小看了他,便问道:"维老有点儿瘾吗?"甘维朴道:"不算瘾,一次只要七八口而已。"这时,客分两班坐着,一班坐在外面客厅里,一班坐在客厅隔壁的客房里。铜床上面,摆着烟盘烟家具。烟灯点了,烟膏也盛着好几盒,放在烟盘里。关伟业笑道:"哪位先玩儿两口?"甘维朴道:"我就喜欢闻这东西一股子香味,我来烧两口,哪位尝尝?"戴鲁恩道:"就是维老自己先玩儿吧,我来躺一躺灯。"于是这两位老者,对面对在烟家具两边睡下。甘维朴将烟签子伸到烟盒子里去搅了一搅，挑来闻了一闻，摆着头道："这是好云土熬的，气味很好。"于是吞云吐雾就大吸起来。关伟业抽着烟卷，坐在一边，倒像是有些发愁似的。

人睡在烟床上，是容易想起心事的。甘维朴看见关伟业这种样子，心想，不要是他为了没请到龙际云，心里不自在吧？现在外面风传，未来交通总长一席，已内定了龙际云，他那样托我转请他，未必是为着什么以文会友，不过要接近接近未来的上司罢了。不然，为什么今天在席上，对于作诗论文，一字也没提到呢？若是他的意思，果然不出我之所料，我们今天扰他一顿，未免有些不过意，于是便问关伟业道："今天上午我还接着际老一张回字，说是此会准到，不知道有了什么事，又爽了约。我料他一两天内，就要回京来的。那时，或者……"说到或者两个字，已经将烟枪含到嘴里，呼噜呼噜吸起烟来。那一句要说的话，就被这一筒烟打断回去，过了好几分钟，还没有下文。关伟业会意，便道："我倒很想和际老叙叙。要不然，定一个日子，再来奉邀一次？"甘维朴道："那很好，我可以把他一定邀来。"关伟业听说这话，心想这一席酒总还不算是完全白请，又吩咐听差预备干湿点心，放在里外屋，又到客厅里来周旋。

这客厅里因为关伟业摆了一副围棋子，正遇到黄楚江和曹伯仁是两个棋鬼，早在桌上摆下棋盘。旁边是李逢吉、林翰林观局。关伟业要想和李逢吉敷衍几句，不得其由而入。见他手上抽的雪茄，已经只剩了一点儿烟屁股，于是赶紧在屋子里找出一根上等雪茄，递给李逢吉。又在旁边擦了火柴，要给他点烟。李逢吉转过身来，接着火柴。关伟业道："请坐请坐，我们谈谈。"李逢吉便和他并排在椅子上坐下了。关伟业道："我还是八月里在哪一处宴会上会见雁老的，好久不见他了。现在他做何消遣，还打打小牌吗？"李逢吉道："这几个月雁老忙一点儿，打牌的时候很少了。"关伟业道："是。这几个月来，他又筹款，又办赈，真忙不过来。现在中央的局面，"说到这里，皱了一皱眉，然后说道，"戚阁办得成了什么样子，这非得雁老上台，大加整顿一番不可。"李逢吉听说，微笑了一笑，说道："就是雁老上台，恐怕也没有办法，他倒很愿意专门办赈。这虽然是慈善事业，实在论起来影响国计民生甚大。"关伟业道："现在许多人的意思，都是望雁老上台呀。逢吉兄是雁老唯一的助手，只要逢吉兄几位得力的人才，卖一卖力，我看雁老一定是可以出来的。前几天我到保定去了一趟，那边对于雁老的空气很好。这几个月，兄弟在京保这条路上，跑了不少的次数，那边的熟人，我非常之多，内幕我是知道很详细的。唐雁老这次要上台，就因为几个疆吏，还没有疏通得十分就绪，因此徘徊观望，不敢上前。这时有人能替他在疆吏方面奔走，唐系的人，是十二分愿意联络的。"

李逢吉先是正面坐着，眼睛犹不住地望着桌上的棋盘。这时听到说关伟业常常到保定去，立刻侧转身，面向着他，取下嘴里的雪茄，在烟缸上弹上一弹灰，于是架着腿问关伟业道："怎么着？你老哥常上保定去，那边哪几位是熟人？"关伟业原也是随口说说，不曾想到李逢吉有多大的注意，现在见李逢吉很留心地望下问，他一想，唐系方面所注重的，莫过于那边政务处长铁树人了。老铁他就要做大半个华北都护使呢，便笑道："那边的铁处长，和兄弟有点儿私交，兄弟到那边去，常常可以和铁处长见面，逢吉兄当然也和他认识的。"

李逢吉道："会是会过，只是见面太少，谈不到什么交情，伟翁和铁处长是怎样认识的？"关伟业道："我们是老同学，自小就认识的。只因为他太阔了，我就不很大去会他。不过到了保定，不去见他，又觉得过于矫情，所以也偶然见三四回面，谈谈旧事。我在北京，还有一碗饭吃，我在他面前，绝对不谈政治。可是他情不自禁，反而向我先谈起来。"李逢吉道："伟翁听见他谈及雁老的话吗？"关伟业道："谈是谈过的，不过彼此都是说闲话，他怎样措辞，我已经很仿佛了。但是他对于雁老组阁表示好感，我是记得的。"

那何銮保正在里面屋里，烧了几口烟出来，精神饱满，在一边看棋。他见李逢吉和关伟业在一处谈话，正侧着耳朵听。听到对雁老组阁，表示好感几句话，打动了心事，便丢了棋不看，也坐到一处来谈话。李逢吉道："我们有桩事情忽略过去了，伟业兄和保定的老铁是老同学呢。"何銮保笑道："伟业兄既然有这条路子，何不在保定方面活动活动？"关伟业道："我这人懒得很，有一碗饭吃，就不想再往前干了，况且我们那位砚兄，总是带些教训人的口吻，我不愿缠他。"李逢

54

吉道："伟业兄不是说常和他随便闲谈吗？"关伟业道："和他闲谈，他自然摆不出正经面孔来，可是一和他谈要事，他就要说一套大道理。不过说是说了，你要求的事，他还是替你办。"何銮保道："这样说来，伟业兄和老铁的关系，确是不错。"说着对李逢吉一望，笑道："我们这边，跑保定的人，倒是不少，只可惜没有一位和伟业兄一样的人，可以直接和那边主要人物闲谈。"李逢吉道："伟业兄，不如我们合作起来，替我们帮一点儿忙。将来雁老真上了台，我们大家在一处活动，岂不是好？"关伟业道："当然可以，哪天雁老得闲，我还要去见见。"何銮保道："你哪天去，先给我一个电话，一定可以办到。"

关伟业见事情这样容易，就表示不在乎的样子，说道："那也不忙，过一两天，我想再约诸位叙叙，并且依旧约龙际老。"何銮保是政界中的老混混，什么事看不出来，伟业今天此宴，是为龙际云而设，那是很明了的。莫非他一面借着保定的力量，想和龙际云先行接洽，预备调个好缺，当时便对关伟业道："我们逢吉兄和际老很说得过来，若是有事和际老商量，让逢吉兄去说一声就成了。"他把这一句话说破，关伟业倒有些不好意思，便道："也没有什么要紧的事，不过请在一处叙叙。二来听际老很想谋长交通，这一条路，我倒是识途之老马，可以和他出一点儿力。因为他事多，不容易有机会见他，所以请他来顺便谈一谈。"李逢吉道："际老和我们，都是自己人，伟业兄果然愿与我们合作，当然际老可以和伟业兄联合起来的。"

关伟业一阵买空卖空的大话，说得这何李二人，都坠入彀中，心下大喜，便请他二人同到里面去玩儿两口烟。戴鲁恩见有人进来，先行站起来计榻。甘维朴看了一看那黑漆似的烟膏，不忍恝然置之，又抢着烧了一口挺大的泡子，然后才起身，这里李逢吉、林翰林对烧了几口烟。何銮保拉着关伟业在一边又谈了一阵，各自散去。戴鲁恩虽然回家没事，见客已走，也不愿久事留恋。甘维朴自己家里，是向来不备车马的。若是在什么地方有宴会，总是借熟人的汽车、马车，顺道搭载他回去。这种办法，竟弄成一个习惯，只要熟人有汽车、马车，就是不顺路，也要烦你专程送他回家。今天在场，戴鲁恩最熟，他又有一辆极好的马车，这事是向戴鲁恩劳驾定了的。当时戴鲁恩要走，甘维朴要坐他的马车，也就跟着他走。到后来，只剩黄楚江和曹伯仁在那里下棋。还有和黄楚江同来的范同风，坐在一边，一言不发地看棋。这人在政治上无多大的能力，他只有一门长处，善于见人，善于送礼。一见一送之后，阔佬自然说他忠厚老诚，就很相信他。他对于龙际云，也是这样，竟成了一个亲信。平常在交际场中，总是笑嘻嘻地和人点头作揖，不大说话。这时他三人一处，两人对局，一人旁观，一点儿倦容也没有。关伟业周旋了半天，很想客走了，舒舒服服躺着抽两口烟。可是这盘棋两人正争一个角，各人的手伸在棋子盒里，稀沙稀沙抓棋子出神，下一个子，倒要好几分钟。

黄楚江在棋子盒里抓了好大一会儿，抓起一粒棋子，用两个指头夹着，蜻蜓点水一般，在棋盘上敲了又敲，试了又试，然后放在一个格子上，着力地捺了一下。在这一捺之中，几乎全身都已使出劲来似的。黄楚江下了子以后，曹伯仁也是照样地下。偏是这犄角上，又有两个活劫，双方劫来劫去，还是那一着棋。关伟业恨不得客走了事，单单遇到这样两位，也是没法，一直把棋下到两点钟，关伟业在一旁坐守得筋疲力尽，接连伸了两个懒腰。曹伯仁一看壁上挂的钟，已经到了两点多，便笑道："哎哟！夜深了！我们歇手吧。"黄楚江因为连输两盘，还未免有些恋恋。到了这时，关伟业连再下一盘的敷衍话都不敢说，默然坐在一边。等这盘棋下完，已是两点有半，客才散尽。关伟业自叹自语，说道："咳！劳民伤财，一点儿结果没有。"

关太太刚从上房出来，听了这话，便问道："怎样劳民伤财？"关伟业将龙际云没来，打算再请的话说了一遍。关太太道："再请一次倒不要紧，倘若他又不来，怎么办呢？"关伟业道："这次我在李逢吉、何銮保面前，表示了一点儿和保定铁树人很接近，他们倒有意联络我。有了他们和我合作，龙际老不能不来，而且他们是唐系嫡系政客，有了他们的关系，际老就是上了台，也不能不敷衍我们的。"关太太道："你和铁树人接近的话，完全是架空，不怕他们戳穿吗？"关伟业道："也不算架空，我倒是和铁树人见过几回面。"关太太道："你不要信口胡诌了，你没到保定去过，他又没到北京来过，你怎样和他见面？"关伟业道："政治上的行动，你们妇人家能知道吗？上一个月尾，铁树人

56

秘密到北京来了两回，我都会见了。因为这是不让外边知道的事情，所以我也没对你说。"关太太听说，也就将信将疑，说道："你果然能和他发生关系，那倒也好，那我们请龙际老的这一餐酒，请了也不要紧。"关伟业道："那又值几个钱？我在外面，那不是三两天就吃人家的。要说有作用才请人吃饭，我的朋友，哪来许多作用，就是我，也不够人利用的了。在政治上活动，熟人越多越好，多请两回客算什么？"关太太见他说得有理，且自由他。

过了两天，龙际云已经由天津回到北京来。关伟业知道这个风声，怕他来了又要走，来个打铁趁热，赶忙备下帖子，就请次日下午七时，在家里晚酌。偏是事有凑巧，正值他将帖子交给听差以后，晚报来了。打开晚报一看，只见"龙际云"三个字射入眼帘。仔细看时，乃是一条新闻的题目，共总"龙际云回京又赴天津"九个大字。关伟业不由得暗叫一声糟了，仔细看新闻的内容，说是龙际云来京以后，又发生了一桩事，要到天津去接洽，决定今晚再行赴津。关伟业便按铃叫听差进来，问请客帖子送走了没有。这正是换的两个新听差张三、李四，张三门房里坐着，李四到上房里来回话。他们原先正在门房里和几个同志谈鼓儿词，讲到《七侠五义》大破铜网阵一段，大家十分有趣，偏是请客帖子交了下来，要出去投送。两个听差，都不愿意走，且将帖子放下，继续地谈话。现在关伟业问他请客帖子送走了没有，他哪敢说没有送走？只说不敢耽误，督办交下来，张三就送起走了。关伟业跌脚道："糟了，还赶得回来吗？"李四一看这样子，似乎送出去了反而不好，便沉吟着道："张三走的时候，说要到小市上去绕一个弯，也许还赶得上。"关伟业道："好！你赶快坐车去赶，花了多少车钱，回来我给你。"李四答应了一个是，就退出去。关伟业又叫住道："只要这帖子没有下到龙总裁家里，都可以想法子追回来，就对他们的门房说，帖子上的日子写错了。去吧，越快越好。"李四到了门房里，对张三一说，两人都乐了。张三道："先别忙把这帖子交上去，咱们到街口上大酒缸去，足这么一喝，拉长一些时候，回头你就说追了我不少的路，多要他几个车钱，还咱们的酒账，你瞧这个办法好不好？"李四笑道："真有你的，又找着还酒账的了。走吧，咱们喝碗去。"这里张三、李四把请客帖子揣在身上，便从从容容到大酒缸喝酒去。

关伟业一个人在屋里，坐卧不安，心里念着，也不知道李四可追得上张三。若是追不上的话，明日这一餐饭，又算白请。本想打一个电话去探一探虚实，无奈这一探虚实恐怕要起人家的疑心，越发不好办，只是背着两只手，在屋子里转来转去。偏是那张三、李四，一等也不回来，二等也不回来，等了两个钟头，还没有人影子。关伟业又恨又急，又不知道怎样办。好容易等到晚上九点钟，只见李四手上拿着一卷请帖，走了进来。关伟业本来要骂他两句，见他已把事办妥，就不便于骂了，问道："都追回来了吗？"李四道："都追回来了。"说时，便将请柬呈上。关伟业一看，果然一封不少，就给了他五毛车钱。这李四虽然所得无多，在大酒缸待了两钟头，居然有主人替他会酒账，也就大可以干了。这在关伟业，一时之间，去了一桩心事，如释重负。

可是到了十二点钟，接了李逢吉一个电话，说际老回来了，大概三天之后，还要到天津去一趟，你若是要约会的话，就是这一二天吧。关伟业道："我看见晚报上载着，际老今晚已回天津去了呢。"李逢吉道："那个怕是传闻之误，因为刚才际老还到了雁老这里来谈话，直到现在还没有走呢。"关伟业道："如此，我明天就下帖子，日期就是后天晚上吧。"放下电话，又追悔起来。若是那帖子就是这样发出去了，约在明天，那是多么好，偏是送出了大门，又要原件追回，无故又算耽误一个日子，自己未免埋怨自己无主张，但是这也只得罢了。到了次日，重新写了请帖发出去，又跑到黄楚江家里去一趟，请他和龙际云一路到。这还不放心，更去见李逢吉，托他转邀。日子易过，转眼又到约会之期。关伟业白天又打一个电话给李逢吉，请他务必前来。转托的事，也请催一催。李逢吉道："我来是不成问题的，不过听说际老今晚另有一个约会，他能来不能来，我不敢断。"关伟业在电话里沉吟了一会儿，说道："请你等一等，我一会儿就来府上，有几句话面谈。"

关太太也在一边，见了这种情形，大不以为然，说道："这个姓龙的，也太搭架子了，请一回不来，请两回又不来。你也真不怕麻烦，请一个客，还有左托人疏通，右托人疏通。"关伟业道："你知道什么，他越是不来，越是瞧我不起。他一瞧我不起，他将来做了交通总长，这一个督办，还能替我们保留吗？"关太太道："你越是这样将就他，他就越瞧不起你了。"关伟业道："要像你这样说，我们不必在北京混，回老家享福去得了。官场中就是这样，人家越是瞧不起，我们越要将就，练到人家骂了我，我对他笑，人家打了我，我对他磕头，无论如何，那人不能向我再生气了。只要他不和我生气，我就有办法求他了。现在龙际老虽然看不起我，只要把他请到我家里来，我和他一谈话，顺着他的意思，就可以合作了。你想，他既不来，我又不请他，这事岂不大僵而特僵？好！要照你这样办，那还在外面干差事吗？"

关伟业说了这话，坐了汽车，就到李逢吉家里来。李逢吉因为关伟业和保定方面很是熟悉，思想总也可以利用他一点儿，也不肯那样拒绝太深，果然在家里等着他会见。关伟业皱着眉道："际老这样对待我，岂不是没有合作的诚意？其实我这一再请他，并不是有所求于他，不过大家都是在交通方面做事，我很愿意就此联合起来，彼此有个照顾。若以为他要上台，我是他的属员，就要敷衍他，那就错了。只要我拼了去碰两个钉子，请老铁打一个电报来，我想他也不能不敷衍吧？"李逢吉道："我想际老绝不是故意不来，一定实在有事耽误了，况且在座又不是外人，他为什么不能到？下午我有一件事要和他商量的，我顺便就邀他一同来到府上，你看好不好？"关伟业本想一硬硬到底，见他已愿代自己亲邀，又怕逼得太紧，事要决裂，便笑道："这一件小事，一再烦渎老哥，我很过意不过。打个电话问一问就可以了，还要劳驾亲去一趟，这未免小题大做了。"李逢吉道："我原也要去见见他，不是为阁下的事专程去的。"关伟业因此就顺向李逢吉一揖，说道劳驾了。

李逢吉也觉受人家两次特请，龙际云若是不到，自己也不好意思列席。下午坐了汽车，就到龙际云家来。这时，黄楚江、范同风正陪着他一处说话。黄楚江道："那关伟业今天又请总裁前去，总裁能去吗？"龙际云皱眉道："我和他又没什么关系，他一再请我做什么？我去了也觉得无聊。"说时，眼睛望着范同风。范同风道："对了。那天我去了，觉得没有什么可说的，只看了几盘棋，十分无聊。"黄楚江道："看他那种意思，两次请客，都是为了总裁，其余的人，不过是陪笔而已，总裁总是不去，倒辜负了他一番诚意。"龙际云道："咳！他是什么诚意？

他知道我要上台，怕他那个位子保不住，所以极力地和我联络。我就极恨这种无孔不入、患得患失的政客。"黄楚江碰了这样一个橡皮钉，就不敢望下再说。偏是范同风，还要火上加油，他跟着龙际云道："我也是这样想，只是不便说出来。他那个未成铁路督办的缺，照理说就应该裁掉。世上哪有一寸铁路没有，设一个督办的道理？"

正说时，李逢吉来了，先说了几句闲话，后就谈到关伟业请客的事。龙际云道："刚才我们正说着这件事呢，这个人毋乃太无聊，一定要我去吃他一餐饭，这算什么一回事？"李逢吉道："人家既然是诚意请，何必不去，反而得罪了他。这种人提拔他一下，也不费什么事。你要得罪了他，成事不足，坏事有余。他跑到保定去，给你烧一把野火，你又怎样办？"龙际云道："他在保定方面，还有什么路子吗？"李逢吉道："怎么没有？路子还很宽呢。那老铁就是他的老同学。"龙际云摸着胡子道："我说呢，像他这样的人，并不能干什么大事，何以给他这样一个优缺，原来他还有这样一层靠山。"范同风道："因为这个缘故，我们不敢拒绝他太甚，所以上次请客，我和楚江都到了。"龙际云道："他既然有这一条路子，倒是可以敷衍敷衍他。"范同风见这种形势，便极力怂恿，说是所请的，有甘维老、戴鲁老，很可以坐在一处谈谈，而且他家里，陈设很古雅，倒没有那种欧化的俗气。总裁对于这种地方，一定是很合意的。龙际云道："若是为吃一餐饭，我真不屑于去敷衍他。不过他既和保定有这一层关系，我去一趟也好。"范同风道："当然可以去一趟，他和我们倒也说得过来，一见总裁，一定也是很投机的。"

黄楚江先见龙际云和范同风说得关伟业一文不值，深悔自己多事。现在他二人一吹一唱，说得那样有趣，又是好气，又是好笑，总是不作声。这时龙际云问他道："楚江，你和同风先去吧。回头到了吃饭的时候，我去应一个卯得了。"黄楚江道："是，反正也没有什么事，可以先去的。"龙际云又对李逢吉道："你曾和他谈到老铁的事吗？"李逢吉就把那天所说的话，略为叙述了一遍。龙际云道："他居然有这样的好路子，一向没有留意，几乎失之交臂了。这倒不一定要他请我，就是随便到我们这里来谈谈，我们也是欢迎的，你看对不对？"李逢吉道：

"正是如此，回头我们就一路去吧。"龙际云之希望和保派联络，尤甚于关伟业和他联络，一说声去，当然是千肯万肯。到了晚上七点，关家的客还未到齐，龙际云和李逢吉都到了。龙际云见关伟业客厅里的陈设，果然异常古雅，心里就有几分喜欢，加上他招待殷勤，龙际云讨厌他的心事又去了几分。不过自己为自己的身份一想，将来做了交通总长，就是他的顶头上司，也不可太将就了。只等宴席上吃到甜菜，便说有事要进公府去一趟，只好先告退了。

关伟业见龙际云对他的表示很是不错，心里一想，这种前倨后恭的缘由，都是为了自己一顿和保派有关的大话，逗引着来的。我以为他们手法通天，对于那方总长有些来往。照这种局面看去，竟是隔阂十二分，我要在这里弄点儿玄虚，简直是不费事了。盘算了一起，过了一日，却顺道到赈灾会来看李逢吉，因说道："兄弟打算这一两天内，到保定去一次，不知替逢吉兄有什么可以效劳的没有？"李逢吉笑道："我哪里配呢？雁老这个时候正在家里，何不同去见一见他，看他有什么话没有？"关伟业正色说道："我和老铁太接近了，恐怕雁老见我有些话不便说，其实雁老我是很钦慕的，只要可以效力无不去办。请老兄转陈雁老，有话尽管说，不必客气。"李逢吉道："你这话很对，我可以先对雁老说一说，彼此既然合作，话就可以很明白地说出来。"于是二人同坐了一辆汽车到唐宅来。李逢吉让关伟业在客厅里坐了·会儿，自己先去见唐雁老。说这个关伟业是铁树人一方面的人，督办似乎可以和他见一见。唐雁老道："见是可以先见他，但是也无话可以说。"李逢吉道："他马卜就要到保定去，我们不妨托他一桩小事，顺便就可以借他向铁树人联络。我们固然不免借重他，但是在面子上，也不必把他看重了。"

唐雁老对他这话，很表示同意，一会儿工夫，就和李逢吉一路到客厅里来。那关伟业虽然是常在政界上极力活动的人，可是对着这重大人物，不觉得自己肃然起敬，遥遥地见唐雁老到了，早已站将起来，只等他进门，便是两只手垂着和腿成一直线，深深地一鞠躬。唐雁老点了一点头，用手指着旁边的椅子，让他坐下。唐雁老先说道："逢吉常常和我提到阁下，我说：'若是公事稍闲，到我这里来谈谈我是欢迎的。'"

关伟业道："是，早就要过来给督办请安，因为知道督办公务繁重，不敢无事过来搅扰。"唐雁老摸着胡子笑道："我虽然办赈，替国家做些小事，也等于在野了。你常在北京吗？"关伟业道："是，在北京的时候多，偶然也到保定去走走。因为那边铁处长是老同学，有些小事要伟业为他代办。"唐雁老笑道："树人为人很刚直，倒是刘五爷一条臂膀，怪不得人家送他的徽号，叫他作老铁。"关伟业道："铁处长倒是以清介自持，不过也很容易得罪人。"唐雁老回过头去，对李逢吉说道："我不是对你说过吗？现在政治腐败到了极点，就难得有这种人才。若是能集合这样的人在一处，把政治洗刷洗刷，我想那还有一线清明之望。我对于树人，向来就很钦佩。"李逢吉道："是，督办总是这样说。"便对着关伟业道："伟业兄到保定去，把这话对铁处长一说，我想，这位老铁对督办的话，也是十分同情的。"关伟业微笑着，答应一个是。唐雁老道："关先生要到保定去吗？"关伟业听见唐雁老叫了一声先生，几乎浑身的骨头都要酥起来，赶忙站起身子来答应了一个是，然后方才坐下。唐雁老道："逢吉，前次我们得着报告，不是说河北一带，也有些旱灾吗？可惜向来没有详细的调查，我们没法子办赈。这回既然有关先生到保定去，我们倒可以奉托，和铁处长接洽接洽。"关伟业道："是，这是义举，伟业一定可以出力的。"说到这里，唐雁老随便敷衍了几句，就叫关伟业有话可以和李逢吉接洽。

关伟业看这种样子，不便在此多事耽搁，便起身告辞。唐雁老只送到客厅门口，就站住了。李逢吉一直将他送到大门口，关伟业道："我明天就打算动身了，逢吉兄有什么意思，最好今天就告诉我。现在天气还早，可以再到贵寓去谈谈，逢吉兄以为如何？"李逢吉也就信以为实，一路和他到赈务会来，把唐雁老治国的方针，倾筐倒箧说了一个干净。又说："我们说一句私语，保定方面，不想和内阁合作则已。若要想和内阁合作，只有唐阁最好。老铁要是谈起来，倒可以详详细细告诉他。他住在那个地方，未免与政治隔阂，是不明白利害的。"李逢吉说一句，关伟业答应一句，总是倾向雁老这一方面。他道："论起兄弟的身份和资格，这种大问题，实在不配接洽。不过论起兄弟和老铁私人的关系，倒是有话就可说。只要私人方面说好了，再派正式代表接洽，就不成问

62

题了。"李逢吉笑道："你老兄这话，未免太谦。"关伟业正色道："我们既然是自己人，当然不会说不相干的客气话。这倒是我一点儿真实的意见。不过雁老面说的，调查灾情那一节，似乎要写一封公函才合适。这一件事，兄弟一定可以胜任愉快的。"李逢吉道："那是当然。"关伟业道："兄弟可另外有一个要求，就是那封信，最好是不用贵公署的名义。因为兄弟并不是贵署的人，若用贵署的名义去接洽，和那老铁的脾气，又有一点儿不对劲儿。"李逢吉一想，他这话也有理，他并不是赈务督办公署的人，怎好奉署里的使命呢？关伟业道："我倒不是拘执，一定要把公私两边分个清楚。实在因为老铁这人脾气不好，设若他知道我并不是赈务公署的人，岂不要说我假借名义……"李逢吉道："这话说得不错，就用雁老的名义，写一封私人的信行吧。"关伟业鼓掌道："那是最好没有，就请逢吉兄去办，办得了，送到舍下，我明天就动身子。"李逢吉哪里知道他葫芦里卖的什么药，当真这样地办。

到了这日下午，李逢吉叫人写了一封信，盖上唐雁程的私章，亲自送到关伟业家里去。关伟业拿了这一封信，揣在身上，当时就到龙际云家里去拜会。龙际云这时也知道他和保定有些瓜葛，就出来见了。关伟业道："伟业明天要到保定去，这里还有唐督办给铁处长的信，是奉督办面谕送去的。"关伟业并没有说明信上说了些什么，龙际云听了，心里倒着了一惊，不料他一跃登天，竟当起这种阔差事来，便笑道："我希望有很好的成绩回来，我在北京静候佳音吧。"关伟业道："好在那边熟人很多，一定可以找些结果，不知道总裁有什么事没有？"龙际云沉默了好几分钟，只是不住地摸那下巴下的长胡子，然后才说道："也没有什么事，我又说句实在话，我是以雁老为进退的。只要他有办法，我也有办法，不过见了铁处长给我致意问候问候。"关伟业笑应了几个是的，连说一定可以办到。

关伟业出了龙家，一直就到保定都护使驻京办公处来。这处长葛怀民，是个乡绅出身，靠山虽大，手腕却小，对于人情世故不十分明了。不过他有一样好处，上司下来的命令，叫他打三个转身，他不敢打两个半。这样的人，叫他领款请差事最好，非办到了他不能休手，因此却很得保定方面的信任。这时关伟业来拜会他，一到号房，就说是唐督办派过来的。葛怀民认为他是替唐雁老来接洽事情的，当然接见。关伟业开口就说："无事也不敢来相烦，现在雁老派兄弟到保定去，明日就动身。本来可以直接打个电报去预告一声，恐怕冒昧，所以向老哥报告一下，老哥要拍电回保定，可以顺便提一提。"

葛怀民听了他这话，以为他是去接洽内阁问题的，倒不敢小看了他，便道："很好很好，我打个电报去，也好让他们预先筹备招待。"关伟业道："招待就不敢当。"葛怀民道："你老哥明天几点钟起程？"关伟业道："还没有决定。"葛怀民道："若是明日上午启程，那就好办了，我们有一列送粮的空车，上午放回去。后面挂了一辆头等车，只有一个副官押着，可以搭那辆车去，不过不恭一点儿。"关伟业道："很好，很好，再顺便没有，几点钟开车，只要葛处长打一个电话给我，我就可以到车站上去。"葛怀民道："只要是上午可以到车站，那车子可等候尊驾，随时开车。"关伟业见他如此说，着实道谢了几句。

走回家去，满脸的喜色，对他太太道："你瞧，我办的事怎么样了？现在唐督办派我做代表到保定去，葛处长又打电话到车站上去，要了一辆专车，这趟差事，总算很有面子了。"关太太笑道："这话是真的吗？"关伟业道："怎么不是真的？回头你和我一路到车站上看看。不但是专车，而且挂了一辆花车。在北京动身就是这样，到了保定，那边的招待，那越发地好了。"关伟业言之津津，很有得色。那黄楚江不知道在什么地方得了这个消息，当天也专程来拜访他。关伟业笑道："我们要小别几天了，现在奉到唐雁老的命令，要到保定去一趟。葛怀民兄也就郑重其事，给我要了一列专车。其实我这一次去，并没有时间性，迟一天半天，并没有关系，这专车实在也用不着。怀民这样铺张起来，你看，不嫌招摇吗？"说时，将他上嘴唇皮那一撮小胡子，用一个指头两边地抹着。黄楚江道："不然，要是这样，才和雁老的面子下得去。不知道雁老的意思，是怎样表示的？"关伟业道："当然是表示可以出台。他说到和铁处长致意这一句话，忘了形了，竟和我拱了一拱手。他随便举一下手，不值什么，叫我身当其冲的人，真不知道怎样好。"

关伟业是这么一吹，闹得黄楚江真有些迷糊，心想我们龙际老，究竟太托大，为什么先是那样瞧他不起，便道："我以私人的资格来说句话，际老究竟是自己人，可以帮忙的地方，还要请你大大地帮忙。"关伟业笑道："那是自然。可是我看际老对于政治的兴趣，好像很淡漠似的，我们和他奔走，不嫌多事吗？"黄楚江一想，好呀，你稍微得意，就要对际老加以报复了，便道："那是伟业兄主观的错误，际老正是雁老一条臂膀，岂有雁老上前，他一人退后的道理？老兄明天几时上车，我一定来送。"关伟业道："两天就回来的，不必客气了。"黄楚江道："倒不是客气，我想到了临时或者发生什么问题，还要找你来谈谈呢。"

黄楚江这样说了，关伟业以为他是客气话，也不过一笑而已。不料这日晚上，黄楚江、范同风联合着许多人，就公请关伟业，为他饯行。到了次日上午，又是汽车、马车十几辆，追上西车站，和他话别。可是找了一阵，并没有找到关督办上保定的专车，向路警和车站办公的人打听，他们也是不知道。大家一想，准是车子开了，也就扫兴而回。没有走几步路，忽然碰到关伟业在月台上散步。大家一拥上前，都说我们好找，专车在哪里？关伟业顺手向铁路那边一指道："那一列就是。"大家一看，果然是一列花车，可是没有车头。关伟业道："车头灌水去了，汽水管无汽，车子上很冷，我们到食堂里坐坐吧。"于是把一阵送行的人拥到食堂里去。大家见他不愿让人上车，自然也不能勉强，在食堂里坐了一会儿，各自走了。

关伟业出了食堂，走过月台，越过几道铁路，才达到一列敞篷车的地方。车最后，挂了一辆三等车，一个副官，带着几名护兵，坐在上面。这个地方没有月台，车子离地很高，因此关伟业爬了上去。有几个护兵，是刚上车的，看见人头望上一升，便喝道："你找谁？"关伟业见形势不对，往车下就跳。一个不留神，来了个鲤鱼跌子。那副官连忙抢上前，将他扶起，笑道："没事没事，有几个刚上车的弟兄，他们没有知道哩。"关伟业这才扑了一扑土，跟着他上车。副官一介绍，大家才知道他是一个督办。副官道："一辆头等车，早晨被敞上要去了，现在只剩这辆三等车了。"关伟业道："不要紧，不要紧。"副官道："这可是不恭一点儿，若是关督办愿意坐这车去，我就吩咐他们开车。"关伟业道："好好，就是就是。"于是关伟业便坐着敞篷专车南下。车子到了保定，关伟业先在一家大旅馆里住了，然后带着雁老的私函，就到都护使公署来见铁树人处长。那铁树人见他是唐雁老派来的代表，也就亲自接见。关伟业就说一向在唐雁老那方面办事，这回奉了雁老的命，前来交换政治意见。铁处长有什么政见，尽可以当面指教。那铁树人一来见了雁老的私函，二来接到驻京办公处的报告，关伟业说是雁老的代表，当然可以相信，因此颇留住关伟业深谈了一会儿，赶上午餐又留住关伟业一块儿吃便饭。

关伟业这一番得意，真是无可形容，当晚就拍了一个电报到京，说是与铁处长会晤，接洽甚为圆满。北京方面见他一到保定，就得了好结果，也是十分高兴，以为他和铁树人的感情的确不错，同学究竟是同学，和他人的关系不同。关伟业在保定混了两天，乘车回京。这时暂且不到唐雁老家里去，一径回家，不过叫听差向唐宅打个电话，报告一声。那边听说他回来了，就请过去坐。关伟业叫听差的答复，说是铁处长有几桩私事急于要办，现在无法抽身，晚上一定过来的。关伟业觉得坐车久了，也有些劳顿，点了烟灯，在床上吸了一顿鸦片烟，放倒头便睡。一觉醒来，已是晚上九点。可是那边唐宅又打电话来了，问关督办回来了没有？关伟业一想，催得厉害，一定很着急，我索性缓一步，便叫听差答复，吃了晚饭就过来。不料这边越搭架子，那边越将就，说是敝上也没有用饭，就请关督办到这边来便饭吧。关伟业觉得这已面子十足，于是坐了汽车到唐宅来。唐雁老很是高兴，就请关伟业在内客厅里相见。在座还有龙际云和李逢吉都也是急于得好消息的人。唐雁老见关伟业进来，走上前一步，便握着他的手道："老弟！老弟！这一回事，实在偏劳了。"龙际云、李逢吉在一边看见这种情形，也就笑起来。

关伟业见他们都是这样器重，越发自大得了不得，便道："铁处长对于北京方面的情形不很熟悉，由伟业一说，他就明白了。到的那天晚上，伟业就下榻在他公馆里，做了竟夕之谈。这几天在保定，伟业哪里也没有去，就是在他公馆里住着。所以关于他那方的情形，伟业特别留心，比往常到保定去的形势不同。"唐雁老道："我也是对逢吉他们说过，我们应该有个人，常常在外面跑跑。我们也不谈什么活动，大家因此联络联络感情，总是好的。"关伟业道："伟业虽没有学问，若是这种传达意见的事，总不至辱命。"李逢吉在一边见他两人尽说客气话，一时谈不入正题，便望着龙际云。龙际云会意，闷着嗓子，先咳嗽了两声，停了一停，然后问道："伟业兄此行，我们本来知道很有成绩的。前天接了那个电报，大家都笑着说，果然所猜不错。但不知道铁处长详细的办法怎样？"关伟业道："详细的办法是有的，不过他是零零碎碎说的，并不是归纳到一处，总起来说的，让伟业慢慢地说吧。"这种情形，倒是唐雁老知道他的意思，便笑道："也不必忙，慢慢谈吧。"于是索性抛开了正题，大家只谈些闲话。

过了一刻，关伟业和唐雁老到隔壁小屋子里去，密谈了一阵，雁老点头说是，默然了一会儿。雁老和他出来，又与大家谈些闲话，关伟业便对李逢吉说，约他到家中去坐谈一会儿。龙际云看了这种情形，心里恍然。关伟业有话，可以对雁老说，也可以对李逢吉说，在座三个人，就瞒了我一个，这种情形，不言可知了，因此心里倒很像长了一个疙瘩。这天晚上回去，夜已很深了，还打电话将黄楚江叫了来。对他说道："我看关伟业这一趟保定走得十分得意，大概是有些成绩了，不过他的话，却不肯对我露一个字，这实在很可怪的。"黄楚江嘴里说不来，心里已很明白，偏着头想了一想，说道："据楚江说，这与总裁没有什么关系。"龙际云道："既然与我无关，为什么有话不对我说？"黄楚江道："据我想，一定是为上次请客的事，他心中不无芥蒂。若是果然为这一层，倒可以想法子转圜。"龙际云道："若是为这个事，简直是笑话了。那很容易转圜的，就由我出名转请他一次吧。不过有一层，他这回跑的成绩如何，我们总应该知道一点儿。"黄楚江一看龙际老的态度，竟有些惧怯关伟业的样子，也就跟着他的话转，也主张请关伟业吃饭。可是他的心事虽然活动，范同风的心事，比他更活动，当天晚上就到关伟业家里来拜会来了。

这时，关宅的情形，不像以前了，门口的汽车，停了两大排，门口的电灯，点得灿亮。那两个门房里的听差，也立刻变了态度。他见范同风是坐包月车来的，接过名片，低头看了一看，又抬头看了一看人，便说道："请您等一会儿，我进去看一看，我们督办正会着客呢。"范同风看那样子，是不能闯关而入的，只得等着。约莫有五分钟，那听差才出来相请。一进客厅，只见南腔北调的来宾，挤满了一屋子。一会儿这个叽叽咕咕和关伟业说几句，一会儿那个又叽叽咕咕和关伟业说几句，也就没有直接和他说话的机会。范同风本也没有奉谁人使命来的，就是找着关伟业也无话可谈。所以他在这里，也不过挤在人中间随便说说笑笑。

到了两点钟，客走了一半，范同风也就到龙际云家里来报信。龙际云见他是从关伟业那里来的，已经脱了衣服要睡觉了，复又披着衣服出来，到客厅里与范同风会见。范同风很得意地说道："关伟业家里的客，本来极多，不便说话。他就拉着我到一边，告诉他的意思。据他说，对于总裁总是要合作的。我就说，最好请他到总裁这里来，面谈一切，他也很以为是。拉着我的手，再三叮嘱，关于合作一层，彼此要守秘密。我看他那样子，虽然极是圆滑，但因为同风为人极是拘谨，也只得说老实话了。"龙际云道："他现在居然以唐铁间的代表自居了，哪里肯将就我们？要不然，叫他约好一个时间，我去拜会他吧。"范同风道："那样最好，可以表示总裁谦恭下士。"龙际云道："去我是可以去。不过这些政客最会搭架子，我若到他家里去迁就他，他以为我们怕他，越发要骄傲起来了。"范同风道："这一层是要顾到的，不去也好。只看他从保定回京以后，与以前就判若两人了。"龙际云道："同风，你给我拿一个主意，你看我还去找他一趟，还是约他到我这里来？"范同风道："若是他真能和我们合作，总裁去一趟，倒也不要紧。"说时，却用眼睛暗暗去偷看他的脸色，见龙际云板着脸，有极不高兴的样子，又道："否则还是请他过来一谈的好，这种人绝不可以对他客气相待的。"龙际云道："还是请他来吧。看他以后情形如何，再想办法。我已吩咐楚江明天和他接洽去了，你明天不妨和他同去。"范同风答应着是。

到了次日，便邀着黄楚江一同去访关伟业。他家里门房说："我们督办不在家，和太太坐着汽车到西车站接人去了。"黄楚江是知道的，关伟业在家，并没有正式家眷，这位太太，是从胡同里接了来的，而且他又不像别人，是千金买妾，不过是这种豪举，他却和这位太太有约在先，并拢在一处合作。关伟业不必花钱，他也不许在太太上加以任何字样。至于以后，关伟业在政治上活动，关太太在交际界上活动，各不相涉，而且在必要的时候，彼此还得帮忙。现在关伟业陪着他太太一同到西车站去，一定是太太有什么发展，要他去帮忙呢。听差这样说了，就不便再问，只得和范同风回家。

其实黄楚江这一猜，倒是猜错了。原来铁处长部下第一科科长桑俊人，奉了铁处长的命令，到京来接洽些琐碎事件，这就是去接他。当关伟业在保定之时，和桑俊人见面多次，彼此偶然谈到逛的方面，桑俊人非常羡慕北京的繁华。关伟业就说，对于这一层，自己非常熟悉，那时到京，可以做一个引导。桑俊人听说，欢喜得了不得，就说到京之时，一定来拜访。关伟业道："舍下就住在南城，说到逛，非常方便。最好是下榻在舍下，兄弟就可以随时奉陪了。"

这话本也是关伟业顺嘴一遍客气话，哪里知道桑俊人信以为真。恰好过了两天，他要到北京来。一时高兴，就拍了一个官电给关伟业，说是今日启程来京，晚车可到，明天到府奉访。关伟业见了，喜欢得了不得，便对关太太道："我现在居然是保派了。你瞧，那边来人，都要先打一个电报来报告。这是官电，不要钱的，将来我们也可以打的。就是你托人在上海买衣料，都可以打官电了。"关太太一见真凭实据，笑道："唯其是官电不花钱，所以他才打一个电报给我们。其实他到京要来拜访你，先不打这个电报，有什么关系呢？"关伟业道："不然，他和我感情最好，打算到京后就住在我家里，所以打电报来，让我们好去接他呢。"关太太道："你不要找这麻烦吧，他们来一个人倒罢了，回头闹得宾客不离门，其实与我们没关系。"关伟业将肩膀一耸，笑道："你说好大话，谁也知道铁树人是保派的灵魂，桑俊人又是老铁的灵魂。这种阔人，接还接不到呢。他要来，我们还怕麻烦吗？"说毕，于是对着关太太耳朵边，低低说了一遍。关太太一扭头，扬着眉笑道："我不管。"关伟业道："我并不是说笑话，真要这样办才妥当，这一个机会是不可失的，而且于我们极有面子。"关太太道："面子面子，不要是没面子吧？"关太太说这话，本来也就在可办可不办之间，经不得关伟业说好说歹，再三地要求，总算都答应了。

到了晚上，他夫妻二人，同乘一辆汽车，到了西车站。不一刻，火车到了，关伟业便到月台上来迎接。果然桑俊人带着几个听差从车上下来。关伟业抢上前一步，说道："俊人先生，果然言而有信。兄弟接了电报，同了内人特来迎接。"说时，关太太也走上前来。关伟业道：
"这就是内人。"桑俊人先是闻见一阵香风，抬头一看，一个二十多岁
的少妇，披着杏黄色白狐斗篷，戴着水红钻花绳帽，再配两耳坠下来的
一副钻石耳坏，正是鲜耀夺目。她到了面前，深深一鞠躬下去。桑俊人
连忙拱手道："这是嫂夫人，劳驾前来，真是不敢当。"关伟业道："不
然，兄弟也不必过那虚套，特意到车站来接俊人先生到舍下去屈住几
天。"桑俊人道："不必客气了。办公处有的是地方，可以随便住的。
况且所带用人很多，也不便到府上去惊扰。"关伟业道："办公处可以
随便，舍下也是可以随便的。我们不是在保定有约在先吗？俊人先生怎
样忘记了？"说毕，昂头哈哈大笑。关太太也道："桑先生若不嫌弃，
就不必客气了。"桑俊人笑道："不是客气，实在不便叨扰。"说时，显
出踌躇的样子。关太太笑道："桑先生实在不用客气，除非是嫌舍下房
屋窄狭，我们就不敢强留了。"桑俊人还没有答应，关伟业早将手斜伸
出来，在桑俊人身边遥遥做扶持之势，口里说道："请请。"桑俊人被
他夫妻二人在两面夹住，要走不可，只得一路坐上汽车。在车上，关伟
业先坐在倒座儿上，却让关太太和桑俊人并排坐着。桑俊人再三不肯，
然后他夫妻二人坐在左右两边，让桑俊人坐在中间，一路之上，关太太
不住地陪着说东说西。

　　到了家里，关伟业将桑俊人一引，一直引到上房。手指着东边一间
屋子道："这是兄弟个人的卧室，倒还洁净，就住在这里，好吗？"桑
俊人道："这就不敢当，我带了行李的。伟业兄随便腾一间房子，让我
住下就成了。"关伟业道："这个房子，兄弟住的时候很少，一大半也
要算是客房哩。"说时，有一个十几岁的女孩子，穿着八成新绛色绸面
绿边旗袍，梳着青光垂发松辫。雪白的嫩手，捧着一杯茶，送到桑俊人
面前来。没有说话，脸上先红了一阵，桑俊人一看那女孩子，既不像是
侍女，又不敢说是关伟业的亲属，不便十分自大，接过茶，微微地点了
一个头。随后又走出来一个二十多岁的少妇，穿了一身浅灰巴黎哔叽衣
服，套着一条白布的围裙，这大概是上等女仆了。只看她雪白的手脸，
额顶上还垂着一排漆黑的复发，就知道很是干净。她拧了一把雪球般的
白毛手巾，摊将开来，热气腾腾的，带一阵香味。她两只手，各用两个

指头，夹着一点儿手巾犄角，凭空垂着，走到桑俊人面前，放出微笑来说道："请您擦一把脸。"桑俊人只把手掌一伸，那一条热毛巾，就平平正正放在手上。桑俊人在外混差事，虽然不少的人伺候，可是都是赳赳武夫，而且也不能这样体贴周到。就这进门两件事，一杯茶一道手巾把子看来，已经是别有天地了。于是不再辞谢，安心在关伟业家里下榻。当天晚上，关伟业就陪着桑俊人在胡同里逛了一个通宵，第二天又在家里请酒，和他洗尘，叫了许多妓女，为他侑觞。桑俊人吃着喝着，固然不用花一个钱，还有跟他来的几个听差，也是吃喝带拿钱。

这样说来，桑俊人自然是心满意足。可是也有一件事，他有说不出来的苦处。就是关伟业的汽车，让给他坐。自己坐车到哪里去，关伟业跟着到哪里去，自己要拒绝他去吧？受了人家这种招待，实在说不出口，不拒绝吧？人家疑惑两人奉了保方一样的使命，在关伟业假借了一点儿名义，倒不算什么。铁树人知道了，自己引着闲人在一处办公事，这个关系太大，要避开这事，只有一法，搬出他家。盘算了一会儿，觉得是这样好。自己本打算礼拜日去拜唐雁老，就决定礼拜六搬出关家。

可是当他计划这件事的时候，关伟业不知要办一件什么事，整天地不见面。回到关家，只是由关太太出来相陪。到了晚上，关太太请桑俊人一路去看电影，同坐着汽车出去，同坐着汽车回来。关家的屋子，共是二进半。桑俊人住在第二进，关太太住在第三进，看了电影回来，已是十二点钟了。关太太问道："桑先生还要出去吗？"桑俊人道："一个人出去，太没有意思，不出去了。"关太太道："这里不远有一家广东消夜店，东西还不错，叫他送一点儿东西来吃吧。今天晚上很冷的，吃点儿东西，喝一点儿酒，也可以去去寒气。"桑俊人道："不必了，若是有干点心，倒可以吃一点儿。"关太太哪里肯，就叫那个年轻的女仆周妈，打了电话去叫酒菜，自己且不走开，陪着桑俊人谈些闲话。那个女孩子也出来了，在一边伺候茶水。桑俊人只听见他夫妇叫那女孩子作阿珠，那女孩子称关伟业为大爷，称关太太又为阿姨，自己在这里住了三天，依旧还看不出她是什么人。这时候便笑道："阿珠，你也认识字吗？"阿珠笑道："不认识。"桑俊人便对关太太道："很聪明的一个孩子，让她做事，可惜得很，何不让她去读书？"关太太道："就是这样，他大爷就嫌我宠着她呢。她原是家姐买的，就把她当自己亲生的一般看待。后来家姐去世了，她就跟着我过，所以她还叫我作阿姨呢。"

桑俊人这几天以来，不时地和关太太谈话，已经看出她一些来源，这女孩子既然是她姐姐的，一定也是个钱树子。现在在关家住着，大概一半算是小姐，一半又算丫头，完全是关太太的人，关伟业是无权管理的。当时桑俊人便对关太太道："很好的一个孩子，别让她埋没了。明天我来和伟业兄商量，把她送到学堂里去吧。"关太太笑道："桑先生既然这样喜欢她，我就把她送给桑先生吧。"桑俊人笑道："那可不敢当。"关太太随手便将阿珠一推道："桑先生很喜欢你，你去伺候桑先生吧。"阿珠红着脸，低头不作声。桑俊人看见，也是情不自禁地斜着眼睛，笑嘻嘻地望着。关太太见他如此，又故意地叫阿珠给桑俊人擦火柴点烟卷，给桑俊人换热茶，闹得桑俊人乐不可支。过了一会儿，广东消夜馆子将酒菜都送来了。关太太便和桑俊人对酌，阿珠在一边伺候，喝酒带谈话，闹到两点钟，各人都微醺欲醉，这也不在话下。次日是礼拜六，桑俊人要搬出关家的计划却没有实行，依然住在那里受关氏夫妇的优待。

到了礼拜这日，桑俊人去见唐雁老，关伟业又事先回来了，只好和他同车而去。起先唐系的人物，见关伟业一跃而为保派，实在有些信不过。现在见他和桑俊人同住同行，完全可以证实他是保派，因之和关伟业来往的人越发多了。这个时候，唐雁程组阁的心事，已经完全决定，拼命地和保派联络。唐雁老曾私下对他的左右说，在现下我们求人帮忙的时代，处处要留心，万不可为一点儿小事坏了大局。这个时候，就是保定来了一只小狗，我们也要以上宾礼相待。唐派的人，听到雁老的话既然如此，所以逢到挂保派牌子的人，极力地敷衍。关伟业借着这个机会，自吹自擂，已成为一个有名的人物。在雁老方面，固然早认定他是保派。可是保派的人，见他和唐雁老一派，非常熟悉，又以为他是唐氏左右。他这两边架空，倒把他架将起来了。如此下去，还没有半个月，唐阁的呼声，已高唱入云。那交通总长一席，在唐雁老的意思，要交给龙际云去办。可是保派隐隐约约地表示，不肯答应。龙际云一想，靠唐雁老硬撑，是不行的了，无论如何，还得从疏通入手。要说疏通的话，最接近一条路子，要算是关伟业了，上次曾要黄楚江、范同风两人请他过来一谈，结果碰了一个橡皮钉子。关伟业只说改日造访，现在要他来，除是请他吃酒。可是他上次请我，我不该瞧他不起，才不肯到。现在我请他，他不要原礼奉还吗？

想来想去，想得了一个主意，就是由黄楚江出面请客，自己也算在被请之列，然后在黄楚江家里和他尽情一谈。这样一来，他到了，自己不算屈尊，他不到，扫的是黄楚江的面子，与我龙某人无关。主意打定，就授意黄楚江请客。黄楚江在今日，巴不得和关伟业多亲近亲近。现在请关伟业吃饭，既有了人情，一方面又为龙际老出了力，一举而二善备，这样的事不做，还要做什么事？因此仿关伟业当日请客的情形，照样地请一回客。他的意思，料想关伟业也是不到的，下了帖子以后，又亲自到关伟业家去奉请了一回。关伟业先是说事忙，怕不能到，黄楚江再三说，才答应了准到。黄楚江很是得意，觉得太有面子。

当日和龙际云会面，龙际云就问他，帖子下出去了吗？黄楚江道："早就下出去了。关伟业接到帖子，他就打了一个电话给我，说是太客气了。我就说是为他才设此席的。"龙际云道："咳，你不该说这话，说了这话，他越发要搭架子，不肯到了。"黄楚江道："不！他还要客气呢。他说，若是没有什么事，这客不必请，都是自己人，不必虚事周旋。若是有话说，就可随便说。我说，帖子已经下了，绝不是客套。他见我这样说，就问请了一些什么人。"龙际云道："你没有说请了我吗？"黄楚江道："我当然不说，若是说了，恐怕他不到呢。可是他就说，请的客还不多，何妨约际老到一处叙叙？"龙际云听了这话，额上的皱纹不觉都要伸开来，用手抹着下巴上的长胡子，微微地笑道："他们这班做政客的，无论怎样刁滑，对于老前辈，他总要加一层恭敬的。他对于我始终客气。其实我也是抱着平等主义，无论什么人，他看得起我，我就看得起他。他既然有意约我叙叙，你就说我到吧。这样一说，他是非赴席不可的。"

黄楚江趁着龙际云欢喜，又说常和关伟业提到总裁，他实在是很佩服的。我们现在托他帮忙，不谈什么条件，就凭总裁的道德文章，他也要尽一番力。龙际云理着胡子，微微叹了一声，说道："现是谈不到道德文章的了。"黄楚江道："这种时风，实在也谈不到道德文章。但是像总裁这样的道德文章，自然也就叫人佩服。"龙际云掀髯微笑，说道："那也只好雁老这种人，可以有相信之深罢了。不是这样，我偌大年纪了，还在北京混什么，早就退回故乡，读书种菜去了。据我自己计划，还要和雁老帮两年忙，以后我也就要退隐了。"黄楚江道："在总裁一方面说，固然是退隐为佳。可是当现在国家多事，需才孔亟之时，是很望总裁出来做一番事的。"龙际云道："只要国家能用我，我倒可以卖一点儿老力。不然，像关伟业这一些后生之辈，我何犯着去联络他？"黄楚江道："是，楚江也正是看到总裁这层意思。"龙际云道："不过我们虽和他往来，身份总是要保持的，不可遇事将就，长了他们这等人的骄气。后天到你府上，我去是去，不过不能先到。"黄楚江道："那自然，到了那时，楚江一定要打电话来催总裁的。"龙际云见黄楚江能了解他的心事，很是欢喜。

到了请酒那日，黄楚江所请的客都到了，偏是关伟业没来。黄楚江曾对人夸下海口，龙际老要和关伟业在他家会议，现在关伟业没来，这事简直交代不下。忙着接二连三地打电话，把吃酒的时间延长到了一个多钟头，关伟业才姗姗而来。他一进门，就捧着帽子对大家作揖道："真是对不住得很，刚要出门，保定方面就来了两个人，我本想让那两位在家里稍候，偏巧他奉五爷密令来的，不能不招待。好容易和他们把话说完了，又亲自送他们到办公处去，这事才算解决，抽身到这里来。"黄楚江拱手道："忙人都是这样，所谓贤者多劳。龙际老我也曾奉约了，到这时候他还没来，也许是到唐雁老那边去了。"于是黄楚江一面招待关伟业，一面叫人暗下打电话通知龙际云，说是关伟业到了，请他就来。

不多一会儿，龙际云果然来了。他一进门，大家点了一个头，首先就和关伟业叙谈，说道："刚才被雁老约了去了。我听老兄也到的，正要谈谈，所以和雁老还没有将话谈完，就到这儿来了，倒累你老兄久等。"关伟业道："也是为保方来了人缠住了，刚刚才到这儿呢。"他两人在一边说话，他人也插不上嘴去，于是黄楚江就吩咐开席。在席上大家闲谈些天气和社会上琐碎小事，并没有谈到政治问题上去。龙际云心里想着，等吃完了酒，再约关伟业到一边去谈话。不料酒席只吃到一半，他就站起来告辞，说是还有两处约会，得到一到。黄楚江心里说：糟了。我原说是他约会际老来谈话的。现在他席半而走，倒好像此来不过是敷衍敷衍我的面子，这便怎么好？岂不要戳穿我的纸老虎？连忙站起来道："没有什么要紧的事吗？那就不必走了，还是在一处多谈一会儿吧。"关伟业道："有一处是可以不去，有一处是和保定来的几个朋友洗尘，我也在做东之列，不能不到。"

黄楚江听说是和保定来人洗尘，觉得关伟业任务重大，就不敢强留。关伟业辞别众人，坐了汽车回家。关太太笑道："怎么就回来？你这一餐饭，吃得真快呀。"关伟业道："我没有吃完就回来了。"关太太道："那为什么？"关伟业道："可笑那个龙老头子，他想和我拉拢，又不肯出面子。你想，我就这样跟着他转，岂不便宜了他？"关太太道："从前你是拉拢人家，人家不理。现在人家拉拢你，你又躲开，这是什么道理？"关伟业道："做官就是这样，人家要拉你，你马上就和他联合，那还要得到什么条件？"关太太道："既然这样说，为什么你拉拢桑俊人，一拉就上呢？"关伟业道："谁能下我这一番大功夫呢？你想，自他到北京来，我们接到车站。后来他走，又是你送到车站。"

关太太用一个手指头，指着自己鼻子尖道："哼！这事可不全亏了我？我和你说，他下次来了，你别望家里引，我不招待了。我看他那样子，倒很爱阿珠。老实说，她是我姐姐的人，姐姐死了，还有我妈呢，叫我就这样送他，我可办不到。"关伟业道："他们是见一个，爱一个，爱一个，扔一个的，我看他未必是真喜欢阿珠，若是真喜欢的话，我做主，送给他，你要什么条件，我们再来谈判。"关太太道："她不能完全算是我的人，我不敢做这个主。你也不必妙想天开，在她身上想什么美人计。"关伟业道："就是你母亲的意思，无非要在她身上弄几个钱，还有别的吗？"关太太道："不论起钱来，那还罢了。若论起钱来，那是没有价格的。"关伟业道："没有价格，你要多少？"关太太道："要多少，要一万。"关伟业笑道："若是由我出钱买她，能打一个扣头吗？"关太太也笑道："定价不二，童叟无欺。"关伟业道："既然如此，我也不和你讲价钱，但是她在我这里寄住了有两三年，这伙食钱应当也要给我。"关太太道："给你就给你，你要多少？"关伟业道："要多少？

我也要一万。"关太太道："你这是无理取闹。"关伟业道："我固然是无理取闹。但是你说的那个话，又不是无理取闹吗？"

关太太道："老实说吧，桑俊人在保定不过是三四等资格，你这样联络，能得什么好处？"关伟业道："你这话就错了，只要他有权，遇事就能做主，管他是几等资格？铁树人非常信任他的，他说一样，铁树人就照办一样，我只要在他身上把这条路子打通，我就能创造一番世界，管他的资格做什么？"关太太道："你这种计划有几分把握？若是有些把握，我可以助你一臂之力，将阿珠就送给他。若是没有把握，我们……"说到这里，不觉红了脸。关伟业道："官场中办事，走一步是一步，哪里敢断定就有把握呢？不过据我揣想，桑俊人对于我们的事，一定可以帮忙。"

关太太道："我倒有一个好办法在这里，不知道你赞成不赞成？"关伟业道："既然有好办法，我岂有不赞成之理。你说，是怎样的一个好办法？"关太太道："当然有个好办法呀。我想他在保定，我们在北京，这事是不好进行的。不如我带着阿珠，到保定去一趟。一面向他要办法，一面交人给他。若得不到一点儿办法，我也无脸回来见你。不过有一层，你若得了好缺，怎样酬谢我呢？"关伟业笑道："你不要在我面前玩儿手段了，你要到保定去，你尽可以自由，我并不干涉。"关太太笑道："你既然这样说，我索性做给你看，我去了就不回来。"关伟业笑道："那也在乎你自己，我怎能干涉？"他二人带说带笑，居然把这种计划决定。关太太带着阿珠，就上保定去了。

过了几天，关太太来了一封信，说是桑俊人在铁处长面前说，关某人给我们帮忙不少，现在在北京非常困难，求处长给他一点儿事情做做。铁处长已答应了，这是第一封信。过了两天，关太太又来信报告，说是已经亲自见过铁处长，说是在北京困苦，铁处长已答应设法。关伟业见他夫人出马居然有些成绩，很是欢喜，便回了一封切实的信，说是接洽好了，自己可以亲来保定一趟，或者由他夫人回来报告，也无不可。

又过了几天，关太太果然回来了。一说起接洽的经过，铁处长先就一口答应送一个都护使公署的参议，每月送津贴三百块钱。后来又由桑俊人暗下讲情，答应了调一个云山路矿的坐办，将来还可以在北京兼上一份差事，不必到任。关伟业听了，先是喜之不胜，后来听说可以在北京兼差，不必到任，就跌着脚道："咳！究竟太太们做事，是办不好的。这个云山路矿，一年怕不有一二十万的好处。我只要得了这个缺，专心去干一年，就够过半辈子的了。再不然办上一笔借款，至少也落个三七扣，就要发财了。现在说不必到任，一定是我出一个名，另外让人到局代理。所有的好处，全归代理人，我们得几个钱干薪水，就是有外花，也是公开之秘密，所得也无几啦。你事情虽办妥了，我不佩服你。"关太太道："你不佩服我，我才不佩服你呢。铁处长和你什么亲戚，要把这一个好缺给你？他这样办，自然也有他用意呀。"关伟业道："他还有什么用意？"关太太道："用意大着呢。不过这话全是桑俊人口里说出来的，就是他提的条件，我们全答应了，能办到不能办到，还不知道呢。"关伟业道："他还提的有条件吗？有些什么条件？"

关太太道："条件不多，只有三条，可是太厉害了。第一条，你只出一个名。命令发表以后，你只要到局下就一下任，以后就不必去。局里的事，你可下一个条子，派第二科科长代理。这代理的事情，是秘密的，并不是公开的。"关伟业道："这第二科科长是谁，可以享这现成的权利。"关太太道："自然是铁处长的亲戚，若是别人，他何必如此？"关伟业道："既是他的亲戚，干脆就升这第二科长做坐办得了，何必又这样转弯抹角？"关太太道："你简直越问越外行了。铁处长不是外号老铁吗？做老铁的人，自然应当又强硬又干净，这样能明明白白提拔他的亲戚？"关伟业道："你这话说得有理，他大概是要他亲戚抓路矿的实权，又不让他亲戚出面，你看对不对？"关太太道："正是这样。可是这钱，也不是他亲戚私吞啦。所以他提出第二个条件，局子里秘密的收益，分作三下份，你得一成，他的亲戚得二成，余七成，由铁处长私自收下，按目解到保定去。"关伟业道："好哇！我们总以为铁树人绰号老铁，是个干净人，原来他还勾结私人，做这样的买卖。这样说起来，世上实在是没有好人了。他第三个条件，又是什么？"关太太道："这倒是很小的一件事。桑俊人说，他要荐两个人给你，要你趁这接事的机会安插下去。"关伟业道："这事虽然小，我们既抓不着实权，怎样能用人？"关太太道："我也是这样对桑俊人说。他说，新任接事，照例可以用几个人的，而且局子里办事的人，已经是绰绰有余，不必要人了。你要发表几个私人，都可以挂名的，不必到局办公。若是没有人，我们瞎诌几个人，也不要紧，薪水我们叫人去领，一个月也可以捞个两三百块钱，而且历任坐办，都免不了这桩事，瞒上不瞒下，也差不多是公开的。"关伟业道："这样说，桑俊人荐人是假，荐自己是真。"关太太道："可不是？但是这事亏了他介绍，我们不能不谢谢他。"

关伟业道："我们感谢他还少吗？阿珠送给他，这要算是一笔大礼了。"关太太道："你以为我把阿珠扔在保定，是留在他家里吗？"关伟业道："你送哪里去了？"关太太道："他也没有那样的福气，能留下我的孩子。"说时，关太太用五个手指头一伸，又在嘴唇上摸了一把，仿佛摸着胡子的样子。关伟业很惊讶地说道："怎么着？把阿珠送进公署去了吗？那就怕她没有大福气，弄不到一个位子。若是真占上一个房头，你固然可以发财，我也要抖起来了。到了那时，我们才实实在在是个保系啦。"关太太笑着一摇头，鼻子里哼了一声，说道："你还以为我到保定去是为着私事呢，现在可以明白了吧？我们试一试，究竟是哪一个人的手段高？"关伟业拱一拱手道："佩服佩服，但不知你怎样会想到这一着棋的。"关太太道："我到了保定，我就老老实实地对桑俊人说，这孩子本来可以送给你，但是听见说，你的太太很厉害，她知道了，一定要追到保定来闹的，一闹出来了，我这孩子吃一点儿苦不要紧，若是闹得老头子知道了，恐怕你的前程有些不稳。他听了我这话，当真就软化了。"

关伟业道："你怎样知道他太太厉害？"关太太道："这也是我猜出来的。你看，他一听到说逛，就眉飞色舞。可是在外多年，既不曾讨一房姨太太，又不敢出头露面地敞开来逛，一定是太太厉害了。我就说，听说老头子很爱听女孩子唱戏。阿珠倒是会唱几句，你带她到老头子那里去见见，让她碰碰机会。碰上了，也不是我一个人的好处。桑俊人听我说了，果然趁着给五爷烧烟的时候，慢慢地提到这件事。五爷一时高兴，就叫他把阿珠带了去。我回北京，她已到公署里去了两天两晚，没有回来。据桑俊人说，五爷很是欢喜哩。我现在特意回来，为你接洽这

78

一件事，一两天之内，我还是到保定去。"

关伟业听了，不住地搔着耳朵边的头发，笑道："好极了，好极了！不知道你是怎样说的，说阿珠是我们什么人？"关太太道："我比她年纪大不了十岁，当然不能说是我的孩子。"关伟业道："这非说是我们的亲人不可呀，难道你还照实说了吗？"关太太道："我不能够那么傻呀，我说她是我的胞妹。"关伟业道："说是你的妹子，怎么不说是我的妹子？"关太太道："我没有得你的同意，我怎敢说出来？所以我只说是我的妹子。只要她有福气，爬得起来，是我的妹子，是你的妹子，一样地都能帮我们的忙，那倒不必分彼此。"关伟业道："好，就是这样，你赶快再上保定去。我对那三个条件，完全可以答应，只要阿珠好了，挂名的缺，不怕不会弄得落实到任。"关太太道："我也着实累了，要休息一下，等一两天再走。今天晚上我要去听戏，你给我包一个厢。"关伟业笑道："你帮我的忙非小，我当然可以请你。"关太太眉一扬，对他说道："请是由你请，我可不要你陪我，你只叫小刘和陈妈跟着我一块儿去得了。"关伟业犹豫了一会儿，还没说出来，关太太提高嗓子问道："成不成？"要知关伟业如何答复，下回交代。

第十三回

酌酒高谈尊贤以爵
倾囊暗送莫逆于心

　　却说关太太要带小刘和陈妈两人去听戏，问关伟业成不成。关伟业连忙说道："你要带谁去就带谁去，我何必干涉。"关太太道："那就是了，我还以为你不让我带人出去哩。"于是便按着铃把专门在上房当差的小刘叫进来，说道："你替我去订个包厢，回头你和我一路出去听戏。"小刘对关太太说话，眼睛却去偷看关伟业的颜色。见关伟业一歪身子，躺在沙发椅上抽烟卷，好像很自然的样子，这才对关太太答了一个是。关伟业随手在身一摸，摸出两张十元的钞票，交给小刘，说道："包一个好些的厢，多花几个钱，倒是不要紧的。"小刘接着钱，换了衣服，出去订包厢，陪太太听戏。这样关伟业也打算要出门，关太太道："你若出去，可得把车子留下。"关伟业道："现在还早啦，等你要去听戏的时候，我就叫汽车夫开着车子回来，准误不了你的事。"关太太道："你一出去，就东西南北四城乱跑，我知道你在什么地方？你还是给我把车子留下来的好。"关伟业道："那么，我出去怎么办呢？"关太太道："你不会雇一辆汽车出去吗？若不坐汽车就不出门，北京城里许多没有汽车的人，都别出门了。"关伟业笑道："这样说，又算是我没理，我就把车子留在家里，也不要紧。"说毕，便吩咐李四雇了一辆干净些的洋车出门。

　　原来他每天出去，是无定准的，必等到上汽车，才决定先向哪里去，甚至汽车开到中途，想起一个地方，又吩咐汽车夫另调方向。现在早就得筹划，决定到哪儿去。这个时候，刚到四点，有些朋友还是刚起身，不便去找。有些朋友正在上衙门，也不好找。只有李逢吉，随便上衙门，每天下午，总要在赈务会里闲坐两个钟头，不如去找他谈谈。于是坐上车去，就告诉车夫的地点。车夫遇着不讲价的买卖，当然十二分欢迎，拉起来就跑。可是关伟业坐惯了汽车，总还觉着慢。一到了赈务会，见门口停了有两辆汽车，自己想道：真是不凑巧，骑牛撞见亲家公。便对车夫道："你就停在这里，我出来你再拉我。"车夫巴不得这样，不出力气，一样地还可以挣钱。便道："好，我在这里等着您。"

关伟业走了进去，那听差认得他，便问道："督办来了。"这本是他们底下人一句极平常的话，关伟业听了，竟好像他满含着讥刺的意味，以为今天前来，并没有坐汽车，为听差们所轻视，不觉随口说道："汽车让太太坐出去了，我是雇车来的。"其实关伟业是个阔人，听差也知道，何至于笑他坐不起汽车。关伟业却以为免得人看破，说出来痛快些，走到里面客厅里，大批的客，一大半是戚系人物，关伟业虽也有不认得的，可是那些人都认识他，纷纷起来让座。这里面有两位总长，一位是光求旧，一位是闵良玉，都是一个武人出身。他们原先靠着戚总理的威势，一味地望前干，不知道什么叫作政治，而且觉得这班政客，只靠酒食征逐，不卖力，不出汗，就可以博高官，实在有些不服，所以很不愿意和政客往来。到了现在，戚阁有些站不住脚，凡是有关联的人，都纷纷做政治的活动，和政客联络。彼此一想，向来讨厌政客的，熟人很少。不去联络他们吧？眼见跟着戚老头儿一路倒。去联络他们，钻一线路子吧？又没有可以联络的机会。想来想去，只有李逢吉这人，为着办赈的事，常相往来，而且知道他是唐雁老手下一个大将，专门和政客接近的。若和他弄在一处，一来可以认识政客，二来又可向唐系方面献殷勤。主意打定好了，因此这些日子，常常请李逢吉在一处吃酒打牌叫条子。李逢吉虽然在政治上极活动，可是没有得过阔差事，手边一点儿积蓄没有。对于这班阔人狂嫖浪赌，却有些高攀不上，因此光求旧、闵良玉十回相请，他总有七八回不到。光、闵二人为着常常会面起见，就不惜屈尊相就到赈务会来与李逢吉相会。

这一天正是他二人前来和李逢吉谈天的日子，其余便是戚唐两方面的人物。大家正谈得高兴，只见关伟业走了进来，都点头表示欢迎，关伟业先且丢下众人，走上前与光、闵两位总长握手。光求旧道："我们好久不见，是在哪个宴会上相会一面，相隔许久了。"说时，偏着脑袋做凝思之状。关伟业道："大概是张总长家里。因为这一向私务很忙，而且又不时地到保定去，许多地方都生疏很了。"闵良玉笑道："哪回有空，我们可以约一个地方叙叙。"

关伟业见有两个总长和他说话，这一份得意，就不必谈，笑道："很愿奉陪，再不然我来做一个小东，奉请二位总长。"光求旧哈哈大笑，说道："岂能要你费事？我愿意相请。"闵良玉也随便插嘴问道："今天又是由哪里来？"关伟业道："几个保定来的朋友，一定要我去吃早馆子，我还是搭着他们的汽车来的呢。"光求旧笑道："大概自己的车子，又伺候太太去了。"关伟业也笑道："一猜就让光总长猜着了。"说罢一皱眉道："真是这班妇人的话难说，简直无理取闹。"闵良玉笑道："大概你那几位保定来的朋友，也知道其中甘苦，所以肯把汽车送你来。"光求旧道："闵总长能猜得这样透彻，一定也是过来人了。"说罢，满堂哈哈大笑。

正在这个笑声热烈之际，进来一个听差，对关伟业说道："督办是坐洋车来的吗？门口那个洋车夫叫进来问一问，还要等不要等？"关伟业红着脸道："这车子也跟着来了吗？我在饭馆子里叫伙计雇的，一步也没有坐，叫他在门口等着吧。"他回头一看李逢吉正在一边和客谈话，便挥着听差出去，搭讪着来和李逢吉攀谈。先就笑着问道："我今天来，有一件事要求教。"李逢吉笑道："笑话，我十个人也及不了老哥一个，怎样谈得上求教？"关伟业轻轻地说道："昨天铁处长打了一个电话给我，说是云山路矿的坐办，要我去干，我一时没了主意。要说去吧？这矿上的事，我是十足外行。要说不干吧？老铁是一个大大的人情，给他碰一个橡皮钉子，他是不高兴的。"李逢吉听说连忙抱拳拱手相贺，笑道："恭喜！恭喜！这是上上等的美缺，怎样说不干？"关伟业道："我简直是个外行啦，办得下去吗？"李逢吉道："这个年头儿什么外行内行，有事到手，就可以干。"关伟业道："干还有什么不能干的，总怕是干不好。"李逢吉笑道："收钱的机关干得好，就多捞几个。干不好，就少捞几个。别的不会，难道捞钱也不会吗？"这一番话，说得关伟业也不觉大笑起来，又道："干是打算干。不过北京这局面，我还舍不得丢开。"

他们在这里谈云山路矿的事，王佐才正坐在附近，听了一个清清楚楚，不由得插嘴说道："关先生，这是好差事呀。不是阁下这样的大才，哪里能得到手？若是不要，那真可惜了。兄弟对于矿上的事，却也研究多年，若不嫌弃的话，一得之愚，多少可以帮一点儿忙。"关伟业见一个三十多岁的近视眼，两手抱着拳，满脸堆下笑来，贴近来说话，自己一想，从来不认识这个人，怎么肯和我帮起忙来？便道："向未请教，贵姓是？"王佐才在衣袋里掏了一阵，拿出皮夹子，在皮夹子里挑了一张名片，点了一个头，双手递给关伟业。他一看，这才知道他是这赈务会的杂务员，在赈务公署也是一个科员。便笑道："我这人太模糊了，贵会里的人，都会忘了。"王佐才道："关先生是忙人，敝会又不常来。会中人，自然难于一一认识。现在这种荣任，恐怕不久还要出京呢。"关伟业道："现在也就毫无把握，也许不去。"王佐才道："还是就的好。兄弟于此，不敢说识途之老马，差不多的利弊，都瞒不过我。哪天到府上，兄弟可以把此中的详细情形一一奉告。"关伟业道："好极了，欢迎之至。"

他敷衍了几句，依旧找着光、闵两位总长谈话。闵良玉道："哪天有工夫，我们来推一场牌九，痛痛快快地玩儿一场，你干不干？"关伟业道："干倒是愿意干，只是高攀不上。"闵良玉拍着他的肩膀道："不要客气了，大概是钱多，怕我赢来了吧？"关伟业笑道："钱少才怕输，哪有钱多怕输之理？蒋子秋听说不久要来，等他来了，倒可以热热闹闹玩儿一场，他是不怕大的。"原来这蒋子秋，从前做过一任封疆大吏，现在虽然不掌实权，可是保定刘都护的旧上司，还拥着一个八省督练的空衔，是个能说能做的元老派。对于政治上，真有举足轻重之势。闵良玉对于他，也算是个旧属，不过是间接的罢了。这时听说他要到北京来，也算是一条小小的路子，便问道："蒋督练要来吗？你是哪一方面的消息？"关伟业道："自然是保方的消息。"闵良玉道："既然是保方的消息，当然靠得住。他要到的时候，请你给我一个信，我要到车站上去接他。"光求旧道："他若要来，自然是公开的。那时候，我们都得接一接。"关伟业道:"不过他为人是很痛快的。说来就来,说走就走,也许他到了北京,我们都不知道。"闵良玉道:"果然不知道,那就算了。若是知道,我们总应该去欢迎才是。不但欢迎,我就要陪他大玩儿几天。"关伟业听了,放在心里。他是到处跑惯了的,不能在此久坐,就和众人告辞,又到别处去谈天,一直到晚上一点钟,方才回家,太太看戏,也是刚回来。

关太太道:"今天晚上,你为什么回来得这样早?怕我没有回家,特意回来看看吗?"关伟业笑道:"你说话总是这样。向来只许你干涉我,我何尝干涉过你一回?今天晚上,我又没有汽车,回来晚了,怕受凉。至于你回来不回来,我何必管你呢?你要嫌回来早了,我就再出去。好不好?"关太太道:"不要行嘴嚼蛆了。这样说,倒显然我存什么私心了。"关伟业不作声,只是微微一笑。一夜无话,到了次日,关伟业还没有起床,王佐才就来拜会。门房一见他这么早来拜会,是个十足的外行,干脆就说没有起来,非到下午两点钟,是没有法子见客的。王佐才也不勉强求见,丢了一张名片,自回家去了。他原来有一个亲戚,在云山矿山办了两年事。自己赋闲的时候,曾在那位亲戚那里借住了两个月。后来那亲戚的事丢了,他两人就一块儿到北京来住闲。亲戚回南去了,有一只网篮没有带走,里面倒有些矿务丛报,和一些云山路矿局章程条例等等。王佐才无事的时候,曾翻弄两回。加上自己又在路矿局住了几个月,耳闻目见,也不在少,所以他和关伟业谈话,自负是个内行。他见关伟业漫不经心,料他未必相信,于是把他所藏的几种袖中秘本,《皇朝新世文编》《留青新集》几套书,和矿务丛报一参考,作了一篇很长的条陈。先用毛边纸打了·个草稿,然后用正楷誊写清楚。那条陈里面,自然也是什么一也,什么二也的小标题。一道条陈作完,共有二十四个也字的小标题。其中还有一条,宜整顿大小厕所,打扫矿上各种秽土秽池,以重卫生,而壮观瞻也。

王佐才将条陈作好,自己从头到尾念了一遍。这一篇文章,洋洋万余言,觉得很是不错。于是找了一张白净的毛边纸,将他包了,揣在身上,二次又到关伟业家来拜访。关伟业这个日子兴高采烈,多少名公巨卿,还不愿意会面,他哪有工夫见一个小办事员?门房里也就懂了他这一番意思，他进门，就回了他三个字，不在家。王佐才任凭有什么大本事，这门房一关，他不能打破，也是枉然，只得将那个纸包的条陈取了出来，又取出一张名片，一齐交在门房手上。先拱了一拱手，然后又说了几句劳驾，方才告别而去。等他走了，门房呈给关伟业看。关伟业皱了一皱眉道："这样长的东西，倒有一两万字，我就怕看。"随手翻了一翻，把那小标题什么也略略看了一下，觉得也无甚动人之处，便扔在一边，下午老妈子收拾房间，就把它送入字纸篓里去了。

这时，关太太又已上保定去了，关伟业一个人在家里，非常地无聊，便把桌上的请客帖子理了一理，看看下午有什么约会没有。恰好这日没有阔人请客，只有一个亲切的同乡姜子明，是一个不甚得意的小官僚，请吃晚饭，从前自己不甚得意的时候，和他是常常往来。等到自己发展了，没有去看过姜子明。他来过两回，碰巧自己不在家，没有相会，以后姜子明就不来了。这样一来，彼此不过问，却也有两个月没有来往。这时姜子明请客，忽然下了关伟业一封帖子，他却不解是什么意思，也没有打算去。可是姜子明本人，料着关伟业也未必能到，下这一封帖子，无非表示见面虽疏，并未忘记故人，只要自己这个名字，常常留在关伟业脑筋里，就是将来向他找事情做，也容易一点儿，所以他请的一些客，只有两个科长，其余都是科员办事行走之流，并没有请简任职以上的官。到了请客时间以前，也曾叫听差打一个电话，照例催请。那边回话，却说得好，一会儿就到。这一个消息，姜子明听了，真个出于意外，立刻吩咐酒席馆，叫他加菜，又吩咐家里预备好酒，预备好烟。姜子明又对客道："刚才关督办来了电话，一会儿就来。我和他多年老友，我请客，他不能不来。"

这众客之中，两个科长，一个是单贯风，一个是何体仁。单贯风就是那个看相的知机子，因为那回看相，说得苟督办欢喜了，荐他到陕西去做了几个月县知事。他看相算命，能知过去未来，一做了官便糊涂了。他做的那一县，常常闹土匪，后来土匪索性攻进城，把县太爷当作肉票绑着去了。到了这时，他又恢复看相先生本来的面目，见了土匪头儿一顿恭维，说是他将来要带大军，当镇守使以上的大官。土匪笑道："你既然看相，知道人家的事，为什么自己的事，你倒不知道呢？你要知道，就不会让我绑来了。"单贯风道："我怎样不知道？这是劫数，不可躲避的。若躲避了，违了天数，那祸更大了。"土匪见他说得有理，便不难为他，后来居然把他放了。单贯风重到北京来，借着苟督办的势力，又在部里弄到一个科长当了。今天姜子明请客，他本来是上宾，现在关伟业要来，自然就比下去了。何体仁首先说道："原来关督办还是子明兄的老友，我今天才知道呢。他近来不知怎样和保定发生了关系，在政治上很是活动。"姜子明道："他这人十分精明，和保方早就发生了关系。这样的人才，正是保方所需要的，只要两方说得上来，岂有不能活动之理？"单贯风道："这也是运气，人赶得运气上，随便活动，就会发展起来。若是不走运，凭你怎样用尽心机，也是枉然。"

正说话时，门口一阵卜突卜突的车辆声，正是汽车到了。姜子明并没请到第二个有汽车的客，当然，这是关伟业到了。姜子明笑着对大家说道："关督办到了。"说毕，便先到大门口来接。一走出大门，胡同里倒是停着一辆汽车，车子上插了一面小小的红十字白旗，原来是红十字会送病人的车子。姜子明扑了一个空，没有接着，无精打采地进去。那些客见他一人进来，知道是错了，也没作声。可是在这个当儿，门口又是一阵卜突卜突的汽车机器声。姜子明要想出去欢迎，又怕再扑一个空。不出去吧？若是真来了，又把一层很恭敬的大礼失却了。正在犹豫之际，只见关伟业已走到院子里来了。姜子明大惊，赶忙对外弯身大作揖，一路作揖，迎将上去。

关伟业一路走进来，也是连连地作揖。姜子明便将在座的人，一一给关伟业介绍。那些委荐小职的来宾，遇到这样督字号的人物，自然有些缩手缩脚，不知如何是好。姜子明一让，把他让在右边第一把椅子上坐下。这些人一直等关伟业安然无事，屁股落了椅子，然后才慢慢地依次落座。单贯风自己觉得是个科长，而且又做过一任县知事，也是出风头的人物。再说在场的人物，也要算自己最有口才，自己不挺枪出马说话，他人未必有那种勇气，敢先和关督办攀谈，因此几个原因，他就当仁不让地和关伟业挨身坐下。关伟业先说道："天气越过越冷了。"单贯风道："是！这一向天气都很冷。"关伟业道："到了三九寒天，就令人想起南方的天气了。南方纵冷，没有皮袍子，一样可以过冬。到了北京，若不穿皮衣服，真不能出门。"单贯风道："本来北方壬癸水，水加点就为冰，明明是属于冷的地方。南方丙丁火，地方自然燥热。照地图上看起来，最南要算广东。这个东字，又是甲乙木，木能生火。那个地方，名实两层，都是与火有关，所以非常之热。"

关伟业是个中学堂的毕业生出身，对于这种干支之说，却不大相信。单贯风他以为官场中人都是迷信的，也像见别位大人物一般，走来就要把五行金木水火土的大道理炫耀一番。现在一看关伟业的脸上，带着一层淡淡的笑容，分明是不相信，连忙改口道："这种旧学说，是知其当然，而不知其所以然。据现在西洋人研究出来，这地原来是个圆的，所以叫着地球。地球既不是平的，因此靠近太阳的地方就热，离开太阳的地方就冷。据说美国和我们中华，脚对脚，我们这里热，他那里就冷，我们这里冷，他那里就热。现在我们这里是三九，美国就是三伏。所以这个时候，我们能到美国去游历，仿佛一个月里就变成了一年。"关伟业听到这里，实在也就忍不住笑，初会面的朋友，也不能驳人，便道："美国和我们，冬夏是无大分别，只是日夜有些颠倒。"单贯风道："这是最妙不过的事，所以美国的习惯，处处和中国来个反面。"

何体仁自觉比单贯风的资格也只差得一个码子，也就紧靠着单贯风坐下。先是关伟业和单贯风谈天文地理，何休仁没有插言的机会。现在看看他两人的话，业已说僵，自己正好进言，便笑道："要谈这些新学说，我看还是青年人说得头头是道，中年以上，没法子和他们竞争了。"关伟业道："那也不尽然，不过一入政界，用不着这些学问，就会把他丢了。就以兄弟而论，早几年在欧洲的时候，每天是六点多钟起来，吃饭喝茶都有一定的时刻，过的是很规则的生活。自从回国而后，加入了政界，每天至早是十点多钟起床，晚上很容易闹到三四点钟睡觉，把脑筋弄得昏天黑地。要这样过下去，前途却是一点儿豪气都没有了。"姜子明一想，他并没有到过欧洲去呀。这几年，我们都在北京混，他也没有离开过此地，要说到欧洲去了，我不能不知道。正这样想着，何体仁问道："关督办到欧洲去的时候，岂不是在欧洲大战之后？"关伟业道："正是在欧洲大战之后，我到巴黎的时候，被德国炮打的楼房到处都是，还没有修好。可是那地方究竟是繁华的中心点，虽在大战之后，依旧是到处笙歌，十分热闹。我一日之间，用了好几百块钱。"何体仁道："法国不是用法郎吗？"关伟业道："是用法郎，我是折合中国钱算的。"于是放出笑容道："那地方去了，真是舍不得离开，有机会我还想到法国去一趟。"何体仁道："听说瑞士要开交通大会，关督办借这个机会去，岂不是好？"

关伟业道："部里倒有这个意思，想派我去当代表。但是唐雁老正预备上台，所有和保方接洽的事，都有我在内，我是走不开的。我若是真走了，唐雁老一定要疑心，我有意拆台了。"说着皱了一皱眉，又叹了一口气道："在诸位看来，一定我干得很有兴趣，其实是焦头烂额，说不出来的苦。我现在倒是很羡慕办小差事的人舒服，照时间上衙门下衙门，办照例的公事。除了星期休息不算，一天只有半天衙门，其余是可随意消遣。像我呢，却要无昼无夜地忙呢。"单贯风道："督办太谦了，把我们混小差事的看得这样高，我们还有进取的心事吗？"关伟业微笑，掉过头来，看见一个粗黑麻子，倒穿了一身很好的衣服，梳了一个溜光的西式分头，老是望着人，放出笑容来。关伟业道："你老哥贵衙门是？"那粗黑麻子连忙站起，微微地弯着腰道："敝姓高，草字弥坚。"关伟业道："贵衙门是？"高弥坚这才想起所答非所问，连忙说道："在交通部。"他说完了这一句话，好像心神无主的样子。第一是那脸上的颜色，变得像木雕的一样。

关伟业这一问，也不料问出本部的小角色来了。彼此虽不认识，照职分论起来，当然也是上司和僚属，不能太平和了，于是把脸色正了一正，对高弥坚道："在哪一司？"高弥坚道："在航务司。"这一说两人所任的职务，相差得很远，关伟业似乎不能对人端出上司的牌子，因此颜色又和好了些，便笑道："你们的司长，常和我在一处，为人很忠厚。不过下任总长若换了龙际云，他的地位恐怕要发生问题。"谈到这种大事情，高弥坚自然是游夏不能赞一辞，坐在那里，不过唯唯称是。姜子明便拱拱手道："靠着老哥这一种大力量，何不替他帮一帮忙？"关伟业道："说到帮忙的话，我真觉得得罪人不少。大家都知道我和保方有一层关系，于是你也要帮忙他也要帮忙。要说一个一个都帮一点儿忙吧？当然是办不到。要说全不帮忙吧？朋友们一定要说我搭架子。没有法子，我只得斟酌情形，在朋友里面挑选几个人帮助一点儿。可是这样一来，朋友就得罪不少了，他们都说我现在阔了，把旧日的穷朋友不放在眼里。子明，你总是我的老友，你看我是得意忘形的人不是？"姜子明便对大家道："我在北京这些年，始终往来不断的人，要算关督办。不然，靠我这混小差事的，怎样敢请督办的尊驾呢？"说毕，便是一阵哈哈大笑。关伟业道："漫说我现在也是凑合着在北京混，就是大发其财，我也不是那种可以共患难，不可以共富贵的人。"大家见关伟业如此说，都点头称是，很以为然，关伟业也越发眼高于顶，狂吹了一阵。

这时，听差来说席面已经摆好。姜子明首先站起身，便将大家向吃饭的屋子里让。大家站在门口，都不敢上前。姜子明于是对关伟业一拱手道："请老哥不要谦让，到上面去坐。"那些客也异口同声地说道："请关督办上坐。"关伟业道："我和子明是多年的老友。我到这里来，只能说是陪客，岂能正式做客，反要坐首席。"单贯风道："不然，朝廷序爵，乡党序齿，现在都是政客中人，当然是序爵。既然要序爵，首席只有督办可坐了。论起品级来，在座的人，和关督办的职分一比，连奉陪也不敢了。"关伟业笑道："那样说，我就不敢当了。"姜子明道："你就坐下吧，你不坐，大家都不肯坐的。"关伟业笑道："既然如此，我只好老实一点儿了。"说毕，就走到首席上去。姜子明便对单贯风道："再要请贯风兄坐了。"单贯风道："客多客多，让别一位吧。"姜子明道："贯风兄不是说了朝廷序爵吗？现在我就按着这种办法安席，怎样你老哥又不遵起来？"单贯风用手在脸上擦了几擦，笑道："这样说，我倒不能驳你了。可是就照朝廷序爵而论，我是个科长，体仁兄也是个科长，应当让体仁兄先坐。"何体仁道："不然，论起品级来虽然一样，可是老哥曾在外省为亲民之官，抓过一任印把子，我是个无出息的人，怎样能和你打比？"

两个人谦逊了一会儿，始终没法子解决，还是关伟业道："就请单先生坐吧，不要客气了。再要客气，我也只好相让了。"还是这首席贵客说话，比主人的言语有价值，他说了这句，单贯风坐了二席，何体仁坐了三席。这四席，姜子明本无成见，忽然一想，高弥坚和关伟业同部，刚才和关伟业一谈，二人也像很谈得来似的，不要把他太看不起，以致扫了首席的面子，因此要高弥坚，当然是不肯，无如在座的人，以为他刚才和关督办说了几句话，他比较有面子，一定要他坐。高弥坚心里也明白，只得坐了。

一二三四席已定，其余的客，也就依次入座。姜子明拿着酒壶，正要进酒。紧邻他坐下的，是他同衙门的一位办事员，名叫朱紫贵，他便按住酒壶道："子明兄，由我代劳吧。"姜子明道："那我做主人的，反主为客了，没有这种道理。"朱紫贵道："论起宾主来，当然是由子明兄进酒。若是照刚才的话，朝廷序爵，兄弟职分最低，应该由兄弟进酒才对。"单贯风道："那就不敢当了，还是由主人翁自便吧。"朱紫贵一看大家的颜色，并不十分为然，也只得罢了。姜子明斟了一巡酒，让了几箸菜，于是大家随便地谈起来。

座中以关伟业最无拘束，也是他谈的话最多，东南西北，随意所之。偶然谈到人心不古，关伟业道："的确的，要论起道德来，还要算这些阔佬，以身作则，能抱古道处世。"单贯风道："关督办和唐雁老常常会面的，雁老为人怎样？"关伟业点着头道："好！他对外既然精明强干、对自己也极能刻苦耐劳。这个人做到这样的地步，实在非偶然的。"何体仁道："怪不得保方很器重他，原来他有他的特长。"关伟业道："要论到雁老的好处，自然也不可没。可是保方这种人才，也不见少。比如老铁，他于精明强干，刻苦耐劳之外，还能廉洁自持。最难得的，他抱定孝悌忠信、礼义廉耻八个字做去。"姜子明道："啊！他是一个出洋的学生出身，还能讲究孝道。"关伟业道："要说孝道，保方一派人，真是可以做现在为人子的模范了。说起这个孝字，实在是刘五爷提倡出来的。他的太夫人，现在有七十多岁，因为奉养得好，荤素并补，好像五六十岁的人一样。你想，五爷做到这样大的官，士众如云，是多大的架子。可是五爷每日穿着大礼服，要站在太夫人门口，行个三鞠躬问安。"姜子明道："这不太麻烦了吗？"关伟业道："五爷出于至孝，哪有嫌麻烦之理？唯其如此，所有他的部属，都被他感化了。古来最能孝顺父母的，要算虞舜。舜既然以大孝治天下，做了皇帝，这五爷的前途，据我看来，真未可限量！"单贯风道："果然，我看五爷的相，大耳隆准，是大贵之相。加上他有这种孝道，心田和相一凑合，这人非做元首不可。"关伟业道："单先生在哪里见过五爷，也到保定去过吗？"单贯风明知关伟业是保方人物，怎样好在他面前撒谎？便道："本人我没有见过。廊房头条，挂了他的放大照相片，我常常走廊房头条过，总可以看见的，我看他那相片，精神饱满，就和真人差不多，他的相，一定是那个样子了。"他说了这话，在座的人，都不觉哈哈大笑起来。

在旁人一定很觉难堪，单贯风倒是面不改色，笑道："诸位，以我这话，很是滑稽吗？其实会看相的，不必看那人的面相，只要站在老远，看一看他的影子，坐在隔壁，听一听他的声音，就可以知道他将来如何？廊房头条挂的相，既然是本人照的，当然与他的影子和声音要真切些，我看了相片，断定他的终身，那是不会错的。不瞒诸位说，兄弟对于一部《麻衣相法》，倒有五年以上的研究，加之，参照现在的心理学一比较，不敢说很灵，若说这人进退，和流年运气，大概是差不离的。"关伟业随口便问道："那来，单先生看看，我的气色如何呢？"单贯风手上捧着酒杯偏看头，对关伟业的脸色注视了一会儿，脸上慢慢现出笑容，把头自左向右，不住地摆着，于是把酒杯放下，又对着关伟业点了几点。关伟业笑着问道："怎么样？将来不至于饿死吗？"单贯风道："笑话笑话，您的尊相太好了，贵庚今年是若干？"关伟业笑道："整四十了。"单贯风拿着一双筷子，在酒杯子里蘸了一蘸，然后在桌上画着圈圈道："此正锦上添花之时代也。尊相山根高起，有一柱擎天之势，翻过年来，是四十一岁，四十一岁走山根运，一直到五十一岁，有十年好运可走，眼前印堂发红，喜气扑人，必有大大的喜事。"说到这里，注目看了一看，见关伟业并不动色，谅未十分对，便道："不过这喜事，不发生在本人身上，是发生在一个有关联的人身上。"关伟业心里一动，心想莫非是说阿珠的事。

单贯风见他脸色有些不同，预想这话有些对，便道："不知关督办有几位小姐少爷，或者就是这一类的喜事。"关伟业见他越说越对，心里更是捣鬼，便含糊地给了一个哈哈大笑，说道："儿女婚姻的小事，都会载在相上吗？单先生也就神乎技矣了。"单贯风道："可不是，关

91

督办不信，将来往后看就知道这话不虚了。"关伟业道："既然如此，单先生看雁老的相怎样呢？廊房头条也挂有他的相片，大概是看见的了。"单贯风道："看见的，若论雁老的相，也主大贵，有位列三台之相。不过和刘五爷比起来，那就相差得很多。本来这相与各人的心田，大有关系，相好，心田不好，那相上也就慢慢会生出破绽来，自然跟着不好了。据关督办说，刘五爷是个孝子，雁老只是一个精明强干的人，如何比得上他？"关伟业见他所说的话，与自己意思一样，也就点头称是。何体仁见此情形，说道："以现在的大人物而论，我看没有人比得上刘都护使的了。古人说，求忠臣于孝子之门。忠臣两个字，现在虽不适用，忠臣改着伟人，一定是可通的，我们何妨说求伟人于孝子之门哩？"姜子明道："此话诚然，不然，刘五爷何能做到都护使这样的大官？"大家吃了两个时辰的酒，就谈了两个时辰的刘都护使。

酒散之后，在席的人都对关伟业说："府上在哪里？过了一两天，到府上去奉看。"关伟业起身告辞，不分宾主，大家一齐送到大门口来，一直望到关伟业上了车，大家才一同进门。单贯风就说："这位关督办，的确是个人才，能说能做，他的前途，也是未可限量。"何体仁轻轻地对他道："两天之内，我想去看他一次，你和我一路去，好不好？"单贯风道："这几天我事忙，暂不去看他。据我看，要去看他，也不妨缓一步。知者，说是很谈得来，不知道的，还要说我们急于求差事呢。"何体仁道："这话很对，过两天去吧。"可是单贯风的心事，又和所说的不同，到了次日，他便去见关伟业。

这时大概是五点钟，正是关伟业在家中会客的时候。家中有两个保定来的人，一个是殷永寿，一个是严国威，大家躺在沙发椅上抽烟卷说闲话。听差拿上单贯风的名片来，关伟业一看，便往桌上一扔道："谁愿和他这看相的人谈话？就对他说，正会着客，没有工夫见他。"殷永寿笑道："关督办还认得看相的，叫进来问问看。"关伟业笑道："不过这人看过相，现在可是一个科长了。"严国威道："果然的，何妨叫他进来谈谈。"关伟业见他两人这样高兴，也不便执拗，便吩咐听差，将单贯风叫了进来，单贯风取下帽子，对三位一一行礼。那殷永寿禁不住，先就问道："听说你老哥干过看相的事，真的吗？"单贯风道：

"是，可笑得很，当年闲下来干了这几年，糊口而已。"殷永寿架着大腿，颠了几颠，用两个指头掀着短胡子，对单贯风笑道："你看看我是干什么的？"

单贯风看看殷永寿的样子，是一个大黑胖子，一个圆脑袋，一脸的横肉。脚上虽然是穿了便鞋，那脚弯骨向外突出得很厉害，分明是穿惯了皮鞋，所以如此，便笑道："那不用得看了，阁下是在军界供职的。"殷永寿道："你看我是个老粗，所以说我是拿枪杆的，这一招倒让你看出来了。你再看看我有多大的前程？"单贯风道："这个就不是可以胡说的。比方说，现在是个中校，将来或者是上校。现在是个少将，将来或者是中将，以至于上将。"殷永寿笑道："哪有那么容易的上将？干一个中将就很好了。我不问将来怎么样，你就瞧瞧我现在怎么样吧。"单贯风道："您现在气色正盛，差事一定不错，您所说的中将，我敢担保，一定有的，本来也就差不远啦。"说这话时，望了一望殷永寿的脸色，见他很以为然的样子，接着便道："您的品级，据我看，至少在上校以上。"殷永寿道："上校以上，品级还很多啦，还有少将衔、少将、中将衔、中将。"单贯风笑道："若看得那样准，倒有半仙之分了。就说原是少将衔吧，总也少不了一个少将。"殷永寿手一拍道："嘿！你真行，全让你看出来了。"

单贯风见殷永寿夸奖他，趁着机会，索性恭维一顿。严国威也道："单先生，你瞧瞧我怎样，有发财的机会吗？"单贯风看严国威的样子，虽也脱不了粗暴之气，可是说话平稳些，皮肉也白净些，便道："阁下虽然也在军界，可是和殷先生的位分有些不同。殷先生之职位，完全是武的。严先生却是武中带文。"严国威笑道："你这话倒猜得不错，你看我要弃武就文的话，应该往哪条路上走？"单贯风道："我看阁下的手，丰厚有力，最好是加入财政机关。阁下若干到三十八九，一定要发大财。"严国威正在运动，要弄一个税务机关办办，现在单贯风一口道破他的心事，不觉笑了起来，说道："我若发财，就重重谢你。"单贯风道："谢就不敢当，您到发财的时候，就请我吃一杯喜酒吧。"关伟业见这两位保定来的贵客，一致称赞单贯风，他也未便加以轻视，笑道："单先生的相法，很有把握，蒋子秋督练倒很喜欢研究这个，过两天蒋督练来了，殷旅长介绍单先生去谈谈，他一定愿意的。"

　　殷永寿还没有答话，单贯风早站将起来，对殷永寿连作了几个揖，笑道："这事就拜托殷旅长了，兄弟别无嗜好，就是喜欢研究贵人的相。"殷永寿笑道："好哇！你把人的脸来做研究的东西。"单贯风道："殷旅长没有听明白我的话，因为我凭自己一点儿经验，作了一篇相法大全，把我生平所看的贵相，都记在那书上，让后采学相法的人，可以得到一点儿真实的学问，所以很希望多见几个贵人，记在书里，我那书就越发有价值了。"殷永寿道："原来如此，我的这个坏相，也配记到书里去吗？"单贯风道："我本来有这个意思，可是旅长刚才说过，似乎有些不愿意的样子，那就不敢了。"殷永寿道："你要记下来就记下来吧。不过我是一个旅长，不够程度吧？"单贯风道："殷旅长翻过年去，就有高升的希望，殷旅长再能在阴骘上做点儿功夫，不是奉承的话，一定要做封疆大吏。这样大富大贵的相，不图记下来，要记什么相哩？"殷永寿听了他这话，真就像做了封疆大吏一般，着实欢喜，说道："论起做好事，我向来就有这种心事，升官不升官，那倒没有关系。"单贯风道："越是这样存心，那就越好了。翻过年来，殷旅长若不高升，我姓单的，以后就再不和人看相了。"殷永寿道："你说话很痛快，将来蒋督练到了，我一定叫你去给他看相。"单贯风见他很爱恭维，索性把好话尽量地告诉他。殷永寿觉得这人很够朋友，便对单贯风道："蒋督练明天晚上不到，后天早上就到，后天晚上你到这儿来，准会得着他，许多人要在这里和他洗尘哩。"单贯风会记在心里，又谈了一会儿而去。

　　到了后天，他果然按时而来。可是这个时候，许多贵客陪着蒋子秋赌钱，听差就不敢上去回。只说正在吃酒，明天再来吧。单贯风得不着机会，扫兴而回。这边赌桌上，是四个人推牌九，蒋子秋做庄，坐在正中。闵良玉在下手，光求旧在上手，龙际云坐天门，都是天字第二、三号的阔人。再有李逢吉、关伟业同辈的人，便算是宾中之宾，坐在桌子犄角上，陪着下注。还有不敢上前的，便背着手站在身后看热闹。这蒋子秋是个大肚胖子，剃着一个光和尚头，额头上的肥肉，一叠一叠，叠出皱纹。下巴底下的肉，望上一拥，把鼻子眼睛都受了挤，所以他一笑起来，眼睛会笑得成了一条缝。他穿了蓝绸羊皮袍，也没有套马褂，接连敞着胸襟上几个纽扣。翻过一块胸襟，露出羊毛向外。两只衫袖，更是卷得高高的，露出两只肥油也似的粗胳膊，在桌上洗牌。头一小时，蒋子秋的手气很好，赢了个二万上下。现在就慢慢地衰下来，已经输出去一万多。蒋子秋虽是一个大人物，赌品却不大高明，他一见所赢的钱，缓缓要退出去，很是着急。额角上汗，就如上等的珍珠一般，亮晶晶的一粒一粒，只望脸上滚将下来。他手上握住两粒骰子，不住地摇撼着。突然望上一站，说道："这场面太瘟了。干！你们大家都下大注子。没大本钱，可发不了大财。干！你们大家都下大注子，我是不怕的。"

那些押牌的人，见蒋子秋这样兴奋，不敢违拗，只得放着胆子下大注。蒋子秋一看桌上钱多了，心想趁着这时候，能起几手好牌，一定可以把牌风翻转了，依旧大赢。因此推出一条牌，把前面两张牌八字大开，成为张嘴吃物之势。于是将骰子往下一掷，口里喊道："吃他一个通。"骰子住了，一看，一粒是四，一粒是五。蒋子秋将前面两张牌一叠，左手拿着，在桌上敲了几下，笑道："九在手，天杠地杠和对九。"闵良玉也笑道："九在手，双十拿上手。"大家起牌之后，蒋子秋猛可地将两张叠着的牌望上一翻，上面正是一张九点，便对大家一晃。闵良玉笑道："可别像《鸿鸾禧》里面金松的话，锦被一床，可是毡毡的里儿。"蒋子秋笑道："决计不能，你看着。"于是左手捏着牌，右手伸出一个大指头，捺着牌面，两个指头，托着牌里，将面上那张九点，缓缓往下移挪，露出下面那张牌来。先露出半截，是个五头，蒋子秋笑道："好了，底下是梅十，是九点了，这一回我要吃个通。"说时把面十一张牌，使劲望下一抽。底下半截，不是五头，却是六点，乃是一张斧头，两张牌合起来，整整二十点，乃是一个大整十。蒋子秋把两张牌向桌上一伏，口里说："他妈的，胡子看九姑娘。赔钱赔钱！没话说。"大家见他那种不乐意的情形，又说出那种趣话来，都不觉哈哈大笑，这一铺牌，有两个八点，蒋子秋赔出去两千多。既输了钱，又受了人家的嘲笑，心里真是不舒服，说道："别忙，我还没输啦。你们要想赢我的钱，还得下大注子。"抬头一看，见殷永寿、严国威背着两只手，站在一边看。蒋子秋昂着头问道："你两人怎样不来？"殷永寿、严国威都是蒋子秋的学生，而且又在他部下当过差事。蒋子秋在北推庄，他们怎样敢下手？现在蒋子秋一问，他两人说不出所以然来，只是对蒋子秋笑。蒋子秋道："你以为我是老师，就不敢来吗？这是赌场，不是论大小的地方。赌场无父子，还有什么师徒？不要怕，来来来，下注下注。"

殷永寿、严国威见蒋子秋这样说，不下注倒有些不合适，只得把钱拿出来，买了筹码，跟着在场的下注。其他在一边看的人，觉得蒋子秋有埋怨旁观人不加入之意，只得都跟着下注。这样一来，场面更大了，每牌的进出，总在千元上下。庄家的上下手，那还罢了，唯有对门龙际云，手气非常之好，差不多铺铺牌，庄家都得赔他的钱。蒋子秋虽然没有大输，可是吃了上下手的钱，老不够赔龙际云的注子，心里大不舒服。因之蒋子秋掷下骰子去的时候，必得喊道："先吃天门。"那龙际云既然是个文官，又上了几岁年纪，当然不能像他们那样大闹，无论输赢他都是笑吟吟地坐在席上，一点儿也不动声色。蒋子秋见他这样，越是暴躁，他推出一铺牌去，对龙际云道："龙总裁，我和你干上了，这回你非多下几百块钱不可！"龙际云笑道："可以，我下一千五，作五注，你摸一副天杠，就摸去了，好不好？"蒋子秋道："好极，极好！这样就痛快。"于是赶忙掷骰子起牌。起牌的结果，蒋子秋果然起了一副天杠，他把两张牌，向桌上一扳，两只手互相地卷着袖子，哈哈大笑，说道："际老，际老！你这一千五百块钱可姓了蒋了。"龙际云笑道："还不定姓龙姓蒋呢，蒋督练你瞧瞧我这牌。"说毕，他将牌翻转来，却是一对七。蒋子秋手在头上一拍，说道："嘿！碰一个好大的钉子，赔钱赔钱。"

偏是这一次天门下注的最多，正的副的，蒋子秋赔出去了三千左右。在上下手虽然吃了千把块钱，究竟输得太多了。蒋子秋心里非常恼恨，推出牌来，依旧说先吃天门。一面说，一面只是拍巴掌拍桌子。那些在旁下注的，看见他这种情形，知道他恼恨龙际云一门，大家若都在那边下注，倒有和他相拼之意，只得丢了红门不下注，纷纷地移到上下手来。龙际云当然闻弦歌而知雅意，可是要少下些注吧？有赢钱抽梯之意。多下些注吧？又怕蒋子秋说他赢得了意，只管追来。因此心里暗暗想着，但愿蒋子秋起两手好牌，自己把赢了的钱都输将出去。就是这样赌下去，蒋子秋的手气越坏，龙际云的手气越好。约有一个钟子，蒋子秋快输下三万，龙际云一个人，就赢了一万几。其余押牌的人多，大家一分，也有几千的，也有几百的。这时蒋子秋所认为唯一的劲敌，当然就是龙际云，要想捞本，第一就得赢龙际云的钱，因此尽催他下大注。赢了钱的人，本来当快乐一阵。现在龙际云这个大赢家，却比输了几万还要难受。这次蒋子秋到北京来，本来靠着天大的面子，助成唐阁的。大家陪他赌钱，原是让他开心，现在倒叫他输了许多钱，不但他不欢喜，他反要生气。偏是自己赢得最多，成了蒋子秋攻击的目标，真是糟糕。他这样一想，就存了乘机报答的意思。

　　有一牌，蒋子秋无意中看见最先两张牌，又是一副天杠。掷骰子的时候，便拼命叫九在手，打算把那副天杠取了过来。不料骰子掷下去，偏是个七对，又是龙际云拿了去。蒋子秋的脸上，这一份难看，只有木炭烧成的白灰可以和他相比。连自己摸的牌，都懒得看了。随手一翻那牌，一张地牌，一张人牌，偏又是副地杠。全场的人，见蒋子秋拿了大牌，有赢钱的机会，好不欢喜，哄堂大笑地喊起来，都说督练吃通了，督练吃通了。蒋子秋道："他妈的吃什么通？这一次又拼天门不过。"龙际云一看，自己手上是副天杠，心里倒吓了一跳。牌也不翻转来，就向剩牌堆里一塞。笑道："天牌倒有一张天牌，配角不好啦。"说毕，将面前下的筹码向蒋子秋怀里一送。这件事，只有蒋子秋和龙际云两人心里明白，其余的人，倒以为龙际云真拿了一副小牌，不肯给人看。这一牌，蒋子秋收入不小，竟有三四千元，而且自这牌起，蒋子秋的手运慢慢红起来，龙际云的手运便慢慢暗下去。但是龙际云手运虽坏，注子反长大起来，把赢的筹码，拼命望下放。筹码完了，拿出钱来，又再去买。到了这时，蒋子秋赢起来，酱色的脸渐渐恢复原状。他见龙际云越输越下大注，笑道："际云，你是很稳重的，怎么也输出气来了吗？"龙际云笑道："谁输了不想捞本呢？"一句话说完，又下了一个大注子。蒋子秋道："你这个样子，非输光不可吗？"龙际云笑道："输倒是想输光，就怕督练赢不了许多啦。"

　　这个时候，大家都输了钱，至少也是保本，这决计不会叫蒋子秋生气的。因此大家的心里一痛快，浑身都舒服起来。也有谈，也有笑，不像以前，满场都是死气沉沉的了。闵良玉笑道："督练每次要钱，总是先输后赢的，我就疑心他这是诱敌之计。"光求旧也笑道："果然如此，第二回我也在场，只要打了一个小胜仗，马上收兵，不向前追，也就可以捡便宜不上当了。"蒋子秋道："我也是碰手气罢了，当真有这样手段吗？那我就什么也不干，专要钱就发财了。"说毕，一阵哈哈大笑。于是他鼓着兴子，只往下推。

推到晚上十二点钟，龙际云一个人便输了五万多，自己掏出金表一看，伸了一个懒腰，说道："哎哟，真累！怎么样？我们先吃饭，吃了饭再来吧。"光求旧、闵良玉知道：是能输不能赢的，乐得先住手，都赞成吃饭。蒋子秋笑道："你们也用起诡计来了，见我手气已转，想借此冷一冷场，对不对呢？"龙际云道："决计不是，因为我们实在饥了。督练若是余勇可贾，我们还可以奉陪一会儿。"蒋子秋笑道："我也是笑话哩，吃了饭再来吧？"大家得了他的同意，便住手吃饭。谁知蒋子秋倒赢起意思来了，吃完了饭，又非来不可。除了那些站椅子背的人，他们是随便下注，可以溜走而外，其余几个各当一面旗鼓的，谁敢说不来二字，只得又重新坐下来赌。再赌下去，依旧蒋子秋大赢。光求旧、闵良玉倒输有限，龙际云可由此又输下两万去。这时，他一算除赢了的不算，报效的数目，总在四万以上，不在四万以下。无论如何，不敢再赌了。站起身来，一定要告退。蒋子秋一看他输得不少，也自由他，不便再逼。龙际云道："督练赢的这个款子，还是就开支票，还是等到明天再送现款过来呢？"蒋子秋拍着他的肩膀道："你可受了损失了，不翻本吗？开什么支票，你还少得了我的钱吗？随便什么时候送来吧。"龙际云道："那也好，我明日一准送来吧。"

龙际云虽然这样说。可是他的宦囊，却不十分丰厚。除了故里置了一些田地而外，天津日租界上，倒有七八处房产。若说浮财，银行里共总存了五万块钱。这个时候，若是完全提了出来，作为还赌债之用，未免有些心痛。但是不提现款，一刻儿又在别处挪动不到许多。盘算一会儿，忽然计上心来，自己收买金矿公司的股票，有三万五千元。这个公司，营业还算不错，股票可以作实价卖出去。股份既少，靠这个也发不了多大的财。不如将这股票，完全送给蒋子秋做赌账，再设法凑上一万五千元，了却这一笔账。这样一来，显见得自己实在没有钱，把股票都输掉了。

主意想定，到了次日，便将股票现款一齐带着，送到蒋子秋住的饭店里来。蒋子秋见他拿着许多钞票股票堆在桌上，知道他是还赌博账的来了，笑道："你何必这样急，迟几天也不要紧。"龙际云道："实在对不住得很，一时凑不齐许多现款。这里面有三万五股票，倒是可以十足作钱的。"蒋子秋想道：我也听说龙际云手边的钱不多，这样看来，倒是事实。昨天晚上，我拿一副地杠时候，他分明是一副天杠，他看见我输得太多了，因此愿意吃亏，将钱输给我。这一点看来，他为人就不错。我虽然为那一牌，手气翻转来了，他却为了这个，把手气弄闭，输得一败涂地。要说起来，我昨晚上，都赢的是那一牌的钱了。怪不得他越输越下大注，原来是有意送钱给我呢。他若有钱，送一笔给我花也罢了，偏是他手上的钱有限，这样一来，把股票都挤了出来，倒叫我心里好个过不去。便对龙际云道："现款你有就送来，那还罢了，那股票要算你的不动产了，我也一齐拿来，好像我这人不够朋友。"龙际云笑道："好赌家贫无怨，这是我自己愿意的啦。督练收下吧，若是不收下，倒显我输不起钱了。"蒋子秋道："这样说，我倒闹个却之不恭，只得收下了。"当时，已到吃午饭的时间，蒋子秋便留龙际云不要走，在饭店里吃午饭。蒋子秋固然是很高兴，龙际云因为蒋子秋留他吃饭，也是高兴。

这蒋子秋，他虽住在饭店里，可是带的跟随不少，将这饭店，占住了三分之一的地方。加上来拜访蒋子秋的客，络绎不绝。那些不关紧要的角色，蒋子秋都懒得见，只派了几个亲信，在大餐间招待，自己却单独在这里和龙际云吃饭带谈话。所以龙际云认为面子十足，非常得意。当时蒋子秋笑道："我看你这样子，手边的钱并不算多。像你昨晚上那样的赌法，你哪里有这多钱来输哩？"龙际云道："不瞒督练说，昨晚上那完全是奉陪，这样的大赌，三四年也碰不着一面呢。"蒋子秋道："这样说，昨晚你大输特输，倒为的是我了。"龙际云道："也不能那样说，设若我大赢特赢哩，不也是为了奉暗吗？"蒋子秋见他没有一点儿怨色，倒很是佩服他，笑道："你这人太老实了，老守在天津，也不活动活动。若是肯活动，在政治舞台上多绕两个弯你就有钱了。"

龙际云右手提叉，左手握刀，正叉住碟子里一块牛排在那里切。听到蒋子秋说这话，两个手和刀叉粘住了那块牛肉，都愣住了。停了一停，然后他抬起头望着蒋子秋道："督练还有什么不知道的，现在是青年人的世界，像我们有胡子的人，挤不上前了。要说替国家做事，那我们自然是求之不得的。"蒋子秋道："这话不对，俗言说，嘴上无毛，办事不牢。那些年轻小孩子，简直是胡闹。这次唐雁老要上台，所以我很愿替他助一臂之力。"

说到这里，龙际云才有工夫去切那块牛肉，便一面吃着，一面说道："雁老也是这样说，成功与否，全靠着督练帮忙。"蒋子秋微笑，且不说什么。龙际云道："雁老倒有一番好意，再三地说，将来要替他帮一点儿忙。我想什么要人帮忙，就是雁老有心携带老朋友罢了。不和督练谈起来，也不便望这上面提。督练既然先说了，倒很望督练多多地携带。"蒋子秋笑道："我听说你很想干交通，这话是真的吗？"龙际云笑道："哪依得自己想呢？总要看本事干得下干不下啦。现在就是督练都能够这样携带，那还要督练多荐引几个人才，分配着紧要职务，那才可以干得下呢。"

这时，蒋子秋的马弁走进来说，公府里来了电话，请督练就到府里去。蒋子秋听说，点了一个头，表示已经知道的意思。龙际云问道："督练已经见过总统了吗？"蒋子秋道："见是见过了，可是老头子越过越糊涂，一点儿主张都没有了。昨天一见我，就连说没有办法。我笑说道：是哪一样没有办法呢？是用人没办法？还是财政没办法？或者完全没有办法？若是都没有办法，那真干了。老头子笑着说：你还是个老粗的本色，说话还是这样干净。子秋，你看在老朋友的情分，多帮我一点儿忙吧。"龙际云道："总统不失为一个忠厚长者，他请督练帮忙，倒是真话，督练看怎么办？或最好是督练出来，把这腐败的政局，极力洗刷一下。"说到这里，蒋子秋已经把菜吃完了，将面前的盘子一推，两手扶着桌子，昂头叹了一口长气，说道："我要能干，早就干了。这种局面，我不敢说有那种勇气。"龙际云道："督练既然这样说，为什么倒主张雁老出来呢？雁老的才具，还能高似督练吗？"蒋子秋道："我怎能和雁老打比？雁老有学问，有阅历，我不过是一个老粗罢了。"龙际云道："要说雁老有什么特出之才，我们都是自己人说话，不敢那样过分推重。可是雁老曾对我说，只有于国有利，牺牲倒是不怕的。我想这种话，旁人是不肯说的。造这一点儿勇气，让雁老上台试一试也好。"蒋子秋笑了一笑，说道："雁老这一股子劲儿，我是佩服，他上台也好。不用说，际老是要跟着出来的了。"龙际云笑道："我已说了，还是全靠督练携带。"蒋子秋把一个大拇指一伸，说道："你的事交给我了，这很不算什么。"

龙际云听说，不啻吃了一颗定心丸，连忙对蒋子秋奉揖道："感激感激。"蒋子秋吃西餐是不喝咖啡的，他一站起身，听差便奉上手巾把子来。蒋子秋擦了一把脸，便吩咐开车。龙际云知趣，告辞要走。蒋子秋一把将他胳膊抓住，说道："你别着急，除非雁老这内阁组不成功。若是组得成功，你的交通，我姓蒋的先担任下了。回头我在公府里出来，你听我的电话，据我看准没有错。"

龙际云还有什么话说？只是作揖不迭。他告辞出门，先且不回家，一直到唐宅，见唐雁老，就笑着说道："蒋子秋进府去了。我看他那样子，倒是十分给我们帮忙。"于是就把刚才的话说了一遍。唐雁老道："呀！这真是他给人十足的面子，际云新近有什么事给他帮忙没有？"龙际云道："没有，况且他是初到北京来，我也没有什么忙可帮的。"唐雁老道："那么，他一定向你要了什么东西去了。"龙际云道："并没有向我要什么东西，本来就没有什么大来往，他怎样好启齿呢？"唐雁老道："不能啊！他这个人的脾气，我是知道的。寡人有疾，寡人好货。你若一点儿好处不给他，他是不会替你做事的。我和他共过许多回事，深知道他的脾气。你和他是一个平常交情的人，他那样做主，愿替你保镖，一定有缘故的。"

龙际云见雁老这样说，也就不瞒，笑道："前天晚上，陪他玩儿了一场牌九，算是送了五万块钱现款的礼。"唐雁老摸着胡子道："好哇，我说有个缘故呢。老实说，和他在一处赌，你见机一点儿，老实预备送钱，你输少了，那是不成问题。你若输多了，他记在心里，总会想一个法子挑剔你的。设若你赢了他的，少数还罢了，那是现款，你可以得着。若是钱一多，他暂时不开支票，说明后天给你现款。到了明后天不给钱，你还能向他催着要吗？越久你越不好开口，你赢的只好算是一句话吧。况且他的赌品又不好，一输了钱，在场面上乱骂。所以和他赌钱，只有望他赢才是。"说着，又摸了一摸胡子，点着头道："靠你的身份，和你对他的关系，送这些个钱，也就够了，怪不得他要给你保镖呢。"龙际云道："可是他替督办很卖力呢。"唐雁老道："我和他的关系那又难说了，他真能一点儿不要报酬吗？望后日子长呢，就是以前，我是随时应酬他。你那个数目，恐怕我不止出一回呢。"龙际云道："他说了，一出府来，就要给我一个电话的，看他怎样说。他果然有什么条件，我们就可以答应他。我看最大的关系，他也不过是要荐用两个人，我们是可以尽量容纳的。"

唐雁老道："条件一层，何至于现在才谈呢？我要不许他许多好处，他肯到北京来吗？"龙际云道："据督办看，他这回进府去，结果怎么样？"唐雁老道："那没有关系，就看保方对他是怎样约的。若是他们商酌得很好，府里是没有不答应的。若是原没有什么定议，进府去一百回，也是枉然。蒋子秋这老东西很是狡猾。他对我老是这样不即不离的样子，叫人摸不着头脑。今天晚上，我只好去看他一次，当面和他谈一谈。"龙际云道："督办自己去，不显得太将就了吗？"唐雁老笑道："到了这个时候，你不去将就他，还想他来将就你吗？回头你先和他通一个电话，约好了你先去，和他谈个大概，随后我就来了。"

龙际云听说，果然如法办理。可是到了晚上，不像上午，饭店里是挤满了来宾。大门口的汽车，占满了一条大街。蒋子秋一高兴，叫了一班唱大鼓的鼓姬，在大饭厅里唱大鼓。蒋子秋和一二十位阔客，团团转地将十几个鼓姬围在中间。蒋子秋一个人独据了一张大沙发椅子，仰着身子抽雪茄烟，眼睛望着那鼓姬，嘻嘻地笑。有一个叫林玉香的鼓姬，也不过十五六岁，穿了一件桃红色的旗袍，滚着周身的白边，松松地梳了一对丫髻，髻上插着一个红绸结子。蒋子秋为人，最爱的是热闹，且不问这鼓姬人貌如何，这一身鲜艳的衣服，他自信老眼之非花，就十分赞许。林玉香先唱了一段《马鞍山》，蒋子秋皱着眉道："好好的一个丫头，唱这样文绉绉的调子，没有意思。赶快过来，给我唱一段《乌龙院》，要不然来一段《小姐儿逛庙》，那都好。"蒋子秋一说，和他资格差不多平等的人，都鼓掌哈哈大笑，说是蒋督练有趣。那林玉香本也是个聪明女孩子，知道蒋子秋的脾气，把那浓艳之处，唱得有声有色。蒋子秋点头叫好，她唱完了，就叫林玉香坐在他身边，伺候茶烟。起先那些鼓姬知道蒋子秋是个大人物，不敢上前亲近。现在林玉香既能伺候督练，就大家都能亲近督练，因此蜂拥而上，围着蒋子秋说笑。

这个时候，龙际云正在家里等蒋子秋的电话等得不耐烦。及至打电话一问，原来正在听大鼓书呢。心想这种人怎样办大事？他今天进府去，为着是阁事，无论结果如何，出来了应该给我一个回信。他倒好，一出来却听大鼓书去了。且不管怎样，自己先去走一遭。不然，雁老糊里糊涂地跑去了，那更不好办。当时便坐了汽车到饭店里来，一见满街都是汽车，饭店门口，护卫森严，心里笑道："这要是不知内幕的人，看了这种情形，又以为正在开什么大会了，谁知里面倒是在那唱大鼓书呢？"下得车来，听见一阵丝索革鼓之声，从大饭厅里出来，料着他们就是在大饭厅里听大鼓，也就一直向饭厅里来。一进门莺莺燕燕，一大群鼓姬围在一处。客倒很多，不见主人翁蒋子秋在什么地方。

正在狐疑之际，只听见哈哈一阵大笑，在鼓姬围里发将出来，这笑声正是蒋子秋，原来花团锦簇把他围住了。那些鼓姬闪开，龙际云看见蒋子秋，笑道："督练听大鼓书，也不请我一个吗?"蒋子秋站起来，一拍身上的雪茄烟灰，笑道："我这人真是容易忘事，忘了打电话给你，一听大鼓，就不记得了。你来了好极了，爱听什么，来一段莲花落儿吧?"龙际云摸着胡子笑道："外行外行，随便吧。"蒋子秋对那些鼓姬问道："你们谁会唱随便，龙总裁要听随便呢。"说罢，又哈哈大笑。龙际云轻轻地对蒋子秋说道："雁老打算今天晚上到这儿来，和督练谈谈。"蒋子秋道："很好很好，请他过来谈谈，好久没有和他打牌了，今天晚上我们可以来个八圈。哪！这里张总长、光总长都是健将，请他两个一凑，事就成了。"说时，把手上夹的雪茄烟对在座的张成伯、光求旧一指。张成伯、光求旧两人，不知是什么事，都走了过来。蒋子秋一说要打牌，两人都愣住了，光、张二人打了一个照面，他们的意思说，这老粗要敲唐雁老一笔大竹杠，又要我们凑数呢。他们这样想着，自然是一回大赌，要知这个热闹场面是否凑得成功，下回分解。

第十四回

尽夕联欢只谈风月
凭栏兴叹如此江山

却说蒋子秋一时高兴，发起要打麻雀，便预先指定了张成伯、光求旧两角。张、光二人一听此话，知道是送礼的伏笔，先就不敢贸然承担，默然相视。龙际云也是想着，别人正要来和你商量上台的大事，你却要人来打牌，真是以国事为儿戏了。因此只是干笑，没有答话。蒋子秋笑道："我知道你是败军之将，不敢言勇，我也不邀你加入。你马上就打电话给雁老，请雁老就来。"龙际云道："若是说请打牌，怕他不来呢。"蒋子秋道："你尽管请他来，咱们正事也谈，钱也要，两下子都别耽误了。"蒋子秋趁在兴头上，也不要得龙际云的同意，马上就叫马弁打电话给唐雁老，说是龙总裁请督办就过来。

唐雁老得了这个电话，以为总可以和蒋子秋开一个秘密会议。不料汽车一到饭店门口，只见满街都是汽车，预料这里面一定是宾客如云，心想际云怎么这样傻，耳目众多之下，怎样叫我来，莫说有话不便说，就是有话可说，我这一来，大家便知道我是来和蒋子秋谈阁事的，岂不是自暴阴私？但是到了这里，要回去也不好。蒋子秋知道了，更要怪瞧不起他，不如下车进去，看里面是些什么人见机行事。因此一想，他便依然进去。及至到了里面一看，原来是许多人正在听大鼓书，如释重负，便笑道："子秋真高兴，怪不得要我就来了。"

唐雁老究竟是有身份的人，他一进门，大家都站起身来，所有的视线，不约而同，向着饭厅门口。那些唱大鼓的女孩子，见大家突然恭敬起来，也都怔怔地站着，不知所可。那个正在唱的鼓姬，也停了鼓板，四围地望。蒋子秋抢上前一步，拉着唐雁老的手，笑道："对不住，对不住。这两天为着许多事绊住了，没有工夫去看你。今天晚上有工夫，偏是又听上大鼓了。刚才际老说，你要来看我，我说反客为主那就不敢当，倒不如请来听大鼓，回头咱们来个八圈。"雁老笑道："蒋大哥总是这样高兴，所谓老当益壮，宁知白首之心了。"

此外是特任职的官儿，都走上前来，敷衍一阵，唐雁老一一答礼。这一来，把几位唱大鼓书的弄得眼花缭乱，不知其可。蒋子秋道："咳，我们说我们的，你们唱你们的呀。"那些鼓姬，重整鼓板，又唱将起来。蒋子秋顺手一把，将唐雁老拉在一张沙发椅上坐了。唐雁老笑道："督练犹有童心，带连我这一班人都转老还童了。"于是环坐左右的一些老头子，都跟着后面哈哈大笑。说话时候，林玉香正在旁边擦洋火，给蒋子秋点烟。蒋子秋且不吸烟，顺手一把将林玉香拉到怀里来，对唐雁老道："雁老，今天你得恭喜我，我收了一个姑娘了。"唐雁老笑道："把她当干小姐，那不是老哥本意吧？"说时也伸手牵着林玉香道："蒋督练很想再讨一位姨太太，你看怎么样？用不着推辞吧？"林玉香笑道："您老别说这样的笑话，哪有那么大的造化呀。"蒋子秋听了这话，乐得两张嘴唇皮张开，几乎合不拢来，眯着眼睛对林玉香一望，然后笑道："你别听唐督办的话，我不敢有这样的野心呢。"龙际云在一旁插嘴道："蒋督练真是善于言辞的，有野心就有野心，尤野心就尤野心。如今在有字上，加了不敢两字，倒好像并不是没有，不过不敢啦。"唐雁老摸着胡子笑了一笑道："他说这一句话，我倒没有留心，际老这一解释起来，事情倒很明白了。"于是举座的人，听了都哈哈大笑。

闵良玉道："蒋督练实在有这意思，我们在座的人，都有帮忙的义务。"光求旧笑道："老闵说话是一点儿都不考虑的呢。这是什么事，用得着大家帮忙吗？"闵良玉本来是一句好话，他的意思，以为大家都应该从中说合，促成良缘。因为他是武人的口吻，以为帮忙两字，就很文雅。不想帮忙二字，在这件事上面，竟是不能用的。光求旧不加注解，众人也是不留意，这一注解出来，大家一想，果然这话趣得很。大家张开喉咙拼命地大笑，连那弹三弦子的，也是忍俊不禁，蒋子秋笑道："得啦，老闵你把我毁够了。我娶姨太太，大家都有帮忙的义务啦。"大家本已止住笑了，经他赤裸裸地说出，大家又哄堂大笑起来。

在大家这样狂笑之际，除难为了闵良玉而外，其余的人都是乐不可支的。唐雁老道："怪不得许多人都愿意组个俱乐部，好天天聚会。原来这俱乐部里有这些个玩意儿，真是乐地。"蒋子秋道："雁老这样说，大概来了一回，还想第二回呢。"唐雁老道："我们在这里，可是乐。街上停满了汽车，挡住了路，那些来往的路人，进退两难，痛苦极了。他们还不是背着骂我们吗？"蒋子秋道："谁叫他走这里过，进退两难，也是活该。这地方让他们走，也就可以让咱们停汽车。"唐雁老见他说话这样干脆，又不好怎样再下转语，也就只得干笑了几句。又听了两段大鼓，蒋子秋觉得有些烦腻了，说道："你们有爱听的往下听，咱们打牌去。"说时拉着唐雁老的手就要走。唐雁老道："真要打牌？"蒋子秋道："这有什么真假？说来就来，说不干就不干，你又不是不喜欢这个的。"唐雁老笑道："喜欢我当然是喜欢，不过……"蒋子秋笑道："来吧，不要不过这样，不过那样了。"唐雁老道："就是我们两个人也不成，还得要人凑齐啦。"蒋子秋对光求旧、张成伯两人一指道："张总长、光总长两人，我已约好了他们一定来的。二位，你们来不来？都不赏光吗？"张成伯、光求旧都是要求蒋子秋帮忙的人，怎敢拂逆他的意思，只得笑道："言重言重，奉陪就是了。"说着，四个人便一同到大饭厅旁边的一间屋里去打牌。

这里也有去看牌的，也有依旧听大鼓书的。唯有这些鼓姬，就都各存着野心，打算弄几个头钱，纷纷扰扰地往旁边屋子里跑。第一就是蒋子秋身后，站的人多，除了林玉香而外，还有四五个。在他身后站不下的，便挤到其余的三位后边来，连唐雁老身后，也站了两个。唐雁老固然不是那样不开通的人，不懂得玩笑。但是自己是要出来组阁的人，若是纵情笑闹，这里人多未免有碍观瞻。所以他后面虽然站着有人，他却只领略衣香鬓影，并不要她们做参谋，实行参战。蒋子秋就不然了，四五个人挤成一团，这个伸出手来，给蒋督练抓一张。那个伸出手来，给蒋督练打一张。这一个叫吃，那一个又叫碰。那林玉香索性挤着坐在蒋督练怀里来，在唐雁老看了，觉得已是非常难受，可是蒋子秋倒是非常开心，尽管让她们闹。

106

四圈牌打完，蒋子秋已赢了五千多，笑着说道："你们别再闹了，让我正正经经儿地打几牌吧。你们这样闹，我知道也没有别的，无非想弄我几个钱，现在我把赢的钱都给你们，那可以早一点儿回家去了吧？"那些唱大鼓的，听说有钱，也不用得打什么暗号，大家一拥而上的，便将蒋子秋团团围住。蒋子秋笑道："我赢的可是支票，老实说，你们这些孩子，还没有用过这种支票，大概要说蒋督练冤你们了。来！我给你们一个痛快，让你们都拿现钱走。"便喊了马弁道："来，把我那保险箱子打开，拿三千块钱钞票来。"不一会儿工夫，马弁将钞票拿来了。蒋子秋对这些鼓姬道："要钱的都到屋子里来待着，不来的不给。"林玉香道："都在这儿啦，您要赏就赏下来吧。"蒋子秋道："你这孩子先着急，我偏要落后才给你的，看你怎么办？"于是用手对屋子里这些鼓姬点着道："一五，一十，一十五，一二三，得了，一共是十八个。三千块钱，每人还得不着二百块钱啦。"又对马弁道："你们再给我拿六百块钱来，越快越好。"

　　马弁答应一声是，转身就走，不到五分钟工夫，马弁就将钱取来了。蒋子秋吩咐马弁将钞票二百元一叠，叠好了，放在桌上。自己一招手，过来一个鼓姬，就给她一叠钞票。或者在她头上抚摸几下，或者在她肩上轻轻地拍一下，笑道："天不早了，回去吧。别让你妈在家里着急。这么大的丫头，做妈的人是不放心的。"每个人，都是这一套，屋里屋外的人，都是禁不住笑。到了最后，才临到林玉香，蒋子秋笑道："你是我的干姑娘，也要钱吗？"林玉香听了这话，以为钱没有希望了，分明碰了一个钉子，脸倒红起来了。蒋子秋执着她的手道："傻孩子，我待你也能和别人一样吗？我也给你二百块钱。我这个干爹，你今天晚上算白认了。我还打牌呢，你还是做我的参谋吧。这二百块钱，你也收着，别说我要省这二百块钱。"

　　林玉香听说给了这个钱不算，另外还有钱，她这才乐了，挤着和蒋子秋坐在一处，又打了四圈牌。这四圈牌，蒋子秋越发是手气好，竟赢了两万多。有一牌，蒋子秋作筒子的清一色，桌上面碰了一对八筒，又碰了一对九筒。手上还有一对一筒，一张五筒，一张二筒，一对七万，一张白板。他掏了一张二筒来，就毫不思索地打出一张七万。绕了一个圈，掏起一张六筒。林玉香微微一笑，用手一指白板道："打这张，打这张。"蒋子秋道："刚才打了它，它又来了，还要它做什么？"说时，啪的一声，又打出一张七万。

张成伯的麻雀牌打得最好，他见蒋子秋拆了一对七万已经是很疑心。偏是蒋子秋打七万的时候，又说了几句鬼话，就猜他一定是作清一色，于是便和蒋子秋上手的光求旧丢了一个眼色。等到光求旧要打牌了，他便将牌捏在手里，试了几试，笑道："督练一定是在作筒子，我这张牌打出去，就成功了。"蒋子秋微笑道："你怕打就别打呀。"林玉香道："你别打筒子吧，打下了就要和了。"光求旧道："八筒他对，九筒他又对了，不见得还要七筒？"蒋子秋道："岂但是对了，八、九筒都绝了，你不瞧桌上已经打出一张八筒一张九筒吗？"光求旧把手上一张牌，放在面前，且不打出去，翻了过来，正是一张七筒，对牌望着，自问自道："打出去，不打出去？"蒋子秋道："你别考量我的牌了，对门才是一手大牌啦。"光求旧笑道："我手上只有两张牌可打，一张是发财，一张是七筒。两害相权取其轻，还是打发财吧。"于是将七筒收住，打出发财去。他上手的唐雁老，不动声色，轻轻地叫了一声碰，翻出三张发财来，开了杠。在杠上摸了一张，留将下去，毫不犹豫地打出一张北风。张成伯道："呀，北风虽然是圈风，不是雁老的门风呀，为什么这时候才打出来？这很可注意呢。"蒋子秋道："我不是说了吗？他是一手大牌，你们专注意我那真错了。"光求旧顺手一掏牌，恰又是一张红中，皱眉道："这真不得了，牌是专门和我为难了。两害相权取其轻，又只得打它了。"说毕将那张七筒放在蒋子秋面前。蒋子秋道："你既打出来了，我乐再吃一张。"于是放下五、六筒，把七筒吃了。

到了这时，应当打白板，和一、二筒两对倒的清一色了。可是那杠上的两张牌，先曾倒了一张下来，蒋子秋看见是一张白板。虽然没有留意是前一张或后一张，但是唐雁老开杠之后，才打出一张北风，分明他是有意留么张在手上，不是掏起白板，似乎不能打出北风来。这个时候，若是打白板去，恐怕是唐雁老和了两番。就是自己清一色的三番，也就空忙了。他急中生智，想出一个妙计，将这张白板覆在桌上打出来。用一个指头，对牌背点了几点道："我吊这张牌，老吊不着，我不要了。混账的牌，王八蛋才要你呢。"光求旧便伸手翻过来，见是一张白板，笑道："我不要这个。"但是他虽不要这个，唐雁老正和白板与九万的对倒。现在蒋子秋这样痛骂，谁要白板，谁是王八蛋，自己宁可不和，也不要背这个臭名声，只得默然无语，让他将这张白板打过去。

光求旧还不曾留意，张成伯却知道唐雁老有难言之隐，口里衔着雪茄，淡淡笑道："场面是紧张极了，我们唯有望这牌逃亡了，大家不和吧。"蒋子秋道："不和？牌还多啦。我是要干的，还未知鹿死谁手哩。"唐雁老依旧不作声，只是很沉静地打牌，又一个圈，蒋子秋竟自摸了一张一筒，于是将牌望下一摊，拍手哈哈大笑道："三番三番！你们不打，我自己会摸着和呢。"唐雁老便将手上四张牌，九万白板两对，向牌堆里一推，打算不让人看。蒋子秋手快，抢过来一看见内中果然有两张白板。自己这一和大牌，心里倒有些过不去，只得笑了一笑。这一个三番，蒋子秋赢了好几万，高兴极了，对林玉香说道："我对你说了不是？待一会儿，比以前就更好了。你瞧，我大赢特赢不是？你要什么东西，你说，我都可以给你办了。"

林玉香在大鼓书班中还不过是乙种人物，哪里见过这么大的场面？现在蒋子秋一赢好几万，问她要什么。说少了，恐怕让人好笑。说多了，又是交情太浅，反叫人家说是贪多无厌，因此踌躇起来，说不出话，只是对着蒋子秋呆笑。蒋子秋笑道："怎么了？你说我是骗你的话吗？"林玉香道："谁说您是骗我的呢？"蒋子秋道："既不疑心我骗你，为什么不说话？"林玉香咬着一个食指头，扭着身体笑道："您叫我怎样说呢？没有让我说的道理呀。"蒋子秋笑道："小孩子没出息，不好意思开口呢。在这里待着吧，回头我自然会给你钱。"林玉香知道有大批进款的希望，蒋子秋就是让她走，她也要在这里待着呢。现在蒋子秋亲口叫她在这里待着，她越发地不会走了。

这四圈牌打完，蒋子秋已经赢了三万了。因为唐雁老心里有事，并不注意在打牌，所以他输得最多，已在二万开外。他微微地一笑道："老大哥，我这一趟大鼓，听去的钱可不少啦。"蒋子秋道："胜败乃兵家之常事，那算什么，明天咱们再来啦。"唐雁老且不说话，要了纸笔，亲书凭条取款的现洋支票，交给蒋子秋道："请你明日下午去取，上午我要通一个电话到银行里去。"蒋子秋笑道:"凭你这几个字的笔迹,就可以拿两万银子回来,还用得打电话啦?"张成伯笑道:"雁老做事,从来是谨慎的。不要说是两万,就是两千块钱,银行里也会打个电话问明白了再付款的。"蒋子秋道:"这种办法,我很赞成。做事谨慎,总只有成功,没有吃亏的。不但做小事如此,就是替国家做大事也是如此,你看对不?"张成伯道:"正是如此,诸葛一生唯谨慎,雁老有焉。"

这时,许多来听大鼓的客都已走了。在座不过剩六七个人,便叫饭店里开了稀饭,在房间里吃。正吃稀饭的时候,林玉香的母亲来了。她先不敢进来,在外面候话,请蒋子秋的马弁进去请示。一个马弁笑道:"林奶奶,恭喜你呀。你的姑娘,认我们督练作干爸爸了。碰巧,我们督练今天打牌又赢了好几万,恐怕要得好些个见面礼呢。"林奶奶道:"我听说人都走了,就叫小妞儿一个人在这里。我怕她不懂礼节,闹出笑话来啦,倒没有别的。老总,你瞧我应该进去不应该进去?"许多马弁都笑道:"瞧林奶奶的意思,还打算进去认干亲家啦。"林奶奶道:"不是不是,我吃了豹子心老虎胆吗?"马弁道:"那你为什么要进去?你姑娘在里面挺好的,谁还把她吃了吗?"林奶奶眯着眼睛,对大众一笑道:"各位老总,还有什么不明白的,趁着蒋大人喜欢的时候,进去请个安,讨一点儿赏钱,也是好的。"

大家取笑了一阵,便推了一个马弁进去回禀,说是林姑娘的母亲来了,蒋子秋脸上现出不高兴的样子,问道:"她来干吗?"马弁道:"她早就来了,因为督练正在打牌,不敢进来。现在她要一个人回去了,想进来请一个安再走。"蒋子秋听说林玉香的母亲要一个人回去,便转怒为喜,笑道:"她进来请什么安,还不是听说我赢了钱,要进来弄俩钱花?叫她进来吧。"林奶奶走进来,一眼看见林玉香和一个胖子坐在一处,料定那就是蒋督练。因此走上前,两腿一蹲,请了一个双安,笑道:"蒋大人,您好。"蒋子秋道:"你姑娘在这里看打牌,你放心吗?"林奶奶道:"大人说这话太什么了。你瞧,她有这福气呀。"林奶奶说了这种似通非通,意在言外的话。大家看她那受窘的情形,都笑起来了。

蒋子秋往身上一摸，掏出一卷钞票，约莫也有一二百元，便递给站在旁边的听差，叫他递给林奶奶，因笑道："你姑娘得了我一千多了，叫她明天带回去，这个是另外赏给你的，拿去做件衣服穿吧。"林奶奶听说她女儿得了一千多，偷眼一看她女儿，满脸带着喜容，料这话靠得住。接了钞票，真喜欢得眉毛眼睛都要活动起来。于是斜着眼睛，对蒋子秋笑道："这可怎么好？要大人花这些个钱。"蒋子秋道："这倒没有什么。收了这个钱，这样冷天，别让你们姑娘天天上落子馆了。"林奶奶道："大人喜欢她，就让她天天过来伺候大人吧。可是这孩子年轻，一点儿什么事也不懂。得罪了您，您可别恼。"蒋子秋笑道："这倒不要你多虑了。你有车没有？"林奶奶还以为给她雇洋车呢，说道："您别费事，出大门，就有车雇。"蒋子秋回头对马弁道："开一辆汽车，把人家送回去。"林奶奶听说坐汽车，又请了一个安，然后才跟着马弁出去。

　　这天晚上，蒋子秋既认了干女，打牌又大赢其钱，这一种快乐，自不必提。这只苦了唐雁老，输了两万块钱，和蒋子秋一句话也没谈。到了这时候，客人纷纷告退，自己识相一点儿，应当也要走，不能老在这里留恋。便对蒋子秋笑道："蒋大哥，我也不能奉陪了。明天晚上，我叫家乡厨子弄几样家乡菜，请你过去谈谈，好不好？"蒋子秋笑道："你想把输的钱，又弄转去吗？"唐雁老也笑道："老大哥越老越调皮了，我只是说请老大哥过去吃饭，并没有说请老哥过去打牌，怎样你就先疑心起来？"蒋子秋道："你不要我打牌，我还懒得去哩。"唐雁老道："只要客人愿意，东家没有不依从之理。"蒋子秋道："那样就好，我明晚准到，你多预备两个钱送礼吧。"唐雁老道："只要老大哥肯来，我一定不怕输。老大哥不是说了胜败乃兵家之常事吗？"蒋子秋一面笑着，一面就向外送客。唐雁老只好认了晦气，冒着深夜回去。

　　到了次日，唐雁老斟酌了一番，只约了昨晚打牌的几位，另外加上一个龙际云，连宾带主，共总不过五个人。唐雁老一想，人如此之少，你总没有可闹的了。蒋子秋来了之后，一看人数不多，笑道："雁老，你真个是请人吃便饭吗？怎么只有这几个人？"唐雁老道："本来吃便饭，我怎能邀上许多人？"蒋子秋道："没有意思，没有意思，我来做主，给你邀几个人吧?"说时，昂着头想了一想，说道:"我邀请谁呢?老实说，临时打电话，却不大恭敬，差不多的人，恐怕是不肯来的。有了，我把关伟业叫来，他的玩意儿很好，就让他给我们找玩意儿。"说着，就叫听差要关宅的电话，恰好关伟业在家，他听说是蒋督练电召，连忙答应来。蒋子秋自己接过电话，问道:"你是老关吗?"关伟业答应道:"督练，是。"蒋子秋道:"雁老请我来吃寡酒，客又只有四五位，闷得慌，你给我们打个什么玩意儿玩玩儿。"关伟业早就知道蒋子秋的意思了，故意问道:"督练的意思，是要大大地热闹一番吗?"蒋子秋道:"你说吧，别麻烦着问了。"关伟业道:"舍下到胡同里去不远，不如用汽车送几个人来，倒省事。"蒋子秋笑道:"就那么样办，可是要快，越快越好。"关伟业连忙答应是是。

挂上电话，自己坐着汽车，便到胡同各班子里去，先选了四五个妓女，叫自己的汽车送到唐宅。于是自己又走了两家，选了四五个人，另雇了一辆汽车，亲自督率着送到唐宅来。这些妓女，听说是出一等阔人家里的条子，早就认为搂钱的机会。再一听说是蒋督练的命令，又惧怕着几分权势，连一分钟也不敢停留就坐上汽车。蒋子秋坐在唐雁老客厅里，和光求旧几个人清谈，极是无聊。好在光求旧、张成伯两人都懂得两句皮黄。蒋子秋不得已而思其次，便和他两人谈谈戏。谈了一阵，蒋子秋那鼓槌也似的手指头，在大腿上拍着板眼。脑袋向后一仰，靠在沙发椅上，闭着眼睛，便唱起来道:"哗啦啦，打罢头通鼓，关二爷提刀上雕鞍。哗啦啦，打罢二通鼓，人又精神马又欢。哗啦啦啦啦，打罢三通鼓，蔡阳的人头落在马前。"唱到啦字提高之际，脑袋不住地摇摆，非常得意。

正在这时闻见一阵浓厚的香味，睁眼一看，原来胡同里的贵客到了。他于是忽地起身向上一站，笑道:"到底是老关能办事，这一会儿的工夫，他就办到了。"因问那些妓女道:"我见过你们，没见过你们，我自己是不记得。你们自己说，哪个是初见面，哪个是朋友。"唐雁老听了，不住地皱眉，想道:这一位老大哥，真是胡来，怎样和她们称起老朋友来。那些妓女谁不知道蒋子秋是风流督练，都笑着说见过督练的。蒋子秋道:"糟糕，都是我的熟人，还有光总长、张总长他们都白

112

坐着吗？我这里只要两个，其余的，你们爱伺候唐督办也好，爱伺候光总长也好，我一律不管。"说毕顺手一捞，就捞了一个年纪小些的，坐在自己沙发椅上。正在这时，关伟业又解送第二批人物到了。蒋子秋哈哈大笑道："好哇，这就热闹了。"

关伟业因为这是唐雁老家里，自己带了一支妓女队，直冲进来，究竟有些难为情，便借着蒋子秋大笑的声中，也笑着对唐雁老道："伟业猜定了蒋督练在兴头上，也来不及请示督办，就把人带来了。"唐雁老看在蒋子秋的面子上，当然不便说不愿意，也笑着说道："伟业有这一种特长，我倒是不知道。顷刻之间，莺莺燕燕的怎么就召集这许多人来了？"蒋子秋道："所以啦，我就和你不同，这些取乐儿的事，我是不放过的。行行有熟人，光取一个乐儿，也就便利多了。人生一世，草木一秋，不取个乐儿怎么着？"说时，早被那些妓女包围住了。蒋子秋道："你们别围着我，要乐大家乐。我问问你们，谁会唱戏？"那些妓女，听说问她们谁会唱戏，都抿着嘴笑起来。蒋子秋道："这有什么害臊的？比这害臊的事，可多着啦。说！谁会唱？谁不会唱？"蒋子秋这样大吹大擂地干起来，她们就越发不好意思。蒋子秋道："你们不肯说，我有一个主意了。会唱戏的举手。要是害臊的话，你们可以闭着眼睛，别瞧着我。"说毕，便笑眯眯地望着那些妓女。

这样一来，那些妓女都你挤着我，我推着你，扭也扭地扭在一处。蒋子秋见她们既不说，又不肯举手，自己有一点儿不能下台。脸上慢慢收起笑容，有点儿怒色了，说道："嘿！怎么啦？不赏面子吗？"妓女见他面有怒色，知道他是个喑哑叱咤的大将军，他一发怒，曾经让过风云变色。现在虽然下野，可是面前几个弱不禁风的女子，又岂能和他抵抗？因此站在前面的几个人，将雪白的胳膊，直挺挺地白藕也似的举将起来。蒋子秋见了，立刻笑将起来。他不笑则已，他一笑，又坏了事，那些后动手的，有的举着和额一般齐，有的举着在耳朵边，有的刚刚只弯着胳膊，彼起此落，就像向空中打拳一般。那几个先举手的，臊得脸上通红，直红到耳朵背后去。回转身去，直伏到沙发椅子上，耸着肩膀，拼命地傻笑。其余的也是彼此挤着，争着将手绢握着嘴脸。

唐雁老笑道："蒋大哥真是会开玩笑，就是这样三言两语的，弄得满堂生春。"蒋子秋道:"可不是?取乐总也要个会取乐的法子。若是费了力,又不大可乐,就不够本了。"因对这些妓女道:"你们不是举了手吗?这样说,都会唱戏了。来,一个一个地唱。"说毕,对雁老道:"咱们要乐,就得大大地乐一乐,你瞧我的吧。"于是叫光求旧、张成伯、龙际云都在一块儿坐着,却把那些妓女全轰到客厅右边去。因对关伟业道:"你给我看着,过来一个唱一个,没有唱的不许过来。"关伟业笑着答应是,就在靠左的一张沙发椅上坐下。一回头,看见那些妓女局促不安的样子,忽然想起一件事。因对蒋子秋道:"督练愿意听清唱吗?她们来得匆促,可没带胡琴师来呢。"蒋子秋伸出大巴掌,摸着那颗肉头道:"这倒是我没有留心的一件事。这里可以找到拉胡琴的吗?"

说这话时,回头一看唐雁老的上房听差站在一边,脸上有一点儿笑容。蒋子秋问道:"怎么着,你会拉胡琴吗?"听差又笑了笑,蒋子秋道:"你笑什么?会就会,不会就不会,你实说。"听差不敢撒谎,只得说道:"会是会,就是拉不好。"蒋子秋道:"能托戏吗?"听差低着声音道:"凑付着可以……"蒋子秋道:"我看你这种样子准是成,你就拿胡琴来拉吧,你叫什么名字?"听差道:"叫王福。"蒋子秋对唐雁老道:"雁老,这一下子,咱们可要谈一谈平等,让王福拉着瞧吧。"唐雁老对于这件事,委实不愿意,可是看蒋子秋在兴头上,又不敢拂逆他的意思,只得笑道:"看在你老大哥的面子,让他放肆一次吧。"王福见督办答应了,就想趁这个机会巴结蒋子秋,又对他道:"倒是鼓板、三弦、月琴很齐备的,都能来吗?"蒋子秋道:"那就好极了,大概都是你的伙伴儿,对不对?你就叫他们来吧。"王福答应着去了。

不多一会儿,又带了三个人同来,都各拿着一样乐器,他们不敢动手,在客厅门边站立。蒋子秋道:"没有站着闹的,也赐你们一个座儿。你们就坐在那屋的犄角边动手吧。"四个听差请了一个安,便坐在那里先调了调弦子,然后就等着人唱。唐雁老见他们闹到这种地步,实在不成话。可是蒋子秋高兴这样,也没有法子拦阻。索性让他任性去玩儿一套,看闹到什么时候?那蒋子秋哪里顾虑到主人欢喜不欢喜,一味地闹,便问关伟业道:"老关,你问她们谁愿意先唱。这里算都预备好了,唱吧。"关伟业对于这些妓女的本领,正也调查得烂熟。一听吩咐,便充起临时的戏提调，指定哪个唱什么，哪个配什么。先尽两个人或三个人，一组一组地唱过去，以后就是各人单唱。那边听差拉胡琴，应该拉原板，应该拉慢板，也都由关伟业临时招呼。恰好这王福的胡琴，又实在不错，蒋子秋闭着眼睛，偏着头，不住地摆着耳朵，赏鉴那种戏味。

一直等十几个妓女唱完了，蒋子秋喊着王福道："你这胡琴不错，你不当听差，也应该有饭吃了。我赏你两百块钱，你明天到我饭店里去领赏。"王福听说，请了一个安，说是谢谢督练。蒋子秋道："你那几个伙伴儿，也不能让他白来，一个人赏五十块钱。"那三个听差听说，也过来请安道谢。蒋子秋道："谢倒不在乎。你们别在背后骂我，说我居心不公，给你们的钱只有五十，王福一个独多。你们可知道，他的本事比你们好过几倍，就应多得钱，你们明白不明白？"大家不料蒋子秋会说出这种话来，都道："那怎么敢？"蒋子秋道："不管你们敢不敢，你们谁要在背后骂了我，就不是人揍的。"唐雁老听了，真撑不住笑，只得掉了一句书袋，笑道："野哉由也。"连那些妓女看见堂堂督练说出这样无理性的话，也不由得嘻嘻哈哈笑将起来。听差谢了赏走了，蒋子秋对雁老道："她们这些人，我们不能全留在这儿，让她走吧。一个人给她三十块钱，你看好不好？"雁老道："好，老大哥爱怎样办我就怎样办。"蒋子秋于是对着那些妓女，东指西指，留下四个人，便对其他的人道："你们回去吧，吃什么指望着什么，别耽误了你们办公。"那些妓女，真不料这个大人物，说话是这样毫不客气，只得不言不语地走了。蒋子秋伸了一个懒腰，笑道："闹够了，该清静一会儿。肚子也饿了，雁老，吃饭吧？"唐雁老肚子早就不成了，笑道："并不是主人翁忘了，可是看见客太高兴了，不打算吃饭似的，所以没有提到。"

听差在一边听说，要开席了，赶忙就摆杯筷。酒席摆好，唐雁老就请蒋子秋上坐。蒋子秋道："我给你一个痛快，不让了。"说毕，开着大步，就走到首席上去坐着。其余的人，位分都次于唐雁老，唐雁老叫他们怎样坐，也就怎样坐。那些妓女分别着坐在各人身后。蒋子秋喝了几杯酒，大高其兴，用筷子敲着桌子，自己唱了起来。唱了几句，便回头向身旁的妓女道："唱得怎么样？"妓女只得笑道："好。"蒋子秋道："既然好，为什么不叫好？"妓女怎好说什么呢，都抿着嘴笑了。蒋子秋道："不喝酒了，来饭吧，吃了饭，我们还要打牌啦。"这里酒席还没有上甜菜，蒋子秋的饭已吃完了。他吃过饭之后，就离开了席，携着两个妓女，坐到一边沙发椅上去，带闹带笑。等在席的人吃完了饭，蒋子秋就吵着要打牌。

唐雁老没法，只得依他。可是今天请他来的目的，是要和他谈谈阁事，若是再打几圈牌，这天就快亮了，到了那时，人一定是很疲倦的，哪里还能谈到正经事上去？因此唐雁老先就对蒋子秋说："老大哥玩儿两口烟吗？"蒋子秋道："我什么都好，唯有这东西，我是不大相投。不是别的，我不耐烦老躺在床上。"唐雁老道："玩儿两口，也好提提精神打牌。"蒋子秋道："那倒使得，在哪里烧，我和你一块儿去。"唐雁老带他到旁边一间精室里去，由听差铺好烟家伙，搬了一只小凳，坐在床下烧烟，他二人却面对面躺着。蒋子秋先吸了两口烟，就说道："够了，我只要这些个就成了。"唐雁老一想，一部《二十四史》，一句还没有开端哩，这样子，他又要走了，这不能和他斯斯文文慢慢望下谈，只有老老实实对他明说了，便道："老大哥，我的话不能瞒你，我的事很望你帮忙。你若能帮忙，我的事就容易成功。反之，你若模模糊糊，我的事就不好办了。"蒋子秋道："咳！你真是多虑了。凭着咱们哥儿俩的交情，我能说不给你帮忙吗？"唐雁老道："昨天老大哥进府去，不知道总统的意思怎么样？"

蒋子秋道："他的意思自然不恶，不过老头子暮气太深，不能像早几年那样有能耐。"唐雁老道："我愿请教老哥，在这种局面下，我还是干，还是不干？"蒋子秋笑道："别说傻话了，为什么不干？"唐雁老道："干是可以干，就是各方面的人情真难应酬。我现在倒想了三个办法，不知道使得使不得？"蒋子秋一听他说有几个办法，就怕这话长了，因笑道："你别着急了，我姓蒋的包你这事成功。快抽烟，抽了烟，咱们打牌去。"雁老道："打牌不忙，一夜还长着啦。"蒋子秋道："今天晚上，咱们要尽量地乐一乐，所谈的事，只限于吃酒、打牌、逛窑子，国家大事不要在今天晚上谈了。"唐雁老道："你老大哥又是不容易在一处聚谈的，失了今天这个机会，到哪里去相就你哩？"蒋子秋道："容易容易，这又有什么谈不拢的，三言两语就解决了。真是来不及，

116

在电话里谈谈，都是一样，我老蒋说话，还有什么不认账的吗？"唐雁老道："请你约一个日子吧。"蒋子秋道："反正是那一句话，总把你这事办成功就得了，你愁着什么呢？我姓蒋的若不把你这事办成，你以后见面，别叫我蒋大哥，也别叫我蒋子秋，干脆就叫我王八蛋，你瞧，这成不成？"唐雁老放下烟枪，站了起来，笑道："言重言重！"蒋子秋道："我不这样发誓，你总不能相信我啦，叫我有什么法子呢？现在你可以放心了，走吧，咱们打牌去。"唐雁老见他老不肯说出一定办法来，这也没有法子，只得和他一路打牌。

打牌的共是唐、蒋、光、张四位，关伟业和龙际云都在一边看牌。看到大半夜，龙际云一想，这算什么意思，便告辞先走了，他走了，关伟业一人在这里，也是没意思，也就走了。他们四人，带着几个妓女，赌了一晚上的钱，一直到天亮以后，八点钟，方才散场，自然又是蒋子秋赢了，不过唐雁老虽输，却输得没有张成伯、光求旧那样多。蒋子秋伸了一个懒腰道："可累着了。不过，我是要赢主人翁的钱，可没赢着哩。"唐雁老笑道："我们三家都输，你还不能满意吗？"蒋子秋笑道："满意满意，可是我若老是这样子，只赢不输，那恐怕一些老主顾都不光顾了。无论如何，下次和各位在一处耍钱，我一定不用心，大输一回才好。"蒋子秋乐了一夜，又赢了钱，这一种高兴，自不必提，口里是说，手上是画，一宿没睡，一点儿也不疲倦，又闹了一阵，这才高高兴兴地回饭店去。这只苦了唐雁老，闹了一整夜，依然是一点儿没有结果。唐雁老忙了一晚，人也疲倦了，送客以后，也就去安歇。

到了下午五时，一觉醒来，床面前放着晚报，顺手拿起来一看，头一行便载着今日阁议，内阁决定总辞职。这几个字，在唐雁老见了，比任何兴奋剂还觉有劲，立刻爬起来，拿着晚报仔细地看，将那条新闻从头到尾念了一遍，一个字也未曾落下。这不能再睡了，下了床马上洗脸喝茶，就叫听差打电话，问蒋督练起来了没有。那边回话，说是起来好久了，现在已经出门了。唐雁老听说，十分着急。这机会越逼越紧，一刻也不能缓。倘是为捷足者先得，失败不算一回事，实在与面子攸关。坐在沙发椅上抽雪茄，呆呆地想心事。听差进来问一句，是不是就开饭？唐雁老尽管抽烟，眼睛望着天花板，就如没听到一般，听差站立一边，听候回示，又不敢走开，挺直地待着，就像一根木料一样，雁老忽然醒过来，觉得有人问了一句什么话似的。回头一看，见是听差，便说道："你们今天休息一天了，还不该做事吗？到了这时候，还不去告诉厨房，叫他们早些预备饭。"听差道："刚才问过督办了，要不要开饭？督办没有作声呢。"唐雁老道："你还是有理，叫他们去开饭吧。我看你这样，是不想干了。"听差也只有自呼倒霉，一点儿事儿没做错，倒碰了这么大一个钉子。听差将饭开好，来请唐雁老吃饭。唐雁老哼了一声，听差道："饭已摆在桌上了，恐怕饭凉。"唐雁老喝道："滚开吧。饭凉了，不晓得换一碗。"听差不敢作声，慢慢地走开。

唐雁老空想了一会儿心事，究竟一点儿妙法没有。于是且放下雪茄，前去吃饭。饭吃到一半，李逢吉来了。唐雁老且自吃饭，让他坐在一边。李逢吉道："上午就来过一趟，因听说督办昨晚一宿没睡，因此没有敢惊动。"唐雁老道："其实你叫听差把我叫醒，也可以的，还管惊动不惊动。这戚阁总辞职的事，怎么我们在事先一点儿消息也没有听见。早知道了，我们也有一个准备，现在事出仓促，我们怎么对付？"李逢吉道："好在他们也是刚辞职，绝不是一天两天可以解决的。在今天晚上，我看开一个会，大家想了妥善的法子。在一两天之内，有了办法，那总不算迟。"唐雁老道："天已不早了，顷刻之间，到哪去找人来开会？"李逢吉道："我想他们得了这个消息，也许会来的。今天晚上，我们姑且先谈一谈，明天再想全盘办法。"

果然，过了一会儿，唐雁老几个极亲信的人，刘子明、洪丽源、何銮保、曹伯仁、龙际云等，在两个钟头之内，都陆陆续续地来了。他们未见唐雁老之先，在客厅里先谈了一会儿。然后唐雁老口里衔着雪茄，背着手缓缓走出来。于是在座的人，就像在操场上受了什么命令一般，一同站立起来。等唐雁老坐下，大家才一同坐下，唐雁老先开口道："你们看，这事非常地奇怪。戚阁是天天放出空气来，要奋斗到底，现在突如其来地提出总辞职。"龙际云道："我已打听得清楚了，听说戚云生昨日下午入府，与五爷冲突了几句，戚云生当时表示辞职。五爷说：中央不是以人为政的，个人进退，那倒没有关系。云生回了家，正在大发牢骚，打电话找阁员谈话。恰好光求旧、张成伯都在我们这里，他两位家里，也就不敢说明在什么地方。但是到了事后，云生究竟知道了。今天上午，一连几遍电话，把他二人找去。云生劈头一句，就问你二人昨晚在什么地方来。我还没有倒下去，你们就先倒戈了。我不知道有什么事对不住你们，先拆我的台。光求旧说：昨晚在雁老家里打小牌，完全是敷衍蒋子秋。云生口里正衔着一只琥珀烟嘴。不等光求旧说完，就把烟嘴向地下一砸，砸了一个粉碎。他说：你们知道蒋子秋到京来干什么的，不是来拆我的台来了吗？你们和他在一处打牌吃酒，还不是拆我的台？我苦力挣扎了一年多，结果弄成一副众叛亲离的局面，我还有什么干头？事到如今，我是决定辞职，你们有愿干的，尽管往下干，我也不能过问。张、光二人看见云生发这么大气，还能说什么？当时他就叫人起草辞呈，揣在身上。到了阁议席上，他还是那句话，众叛亲离的局面，不能干了。大家都怕有沾倒戈的嫌疑，谁敢说一个不字，于是总辞职的事，就实现了。"

唐雁老道："就是为这样一个小小的原因吗？"龙际云道："当然不是为这一点儿小事，这不过借事发端罢了。可是由这一点看来，云生和蒋子秋那是积不相能的。"李逢吉道："只要他那方面和蒋子秋有裂痕，这事就好办。逢吉的意思，我们趁着机会越可以和老蒋联络的了。"唐雁老笑了一笑道："你们都太乐观了，以为除了云生，旁人就不是我们的敌手了，我看蒋子秋态度，不即不离，就很可疑。"龙际云道："难道他想取而自代？"唐雁老道："这事虽不必有，我看对我的表示，老是躲躲闪闪，不能不起疑心，你想昨晚闹了一宿，他那个任性做事的人，似乎要大睡特睡，可是今天我起来打电话给他的时候，他已经早两个钟头出门了。无论如何，这是有紧要事件的。若论紧要事件，还能重过内阁这件事吗？"大家一想，唐雁老这话，很是有理。刘子明他是未来的秘书长自任的，到了这个时候，用得着献上两条锦囊妙计了，他便道："据我看，那倒不尽然。蒋子秋他只有地盘、美女、金钱三样思想，在脑筋里面旋转。至于政治上怎样发展，他真不管。因为组阁是没有地盘的，日子长短，在以智取，不在以力争。他就是遇事以力来争的人，哪里会干这个。他之所以不肯答应，我想他是在经略使任上，有二百万经略费，至今没有着落，很想在哪个内阁任上，把这款弄到手。谁要给他这个钱，我包他竭死力给谁帮忙。"

唐雁老用手理着胡子，点着头出了一会儿神。然后取下雪茄在桌沿上敲着烟灰，望着洪丽源道："丽源，你看这事，我应当怎样办？"洪丽源因为是个银行家出身，早就以唐阁的财政总长自许，他早三年前，就和唐雁老方面的人物不断地来往，一点儿也不谈政治上的问题，唐雁老有什么银钱上的事，他总极力地筹划，虽然吃一点儿小亏，他也在所不计。因此一来，他很得唐雁老的欢心。唐雁老没有说把他拉进内阁，他自己也没有说要加入唐内阁，可是外面的人，没有一个不说他是唐阁财政总长的。有些善于运动的，早就在洪丽源面前献殷勤，想当一份小差事。由此一来，洪丽源他就自居于总长不疑了。这时候唐雁老磋商内阁事件，关于财政便来问他，好像已默许他为财政总长似的，这一喜，就不可言喻。

这时他现出那从容不迫的样子，脸上略带着笑容，对唐雁老道："只要我们阁事成功，一两百万款子当然没有什么大问题。况且这经略费，是正正堂堂的开支，又不是报销不出去的。蒋子秋果然把这桩事做疏通的条件，我们倒乐得承认。"唐雁老道："丽源，你有这种把握吗？"洪丽源笑道："把握我是不敢说，但是督办真要有什么财政问题，银行界一方面，总可以极力奔走。"唐雁老道："要干就大家干，不能把你一个人扔在台下。我上台，财政的事，自然是你干。所以有把握没有把握，我全靠听你一句话。"唐雁老当着大家的面，索性把话说明了，洪丽源自然是吃了一颗定心丸，便道："大家总是听督办的命令，督办怎样吩咐，就怎样去努力。现在我们暂且作为蒋子秋要提这一个条件，不妨派人到他那里去试探试探口气。"

唐雁老对大家望了一望，问道："你们看这种办法怎么样？若是他并没有这意思，我们倒先说出来了，这种人是不好惹的。设若得一步进一步，再提别的条件，我们岂不是格外吃亏？"何銮保道："蒋子秋为人虽然很爱钱，但是你若给他个很痛快，他倒不要你第二回。听说他还有一个脾气，最爱现洋，过账开定期支票，哪怕一个钱算一个钱，他都不很欢喜。"唐雁老笑道："十万八万用钞票搬来搬去，那还可说。一两百万的款子，都要搬钞票，那是怎样搬法？"洪丽源笑道："真有这个笑话，听说老蒋从前没有发迹的时候，人家给他钱，多少倒不在乎，最好是给他现洋。有一次，他讨债，那人连本带息，该他二十四两银子。因为知道他的脾气，便说家里现在只有现银二十两。山西银号里的汇票，倒是有一张二十四两的。于是把银子和汇票全拿出来，听蒋子秋自择。他一看见二十两现银，比从前放的债已多出一二两了，很是满意。便道：我不要你一张纸，干脆你把银子给我，剩下的四两就算吧。那人说，要痛快就痛快到底，我这里还有些零碎银子，大概一两挂零，我全给你，你把借字还我成不成？蒋子秋说：看在现钱面上，我答应了吧。"唐雁老哈哈大笑道："笑话笑话，该打该打！"洪丽源道："蒋子秋这种爱现洋的毛病，听说一直到做了师长以后，方才好些。现在虽然不要现洋，若以支票和钞票并论，倒是喜欢支票，比较不如喜欢钞票的多。"雁唐老笑道："人家也是一个堂堂疆吏，不要形容过甚了，你们哪一位愿到他那里去走一趟？"龙际云道："銮保可以去一个。"于是又对洪丽源笑了一笑道："洪行长也可以去一个。"洪丽源道："我不去吧，我和老蒋不很熟识。"龙际云笑道："银行家是向来怕见这种角色的。因为去了，怕要绑票呢。但是这回去，明打五开锣地送钱给他，何须他再绑票？洪行长只管去，我可以保你的险。"唐雁老道："既然如此，你就去一趟试试看。"何銮保道："洪行长去，他一定另眼相看的，不妨去。"洪丽源笑道："敝行是个破银行，只有一些纸票，可没有多少现洋，不见得欢迎吧？"说着，大家又取笑了一阵。然后决定，仍是推何、洪两位前去。

当天晚上一打电话问饭店里，蒋子秋刚刚回来，于是何、洪二位坐了汽车一同前来进谒。蒋子秋倒是很干脆，不用他两人开口，先就说道："你二位大概是为雁老前来疏通的吧？嘿！我早就说了，我们弟兄俩的事，真用不着那样大费劲儿，说成就成。昨天他对我说，我就说了准帮忙。我要口是心非，那就不够朋友，何用得着你二位再来？"何銮保向来是个善于说话的人，现在蒋子秋劈头劈脑，先就揭开面具，露出本相，这倒叫他无法措辞，便笑了一笑道："督练说的话，雁老自然是极端信任。不过雁老的意思，还有许多事要和督练商量，不能不派人来征求同意。再说戚阁既然是有这种大变化，我们种种准备，也就不能再

121

缓。"蒋子秋伸出大巴掌，由后脖子朝上一摸，摸到脑袋前面来，复又由脑袋前面向后摸，摸到脖子后面去。摸来摸去，接连摸了几下，笑道："征求我的同意，什么事呢，给陆军总长我当吗？"洪丽源看这样的形势，老是这样说下去，一定成为僵局，便道："那是笑话了，这个时候请督练组阁，督练还不干呢，哪里还会去当一个阁员？雁老是这样说，这次督练为了内阁的事，由天津跑到保定，由保定又跑到北京，若说为朋友帮忙，这真够为朋友帮忙的了。雁老想着，实在过意不去，就是好朋友，有话不妨说在头里，所以特意派丽源二人来请问督练一声，督练有什么事要雁老帮忙的没有？雁老好有一个准备。譬如说吧，督练在经略使任内那一笔经略费，事过境迁，到如今没有拨付。"

蒋子秋听到经略二字，就不由得怒从心起，说道："他妈的替国家办事，总要像我这样的傻瓜，国家才不会吃亏，我干了一年多，弄是弄了地方上几个钱。可是政府里就为了这个，不愿意给我钱，共总欠下来一两百万。弄了几个钱，全贴到公家里面去了。不知道的，以为我发了财，其实我是有名而无实。你快别提这件事，提起来叫我窝心。"说话时，现出满脸的愁容。洪丽源说道："原是这样，雁老才常常提到这件事。因此丽源就说，我们何不把这一笔款子给他解决了吧？"蒋子秋笑道："什么？这一笔大款子，你们能给我解决吗？老弟，你台甫是哪两个字？"洪丽源道："也是丽源。"蒋子秋道："你是以字行的吗？二位老弟，都是一样的了。丽源，这财政一席，雁老是非要你帮忙不可的了。"洪丽源笑道："还全靠督练提拔一二。"蒋子秋道："要我提拔什么？全是雁老的事啦。"洪丽源道："雁老都全仗督练帮忙呢，何况丽源？"

蒋子秋道："你们实在不必多虑了，你回去对雁老说，姓蒋的一日不把唐阁弄成，一日不出北京城，成不成？本来我就很愿意给你们帮忙了，现在你们上台，能为我办一笔大款，瞎子见钱眼也开，我有个不真心真意做主的吗？这样一来，名是和你们帮忙，其实我还是为着自己呀！俗话说得好，谁人不为己，天诛地灭，你瞧我这是实话不是？今天是晚了，没法儿进府了。明天一早，我准进府去。戚云生干了这久，也该下台，让别人干干了。老头子若是要挽留的话，我非把他打断下来不可！明日上午十二点，你们听信儿吧。老弟，我还为喝你一杯喜酒，恭喜你荣任财长呢。"洪丽源接过何銮保的话，以为总要费一番唇舌，才可谈入正题。不料自己未曾说出办法，蒋子秋已经把内幕完全揭穿。事情当然是办妥了，可是要说一句客气话，都没法子说出来。想了一想，然后说道："蒋督练这样爽快，我们还有什么话说？不知道督练还有什么意思要丽源转告雁老的没有？"蒋子秋道："人心要知足，你帮了我这一个大忙，我还有什么意见？那第二回有人办事，就不找我蒋子秋了。你们回去进行别的事吧，府里的事，都交给我了。"

何、洪二人得了这样圆满的结果，很是欢喜，当时便回唐宅来报信。唐雁老听说蒋子秋能竭诚帮忙，面上的重忧，就去了一半，笑道："我就知道老蒋他是来帮我的忙。不过他现在被一班人教坏了，有话不肯走来便说。其实他错了，他一到北京来，外边就说他是戚阁的对头到了，势成骑虎，不帮我的忙也不成。至于许他的条件与否，那并不吃劲儿，但是我和他是多年朋友，也就绝不因为大势已成，便不许他的条件。"雁老说得津津有味，大有与上登台之意。他的左右，见主人翁自信如此，各人都有了新饭碗，也就分头去宣传好消息，不到十二个钟头，唐阁的声浪，高唱入云。有些神经过敏的，照着唐系人物，就捏造起阁员名单来。这时唐宅门前的车水马龙，冠盖往来，那自有一番极盛的热闹。

天下事就是这样，来的喜欢，去的烦恼，有一方面渐渐热闹，就有一方面渐渐衰败。这个时候，戚总理将辞职的呈子，已送进公府去三天整。到了现在，既不曾明令挽留，逆料形势有些不好。他是一个很相信卦理的人，平白无事，就研究一部《周易》。他有什么为难的事，就要卜一卦，决定进退。这一天吃过午饭，既不用得到院，也不看公事，很是清闲。几个一同进退的总长，有的到西山去了，有的上天津去了。剩下几个亲信的人，来谈了一会儿，也各自走了。后来只有萧雨辰、程子敬、魏叔恭三人，陪着戚总理闲谈。戚总理抽着烟卷，靠在沙发椅上，只是摇曳着两腿。那翡翠烟嘴子里的一根烟卷，看它只见火头望下落，顷刻工夫，就是一大截烟灰。戚总理沉默地静思，犹如老僧入定一般。萧雨辰一见，知道他又在用缜密的思想，在那里想办法，大家都不敢作声，以免打断戚总理的思路。

戚总理将烟抽完，然后取下烟嘴，弹了一弹灰，昂着头叹口气道："狡兔死，走狗烹；飞鸟尽，良弓尽；敌国破，谋臣亡。"萧雨辰以为他想了半天，总有什么计划说出来，不料却是发几句牢骚，大家怎好接着往下说呢，因此依旧是默然，戚总理又冷笑道："我们要替国家做事，还有机会哩！趁着这个时候休息休息，倒也很好。我最怪的，就是府里对我们的呈子，没有批准的勇气，又怕做假人情，下令挽留我，其实我们还稀罕他有什么表示吗？"萧雨辰笑道："总理的卦是最灵的，何妨占它一卦？"戚总理笑道："我是决定不干的了。卜以决疑，不疑何卜？"魏叔恭道："卜一卜政局也好。"戚总理摸着胡子想了一想，点一点头道："卜易是圣人的大道理，不可弄着玩儿的。不疑的事，当然无须乎卜，若是问一问时局，或者可以。"

戚总理卜卦，向来他有一间专屋子的。临南窗横着一张琴桌，上面放着龟板蓍草，列着一部古版《周易》。戚总理有什么大事，常是在这屋里，焚起一炉沉檀，毕恭毕敬地占卦。这间屋子，除了戚总理十分亲信的人，是不能进来的。今天萧雨辰、程子敬、魏叔恭三人，都是亲信，倒不必见外，就让他们一路跟着进来。戚总理站在桌子的正面，先把檀香亲自焚了。然后沉默一会儿，拈着蓍草，便对天占起卦来。将卦占毕乃是巽下兑上，合成为大过之卦。据他推算，应着月日时，合于九五。翻开《周易》，经上说得有九五，枯杨生华，老妇得其士夫，无咎无誉。象曰：枯杨生华，何可久也？老妇士夫，亦可丑也。戚总理占得了这二卦，直羞得老脸发烧，便对萧雨辰道："卦象极不好，时局怕有变动，而且据卦推算，好像大变就在眼前似的。我想北京总是是非窝，我要躲开这里了。"萧雨辰不懂卦理，也不知戚总理捣的什么鬼。原来大家想戚总理不好转圜，可以借着卦上说形势还好，大家努力再干。现在占卦的结果，格外促起他退隐的念头，大家也就不好再说什么。

戚总理卜了卦之后，那求去的心思，越发地坚决。这天晚上过了一晚，次日一早起来，就吩咐汽车夫开车，自己只带了一个亲信的听差，便一直到西山去。在他未走之先，并没有对任何人说明此事。他去了之后，程子敬首先一个到戚宅来，见戚总理不在家，便请出戚总理的公子戚十爷出来说话。这时已到上午十二点钟，戚十爷睡得正酣，他父亲到西山去了，他并不知道。程子敬问明了，十爷今天没有回私宅，就在这边睡了，因此一直走到十爷屋里，站在床面前，连叫了几声十爷。戚十爷蒙眬着两眼，翻了一个身，说道："什么事，大惊小怪？昨晚上我到天亮才睡，你们不知道吗？"

程子敬知道他错了，以为是听差的叫他，便道："十爷，醒醒吧！是我来了。总理都出门到西山去了，您还不知道吗？"戚十爷睁开眼睛一看，见是程子敬，哎哟了一声，便坐了起来，因问道："怎么着？老爷子上西山去了？"程子敬道："可不是，您在家里的人，倒怎样一点儿不知道，还要问从外面来的人？"戚十爷道："他老人家在事先一个字也没有吐露，我怎样会知道？这样看来，他老人家是决计不干了。我早就知道不好，你们的态度，都太消极了，一点儿鼓舞不起老人家的精神来。前天晚上，我还和老人家谈的，只要再能支持三个月，我们就能办好多事，老人家也很以为然。怎么只昨日一天的工夫，他老人家的态度，就完全改变了？"程子敬道："因为昨天晚上卜了一个卦，那卦象不大好，大概就为这一点，改变了主张。"戚十爷一面说话，一面已将衣服穿毕，随着程子敬到小书房里来。他一个人漱洗完事，接上喝牛肉汁、吃参粥，慢慢地料理自身，程子敬等着不耐烦，已经打了电话，把几个亲信的人物，一齐请了过来。大家一听说戚总理上西山去了，都着了一惊。萧雨辰道："总理一个人在西山未免很孤寂，我们应当跟去两个人陪陪总理。"魏叔恭道："我在京里没有什么事，可以到西山去。"张成伯也知道唐阁的财政总长，决计是洪丽源，自己在唐阁方面，没有活动的余地，便道："我也去一个，我这几天精神郁闷得很，到郊外去休息几天，也很好的。"萧雨辰问程子敬道："你去不去呢？我是决计去。"程子敬没有答应，光求旧道："不要去多了人吧？去多了人，老总是不大欢喜的。"

程子敬知道光求旧正在唐阁方面极力拉拢，还想蝉联下去。这一上西山，表示与戚总理有共同进退之意，他是决计不干的，便说道："光总长是可以不必去，不过我和总理还有几句话说，我去一个吧。"商议已毕，张、萧、程、魏四位，坐着四辆汽车，一直追到西山来。这时，戚总理在西山旅馆，靠着栏杆独坐闲眺野景。当这冬尽春来之时，天气虽然暖和起来，可是不着彩色的西山，已沉沉睡了过去。远近的树林，依旧没有长出绿叶，远望着，只是见着那些树枝，杈杈丫丫，张牙舞爪地向着半空。一片旷野，由近而远，一点儿障碍物也不曾看见。最远的地方，由地上起了一层似烟非烟、似雾非雾的青霭，模模糊糊与天相接。正好离这旅馆不远的地方，有一丛矮树林，那树林子里有一阵小鸟，成群地飞上飞下。那鸟飞出来，就如一阵烟一般，落下去，就不见了。

戚总理正看得出神，只见迎面大路上，沿路飞起一缕尘头，在那尘头之下，四辆汽车，风驰电掣向面前而来。戚总理心里想道：野外实在是好，不说什么别的，就以跑汽车而论，也就比在城里痛快得多了。那汽车到了旅馆右边空场上停住，不多一会儿，萧雨辰四人，便走上楼来。戚总理道："我要到郊外来清静清静，你们又追了来做什么？"萧雨辰笑道："总理就是在郊外休息休息，一个人也未免太孤寂一点儿。"戚总理笑道："既然要清静，怎样怕孤寂呢？"他看见张成伯也来了，笑道："你也来了。"张成伯觉得这四个字，很有皮里阳秋，无如自己向来是在戚总理部下当僚属的，与其他阁员和总理的关系不同，只好忍受着，笑道："一个礼拜以来，身体非常地疲倦，也要到郊外来吸一吸新鲜空气。"戚总理叹一口长气，说道："要说精神疲倦，我是早已疲倦的了。我不是为着大家在政治上谋一点儿地位，何至于挣扎到现在才说下台呢？你们果然有能力，各人自挣前途，那是很好的。"

大家看见张成伯老碰钉子，也替他很难为情的，便对戚总理说道："这里望野景实在不错，能够常到这里来领略野景，也是人生的幸福。"戚总理笑道："起先我一个人在这里，很有诗意，你们一来，又把我的诗意打断了。"这时，大家围绕着戚总理坐下，听说作诗，这几个人所幸都是文士出身，便不约而同地拈须抚颊，想着诗味。饭店里的茶房看见这种样子，自然都是总长之流，不住地送茶送水。戚总理对着窗外正在出神，茶房送了一杯咖啡过来，给他冲上牛乳。戚总理问道："你们这儿茶都没有一杯吗？凭栏远眺，最好引壶自酌，或者临风品茗，这种欧化东西，实在是不相宜。"茶房听他说了，怔怔地站在一边，不很懂得，便说道："总理不要牛奶吗？给您换上一杯吧。"在座的人，见茶房错会了戚总理的意思，都笑将起来。魏叔恭道："我们不要这个，你给我沏一壶龙井茶就行了。"

茶房答应着去了，戚总理叹道："北京这地方，虽然是首善之区，究竟太俗。要是在江南，遇到名胜地方，茶楼酒馆，都布置得适宜，很合游人意思，所谓酒保茶佣，都有六朝烟火气。"程子敬笑道："所以杂花生树，群莺乱飞八个字，可以让北人南旋。"戚总理道："我在这个时候下台，那是很好。暂且度过残冬，到了春初，我就决意南下。我不像雁程，口口声声不愿过问政治，可是无日无夜都谋政治的活动。"说着，把头摆了几摆，昂着头念道："穷则独善其身，达则兼济天下。虽不能至，心向往之。"然后对大家将手一撒，叹了一口气道："像雁程这样作伪心劳日拙，那又何必呢？"魏叔恭道："雁老这个日子上台，真是偷巧，让我们扛过了两重年关，他就要上台了。"提到这层，戚总理越发是怫然不悦，冷笑道："我原不要和他争一日之长短，就是这一层，我有点儿不甘心。"张成伯道："目前两度年关虽然过了，可是能够移的款子，也给我们移挪干净了，这个时候他要上台，先就没法另辟来源啦。"魏叔恭道："他自然还是进行那赈灾借款。他所以不得成功，就因为我们不赞成。现在在他们自己手里办，还不是怎样办怎样好，有个不成功的吗？"

戚总理道："别说了，别说了，我们还谈谈闲话吧。破甑不顾，我们还放这马后炮做什么？"程子敬笑道："是的，刚才总理一人在这里，诗兴很好，我们一来，就把总理的诗兴打断了。在座的人，都还诌得来几句，我们何不陪总理作几首诗吗？"戚总理用手拈着胡子道："联句也好。"程子敬道："是，有这五个人，周而复始的联句，也容易构思。"戚总理摸着胡子的手，还没有放下来，将头摇了几摇，笑道："联句不好，第一项，大家要用一个韵，很受拘束。"程子敬道："可不是？而且各人也不能发挥各人意思，近于小巧，究竟不大方。"戚总理道："偶尔为之，倒也有趣，不如你们先联一首给我看看，我自己照我的意思作一首。"程子敬道："本来作诗中，猜灯虎、联句，这都是含有赌赛的意味的，若说消遣，倒也别致。"于是掉转头对魏叔恭道：

"要不，我们先试试，请总理改正。"魏叔恭笑道："我把这个事情丢久了，恐怕作不上来。"程子敬笑道："真是不得了，我们再要不抽出一点儿工夫看看书，恐怕除了公事以外的文字，要都不懂起来。"萧雨辰道："这就叫一行作吏，此事遂废啦。"三人你一句我一句，越说越远，把作诗的事就搁起不提了。戚总理笑道："你们都以作诗为畏途，怎样说说又放下了？"他们自然也是有意闪避的，戚总理一说破，大家都不好意思。戚总理摸着胡子，将头横摆了几下，笑道："还是我来做个样儿你们看吧。"

这时，那丛短树林子里，正冒起一缕轻烟。戚总理想起李太白的词"平林漠漠烟如织"一句。便笑道："我有七个字很好的起句了。"程子敬道："那一定好的，总理念出来大家听听。"戚总理笑着念道："漠漠平林织野烟。"戚总理一说出来，大家都咨嗟赞叹。程子敬道："这一个织字实在好，写景如绘，传神阿堵。"戚总理见他们赞说诗作得好，自己自然也是很高兴，笑道："我在少年的时候，什么也不喜欢，就是喜欢读两句书，作两句诗。到了现在，虽然隔得年月很久，但是底子总在肚里，忘记不了，要作起来，倒还不失规矩。作诗就讲的是炼词炼句，所喜我于这一层，自幼年下过一些苦功，所以到了现在，安诗眼、点诗题，我是比后一班子讲究一点儿。"戚总理说时，摇曳着两腿，目望着楼外的天空，只是出神。

程子敬道："所以我们一看见总理的诗，就说这个织字，下得非常好。总理既然起了一句，何不索性作下去？"魏叔恭道："总理起首这七个字，起得十分飘逸，是神来之笔，若往下接，必定有更好的句子。"戚总理顺口诌了七个字，原是根据旧词，略加变通，这时候叫他往下作，第一就要紧接上文。紧接上文，就要彼此关联，不是可以随便瞎诌的，因此呆望着天空，只是不住地理胡子。这时看见一只孤鸟遥遥向天际飞去，越飞越远，飞得只剩一点黑影子，陡然想起，这一鸟孤飞，很有意思，不如就把这个接上一句，因默念道：孤飞一鸟去南天。七字凑成，觉得还妥当，于是又把第一句合并一处，念了下去，乃是"漠漠平林织野烟，孤飞一鸟去南天"。这一念自己发现了毛病，上下两句，各说一事，并不相合。总要把这鸟这烟两字合为一谈，这才像一首诗，于

128

是对大家说道："我倒又成了一句，你们大家给我斟酌斟酌吧。"说毕，便摇着头道："漠漠平林织野烟，孤鸿飞破去南天。"张成伯身子望上一站，笑道："好极了，总理的诗真是刻画入微，仿佛从前有这样一句诗，'鹭鸶飞破夕阳烟'。现在就暗用这一个典，接上烟字，十分自然。"程子敬道："成伯兄还只知其一，不知其二。这飞破两个字，与第一句一个织字，也是互相呼应的。试想，上面说平林漠漠，把烟织了起来，这孤鸿飞来，将烟穿破。真个就像一只雁将烟飞破一般。若是上面并没有那个织字，那破字从何而起？勉强用一个破字，也就等于无的放矢了。"

萧雨辰在一边，先还没有十分留意，现在经程子敬这一番解释，的确觉得有些意思，并不是戚总理完全出于瞎诌的，便道："究竟子敬兄的心很细，只在这几分钟之间，把这两句诗的神气完全渗透了。"戚总理点头笑道："若子敬者，可与言诗也已矣。"程子敬见戚总理这样夸奖他，就越发得意，笑道："我虽不像总理，自幼对于诗就很有研究，但是二十岁上下也下过一番苦功。作诗不会作，看诗倒也不算十分外行。"戚总理笑道："既能看，就不难于作，这只有一步功夫，便可以升堂了，你倒不宜中道而止。"程子敬笑道："我们不要尽论诗了，很希望总理就把这首诗作成，让大家瞻仰瞻仰。"戚总理道："这十四个字起句飘逸，我也承认的，倒是要凑成一首。"说毕，站了起来，背了两只手，在室外长廊下踱来踱去。心想这两句诗，来得却便宜，我还是凑一首七律呢，还是凑一首七绝？凑一首七绝，只要加上两句，倒也不难，若凑一首七律，中间还有对仗，那恐怕一刻想不起来。他就是这样踱来踱去，踱了十几个来回，才把诗体的问题决定，究竟是作七绝。等决定了作七绝，再想这第三句怎样一转，又去不少的工夫。

程子敬这些人在屋里看见，逆料总理文思枯涩，或者一时凑不成功。老是等他，倒有相逼之势，便也慢慢地踱了出来，说道："春天究是春天，虽然温度不很高，看这原野就有一点儿生机。就是吹来的风，也不怎样刺人的肌肤。遨游半日，令人有退隐之思。"戚总理道："卧龙先生有负郭之桑八百株，就于心已足。实在论起来，我们大不如古人了。我们不至于没有八百株桑，何不买山归隐。"魏叔恭这时也踱到外面来了，说道："孔明虽然是淡泊以明志，但是他只对于个人如此，对

129

于国家大事并不淡泊。不然，他何以说一句鞠躬尽瘁，死而后已哩？士君子抱道在躬，当以救国救民为念。万不得已，而退隐下来，便专心著作，藏之名山，以传后世，也绝不肯为接舆丈人之流，做一个无用的闲手游民，于国无功，于民无补，食粟而已，究竟不合。"

这一篇半悼文半演说的话，竟是句句从戚总理心坎里掏出来的一般。戚总理大高兴之下，把作诗的念头，已抛到九霄云外去了，将头微微点了几点，叹了一口长气道："此不足为外人道也。老实说，我故乡还有几亩薄田、几所庄屋，不至于焦着衣食住这三件事。要说我是为糊口出来做官，他人必不肯信，就是我自己几个亲信的人，我想他们也未必肯信，其实我自己是久已厌倦政治，不过看着大局不可收拾，不能不挣扎些时候罢了。我虽不敢说鞠躬尽瘁，但是畏难苟安，我是不干的。"

萧雨辰心想，我们跟着来，正是打退老头子的消极念头，像刚才那一番话，他已有退隐之意，那真糟了。现在他的意思，很觉得牢骚，正可趁此时机，鼓励几句，不要让两个半瓶醋，再引着他作诗了，便也走到长廊下来对戚总理道："的确的，现在的时局，全用武人去收拾，固然是办不到。就是全用文治派，纸上谈兵，也是无济于事。最好有这样一个人，自己功高硕望，下面却包含着军事、文治两派。于是无论文武两方面有什么难解决的问题，都可以解决。再就说文武两方发生了冲突吧？有个持重的人，从中镇压下来，也不怕不能调和。但是这样功高硕望的人，现在中国有几个呢？"这几句话，自然是暗指着戚总理，因为他是武人出身，后来在政治上做事的，正是文武人才，他手下都有。戚总理听了这话，默然了一会儿，心里却是很欢喜，但是脸上并不露出什么痕迹来，于是叹了一口长气道："事到如今，漫说没有这样功高望重的人，就是有这样功高望重的人，也办不动呀。其故何在哩？就因为自私自利的人太多，你虽办得很好，他不把你轰下来，他不能上台，不能卖国，不能借款。你就勉强挣扎，替国家不能兴办一事。知道的呢，还知道你出于没奈何。不知道的呢，还说你恋栈，真是冤枉极了。"

戚总理越说越有气，说到后来，脸上现出一种紫色，两边颧骨上，尤其是红得厉害。萧雨辰道："我的意思略略有点儿不同，以为我们既要替国家办一点儿事情，那些无常识评论，就不必去理他。自然啦，一部分人的政见，不敢就说那是很对。人家要是指出我的政见不好，要上台来试试他的政见，那也未尝不可。倘若他并没有政见，不过上台来争权夺利，那么，无论如何，我不能让他，一定奋斗到底。"萧雨辰站着八字脚，用手带指带划，闹个不歇，到了最后一句，说到一定奋斗到底六个字，右手捏着拳头，向左边手心里一搐，脸上的颜色，非常地沉着，以表示非这样干不可的意思。戚总理伏在栏杆上，听他说话，靠住栏杆，不住地用几个指头，轮流地点着栏杆。一只手却伸出大拇指二拇指两个指头，拧着下巴底下两三根长须梢子，眼睛望着苍苍茫茫的原野，只管出神，半晌没有言语。程子敬、魏叔恭、萧雨辰三个人站在一边，不知道他什么意思，也不知道刚才这几句话，说得好是不好。大家都沉默着，不敢说什么，偷偷地用眼睛去看戚总理的神气。

戚总理老是拧着两三根胡子梢，也不理会他们。后来他突然身子向上一站，拍着栏杆道："雨辰这话有理，我们还是奋斗，就是失败，也是为政策而失败，不是为争权夺利失败，不能认为挣扎得不在道理。我们今天回城去，再召集一个会议，商量进行的办法。"张成伯不料他们谈了半天诗，居然又谈到政治问题上去了，听戚总理的话，已是十分肯干，本人这个位子，自然也有延长的希望，因此一高兴起来，禁不住不作声，便道："我们都是以总理之进退为进退的，总理若是不辞劳苦，替国家再办几件事，我们当然奋斗一阵。虽然要受些牺牲，那也是决不畏缩的。"戚总理笑道："成伯都是这样兴奋，天下事大有可为了。"说毕，又长叹了一声，指着面前一片原野道："你们看，这样广阔的原野，中国也不知道有几千万片。在这几千万上面，什么东西没有？若是好好整顿起来，中国不难成一强国。"说时，用右手三个指头拍着栏杆道："但是大好河山，烽烟满目，谁又能够任劳任怨，出来收拾呢？本来地大物博，就很难治，一弄糟了，没有那种有非常之才的人，哪里能调解得开？"说到这里，由鼻子底下起，伸手往下，将长胡子一手捏着，接连摸了三大把，从从容容地道："我呢，不敢说就有办法。但是靠着我在政治上几十年的阅历，不至于想不出计划来。若是给我三年的工夫，让我一手来收拾，这破碎山河未必不能完整起来。"说完，长廊上有一张躺椅，身子向下一坐，抚着两只衫袖，放在肚皮上，静等别人说话。

萧雨辰道："总理说三年工夫，就可以把大局收拾了。据我想，用不着那些时候，至多一年，政治就上轨道了。上了轨道，那就无论什么都有办法。但是除了总理，别人上台，就是十年八载，也没有希望。因为不是才力不够，就是人望不符。"程子敬道："不但如此，在外交上也是总理的德望最好，这也是政治上一种大帮助。"魏叔恭道："最难得的，尤其是民心。据京兆的农人说，自戚总理出来以后，天气非常好，无水无旱。我想这话也有些原因，一个阁揆，有燮理阴阳的责任呢。"大家对戚总理一番恭维，言辞里面，都含有鼓励之意。戚总理听了，心里十分舒适，将头摇了两摇道："本来呢，收拾这种大局，不是肯牺牲的人，是没有希望的。"萧雨辰见戚总理的口风，已完全松动了，便道："总理，事已如此，我们还是干吧。只要能努力，我想不至于一点儿效果没有。"于是大家你一言、我一语，把戚总理一番高蹈的意思完全打消，笑道："你们自然是愿我上台，我就再为你们牺牲一次吧。"于是便吩咐饭店里茶房，开了五份西餐，大家高高兴兴饱餐一顿，便一同坐着汽车转回城来。

戚总理到了家里，又留着萧雨辰一班人吃晚饭，商议了一阵，就打了电话到天津去，把请假的几位总长也催回北京来。这电话既是由北京戚宅打来的，大家料定戚总理总含着有一番深意在内，因此第二日就纷纷地回转北京来。当天晚上，又在戚宅开了一个全体大会。这会开到深夜，大家正在兴头上，忽然接着一个电话，说是唐内阁的命令已经发表了。这个消息传来，首先接到的是张成伯，他便对萧雨辰丢了一个眼色，约他到一边来。张成伯道："这还开什么会，人家的命令都发表了。你可以对老头子去说一声，不要再往下说了。"萧雨辰道："这时他正在很有兴致的时候，说出这话来，不是大煞风景吗？"张成伯道："今天晚上不说，议得头头是道，到了明日，看着人家走马上任，那才更难为情呢。"

萧雨辰一想，这话也对，便走过去，轻轻地对戚总理道："今天晚上可停一停会议，明天再说吧。"戚总理道："为什么，你新得了什么消息吗？"萧雨辰道："听说是……"嘴里说着一个是字，眼睛却不住地偷看戚总理的脸色，见他脸色很严肃的样子，便道："是成伯得来的消息，我也不得其详。"戚总理道："成伯，你听见了些什么？"张成伯道："据府里的人打来的电话，说是唐阁命令已经送交印铸局了。"戚总理嘴里衔着雪茄，尽管抽着，没有作声。大家看见戚总理不作声，谁又敢作声？立刻客厅上的空气，就严肃起来。在座的人，你望着我，我望着你，都默默地正襟危坐。直待戚总理把烟抽得够了，然后冷笑了一声，也不说什么，站将起来，自往内室去了。大家见戚总理不欢而退，也就无话可说，静悄悄地各人走出大门，各乘汽车回家去。

据张成伯所知道的，命令上仅仅发表了唐雁程的总理，至于阁员，却依旧未曾提到。心想财政纵然是洪丽源的，财政以外，农商内务，我也未尝不可干，只是自己带着这边戚派很深的色彩，不便往里钻，只有托人运动而已。在他未得电话以前，确是存着十二分的诚意，希望戚阁继续地维持。得了电话，他的态度又变了，决计是加入唐阁。他回家的路上，坐在汽车中，不断地想着，时机已迫，要想个什么法子，能到唐阁那边去。最好是洪丽源得了急病，唐雁老一刻儿工夫抓不着财政的人物，那非找我不可了。再不然的话，就是蒋子秋很不满意洪丽源。他若上台，就要危及唐阁本身，那么，也非找我不可了。除此之外，没有什么法子可以打倒洪丽源。不能打倒洪丽源，自己可就没有法子上台。

一路这样踌躇着，车子喇叭一响，不觉到了家门口。他下了车，意懒心灰，就回卧室。他亲信的听差，跟在后面，低低地说道："有一位李先生打了电话来。"张成伯鼻子哼了一声。听差又道："前后打三遍电话了。"张成伯道："你不知道告诉他，我已到西山去了？"听差道："没有那样说。"张成伯道："你是怎样说的？"听差道："说是就回来的。"张成伯道："浑蛋，你这不是找麻烦？我早就告诉了，姓李的要来了，或者打电话来了，总不要理他，你怎样忘了呢。"张成伯一面沿着回廊走路，一面骂着。听差道："不是那个要借钱的李先生，这是唐督办那边的李逢吉先生。"张成伯推着内室的门，一只脚已经进门，听了这话，立刻没有气了，连忙问道："几时来的电话？"听差道："下午来了一次，晚上来了两次，说是总长回来了，请就过去。因为不敢说总长在戚总理那里，所以说……"张成伯等不及听以下的话了，便说道："吩咐开车，开车。"立刻回转身，出了大门，坐上汽车往唐宅。要知此去如何，下回交代。

第十五回

象忽渡河楸枰绝技
雀能食饼竹战奇兵

　　却说张成伯坐了汽车，一直便到唐宅来。这时候虽然是深夜两三点钟了，这里依然是车马盈门。他下了车，逆料这里有会议，且不敢猛撞，便冲了进去，先叫听差进去，通知李逢吉先生，自己在随便的一个小客厅里等着。听差进去了，不多大一会儿，李逢吉便出来相会。他一走来，就握着张成伯的手，连摇了几下，说道："哎呀，叫我好找，你哪里去了？"张成伯道："有一点儿私人的应酬。"李逢吉一面拉着张成伯的一只胳膊，一面让他在沙发椅子上坐下，先就笑了一笑道："在公事之外，我要先以私人的资格和你说几句话。我问你老兄，还是和戚阁同进退呢，还是有事还可以干呢？"张成伯听李逢吉的口音，早就料到这边有些希望，也笑道："你何至于问我这一句话呢？我和云生总理，并没有十分深厚的关系，这是你老哥知道的。"李逢吉道："这样说，你老哥的意思，是和戚阁并不认为有连带关系的。"张成伯道："我上台，本是云生三番两次找去的。我只能说是和戚阁帮一点儿忙，至于什么政策行不行，我们自己人说话，那还不是笑话？况且我除了和他们筹些款项而外，其余的事，我说了是一点儿也不发生效力。我不是怕有拆台的嫌疑，我早辞职了，何至于等到现在呢？"李逢吉道："那就很好了。"说时，停了一停，然后问道："雁老的命令，已经发表，你应该知道了。"

　　张成伯装着很惊讶的样子，突然往上一站，对李逢吉拱一拱手道："恭喜，恭喜，怎么突如其来地就发表了，我一点儿不知道，我这应该和雁老去道喜了。"李逢吉依旧拉着他坐下，说道："你别忙进去，我还有话和你说。自前天起，商量阁员名单的时候，雁老就把你老兄列入了。但是因为阁下是戚阁的人，究竟能不能过来，很是难说。能过来呢？彼此合作，自然是极欢迎的。若不能过来呢？这边就……"张成伯连忙说道："绝不绝不！雁老对于我一番提携之意，我早就明白了。只是自己担当着对方的嫌疑，不便对雁老说出。雁老之不能不加以考虑，那是当然之理。但是一个人真要替国家做一点儿事情，除了和雁老合作，还有谁更好呢？其实雁老只要有什么使命，我没有不竭力图报的。"李逢吉笑道："设若雁老把一个难题给你做，你也肯牺牲吗？"张成伯道："说到筹款，自然是不容易。但是雁老果然命我筹一笔上台费，那我也一定尽力去办的。"李逢吉道："这个呢，雁老也早有计划了，不至于来难为你。"

张成伯听他这样说，知道唐阁的财长仍旧是洪丽源，并没有动。这要我加入，又是担任哪一席呢？李逢吉说到这里，也就是很踌躇的。身上掏出皮夹子，取了一根雪茄，点着抽了几口，然后对张成伯一笑道："你瞧，这岂不是笑话？以雁老部下的人才济济，竟没有一个人可以和教育界接近的。雁老的原意，本想请你老兄担任农商的，后来算到教育一席，简直无相当的人物，还是雁老自己想起来了，便问我说，成伯对教育界的人，不是熟人很多吗？我就说，不但熟人多，而且他自己，也是一个大学堂的董事。雁老就说：好极了。这样说来，我们这里并不是没有教育人才了。他马上就在你的尊衔上，亲注了一个教字。不过兄弟还不知道老哥的意思如何，所以主张先征求老哥的同意。"

张成伯万料不到唐雁老出此一着，自己是个财政家，用财政家去做这需款孔殷的教育总长，正如肉包子打狗，教育界岂有不欢迎之理？可是自己要承认下来，那简直是和唐阁去搪穷债主，这并不是什么好事呀。但是刚才失口对李逢吉说了，无论雁老有什么使命，都可竭力图报。在要我去当教育总长，马上抽梯，自己打自己的嘴巴，怎样使得呢？便笑道："多亏你老兄吹嘘，但是因为教育费的事，这几个月来，我和教育界的感情坏到了极点。我若勉强担任下来，要是办不好，怎样对得住雁老呢？这事我倒不得不考量考量。"李逢吉道："除此以外，还有什么困难吗？"张成伯皱眉道："不过现在的教育，实在是不好办。无论是谁来办，恐怕也办不出什么头绪。"李逢吉道："唯其如此，所以兄弟请雁老暂不要决定，等大家商量好了再说。"那脸上的笑容，就减了几分，意思就很冷淡似的。

张成伯盘算了一番，觉得唐雁老置人于火炉上，未必完全是好意。但是自己不干，唐阁也就必会缺一个阁员，自然有人接上去干。再说在台上，哪怕教育部是个寒酸衙门，究竟是个阁员，总比在台下强得多。这个时候若不答应，李逢吉进去一说，雁老在名单上一勾，事就完全取消了，还有什么考量之余地？张成伯想到这里，便改了笑容对李逢吉道："雁老一番栽培之意，及你老哥的鼎力帮忙，那都是十分可感的，不过我恐怕办不好，所以主张考量一下，若是真要兄弟试试，兄弟也只好牺牲一番。"李逢吉道："张总长既然同意，那就很好，我们可以一路和雁老去谈谈。"说着，便将张成伯向里引。

张成伯一进内客厅的门，就见光求旧坐在雁老身边，千总理、万总理，叫个不歇。心想我就料他在这边跑得有点儿头绪，这样看来，果然不错，因此也和他点了一个头。在光求旧也是这样想着，这家伙临时抱佛脚，居然也跑过来了。雁老叫他掌教育，是叫他替洪丽源抵挡一阵呢，他倒不在乎。真怪极了！雁老见成伯来了，便笑道："成伯，你能替我帮一个忙吗？今天是找你一天了。"张成伯躬身笑道："那全靠总理栽培，刚才逢吉兄已把总理的意思说了，不过怕办不好，有负总理之望。"唐雁老道："你且试试看。"说着一回头对在座的洪丽源道："经费上面，你要给成伯帮一帮忙。"洪丽源笑道："丽源还有许多事要张总长帮忙呢。"唐雁老笑道："大家互相帮忙，归总一句话，却是帮我的忙。"说完，故意放开喉咙，放出一阵大笑。这里在场的人，个个都是新贵，无不喜笑颜开，一直谈到天亮，才各自回家。

张成伯是个最精明不过的人，他一时虽然懵懂，过后究竟会想起来的。他在汽车上想着，慢来，雁老方面，何至于少我一个人做教育总长，他这一味苦拉我，恐怕别有用意吧？一定是因为财政一席，给了洪丽源，怕他干不好，糊里糊涂给我一条冷板凳，也让我算阁员之一，好给他们帮忙。这是叫我负财长的责任，居教长之名啦。我不要太老实了，给洪丽源抬轿。他这样一想，回家以后，且去睡觉，置事于度外。到了晚间醒来，他又打个电话给李逢吉，说是本人的名字，请雁老暂且不要列入名单，还得考量考量。李逢吉问道："怎么突然又变卦了？张总长有什么意见吗？"张成伯道："并没有什么意见，就是怕办不好。无论如何，请回复总理一声，请从缓发表。"

电话打完，恰好萧雨辰来访。萧雨辰道："成伯，老光真是不够朋友，这几天他总不和我们打照面，你猜他怎么样？听说那边已内定他为陆长了。俗言道得好，鸟望亮处飞，由这边跳到那边，跳得果然好，那也罢了。这边是交通，跳到那边是陆军，这就很无意思了。何必呢？这样不够朋友的人，下次人家怎样敢和他共事？做官是一时事，做人是一世事，为了做官，不想做人，这很犯不着。"张成伯道："他倒不是想在唐阁占一席地，实在也是唐方拉拢得太厉害，不由他不过去。"萧雨辰道："那也未必吧？雁老那边，也就人才济济，何至于少一个光求旧。"张成伯道："少是当然不少一个光求旧，这也无非私人感情问题，所以雁老的意思，觉得老光合适一点儿。"萧雨辰笑道："这一向子，老光老是向唐宅那边跑，我看他是见了这边风势不顺，早有远走高飞的意思了。唉！世态炎凉，大家都如此，又何必独苛责于老光一人？"

张成伯见萧雨辰老是进着向前骂，便笑道："这个年月，各管各的事吧。别人发财升官也好，别人东倒西歪也好，只要自己行其心之所安罢了。这是我们背后说一句话，戚总理不在台上，我们也得留几个人在政治舞台上，留一线基础。不然，要走大家走，将来弄得内外消息不通，也是不好。所以老光加入唐阁，继续地干，我也相当赞成。"萧雨辰见他明说赞成光求旧加入唐阁，也就无甚可说，笑道："他果然像徐庶一般，身在曹，心在刘，那也未尝不可，我们望后瞧吧。"张成伯笑道："事久见人心，无论什么事，在一个时候来评论，那是不对的。"萧雨辰见话不投机，也就不愿多说，闲谈了几句，就走了。

张成伯一想，雨辰突然而来，在我当面将老光骂了一顿，这是什么意思，这似乎与我开玩笑了？你们不这样讥笑，一个教育总长我真是薄而不为，你们既然自己下了台，又妒忌别人上台，我偏要干一干，看你们能把我怎样？唐阁的后台是保定，他的镖客却是蒋子秋，我现在且去见一见蒋子秋，看他的意思怎样。他若是叫我干，我就干，最好是托他在雁老方面说一句话，将币制局、烟酒公卖局再让我兼一席，那么，教育冷板凳，坐坐也不妨的。蒋子秋反正慷他人之慨，只要你许他一点儿好处，他有什么不答应？这样一想，又鼓励了他一番进取之意。当时便打一个电话到蒋子秋住的饭店里去，问蒋督练在家没有？那边答应，竟是在家，张成伯立刻坐了汽车，前来拜谒。

蒋子秋手下的马弁，都认得他是张总长，和督练很有交情的，就让他一直前去，一直到了蒋子秋住室外，对门口站的马弁说道："督练在里面没有？要不，我在客房里等一等。"马弁道："刚才督练说了，张总长有电话来了，就要到。他来了，就叫他进来吧。"张成伯见蒋子秋这样说，料是房间里没有什么不可告人之隐，便推门进去。正屋里并没有人，再进卧室里，只见蒋子秋脱得赤条条的，身上只围了一条大毛巾，躺在沙发睡榻上，睡榻下，有一个修脚的伙计，替他修脚。蒋子秋伸出一只又白又胖的大腿，架在伙计身上，让他去拾掇。那一只脚，却竖在沙发上，那种情形，很是难看。他见张成伯进来，将手向椅子上一指道："请坐请坐。"张成伯道："今晚上督练怎样没有出去？"蒋子秋道："嘿！别提了，赌了两晚上钱，闹得昏天黑地，睡到刚不多大一会儿，方才起来。起来之后，人还是昏昏沉沉的，这就用滚水烫了一个澡。这种大瓷盆洗澡，虽干净，究竟不如池塘舒服。记得早二三十年，我是老溜到池塘里去烫澡。他妈的，池子里雾气腾腾，闷得浑身出一身痛汗，比雨洗了还多，真是痛快。"张成伯笑道："痛快虽然是痛快，究竟肮脏一点儿。那种池塘子里，什么人都有。"蒋子秋道："对了，就是这一样讨厌，尤其是可恶的，就是一班赶骆驼的，他满身都是黄土。当年我在澡堂子里洗澡，就怕这一种人。"

修脚伙计听见他这样说，也不由得笑了。蒋子秋道："你笑什么？好汉不论出身低。刘备是卖草鞋出身的，张飞是卖肉的出身，关二爷还赶过车呢。柴王爷当年卖过伞，郑子明敲梆卖香油，再说赵匡胤年轻的时候，还是一个混混。"这些话，张成伯听了，觉得有些不雅。可是那修脚的伙计，倒认识几个字，看过两本鼓儿词，这一提到鼓儿词，倒惹起他一肚皮文学，便笑着答应道："可不是？古来的人，出身低的很多。

听说张飞卖肉的那个案子，现在还在呢。"蒋子秋道："还有啦。据郑秘书告诉我，汉刘邦是泗上亭长的出身。亭长是什么呢？就是现在的地保。他手下有一个大将，叫作樊哙，他的出身更是糟糕，在街上套野狗，卖狗肉的。到了后来，他一样出将入相。就是朱洪武，还讨过三年饭啦。现在的叫花子常说，要饭的是朱洪武的后代，那倒并不是瞎说。你想想，一个要饭的，到后来都能做皇帝，有手艺的人，就不能出头吗？你别瞧你现在替我修脚，将来也许你一样地可做次长、总长。"张成伯听说，望了蒋子秋一眼。蒋子秋说得高兴，哪里顾什么忌讳，只管望下说，又对修脚伙计道："我这话你信不信？"修脚的笑道："督练，不瞒您说，我们这就叫下三烂的手艺，挣俩钱，就够人瞧不起的，哪里还敢望做官？"蒋子秋道："那可没准啦。现在是不论做官资格的。用不着什么举人进士，就是大学堂里毕业的文凭，那也是废话，只要你有本事干，就不许你做总长吗？"

张成伯在一边要打断他的话头，又觉有些不便，让他说去，自己也不乐意。只得咳嗽了一声，望着蒋子秋再等说话的机会，但是蒋子秋修脚修得正受用，却没有注意张成伯要和他说话，却闭着眼躺着，图那一阵子舒服。张成伯只得先开口道："督练今天晚上还出去不出去？"蒋子秋道："这两天大嫖大赌，实在倦了，不能再玩儿了，今天在家里休息一晚，不出去了。"张成伯笑道："在家里待着，督练不觉得闷得慌吗？"蒋子秋笑道："闷是闷，你可有法子找个事情玩玩儿？"张成伯道："要替督练找玩儿的法子，那还是关伟业好，他会出新鲜主意，不如打个电话，把他叫了来。"蒋子秋道："不用打电话，他一会儿就会来的。每日这个时候，他总会到我这里来一趟。饿狗他不会停一天不上茅厕。"张成伯心想，什么不能譬，单要譬这一句话，你真不怕吃亏吗？

正这样想着，譬着上茅厕饿狗的关伟业已是推门而进。蒋子秋道："怎么样？说曹操，曹操就到了。"关伟业道："督练说我什么事？"蒋子秋道："我说在家里闷得慌，要成伯找一桩事情玩玩儿，成伯就保荐了你。"关伟业道："这个事情，找我没有错。督练愿意荤玩儿，愿意素玩儿？"蒋子秋道："不用说，我都知道了，那个没有意思。天天打牌，夜夜叫条子，闹得人腻死了，要找一个清闲点儿的事玩儿才好。"

关伟业道："有了，上海来了两个演电影的女明星，住在东北饭店里，装束极是时髦，要不找她们来谈谈也好。"张成伯道："那可怕她不肯来吧？"关伟业道："没有的事，她要不出来应酬，饭店里的账，谁给她会钱？你怕她们家里有个十万八万拿去让她花吗？"张成伯道："她们演电影，不拿薪水吗？"关伟业道："虽然拿薪水，那也是个虚名罢了。她们拿薪水挺多的，也不过二百元一月，次一等的，就只有几十块钱了。这些人，谁也是挥霍成性的。几十块钱，真只够她一天花的。你想，她们用的钱，薪水既然供给不过来，那除了在应酬上弄几个钱，哪有钱花呢？漫说她们在外面应酬，本来很不在乎，就是不讲应酬，有督练的面子，请她们过来谈谈，还有什么可推辞的不成？"蒋子秋道："还要拿我的名片去请她吗？那可是笑话。"关伟业道："她们哪够资格呢？只要我打一个电话，派一辆汽车去，就把她们接来了。"蒋子秋道："这样子，你准认识她。"关伟业道："认是认识，不过没有什么交情。"张成伯笑道："既然是可以叫得来的，你就打一个电话，叫着试试看。"关伟业道："除非不在家，若是在家，我一定可以把她叫来。"他立刻拿起桌上的桌机，就叫东北饭店的电话。恰好他要请的两位女明星，都没有出门，关伟业一说，她们就愿意来。

这两个女明星，一个叫唐白嘉，一个叫刘明秀，其实也并不是什么明星，不过上过几次镜头，充过一两回配角罢了。她两人因为在上海手头不很活动，借着同一个商界巨子北上，可以不花火车费，便一路到北京来。到了北京，刻着电影公司演员的名片，就大拜其客。她们所拜的客，自然是交际场中一流人物，所以关伟业也是被拜访者之一。关伟业就向她们道："北京朋友多吗？"唐白嘉道："没有什么朋友，全仗维持呢。"关伟业听了她这话，就十分明白了。这时蒋子秋要找一个新鲜玩意儿，关伟业就想到了她们，因此打电话给她们。唐白嘉、刘明秀一接到电话，真是喜出望外，万料不到堂堂的督练，会派汽车来接她们。两人赶忙收拾了一番，汽车已到，双双地坐了汽车，便来见蒋子秋。

这时蒋子秋已经修完了脚，穿了衣服，和张成伯闲谈。马弁进来告诉，说是派汽车接的那两位小姐，现在已来了。蒋子秋道："快请快请。"马弁出去，把两位请了进来。她两人剪了头发，一律地穿着杏黄色旗袍，周身滚着水钻边。袖口和衣摆，都缀上白色丝线穗子，电灯底下，光彩夺人。关伟业便站起来了，便给她介绍道："这是蒋督练，这是张总长。"一面又对蒋子秋道："这是唐女士，这是刘女士。"唐、刘二人，便站着齐齐地对蒋子秋一鞠躬。蒋子秋虽然是个粗人，他对于妇女们却十分谦和。人家对他一鞠躬，他就站立起来，笑着说道："请坐请坐。只一见面，咱们就算相好的朋友，你别当我是督练，就拘那些客套。我这个人最是痛快不过，说好就好的。我看你两位很不错，怪不得可以演电影。二位都是江苏人吗？"唐白嘉已经和刘明秀坐下了，这又微微站起身子答应道："是的。"蒋子秋道："江苏就爱出漂亮的女子，今天一见唐、刘二女士，果然不错。你们二位能什么玩意儿，我很愿领教。"

张成伯一想，人家是演电影的，怎样把人当妓女、鼓姬一般看待，开口便问人家会什么玩意儿。正想找一句话来遮掩，不料那唐白嘉女士倒很不在乎地对蒋子秋说道："我们除演电影而外，什么也不会。"蒋子秋道："你们是南方人，南方人会唱小曲儿的，唱一个给大家听听，好不好？"唐白嘉回转脸去对刘明秀一笑道："督练一定要我们献丑。"刘明秀抿嘴一笑，然后轻轻说道："又没有胡琴，怎样唱法呢？"偏是蒋子秋听见了，笑道："清唱就最好，不要胡琴，还免得吵人呢。"关伟业在一边凑趣道："既然督练赞成清唱，二位何妨试一试？"唐白嘉笑道："本来就唱得不好，再要没有胡琴，那就格外难听了。"

蒋子秋笑道："不瞒你说，我就爱听苏州女子说话。别说清唱，就是二位和我们谈谈，我们也乐意啦。提到这个，我又想起一桩事情来。大概是前年的事了。我一个人从南京乘票车到北京来，要了一个仓房。在浦口上车的时候，先有两位太太到我们仓房里去了。我因为北上不是公开的，没有带马弁，就只带了两个听差。这两个听差，又都是浑蛋，他不问三七二十一，就把人家的行李由窗户里扔了出来。这两位太太可就不依了，咕咕呱呱，就骂起来。我那两个听差，他也知道对女太太们是不能动手，也就和她们对骂。我这时在车外听着，就怪有趣的。随他们去闹，不拦住他。后来提出我的名字，那两位太太才不作声了。依着听差，要问她是哪一家的家眷，要找她们老爷办交涉。我就骂他们说：

人家虽然骂了你一顿，就凭那娇滴滴的声音，你听了也不应该生气。我看你们这样的俗物，真够不上江苏太太骂，她要骂我，我就让她骂去，反正比听咱们的梆子腔强。后来我不但不怪那两位太太，而且叫听差给她们提着行李，找了两个好位子呢。"张成伯笑道："如此说来，督练真当得住英雄气概、儿女心肠八个字了。我想那两个太太，一定又骂了督练一大串话呢。"蒋子秋愕然道："那是为什么？"张成伯道："督练不是爱听那种声音吗？她骂着好让督练听呀。"这样一说，大家都笑起来。唐白嘉笑道："我要说句放肆的话，别的不会，骂人是会的。督练愿意挨骂，我们倒可以骂起来。"蒋子秋道："你二位真会讨便宜，要骂就骂吧。"

大家玩笑了一阵，禁不住蒋子秋再三地要求，唐白嘉、刘明秀就各唱了一支曲子。蒋子秋听了，就不住地叫好，因问道："二位住在东北饭店，还有熟人吗？"刘明秀道："没有熟人。"蒋子秋道："那个地方洋气太重，住在那里做什么？要不然咱们住在一块儿吧。"唐白嘉、刘明秀不料蒋子秋说话是这样粗率，刚见面的生人，就会说出这样的话来，两个人脸上红了一阵，都觉得有些不好意思。蒋子秋也明白过来，说道："嘿！这就该罚我，我这人说话，怎样没头没脑地瞎说呢？我的意思可真不坏，因为这里房子好、伙食好，又没有洋气，我很愿二位搬到这里来住。我真是这个意思，我要说瞎话，就不是人揍的。"刘明秀道："督练的好意，我们很知道。"关伟业已洞悉蒋子秋的意思，便笑道："这话可是真的，这旅馆里什么也方便，二位就搬来住吧。"唐白嘉道："可以的，反正在那边也是出钱，况且住在这边，还有各位一种照应呢。"蒋子秋一拍腿道："真痛快。"马上就叫马弁把饭店里的账房叫来，因对他道："我给你介绍一笔生意，你有好房间吗？"账房道："督练介绍的，就是没有好房，我们也得腾出来。"蒋子秋道："那样就好。"因指着唐、刘二女士道："你给这两位小姐开两个房间，就写我的账上。"

唐、刘二女士彼此看了一下，心想大人物究竟是大人物，你看他是多么慷慨。唐白嘉因此站起身来说道："怎好算督练的？这可不敢当。"蒋子秋道："你别客气，我这人就是这样的脾气，我送那个人的东西，那个人不要也不成。我若不送他，我情愿扔了，也不做人情。二位往后瞧，我就是这样实心眼儿待人，这种人你赞成不赞成？"唐白嘉笑道："很赞成，像蒋督练这样爽快的人，能找得出多少呢？"刘明秀也笑道："可不是，我们也见过一些政界上的人物，哪有像督练这样爽直的呢？"蒋子秋道："你们南方人，也赞成爽快吗？那么，我们今天谈得很痛快，你就搬过来住吧。"刘明秀道："我们原是随身的行李，要搬就搬，很不费事的。只要督练不怕吵闹，我们就搬过来。"关伟业笑道："你们正是把话说反了，督练就是喜欢热闹，哪有怕你们搬来之理？要怕吵闹，督练也就不肯介绍你在这儿住了。"蒋子秋一拍大腿道："可不是？人生一世，草生一秋。不在年富力壮的时候找些玩意儿乐一乐，等待何时？"张成伯指着唐、刘二女士道："你们听见督练的话没有？"唐白嘉笑道："听见了。"张成伯笑道："听见了就好，照说，你们只有一半取乐的资格啦。"刘明秀道："这是什么意思，我可不懂。"张成伯道："督练说了，为人要在年富力壮的时候取乐。二位年纪虽轻，力可不大，不只有一半取乐的资格吗？"蒋子秋笑道："既然如此，张总长就一点儿资格也没有。因为你有了胡子，力气又不大，年富力壮四个字，全够不上哩。"张成伯道："这话我承认了，督练呢？不是也有些胡子吗？"蒋子秋道："我这胡子可不同，是为着好看的。有些人都说，嘴上无毛，办事不牢，我不能不留一点儿胡子，以壮观瞻。你没听见说吗？三十如狼，四十如虎，五十岁还是金钱豹子啦。"蒋子秋一说，大家都哈哈大笑。

当时唐白嘉留在这里谈天，刘明秀就坐了汽车到东北饭店去，把随身的行李搬了过来。蒋子秋道："二位女士搬了过来，也总算是乔迁，我们不能不过去道喜。"唐白嘉笑道："督练若肯光降，我们是十分欢迎的，就是怕招待不周。"蒋子秋道："都住在一家旅馆里，这就算一家人，什么招待不周？"说着，大家就同到唐、刘二女士的新居来。

这里的账房，因为有督练出钱，乐得开一所大房间，所以房间很好。关伟业道："两位女士搬进新居，我们这些贺客，要找一件事情乐一乐才好。"蒋子秋道："你说应该怎样乐法呢？"关伟业道："打四圈牌，好吗？"张成伯一想，这又是傻瓜的事，这里只有三个，总得添上一位女的。赢了她要拿走，输了还想她拿出来吗？因此便对关伟业道："可别算我一角，我是在一个地方打牌歇了手，到此地来的。休息不多大一会儿，又打牌，累人得很。"恰好蒋子秋今天也是不高兴赌钱，便道："就这样坐着瞎聊吗？总得找一件事做一做才好。"那唐白嘉是个最漂亮的交际家，也觉没有走来就敲人竹杠的道理。先是关伟业说了没法子拦阻，现在张成伯、蒋子秋都没同意，当然不用人家说明了，便笑道："就是打牌，我两个也不能奉陪。我们是什么人，怎样敢和督练总长打牌呢？"蒋子秋道："那可不然，赌博场上无大小，有什么不能来？"刘明秀道："密斯唐的意思，不是那样说，她以为督练都是打大牌的，我们的能力极小，怎样攀得上呢？"蒋子秋笑道："听说美国的明星，每个人都有好几百万啦，二位总也不错吧？至于不敢和我们这拿枪杆的比吗？"唐白嘉笑道："我们也不是明星，就是明星，挣的薪水，还不够美国明星一天的汽车费哩。"蒋子秋笑道："当明星的既然没什么意思，我倒正用得着两位女秘书，二位愿意担任吗？"唐白嘉道："只要督练不嫌弃，我们很愿意伺候督练的。"

刘明秀听她说了伺候两个字，似乎有些刺耳，便对唐白嘉望了一眼。唐白嘉这才想起来了，这一句客气话，说得不很大合适，脸上就是一红。蒋子秋哈哈大笑道："你二位真是客气，说的这话，我怎样敢当呀？"关伟业、张成伯见他有心讨二位女士的便宜，也夹着起哄，说笑了一阵。

刘明秀有些不好意思，便低着头蹲在地下，把藤箩里面的东西，一样一样捡了出来。蒋子秋见她手上捧着一只四方的楠木盒子，便问道："这里面是什么东西？"刘明秀笑道："是玩意儿。"蒋子秋道："既是玩意儿，我倒要看看。"顺手便接了过来，将盒子盖一推开，原来是一副象牙象棋子。蒋子秋道："啊，二位女士象棋下得很好吗？"刘明秀道："我们哪会下棋，因为在上海动身的时候，买了一副，带在火车上消遣的。"蒋子秋笑道："妙极，这有我们玩儿的了。我就喜欢下象棋，可惜遇不着对手。"唐白嘉笑道："我们是屎棋，无非下得好玩儿，怎样能和督练对比？"蒋子秋道："下棋本来是好玩儿，谁还把它当作正经事不成？"刘明秀道："就是玩儿，也犯不着国手和屎棋对着。"蒋子秋

144

笑道："你太恭维我了，我怎样能算国手哩？我是好玩儿，随便哪一个和我下两盘玩儿都成。"刘明秀笑道："这话是督练一个人说了，先是说找不着对手，现在又说随便哪一个和你下都成。"蒋子秋笑道："我是一看见女朋友，就迷糊了，女朋友越漂亮，我就越迷糊得厉害。你二位要嫌我说话颠三倒四，你就先埋怨自己长得太漂亮吧。"说毕，尽管哈哈大笑。

关伟业道："我来出一个主意，包管就有个乐儿。督练和张总长对下，二位女士分在两边当参谋，两个人下棋，这就算四个人下棋了。"蒋子秋道："你这算安排得不错，但是你自己呢?"关伟业道："我算一个观战的吧。"蒋子秋道："好！就那么样子办。唐小姐，来！你算我这边的。"张成伯也笑道："刘女士，那就算我的了。"唐白嘉道："我妹妹她是一个老实人，嘴很谨慎的，张总长可别讨她的便宜。"张成伯笑道："唐女士究竟是蒋督练的参谋，还没有就职呢，先就卫护着督练。"唐白嘉道："请张总长说明白了，我怎样卫护了蒋督练?"张成伯笑道："督练说你是他那一边的，你默然承认。我说刘女士是我这一边的，你就说我讨便宜。一样的话，有人说了得罪人，有人说了不得罪人，这不是怪事吗?"唐白嘉笑道："是一样的话吗? 不对吧? 张总长说的话，好像省了几个字哩!"蒋子秋道："狗拉耗子，你这不是多管闲事。他说的是刘女士，刘女士并没有作声。你倒听不下去，一定不依，这是怎样解说呢?"张成伯道："妙哇! 督练这是洞中肯要的话了。刘女士你自己说，我这话是讨便宜不是讨便宜?"刘明秀对张成伯一撇嘴道："我不说张总长，张总长倒先说起我来了。"蒋子秋道："不说了，不说了，大家都是好朋友，讨了便宜去，也不算什么。你若是因为人家讨了便宜去，心里不痛快，那么，我情愿吃亏，让你来讨我的便宜。咱们反过来说就算我是你的，好不好?"这一说，大家又大笑起来。

在平常的妇人，人家这样将她取笑，她一定不高兴的。唐白嘉、刘明秀在交际场中走惯了，男子不能说的话，男子不能做的事，她们都能做，和她开玩笑，那算什么? 况且蒋子秋、张成伯在政治上都是数一数二的人物，平常要巴结还巴结不上呢，这会儿能在一块儿谈谈笑笑，正是深自引为荣幸的事，哪里怕人家言重呢? 唐白嘉道："不要笑，督练就和张总长下起来，看我们这两个参谋究竟谁有本事。"说时，刘明秀已经在那小圆桌上摆下一张布画的象棋盘。蒋子秋、张成伯两人对着，关伟业在一张大沙发椅横头坐着观战。唐白嘉和刘明秀果然实行做起参谋的职务来，唐白嘉伏在蒋子秋沙发椅背后。刘明秀在沙发外边，另端了一把小椅子来坐着。

蒋子秋让张成伯先下，张成伯又让蒋子秋先下，结果，蒋子秋移过炮来，就下了一着当头炮。张成伯笑道："怪不得督练说下棋找不到对手，原来有这么样厉害，走来就是杀着。"刘明秀道："这也是很平常的事，怕什么呢？当头炮，马来保，我们起马吧。"说着，伸过一只手来，就给张成伯起了一着马。唐白嘉道："督练，我们既然取了攻势，索性进攻到底，我们赶快出车。"蒋子秋笑道："这样说，女参谋还真不弱啦，这车是怎样出法呢？"唐白嘉由椅子背后走到前面，坐在沙发椅的扶手上笑道："这有什么难呢？"于是伸手挪开东边的马，起在东方卒底下。刘明秀道："不怕。随便他怎样凶，我们先把士象支起，把家保得稳稳固固的，自然没事。"于是也俯着身子，给张成伯西边飞起一着象。从此以后，蒋子秋、张成伯两人，都不用动手，全是两位女士代庖。到了后来，两位女士忘其所以，竟都坐在沙发椅上了。这一盘棋，因为蒋子秋先下了当头炮，又起了边马，只顾杀人，保家的棋子，都散在一边，联合不起来。张成伯的车马炮走过河来，接连几个将军，蒋子秋支持不住，就输了。

蒋子秋自信象棋下得不错，不料走来一盘，就输给张成伯了，笑着对唐白嘉道："这都是你这高明的参谋弄出来的把戏，只顾攻，不顾守，就输给人家了。你瞧，我来下一盘。"不料一盘下过，又输了。蒋子秋还是遮掩着说道："这两盘都是我好玩儿当头炮，把事弄糟了。但是我不信这当头炮下不通，我非得再下不可。"一面说着，一面又下这第三盘。下到后来，蒋子秋很悔了几着子。刘秀明对唐白嘉笑道："你这参谋，不用心替主人翁办事，老是悔着。"唐白嘉道："好！从此以后，我们下子就算，吃光了也不许悔。"

这时蒋子秋一边，双士拼了对方一着马，一着象在当头，一着象在东边。东边第二格，对方来布了一着车，看着蒋方的帅，不让他升座。

所幸隔着象线一位，和那西边的沉底炮，还不能破这个连环象。可是蒋方的西边太空了。自己的车马炮都过了河，要谋人家，自己要撤回来，已来不及。张成伯的炮后面，遥遥的一车保护，放在自己河边。因一向顾着蒋方的车马炮来得厉害，没想到用那着边车。等到松了一口劲儿，忽然想到车往中间偏过来一位，车炮沉底，对方就可了结，于是刘明秀用胳膊一拐张成伯，就来动那车。不过仅过来一位，有自己的卒子挡住，索性偏到象位上来。那边的唐白嘉女士早已看见了，只是干着急，但希望对方没有想到，徐图补救而已。现在刘明秀的眼光射到车上来，不由暗暗连叫几声不好。刘明秀用两个指头夹着那车，放将下来，对唐白嘉笑道："唐参谋，你要辞职了，不好意思再恋栈了。"蒋子秋一看，也是叫糟。唐白嘉人急智生，赶紧把那当头象飞了起来，飞到对河象位上，把那车吃了。她吃虽然吃了，立刻把象和车都抢在手心里，向怀里一藏，笑道："我们约好了的，不许悔着，悔着就算输了。你这是送羊入虎口，不能怨人。你还高兴哩？我早知道了，等着你车来送死哩。"张成伯埋怨刘明秀道："可不是，一时粗心，把一只车送到象口里，真是冤枉，好好的一盘棋，为着一子不谨慎，就全输了。"

唐白嘉缓缓地把自己一着象，摆在自己河边下，刚才是飞过了河，吃了对方的车，对方并没有留意，而且从来也没有下象棋，象能渡河的，张成伯也不会想到那上面去，只是埋怨刘明秀手快而已。但是蒋子秋是败家，看得清清楚楚，敌军是在河那边的防线上，自己的当头象怎样可以吃得着？分明是唐白嘉弄了一点儿手术，暗暗地渡河，用迅雷不及掩耳之策，把人家的车吃了偏，是她会调度。吃了之后，就把两着子全捏在手心里，弄得人家真假难辨。心想这东西真是狡猾，可是她那小心眼儿，又令人可爱，于是不住地用胳膊肘，拐着唐白嘉的身体，让她知道自己也明白这事。唐白嘉暗中掐了蒋子秋大腿一下，以目示意，叫他别作声，依旧行所无事地下棋。对面以棋下得孟浪，正在懊悔，也就没有注意，因此飞象渡河的一着妙棋，就算遮掩过去了。

这时对门有一车一炮，蒋子秋却有车马炮。加上这车马炮本已紧逼敌阵的，所以形势一变，张成伯这一盘棋，杀得大败。到了下第四盘，蒋子秋不下当头炮了，又赢了一盘。唐白嘉笑道："我就觉得督练来下当头炮，很是危险。你瞧，改过来了，我们就赢了。"张成伯笑道："唐女士真是会说话的人，起先督练下当头炮，说不要紧的是你。现在说当头炮下得危险的，也是你，究竟哪一说为是呢？"唐白嘉笑道："先前督练已经下了当头炮，我不能不说着不要紧，壮壮胆子，现在事过去了，有什么不能说哩。"张成伯今天晚上来找蒋子秋，原是请教他，自己可否上台，不料闹了半天，竟没有机会可以说这一句话，老是下棋，有什么意思，因此伸了一个懒腰，然后笑着说道："我承认已经没有战斗力了，不来了吧。"蒋子秋笑道："两个参谋都很有意思，主将倒累了。"张成伯笑道："老下棋，究竟不调和，我们找件事大乐一乐吧。"蒋子秋道："我原是要自自在在地休息一会儿，哪有再大闹的道理？"张成伯道："那也好，我可有两句私话，要与督练商量商量。"蒋子秋笑道："既然是私话，那倒别让第三者听见，还是到我那边去说。"唐白嘉、刘明秀都误会了他俩的意思，倒羞着成了一张大红脸。

蒋子秋和张成伯到自己屋里来，笑道："老关介绍这两个不错，究竟是有知识的，和胡同里的不同。张总长怎么样？用不着会懂交际的姨太太吗？你若是愿意，那一位刘女士，我倒可以给你做媒。"张成伯笑道："都留着伺候督练吧。"蒋子秋笑道："怎么下一个都字？难道你认为我已有心讨那个姓唐的吗？"张成伯道："那倒不敢说，不过我看督练很疼她似的，我倒很愿意做这个媒呢。"蒋子秋笑道："见了就爱，爱了就讨，那是十几年前的事，现在不能这样胡闹了。你叫我出来，就是为说这个话吗？"张成伯当然不好承认说不是，只得笑道："虽然有这个意思，我总得先探督练的口气。现在督练先不愿意，我还说什么呢？"蒋子秋道："走来就说，不嫌太急促一点儿吗？"说时，竖起蒲扇也似的大巴掌，将自己的头抚摩了一番。

张成伯已经把蒋子秋的意思看透了，心想不如趁此送一个大礼，让他好给我死心塌地地帮忙。心里计划已定，便对蒋子秋笑道："只要两方愿意，倒无所谓急促不急促。不知道督练的意思如何？督练如是同意，我马上找了老关来，托他说说看。"蒋子秋笑道："还是慢一点儿说吧？要了一个，扔一个，倒叫人家怪难为情的。"张成伯笑道："那更好办了，两个女士，督练都要了，就没有厚薄之分了。"蒋子秋笑道：

"一举就讨两个姨太太，那岂不是笑话？再说这样办法，恐怕人家也未必愿意。"张成伯道："只要督练愿意，我就可以对老关商量。这事有他经手，没有一个不成功的。"蒋子秋道："果然如此，少不得我又要大大地花上一笔钱。太多了，恐怕有些招摇，你看如何？"张成伯摆着手笑道："不用督练破费，这个礼我送了。"蒋子秋也笑道："这合适吗？"张成伯连连说道："合适，合适。"于是走出房，找到关伟业悄悄地把督练的意思说了。

关伟业接了密令，便到唐、刘二位女士的房间来商量。关伟业见了唐、刘二女士，先不说话，径自坐下，拿出烟盒，取出一支烟，点着了以后，抽了一口，喷出一团烟雾，然后笑道："恭喜二位女士……"话还没有说完，唐白嘉就问道："喜从何来呢？"关伟业踌躇着道："蒋督练见了二位女士以后，倾心不已，他给了我一个难题……"唐白嘉抢过话笑道："你不用说了，我明白了，他是不是让你来做说客，给我姊妹俩做媒？"关伟业虽然是烟花队中的说客，听也听得多了，见也见得多了。无论接洽什么事情，总要存一点儿男女界限，婉转商量，没有这样大刀阔斧，当买卖说了出来的。叫他从从容容地说，他未尝没有办法，现在把黑幕揭开来，叫他一肚皮的文章，一句话说得归题，简直无话可说了。当时只是苦笑了一笑，没有说什么。唐白嘉道："笑什么？我猜中了你的心事不是？没有别的可说，你给我姊妹俩送一千块钱来，我们就什么条件都可以承认。"关伟业笑道："就是要钱，没有别的话可说吗？"唐白嘉道："有钱能使鬼推磨，有了钱，我们还有什么可说的。"关伟业道："若是仅仅谈到钱，倒不见得毫无法子可办，但是一层……"说到这里，笑了一笑。

唐白嘉道："但是一层什么？你尽管说出来，为什么吞吞吐吐的？"关伟业道："若是马上给钱，你们马上就能依从条件吗？"唐白嘉道："我们为的是要钱，有了钱自然好说话。"关伟业道："我知道你们好说话，我所想的，乃是时间问题。"唐白嘉回转脸来对刘明秀道："你有什么可说的吗？你看我这话怎么样？"刘明秀笑道："关先生对于我们反正没有什么坏意，你对人家表示这样强硬的态度做什么？"唐白嘉道："他们老爷有的是钱，平常只有人家求他，他敲人家的钱。现在临到他求我们，我们何妨敲他一笔，不然还想得到吗？这正是不义之财，大家乐得分两个用用。"关伟业笑道："唐小姐，我佩服你！说话真是痛快，可是这是你对我说话，到了你对出钱的主儿说话，多少要客气一点儿才好。"唐白嘉道："那是自然，得人钱财，与人消灾，绝不能板着面孔和人相见的。"关伟业对刘明秀道："刘女士，我看你是很好说话的。唐女士的意见，你没有什么可驳的吗？"刘明秀道："我们的意思，彼此都是知道的，没有什么可说的，谢谢你的关照。"关伟业笑道："像刘女士这样说话，我有话才敢说，也许不久的时候，可以喝两位一杯喜酒哩。"

唐白嘉口里含着烟卷，摇着头喷出烟来，笑道："你好长的腿，早就伸过来了。"关伟业道："这并不是我伸长腿，除非你二位不愿意，老蒋是没有不往前办的。"刘明秀笑道："你说话可要分清楚点儿，不要什么事都夹七夹八地说。"关伟业道："怎样是夹七夹八说的，本来就怎样呀。你以为他堂堂的督练，同时娶两个夫人，还有什么办不到吗？"唐白嘉道："那张总长听了，一个捞不着，不要喝一点儿酱油吗？"刘明秀道："喝什么酱油？我和他也不过是初次会面的朋友。"关伟业笑道："你二位女士小点儿声音吧。让人听了，这一台戏，就不能唱完。"唐白嘉笑道："在河里的人不着急，在岸上的人倒急坏了。我们没有什么可说的了，就是要钱，请你拿钱来吧。"

关伟业见她们这样斩钉截铁地说了，的确也是无话可说，便又走到前面来，对张成伯说了。张成伯笑道："这样办就成了，至于她们愿嫁不愿嫁，老蒋讨得成功或不成功，我们倒不必去过问。她们不是要一千块钱吗？我这就可以开一千块钱支票给她。"于是在身上掏出支票本子，填了一千元的数目，交给关伟业。关伟业笑道："财神爷到底和别人不同，支票簿老身上带着，随便一掏就是。"张成伯笑道："今天原是预备来送礼的，不料老蒋不爱打牌，要玩儿新鲜调儿。"关伟业笑道："这样说，张总长是占了便宜了。这不过是一千块钱，若是打起牌来，这一笔礼费，还不定要送多少钱呢？"张成伯将支票交给关伟业，笑道："以后的事，全交给你办，我就不问了。"说毕，走到里边屋子里去，唧唧哝哝，和蒋子秋说了一阵，接上又是一阵哈哈大笑。张成伯道：

150

"天气不早，我要回去了，明天会吧。"蒋子秋道："多坐一会儿，又要什么紧呢？"张成伯一面笑，一面走出来，就坐汽车回家去了，一宿无话。

紧接次日，蒋子秋就打了一个电话给唐雁老，说道："雁老，我又是佩服你，我又是不佩服你。"唐雁老道："这是怎么说？我不懂你老大哥的意思。"蒋子秋笑道："你老兄要成伯去办教育，这算饭馆子里找到一个开粮食行的掌柜，真不算坏。可是利用人，得彼此利用，您光利用人，不让人家占便宜，成伯也肯干吗？你老兄主意是打得不错，可惜想得不完全。"唐雁老一听他的话，就知道是为张成伯做说客来了，笑道："这自然不完全。"蒋子秋道："还有什么办法在后吗？"唐雁老道："老实说，我请成伯帮忙，原意本不是要他办教育，要他办财政。可是丽源和我在一处多年，我又怎好意思另给别人呢？因此我让成伯办教育，再请他腾出一部分精神，给我办一个收支审核会，那么，他既可身居阁席，又可助理财政，岂不是两面都顾全了吗？"蒋子秋道："这话真吗？"唐雁老道："我岂能骗你老哥？"蒋子秋道："这样办就好，用不着我说话了，要不要我通知成伯一声呢？"唐雁老知道他的脾气，就满口答应了。

自此以后，张成伯就诚心诚意做唐内阁的阁员，戚总理那方面，虽然没有断绝关系，可是也不好意思和他们往还。戚阁一些旧人，冷水里钳鸡毛，一个个脱离北京，溜到天津去，冷落极了。这里唐阁的人物，大家刚上台，正是兴高采烈之际。就是光求旧虽然不必认为十分得意，但是没有下台，依然得为阁员，也就很可幸了。

这个时候，有位中原的督理仇世雄，和光求旧是盟兄弟，和唐雁老向来又有些来往，就借着唐阁正盛之际，打算内外联合，一来经济上可以得一层帮助，二来合着朝里无人莫做官那一句话，也就想于此大好机会，扩张一些势力。因为这个缘故，他就专程来京商量一切。自古以来，内之权贵，未有不结纳外之强藩的，在唐阁一方面，当然铺张扬厉，有一番很隆盛的招待，仇世雄将正经事办理一二件之后，也就将可乐的玩意儿慢慢地开怀赏玩。那些终年忙碌的政客，更是设法地去凑趣，闹得仇世雄乐而忘返。仇世雄既然是个疆吏，然在北京置有寓所，而且他这个寓所，是前清一个公爷的公府，房屋极是伟大。仇世雄觉着这里有宾朋之共乐，无案牍之劳形，比任上的衙署就强得多。住了一日，又要住一日，不觉已到十天。他的一班旧日部属，有许多在京做事的，在仇世雄到京的时候，虽然照例请见了一次，那完全是客套，不能得到督理的垂青。后来知道仇世雄公事早已办妥，天天是在家中取乐，于是大家凑了一笔款子，邀集了北京的名角，要在仇世雄府上唱一晚戏，并且备有上等酒席数十席，由许多大大小小的旧部公宴督理一次。不算洗尘，不算祖饯，就作为欢会之意。

　　大家商议好了，便公推四个人为代表，前去见仇世雄，说明他们要欢会一天的用意。这代表是张国安、王家庆、刘人寿、李年丰四位。张国安是仇世雄部下的旧师长，王家庆是旧参谋长，刘、李二位，都是旅长，对于仇世雄，以前都是可以直接说话的人。到了现在，他们都身不居职，仇世雄对于他们，也要另外存一点儿客气，所以见了他们，也不好意思板着面孔说话。这天下午，仇世雄正在踌躇着今天要怎样消遣。忽见听差呈上四张名片来，说是他们代表旧部来见督理，有话要说。仇世雄道："不用说，这又是他们找事来了，叫他们进来吧，我看他们说些什么。"听差传说出来，将他们引进内客厅。仇世雄走了出来，他们都站着齐齐的，给仇世雄一鞠躬，仇世雄将手对椅子一指，口里说道："诸位请坐。"说毕，他一人倒先坐下了。张国安一行四人，也就坐下。

　　张国安先说道："本来早就要过来向督理请示，因为知道督理公务很忙，不便过来打搅。"仇世雄道："也没有什么公务，无非和政府接洽一点儿款子。我们有许久没有共事了，现在的情形，哪里比得以前。我那个地方，又是一个穷省份，简直维持不下去。诸位现在在北京住着，吃吃馆子听听戏，我看很是快活。我想学诸位这样乐一乐，倒是很不容易呢。"张国安一想，怎么说出这一些话，不要疑心我们是想求差事的吧？便笑道："督理说得很对，但是当军人的，总要为国家出力，像国安这样游手好闲，有忝军人天职了。国安和一班旧同营商量，说是督理终年为国勤劳，难得到北京来的。这回来了，大家要公请督理一次才对。国安也以为然。不过不敢冒昧从事，总得先向督理请示。"仇世雄笑道："原来诸位还打算请我吗？天一天二的，我也就要走了，不必

152

费事吧。"王家庆道："这也不是张师长和家庆几个人的私意，有许多同事都要这样办。也没有别的，不过大家陪督理热闹一天，邀几个角儿，就请督理在公馆里听几出戏。"仇世雄笑道："怎么着？诸位还要这样费事？我说张师长，这就是你的不对。许多同事都在北京赋闲，无非凑付过日子。他们这样花钱，你就该断住，为什么你也在内充领袖呢？"

张国安笑道："督理到京，大概还没有听过几回戏吧？"仇世雄道："听是听过几回，可不大对劲儿，要听的戏都没有听到。"张国安道："我就知道督理爱听戏，因此和大家商量着，借着督理的公馆，唱一晚堂会。督理爱听什么戏，就点什么戏。"仇世雄道："我这里倒有的是戏台，我因为觉得无缘无故在家里唱戏，总有些招摇，所以不好意思办。"张国安道："那也不算什么招摇，自己有钱，自己邀班子唱戏，别人管得着吗？而且督理很难得到北京来的，到了北京来，偶然找一点儿事情，乐一乐，那也真不算过于。"王家庆道："可不是？督理为国勤劳，也不可以自己太苦了。"刘人寿也附着说了一声督理也不可自己太苦了。李年丰枯笑了一笑，说道："可不是？"他两个人因为是旅长，去督理的位分，还差得多啦。从前在职的时候，见着督理，还不敢直接地说话。现在虽然是客位，但是在习惯上，就没有这样放肆过，所以来了半天，除进来的时候，见着仇世雄先笑了一笑，根本上嘴就没有动过。不过自己是当代表来了，老不作声，又恍惚有些难为情，因此找着别人说的话尾子就接上一句。

仇世雄笑道："为国勤劳四个字，我不敢说。可是像不知道的人所说，做了督理，就像做了一个小皇帝一样，那也未免把督理看得太有味了。我到北京来这些日子，我看做京官的，实在舒服，下了衙门，爱到哪儿去逛，就到哪儿去逛，做外官的，哪里能比呢？就以我而论，除了公署里，哪儿也不能去。官做得大了，倒反被拘束起来了。"张国安道："那也是督理把公事看得太重了，若是随便起来，自然哪里也能去。国安就是这样想着，督理虽然到了北京，也未见得肯随便出去玩儿，所以大家商量着，索性大家到督理公馆里来，陪着督理乐一天。"仇世雄道："诸位都办好了吗？若是没有办，省了也罢。要是全办妥了，我不受，诸位的钱反正是花了，我倒辜负诸位的美意了。"王家庆道："不，不，全办好了。督理若是不允，许多同事，一定要怪做代表的不会说话了。"仇世雄道："既然这样，我就不必客气了。诸位乐意哪天来，请先打我一个招呼，我就好叫听差他们先预备起来。"

张国安对着王家庆三人道："三位看是哪一天好呢？"王家庆道："就请张师长定一个日子吧。"刘人寿、李年丰也同声道："是，就请张师长定个日子吧。"张国安沉吟着道："今天一天，明天是来不及了，后天吧，三位以为怎样？"王家庆道："后天就好。"刘人寿道："后天好，来得及。"李年丰道："后天就很好。"张国安便问仇世雄道："督理看怎样，后天不嫌急促吗？"仇世雄笑道："我反正坐在家里等着取乐，嫌什么急促？只要诸位赶办得过来，那就成了。"王家庆道："那就决定后天。"刘人寿、李年丰也同声地说道："那就决定是后天。"张国安站起身来说道："督理公事很忙，我们这就告辞，后天再过来吧。"王、刘、李三人也就跟着站将起来。仇世雄道："我没什么事，诸位何不多坐一会儿？"说时，人也就站起来了。张、王、刘、李见主人已站起，越是要走，便都微微地一鞠躬，倒退两步，然后出门而去。

仇世雄只送到客厅下的回廊边，就不送了。一转身见有两个马弁站在身边，便笑道："这都是我旧日的部下，他们总算好，忘不了我。你没有听见吗？他们要公宴我，又要在咱们这里演堂会戏呢。这也没有什么，不过因他们受了我的恩惠，趁我到北京来要感谢感谢我。人家的意思不错，到了那天，你们得好好地招待。"马弁挺着身躯立着，答应了几个是。仇世雄见他的旧部给他做面子，很是欢喜。对马弁说了不算，见了内听差老妈子都说一声，你们等着吧，后天咱们家里要热闹一天了，你们都有吃有喝，还有戏听，这都是我旧日部下公送的，你看人家是怎样忘不了主子啦。在仇世雄这样高兴之中，一眨眼，已过去两天。第三天一早，这些送礼的人，一早就派了人过来，会合着仇公馆的听差办理一切。一会儿工夫，酒席担子来了，戏箱子也来了，到了下午一点钟，仇世雄的旧部，自师长以下连排长以上，陆陆续续地都已来到。

仇世雄正在高兴之上，去了阶级观念，亲自出来招待，大客厅里，坐满了人。仇世雄在大众之间来往周旋，便道："蒙诸位款待，我很感谢。今天我们既然是要大乐一天，就不必客气，还讲什么礼节。要乐要玩儿，诸位全可以随便。好戏要到晚上才有，白天诸位要打牌，要推牌九，或者打扑克，全可以随便。"大家先听了仇世雄的话，你望着我，我望你，不好作声，都只笑了一笑。仇世雄道："要来，自然我也在内，不知道有哪几位肯和我在一桌？"张国安道："督理若是要打牌，我可以陪一个。哪！还有王参谋，一定可以加入的。"仇世雄就拍着王家庆的肩膀道："怎么样？咱们好久没有在一处打牌了。"王家庆道："可是可以的，不过牌大了，就陪不上了。"仇世雄笑道："咱们都是自己人，谁还不知道谁，输个一万两万的，你还在乎吗？"王家庆道："除非有督理在场不要紧，不然是不敢的。"仇世雄道："这话怎样说？"王家庆笑道："赢了固然是有钱拿着走，若是输了，就可以向督理办临时借款，不是不要紧吗？"仇世雄哈哈大笑道："我这是输赢两吃亏了，哪儿有这样的好主子可找，我愿意去找一位。"王家庆笑道："借虽然是借，那不过临时移挪一下。听督理这样说，好像我借了钱就不肯还似的。这样说，越发地要陪督理打一场，反正是不花钱啦。"

大家说笑了一阵，仇世雄道："二位既然答应来，可是还差一角，哪位肯来凑齐这一副场面？"说时，一个须发斑白的老者走了进来。他穿了青摹本缎长袍，绛色摹本缎马褂，戴着一顶红顶小瓜皮帽。手上拿了一根手杖当着拐棍，一步用棍子一戳地，弯着腰对仇世雄拱拱手，说道："恭喜恭喜。"原来这人是仇世雄的老同事，仇世雄当第一旅长的时候，他当第二旅长。因为是绿营底子出身，不合于带新军，所以仇世雄往上升，他就往下落了。不过当年他驻防的地方，是一个边区，他虽然是个小旅长，山中无老虎，猴子为大王，他在那里，很阔了一阵，敞开来种了三年鸦片，收了三年烟捐上腰，家产就在百万上下了。他姓富，双名彦权，人家却故意把他名字叫错，叫成富烟捐。这时他恭喜了两声，仇世雄道："老大哥，我有什么可喜，什么可贺呢？"富彦权笑道："是呀，我一进门，看见这里满堂宾客，热热闹闹，好像有什么喜事似的，我就随便道起喜来。你这一提起，我自己也莫名其妙。"仇世雄道："你瞧我这位大哥是多么模糊，自己给人道了喜，自己却是莫名其妙，这事可是太有趣了。"富彦权笑道："谁不知道富烟捐又外号糊

155

涂虫，还用得着我来瞒你们吗？"大家一听，都笑了。

仇世雄道："我们现在打算凑一桌牌，正缺下一位，你来得正好，我们这牌算打成功了。"富彦权道："这儿有的是人，为什么要等了我来才能凑成？"仇世雄道："你不是自己承认了是富烟捐吗？谁不知道富烟捐发过一注子财，不赢你几个钱，应该赢谁的钱呢？"富彦权道："还不定谁输谁赢呢？督理别看我年老。我是合了戏词上的两句话，虎老雄心在，年迈力刚强。"他说时，手上拿着手杖的钩子，手晃着在空中绕了一个圈圈，于是两只手比着势子，脚接上一顿，嘴里又卷着舌头，说了一声嘚嘚呛。这一来，大家越发笑得前仰后合。

本来在这种地方，大家因为主人是上司，不敢怎样放肆，都觉得沉闷。现在来了这样一个滑稽老头子，突然改变了空气，大家都不免欢喜起来。仇世雄对张国安道："张师长，你看我们这位老大哥这种情形，像文明戏里的小丑不像？"张国安还没有说话呢，富彦权在身上掏出一个眼镜匣子，取出一副大框眼镜，赶忙向鼻子一架，笑道："这样一化装，那就更像了。"说毕，将头低着，眼睛可由眼镜框子上面射出来看人，笑道："诸位以为这种神气对吗？"这时大家不但是大笑特笑，而且跟着鼓起掌来。仇世雄道："今天咱们不用听戏了，就瞧这一班人，也够乐的了。"张国安笑道："富老先生今天很是高兴，若是打牌，我看一定赢钱。"富彦权笑道："张师长，你不用把这话骗我上钩了。你就不说这话，我也是要来的。一来是督理的面子，二来我也就喜欢要钱。到了这里，我还会临阵脱逃吗？"仇世雄道："既然如此，好极了。事不宜迟，我们就动手。"富彦权笑道："督理这样高兴，不要有兴而来，无兴而返，回头打一个大败仗，可要埋怨我们这些人合伙儿来骗钱了。"仇世雄道："你以为这钱是我输定了吗？也许是你们凑合着再送上一批礼物呢。"

大家一面说笑着，就由仇世雄引他们到了一间静室来。那些听差，最欢迎的是伺候打牌这种差事。一抽头，总有个几百元，听到打牌的消息，大家忙成一团，早把场面摆好，仇世雄因为王家庆有言在先，输了要和督理借钱。他们虽然说的是笑话，也怕他们输了钱，真要这样办起来，那就允许不好，不允许也不好，便对富彦权笑道："大哥，我和你拼上了，各人先拿出一万块钱来收买筹码。将来谁赢了筹码，谁就兑钱走。省得下场的时候，输家开支票，有些心疼。"富彦权道："怎么讲？督理怕我输了会赖账吗？"仇世雄道："那倒不至于，但是我可有点儿这个脾气。你不是说我输定了吗？这样一来，你赢了就保险可以拿走。"富彦权听说，果然就开了一张支票，笑道："这一万块钱，输光了是没有话说。若是没有输光，把这张支票做押账，我明天拿现款来取支票，这办法成吗？"仇世雄道："只要下场拿到钱，什么办法都成。"

张国安见他两人这样比着现款，自己若是置若罔闻，未免有些不好意思，因此对王家庆望了一眼，王家庆手上拿着一根雪茄烟，在夹火柴的铜夹子里，取了一根火柴，俯着身躯，将火柴在匣子上擦。擦了一根，又擦了一根，接上擦了四五根，还没有燃着。他心里却只是打主意，怎么拿出一批款来打牌。张国安也过来擦火吸烟，顺便将手上燃着的火柴递给王家庆，因轻轻问道："你手边款子现成吗？"王家庆道："手边下哪有许多钱？我的款子，又全存在天津银行里，不能开支票。"张国安道："那也不要紧，我给你开一张支票垫上，你赢了不成问题，你输了将来到天津提款还我就成了。"二人商量了一阵，就由张国安开了两张一万元的支票，也交了出来买筹码。仇世雄道："你们都是支票，我就拿现洋吧。"就吩咐听差在账房里提一万元的钞票，同样地交出来，好在钞票都是百元一张的，并不嫌累赘。

大家将款交足，就动手打起牌来。仇世雄打牌的手腕，也像他做官的手腕一般，小牌不和，专作大牌。他上手便是富彦权，打牌极肯用心，知道仇世雄贪心重，扣张子扣得非常厉害。打了四圈牌，仇世雄还没有开张，筹码早是输得精光了。其余三家，多少都赢了些钱。大家把筹码拿出来，就把旁边桌上封存的钞票兑了回去。仇世雄眼看那一张一张的百元钞票，由人家纷纷地向身上揣起来，就暗中埋怨自己不该存了坏心眼，一定要和别人比什么现款。若是不比起来，他们哪里收得这样舒服。无论如何，我必得把这一批款子弄回来才好，便对听差道："你再去拿一万块钱来，越快越好。"回头对张国安道："还欠三位多少？我这里全把他给清。"张国安看仇世雄面色红红的，说这话有些负气的样子，便道："我们还要继续着往下打呢，下场再算吧。"仇世雄板着脸道："不！我一定要算清，我做事就是这样干脆。赢要赢个痛快，输也要输个痛快，还该三位多少，请各位算一算。"大家一看仇世雄那种决绝的样子，不要他的钱反嫌不好，只得照实数说出来，一共还要一千二百块钱。仇世雄对听差道："一万以外，还去给我拿一千二百元来，去啊！我舍得输，你倒舍不得拿吗？"听差见督理发了急，也不敢多说，背转身赶快就去拿了一千二百元来。

仇世雄将钱拿到手，把钞票点清了数目，分作三起，一个人面前放着一叠，然后把两只衫袖向上一抹，露出两只粗胳膊。两只手泼风也似的，将桌上的牌，全体都抄动了。口里说道："来来来！豁出去了，再输个一万二吧。"他们三家没有输钱，依旧拿了原来的筹码，和仇世雄战起来。又打了一圈，仇世雄依然没有起色。后来临到仇世雄的庄，一起牌，就得了十张索子，而且索子彼此相连，很容易上张。自己心里想着，这牌要作一副清一色，很不费事，无论如何，我要往这一条路上走。况且都下了买字，这牌若是和了，就可以捞本了。主意决定着，因此取上牌来，只要不是索子，马上就打。绕了两个圈，他又得了一张索子，手上就只有两张散牌了。恰好对面打了一张五索，仇世雄喊着碰子，打出一张一万去，于是手上只有一张散牌了。那张散牌，是一张二筒，倒无甚关系。可是他取牌的时候，他又取了一张二筒来。仇世雄骂道："不要你来的，你倒来了。"翻过来就打出去。到了上手张国安发牌的时候，又发出一张五索来，仇世雄看见，好不快活，把手中的三四索摊下，吃了这张五索。富彦权这时坐在对面，笑道："怎么着？督理既碰五索，又吃五索。"仇世雄道："不许这样吃吗？"顺手就把二筒放出去，张国安道："呀！这可不好，碰五索吃五索不算奇，打一对二筒，可就有些怪了，别是做索子吧？"仇世雄道："先那一张二筒，你们不是看见我在墩上翻过来就打出去的吗？我是对子多了，容不下，又不是存心拆对子。"

他虽然这样辩白，可是人家以为辩之愈急，其心愈伪，倒越发疑心了。他手里本有九索两张，一索两张，六七八索三张，这就算和一九索两对倒了。大家一看他始终没有打出一张索子，断定他和索子清一色无疑，因此牌绕了几个圈圈，一张索子都没有人敢发。仇世雄见牌快要取完，这一手好牌不和，实在可惜。表面故意做出很沉静的样子，手上拿了一张牌，在桌上慢慢地敲着。嘴里哼着"杨延辉坐宫院自思自叹"，毫不在乎似的，两只眼睛却不住地看着各家发牌，一点儿不敢忽略。富彦权笑道："我不知道督理手里究竟是不是清一色。"说时，把手上取的一张牌，颠了一颠。看见那牌上刻着一只翼然欲飞的小鸟，正是一张一索。便笑道："我正要和那张牌，你别打下来。打下来了，大概要值一万多呢。"富彦权依旧颠着牌道："打吧，我没有那个胆量。不打吧，那就要把我一手好牌取消。"张国安笑道："打不打，权操在富老先生，可是我的一手牌，早就拆得稀烂，不像个样儿了。"王家庆道："我也是这样，早就不想和。"仇世雄道："嘿，嘿，嘿，不能说了。再要往下说，就是打明的了。"富彦权的牌本就厉害，看见仇世雄那种望不到手的情形，更是不敢打，因此把那一张一索收了，打出了一张别的牌，笑道："我还是不要冒险吧。"仇世雄一看要索子出现，那是绝望了，要想和牌，除非自摸。到了这时，也毋须乎瞒人，因笑道："你们不打也不要紧，我有本领作清一色，我就有本领自摸着和哩。"富彦权笑道："除非如此，可是自摸也要赶快，因为牌要摸完了呢。"

　　说话之间，又摸了一圈，垫上的牌，每人只有两张的希望了，大家更是死留住索子，把其余的牌放开手来，乱七八糟打去。仇世雄下手王家庆，本有三张一筒在手，他随便一摸，摸了一张一筒向外面一放，说道："一筒，没有人要的。"仇世雄道："怎么没有人要？我要的就是它呀。"说毕，把自己面前的牌，望外一摊。富彦权道："怎么着？不是清一色吗？我们可上当了。"仇世雄道："怎么不是清一色？你瞧瞧牌看。"富彦权见他摊出来的牌，是六七八索，一九索两对，笑道："哎呀，督理，你和错了。王参谋长打的是一筒。不是一索，你怎么能和哩？"仇世雄道："怎么不能和？这有名堂的，叫作雀食饼，一筒就当一索，你老打牌的人，这一个规矩都不懂吗？"富彦权笑道："我真没有听见这种说法，今天才知道呢。"仇世雄把脸一板，将牌一推，说道："这是怪话了，难道我还赖你们不成？"富彦权赔着笑脸道："言重了，我不过没有遇到，听是听见说过哩。这雀食饼是有限制的，只许清一色的一索，才可以和一筒，其他是不行的。"仇世雄道："这不结了？能和的牌，我为你们不懂，就不和不成？"张国安、王家庆本都没有听见说什么叫雀吃饼，原不愿意承认。可是现在一见仇世雄生气，富彦权又说是有的，也不好来持异议，只得照着清一色三番的和数，付给仇世雄的钱。

自这一牌和成之后，仇世雄就不断地和起来，不但输了的钱完全捞回，而且赢了七八千元。王家庆心里想道：这是哪里说起，凭空闹出一个雀食饼来。做督理的人，治军有权罢了，打牌他也有权，这倒真是笑话。你能雀食饼，我们就不能雀食饼吗？我若有那个机会，我一定也要作一回索子清一色，来一回雀食饼。至于富彦权、张国安虽然也是心里不服，也不过是不敢言而敢怒，倒没有存报复之念。大家在默默无言中，继续地将牌打下去。仇世雄自己一个人，却是十分兴高采烈，越打越有趣。也是事有凑巧，不到两圈，王家庆也起了一手全是索子的牌。他这一手牌，只吃了一铺索子下地，在场的人，都不知道他是清一色。这个时候，仇世雄无意中打了一张一筒，王家庆笑着将牌摊了出来，站起身来，拍着手道："雀食饼，雀食饼！"大家看他的牌时，乃是和一五索两对倒，现在一筒打出来，他正好雀吃饼。富彦权、张国安以为有例在先，当然无话可说，便道："这事可真奇了，有一回雀食饼，就有二回雀食饼。"

仇世雄道："你们这又是外行话了，他是和一五索，怎能和一筒？"张国安道："他是和雀食饼呢。"仇世雄道："不对！不对！这雀食饼有规矩的，只许食一回，不许食两回。我先和，饼由我的雀食了。王参谋后和，那就不成了。"王家庆听了这话，心里就有些不服气，同是在一桌打牌，怎样他的雀能食饼，我的雀就不能食饼呢？果然只许州官放火，不许百姓点灯吗？这要是别人说这种话，非走上前打他两个嘴巴不可。无奈仇世雄是一个督理，没有和他争吵的地位，只得淡笑了一声，说道："原来这雀食饼，只许食一回的，可不知道什么缘故，只许食一回？"仇世雄道："那是打牌的规矩，有谁知道呢？这除了发明的人明白，别人是不会明白。要问起怎么样来，那可够问了，为什么清一色算三台？为什么中发白要算一台？我们也只好照规矩打牌就是了，谁能够说出所以然来呢？"张国安、富彦权对先前那一回雀食饼，已经认为很冤枉了，现在又要认一回，乃是冤上加冤。仇世雄既然说雀食饼只许一回，不许二回，落得附和着他，省了一笔大款。王家庆见大家的意思，都是一样，一人也难敌众人意，只得默然认错，笑道："这牌还要算我诈和吗？"仇世雄道："照例是要算诈和的，不过不知者不罪。你既然不明这缘故，当然不能算诈和，这牌就这样算了吧。"说毕，两只手将桌上的牌一阵和弄，各人的牌都乱了，王家庆就是坚持不答应，也来不及了，第二个四圈牌打完，仇世雄反赢了一万多。好在其余的三个人，还算输得平均，从此罢手，就不勉强再来了。依着仇世雄的意思，还要打四圈，张国安道："不吧？听戏去吧。"

于是大家散了场，共同到戏场上来。正中的地位，早给仇世雄安了一席，空着没有人敢坐。仇世雄一出来，空席旁边坐下听戏的，便陆陆续续站起。后面看戏的，见中间有一排人站起，不好意思坐了不动，也站起来。坐在最前面的，听见身后纷纷扰扰，一阵响动，回头一看，原来督理到了，大家起身欢迎呢，因此不约而同地也跟着站了起来。仇世雄将手向两边乱招，口里随着说道："诸位坐下，诸位坐下。"说时，自己先向那空椅子上一坐。这些人见督理坐了，然后才敢安然坐下去。看了一会儿戏，台上尽管唱得有劲，台底下却没有人鼓掌欢迎。仇世雄对富彦权道："老富，你瞧，这好的戏，他们都不叫好。台上唱戏的，不要气死人吗？"富彦权道："他们先前原是叫好的，因为看见督理出来了，不敢放肆呢。"仇世雄道："那更要不得了。唱在头里的，他们叫好，唱在后面的，反不理会。人家不明白这层道理的，不要疑心说我们嫌戏不好吗？他们若以为我在这里，不好意思叫出来，我这就先叫，大家跟着我学，那总没有错的。"说毕，等着台上唱戏要好一个机会，果然提起嗓子，先叫了两声好。掉头对四围在座的人一望，然后说道："诸位，你们跟着我叫好。听戏不叫好，不要憋死人吗？到了这儿来的，大家都是听戏的，诸位别以为我是督理，我在座，诸位就不能叫好，要知道我是来听戏的，诸位也是来听戏的，诸位叫诸位的好，我怎么管得着呢，你们跟着我叫吧。"于是又叫了一声，大家见他如此说，放开了胆子，紧跟着叫了一声好。仇世雄笑道："这就对了，要像刚才那样子，就闷得慌了。"自此以后，仇世雄叫好，大家也叫好，仇世雄先叫一个好字，众人跟着上，倒像叫口令一般，惹得唱戏的人，都忍俊不禁起来。

过了一会儿，台上唱的是《大登殿》，薛平贵做皇帝，仇世雄对富彦权道："老富，我很仿佛了，哪一朝皇帝姓薛？"富彦权虽然读书不多，鼓儿词倒很看过几部，笑道："这也透着奇怪，没有在什么书上看见过这一档子事。这人既然叫薛平贵，和薛仁贵的名字，倒差不多。《隋唐演义》上，说唐朝是把长安城当京城。现在这薛平贵也在长安登位，不要就是薛仁贵的弟兄做了皇帝吧？"王家庆道："不对，唐朝皇帝都是李世民的后代，应该姓李，不会姓薛。"仇世雄道："对了，唐朝的皇帝都姓李，也许薛平贵就是接了唐朝的手做皇帝的。"张国安道："薛平贵不是中国的皇帝，是西凉的皇帝。"仇世雄道："西凉在什么地方，大概是番邦吧？那应该是蒙古，或者东三省才对。那些地方，在清朝以前，不是都叫番邦吗？"富彦权道："据我看，还是中国的皇帝。咱们看过全部《红鬃烈马》这出戏，就知道薛平贵原在西凉做皇帝，后来在长安登基，就坐了大唐天下了。"仇世雄道："这样说，还是他接了唐朝的天下了。可是人家开口就说唐宋元明清，不是宋朝接了唐朝的手吗？宋朝开国的皇帝是赵匡胤，姓赵不姓薛。"张国安道："赵匡胤也不是接唐朝的手呢。前天我看了一本新排的戏，叫《飞龙传》。赵匡胤、郑子明、柴荣三人拜把子。后来柴荣也不知道怎样做了皇帝，国号大周。柴王死了，他的太子不中用，就把天下让给了赵匡胤。"富彦权一拍腿道："不错，是这样的，我们看《斩黄袍》那一出戏，赵匡胤登基，不就是这样平平稳稳上台，没有打仗吗？"仇世雄道："这样说，赵匡胤得的是周朝天下了。那秦始皇又是在他前，在他后呢？"

这一问，问得大家又莫名其妙。富彦权笑道："历史这样东西，最是不容易闹清，我们不要管了，还是听戏吧。"仇世雄笑道："真笑话了，咱们这些人，连一个朝代都弄不清，人家不要骂咱们是浑小子吗？"富彦权笑道："当年也有人劝过我，说是可以看看纲鉴。我倒是看过几页，看得头昏脑涨，真是苦不堪言。这话一说，又是好几年了，叫咱们这时再去看历史书，八十岁学吹鼓手，那怎样办得到？"仇世雄笑道："关起门来是一家人，这话说了不要紧，若是有外人在这里，把这话一传到新闻记者耳朵里去了，那真够他挖苦的了。"张国安笑道："那怕什么？咱们是耍枪杆儿的，又不是耍笔杆儿的。他要笑咱们不懂历史，叫他们跟着咱们到战壕里待个一半天，他敢吗？"仇世雄笑道："这话倒也有理，各干各的，只要自己的本分干得出色，哪怕他笑什么呢？"大家一面说，一面听戏，其余的人，见督理这样放浪形骸，胆子也就大了，谈话的尽管谈话，叫好的也尽管叫好，就十分自由了。

看了几出戏，天色已晚，就开席吃饭，其余的人都出去，另外有地方吃饭。唯有仇世雄不同，就在戏场上吃饭，由富彦权和张、王、刘、李四个上等角色奉陪。那个时候，台上正在唱《碰碑》，杨继业带着四个老军踉踉跄跄地走上台，扮杨继业的，唱了一大段，四个老军就说雁来了。杨继业一抽弓打雁，弓弦又断了。仇世雄道："拿枪杆儿的，扒到咱们这一步田地，总算不错了。住着高大的洋房，吃的是鱼翅海参，多么快活。要是像杨继业这么一样，又冻又饿，这大年纪，还落一个阵亡，什么意思？这个扮杨令公的，实在可怜，也许他真饿了。还有那四个老军，也怪可怜的。"便向张国安道："酒席预备得有多吗？"张国安道："有多，多两桌呢。"仇世雄道："那很好，赏一桌给杨继业和那四个老军吃。咱们都是扛枪杆儿的，这也叫兔死狐悲，物伤其类啦。"张国安听了这话，果然吩咐听差，赏他们一席酒。那扮杨继业的，本来是个名角，倒不算什么。唯有这四个老军，是戏班子里的跑龙套，每天挣个数十子儿，吃窝窝头有时候都发生问题，哪里吃过这种鱼翅烧烤席？今天晚上开了这个荤，真是平生一大纪念。因此吃过饭之后，四个人彼此相约在一起，都到仇世雄面前来，给督理叩头谢赏。仇世雄一见他四人骨瘦如柴，面无人色，老大不忍，便道："唱完了戏，你们别走，我另外赏你们几个钱。"那四个当跑龙套的，齐声道了一句谢谢，接上腿一屈，一个请安，然后大家才相率退去。

这一晚上戏，全是仇世雄亲自点定的，自然看到心满意足，一直到次日清晨七时，戏才完毕。仇世雄将戏看完，也就伸了一个懒腰，人已是十分疲倦了。笑着对张国安道："嘿！听戏这件事，也有这样子累人。"说毕，站起身来，就要回房去睡觉。刚走一步，忽然想起昨晚上对那四个跑龙套说，叫他们戏完了到这里来领赏。现在自己要去睡，岂

163

不失信于人？因对马弁说，今天我累了，不能等他们，你对这班子里首领说，叫他们明天下午到我这里来领赏。马弁说，叫他们都来吗？仇世雄一句话说错了，又不好意思说只赏几个人，因道："自然叫他们都来。你告诉他们，虽然不能给他们多少，反正也赔不了车钱。"马弁答应出去了。

这些唱戏的，听说仇督理有赏钱，料想也不会少，听着无不高兴。到了次日大家衣冠齐整，便到仇督理家里领赏。仇世雄昨天说了，反正赔不了车钱，那就暗示花钱不多，以为他们必不肯来。不料他们误会了此意，竟当着是一笔大财喜，纷纷前来。事到其间，面子关系，也没法维持。好在自己雀食饼那一牌三番，冤枉挣了一万多块钱，在那个数目里提出几分之几来做赏钱，那也就尽够了，而且自己还有一样东西，可以代替赏银，自己也就费不了多少钱，因此也就大步走到客厅里来和这些戏子相见。这些戏子，虽然并不是分组谒见，无形之中，也就分了一个阶级，名角儿站在客厅里，配角儿就退后一层。至于零碎跑龙套之类，就不觉站在院子外去。仇世雄一出来，当名角儿的他还知道鞠躬，其余的人，手忙脚乱，却不知道怎样是好。也有请安的，也有作揖的，也有跪了下去的，乌七八糟，乱了一阵子。

仇世雄笑道："这次堂会，你们唱得很卖力，我觉得很不错。不过这次堂会，是大家送我的，并不是我自己做主人。今天叫你们，不过我有点儿小意思，让你们弄俩散钱，多买两包茶叶喝。"大家站在两边，静悄悄地听仇世雄说，也没有哪个作声。仇世雄口里吸着雪茄，背着两只手，立在中间。两只足尖并立着，身子一颠一颠的，对大家望着。先在左边，一个一个由上望下去。后在右边，一个一个由下看上来。凡是在前面的人，似乎都被他打量了一番。大家心里都很怀疑，不知道他是何用意。仇世雄把各人看了一遍，然后便说道："我看你们，十有九停，都是抽鸦片烟的。你们直说，谁抽烟，谁不抽烟。"

这一个问题说出来，实在令人有些难于奉答。要说照实说出来吧？怕他要罚抽烟的。不过大家都知道的，仇世雄也是一根老枪，每日非来几口，不能办事。若说他自己抽烟，反要罚别人抽烟，没有这种道理。也许他问出这句话来，却是好意。若说不直说吧？设若他要检验起来，抽烟与说谎，要二罪俱罚。因此大家你望着我，我望着你，面面相觑，不知如何是好。仇世雄见他们都不肯作声，也知道他们的心理，便道："你们尽管直说，只有好处，没有坏处的。我不瞒你们说，我就爱玩儿两口，你们也许早已知道。你想，我自己也抽烟，能把你们怎样吗？不过有一层，你们不会抽烟的，也不要冒充，我生平就最不喜欢撒谎的朋友。"仇世雄说了这一遍，大家仍是默然，没有人作声。仇世雄笑道："有了，我有办法了。你们抽烟的，现在都站在右边，不抽烟的，都站在左边。大家老老实实地分开来站着，我自然就给你们的赏号了。"大家不知道是吉是凶，姑照他的话，分两边站着。

仇世雄笑嘻嘻地对马弁说道："你把我预备的那些东西拿出来。"马弁答应一声是，一会儿工夫，抬出几筐子东西来。筐子上面，原覆着一方白布，把白布一掀，里面却是挺大的一个西瓜似的烟土。这一下子，把那些抽烟的直望得垂涎三尺，谁也不料仇世雄会抬出这种东西来。仇世雄就吩咐几个听差，拿了刀子来，将烟土切开，无论是谁，只要是站在抽烟这一边的，每人都给他烟土二斤。抽烟的人，你给他别的什么，那也罢了。你给他这上等烟土，真是天高地厚之恩，乐得大家眉飞色舞。至于这些不抽烟的人，仇世雄就吩咐听差，每人给他五十元钞票。好在这些戏子，十有七八都是领烟土的，仇世雄所花的现钱，那也有限。大家领赏，分班地和仇世雄道了谢，各自出去。仇世雄笑道："今天这一班烟鬼，可真乐坏了。"回头一问听差道："咱们带来的烟土，现在还有多少？"听差道："大概还有个二三千两。"仇世雄道："你去告诉那代卖的魏先生，得价就卖了吧，咱们该打算出京了。"听差答应了几个是。

仇世雄觉得今天这事办得很是豪爽，自己非常地痛快，背着两只手，只管在大厅里走来走去。一会儿天色晚了，自己乘着朦胧的月色，在前后院子里散步。信脚走到后面套院里去，只见靠着马棚那一带的下房，灯亮辉煌，人声嘈杂。自己心里一动，这地方很偏僻，哪来的许多人？便听见里面噼一声，啪一声，原来正在打牌。他一时高兴，就要上前看看是些什么人赌钱，便走到屋子外面，在一个纸窟窿里，向屋子里张看。这里原是马夫住的屋子，所以里面也有电灯。电灯下面，有四个人在那里打牌。四个人以外，也有四五个人站在那里看。大家带说笑，带赌钱，好不热闹。最可怪的，就是大家嚷着红中白板而外，有什么小雀儿，有什么大饼。不多大一会儿，大家狂笑起来。打牌的和身后看牌的，都嚷着道"雀食饼了"，仇世雄这才明白，雀食饼这件事，他们也学会了。刚才所说小雀儿和大饼，就是指着一索和一筒呢。但是那人和了之后，一算和数，并不大，不过是平常的程度。仇世雄一想，这又奇了。他们的雀食饼，当然学的是我的。不能在我发明这件事以外，还有个什么雀食饼。怎么他们的雀食饼，并不是和大牌呢？

自己站在窗户外纳闷儿，又看了一牌。到了第三牌结束的时候，里面的人，一阵喧哗，又嚷起雀食饼来，就有人说道："咱们督理，真是害死人，好好地闹出一个什么雀食饼来？你瞧，今天晚上，这个和雀食饼，那个和雀食饼，把我几个钱全食去了。"就有人笑道："人家会雀食饼，你不会雀食饼吗？这是大家一样的事，怎么你一个人吃亏呢？"那人道："你不知道，我的记心最坏，总不记得一对一索，能和一筒，所以老占不着这便宜。我要是个阔人，我得问问咱们督理，凭什么一索能和一筒，又叫什么雀食饼？"仇世雄听了这话，觉得他们误会太深，实在忍耐不住了，要对他们说个清楚明白。这样一转念头，掉转身，一脚便跨进屋去。大家听到脚步声，一回头，见是督理来了。事出意外，都吓得魂不附体，要知这事怎样了结，下回交代。

第十六回

大纛高张公团请愿
重金广集寿典投资

却说仇世雄走进屋子去，这些下人，忽然看见督理来了，躲既没法子躲，桌上的牌，又收不起来，都吓得面无人色。仇世雄却不慌不忙，从从容容地对大家说道："你们不要怕，只要平平稳稳地在家里耍小钱，不闹出什么乱子来，那我也不管你们。不过刚才你们闹什么雀食饼，胡闹一阵子，却是不对。这雀食饼的规矩，是要和清一色，才可以的，而且也只许一回，不许两回，刚才我听你们说，有埋怨我发明这事的。你们哪里知道，老早就有这个规矩，不过他们都忘了，就是我还记得。"那些听差护兵，只好听着他说，哪里还敢说什么。仇世雄道："我这样一说，你们都明白了没有？"有两个护兵，死命地挣扎着，哼出两个字来，乃是明白了。仇世雄道："以后你们在外面耍钱，不闹这个雀食饼也好，就是要闹，不许说是我发明的，要让你们这样一说，我倒成了赵匡胤的赌，只许赢不许输啦。"大家唯唯称是，仇世雄也不便在这里久留，转身自去了。

可是仇世雄这一番叮嘱，不但不生效力，这些下人，越发知道他是赵匡胤的赌法，一传说开去，闹成了一个很大的笑话。别人听了也罢，唯有这两湖的人听了，心里不大受用，以为我们省里的最高长官，却是这样一个角色，哪里还有政治清明之望？恰好他们省里有几位下野的长官，主张军民分治，便鼓动旅京同乡，要民选省长。仇督理以后专理军事，将省长一席让出来。在这个时候，各省自治运动，很是发达，东一组，西一组，今日请愿，明日开会，弄得很热闹。他们这一组，会址设在长江会馆，为首的人是姜公望，嘴也会说，腿也会跪，倒是一般奔走民治者所崇拜。当仇世雄在京的时候，他们曾屡次开会，都由政府命地方当局加意监督，没让他们闹什么玩意儿。后来仇世雄走了，政府也就不管这些闲事，由他们去闹，况且这时候民治运动有风起云涌之势，要管也来不及，乐得装些模糊，也落个不阻碍民治的好名。姜公望把这一层看透了，便约了代表高弥坚、严益壮、厉民行三位商量一番，决定定期开同乡紧急大会，商议一切。

姜公望住在长江会馆的西厅，他们几个代表会议的地点，就在这里。姜公望对高、严、厉三位代表道："关起门来，我们都是自己人，有话自然不妨公开地说，我们虽然是为本省人争口气，其实我们一半也是替王平老帮忙。无论就公私哪一方面论，省长是非给王平老不可的。照公说，他实在是一个人才，其他竞争省长的人，哪个比得上？照私说，平老对于我们，实在客气。将来回省去了，我们一定可以合作。现在各方面看见我们办得有声有色，怕我们成功，都成了一个破坏的心事。"严益壮将右手捏着一个拳头，在左手巴掌心里一拍，说道："这一班东西，就是我们三楚的蟊贼，要民治发展，非先剪除这班民贼不可。"

高弥坚摸着两撇胡子，笑了一笑，说道："我看不然，这个时候，我们只可以和他敷衍，不可和他决裂。你想我们大家高唱救省的时候，要同心同力打倒民治的障碍，才是正理。如今刚刚动手，就内讧起来，一则教对手方好笑，二则政府说我们等于儿戏，也要看不起。"姜公望道："这话对了，我们万万不可自己打起吵子来。一打起吵子，我们就得分一半工夫对内，怎么好办事呢？"高弥坚道："我们且不要发空论，先看一看是哪些人捣乱得厉害，我们就好见机行事，不要让他闹出大乱子来。"姜公望道："现在我们的劲敌，共是两组，一组是卫大道部下的，一组是陆干臣部下的。卫大道这一组，闹得尤其是厉害。听说替他去请愿的，每人都有些车马费，而且遇到开会之先，照例贴一桌午饭。我们只是用几句漂亮话鼓动人家，那怎样维持得久？依我的意思，我们也要改变方针才好。"厉民行道："公望兄这句话，是先得我心，我早就有这意思，不过说出来，怕引起各方的误会，所以容忍没说。现在已

168

经有人行之于先，我们为正当防卫起见，不能不办起来。我看就公推公望兄去见平老，征求他的同意，我想平老素性慷慨，绝没有什么不答应的。"高弥坚道："果然要这样办，成大事者不惜小费。我们现在弄得这样轰轰烈烈的，若就为省几个车马费，把事弄糟，那太不合算。"

姜公望道："见平老我是可以去，不过我一个人去有些不便，最好三位和兄弟一路去，也见得事是公开的。"严益壮道："笑话了，难道我们还能说公望兄是秘密接洽吗？况且事实上，公望也就是我们的总代表，有公望兄出来，总可以代表我们。"姜公望道："不是那样说，我们大家去见平老，也显得这事比较重要，并不是我们自己有什么相信不过。再说平老为人，最爱的是一个面子，我一个人去，事情仿佛是私人接洽。若有四个代表去，是一种请求的意味，他就出几个钱，光明正大，也痛快得多了。"大家听他说要这样才合王平老的脾胃，大家原是替王平老办事，哪有不望他高兴之理？当时大家议定，就照着姜公望的话，一路去见王平老。

这王平老是个老官僚，做过许多次特任职。他单名一个坦字，号平园。他的旅京同乡，对他分三层称呼。资格最浅的，或者从来和他没有见过面的，都称他为王总长。在同乡会开会，到过会见过王坦的，知道他是同乡会的会长，就叫他会长。去了官职，叙起乡谊，似乎亲热一些了。再进一层，就是在京的京官，为他长了两撇胡子，既不便称他以先的官衔，又不能不尊重一点儿，所以把他的号缩去一个字称为平老。在北京城里，人要称到什么老，那是了不得的事。王坦仅仅一个总长，自然谈不到此。不过这一个王平老，是有限制的，只是北京同乡适用。这也是各省旅京人士，一种妙不可言的成例，考是无考证的。这些当代表的人，他可以代表旅京同乡对内外说话。在会馆里开起会来，也像参、众两院的议员一样，地位非常高的。地位既高，就不能随着普通的人称王坦为总长或者会长，因此他们都不约而同地取得最优等的资格，称王坦为王平老。而且说到王平老三个字，都是摇头摆脑，津津有味的。

这天四位代表在会馆开了四头会议已毕，就坐了四辆包钟点的人力车，一直到高升胡同王宅来求见。那王宅门房认得是四位代表，连忙迎上前来向内客厅里引，说道："刚才总长还吩咐打电话请姜先生呢，来得正好，大概总长有要紧的话说呢。"他们四人在内客厅坐着等候，门房就到上房去通禀，不多大一会儿，王坦手上捧一管水烟袋，由玻璃屏风后转了出来。四人一见，连忙一齐站起。王坦笑道："请坐请坐，诸位今天是怎样的忙法？"姜公望道："这两天倒是清闲一点儿，不过从此以后，怕要忙了。"说毕，四个人陆陆续续坐下了。大家都侧着身子，脸向着王坦。

王坦坐在一张太师椅上，抽了两袋水烟，将烟袋放在桌上，然后在衫袖笼里抽出一方叠着的手绢，捂住嘴咳了两声，这才问道："今天有什么消息吗？"高弥坚两只手比着膝盖，正着脸色说道："这几天奔走的成绩，倒是不错，就是我们同乡的人，不顾利害，有一部分捣乱分子出现，这事也许平老已经知道。"王坦把三个指头将桌子轻轻一拍，叹了一口气道："中国之所以不强，就在于此。没有哪一个人，肯在公益上把私利看轻些。我知道这捣乱的没有别人，就是大道、干臣手下那些人，有意和我为难，其实大道、干臣，和我都是多年的老友，没有什么事不可商量的。我早也就对大道说了，我已经年老，应该休养休养，劝他回省去维持。他是左一个揖，右一个揖，说办不了，还是老大哥出马的好。干臣呢，更不必说，专干慈善事业。近来又和一些老名士混在一处，吟诗作赋，好不风流潇洒。一和他提到做官，他就摇手不迭，说是不干这个事了。其余的几位同乡人才呢，也有怕到南方去的，也有办着事不能离开的。也有资望太浅，不能回去的。因为这种缘故，所以我才自告奋勇，愿为桑梓尽力，不料到了这时，他们又眼红起来，半路里走出来截杀一阵，真是岂有此理！"

姜公望见王坦有些不平的样子，觉得有机可乘，便说道："我们省里的事，除了平老，实在也没有人可以收拾。换一个人回省，不过替仇世雄做账房做书记，那有什么用？他们要出来竞争，除了他二三私人而外，我想没有人不反对的。这种捣乱的分子，无论如何，我们要先扑灭他。"严益壮道："明天会馆里开会，我就可以当场宣布他们的黑幕。"王坦听了，用手绢左右揩着胡子，微笑了一笑。姜公望道："那倒不必，他们用暗斗的手腕来破坏，我们也就用暗斗的手腕来制止他。先一吵出来，究竟是我们同乡一道裂痕。"王坦听了点了一点头，又微笑了一笑。

厉民行到了此时，实在有些忍耐不住了，微微地咳嗽了一声，然后说道："还有一件事，得告诉平老。"王坦转脸来问道："什么事？"厉民行望着姜公望道："公望兄，我们不是很考量了一些时候吗？这事我们总是要办的。"这才掉过脸来对王坦道："听说他们那些人，也请过几次愿。本来是没有什么人，因为他们既出夫马费，又请到会的人吃午饭，所以居然有人奔走。"王坦笑道："这种笑话，当然也是不能免的。"姜公望道："公望的意思，以为这事虽然不是正当手腕，不过对于同乡，也不妨有一种联络，平老以为怎样？"王坦沉默了一会儿，扶起水烟袋来，站在旁边的听差看见，就点了一根纸煤儿送上，王坦反向姜公望道："诸位的意思，以为应该怎样办呢？"说着，拿了纸煤儿点烟，抽个不息。那意思，却是静等姜公望的回话。

姜公望道："以公望的意思，这事并不是由我们开始，办起来也不要紧，况且他们既已举行多时，我们不办，他越发要大大地施展起来了。公望总怕为着这一点儿小问题，将全局都牵动了。"王坦抽了两袋水烟，然后才说道："大概要多少钱呢？"姜公望道："这原没有一定，依公望的计算，至少也要七八百元。"王坦道："既然只要这些钱，那倒不值什么，就在我这里先拿一千块钱去。这话也不妨对诸位直说，并不是我拿出一千块钱来，做什么省长运动费，无非怕我们的团体破裂了，想一点儿法子出来维持。为了桑梓的事，就是花个千儿八百，那也很不算什么。"姜公望道："是的是的，有了这一千块钱，一定可以铺张一下，若是很有一点儿成绩……"姜公望说到这里，不往下说，望着王坦的脸，把话音极力地拖长。王坦道："若真能有些成绩，我这里还可以筹一点儿款子。总而言之，这事我们办得很有些声势，若是闹到半途，烟销火冷，诸位固然是白忙了，就是我很无意思的。为人做事，成功不成功，那是断不定的，但是有一点儿机会还在，不可轻易放过。"

姜公望一行四人，听到他说并不是以一千元为限，这钱出了还可以出，很是欢喜。姜公望一回头望着三人道："三位今天且不要散开，就回会馆想出进行的办法来。"王坦道："他们既早有预备，心存破坏，我们是补救的意味，当然也缓不得。"回头便对听差道："你到里面拿一千块钱出来，这是现用的，不必开支票，就拿现钱吧。"听差答应去了，一会儿工夫，就拿出一大叠钞票出来，交给王坦。王坦顺手便递给姜公望说道："这个且先拿去，将来不够用的时候，我自然再要筹划。"姜公望看见钱来，早是站起身来，弯着腰用双手去接那钱。钱接在手，倒没了主意。这一大叠子票子，是就揣在身上好呢，是放在桌上好呢？在他这样踌躇之间，票子捧在手上，好像不知所措的样子。王坦以为他不愿管这钱，有些避嫌的意味，便笑道："你只管拿去支配，这一点儿钱还能谈到什么责任问题吗？公望若是不肯一人管理，就交与高君也可以。"他这样一说，姜公望倒不便老把钞票拿着，便递与高弥坚，说道："高兄，你人最稳当，请你暂拿着吧。"高弥坚道："只要能负责办理的事，那我总可以负责去办。"姜公望心想，我是叫你暂时揣着这钱，怎样你倒认为是由你支配，你真是不易惹的角色了，便对王坦道："现在没有什么可说的了，我们暂且回去。"王坦点点头。

他们一行四人告辞出来，四辆包钟点的车子都还在门口。原来这些当代表的人，就是嘴忙与腿忙，都应该有一辆包月车，随时要走便走，才不至于误事。可是大家又都是穷凑付的生活，过一天算一天，又不敢拿出十七八元来专赁一辆包车，包了也觉不合算。于是不得已而思其次，想出这包钟点的办法来。什么时候出门，什么时候就包定车子。坐多少钟点，给多少钟点的钱。这样一来有包车可坐，也就不浪费。他们这四位代表情形都差不多，所以四个人各包了一辆车。这时大家走出门，那些车夫不约而同地说了一句下来了，拉了车把凑上前去，各昂着头问一声："先生上哪儿？"姜公望正打算说回会馆，高弥坚道："公望，回家也不赶上晚饭，我们到一家小馆子去吃一点儿东西吧？"严益壮、厉民行眼见他身上揣着一千元钞票，大家够花一阵子的了，吃一餐小馆子，那很不算什么，不约而同地答应了一声好。这又不是花姜公望的钱，他也极表同情，于是四人驱车向一家四川馆子而来。花了五元钱，大家饱餐一顿，这才回会馆。

姜公望见高弥坚把钞票老揣在身上，没有拿出来的意思，便笑道："老高，你的意思怎么样？我们是撒开手一花呢？还是尽这一千元支配呢？"高弥坚道："这虽然是平老的钱，多花几个于他也无伤。可是难得他这样慷慨，居然拿出许多钱来，维持我们这个团体。我们虽不必节省，以致坏了大事，可是也犯不着把人家的钱来浪费。"姜公望道："那是自然，这钱就是放在我这里，我决定是公开地用，有一笔记一笔。用完了也好，没用完也好，自然列一个总账报告到王平老那里去。"高弥坚听了这话，默然不语，拿了一根烟卷，坐在一边，只是抽着烟出神。严益壮看见高弥坚将钱揣在身上，大有独吞之势，也有些不服，便道："公望兄管款，我们是信得过的。不过这是公众的事，能够共同处置，那也很好。弥坚兄，你且把钱拿出来，我们四人当面点数，存在公望兄这里。"高弥坚正色道："这个我得考虑考虑，我们在王平老那里拿钱的时候，不是公望兄不肯收下，交给我管的吗？在王平老一方面，一定只知道钱是我管。若要是共同处理，钱是大家用了，责任却归我一个人去负，这个事，我不敢答应。"姜公望听他说这样的硬话，不由得不生气，便道："这是公款，就是由弥坚兄管理也不要紧，难道还怕老哥独吞了下去吗？不过这样办，阁下的责任，要格外加上几倍吧？"

厉民行虽然不是姜公望一党，看见高弥坚把一千块钱一个人独藏起来，也不由得眼睛里冒火，说道："这是值不得争论的一件事情，公家的钱，共同来管着用，不是存私心的人，就不应该持反对的态度，就以取决多数来说吧。我们四个人都是代表，现在大家都主张共同支配，就是弥坚兄主张独裁，论情论理，似乎都说不过去。既然弥坚兄说，对平老负不起这个责任，这也无妨，我们不妨多跑一趟，去见平老面说。公望兄！走！我们一路去见平老去。我厉某为人，就见不得这个。"高弥坚道："厉大哥，要我拿出来也不算什么，你何必放这样的冲天炮哩？"

姜公望见高弥坚已有拿钱出来的意思，便笑着说道："弥坚兄，并不是我们三人要锱铢计较。因为这项公款，是平老亲手交给我们的，又是大家亲眼看见的，我们四人都得负些责任。公家的事，办好了，不见有谁来酬谢。若是办坏了，指摘的人，可就很多，所以我的意思，以为公家的事，最好多几个人负责。反正这几个钱，谁也咬不了一边到肚里去存着，只要有账可稽，谁管也可以，我又何必过问呢？"高弥坚伸手把身上的钞票掏出来，向桌子上一拍，冷笑道："就是这几个钱，我姓高的也曾见过，何至于大家就红起脸来？谈到有账可稽，我倒是很愿意听。从此以后，我们就一笔一笔开出来，谁也不要占半边铜子。不错，

173

今天是我发起的，在小馆子里吃了一顿。这一顿饭，和公家没有什么关系，不能算公家的账，共是五块钱，我们一个人要摊一块二毛五。诸位愿认就认，若是不愿认的话，我高某虽穷，这一个小东，我还做得起。"三个人听了他这话，都面面相觑，高弥坚道："这样子，诸位是不肯出款，不要紧，由我垫了。"说毕，在身上又掏出一个皮夹子，在里面拿出一张五元的钞票，向桌上一扔，说道："补上这个，那一千块钱，算是还没有残破，三位哪个愿意接收，就当面点明。若是过了时候，少了数目，我高某人可不负责任。"

这一来，事情越发地僵了，到底严益壮能够转圜，将五元票捡了起来，塞在高弥坚手里，一只手拍着他的肩膀，笑道："老大哥，你真因为这一点儿小小款子，还弄得大家翻脸吗？我们就不谈什么公事，专以私人友谊而论，也不是这一点儿小事可以决裂的。今天这一餐饭，算我认一个小东，那也不要紧。你老哥瞧我不起，以为我这五块钱的小东都做不起吗？"严益壮见他已经软化了，笑道："今天这一餐，算我请了。你若一定要做东，明天再请，你以为如何？"说时，把拿着钞票的手，望袋里直塞。高弥坚未尝不知道这是傻事，无端拿出五块钱来请人。现在严益壮一定要他将钱收起来，他正好趁此转圜，便笑道："我不能做东，为什么你倒能做东呢？"严益壮道："这话我们又不妨敞开来说，因为你把公事牵扯上了，不是这样说，你也不肯收起钱来的。这钱本是平老给我们发车马费请人吃饭用的。我们当代表，不想比别人更阔些，照样地支几个饭钱，弄几个车马费，有什么不可以呢？"高弥坚道："我想我们只管，不用也罢，将来拿不了几个钱，大家倒落一个中饱之名。"严益壮对姜公望道："只要大家同意，我绝对没有异议。"说话时，不觉看了桌上的钞票一眼，然后抬起头来，沉吟了一会儿，口里却不住地念着一八得八，三八二十四，一四得四，四六二十四，然后说道："据我算的话，有个六百元，倒也可以开两次大会，请两次愿。若是不望后办的话，大概可以多出四百元。"

厉民行站起来，将手一拍道："既然可以多出四百元，老实不客气，我们就分着用。将来若是有人说我们中饱了，你们要避嫌疑，我可以不必避嫌疑。"说时，一伸手在自己的胸脯上拍了一把，又道："当代表的，弄几个车马费，那也不算过于。得了钱就得了钱，我怕什么？"说着，瞪着大眼睛，把右手的大拇指一伸。在座的人，看见他这样子，都不由得笑将起来。厉民行道："笑什么，我是实话。我们一个钱不分，不但落不了一声好，恐怕还有人说我们是傻瓜呢。"姜公望又昂着头沉吟了一会儿，笑道："民行兄的话，未尝不理由充足。但是每人分一百的话，只剩下六百元，仅仅可以开两次会，何以为继呢？"厉民行道："你老哥何以如此善忘呢？平老不是说了吗？若是钱用光了，他还可以筹划。真是我们办得有些头绪出来，他一定可以给钱的。我们就是不分这四百元，也不过能多开一次会。用完了，还不是要去找他吗？"姜公望笑道："这样说，我们倒可以痛快一下子。弥坚兄，你的意思究竟如何？"又笑道："偶然言语有点儿误会，那算什么，我首先就表示不介意。"

高弥坚听说有一百元可分，已是心平气和不少，现在姜公望极力表示好感，大有认错的意味，也就落得就此转圜，因道："并不是我要与诸位分个什么公私，只因为公望兄所说的话，实在太严重，叫人受不起。"严益壮握着高弥坚的手，连摇了几摇，笑道："得了得了，此话到此而止，不必再提了。我也正等着要钱用，就让我来分一分吧。"于是把桌上的钞票，点了四百元，先向高、姜、厉三人面前，一人递了一百，然后自己拿了一百，向袋里一揣，笑道："我这袋里，可以暖和几天了。"

姜公望道："钱，我们是分了。可是得人钱财，与人消灾，我们也要与人想想活动的法子才好。我的意思，明日先开一个代表小会，开会之前，就请这些人吃一餐。到时斟酌情形，每个送他三块或者五块钱的车马费。到了后日，再开大会，接上就去请愿。请愿的人，钱是不能给，因为给多了，没有这大的资本。给少了，实在又拿不出手。我以为每人也只请他吃一餐饭。在会场上多多预备水果、点心、烟卷三样，这虽然不是现钱，也让到会的人一阵痛快，诸位以为如何呢？"严益壮道："这办法很好，不过所说送各代表车马费一节，我想倒不妨从宽，至少的限度，也应该派五块钱。"姜公望道："一人五块，明天若有二十个代表到场，那就得花一百元了，加上酒席茶水，那不要花一百四五十吗?"高弥坚道:"我又忍不住要多嘴了,我们要想事情办得好,那就不能省钱,而且明天这一会,是我们联络人家的第一步,怎样可以含糊了事?据我说,每人就该送十块钱,让他们心里先欢喜一阵。他们一欢喜,凭着他们各人自己的力量,每人能拉拢个二三十位同乡到会,也未可定。至于到会的人哩,只要有那些分代表去联络,就不十分招待,也不要紧。这种办法,叫联将不联兵,是省钱的一条妙策。"厉民行道:"这话却也有几分理由,不过这样一来,一千块钱,就去了一大半了。"严益壮道:"那倒不要紧,只要办得有声有色,我们就好向平老开报销。开会这件事,是要人到会的,又不是什么秘密事件,谅平老也不会疑我们骗他。"大家商议一阵,倒觉得高弥坚的办法,扼要可行,当时就把剩的六百块钱,封存在姜公望这里。就在本晚,各人分头去找这些小代表,预备明天开会。

这其中四个人,以厉民行的性情最是暴急,他坐了包钟点的车子,马上出发。他们这出发的地点,不外三处,第一是会馆,第二是学校,第三是学生寄宿舍。因为这种地方,是同乡麇集之地,容易召集会员。厉民行坐了车子,先到五邑会馆。这会馆里有一个光国大学的法科学生,终年不很上课,什么民众集合的事情,他都喜欢加入。他叫胡佩书,却外号叫胡大海。在同乡中,问起胡大海来,没有人不知道。

这会馆里,厉民行本是熟路,因站在院子里喊道:"胡先生在家吗?"胡佩书穿着一件衬衫,套着一件背心,头上戴着一顶踢球的运动帽子。他推开一扇房门,伸出半截身子,正向外探望,见是厉民行来了,连连点头道:"密斯脱厉,请进请进。"厉民行走进屋去,见他屋子里,床上桌上堆了不少的杂志报章之类,笑道:"只看胡先生屋子里新刊物,就知道胡先生很关心大局。"胡佩书道:"我订的这些报纸和杂志倒算不少。可是每天拿到手,也不过翻翻题目,看个大略而已,内容是什么,我倒不知道。"厉民行笑道:"既然不看内容,为什么又订许多呢?"胡佩书笑道:"一来以壮观瞻,二来向来是看许多报纸杂志。若是少看一两份,倒像有一件什么事没有做一样。"厉民行笑道:"其实这是谦辞罢了。据我看来,究竟你还是关心大局,你既是关心大局,对于桑梓的事,当然你也留意到了的。我问你老兄,北京同乡这种民治运动，你有什么批评？听说上次大会，大家推举你做本县的代表呢。"胡佩书道："算了算了，我不去做猪仔。"说时，竖起两只手在空中，一顿乱摇。

厉民行万不料他竟是一个反对派，走来就碰了一个钉子，实在有些不好意思，笑道："你老兄既然不满意这件事，何必又承认当一个代表呢？"胡佩书道："哪里是我承认的，都是会里一些总代表买空卖空，将我填上一个名字。我本当在报上去登一则启事，又不愿意花这一笔广告费，只好由他。"厉民行笑道："你老哥眼界很高，所以觉得，我们同乡的民治运动，不大高明，其实真能军民分治，倒也是一件好事。"胡佩书道："什么军民分治，不过给王坦运动省长罢了。"厉民行笑道："这倒是事实，可是你老哥要知道，我们既然反对仇世雄，总要抬出一个人来和他对垒，难道叫我们空口对他嚷嚷军民分治，就算了吗？那个时候，仇世雄答应了，他却荐个人出来做省长，那怎样办呢？我们不是白忙一阵吗？"胡佩书道："我们同乡有的是人才，何必抬出王坦这种老官僚来。别人谈民治运动，还有几分诚意，王坦除了做官挣钱，他知道什么？"

厉民行见这话越说越拧，就不好接着往下说，便道："你老哥的话，照实际说，也是不错。但是除了王平老，你看还是谁有资格出马呢？"胡佩书道："我个人的意见，哪能算事。而且据我想，就是很宽地说，也没有那样相当的人才。但是人才二字，也绝不是一两个人可以私许的。唯有民选省长，才是真正民意，或者可以得一个人才。"厉民行道："你老哥既有此种主张，就应该到同乡大会去发表。"胡佩书道："我看这些到会的人，全不是一块好料，我懒得去。"厉民行笑道："你老哥当面骂人，可真把我骂苦了。"胡佩书反着巴掌，在脑袋上敲了一下爆栗，笑道："我这张嘴说话，就是这样不留心，忘记你老哥也是会里的代表呢。"厉民行笑道："我这个代表，不能算好，比我好的，可是真有。我倒打算明天约几个人和佩书兄在一处叙叙，不知道佩书兄可肯赏光？"

胡佩书听见厉民行要请他吃饭，这一来显着他有联络之意，笑道："那又何必客气呢？但不知民行兄请的是些什么人，全是熟人吗？"厉民行道："虽然不全是熟人，反正都是同乡，坐在一处，一定可以谈得拢的。"胡佩书道："你老哥是代表，突然请客，必有所为。"厉民行看这样子，知道他大可以利动，便在身上摸索了一会儿，摸出十块现洋，放在桌上，笑道："你老哥若是愿意合作的话，很欢迎你加入。我们这一个小团体里，倒筹了一点儿小款子。老实说，为公家的事，虽不妨尽义务，但是有些地方可以不必尽义务的，又何必做那种傻事呢？所以我们的私例，当代表的，都有一点儿车马费。"胡佩书一见他拿出来，就知道他有送礼的意味，大悔刚才不该唱高调，便笑道："你们这件事，办得最漂亮，世上哪有许多好人，吃自己的饭，替公家去办事，不但费力办事，而且免不了赔车钱。这种情形，怎样能叫人家出力？所以贴几个车马费，在公家花钱不多，收效可是很大。"厉民行道："只要你老哥可以合作，这十块钱，就是我们的车马费，照样送这一份给老哥。"胡佩书笑道："这我就不敢受，我在同乡会里一点儿事情没有办，怎样倒先受起车马费来？"厉民行道："不要紧，你只管收下，我们都是这样办的。况且有了车马费，然后才有马可骑，有车可坐。先收车马费，这话大可以说得过去。"胡佩书道："钱我算收了，但是办法如何，我也应该知道。不然，我怎样着手呢？"厉民行道："我们既然在一处办事，有话当然不能隐瞒。我们的背景如何，佩书兄应该知道，用不着我来说。"说到这里，笑了一笑。胡佩书道："大家和王平老帮忙，这也是公开之秘密，我怎样不知道？"

厉民行见他不叫王坦，改称王平老，就知道他不会像以前那样反对，说道："可不是？但是我们既为代表，这种帮忙，却不可以含糊了事。"胡佩书道："那自然，你老哥是和我胡某人没有共过事，所以不知道我的性情。我胡某不答应替人办事则已，只要答应了，我就当一件事干，绝不敷衍的。"厉民行微笑道："我索性敞开来说，我看老兄的口吻，和王平老的政见可有点儿不合……"胡佩书道："你不要骂人了，我们当穷学生的，既上不上政治舞台，又不是什么在野名流，有什么狗屁的政见。刚才我所说反对王平老的话，全是和你开玩笑的，你倒认为真事。我们同乡里面，就只平老是老成硕望的人。除了推举他出来做省长，就再没有相当的人物了。我虽不识大体，这样很明白的事情，我

178

岂有不明白之理？不过我只见过平老两回，还是在会场里见面的，没有怎样交谈过，民行兄能不能够引我到平老家里去谈一谈？"厉民行道："既然是代表之一，少不得有许多事要和平老去接洽。我们差不多是天天要到平老那里去一趟的。只要你有工夫，随便哪天，都可以跟我一路去。"胡佩书听了，连忙走过来，和他握了一握手。厉民行笑道："这是很容易的事，我一点儿也不用费力。你早有此意，只要对我一说，我早就给你办得了，何待于今日呢？"胡佩书道："我虽早有此意，因为不得其门而入。要是早有老哥这样的人一介绍，我早就和你老哥合作了。"厉民行笑道："这样说来，外面有一部分不满于王平老的空气，那倒不足为虑了，那都是一班不得其门而入的人，想法子要入门呢。"

这句话说出来，胡佩书倒有些不好意思，勉强笑道："我已说了，先和你老哥说的，反对王平老，乃是笑话，你老哥还老记在心里吗？"厉民行笑道："大家都是笑话，不要留心。我倒有几句正经话，要和你商量。就是明日下午一点钟，我们要召集大会。这次开会，和我们办的事，关系太大，我们总得想法子把到会的人数，凑得多多的。我们原来的计划，是每个人负责找三十位同乡，不知道佩书兄能负责多少人？"胡佩书道："三十个人可不容易，我这小会馆，完全搜刮出来，也到不了那些人数。"厉民行道："我知道你熟人多，同乡的大事，没法子，你努努力吧。"胡佩书道："尽我的力量拉拢，大概可以拉二十个人到会，多了我也不成。"厉民行道："真是没有法子拉人，二十个也就可以。明天上午十点钟，我们先在宴宾楼集会，吃过午饭，一同到会馆会场上开会。开会的结果，我们都已预算定了，最后就是举代表到公府请愿。"胡佩书右手向空中一举道："别的什么我不成，论到请愿，我可以自告奋勇。"厉民行道："我也知道你老哥是内行，所以特意来和你商量。只要你老哥能努力，我一定对王平老说，将来对于你老哥特别酬谢。"胡佩书道："酬谢不酬谢，那倒不成问题，只要把仇世雄推翻，为我们全省人出一口恶气，那也就得了。"

厉民行见他这个反对党，一变而为同系卖力的人，足见这区区十块钱的车马费倒很有些力量，又和胡佩书谈了一些话，就告辞出去，奔走第二个地方。经他和其余的三位总代表，终夜奔走之力，果然凑齐了十八位小代表。每一个小代表，都有拉拢一二十位同乡的能力。合凑起来，就有三四百人。一个会场上，零零碎碎的，也不过千把人，有这三四百基本党员，自然是占绝对多数了。因此到了次日上午十时，姜公望身上揣着十块钱，很高兴地就在宴宾楼招待一切。这些被邀请的人，知道有人出钱，可以饱餐一顿，到了时候，就都来了，一个也不曾落下。有几个人因为约的是十点钟，时间很早，用不着在家里吃麻花烧饼一类的早点，多半都是空着肚子来的。坐下之后，接二连三地就催伙计端包子来吃。包子来了，放在桌上，那伸出来拿包子的手，真个如打字机的高手一般，此起彼落，哪有一下歇？他们本占的是一间大厅，一列陈设三张圆桌。当大家围住中间桌子吃包子之际，却有三四个人坐在一边木然不动，就有人手上拿着大包子，向桌子上指道："还有两盘，一个人还可以来一个，快来快来。"那几个人道："我们都吃了一个。"那人道："这是公家的，还客气什么？"他又答道："我们哪是客气，留着肚子好吃菜呢，我问你们现在把包子吃饱，回头有鱼有肉你还吃不吃？"这一句话，把全场吃包子的人都提醒了，大家都停住了，不肯再吃。还有正吃着半边包子的，也把那半边放下来。

一会儿酒菜摆好，大家就像听到一声口令一般，不约而同地围着圆桌坐下。这大一座大厅，共有三桌客，倒只有两个伙计招呼。这里上的菜，一碗等不及一碗，大家只埋怨厨子做菜的手艺太缓。几位代表主人翁的，也是一迭连声催着上菜，不到三十分钟，午饭便已吃过。虽有几位吃得慢一点儿，眼见桌上只剩些汤汁，也就无可留恋，由姜公望掏钱会了饭账，然后对大家拱拱手道："今天的事情，办得仓促，却是招待不周。大会开过，事情办得有些头绪，一定还要奉约诸位叙叙。现在兄弟和严益壮先生、高弥坚先生、厉民行先生，先回会馆去筹备会场，诸位也就可以各个回去，催同乡到场。"大家答应一声，如鸟兽散。这里姜公望回到会馆，赶紧叫长班预备茶水，又买许多筒烟卷，放在庶务室里。厉民行早叫人买了两捆芦草秆，一根一根，上面都粘了白纸，写着为楚民请命，实行军民分治，不达目的不止等等字样。

不多大一会儿，开会的人，纷纷到会馆。他们开会的地点，向来是在会馆西边一所戏场上，戏台正好做一个讲台。拦住戏场门，台面摆了两张小桌子，每张桌子上，都摆了笔砚和签名簿，拦着到会的人，逐一签名。姜公望、高弥坚、严益壮、厉民行四人，倒是能同力合作，齐齐地站在会场门口。每进来一个人，四人都行那半鞠躬式的点头礼。合起来一算，进来一个人，他们倒有两鞠躬。厉民行手上捧着一筒烟卷，一盒取灯，人一进了会场，他就把烟筒送上，让人家自己取烟。头是点着，口里却不住地说请抽烟。戏台下，左边一路列着几张条桌，上面摆着茶壶茶碗。严益壮却对大家说，请到那边喝茶用点心。大家一看，果然桌子以外，还有两只人一般高的藤篓子。一只篓子盛了面包，一只篓子盛了饼干。虽然是粗点心，却是十分新鲜。大家一面喝茶，一面围着藤篓子吃点心，那来的人，就越围越多。后来进会场的人，不要代表招呼了。看见那边人多，就也钻上去，看是为了什么。后一看是喝茶吃点心，禁不住也要加入。不到一个钟头，两篓点心就去了十之七八。姜公望私下对严益壮道："面包只要三个子一个，有五块钱面包，足够塞上一篓子的了。这个我们不必省，赶快买来补上。"严益壮又是个好事的，又多要了两块钱，买了两块钱瓜子从中补上。这一点儿小小手腕，居然也有些灵验，所以到场的人，贪着嗑瓜子吃面包，都没有走开，后来的人越上越多，不到一点钟，就上了一个满座。

姜公望一看是时候了，便把台后面竖立的两块黑板，擦抹得干净。用粉笔来写了开会秩序。写毕，自己提了正中桌上放的铃子，当啷当啷摇将起来。大家听见铃响，未入座的归座，入了座的，也就镇静起来。姜公望见人已坐定，便报告开会宗旨，随后就请到会的演说。先有两个人上台，说了一些愤激的话。到了第三个人要上台时，被厉民行约来的胡佩书，首先忍耐不住，一脚跨上戏台，抢了那人的先，便站在台口上。台下的人，有认得胡佩书的，都说糟了。这东西是个激烈分子，是喜欢发高调。他的为人，向来是反对官僚的，保不定他这一开口，就要骂王平老一顿。这样一想，大家就注意起来。胡佩书在台口上站了一站，然后提高嗓子，先喊出兄弟两个字来，随后说道："我们今天到会，都是为民治运动来的。这都是好同乡、好国民，兄弟有几句话，和诸位说一说。我们为什么要开会？为什么要举行民治运动？在场诸位，恐怕比兄弟知道得还要透彻几分，其实是用不着我来说。所以兄弟今天第一句话，我们贵在实行，不在乎发空议论。怎样实行呢？就是以下三层办法，第一，开会之后，就结队到府院两方去请愿，要求政府赶快替我们发表新省长。这新省长是谁呢？就是我们两湖第一名流，年高硕望的王平老！"

这一句话说完，台底下就噼噼啪啪鼓起掌来。掌声已完，胡佩书接着说道："第二呢，我们同乡，回回通电都不彻底。电报上只说是楚人治楚，却没有说出是谁来治楚。这样的说法，叫别人怎样赞成？我们现在直截痛快，就说是旅京同乡，一致推举王平老为省长，要求各方面一致赞成。大丈夫做事，光明磊落，何必藏头露尾？况且王平老的道德经济，是第一流人物，除了他还有谁配做省长？说出来正也是应该的。"说到这里，台下又鼓起掌来。胡佩书最后说道："第三呢，就是王平老或者不免要谦逊一番，我们得另外推举代表，要求平老看在桑梓之情，替三千万同胞争一口气，毅然出来担任民政，不要推让。这三样办法，刻不可缓，马上就得举行，尤其是到府院请愿这件事，我们去的人越多越好，我们同乡，没有事的，固然要去。就是有事的，也要抽空去一趟，我们要知道亡省之惨，不减于亡国呀！谁不肯去，谁就是愿为凉血动物，我也不好多说了。"

这一篇话说过，那台下鼓掌声，真是不曾停得一下，连姜公望这些代表，也是喜出望外，许多不好意思出口的话，都由他一人包说了，这事多么痛快呢！经胡佩书演说之后，会场上的空气，陡然紧张起来。接上许多代表上台一跳，台下的秩序，就慢慢移动，不断地有人喊着请愿请愿。姜公望复又上台演说道："今天到会的诸同乡，情形这样激昂，兄弟是十分佩服的。我们要知道仇世雄的实力雄厚，恐怕他也有布置，我们非毅力坚持不可。"台底下的人听说，就大喊起来："打倒仇世雄。"姜公望道："以上所说，那是外患，这还不要紧。最可恶的，是我们同乡中的败类，要想趁着这个机会，谋那个省长做。对于大会，百端败坏。"会场上，立时有许多手，向空中乱伸，口里喊着打倒败类。姜公望道："这个却是内忧。常言道得好，明枪容易躲，暗箭最难防。"台底下人听了这话，更激烈了。有人跳着起来，大喊打倒暗箭。这样一来，会场里面，成了一片打倒打倒之声。

姜公望演说已毕，就请在场的人一致加入请愿。台底下的人，都摇着手道："去去去！不去的是凉血动物。"姜公望又走上台去说道："现在！兄弟把请愿的呈文念给诸位听听，请诸位注意。"于是手上捧着一纸呈文，站在台口上念起来。台底下纷纷扰扰，各自议论，谁来听这呈文？姜公望有声无字地念了一遍，也走下台去。厉民行早在后院抱了一大捆芦秆纸旗出来，按着人头，一人给了一面旗。胡佩书更是特别，弄了一根长竹竿，上面悬着一幅长竹布，倒很有些像出殡的仪仗前面竖着一方长挽联。上面写了旅京五万八千楚人誓死请愿。他两只手捧着竹竿子，站在群众之中，大声言道："我胡佩书不怕牺牲，愿打头阵请愿的朋友，都随着我来。"说时，把竹竿一举，就在前面引路。大家一拥出了会馆，摇着手上的白旗，都跟着胡佩书走。有些到会馆里来看热闹的，先是不好意思说不去。出了会馆带走带溜，散开不少。

姜公望几个总代表，在最后督队，先看见走了一些人，倒也含糊不问，后来去的人越走越多，却有些着急。厉民行左右两只手，各拿着一面旗，向路边台阶上一跳，大声嚷道："诸位慢走，我有话说。"胡佩书举着大纛旗，在最前面，立刻把竹竿一顿，拦住后队的去路。大家听见有人叫慢走，也就停住了。厉民行用旗子指挥着，口里喊道："我们此次请愿，关系全省旅京人士的名誉事小，关系全省三千万父老兄弟的事大，诸位若是能一同奋斗，自然是我们欢迎的，而且也是各人自己应尽的责任。诸位若是别有苦衷，不能前去，只要说明，我们也可以原谅。就是反对这事，无论有没有理由，说出来也不要紧。大丈夫做事，光明磊落，来清去白，有事尽管明说。现在我们请愿队里，有一部分人偷偷摸摸地退出队去，态度实在不光明。"一言未了，人丛中早发出一片打声。那白纸旗子摇着风，括括括，在空中乱响。厉民行又拿着旗子乱摇道："诸位不要暴动，听我来说。"这样连叫了十几声，才恢复了原状。厉民行道："兄弟的意思，现在说明，请愿虽然为公事，但是士各有志，不能相强。要走的请诸位这时公开地就走，现在不走的，都是我们的好同志，就希望坚持到底。若是在半路上再要发现逃走的事，我们同乡，一定要用相当的手段来对付。"这话说完，接上又是一阵打打打之声。

人丛里头，本来有许多人要溜的，一看这种情形，一来是怕打，二来也与面子有关，所以一个离队伍的也没有。厉民行前后看了一看，喊道："好！是好同志，一个走的也没有，我们走。"胡佩书听说，举着大纛旗，挺着胸脯，在前便走。不到半个钟头，已经到了总统府大门口。这些时候，请愿的事，已成家常便饭，街上的警察，并不干涉。到了这里守上的军警，也只把手虚拦了一拦，让他们别上前，并没有怎样十分为难。胡佩书见他一拦，就把大纛旗插在地上，请愿的立时排了一个扁担阵，对着东辕门齐齐地站住。姜公望、严益壮两人走出队去，便和守卫的办交涉。

　　姜公望走上前，对卫兵点了一个头，笑道："我们是来请愿的，请你让我到传达处去挂号，我们要见总统。"平白一个平民，走来就要见总统，这是中国不多见的事情。可是这一向子公民请愿，都是这样说，所以卫兵听了，也不为怪，因道："你们只可以派几个人进来，其余的都退后一步。不然的话，你把大路都断住了，来往的人，都不好走了。"姜公望道："我们请我们的愿，当然不能占住你的路。"于是四个总代表，各递了一张名片给卫兵，走进栅栏，就到传达处去挂号。传达处对于这班请愿的人，实在讨厌极了，便道："今天府里有会议，总统忙着呢，恐怕不能出来见客。"姜公望道："见不见，那没有你们的事。你只给我传上去就是了。"

　　传达里面，有个五十来岁的老传达，他手上也不知道经过多少大事，什么大人物也看见过了。他见姜公望一行四人大模大样的，眼睛里可是放不下去，口里吸着一管七八寸长的烟杆，背着手靠住房门站立，他也不理会姜公望，只对在桌上写号簿的那人说道："老魏，咱们办咱们的，先把号簿誊上。"姜公望道："怎么样，你们能压下我们的事，不去通禀吗？公事没有这样办的。"那老传达回过脸对姜公望打量了一番，说道："这是总统府，不是你们会馆里，你说话也客气一点儿。"姜公望道："客气什么？我们一不是亲戚，二不是朋友，我们是来见总统的。你们是在公府当传达的，我们来见，你给我们传达，那就得了。"老传达道："给你传达，挣你多少钱？"厉民行见他那种骄傲的样子，也忍不住了，便道："看你这样子，你倒要断住我们请愿似的。好！你

184

不传达就是，我们和大队去报告，就说你们传达处妨碍我们请愿，让我们来的一千多名代表来对付你。我们走，看他拦得住拦不住?"那姓魏的传达，连忙站起身来，用手招道："诸位诸位，你别忙，有话慢慢地说。"严益壮看他那样子，已经有转圜之意，好在自己还没有和他们闹翻，便道："还要怎样慢慢地说呢? 你们简直不理，我也没有法子呀。"魏传达道："并不是我们不传上去，现在正在开会议，传上去也是白费事。"严益壮道："那就不用你问了，你只替我们回上去，你的责任就算完事，难道你们当传达的还保险总统准见吗?"魏传达道："那样办也成。"于是就在传达室里打电话到侍从武官处，说是有他们一千多人请愿，请示总统还见不见?

恰巧这天公府里是真有事，那边回出话来，没有工夫见。这四个代表见一点儿结果没有，就出去报告，说是总统不见，我们的意思，是没有法子上达的了。胡佩书嚷起来道："诸位听着，我们的目的不能达到，千万不要回去。今天不见，今天不走，明天不见，明天还是不走。我们现在再推几个代表到传达室里去交涉。"一言未了，就有人喊着，举密斯脱胡为代表。接上又喊出钱同寿、袁一雷、强民志三人为代表，联合以前四名总代表，共起来已有八人。这八人复身又到传达室里去，要求入府，当面和侍从武官去交涉。这公府大门到公府里面，隔着一所南海，路是很远的。他们八人，径自要进去，传达室哪里敢答应。那老传达因为碰了一个钉子，已经溜走了。魏传达道："这事我们没有得上头的话，不敢做主。就是我们答应了，守卫处也不能让进去的，所以还是请诸位在外面等着吧。"胡佩书道："我们请愿的许多人，都在外面等着，只放我们八个人进去，要什么紧? 不然的话，他们大家要挤进来，我们当代表的可也就没法子办。"

魏传达听了胡佩书的话，不硬不软，一看辕门外又是白旗招展，挤了一大堆人，设若一拥而进，自己也要受池鱼之殃，便找了守卫处的副官，同他商量办法。副官道："既然只有八个人，再打一个电话进去问问看。"魏传达当着他们的面，只得又打了一个电话到侍从武官处，请他们直接向总统请示。那边听说有好几千人围住了府门，也不可太弄僵，就答应八个代表进去。这八个代表，一听说总统召见，都眉飞色舞起来。守卫处副官向他们一人要了一张片子，在前引道，沿着南海南岸向公府而来。大家一路走着，心里都暗暗划算，见了总统，要怎样地行礼，要怎样地说话？总统怎样地问，我怎样地答？大家一路地想心事，不觉就到了公府。副官请他们在外面站着，先去通知了侍从武官处，然后便引这八人进去。武官处接了传达的电话，曾向总统报告一声。这总统是个极省事的人，把眉毛皱了皱道："这都是无意识的举动，随便出去一个人，敷衍他们几句，让他们走了就算了。"

武官处得了这样的指示，当代表进来的时候，就推了侍从武官刘子经出来相见。八个代表先在接待室里坐着，后来刘子经出来，各人不约而同地都站起来。刘子经点着头，请他们各个安坐。他们八个人的名片，都放在一张圆几上。刘子经拿着名片看了一看，便说道："兄弟姓刘，是侍从武官，是总统派出来与诸位接洽的。诸位有什么话，就请对兄弟说。"八个代表，彼此望了一望，严益壮道："就请公望兄发言吧。"这声音虽很低，倒是大家都可以听见，就有几个人点头说赞成。姜公望正了正颜色，然后望着刘子经的脸说道："兄弟来的意思，已经由传达处先传达上来了，刘先生大概也知道。"说到这里，咳嗽了两声，然后就把民治运动的所以然与当然讲了一阵。接上讲到楚省情形如何，仇世雄政绩如何，楚人的政见如何，最后归纳一句，就是要请王坦出来做省长。刘子经先只是静静地听着，等他说完了，才笑着答道："是的，现在各省都有这种民治运动。"胡佩书接上道："兄弟们这八人，不过是因为许多请愿的代表，未便进公府，所以代表他们进来一见总统，就请刘先生转呈总统，让我们面陈几句话。"刘子经笑道："诸位对兄弟说了，由兄弟转陈总统，那倒是一样的。"胡佩书道："总统在府里无非是办公，就是接见请愿代表，也是办公，总统何妨出来见见？若说事有大小，我们这次来请愿，是为了一省的大事，关乎三千万人民生死存亡，也不见得就是小事。"

胡佩书乱打乱撞这几句，倒是很吃紧，刘子经不大好驳，笑道："阁下说得原是不错，但是今天府里会议，总统办公的时间，都已经支配好了，不能搁下别一件公事，来办这一件公事。诸位所要求的事，兄弟据实转陈，也就是了。"彼此争持了许久，刘子经总只肯说一句转陈。

高弥坚道："转陈和面陈，本来没有什么分别。但是面陈可以由总统答复，能得着结果。若是由刘先生转陈，就没有结果了。"刘子经笑道："好在这个问题是很大的，不是三言两语可以解决。就是总统出来面见，恐怕也不能就马上有确实的答复吧？"姜公望想了一想，说道："既然刘先生这样说，由刘先生转陈也好。不过求刘先生给我们一个答复的时间。"刘子经笑道："这个权操在总统，兄弟怎敢做主哩？不过兄弟总可以把诸位这一番意思，转陈总统知道，或者能提前想一点儿办法。"大家面面相看了一番，觉得逼着刘子经也是枉然，大家就把带来的请愿书留下一份，约定三日之后，再来听候总统的答复。

八位代表满想见了总统，大家可以出一个风头，偏是中了人家坚壁清野之计，无法可施，走出府门，公推姜公望和请愿的人报告，就各自散会而去。这里姜、高、严、厉四位老代表，却约着同到会馆去商量后事。到了姜公望住的西厅，高弥坚先说道："今天我们这事，做是做得热闹，可惜没有结果，弄成一个虎头蛇尾。我们见了平老，怎样报告呢？"姜公望道："我们希望他在总统那一方面，自己去设一点儿法。里外合作，要精神一致，我们就不能把话隐瞒他。我想这事要平平稳稳，不闹一点儿风浪出来，恐怕是没有什么成绩的。"厉民行道："怎样起风浪呢？还打算弄出乱子米吗？"姜公望道："弄一点儿小乱子，大概也不要紧。"厉民行道："要行这种苦肉计，非找刚才掌大纛旗的胡佩书不可。他只要有点儿小好处，你再给他一顶高帽子戴，就是塞眼盐他也肯干，我们能不能再筹一点儿小费呢？"姜公望道："款子这里虽有，我想还不大够用，最好是还去向平老要一点儿。这个姓胡的，我看他倒是猛张飞，不过他没有得我们重大的利益，怕不肯怎样牺牲。"厉民行道："这人好说话，不用什么优厚的条件。只要带他去见一回平老，由平老当面赞许他几句，他就会拼命地卖苦力了。"姜公望道："好，就这样办，这事我先得去对平老说一说。"

姜公望陪他三人吃了晚饭，便单独来见王坦，报告今天请愿的成绩，并把进行的意思，略说了一说。王坦摸着胡子说道："你们只管去办，不要紧的。府里和我的感情，虽不是怎样浓厚，总是老朋友。你们既然撑着我的旗子，他不好怎样抹脸的。真是闹了什么岔子，我可以另外找人，和府里去说话。至于那个姓胡的，你不妨带他来和我见一见。"姜公望见王坦很热烈地希望进行，便现出一种踌躇的样子，将手敲着椅子圈，断断续续地道："这样办是没有什么困难，就是浪费一点儿。"王坦道："先拿去的那钱花完了吗？"姜公望道："完是没有花完，不过今昨这两天，用得很可观。"说着就伸手到袋里去摸索，说道，"我这里开了一个单子，请平老看看。"王坦皱眉道："用了就用了吧，开个什么单子呢？"姜公望摸索了一会儿，说道："哎呀，我把这单子忘了带来，明天再送给平老看吧。"王坦道："有限的事，就是白花了，又算什么呢？你看现在还要添多少钱？"姜公望道："那也不能一定，多有多花，少有少花。"王坦道："既然这样，你就在我这里再拿一千元去吧。"姜公望道："那就很好。"答应了这句话，前三后四地又和王坦谈了许多话，却没有提到走。王坦道："这钱今晚上就要吗？"姜公望道："要是不等着要，若是现成带去也好。"王坦见他如此说，又给了他一千元。

　　姜公望拿着钱回家，十分高兴，也等不了明日，当天晚上就去见胡佩书，说是王平老约他去谈谈。胡佩书跳起来说道："好极，好极！我们这就去。"姜公望道："今天晚上是不行了。平老也睡得很早的，早已睡了。"胡佩书道："那么我们明天一早去。"姜公望道："明天再说吧。"胡佩书道："我明天一早，就来邀你，绝不误事。"姜公望随便答应着，告辞出去。胡佩书忽然想起一件事，一直追到胡同口上来，口里嚷道："姜先生！姜先生！我有话说。"姜公望站住脚问道："还有什么事？"胡佩书道："我问你老哥一句话，明日去见平老的时候，您看是穿西装好呢，还是穿便服好呢？"姜公望不料他老远地跑来，却问这样一句不要紧的话。说道："随便穿什么衣服，那都没有关系。"胡佩书道："不是那样说，若要说表示我们有精神的话，就应该穿西装去。要依他老前辈，保存国粹的话，就怕不喜欢穿洋装，倒是长袍马褂显得恭敬有礼。"姜公望道："那就听你的便吧。"胡佩书的性情，向来是暴烈的。若是别人这样答复他，一定要嚷起来。无奈姜公望是个代表头儿，明天又要他引去见王平老，实在不敢得罪，只得默然而去。他自己盘算一会儿，王坦自己就是穿长袍马褂的人，还是穿长衣去的好。因此到了次日早上，便换了一套长衣服到会馆里去找姜公望。

这个时候，不过六点多钟，会馆里的大门还没有开。胡佩书打得大门乒乒乓乓直响，长班忍着晦气，只好起来开门。胡佩书抢着进来，向姜公望屋里直奔。姜公望正在好睡，房门关得铁紧。胡佩书推了一推，见是闩着，正想叫门，抬头一看，他门上贴了一张纸条，写道："关门之时，非已出门，即是早睡，不能招待，诸乞原谅。"这样一来，当然是不让人叫门的了。然而已经来了，也不能回去，只得背着两只手，在走廊下踱来踱去，一直等了两个钟头，会馆里人，才有两三个起来的。听听姜公望屋子里，犹自鼾声震耳。没奈何，只得找着会馆里起来的人，说几句闲话。自己在家里起来得早了，连茶也没有喝一口，真是懊丧极了。等到了九点钟，实在忍耐不住了，便上前去敲门。姜公望本来也就该起来了，听到一阵门响，连忙问是谁。胡佩书被他一提，又觉得自己敲门敲得太急了一点儿，隔着门就含笑点了一个头，说道："姜先生，是我，我来这里等了三个多钟头了。"姜公望想起昨天约人的话，一面穿衣服，一面说道："哎呀，我睡得失了晓了，对不住得很。现在天气不早了吗？"胡佩书道："可不是？快有十点钟了。"姜公望打开房门，让胡佩书进去。胡佩书道："我们这时候去见平老，不嫌迟吗？"姜公望道："不迟不迟，去得早了，他也是不能出来见的。"胡佩书等着姜公望洗了脸、喝了早茶，等之又等，一直等到十一点钟，才一路到王坦家里来。胡佩书已经急得满头是汗，又说不出来究竟为了什么着急。

到了王坦家，姜公望引他一路进去。先到内客室里相会，刚一坐下，王坦走出，胡佩书看见，连忙站将起来，比齐脚跟，对他行了一个九十度的鞠躬礼。姜公望在一边说道："这就是那位胡佩书先生。"王坦道："我早已听见说胡君对公益的事很是努力，这是难得的一位青年。"胡佩书道："是是，但是不懂什么，还得老前辈指教。"说着又微微地像要鞠躬似的，王坦道："请坐请坐。"胡佩书坐下，王坦对他一望，他又站起身来了。王坦道："不必客气，尽管随便。我虽然马齿加长，倒是很愿意和有朝气的青年在一处，像你老哥这种青年，前途是未可限量的，我非常欢迎。譬如昨日请愿的事，像你老哥这样的人，能多有几个，什么事办不动呢?"

胡佩书被王坦这样一夸奖，满心说不出来有一种愉快。谈了一阵，因欠着身子道:"就怕佩书做的事不很对，所以特地请姜先生带来见会长，向会长请示。只要会长有什么吩咐，佩书总可以勉力去办。"王坦道:"现在你老兄就很努力，桑梓的事，还仰仗帮忙。将来省治有些起色，你老哥是一个上等的人才，一定要借重的。"说着将两只大衫袖拢起来，在胸前似乎端了两端的样子。胡佩书见会长都和自己拱手，这一层面子，真是十足。当时他站了起来，那意思是表示不敢当，可是王坦把他的意思误会了，也就站起身来，说道:"大概事忙，我也不留。等省治的事办得告了一个段落，我再约过来畅谈。"胡佩书本想趁着这个机会极力向王坦拉拢，不料三言两语就被主人告辞了，这又不便说并不是要走，只得站起来道:"会长的公事很多，不敢在此多打搅，以后再来请教吧。"王坦仍旧将两只笼起来的衫袖，端了几端，胡姜二人便走了。

原来王坦是一个极旧式的官僚，最不喜欢这些学校的学生。他的几个儿子，都没有进过学校，就是他的两个小孙子，还是请了国文先生在家里教他呢。他常说，进学校有什么好处? 我就没进过学校，我怎么也做过几次特任职的官? 所以现在进学校，不但枉费了钱，而且把些青年弄得飞扬跋扈。因此一来，所以他对于学生总不大喜欢，现在因为民治运动，是迎合潮流的事。迎合潮流，又莫过于学生，现在要同学生反对，那就太矛盾了，况且开会请愿，非学生办不热闹，也得利用利用他们，所以自他想做省长以后，学界中人有来见的，倒也敷衍敷衍。他因为不得已见了胡佩书一次，只要把话说了，就不愿他久坐，所以借着胡佩书客气的机会，就把他送走了。胡佩书和姜公望走出来，胡佩书刚要说坐得太少一句话，姜公望先他伸了一伸大拇指，笑道:"你今天这面子不小呀。我自认识王平老以来，没有见他这样对人夸奖过，今天对你老哥居然还一拱手两拱手，差不多用平辈来看待，实在难得。"胡佩书不觉由心眼里笑将出来，说道:"真的吗? 我还以为他为人谦逊，对客都是这样呢。"姜公望道:"谦逊虽然谦逊，可是从来没有奉揖的。你想，他已是我们父辈之人了，不是十分看得起，哪里能够这样多礼呢?"

胡佩书一想，这话果然有理，高兴得了不得。一回到自己会馆里，见着人便说道："你猜我今天一早出去，是在哪里来，我见了王会长呢。他真客气，陪我说了几个钟头的话，还对我作了几个长揖，要我帮忙。"

会馆有些好事的，听说他会到了王会长，也就禁不住要问两句。这一问，胡佩书更是得意，摇着头道："王平老他很知道我，以为旅京同乡要轰轰烈烈地干起来，非有我在里面主持不可。又不知道他听谁说了，说我是不赞成他的人，因此对我十分拉拢，非要我在他公馆里吃便饭不可。我当时稍为谦逊了几句，他就打拱作揖，竭诚挽留。我为面子所拘，只得在他那里吃了饭。他说一两天之内，要到会馆来回拜我。我想我们会馆里连一个坐客的地方也没有，怎样招待他，只得预先挡驾。依我说，我们会馆里，早就得设一所好好的客厅。同乡有什么活动之时，也好招待有些名望的客。我是不在乎此，但是其他的同乡，若有大佬来拜会，都是与前程有关系的。若是像我一样，因为没有可坐的客厅，就把贵客辞了，那实在可惜。"这些人听了他的话，虽然将信将疑，但他当代表是实事，也就以他的话，在有理一方面。

接连两天，胡佩书都大忙而特忙。据他说不是见了王平老，就是会馆里开紧急会议。大家一想，这话越发靠得实了。也就猜着说：我们省里事若办好了，这省长一席，少不得是王平老。像你们这样出力的人，他要怎样报酬呢？胡佩书道："那很难说，不过我们替他出力的人，都会有一件事情办办，那是无可讳言的。我别事倒不想，只要能弄一个知事做做，我就心满意足了。据我想，我和王平老这样接近，要他给我一个知事，他不好意思不答应。"大家听了他这话，仿佛胡佩书真有做知事的希望，于是有劝他挑缺要留心的，有劝他知事不好做，不如办厘金的，也有人告诉他印花税最好，又有人告诉他，印花税究不如烟酒税，立刻说得胡佩书心痒难搔，笑道："现在我不过这样揣想着，将来真要回了省，再斟酌办理。"他这样一来，会馆里赋闲的人，就都来找他谈话。

这时候，全省会馆的同乡大会，又在筹备开第二次大会，胡佩书就在家里预备演说词，计划明天怎样大出风头。他会馆里的人，知道这一件事，都来向胡佩书表示好感。说是明天开会，一定要到场，一来为胡

191

先生撑场面，二来也是替王平老出一点儿力。到了第二日上午，胡佩书去总会馆里，小同乡跟去的就不少。可是这日会场上的人，比前次就大为减少。因为上次有许多人上了一个当，跟着到公府里去请愿，走出一身的臭汗。这次若再来开会，恐怕请愿的时候跑不了，所以省事的人，就都不敢到会。姜公望和高弥坚私下计议，今天会场上，不过三四百人。若说旅京同乡，只有这几个人，那就声势不壮。莫如我们当场宣布，说是今天到的人，都算是旅京同乡代表。若是代表有这些个人，那就很见人多了。高弥坚道："这话有理，就是这样办。"

到了演说之时，高弥坚就登台报告道："我们旅京同乡，有好几万人，当然不止这些。但是今天到会的诸同乡，很可以代表一般同乡的意思。说起来，诸位就要算旅京同乡的代表。刚才接到王平老打来的电话，说是诸位这样替桑梓尽力，他十分钦佩。本当借着这个机会，和诸位谈谈，又怕引起外面的误会。因此特托了几位干事，公宴今天到会诸君。"大家听见王平老出头公宴，心里一痛快，禁不住噼噼啪啪就是一阵猛烈的鼓掌。高弥坚道："这时候已快到十二点钟，预备恐怕来不及。不知诸位还是赞成今天呢，还是赞成明天呢？"这话一问，台下纷纷地嚷起来，都说今天，今天，就是今天。姜公望走上台，两手向上一举，说道："今天就是今天，不过会馆里办厅赶不及。兄弟的意思，把在会馆中人，分作八组，一组各推一个干事为引导，各找一个馆子吃饭。吃完了饭，再到会馆里来聚会。至于饭账，平老已经送了很充足的款子到会馆里来，由几个干事代付。"在场的人听说饭款很充足，人丛中又有人鼓掌。

姜公望见结果很圆满，立刻把人数分开，把人领着分投各饭馆子去吃饭。等到各组将饭吃完，重到会馆里来聚会，那时已是三点多钟。姜公望怕耽误了请愿的机会，立刻在会议屋子里，拿出许多请愿的白纸旗分别交给请愿的代表。大家吃得酒醉菜饱，也不好意思退缩不前，因此硬着头皮，跟了领袖的干事，一路出发。上次掌大纛旗的胡佩书，现在还是继任前职，撑着那一面大旗，挺着身子，在前独走。到了公府门口，卫兵认得他们，笑道："你们倒又来了。"仍是依着上次的手续，先在传达处麻烦了一阵子，后来推了八个代表，到侍从武官处交涉。不料那侍从武官答应出来，依旧是不得要领。姜公望道："今天敝同乡来请愿，不比上次。上次不过是旅京同乡的代表而已。这一次却是代表里面推出来的代表，他们不得一些结果，没有脸回家去见同乡，一定要在公府门口等候的。这种趋势，就是有什么牺牲，也顾不得了。"

一些侍从武官听了他的话，倒有些恐慌，就有一个人道："诸位都是文明人，就是请愿，也要负维持秩序的责任。将来和军警发生了什么误会，那很不好。"说话时，摸着他两撇胡子，脸色一沉，显出很庄重的样子。姜公望道："总统是慈祥恺悌的人，很服从民意。对于请愿的人民，似乎也不能不加以原谅。"胡佩书嚷起来说："这是我们三千万人生死存亡的关头，我们不要自暴自弃，决计在这里候总统的示。今天不成有明天，明天不成有后天，等一辈子那也不要紧。"说毕，又着两只手在腰上，两只眼睛，瞪着圆球也似的，向前望着。那些侍从武官见他们其势汹汹，似乎在里面就要闹起来。好在他们人不多，暗中发了一道命令，调了几十名卫兵，一齐站在院子里，然后对八位代表道："我们这里公事很忙，不便招待。诸位真要等总统的答复，请到府门口去等着。"大家本想不走，一看众寡不敌，只得悄悄地走了出来。

到了东辕门，只见胡佩书在身上掏出一方竹布，铺在地上，蹲下身子去，用一个指头在布上乱画起来。大家向前看时，原来他已咬破了中指头，把指头上的血，在白布上写了"不达到楚人治楚目的不止"十一个字，旁边又写了一行"胡佩书泣书"五个小字，胡佩书写完，叫了一声哎哟，向后一倒，便睡在地上。大家看见，慌成一团，便抢上前来将他扶起，一面就有人撕手绢给他扎手指头。姜公望借着这个机会，就对大家演说道："诸位同乡，我们不要辜负胡先生这一番热心相劝，大家要竭力去奋斗。若是不奋斗，看见血书也问心有愧了。"不料他这几句话，和胡佩书写的字一凑上，倒真有几分刺激人的魔力，立刻那些人大嚷起来，奋斗奋斗。

守卫的兵士，先见他们不散去，已经加以注意。这会儿大家一嚷起来，倒不敢放任，立刻向营长请了示，把东西辕门的铁栅栏赶紧关上。他们不关栅栏门，请愿的人也不过是遥遥地望着。这时把辕门关上，大家认为卫兵自己胆怯，不由分说，一拥而上，就直挤到栅栏门门口来。

这栅栏是铁的，他们哪里撼得动？卫兵远远地走着，瞪着眼由他们闹去。胡佩书由两个人搀着，站在人丛中嚷道："诸位，他们现在索性关起门来了，这不是完全拒绝我们吗？"于是几百人围着东辕门带跳带嚷，要卫兵开门，嚷了一阵，会馆里已派人挑了两担东西来。一担子是水果，一担子是干点心。姜公望道："诸位请先用些点心，兄弟已经在馆子里定了两千个包子，一刻儿就会送来的。"大家听说，立时鸦雀无声，围着两挑担子。人多手杂，那两挑水果点心，何消片刻，都已干净。姜公望知道今天的事，不能随便就散，早已预备四五个三脚大灯笼，放在会馆里。这时会馆里见请愿的人没有回来，也就把那灯笼送到，预备请愿的人，夜以继日。

有些人看了灯笼，心里倒受了一惊。这虽是三四月天气，晚上很凉，若在风露里站上一夜，那怎样受得了？大家都我看着你，你看着我，心里很是懊悔，不该下午受王坦的招待，吃了他一餐饭，以致不能脱身。大家私下计议，便找着姜公望谈话，问他今夜怎样办。姜公望道："今晚上诸位少不得吃一点儿苦，只要到了明日，政府多少有一个办法。事一成功，不但大家有面子，王平老总会知道这一番苦处。"姜公望一劝，那几个代表，也是分头去挽留众人，一面叫人去买了纸笔，叫在场的人开了住址，分推五个代表，坐了汽车，到各人家里去取棉衣来。这里吃过两回包子，又吃三回饼干，又在附近茶馆里说好了，叫他多预备开水，用大瓦壶提了热茶来，分给大家冲寒。另外又是每人一盒三炮台烟卷。在会场的人，见人家招待周到，也就不好意思说走。大家站在东辕门外，三三两两，找些闲话谈谈，就到了夜深，也是天助人愿，这一晚的天气非常好，大家在露天下熬了一个通宵。

王坦在家里早得了这个消息，本想买一点儿东西去犒劳一下。又怕他们熬不了一个通宵，那钱要白花了。到了次日黎明，叫听差去打听，说是还没有走。于是吩咐自己的汽车，沿街收了许多烧饼、馒头、香肠、酱肉之类，一齐送到会场上来。送点心来的人，又带着王坦几盒名片。听差将名片交给姜公望，说了几句。姜公望道："是是是，这个我们怎敢当呢？"于是拣了一块高些的石头，站在上面说道："现在王会长送了点心来犒劳诸位。他自己本要亲自到的，因为有些不便，所以用了他自己的名片，送到这儿来。每位同志各散一张，就算他自己亲来拜谢了一样。"说毕，就把名片先分摊给几个干事，然后按着在场的人，每人给一张名片。接着名片的人，有藏在袋里的，有掖在帽子里的，还有掏出皮夹子来，将名片放在银钱钞票一处的。有些人想着，阔佬的名片，不易到手，多捞几张，也有用处，因此也有一个人得了好几张的。

大家一想，王会长这样恭敬我们，只要他做了省长，要向他找一件事，那是不难的。这样看来，这一趟请愿，总算没有白来。这么一高兴，士气又为之大振。那边守卫的，见对峙了一宿，请愿的人，依然没有走，便据实报告侍从武官处。他们究竟也怕闹出事来，又照实地转陈了总统。结果，派了一个人出来，叫他们推几个代表去见总统。姜公望、高弥坚几个旧代表挺身而出，说是代表昨日就推好了，还是我们去。请愿的人，虽还有不少愿当代表的，但是没有人推举，也只好眼望着旁人进大门去了。这里侍从武官，引着八个代表，一直到了幸福斋，这里是总统平常接待来宾的地方。屋子是一个长方形的大厅，两列摆着几十张绿呢的大沙发，相对而设。厅的正中，设着紫檀堆花的大炕，二面夹峙着一丈来高的大穿衣镜。由这穿衣镜过来，两行雁翅似的，站着戎装佩剑的一班侍从。有几个穿便服的，也都鹄立在前，没有一点儿声息。抬头一看，半空中悬着几丈大的灯架，人在下面，好像都矮小几尺似的。迎面看去，壁上挂着一幅大中堂，斗来大的字，写着齐庄中正。

正要看其他的东西时，旁门一开，几个人引导着一个五十上下、长袍马褂的出来了。大家在照相馆门口把相片看惯了，这正是总统。大家不由得肃然起敬，摘帽子在手，向上鞠躬。总统略为放出一点儿笑容，仿佛点了一点头。总统自己在正面一张雕花紫檀太师椅上坐下了，便对着大家说道："诸位都请坐。"大家又微微地鞠了一躬，向后退着，直待脚后跟碰着沙发，然后慢慢蹲下去硬着脖子坐了。总统先说道："你们贵同乡的呈子，我已看见。中央用人行政，自有权衡，要怎样办法，政府早就会顾虑到，何必要诸位来请愿。若是各省大吏，都是这样随便请愿就可以更动，大家效尤起来，那就不成事体。况且现在是责任内阁，诸位应该知道，不能因我一个人的好恶，就更动疆吏。"

姜公望这一班人，本想着一肚子的话，要在总统当面理论。现在见着了总统，八个代表面面相觑，竟没有一个人能开口的。姜公望正和胡佩书坐在一处，就轻轻地对他道："我们公推你说几句，就请你说吧。"胡佩书闷住嗓子，轻轻地咳嗽了两声，然后站了起来，说道："总统所说的话，公民自然是要遵从的。不过这次要求楚人治楚，也是民意。凡是公民要说的话，都在呈文上说了，总请总统俯纳民意。现在府门外，还有许多代表在那里等候，请总统……"说到统字，以下想要说给一个答复，偷眼一看总统的颜色，似乎有些不以为然的样子，赶忙缩住口风，另找他的话说。因一时又想不出什么话来，接连地说了几句请总统，就这样红着脸坐下去了。这八个代表，要算胡佩书胆子最大，他都是这样口里吃着萝卜说话似的，其余的人，更是说不出所以然来。姜公望想了一想，把脖子上的筋，涨得条似条地露出，站了起来，逼命似的逼出几句话来，说道："请愿的公民，昨晚在露天下站了一夜，他们都很希望总统容纳他们的要求。"说毕，站着不动，那七个代表一见，也都站立起来。

总统望着他们，静默了两三分钟之久，说道："你们暂且都回去，我总有办法。只要和地方上有益的事，我总可以办的。"代表们站了一会儿，又没有话说，得着这个机会，大家同鞠了一躬，便走出来。到了东辕门，公推姜公望对着大众报告。姜公望便嚷着说道："总统请我们在幸福斋相见，大家都坐着谈话，各侍从武官，都站在两边，总算十分客气。我们所要求的事，总统都答应了，不久就有明白的答复，我们喊几句总统万岁散会。"说毕，他果然昂着头，张开大口，喊起万岁来。可是请愿的人，都没有经过这种训练，哪里喊得出来。姜公望干喊了三声，无人响应，自己觉得也太单调，连忙改口道："请愿的事，已达到目的了，诸位回去吧。"大家哄哄一笑，这才走了。

姜公望八个做代表的，却早有暗约，等人走得干净了，便雇了八辆胶皮车，到王坦家里来报告。王坦听说他们来了，今日格外客气，一直迎接到重门边来，对大家拱拱手道："啊哟，诸位老弟辛苦了。"把他们引到客厅，听差忙着送茶送烟打手巾把子，又留他们吃饭。席上姜公望说到怎样维持着请愿团体，一夜没散，怎样见了总统，总统很客气地对我说话。胡佩书也说自己怎样割破手指头，怎样写血书，怎样见总首先发言。王坦听了，不住地夸他们会办事。吃过饭之后，王坦的账房，又拿出八十块钱来，每人送了十块钱的车马费。这些代表，都很满意地回去了。也是这些代表，命该要升官发财，正在这个时候，仇世雄得了中风的毛病，竟自开缺了。代表一听，结着四五十个人，为一个坚固的团体，天天到公府里去请愿，要求趁这个机会，政府允许楚人治楚。王坦本人又托了许多人到公府里去说项，总统被他们麻烦不过，只得照例把第一个镇守使升了仇世雄遗缺，省长就给了王坦。

在命令未发表以前，王坦就得了消息，便暗地告诉请愿代表，以后请愿不要提"楚人治楚"四个字了，因为那位督理也不是本省人，自己做省长，少不得是他的副手，怎样可以触他的忌讳？代表得了信，于是只单提拥护王坦为省长。过了几天，命令发表出来，王坦的大门口，立刻车马塞途。大门口的那盏电灯，向来是有客来了，才让它亮着，现在可是敞着电门，不到天黑灯就亮了。一夜到天明，灯都是亮的。这样一来，连这胡同，都跟着热闹起来了。

恰在这个时候，是王坦五十九岁的寿诞。做寿的规矩，照例是做九不做十的，这正是新任王省长的花甲一周，六十大庆之期。这个消息先是王坦左右两三位亲信传说出来，不到半天的工夫，各处都传遍了。姜公望、高弥坚这时都是王坦准亲信一流，得了这消息，便私下计议着，要怎样送礼。姜公望道："我们自己送礼，那不算什么，必得多邀些人凑份子，我们来领衔，那才有面子。"高弥坚道："既然是公凑份子，人数就多了。人数一多，份子就要分个层次，不能一律。这个层次，要怎样分法呢？"姜公望道："衙门送礼，向来是分福、禄、寿、财、喜五个字摊派，我们也就分五层去办得了，我想福字的份子，作为五十元，每矮一个字，差十元。"高弥坚摇着头道："那还了得？我们领衔的人，应该出多少钱呢？"姜公望道："这会儿，王平老是省长了，送省长的礼，难道三块两块的也好出手吗？所以最少的也要出个十块八块，才像个样儿。"高弥坚道："你这话虽然有理，究竟怕不容易邀人。我以为莫如打一个对折，也许可以多凑合几个人。"姜公望道："这样办也好，我们先试试看。"二人约好，就分头去办理。

姜公望知道他有七八个同乡的大学生，在北城组织了一个寄宿舍。

他们因为毕业在即，都很希望找一条出路。要说让他们接近王省长，他们绝没有不干之理。这样一想，便来找这班同乡。这几个同乡，有一位叫王少云的，最是有钱，姜公望到此，便先来拜他。王少云因为是个有钱的学生，同乡常常向他借钱。他先是不知道同乡的情形，三四元的小数，倒也肯移动，可是钱一借去，永没有人归还的。自己又是一个老实人，见了人的面，就说不出话来。开口向人要债，总有些不好意思。人家不还，也只得罢了。从此以后，他为避免同乡借钱起见，除了几个极熟的同学而外，什么人他也不来往。今天姜公望来拜访，在平常他也是不见的。现在他纷纷地听到人说，王坦做了省长，都是姜公望一班人请愿的力量。这姜公望回得省去，将来是王坦第一等的亲信。认识了姜公望，不啻认识了王坦，今天他来拜访，岂可交臂失之，因此赶快找了一件马褂穿上，迎到大门口来。

姜公望取下帽子，点了一个头道："阁下是王先生吧？我们好像在哪里会过。"王少云勉强放出一阵笑容来，说道："是的，会过的，请姜先生里面坐，先生贵姓是？"问了这一句话，知道错了，红着脸道："哦！是姜先生，姜先生台甫是？"姜公望见他这种忙无所措的情形，就料定了他是个无用的人，点着头，摇着手上的手杖，大踏步子走进去了。坐下来谈话，姜公望敞开来一谈，哪个大佬和他有交情，哪个名人和他有来往，王少云听了，只有答应是的份儿。后来谈到请愿，姜公望道："总统本来是我的老师，我因为他是个阔人，不犯着去找他。所以他一直做了三年的总统，我都没有去拜老师。逆料他贵人多忘事，也未必记得我。不料那天在幸福斋接见，一看见我，他就认识了。他抢上前一步，执着我的手说：'老弟老弟，多年不见了。这一向子，你在什么地方？'大家看见总统和我握手，都为之愕然，我就从容不迫地鞠了一躬，答应着说：这一向都在北京。总统说：'你既在北京，为什么不来见老师？难道老师做了总统，就不认识学生了吗？'我们这样一谈交情，把请愿的事，都搁在一边。后来还是我提起，今天是代表同乡来请愿的，请求老师俯纳所请。他因为当着大众的面，答应考量考量。到了次日，就单独把我传见。我一说王平老人很好，他就知道我的意思，说是把省长给他。老实说，平老这个省长，得我的力量，不在小处。"

姜公望越说越高兴，说到后来，就真像跟总统有了浓厚的交情一般。什么大事，都可以办到。等到他谈锋稍止，王少云禁不住问道："既然总统和姜先生有这样好的感情，总统一定要请姜先生出来做事的了。"姜公望道："他很有这个意思，想要我在府里当一名秘书。不过我很想回南去混混，打算和王平老要一个独立机关的事玩玩儿。不瞒你老兄说，我笔墨是荒疏得厉害了，很想找两位懂诗书的青年，给我帮一帮忙。但是读书的人，哪里又有工夫去谋差事呢？最好是刚毕业的大学生，能合我的条件。其一，是不减书生本色，其二，能做事又不沾染官场习气，你老兄路上，有这种人吗？"

王少云一想，肥猪拱门，这是运气来了，铁板也挡不住的事。听他所提的条件，我竟样样都可凑合，这不是万年难得的机会吗？可是机会是有了，人家是叫我代他找一个人，并不是请我。我要毛遂自荐起来，未免显着见财起意。这个且不管他，这句话怎样对人说，也就得考虑考虑。心里只在暗算，脸上却现出踌躇不定的样子。姜公望冷眼一看，已知道他上了钓钩，自己依旧是当着不知道，却和他道："这回王平老回省去，非比平常省长的调动。他一到了任，大刀阔斧，就要把现饭桶全盘开刀。然后将自己要用的人才，分别安插下去，总要把省政大大地洗刷一番。这样一来，自然要用好些个人。所以想出来做事的青年，这倒是一条极好的路子。"

说到这里，回头望了一望窗户外面，然后低声笑道："而且现在还有一个极好的机会，就是和王平老没有什么来往的人，一样有路子可走。"一面说着，一面将两手按着桌子，把头向前·伸，说道："王平老不是做六十整寿吗？若是在这个日子，做一点儿人情，彼此就认识了。"王少云听了，也不禁笑起来，说道："送礼这事，倒不怎样为难，不过一送了礼，就要向平老找差事，那似乎有些不大合适吧？"姜公望昂头一笑道："王先生，你究竟是个老成少年，没有脱除书生积习，这个年头儿，明买明卖的，也不知道有多少，借着送礼攀交情，那正是上一等的运动法子了，你还觉得不体面吗？"王少云想了一想道："就像兄弟，是不敢说出来做事。可是对于同乡的老前辈，敬重敬重也是应该的。若是现在送平老一份礼，平老肯受吗？"姜公望两手一撒，笑道：

"人家正是敞开来收礼，怎样会不受？"王少云道："礼要怎样送法呢？"姜公望见他问到这里，正是机会了，便道："你老兄果然愿意送礼，那倒好办。我有一班朋友，他们正在凑份子，给你带上一个名字就得了。"王少云道："有多少人凑份子？"姜公望道："那可多了，恐怕有好几百人吧？"王少云听了这话，又犹豫起来。心想几百人里面，凑上一股份子，王平老怎样会知道？那钱算白花了。

姜公望见他半晌没有作声，明白他的用意，便道："人多不要紧，缘分看层次呢。他们是分福、禄、寿、财、喜五个字送礼。认福字股份，每人是二十五元，以后低一个字少五块钱。出钱多的人，开名单的时候，可以把名字开在前面。王平老是个精细人，哪里也不肯得罪人的。这种名单和收礼簿子，他自己都得检查一回的，绝不会漏了。若是你老兄愿意让平老特别注意的话，可以邀些人，凑成一大股，在总名单上，把你列在几个领衔的人里面，那就格外好看了。"王少云道："领衔的人，也像代表一样吗？"姜公望道："自然一样，到了吃寿酒的时候，平老自己出来招待，哪里招待得许多？所以那一天，他就请领衔人替他当代表，分任招待员。一做了招待员，那就好和寿星公接近。寿辰一过，他少不得还要另办几席酒，答谢招待员。有这几回在一处周旋，还不够认识的吗？这是对平常的人而言，若是你老兄这样办，我可以凑着您和平老当面的时候，特别介绍一下，越发地熟了。"

王少云经他这样一说，真个活动了，笑着对姜公望拱了一拱手道："那诸事就都仰仗姜先生指教。"姜公望脸色一正道："论起来，我和王君还是初交，这样热心合作，老兄或者要疑惑我别有用意。"王少云不等他说完，连连拱手道："不敢不敢。"姜公望道："这也是人情，不足为怪。可是我对于你老哥，交浅言深的原因，完全是看见你老兄少年老成，愿意交为朋友，并无别的用意。"王少云口里连说是是，再三奉揖，请姜公望不要见外。

这个时候，正好是寄宿舍开午饭的时候，王少云便竭诚表示，请姜公望吃午饭。走出房来，叫伙计吩咐厨房里添一客饭，另外给了伙计两毛钱，叫他买三个鸡蛋、一毛钱香肠，一齐交到厨房里去办，开饭的时候，一路送上来。伙计拿着钱，照办去了。姜公望知道公寓和寄宿舍里，那伙食是不会办得多么好的。但是这一趟的来意，并不是要认识王少云而已。他既然留着吃饭，倒可以趁此机会，多拉拢几个饭桶。就也不客气，答应在这里吃便饭。一会儿开饭了，王少云引着姜公望到饭堂里来，把同桌的同乡，都给姜公望介绍了。姜公望一看他们的样子，很是老实，料着不难勾引，一面吃着饭，一面高谈阔论地说起来。王少云也就把送礼的意思，对大家说了一说。这些学生，都是快毕业的人，谁不愿意认识阔佬？各人的脸色，都表示可以办理。

这其中有个葛天民先生，为人有点儿小聪明。他把送礼联络王平老的话，听在心里，却也不作声。这天姜公望在这里，助着王少云筹款。这些人都想做事的，谁也不肯少出钱，都认了一个寿字的股份送礼。唯有葛天民却说手边没钱，过两天再说。王少云却对同住的人，大大地评论了一段，说葛天民没有出息，怎么这好的机会，他都愿意放过？难道还有第二个省长让你来认识吗？葛天民闷在心里，却不和他们去辩论。他自己却有一个划算，既然讲究送礼认交情，自然越多越好。与其东凑西拼，弄上许多人送一份礼，何如我一个人花一笔大款子，单送一笔礼呢？就是按着福字送礼，一股二十五元，十股也不过二百五十元。凭我个人的力量，这个数目，倒也办得到，何必要邀人凑份子。我想十个人的股子，由我一个人去送，那就越发地有面子了。有了面子，见工平老谋差事也好说话些。哈哈！他们凑份子的，倒笑我没出息，将来谋得了事情，看是哪个有出息，哪个没出息？

他自想了一篇妙策，也不告诉第二个人，将自己邮政储金的簿子，拿到邮政局里去，取了三百元现洋出来。葛天民自己计划一番，算定送三百元的礼。照我们家乡的规矩，都是打八折为十数，三八二百四，三百元里面，还可以多出六十块钱来。这六十块钱，自己可以拿去做一套衣服，也好那一天去当招待员。这样想着，便把那些洋钱八十元一包，包了三包。里面是河南棉纸，外面又将红纸裹好，写着寿敬两个字。自己以为这事是巴结阔人的好计，可不能让别人知道。依说这笔寿礼，要差一个人送到王宅去，才算合礼。可是洋钱上了二百多，若是听差见了钱红眼睛，路上把款拐跑，那又怎么办？这钱虽然是送礼的东西，总不应当送给他。为慎重起见，还是自己送去的好。送到王宅号房，他见了重礼，少不得先去回禀一声。也许王平老一高兴，先就让我进去会面，那就更好进步了。又转身一想，老爷要钱，听差也未尝不要钱。我再送点儿小人情给那听差，让他再给我说两句好话，双方并进，王平老非将我传见不可。传见之后，我极力地对王平老一恭维。我们的感情，就会好了。这样办，人不知鬼不觉的，我把差事弄到手，他们还猜不出是什么缘由哩。

越想越对，把那包好了的洋钱，锁在箱子里，静等着王平老的生日来到。又揣了二十多块钱在身上，到天桥估衣市上，去收买了一套八成新的夹袍和马褂。买回来之后，自己在屋子里穿着，试了一试。对镜子一照，果然觉得有几分威仪。心想趁着屋子里没人，何不把送礼的事演习演习。于是戴了帽子，手上捧一卷字纸，当是二百四十元现洋。先走出房门，把这屋子当了号房。取下帽子来，对屋子里鞠了一躬，肚子里问道："找谁？"因笑着对房门说道："劳驾，我是来送礼的。"肚子里想道：这时号房应该下去翻开礼簿，翻着眼睛问道："送的是些什么东西？"因此他走进房去，将那卷纸放在书桌上，却对着自己坐的那张空椅子点了一个头，笑着轻轻地说道："是三百块钱。"说到这里，葛天民将那一卷纸，向桌子里面移了一移，然后掏出一张名片，给自己坐的那张空椅子看了一看，笑道："请您上去回一声。"自己心里又想道：那号房见了三百元的厚礼，不能怎样藐视我。这时必然站起身来，冷冷地对我说，你放下吧。于是在身上一掏，掏出一个小纸包，对着空中伸了过去，笑道："这一点儿小意思，请买包茶叶喝吧。"他又想道：接着这钱，他必定欢喜的。就说："您哪，就是葛先生。您多礼，请您待一会儿，我这就去给您回。"

葛天民一个人在屋子里演独角戏，演得正是得意。他同学的陈搏九，站在外面，看得呆了。心想，他一个人在屋子里，又说又笑，又做手脚，这是怎么一回事？莫非他疯了吗？慢慢地走近前来，只见葛天民对空椅子鞠了一个躬，自言自语地道："早就要过来拜见省长，恐怕省长公忙，不敢冒昧前来。"陈搏九哎呀了一声，说道："天民，你这是怎么了？"葛天民回头一看，脸变成了猪肝色，口里都噜都噜闹了一阵，说不出话来。陈搏九看他的情形，倒不像是疯了，可他猜不出所以然来。站着远远地对他问道："老葛，怎么样？你身体有些不舒服吗？"葛天民这才说道："我对你说实话，你可别见笑。我现在托了一个人，在王平老那里说话，听说已经发生了一点儿效力。不定那一天，我就要去见他。我因对于官场这些礼节，不大熟习，所以在家里练习一番，以免见了人，说不出话来。这种办法，我也实在是不得已，倒不料被你撞见了。我告诉你这话，你可别对第二个人说。因为这件事，和我前途关系很大哩。"陈搏九道："怪不得这一回凑份子，送王平老的礼，你却没有加入，原来私下一个人，倒有一条终南捷径。我不知道，那就算了。现在已经被我知道，能不能够让我加入来合作？"

葛天民被他这一逼，倒没有话来答复。本来自己能不能够见着王平老，那还是不知道。现在怎样好带一个人合作？便现出踌躇的样子道："这是我一个人的私事，怎样好公开起来？"陈搏九笑道："我们是好朋友，你发财，总不好意思把我扔下。向来我就引你为我平生的知己，怎么有了一点儿希望，你就不认交情了吗？"葛天民道："不是我不认交情，你想，就把我这一方面按下不提。王平老单单许我去见，那本是一件私事，而且也是我一个人的好处。这样的私事，我都给他说出来，他信我别的事，还能守秘密吗？所以你所要求我的话，至少让我见了王平老以后，看看情形如何，再给你拉拢。在目前，我为人为己，实在没法儿办到。"

陈搏九一想，他也说得有理，便道："你既有这一份困难，我可也不能勉强，反而坏了你的事。但不知你说的见王平老，哪一日去见。"葛天民一想，我又说得上是哪一天去见哩，便随口答应道："总在这两三天之内，反正在他的生日以前。因为介绍人说了，他做生日的时候，要好些个人帮忙。见了面之后，我将来好去做一个招待员。"陈搏九道："好极了！好极了。将来你做了招待员，务必引我去见平老谈谈。"葛天民道："那是自然，不但引你去见平老，我还要把他左右亲信的人物，都引着和你成为朋友。以后大家是熟人，差事就好弄了。"陈搏九笑着拱了一拱手道："这才是好朋友，所以我就常说，在同乡之中，唯有我和你最说得来。你哪一天去见王平老，务必给我一个信儿。见了回来，也好让我听了欢喜欢喜。"葛天民一篇鬼话，这算是把陈搏九冤过去了。

可是过了两天，陈搏九不住地追问，见着王平老没有？葛天民先是说没有去见。又过了两天，陈搏九道："天民，你怎么还没有去呢？平老的寿期快到了，这时你不去，招待员还能想得到手吗？这样的机会，你千万别自暴自弃，赶快进行。若是介绍人没有回信，也应该去追问一声儿。"葛天民道："介绍人昨晚才从天津回来，我就钉着追问了。据他说，叫我明天上午去。王平老会在家里等我呢。"陈搏九道："哎呀！这是难得的事啊。他做到了省长，漫说不高兴等人，就是等人，非简任职也不够资格。现在他居然等你，你这个身份不小。"葛天民道："正是这样，所以我前两天不肯冒昧从事。若是急于求见，反让人家小看了。"陈搏九道："你那身新制的衣服，我都看见了，见客正合适。明天去，我还要贡献你一件事。不要省那几个钱，拣一辆干净车，坐个来回车吧。"葛天民道："我打算坐一辆马车去。"陈搏九道："那更好了，那更好。总而言之，王平老既然候你去相会，也是他看得起的一位朋友。既是他的朋友，场面是要的。不然的话，人家是新放的省长，走去一个不出色的朋友，人家面子也不好看。我有一家熟马车行，我给你叫车，可以打一个八折。你几点钟去？我这就可以打电话。"葛天民道："不忙，明天再说吧。"陈搏九是一番好意，生怕葛天民省钱不会坐马车去，便道："你总是要坐的，何妨今天就定好？而且除了我那家熟车行，也不会有这样的车价。你别省这几个钱，就是我给你垫上，也不要紧。"葛天民听见人家说出这话来，再不好意思说不要车了，就答应由陈搏九代为雇车。到了次日上午九时，马车已停在大门口等候。他是势逼处此，只得换了衣服，带着那二百四十元现洋，上了马车，向王坦家里来。

这个时候，王坦不像平常，每日车马盈门。一个人会客会得多了，有一种说不出来烦腻的情形。因此王坦重申门禁，不是极熟的客，总给他一个不见，葛天民到了王宅门口，挟着洋钱，便到号房里去。一进门，号房翻着眼睛便喝问了一声："找谁？"葛天民鞠了一躬，笑道："劳驾，我是来送礼的。"号房道："送礼？送什么礼？送寿礼吗？还早着啦。"葛天民连说了两声是是。因为在家里自己盘算了多日，却没有料到号房会说这一句话，愣了半天，然后将那三包洋钱放在桌上，又掏出一张名片，放在一处。号房见那红纸包上，写了寿敬两个字，这才明白他的用意。看纸包有那样长，那样大，不会是三包铜子。心里暗想，这倒是一件新闻，我没有听见说过带着这些个送钱份子的。便道："我们这里的寿礼怎样收法，还没有听见省长吩咐。这个我们不敢收下，您先带回去吧。"葛天民想道："真不出我之所料，他要借此敲竹杠呢。"便笑着拱了手拱手，两个拳头，直碰鼻子尖，口里可就说道："诸事都求你先生携带携带。兄弟这里有点儿小意思，请你买包茶叶喝。"说着，就在袋里一掏，掏出预先包好的一个小红纸包儿来。这里倒也包着两块现洋，托在手上，有一两来重，便一直送到号房面前来。

这号房越见越透着奇怪，送大礼，外带送一份小礼，这是哪里新定下的一条规矩？不过人家送礼，总是一番好意，不能给人家不好的颜色，便笑道："这是哪里说起，从来没有这样的规矩。"葛天民将纸包放在桌上笑道："你老哥嫌少吗？请你进去回一声，只要省长受了礼，你老哥的好处，兄弟总知道。下回来见省长，兄弟再补您的感情。"说着只向号房打拱，号房虽不在乎这一两块小钱，看见人家只赔笑脸，只说好话，也就大为心软，说道："既然这样说，我给进去看看，这纸包儿暂搁在外面。"葛天民道："索性劳您驾吧，也带了进去。您见了省长，就说葛某人虽不曾来拜访过，可是早就钦佩得了不得。现在省长的寿诞，不过尽一点儿庆贺的意思。本想买了东西来，我又不知道省长喜欢些什么。所以……所以……"说着，将那三包洋钱，推了一推，接上说道："所以带了这一点儿小意思来。可是意思虽小，兄弟倒是不带一点儿假，望您送进去，代说一说。"

那号房也是失于检点，心想这种新鲜事儿告诉主人，倒可让他乐上一乐。便依他的话，捧着那三包洋钱，一直送了进去。王坦正在一张办公桌上，料理几件函稿。号房将三包洋钱，扑通一声，放在桌上，将片子送给他看。王坦一看那片子，说道："我并不认识这人，他要会我吗？"号房禀道："说起来可乐，他倒不是一定要会，他就送了这个纸包来，再三再四地一定要进来回一声儿。"王坦上了年纪，很要名誉。虽然爱钱，他只许人家暗送，不许人家明来。葛天民拿了三包洋钱，大吹大擂，从号房里送来，未免令人难堪。当时王坦勃然变色，将桌子一拍，说道："浑蛋！什么时候你见我受过人家这种东西的？由你们这样一闹，我不是贿赂公行吗？把这个姓葛的留住，不让他走。问一问他，这是谁教给他的法子，往我这里送钱？若说得不明，喊两个巡警来，把他带了去。"号房碰了这一个大钉子，还敢说什么，只是垂手站在一边，僵着脖子，硬着脑袋说是。

这里紧邻着上房，王太太一听到王坦在发脾气，便走到门外来仔细听着。后来听明白了，原来是一个人冒冒失失送来几百块钱来。老头子觉得招摇，要把送礼的人送到区子里去办。王太太一想，俗言说：狗不咬拉屎的，官不打送礼的，哪有人家送了礼来，还要办人的道理？便走进来说道："这个人，大概是个傻子。我们不收他的东西，也就算了，何必难为他？他送了东西来，反正不是歹意。"王坦道："怎样不是歹意？他以为送了钱来，我就可以给他官做，和他交买卖呢。只要他这样一闹，我的名声可就糟了。就算没人知道，他无故地送一笔钱来，又把我当作什么人呢？哼！真是以小人之心，度君子之腹。"说着，背了两只手在屋子里踱来踱去。王太太道："你一定要办他，警察厅一送，经官动府，这就越没法子守秘密了。三言两语把他打发走了，只当没有这回事，这一页书就不揭过去了？"王坦道："这样办，可便宜了他。"王太太趁着王坦松了口风，就对号房道："你把这纸包拿出去，交还他吧。你也不必说什么，你就说彼此并不认识，不能受他的礼，况且省长这回做生日，也不敢怎样惊动人。将来送了东西来的，人家花了钱，没法子退回，或者收下一点儿。至于银钱，那是绝不敢受的。"号房没口子答应是，怕太太说完了，省长还得说，不让太太说完，抱着那三包洋钱就出去，王太太老远地还是喊着别难为了人家。

号房回到门口来，葛天民见他将三包洋钱依然带出，心里先一阵不痛快，他便笑着问道："怎么样？省长不肯赏脸吗？"号房将三包洋钱放在桌上，半晌，才说出一句话道："倒清霉。"葛天民看他的脸色，一点儿笑容没有，也不敢作声，拱着手说道："劳驾……"号房不等他再说，喝道："劳什么驾？你还打算让我进去替你说吗？让你好好地出这大门，你就是造化。"葛天民听他这话，吓了一跳，说道："怎怎……么了？省长不高兴吗？"号房见他只把两只手抓大腿，哭丧着脸，

206

心里又有些不忍，便把王坦发怒，王太太讨情的话，略略说了几句，说道："你不打算走，还想等什么呢？真要让他叫着警察来吗？"葛天民听见说要找警察，心里这才有些着慌，将三包洋钱拿在手上，提脚便要走，忽然想到整数之外，还包了两块钱的小纸包儿，送给号房买茶叶喝。当时一定要人家收下，他接了去，顺便一揣，似乎就不见了。礼既送不上，这里也不必再来了，还要和他攀个什么交情，于是又回转身来对号房道："送不上礼，这也不要紧，我这就走，可是……还有一包呢？"号房把脚一顿道："你是成心捣乱来了。你那三个纸包儿，原封没动，全交还你了，哪里还有一包？"葛天民吞吞吐吐地说道："有是有一包。"号房道："胡说，你活见鬼。你拿进来是不是三个红纸包？"葛天民道："是的。"号房道："你手上现在有几包？"葛天民道："三包。"号房道："这不结了。你说这话，你自己就该打嘴。你拿进来是三包，你现在拿走还是三包。你全拿走了，还要什么？"葛天民道："这三包是对了，还有一个小纸包呢？"号房这才明白，他是要那个小纸包儿，便在桌上墨盒底下，摸出那个纸包来，向地下一扔，说道："瞧你这个德行，走吧。"

葛天民捡起那个小纸包，一溜烟地出了大门。马车夫见他出来了，便开着车门，要让他上去。葛天民道："我不坐车了，你回车行里去吧，晚上到我寄宿舍里去拿钱。"车夫道："您坐着车回去不好吗？"葛天民道："我不回去。"车夫道："您不回去，更要坐车了。我们出一趟车，送您到这儿，就算了吗？"葛天民见马车夫勉强要他坐车，心里大不高兴，将脸一板道："你这人真是不讲理，我坐你点钟的车，给你一点钟的钱，这是十分公道的事。你为什么一定要我坐你的车？你说出了车，不能就这样回去。难道我坐了一趟车，就包你一天不成？"马车夫道："要像你这样坐车，我们要像拉洋车一样，三个子儿一趟，两个子儿一趟了。我们的规矩，是六点钟起码。你不坐也成，回头咱们照规矩算钱。少一个子儿，咱们是区里见。"说毕，坐上车去，拢着马缰绳就要走。

葛天民一想，他们这些人说得出就做得出。我别车没坐，倒要照规矩给钱。说道："既然那么着，你别走，我坐你的车回去就是了。"说着，爬上车去坐着，说道："送我回去吧。"车夫道："就是马上回去，咱们也得照规矩算，而且还是六个钟头。"马车夫这样信口开河地一说，成心把葛先生当老冤。葛天民并没有坐过马车，想他们的规矩，或者是如此。钱已花了，我不能白让他拿去。何不坐着这个车，在城里城外绕几个弯儿？花六点钟的钱，我就得坐六点钟的车。便对马夫道："你一定要拉我也成，你拉我上前门。上了前门，到西城，回头再转东城。"马车夫道："东西南北四城，都要走到吗？"葛天民道："你就不必管了，反正坐你一点钟的车，给你一点钟的钱就得了。"车夫见他这样说，果然拉着他满城一跑。到了下午一点，方才回家。

葛天民一下车，陈搏九便迎了出来，笑道："去了这样久，一定是王平老留着，大谈了一会儿，对不对？"葛天民只得含糊答应，挟了三包洋钱，自回房去。不料寄宿舍里的人，全得了这个消息，都来问他见着王平老说了些什么。事到其间，葛天民也是骑虎莫下。说道："我一去，他先是请我在大客厅里坐。后来客到多了，他又请我在内客厅里坐。谈得久了，不觉到了十二点，他一定要留我在那里吃便饭。我知道他们的饭很晏，非到两点吃不了，我就告辞出来了。"大家听说王坦留他吃饭，都埋怨他为什么不吃饭，回到家来，也没有什么事，在那儿多待一会儿，要什么紧呢？葛天民道："你们是饱人不知饿人饥。你想，平老陪着我说话，外面大客厅里，还扔下一屋子客呢。他老陪着我，外面那些客，可等得不耐烦。我是设身处地一想，觉得是走得对。"有人问道："这样说，你一来一去，简直没有耽搁了。"葛天民道："可不是，我下车就进王公馆。出了王公馆，就上车回来。"

正说到这里，门外的马车夫，一直嚷了进来，说道："给我们车钱呀，东西南北城溜达了一天，我们还没有吃饭呢。给了车钱，让我们回家吃饭去啊。"葛天民通红着脸，赶忙将车钱照给，打发他走了。寄宿舍里的人，看见这种情形，倒有些疑心。想着他说在王家坐了几个钟头，为什么车夫又说满城都跑遍了？只有陈搏九对于这事，却极端地相信，反笑各人所见不广。王少云正是想走王坦这条路子的人，私下便把陈搏九叫到一边，说了许多话，问葛天民和平老的关系究竟如何。陈搏九先是不肯告诉。后来才说，葛天民是有人介绍的，而且私下查出，葛天民曾送了王平老一笔大礼。数目多少，虽不知道，看见他带了三个红纸包儿。一个纸包儿，大概有一百元。照说，那就是三百元了。王少云听在心里，他送三百元，就有这样交情，我若是送个六百元呢？那不更好吗？只是一层，这钱要怎样个送法？倒是一个问题。自己踌躇了会子，总是没有法子入手。后来一想，姜公望和他很接近，或者问一问姜公望，他肯告诉我，也未可知。

于是瞒着同住的人，就到会馆里去拜会姜公望。姜公望知道他这一来，是款子凑得有把握了，便笑道："大概有些办法了吗？"王少云道："有是有些把握，不过那些凑份子的人，他们都以为送款的手续，很可踌躇，不知道还有什么办法吗？"姜公望道："笑话了，我们凑份子，是拿钱去办礼物，哪里是送款到他那里去？"王少云道："没有送款子的吗？这个……这……似乎有吧？"姜公望笑道："你老哥哪里听来的这话？"王少云道："我听到一些人说，送礼像在公司里投资一般，只要找到一个经手的人，这差不多是公开的事。所以这件事，知道的人，很多很多。"姜公望一想，做大官的人卖小缺，这也是常有的事。王平老既然闲了许多年了，大概不能十分有钱。他想在北京未动身之先，捞几个钱做川资，这也是人情之常，就不敢一口断定说没有，便道："也许有这件事，但是我没有听到人说，让我打听明白了，我再回你的信。若是真有这件事，你要怎样办，只要通知我一声，我一定可以和你帮忙。"

王少云心里忖度着，一定是有这件事。不过他怕我直接去办，所以不对我说实话，我摸不着门路，一定托他，他好在这里落个二八回扣。我不能那样傻，拿大洋钱去塞狗洞，便道："那就很好，我想这件事，不会怎样假，我就等你的信儿。"姜公望道："你老哥既然这样办，预备多少款子呢？"王少云道："我私人名下，预备六百块钱试试。若是真有好处，我再加上个四百五百的，那也不算什么。"姜公望道："既然预备大干，一千八百，那很不算多。今天晚上，我要到平老那里去的，顺便可以给你打听打听，看究竟是怎么回事。"

王少云听了，口里哼着随便答应，就告辞走了。他私人盘算着，若是经人转交给他，不能说涓滴归公。而且这事，也究竟多一人知道。俗话说得好，私财不通六耳，这事我还是自己直接送去的好。不过送钱运动差事，自己还没有干过这个调调儿。怎样开口，怎样交款，还不知道，现在要办这事，只有一个法子，写一张支票，封在信里，寄给王平老。另外却叫他回我一封信。信到了手，就是一张收据，话就好说了。这一来，只有寄信的我，拆信的他，可以知道，总是十分秘密的事了。他自己想着，以为这办法最稳当。他家里来的钱，本就存在储蓄银行里。他就开了一张六百元的支票，写了一封信，封在一处，亲自送到王坦家里去。号房见是一封信，就照例给了他一张收条。王少云道："这是一封要紧的信，也就给这样一张收条吗？"号房见他这句话问得外行，说道："漫说是一封信，就是国务院来的公文，我们也是这样一张收条。"王少云道："那我也晓得，不过我这是一封要紧的信，你只写了来函一封，那怎样成呢？"号房拿了一根烟卷，自擦着取灯儿去抽烟，半响，没有作声。王少云道："和你商量商量，能不能够在这收条上添注要件两个字？"号房道："我们不会写，你要留下就留下，不留下你就带回去。"说着，在桌上拿了那封信，向王少云面前一掷。王少云怕真个闹翻了，便拱拱手道："我不过白说一声，若是不能，那就算了吧，不知道省长在家没有？"号房道："不在家。"王少云道："什么时候回来呢？"号房道："没有准儿。"王少云见话不投机，只得说了一声劳驾而去。

这个时候，王坦倒是真不在家。到了晚上回来，看见桌上存放的信件。便一一拆开来看，拆到王少云这一封信，将信纸一抽，里面掉出一张硬纸片，捡起一看，却是一张六百元的支票。心里想道：怪呀，谁开一张支票，用信送了来呢？于是且看那信，那信说道：

省长勋鉴：

　　敬启者，久闻德望，素仰斗山，识荆无自，倍切景崇。倾读明令，知我公将长乡邦，造福桑梓，可以预卜。更以父老所传，节届清和，适为六旬大庆。凡此两亨，均为乡人所荣幸。少云不才，负笈京师，忝在乡末，遇此大典，不能无以庆祝。兹附函恭呈六百元支票一张，聊以申贺。不腆之仪，尚乞哂

210

纳，特此恭叩钧安。

乡末王少云顿首

信纸之外，另外又有一张纸条，开了详细姓名住址，并注着一行小字："如有宠召，只须遣价掷来一示，当即恭谒台端。"王坦将信反复看了几回，知道这又是官迷发了狂，做出这种怪事，又好气，又好笑，前几天有人送了三包洋钱上门，今天又有人送了支票来，何以无独有偶？莫非有人从中捉弄这事吗？

王坦正在纳闷儿，号房又送上一封信来。王坦便问王少云这封信，是个怎么样的人送来的？号房道："看那样子，送信的就是本人。"因把王少云在门口麻烦的情形，说了一遍。王坦道："他还说了别的话没有？"号房道："他没有说别的话。"王坦沉思了一会儿，说道："好吧，以后他要来了，趁着我在家，就留住他。"号房答应是，退出去了。王坦一想，这样的事，若是接一连二地来，真足为盛名之累。非重办一个，不能替自己洗刷，以儆行贿者之效尤。

次日上午，就叫了一个听差，到王少云寄宿舍里去通知了一声，说是省长传见。他们这寄宿舍里，也有一个看大门的听差。听说省长要传见王少云，十分得意。在外面一路嚷了进来，口里说道："王先生，王先生，省长传见来了。"王少云听见，这一喜，那一颗心几乎要由腔子里跳将出来，便道："找哪个王先生？"第一句在屋子里答应。接上说第二句道："是找我的吗？"这时人就到了外面来了。听差道："可不是？说是省长等着你说话呢。"这时寄宿舍里的人，得了这个消息都围上来了，葛天民最是不服，心想这一条路子，我钻了许久没有钻上，今天怎么倒会传见他哩？这真怪了。

王少云见葛天民来了，笑道："我们这里和王省长认得的人，倒越来越多了。我和他的交情，不算怎么深，也没有人介绍，他忽然派人来传见，真是想不到的事。"旁边就有人道："既然请你老见去，一定有很好的事商量，回来我们听你的信儿，要喝你的喜酒。"王少云笑道："若是有点儿消息，我一定请诸位喝酒。就怕这回去，王平老只是和我谈谈话，不肯派差事，那就没办法。"大家都说："不会的，他是有事的人，

211

无端找你去闲谈天不成？"王少云道："那也差不多，我这就去。"听差在一边插嘴道："就这样走了去可不像样子。我给你雇辆马车，您看怎么样？"王少云一想，葛天民上次去见王平老，坐了一回马车，就把眼睛插在头顶上。现在我也去见王平老，我总得赛过他。便道："叫一辆汽车吧，坐马车倒显得不大方。"寄宿舍里的人，听他坐汽车去拜省长，都羡慕不置。唯有葛天民憋着一肚皮苦水，这话可无从说去。自己去求见，碰了一个大钉子，那倒不说。人家坐在家里，偏来传见，不是怪事吗？王少云这一去，一说到和我同住，王平老必然将我那天送礼，把我轰出来的话要说一遍。我的黑幕，由此完全揭破，脸往哪儿搁呢？

王少云虽不知道他为难的情形，但是这次传见是公开的，人人都知道，不像葛天民那回去，是偷偷摸摸，因此他面子一足十分高兴。一汽车坐到王坦门口，下了汽车，踏着大步进去。心想那混账的号房，上次来送礼，饱受了他的气。这次我可要抖上一抖，报他的仇。于是掏出一张名片，走进号房去，向桌上一扔，口里说道："拜会你家省长来了。"号房见他笑道："你来了，好极啦。"王少云道："这是你们省长请我来的，你进去说吧。"号房道："别忙，你等一等儿吧，省长正在吃饭呢。吃完了饭，我自然给你去回禀。"王少云脸一板道："胡说，是你省长叫我来的，又不是我自己来求见，也许有要紧的事等着说，你为什么不上去回？吃饭不吃饭不要紧，误了省长的事，谁负责任呢？"号房笑道："省长没有什么要紧的事，要紧的事，在您自己这儿哩。您真不能等，我就给你去回。"说毕，拿了名片，笑着去了。

王少云心想，他为什么老笑，莫非这里面有什么玄虚吗？等了一会儿，号房走将出来，说道："你等等儿吧，省长说了，吃完饭就见。"王少云听了这话，只得在门房里稍候。心里想着怎样接见，怎样说话。只在这个时候，忽然进来两个警察，便问号房道："这人在哪里？"号房指着王少云道："就是他。"王少云忽然见有警察来问他，心里一想糟了，莫非王坦告了我无故行贿吗？立刻面无人色，直着两只眼珠望着警察，简直说不出话来。一个警士问道："你姓王吗？"王少云道："是……是……我我我是省长叫我来的。"警士冷笑道："省长叫你来的？告下你了。走吧，和我到区里去。"要知王少云肯去与否，下回分解。

第十七回

老命轻抛家倾酷吏
阃威大振党号夫人

却说王宅来了两个警察，便要拉王少云到区里去。王少云道："我犯了什么事？省长告下我来。"警士道："你自己犯的事，你自己自然知道。你犯的什么事，还问我们吗？"王少云道："这里省长着人去叫我来，我就来了，这不能算我犯什么事。"警士道。"你犯事不犯事，别对我们说。我们奉了公事来的，只知道请你到区。你有什么可说的，对我们区长说去，别麻烦了，大家都有事，你就走吧。"王少云："我不能去，我没犯事。"警士道："你说你没犯事，那就成吗？你再要不走，我们可就不能客气了。"一个警士说着，一个警士用手操着他的胳膊，说道："走吧。"王少云一想，自己白丢了六百块洋钱，这会儿又要拖到区里去，真是人财两空。无论如何，我不能跟着他走，就是要拉我去拘留起来，我也要把钱弄回来再说。区里一关起我来，知道是三个月或者五个月，把我放出来的时候，王坦早出京卜任去了，我到哪里要钱去？于是对警士道："要我去也可以，我必得见见这里的省长，和他谈几句话。"说着话，身子可就向后仰着，倒在一张椅子上。警士对号房道："看他这样子，实在不肯走，请你进去回一声儿，到底是怎样办？"号房道："省长很生气，进去回也没有好话的。"王少云道："见不着省长，我就不走。"说着，把身子一直向后倒下去，口里连说，"我没犯事，我不走。"

正在难解难分之际，恰好姜公望来探望王平老，听到号房里争吵的声音，却有王少云在内，便伸头向里一望。王少云看见姜公望，以为是救星到了，便连连喊道："姜先生，姜先生，你给我说一说，他们要抓我到区里去呢，这不是怪事吗？"姜公望见情形如此，一定很糟，便问号房是什么事，号房知道姜公望是王坦身边一个红人，便道："我也不知道为了什么事，前天，这位王先生送了一封信来，后来省长看见，很是生气。今天把王先生请过来了，我上去一回，省长就让人打电话报告警察。究竟为了什么，王先生自己也不明白。据我看，无论怎样，和那一封信总有些关系。"

姜公望便问王少云道："你老哥那信里头写了些什么？"王少云道："我并没有写什么坏话呀？我因为省长的寿诞快到了，有点儿小意思孝敬省长，这也不能算犯法的事吧？"姜公望想起来了，王少云说过，要拿钱送寿礼，大概他没有弄清手续，冒冒失失就把钱送来了。但是这虽然有失礼貌，究竟没有什么恶意，何必把人送到区里去，便对两个警士道："这或者王省长有些误会，请你等一等，让我进去问问，究竟为了什么。若是事情并不重大，就不必到贵区里去，招出许多麻烦。"两个警士看见都是体面人，也不一定固执，便道："那就很好，请你进去说一声儿，我们就在这里等着。"

姜公望安顿好了，便一直进去见王坦，先是说了些闲话，后来便提到王少云的事，王坦道："实在令人生气，他们这些东西，竟把我这里当作做买卖的地方了。"于是就把上次葛天民送现洋，这次王少云送支票的话说了一遍，因道："这个样子，我在外面的名声，那还听得？我非重办一个以儆其余不可！"姜公望道："这种人都是没有脑筋的东西，何必和他计较。依公望的意思，这样威吓了他一顿，他一定知道厉害了，就放他回去算了吧。"王坦道："上次那个姓葛的来了，我也是这样想，放他回去就算了。你看，姓葛的放了不是？现在又有那么一个姓王的来，所以我对于他们，实在不能客气了。"姜公望再三地说，送到区子里去，也不能办他什么大罪，不如放了他，倒见得省长量宽容物。王坦道："依你的话，就把他放了吧。我另外托你问他，他拿钱向我这里送，是他自己的意思呢，或者是另外有人告诉他这个法子？叫他务必说出来，我不难为他。"姜公望一想，若是这样问，倒问到我自己头上来了，便含糊笑应着。王坦在公事桌抽屉里，把那封信寻了出来，交给

214

姜公望道："他的原信和钱都在这里，请你转交他。"姜公望拿了信出去，哪里还问什么，就说自己做主硬保下来的，叫他赶快走。王少云一出门，坐上汽车飞驰而去。

姜公望回复王坦，就说他送礼，是自己的主意。这里王坦坐着抽吕宋烟，脸孔板得铁紧，兀自余怒未息。姜公望静默了一会儿，然后笑道："这种人，大半是没有脑筋的蠢物，其实不值得和他们计较。"王坦鼻子里先呼的一声，方才说道："这一定有人主使，请你给我访一访。访到了这人，我一定要重办他。"姜公望只得答应了几个是。王坦道："我素来就不喜欢应酬，加上我是快要出京的人，事情很忙，更不应该做什么生日。我的生日还没有到，就有这些个笑话。真办起来，就更了不得。现在我决计提前出京，躲过这个生日。虽然一刻不能走远，暂时到天津住些日子，也是好的。"姜公望身子微微向上一起，笑道："省长六旬大庆，非做生日可比，一般同乡，都打算庆祝一番，就是公望……"说到这里，看了一看王坦的颜色，然后说道："也很赞成一般同乡的意思。"王坦道："我并不是矫情，说生日不能做。但是树大招风，很容易引起外面的误会，不如不做为妙。"姜公望道："做生日的多得很，不见得省长一做生日，就会……"说到就会两个字，只见王坦皱着眉毛，十分不耐烦，连忙改口道："省长顾虑得自然不错，这浑浊的世界，小人多而君子少。偶然有几个君子，要办什么人情以内的事，可就免不了别个以小人之心来度君子之腹。比如这次葛、王两位，就是一个例子。"

他这样说了，王坦才听得有些对劲儿，将吕宋烟取出，敲了一敲烟灰，一面用手摸着胡子道："名誉为人生第二生命，哪里可以放过？我在政界混了半生，别无长处，可是十分爱惜羽毛。我这次回乡去做事，固然全仗诸位大力帮忙，但是没有我王某人持身清正的这一点儿微名，就有诸位请愿，恐怕也不容易成为事实。"姜公望道："正是这样，同乡的大佬也很多，许多人都要拥戴省长，就因为省长德高望重。"王坦道："其实呢，府方早想给我一个位置，就是没有诸位出来请愿……"姜公望笑道："这原是一道官样文章的手续，就是不请愿，依着总统和省长的私人感情而言，也不能让省长闲着。"王坦道："感情哩？那还罢了。这种年月，大家都是利害的结合，谈得到什么感情？老实说，我们家乡的事，上有压力，下有刁绅，非常地难办。"姜公望听到这句话，也就忘了他是王坦的部下了，情不自禁地把腿一拍，身子向上一站，说道："公望也是这样想，政府对于我们省政不问则已，若是要问起来，不请省长出来收拾，还请谁出来收拾？政府要请省长出来，也是势必出此的。"王坦见姜公望说的话，全合了他的意思，用手摸着两撇短须，不觉微笑，微微地点了一点头。

姜公望一看，正讨着欢喜，又极力地一顿恭维。说是省长这次回去，乡人要怎样地欢迎，省政怎样有希望，说得天花乱坠。王坦道："我不回省则已，我若回省，自然要办些事出来，而且我的主张一定，就不变更。至于我此次出来，完全是认定了牺牲一下子，你们大概也很晓得。"姜公望不住地点头道："晓得，晓得，很是晓得。"王坦道："要说为钱，我现在还有一碗饭吃，你们大概知道。"姜公望道："知道，是，知道。"王坦道："要说还想升官，我六十老翁何所求？所以我做官和别人做官，完全不同，先就没有什么得失的心思。既然没有得失的心思，就可以放手做事。我要怎样办，就怎样办，大不了丢官罢了。"

姜公望见王坦越说越高兴，心想不趁这个机会下手，尚待何时？便站起微微一鞠躬，脸上立刻变成蜡人的模样，肌肉没有一点儿生气，可是他一双嘴角，还极力地向下弯着，以表示要笑出来，然后把两只眼睛的视线，对着王坦脸上集中，便道："公望有一句话要向省长说，总不好启齿。"说到这里，将头偏了一偏，现出很踌躇的样子，接上嘴里吸了一口气说道："公望在北京住了这些个年月，闲得实在厉害，现在很想跟随省长左……"于是目光呆定着，看王坦脸色的变化。王坦道："我既然回省去，你们自然跟着我去。"姜公望听说，才敢把右字吐出，接上说道："办事是办不好，不过一来秉承省长的意旨做去，不会坏到哪里，二来也可以跟着省长学些见识。"王坦道："只要我回省去各事都办得动，我自然要安插些自己人。现在我不能怎样断定，派什么人做什么事，只好到了省里再说。"姜公望道："是，公望也不懂什么，只有随着省长左右，听候省长的指挥。就是不派什么事办，将来在省长衙

216

门里随时听候呼唤，也是极长见识的。"

王坦摸着胡子，想了一想，对着姜公望的浑身，又打量了一番，说道："你对于亲民之官，也敢担任吗？"姜公望坐下不大一会儿，连忙又站起身来，说道："只要省长派公望去，公望总要勉力图报。"王坦道："读书的人，闹一个县知事，做做也好。真有政治思想的人，就是一小县，倒也很可发展的。古来不少的贤臣良相，都从县官里面做出来。"姜公望自奔走自治以来，昼思夜想的，就是望弄个县官做做，不得已而思其次，才是厘金。不料今日偶然一说，王坦当面就许了他做知事。知事是直接对省长的，省长要提拔哪个做知事，当然哪个就有希望。现在省长亲自许了，那不啻就是把省令发表了。这一喜从心窝里喜将出来，一阵笑声就要冲口而出，咬着舌尖生痛，极力把笑忍了回去，这才对王坦鞠了一个躬，说道："省长这样栽培，真像抚养子侄一般，公望粉身碎骨，不能图报万一。"王坦道："你们对我，倒不必感什么恩，只要好好替地方上办事就得了。"姜公望连连说是，又说了一些闲话，王坦伸了一个懒腰，姜公望一看他有些倦意，连忙告辞出来。

走出客厅门，自己一想，哈哈！这是哪里说起？我姜某人马上就要做县大老爷了。县官虽小，倒是一县之长。这一县的人，都得听我的指挥。别的罢了，遇到坐堂审起案子来，问问打官司的，拍拍桌了，发发威风，那是多么有趣。凭我这个本事，做一个县知事，一定发展得开的。只要干上个三年五载，声名一好，记上几个大功。那个时候，有的是钱。极力地一运动，升任道尹，一定易如反掌。做了道尹，就不怕做不到省长。我姜某人从此一帆风顺，前途是不可限量的了。想到这里，身子比树叶还轻，不觉高兴起来，好端端地一跳。

偏是事有凑巧，他跳的地方，正是在高石阶上。脚一踏空，跌了个狗吃屎，嘴碰在一块尖石头上，敲落了一只门牙。这一下子，鲜血直流，满下颏都是，只叫了一声哎哟，半天爬不起来。王坦家里听差，听到扑通一声，赶忙上前来看，一见是姜公望摔了，连问是怎么了。姜公望口里只哼哼叫他们赶快搀着。听差将他搀到廊檐下椅子上坐下，忙问道："姜先生，你是怎么，你有抽风的毛病吗？"姜公望怎好说是乐糊涂了摔的，便道："我也不知怎么着，只眼前一发黑，就摔了。你们也

217

不必对省长说，我这就回去了。"说着，掏了一块手绢，擦干净下颏上的血，认着晦气，雇车回家。可是中年人缺了一个门牙，究竟不大雅观，而且自己又是一个候补县太爷，外表总是要的。说起话来，张口一个小窟窿，岂不可笑？只好花了四元钱，去镶上一粒假牙齿，而且说起来，倒也是姜公望做官开始的一个纪念。他自己在日记本上，倒是值得大书特书一笔的。好在牙齿一镶起来了，并不有损威仪，而且镶金牙，也正是一件时髦装束。许多人牙齿好端端的，还补上一粒金缝呢，这也总可算是爱美的事，不必介意了。所以他痛定不用得思痛，倒是很高兴地预备做官。见了人就说，他有做知县的希望，至于哪一县，自己正在斟酌中。这回王平老的省长，都是我给他争来的。给我一个知县酬庸，理所当然。要论这回南下，除了他的省长是奉令上任，十分可靠而外，恐怕就要算我这个小缺，是十拿九稳的了。他这样一吹不打紧，这种风声，吹到代表团耳朵里去了，很是不服气。心想都替王坦出力，为什么就单许他一个人做知县呢？

这些人里面第一个不高兴的，自然就是高弥坚。因为他自信手腕不在姜公望之下，对于王坦运动省长，也是极端卖力。现在见姜公望弄到了县知事，王坦对于自己却丝毫没有表示，心里未免有些不平。本想当面去质问王坦，又怕一问之后，把事弄僵。若是始终保守缄默，只见人家升官发财，自己却没有份，又忍不下这口气。想来想去，竟没有个相当的法子。后来想到质问虽然不可，探探口风，倒也无妨。若是他对于代表一视同仁，自有希望在后，可以不提。若是他单独优待姜公望，却再和他计较。这样一想，便借着一点儿小事，和王坦见面。

王坦哪里知道他的来意，便告诉他说，在三五天之内，就要出京的了。高弥坚道："怎么省长就要起程？不是省长寿庆的日子快要到了吗？"王坦道："不要提起这寿庆吧，闹了许多笑话。我觉得这种无味的铺张，空热闹几天，不办也罢。"高弥坚道："省长既然启程这样快，大概各样事情都布置妥了。"王坦道："这回出来，我倒是要振作一番。不过怎样发展，都要接了事再定，目前是难说的。"高弥坚笑了一笑，将腰子又挺起来，说道："这个……这个……省长办事的人才，一定是很多，大概跟随省长南下的很不少。"王坦道："倒没有多少。"

说着不免皱起眉来，叹了一口气道："现在那一届，也是人浮于事。向我这里写荐信的，怕不是很多。但是我这一去，哪里就把省公署和各机关的人，完全取消，来用新人。就是能办到，那社会上又要议论起来，什么任用私人了，什么造成清一色了，我就最怕这种恶名声。"高弥坚道："是，省长说得是，省公署本来也就用不了多少人。各机关呢，又不是直接的。就是要换几个人，也不过是省长知道很熟悉的人，好让办事便利点儿，不致内外隔膜。至于旧人呢，免不了要留一部分，以资熟手。不然新旧不接头，很容易闹笑话。"王坦本来坐在靠桌子的一张椅子上，于是用手拍着桌沿道："着！着!"

高弥坚见有些头绪了，又说道："至于外县呢？我想，或者，大概是。"王坦道："嘻！省长之所以不值钱，就是因为对外县的事支配不动，于是落了一个账房的徽号。若说几个知县和三五处厘金，怕军事当局不会让出来，若不让出来，那也不好意思。不过粥少僧多，我实在苦于支配。"高弥坚笑道："像弥坚这样的才具，本不能说能办什么。我很希望跟随省长左右，找一点儿事情，效劳一二。但是才具不够，那是很知道的。不过向来蒙省长垂爱，这一种希望，所以……"说到这里，接上说了好几个所以。王坦知道他的意思，便道："大家都是熟人，我是很乐于提携的。不过事情怎样，我是不能预先许你。"高弥坚道："是，弥坚倒不敢一定望着什么事。公署在这种情形之下，自然是那个。然而外县，但是总求省长栽培。"王坦听他的口音，竟也想弄一个县知事。心想知县的缺分有限，若是每个代表都要一个，在北京就要发行二三十个知事的预约券，那还了得？便笑道："我想初回省，倒不必做那种亲民之官，恐怕是吃力不讨好，我的意见，就在省城里办一点儿事也好。凡是这班熟人，都不妨回省去，大家替桑梓办点儿事。不过我在省里，是坐第二把交椅的，替诸位找到什么事，现在很难说，不过尽我力之所能为罢了。"高弥坚连说是是。但是他心里，可就接连说了许多不然。

当时谈谈，慢慢地又说到做寿上面去。高弥坚一想，姜公望和我同跑一条路子，为什么他独得有信用？我倒要在这里给他放一把野火，便道："省长这样谦逊，大有古风。可是许多同乡未能免俗，还有好些人在凑份子呢。"王坦道:"我已经撰了一则谢寿的广告,明天大概可以登出来。他们看这个广告,就不必费事了。"高弥坚早听到两个同乡送钱来,王坦要把他送区,便道:"这些人倒是很热心,听说已经凑了不少的款子,省长一走,经手人一份一份地退回,倒费事。"王坦听到经手人三个字,立刻心中一动,又触起葛天民、王少云送钱的事来,赶紧问道:"那经手人是谁呢。"高弥坚道:"办得最有成绩的,要算公望兄了。"王坦很惊讶地说道:"他并没有和我说过这件事呀!他凑了这些款子,打算怎么样办呢?"高弥坚道:"那倒不知道,大概总是办一点儿东西,来为省长庆祝,难道还会把款子送来不成,那倒是笑话了。"王坦道:"这样的款子,不知道他一共收了多少?"高弥坚道:"他因为和省长庆祝,不肯省事,大概收的份子不少。"

　　王坦在平时听了这话,也可认为北京的习惯,不去管他。在这个时候,听了姜公望在外面和他收集寿礼,这就未免中了他惧谤的心病,便道:"若是这话当真,他倒未免胡闹了。除他之外,还有人这样办吗?"高弥坚见王坦的脸色红红的,似乎有些生气的样子。心里想着,一不做二不休,趁着这个机会,索性攻击一下,便道:"此外还有几个人,也都是仿着公望兄的法子去办的。据说,省长六旬大庆,凡是酒席堂会这些事情,他们都会办好的。依此说,大概这种款子,全部有了。"王坦听了这话,鼻子里气得呼呼直响,口里连说:"胡闹胡闹,这实在胡闹。"高弥坚道:"弥坚也是这样想着,省长是极其清介的人,纵然要庆贺一番,自然会斟酌办理。何必要送礼的人代筹?"王坦道:"若说送礼呢,大家一番盛情,我自然是感谢的。若推人出来募集,有如派捐一般,沿门托钵,成个什么样子呢? 公望这事办得糊涂。他来了,我一定要质问他的。"高弥坚见这话已说妥了,便欠了一欠身子,对王坦笑道:"这话弥坚无心说出来了,望省长不要对公望兄提起,说是弥坚说的。因为他办此事,我劝过他两回,说是不能办,现在他若知道是我说的,还以为我有意和他为难呢。"王坦听说,点了一点头。高弥坚又说了几句闲话,便告辞走了。王坦越想越不高兴,疑惑葛天民、王少云两人送钱来,都是他怂恿的。不然那天何以为王少云极力地说好话呢? 因此一来对于姜公望大不信任之下,许他的一个知县,便无形取消。姜公望上次一番高兴，掉了一个门牙，还贴了几块钱镶牙费，而今看来，是白白牺牲了。

这些个日子，王坦是昼夜筹备出京上任，钱行的人很多。他和农商总长龙际云是老朋友，这一天下午七时，龙际云在本宅设筵，为他钱行。列席的人，有财政总长洪丽源，海军总长光求旧，教育总长张成伯，国务院秘书长李逢吉，院参议曹伯仁，烟酒署长关伟业。这些人差不多是王坦常见面的，所以陪客之中，就有他们。此外还有一位林怀宝老先生，当前清之时，王坦做藩司，他做臬司，两人也算是老朋友。光复以后，王坦不断地做官，林怀宝却搁下来了。加上养了三个会用钱的少爷，把一点儿家产慢慢也就消耗得有个样子。现在靠着龙际云的面子，好容易在院里部里找了两个挂名差事。他因为王坦做了省长，想攀一点儿旧日同寅之谊，很愿弄个道尹做做，并且托了龙际云和他商量。王坦笑说："那不好意思吧？道尹虽然是简任职，究竟不比在中央，可以含糊过去。那到外省，直接对省长，我倒做了他的上司。"龙际云也是这样想，便替王坦设了一个法子，请林怀宝做省公署高等顾问，每月送车马费三百元。

林怀宝已经六十八岁了，是人生难得的岁数。风烛暮年，也不必奔波南北了。这每月三百元的车马费，就由王坦按月寄来。这种办法，王、龙二位，以为很对得住老朋友了，不料林怀宝还只是磨烦，以为得钱不得钱，那倒罢了，总要找个独立机关的事干干，方才于愿始足。据他自己说，算命的给他算了命，六十八岁有一小劫，必得抓着印把子，才可以把劫数冲过去。现在既然有老朋友出来当阁员，又有老朋友出来当省长，这是极好的机会了。万一道尹的缺腾不出来，就是弄个知县，亦无不可。这也并无他意，不过是要抓一抓印把子。龙际云被他纠缠得没法，这天给王坦钱行，也约了他，意思要把这个问题三人当面来解决了。林怀宝知道王坦快要走了，正在着急。现在龙际云请他参与钱行盛会，正是两好凑一好，所以七点钟请客，五点多钟就到了。意思是要找着龙际云先说上一番，来的时候，龙际云没有回家，客倒等了主人半个钟头。

龙际云一回来，就听见说林老爷早来了，心里就一层不高兴。来得

221

这样早，若是出来陪他，他那一番穷经，越是没人越要大念而特念。先且不管，自回上房去，耽搁了一会儿，这才到前面客厅里来。林怀宝一见，早早地两臂高举，向龙际云连连拱手道："叨扰叨扰。"龙际云道："平山要走了，大家约到一处来叙叙。"林怀宝道："正是这样，我有一些话，要和他当面谈谈。"龙际云道："我也知道你老哥的意思，所以特意请你过来一会。有什么话，请你当面和平山说。"林怀宝又拱手道："还是求龙总长替我缓颊一二；我这位平山省长，他的性格我是知道的，却是不大好说话。"龙际云道："本来呢，他也很难。现在外面办差事，不像前清，越是老成的人，越可以重用，而今遇事都讲个年轻力壮。"

林怀宝误会了龙际云的话，以为嫌他老迈，不能做事，便说道："我也很知道现在是文明世界，不能固守成法，要讲究体育的。我自前五年起，清早吃的这稀饭，就改了牛乳。这东西真有些效验，我喝下去之后，身体就强壮起来，而且我又把小孩子看的体操教科书，看了一遍，照着样子，在院子里练习柔软体操。不瞒你说，我家里就没有用车夫。我倒不是省那几个钱，无论到哪里去，我都是步行而往。安步当车，倒真可以练练筋骨。所以我现在，每餐能吃两碗半饭。若说六十以上的人，饭量之大，恐怕是无过于我了。别的口我不敢夸，耳目聪明四字，那是当之无愧的。批阅公事，起草什么稿件，我自己都可以来，用不着要人代办。我想若是做一个道尹，我准做得过去。现在的道尹，本来是承上启下的职分，位高而事不繁，我去是最合宜的了，叫平山不要以为我成了他的僚属，就为难起来。道尹在前清也是从三品大员，我还有什么不满意的？就是做一个知县，只当在前清降了职，我能说不干吗？"龙际云听他说这一番话，就有些不高兴，说道："做知县的话，你就不必提了。平山对你这话，很不高兴，他以为你有意挖苦他哩。"

林怀宝道："哪里话？哪里话？我对他只有十二分的钦佩。况且现在我正望他提拔，哪有挖苦他之理？我就二十四分昏庸老悖，也不会做这样的事。无论如何，这话我得在他面前洗刷干净。"龙际云道："这也不过我揣想之词，你倒不必向他说，向他一说，反而着了痕迹了。"林怀宝道："是，你老哥怎样对我说，我就怎样办。"可是他嘴里虽然这样说，心里却又怕王坦真怪了他。这样千载难逢的机会，若是把个事

222

主得罪了，那真该死一万分了。心里这样想着，一会儿客都到了，王坦也来了。林怀宝见了王坦，抢上前一步，恭恭敬敬，对他作了三个深揖，作完三个揖，两手抱拳，比在胸口，说道："王省长荣行在即，我是今天才知道，没有早预祖饯，惭愧得很。"王坦先见他突然地作了三个揖，不知道为着什么，只得以揖相还。现在林怀宝说出作揖的理由来，原来是这样不要紧。便道："我们老朋友，哪在乎这些呢？"

林怀宝见他脸上并没有不愿意的样子，这才放宽心，见王坦坐下，也就挨着王坦坐了。王坦没有法子，只有应酬他几句。林怀宝见王坦透着亲密，心里一宽畅，越是有说有笑。他知道在座的李逢吉、曹伯仁，都是唐雁老的私人，便又向他两人兜搭。因对李逢吉道："贵省是好地方，开通最早。前二十年，我到过广州一次。人情风俗，可以说得是南方之强。"李逢吉笑道："南方人究竟不及北方人勇敢。古人就说，燕赵古多悲歌慷慨之士。"林怀宝闭着眼拢着脑袋道："然而不然，现在强国强种的说法，不光是靠着几分蛮力，在乎以商业与人战，以工业与人战，以农业与人战。总之，要把一切的技术学问和人竞争。你们贵省的人，就是懂这层的宗旨，拿定了方针，和五洲万国竞争。所以出的一些人才，都是一些优秀分子。"李逢吉心想，这老头在哪里弄这些个新名词来卖弄？这一股酸劲儿，倒有些叫人难受。

当时李逢吉在面子上不能笑他，依然敷衍着道："各省有好人，也有坏人，指着哪一省专出好人，那却是不合理的话。"林怀宝摇着脑袋道："然而不然，试看北京现在在政治舞台上最活跃的人，就多半是贵同乡。譬如总理和阁下，难道能说不是杰出之才吗？尤其是总理，令人五体投地，像外交、经济、吏治、实业，都没有一样不懂的。不但是懂得而已，说也怪事，不知道他何以那样精通？听说外国公使和他谈起话来，都局促不安，总怕说话一不小心，三言两语就被总理驳倒。我是没有听见总理说过外国话，不知道那情形如何。依我想，一定是议论风生。"他先说时，李逢吉还慢慢地往下听，后来见他越说越不对，借着起身拿桌上的雪茄，就走开了。林怀宝回过头来，见王坦还在这里，便将身子向这靠了一靠，笑着说道："这几日天气很好，出门倒是很合适。"王坦点点头道："倒是不错。"林怀宝咳嗽了两声，然后说道：

223

"兄弟近来的景况，我老大哥一定是很知道的了。我曾托际云总长，把兄弟的意思道达。哈哈，在老朋友面上，我想省长大哥一定会提拔提拔的。"

王坦见在座的客，都是些有面子的人，怕他尽管向下哭穷，弄得大家无面子，便连连答应道："我总设法，我总设法，饭后再谈吧。"林怀宝又抱着拳拱手，举过鼻子尖连说感激感激。这时客已到齐多时，龙际云便邀大家到大厅里去入席。今天是替王坦祖饯，当然由王坦坐首席。在座的人，因为林怀宝下颏下一把白胡子，算他年纪第一大，便公推他坐次席。林怀宝听了这话，就对在座的人，作了一个圈圈揖，说道："在座诸公都是身居要枢的人。我一个老朽，怎好僭位？"龙际云道："都是熟人，林大哥就请上吧。"这一声林大哥，叫得林怀宝格外高兴，又作了一个揖，便在次席坐着。心里一想，为什么今天宾主都这样客气？这样看起来，一定是王坦给了我的道尹，越想越高兴，大家劝酒的时候，他也喝了几杯。

席上光求旧说道："今天我们替王省长饯行，我们要弄一点儿余兴欢送才好，诸位有赞成的吗？"张成伯笑道："光总长的余兴，我是知道，不过是三十二张骨牌。"光求旧笑道："我就喜欢吃狗肉，觉得这样赌钱痛快。赢也是一把，输也是一把，不像打麻雀牌那样费心思。"说到这里，对财政总长洪丽源笑道："我这句话，洪总长听了是不大对劲儿的。"洪丽源笑道："打牌也好，推牌儿也好，我现在只有奉陪的资格，没有做发起人的资格了。"光求旧道："那为什么，你要戒赌吗？"洪丽源道："字典上没有了赌字，我们也不会戒赌的。我说奉陪，是我的赌博资本破了产了。"光求旧道："那是怎么一回事？我不懂。"洪丽源还没有作声，张成伯笑道："银行家做事，和人不同的，遇事都有个预算和决算。他是预定了的，每年只把五万块钱，归在打小牌上用。若是头一两个月赢了，资本加多，以后牌就可打大些，若是开首的形势不佳，就只替人凑角色，自己不发起打牌，而且越小越好，不向大处办。所以看他打牌大小，就可以知道他这一年的赌运是好是坏。今年不用提了，他自己承认破产。"光求旧笑道："这样说，我和洪总长倒是同病相怜，今年这一年，赌运老不到家，我是输得头昏脑晕，不分东西南北了。不过我有一件长处，输了尽管输了，我是不缩手的。洪总长，今晚上仗着这一点儿酒兴，吃他一场狗肉，看看咱们两个输精，究竟谁比谁穷？"洪丽源笑道："我听说吃狗肉要讲究滚忍狠三个字的诀窍，我赌钱向来是慢烂淡，可没有这吃狗肉的资格三字，良玉倒都有一番研究的，何以他倒是输？"光求旧道："对了，牌有个牌风，牌风来了，滚忍狠是往里滚。牌风不在家，滚忍狠可就要向外滚了。"王坦笑道："什么叫滚忍狠？这倒是闻所未闻，光总长何妨说出来，让我们长点儿见识。"

光求旧道："老兄要学这一套滚忍狠吗？我告诉你，推牌九是一阵风，讲究一个抢手快。若是手气正好，赶快一阵卷。卷了之后，你千万别恋恋不舍，搂钱就跑。滚就是滚蛋的意思，也可以说是把桌上的钱全滚去了。第二是忍，你若是输了，千万别生气，要看到那时候能下注，你才下注。在没有到机会的时候，总要忍着。若是一气，那就越闹越窟窿大，非输光不可。第三是狠，机会到了，你就得舍本下注。不问成败利钝，把钱就拥了下去。这一下搂到了，真有一个乐子。据我过来之人而言，真比命令发表了还快活。"王坦笑道："就有那么样好，若是没有押中，那个情形怎么样呢？"光求旧道："你有什么不懂？那就是庄家有个乐子了。"他一说不打紧，大家都笑起来了。光求旧道："大家既高兴，咱们是快点儿喝，喝完了都凑凑趣，不知诸位意下如何？"龙际云知道林怀宝是不赌钱的人，便道："只要凑得起场面就是了，何必还要个个都来呢？"光求旧道："我看在座的人，除了林怀翁而外，没有不好这事的，就是林怀翁也不妨玩儿几条子。"林怀宝今天晚上是十分高兴，便笑道："既然大家都加入，我也只好奉陪，可是什么滚忍狠，我全不懂。"光求旧道："倒是不懂的好，我不是很懂吗？输钱的就是我。"他说了这话，大家又笑起来了。

一会儿饭毕，龙际云便邀大家在客厅里耍钱。因为光求旧兴致甚豪，就由光求旧推庄。林怀宝随着王坦在天门下注，不到一个钟头，居然赢了一千多块钱。光求旧伸了一个懒腰，笑道："今天的手气又不在家，好赖我就是这几下子耍光了，你们下注吧。"大家一看他面前的筹码，果然一万块钱去了七八千。大家见他正在往下输，就拼命地下注，

225

想拆他的台。

不料就是这一条牌九，他摸了一副天杠，桌面上下的注子，他一扫而空，倒进有二三千。这一条过去，接上他推出一条，又拿了一个地九，再吃一回通。光求旧将筹码收了回去，笑道："这个机会不容易得，现在找了回来，不要又输了。我歇一会儿，有哪位来的，请来接手。"别人听了这话，倒还罢了，林怀宝好容易赢了一千多块钱，认为二十年来，第一桩幸遇。不料这两阵子牌的工夫，又吃回去了一半。吃回去了不算，光求旧竟是不来了，便笑着对光求旧道："你刚刚扳了一点儿本，怎样又不来了？"光求旧笑道："这个就是那滚忍狠的滚字法，若不赶快地滚，钱又要走了，林怀翁是嫌着赢得不痛快吗？"

这句话正猜中了他的心事，但是他怎样好说这话，笑道："扳本扳本，本要到了手，才算扳回来了。现在还没有扳回来，怎样就算了呢？"光求旧道："我花了上十万的本钱了，就学了这么一点儿诀窍。林怀翁要明白这一层，还得花本钱呢。"说着，他可就闪到一边去抽烟，在场的人，就公推王坦推庄。王坦摆着手道："不成不成！我不懂什么滚忍狠，不要临出京，还留下一块钱做什么纪念品。"张成伯道："王省长若是嫌本钱大了，何不开个有限公司，让人搭几成股份。"李逢吉道："我要靠王省长的运气，搭一个三成吧。"王坦道："既然要开公司，至少也得募一半外资。与其搭三成，倒不如一个人硬干了。还有二成股份，哪一位愿认？"问了两声，却没有人答应。林怀宝一想，二成不过是两千块钱，为数有限，我何不认下来？无论如何，这也是一番交情，于是便对王坦笑道："大股子我是认不起，若是二成，我倒可以勉强担任。王省长今晚的手气很好，我也靠着王省长的好运气，捡几个外花了。"王坦因当着众人的面，心想也未必便一定输，若是赢了，也让这老头欢喜一阵，便道："好，就是这样办吧，回头赢了钱，不要埋怨我一个人所分独多呀。"

王坦这样一高兴，在场的人，自然是格外凑趣。可是赌钱这样事，也有几分技术在内。王坦对于牌九一项，向来是不在行，这个时候，突然拿一万资本，赌这样的大钱，究竟有些冒失。头几条子，就输了三四千。光求旧虽不推庄，他可下注。他和张成伯都是牌九专家，他知道哪

226

方牌好，就向哪方下注。其余的人，也是乘机而入，一个多钟头，大家就把王坦一万块钱的庄拆了。王坦输个五千块钱，他倒不在意，就是李逢吉非比从前，输个三千元也不关紧要。只有林怀宝这二成股份，一齐送掉，心里实在不舍。照着牌九诀，输家要忍，林怀宝大败之下，哪里忍得住？便只管往下赌庄。拆了本，他可另外下注。半夜工夫赌下来，竟输了一万挂零。牌九推到晚上三点钟就散了场，林怀宝苍白的脸上，先是变了红色，后来两颊的红色减退，又变成了淡紫。

推完牌九之后，听差照例是拧了手巾把送过来。他接着手巾把，抖个不住，把手巾把竟掉在地下，自己勉强镇静着，取了一根烟卷，坐在沙发椅上，嘴里抽烟，心里可就想着怎么好。倒整整地输了一万元，现在我存在银行里的现款，不过四千元。把自己住的这所房子，也算现款，合起来也只有一万一二千元，现在输了一万，我这算是倾家了啊。刚才也不知为着什么，我那样发狂，赌了又赌。现在输到这样子，怎么办呢？正在这里发愣，只见所有的输家，已在陆续开支票。自己先还想着，输是输了，挨下几天日子，慢慢地和他们再商量。这种赌博钱，又没有什么字据，难道他们还能逼着要我的老命吗？只要先欠下两三个月，日子越远，就越松动了。这样计划着，还觉得有一个退步。现在看到大家都在开支票，所有输家一个也没漏，到了自己就想不给，那怎样好说？就这样一急一恨，一阵心痛，便觉眼前漆黑，口里只哼了一声，脑袋向沙发椅背上一靠，人就晕过去了。

因为他本来靠着椅背，半坐半躺，所以人虽然困了，还没躺下去，在场的人谈谈笑笑，正是热闹。林怀宝坐在极偏东一张沙发上，因之大家都不曾注意。王坦一回头，见他直睁着两双眼睛，眼珠并不转动，心想，这人实在输多了，在这发愣呢。这是我不好，为什么让他放下股份来，就这样输了呢。我来安慰这老头子两句吧，便笑着和林怀宝点了一个头，口里说道："怀翁，我们一块儿走吧，我的车子可以送你回去。"林怀宝依然直睁着两眼，却是不作声。

王坦走近前一步，向他脸色一看，哎呀！他嘴里的口水，牵丝般由嘴角望下直流。右手二指和中指，夹了半根烟卷，拦在椅子的扶手上。火头在指头中间出烟，他都并不知道烧手。王坦大惊，接连叫了几句怀

227

翁，都不曾答应。这时惊动了满屋子的人，主人翁龙际云尤是焦急，倘若把这个老头子请了来，一餐酒给他吃死，这一份责任，可真担当不起，便吩咐听差赶快打电话，请了一位西医。这时林怀宝躺在一间客室里，一张睡榻上，他家里来了许多人，团团围住。医生诊了诊脉，说是不要紧，给林怀宝打了一针。过了一会儿，林怀宝果然清醒过来，嘴里是不住地哼，这晚上在龙际云家就闹了一宿。

到了次日，林怀宝本来也就痊愈了。自己心里一想，这病可好不得，我一好了，他们就会向我要赌博账的。我正好借着赖债，怎样好得？因此，他见了龙际云家里的人来去，就闭上眼睛哼。没有人，他又停止了。龙际云还怕他受不得颠动，坐不得汽车，让他多安息一会儿，不让他走。林怀宝既要装成病样，也只好躺着。只是一层，没有东西吃，肚子里可饿得难受。自己又不便开口，向人要吃。到了正午，肚子里叽咕叽咕响个不住。偏是这客室，只隔一重小院，一堵矮墙，便是大厨房。窗房开着，一阵一阵鱼熟肉香之味，顺风吹来，向人鼻子里直钻。林怀宝静中闻得那香味，知道有一样是红烧蹄髈，正是爱吃的菜。

一个人在肚子饿的时候，最是闻不得肉味鱼香。肚子越饿，肉香越是好闻。林怀宝闻得这味儿久了，肚子里的馋水像开了自来水的龙头一般，嘴角上简直禁不住口水要流出来。趁着龙家没有人在面前，便私私地对他家里人道："赶快把我送回家去吧，我在这里不病死，倒要饿死了。"他家人见他这样说，知道他是装病，才放心把他用汽车送了回去。这里龙际云倒把这事挂在心上，下了衙门，便坐了汽车，亲自到林家来探病。林家人因龙际云和林怀宝是老友，并不拒绝，就把他一直引到病榻边来。林怀宝躺在床上，大半截身子盖着被，睁着眼，脑袋靠在软枕上，见龙际云走进门来，脸上勉强放出枯笑。龙际云走近一步，问道："怀翁，你的病体好些吗？"林怀宝摇了一摇头，慢慢地说道："我这人不成了，说起来，我也是自作孽不可活。我这么一大把年纪，就该好好地安守本分，静等寿终正寝。好好的高什么兴，赌起钱来。老哥，我的境遇，你是知道的。我有多少钱的积蓄呢？现在输了一万多，就是倾家荡产，也不能还这赌博债呀。"

龙际云闷了一晚上，这才明白，原来他这病，还是心痛钱而起的，

228

便道："这不要紧，反正打牌的都是几个极熟的人。等你病体痊愈，总好商量，你这病倒要找一位大夫瞧瞧。"林怀宝摇摇头道："我这大年纪，还舍不得死吗？我想我很对不住我一家人。只有两脚一伸，我逃出红尘。这一笔赌债，自然是不用还了，省下几个钱，好让他们吃饭度日子。所以我不许他们请大夫，病死了就算了，我我……我还要活着讨……讨饭吗？"龙际云道："那更是笑话了，你输的那些钱，未尝不可以向他们商量，打一个折头。就是不能打折头，难道为这一点儿小事，还办不过去不成？"林怀宝听说还要打折头，分明是少不了，一阵心酸，倒真个流下泪来，说道："我快长到七十岁了，风烛暮年，苦挣扎些什么？我眼见亡了一回国，那时就该尽忠一死。现在又要看见亡一回家，我还要活着，我这人把老命看得就太重了。我计已决，不请大夫，不吃药，听其自然。"

龙际云劝了一会儿，不生效力。自己既不是赢家，不敢代表人家说，林怀宝输的，全都不要，只得说道："老哥暂别着急，我去和你想想法子看。总而言之，为了一场赌博的事，总不值得性命相搏，而且我和王平老计议多次，已经可以替你想个法子，弄个特别差，这比道尹好十倍不止呢。"林怀宝这样甘抛老命，固然是为着一万块钱，就是昨晚上屡次探听王坦的口风，王坦不肯直说给他道尹做，也是发急的一个原因。现在听到说可以给他找个特派差事，倒出于意料以外。头一抬，身子一伸，说道："怎么着？可以弄个特派差事吗？在现在人浮于事的时代，不容易吧？平老不过是一省之长，他绝不能用特派官。我和府里院里，又没有一丝一毫关系，不见得极峰肯这样栽培我？虽然有老兄和省长在院里和府里给我说话，或者给我一点儿出路，给我保举一番，倒也未可知。"立时脸色带着笑容，人也就精神了许多。龙际云道："这倒是我有这个意思，和平老偶然谈了几句，他倒以为可办。"林怀宝道："我就知道龙总长最体恤我，肯和我设法。龙总长这样的好友，有个两三位，人生也就死而无憾了。但不知道这特派差，是什么差事？我能胜任吗？"说这话时，身子直挺地坐着，哪有一点儿病容？龙际云道："现在不是要发表一批禁烟专使吗？我想……"林怀宝道："好缺，好缺！若是放到陕甘这一路，出息最好。这种事情，只要到了省会里，派几个小委员分头一查，拿着他的报告，公事就可交代。兄弟虽然衰迈，倒可以愉快胜任。若说这个缺由各省大吏分保，政府就可以批准。若是政府里有人说话，更好办了。府院两方有龙总长帮忙，一定好办。现在就只望平老一保。我说不得了，自己当去见一见平老，当面去求他。"

龙际云见了，倒很是诧异，病得那样厉害的人，怎样一说到差事，他的病就完全好了，便笑道："你有贵恙在身，倒不必那样着急。只要可以办到的，有我和平老商量，总会成功。"林怀宝连连拱手道："龙总长这样的厚德，我林某人衔环结草也不能报答。"龙际云道："笑话了，多年老友，彼此帮忙，怎样能说到那四个字？"林怀宝道："唯其是老友，我才敢这样重托啦。"说到这里，便对家里人道："老哥就在这里用便饭了去，我叫小孩子奉陪。"龙际云道："我有点儿事，过一天再来叨扰吧。"说毕，他点了点头自去了。林怀宝坐在床上，用手摸了摸胡子，便吩咐请太太说话。原来林怀宝的发妻，已经去世多年了。现在的太太是姨太太扶正的。她年纪不过五十岁，倒也精明强干，林怀宝有什么大事，都请她商量的。林太太来了，林怀宝便笑道："太太你不要发愁了，我这一场病，病出好差事来了，刚才听龙总长来看病，他说已经和王省长商量好了，保举我做禁烟专使。太太，这是特任职呀。这不是省派的，也不是部派的，是政府里直接下命令派的。"林太太道："你这话我明白了，就和前清的钦差差不多。"林怀宝一拍腿道："着！就和前清的钦差一样。"林太太道："说是这样说，可是我又替你为难起来了。"

林怀宝道："这样的好事，你还有什么替我发愁？难道怕我年纪老了，做不来官吗？"林太太道："那倒不是，你的差事不是管禁烟吗？你自己就抽烟，怎样去干这个？"林怀宝道："太太你虽然精明，对于官场中的事，究竟外行。别说禁烟大员可以抽烟，就是到乡下去查烟的小委员，也没有几个不抽烟的。禁烟是公事，抽烟是私事，这两件事何必混为一谈？我现在精神很好，家里有现成的稀饭吗？给我来一碗。"林太太道："你身体刚好一点儿，先冲一碗百合粉吃吧。"林怀宝道："你怕我吃稀饭不消化吗？我并没有什么大病，不过心里许多事情解决不了，就急病了。现在得了这好的差事，一趟下来，怕不挣个五六万。

230

有了钱，什么事都好办了，我还着什么急呢？你就拿稀饭来吧。我若吃了一个饱，提起精神来，我今天还要去拜会王省长哩。"说着他笑容满面，不住地理胡子。

林太太见他这种情形，逆料他是真没有病，就盛一碟子酱菜，一碟子酱豆腐，都放在茶几上。那意思要把茶几移到床面前来，好让林怀宝就着吃，林怀宝连连摇手道："不必不必，我下床来吃吧。"说时便摸下床，踏着鞋到软椅上来躺着。一见这两碟子菜，皱着眉说道："怎么着？太太，你真把我当病人看待吗？家里有的是肉松，怎样不给来一碟？酱豆腐我也懒得吃，给我来一碟松花蛋吧。"林太太道："我的大人，你是个病人啦，怎样还要讲这些口味呢？"林怀宝道："你不管，你给我拿来得了，我长到七十岁的人，我自己的饮食，我还不会料理吗？"林太太见他一定要吃，就是两碗稀饭，依着他，还要来半碗。林太太道："实在可以了，比好的时候还吃得多哩。"林怀宝也就不敢过饱。吃毕之后，漱洗一番，便躺在软榻上剔牙齿，一个人不住地乐。于是将手拍着大腿，口里哼哼喳喳地念道：

云淡风轻近午天，傍花随柳过前川。

时人不识余心乐，将谓偷闲学少年。

他就这样哼着到了晚上，一直到晚报已来，将报接在手上，还不住地哼，便道："来呀，给我把电灯挪过来一点儿，好几天懒瞧得晚报了，今天倒要看看，瞧它有什么好新闻没有。这班新闻记者，也是无空不钻，有一点儿芝麻大的事，他都探去登上。这要知道我林某人要做禁烟专使，又要赶着登上了。登上了倒不要紧，一定就会有人来找我谈话，要我发表意见的。"在他这出神的当儿，老妈子已替他把电灯移好。他在纽扣绊上，解下眼镜盒，然后将眼镜取出戴上。展开报纸，映着灯光一看。无意之中，却看到一行题目，乃是大批禁烟专使业已发表。林怀宝看到这里，心里倒是扑通一跳，心想怎么这样快？我自己知道还没有多大一会儿工夫，他们就登上报了，真快真快。于是从头到尾看了一遍，不料报上发表了十一名特派禁烟专使，不但没有自己的名字，连一个姓林的也没有。

林怀宝疑心自己看得太快，老眼昏花，把名字看漏了。于是从头至尾，又仔细看了一遍，到底还没有一个姓林的，心想这样看来，我这个特派专使的梦，又算白做了。不然的话，为什么不候着我，一块儿发表呢？这个事情，是龙际云许我的，总有几分把握。现在这事情已经发表，就是有人在府院两方说话，也来不及了。唉！我索性不听到这个消息，也不管他。偏是听到这个消息，马上就吹了。煮熟的鸭子，还给飞了，这岂不是老天爷有意糟蹋人吗？这样一想，立时人糊涂过去，哼声不绝。林太太一进房，看见他斜躺在软椅上，便道："我说你吃不得那么多稀饭，偏偏要吃，你看，这不是吃出毛病来了吗？"上前一扶，只见他手脚冰冷，人真是晕过去了。上了年纪的人，这种情形是很可怕的，林太太就不觉失声哭将起来。家里人听到老头子屋里有哭声，便一拥而进，只见林太太握着林怀宝的两双手，口里不住地说道："这是怎么好哩？这是怎么好哩？"

大家一看，林怀宝的情形果然是不好，都乱了。林怀宝的大少爷林忠直说道："你们不要慌张，先要问问他老人家这病是怎样起的。"林太太道："先吃了两碗稀饭，后来一吃饱，一个人在屋子里有唱有笑，后来接上晚报一看，不知道为了什么，人就糊涂过去了。"林忠直道："莫不是晚报上有什么事吗？让他老人家伤了心吧？"一面说着，一面接过晚报来一看，不觉笑道："有了，这个缘故，我明白了。"便对大家说道："这病有法子治的，不算什么。"林太太道："人病得这样，你还说这种开心话？"林忠直道："不是我说玩话，的确有治法。"说毕，他转身走了。大家对他的话也没有理会，先把林怀宝抬上床去。安顿好了，正要打电话去请大夫，只见林忠直自外面嚷了进来，说道："龙老伯、王老伯一会儿就要来，说是来给父亲道喜。那个禁烟专使的差事，几天之内就要发表呢。"林怀宝本来迷迷糊糊躺在床上，这时仿佛听到禁烟专使这一句话，便慢慢地睁开眼来，哼着问道："是谁说话？说谁要来？"林忠直道："是我说话，龙老伯、王老伯要同来，给你老人家道喜呢！"林怀宝哼道："唉！我病到这个样子，还道什么喜呢？"林忠直道："据说，他们和父亲运动的禁烟专使，已经办成功了。过一两天就可以发表出来。"林怀宝道："哪里会有这样的事？禁烟专使不是都发表了吗？"林忠直道："虽然发表了，只不过发表了一大部分，还有几个好缺，可没有发表。父亲的专使还没有发表，正是好缺。先发表的，倒不好了。"林怀宝听说，也不哼了，便道："怪道呢。我说陕甘川滇都是出鸦片的地方，何以倒不派专使呢？我这才明白了，原来是把好的留在后期发表，这真是我想不到的事了。"说毕，不觉笑了起来。

林太太见林怀宝突然病了，突然又好了。嘴里不说，心里也就明白了，便道："这话是的确的，他们先打来了一个电话，就是这样说的。"林怀宝道："这钦差太太，你还有份了。我虽有这大的年纪，为着给你巴结这个钦差太太，无论如何，我不能死。"林太太道："别说这样丧气的话，一家人都指望着你升官，大家好发财哩。"林怀宝笑道："可不是？我不为着大家，这大年纪，我还贪图什么？算命的可真也算得准。他算定了，我今年有些小灾星。可是并不要紧，只要抓着印把子一冲，就会冲散的。这样看来，不是全对了吗？"林太太道："可不是？我就常说，什么事，也有八个字安排的，白着急做些什么？你知道这一层，你就不必再发愁了。"到了这时，林怀宝是越说越有味。林忠直一看，在一两点钟头内大概不要紧的，慢慢溜出房来，叫家人雇了一辆汽车，赶快就来见龙际云。

这时，恰好龙际云在家，听说林大少爷来了，心里就是一惊，心想莫非这老家伙，出了什么岔事不成？立刻就叫听差请到客厅里见面。林忠直走进客厅里，见四座坐了不少的宾客，只取下帽子，对龙际云鞠了一躬，说道："晚侄想找个地方，单独和老伯说几句话，不知道可以吗？"龙际云点了点头，便引着他到了一间小公事房里来。林忠直随手一关门，两膝一屈，就向龙际云磕下头去，龙际云连忙挽着道："贤侄有话快起来说，何必如此？"林忠直还没说话，两行眼泪，早就向嘴边流将下来。龙际云以为林怀宝是死了，叹了一口气道："这也难怪你，你起来起来，有话慢慢地说。"林忠直起来道："老人家原来是不好得很，后来老伯一去，说是有禁烟专使的希望。这一喜，病又好了许多。不料到了晚半天，晚报来了，载着禁烟专使已然发表的消息，他老人家，病又变重起来。"

233

龙际云道："上了年纪的人，一有灾病，本就要留心看护，怎样又让他看起报来？唉！"林忠直看龙际云的样子，知道他依然误会，以为林怀宝死了，便道："晚侄很知道他老人家的意思，急则治标，就用了一个法子挽救回来。"龙际云道："怎么？挽救回来了，用的什么法子呢？"林忠直道："晚侄想着，心病还要心药医。到了这时，说不得了，不能不从权。"说到这里，却有些吞吐其词，龙际云道："什么妙法，我倒愿闻，你坐下来慢慢地讲。"于是和林忠直面对面地在沙发上坐下了。林忠直道："晚侄知道家父是为禁烟那个差事，心里有些不安。因此就对家里人说，老伯和王老伯，已经替家父布置妥帖，先发表的是普通差缺，好的可在后。家父听了这话，就慢慢醒过来，家里人只图他老人家病好，便只管撒谎，说老伯一定可以办到，而且会亲身来说。家父信以为真，病好了十分之七，这时只要老伯……"说着又扑通一声，向龙际云磕下头去。

龙际云将他挽起来，摸着胡子想了一想，笑道："令尊这个病，倒也奇怪。不要药治，却要官治。说到这件事，我本来和王平老谈过，希望他保驾令尊，他也正因为苦于没有安插令尊的地位，就答应了。不过他的意思，是要到任以后再来电报，现在只好定这一着棋，不能就发表。"林忠直道："这禁烟专使，本是中央派去查疆吏的弊病，怎么倒弄得反要疆吏来保驾？既是疆吏保人，无异疆吏自谋，又何贵乎要这一个专使？"龙际云笑道："世兄这话，倒问得扼要，这也是政治的怪现象。因为中央先怕派了专使出去，疆吏拒绝不容，因此打一个电报给疆吏，征求同意。这一征求倒弄坏了，他们都不欢迎。政府事情已举办，又不能撤销，就改由他们推举了。令尊这事，只要王平老和军事当局一商量，即刻电保，没有不成的。若是由中央派下去，倒反觉不能十分妥当。"

林忠直一想，这话也是实情，不能认为龙际云有意推诿。不过官场中的事，是没有准儿的。这个时候找他，他看在老人家生死关头的当儿，或者不好意思不办。若是过了这个岔儿，他就未必肯卖力了，便对龙际云拱手道："老伯说的自是正理，不过远水难救近火。若要这样一说，家父疑惑事情办不到，他的病又要复发了，而且晚侄另外还有一个要求，总希望老伯今天再能到舍下去一趟。"龙际云见林忠直哭丧着脸，倒有些不忍，便道："好吧，你先回去，我就来。"林忠直道："小侄雇了汽车来的，最好是老伯和小侄一路去。因为家父风烛之年，实在经不起忧虑。"说着站起身来，那样子又要行大礼，龙际云拉住他的手道："世兄！你太多礼了。我和你一路去走一趟就是了。"龙际云套上马褂，便和林忠直一路到林家去。他为情面所拘，只得照着林忠直的话，对林怀宝安慰了一番。

从此日起，林怀宝的病，果然一天好似一天。那些赌钱的人，听说林怀宝输了钱，要以死相拼，也就不敢要。王坦听了龙际云告诉的话，笑了一阵，本来禁烟专使也是要保人的。与其弄一个官场老手前来，恐怕不容易合作，倒不如用这个昏庸老迈的东西，可以随意指挥。主意想定，先就到院方去探口风，这个时候，唐雁老已经做总理几个月了，倒也有声有色。因为他是个经济家，而且在外交界人缘又很好，财政很是活动，有了钱，什么事就都好办了。李逢吉追随唐雁老有年，而且办事又很谨慎，所以升了秘书长。差不多的事情，李逢吉都可以替他做主。王坦因为动身在即，这天晚上，便约李逢吉在北兴楼吃晚饭，七点钟，二人在饭馆子里会面。李逢吉一看在座并无外人，逆料这一会就有文章，笑道："我还以为平老临时请客呢？原来就是我一个人。"王坦道："实不相瞒，我有一件小事托你，就是这位林老先生的官瘾大发，非干不可，能不能给他想一点儿法子？"

李逢吉想了一想，说道："现在并没有他合适做的官啦，平老你又何必省那几个经费？你就在省公署经费项下，给他开销个二三百元，送他一个高等顾问得了。"王坦道："我就是这样想，无奈他不要，非弄一个机关办办不可，我有什么法子呢？"李逢吉笑道："大概各厅处，你还没有决定，何不把实业厅这个缺交给他？实业厅长是没有什么大了不得的事，我想他一定可以胜任。"王坦连连摇摇头道："难，难，难。据我看，他除了当顾问咨议，光拿钱而外，只有在历史馆弄个编修做做，或者还可以。真要干事的官，他是不行的，他平常看一封八行，非抽三袋水烟不能完事，怎样能办别的呢？"李逢吉道："平老都没有办法，我哪里又有办法？"王坦道："也不是一定要你老兄设法，不过我

235

们大家凑一个办法罢了。暂且不说，我们先喝酒。"于是吩咐伙计将冷荤碟子摆上，烫了两壶酒来。一面喝酒，一面说些闲话，慢慢地又谈到林怀宝的身上来。

王坦端着一杯酒，正要向嘴里送，将杯子端住，偏着头好像想一件什么事，忽然一笑道："我倒想了一个解决的办法了。那禁烟专使，不是还有一部分没有发表吗？我想，给他弄一个名字，倒是正合适。"李逢吉听了这话，踌躇了会子，说道："这事也有难处，恐怕……的确有些难处。"王坦道："我们并不是外人，有话不妨直说。难道唐雁老对于这件事，还另有什么意见吗？"李逢吉道："这事平老总应该知道一点儿，何必还要我说出来？"王坦摸着胡子道："听是听到一点儿谣言，我又怕那话靠不住。据说，雁老北京的家务，向来是归三夫人管。自从他登台以后，在上海的大夫人，也到北京来了。这位大夫人，却是对于'及其老也，戒之在得'那句书，有点儿不大对劲儿。"李逢吉不等他说完，先笑起来，说道："这样一说，平老全知道了，不应该再问呀。"王坦道："我所知道，不过如此，至于她怎样去得？得的要多少？我可全不知道，难道这种大差缺，还要送礼不成？"李逢吉道："官场中的事，实在是不可以常理来测。这大夫人到京以来，也没有对外怎样表示，说是要钱。不知道这个消息，怎样就会传出去了，居然有大批的人，向大夫人这方面去运动。"

王坦道："内外隔阂，这运动是怎样下手呢？"李逢吉道："平老还不知道，现在唐府里是两大党，由夫人以至老妈子、听差，都各有所属。由家里传染到家里常来往的一些人，慢慢地就是院里也不免。院里的田子芳帮办，田树威、田赫声两科长，是大夫人党中的三甜，何銮保、曹伯仁两先生，另外还有个小焦，叫焦季卿，这三人叫着三酸。因为何銮保的太太，是三夫人的干闺女，曹、焦两位，和何先生接近。外人又硬派他们是三夫人党。三酸究竟不是国戚，倒不敢怎样胡为。唯有这三甜，乃是田大夫人的族兄和内侄。仗着大夫人的权威，很能做些事情，要走终南捷径的，只要在三甜之中，认识一甜，这事就好办了。大夫人先是不知道得之之法，后来田子芳不知在哪个地方，得了一张五千元的支票，托大夫人在雁老面前说一件事，大夫人接过钱去，一说就成了。不用说，那五千元是秘密收下。她一见钱是这样容易得，便告诉这位田帮办，若有这样的事，只管办，她可以在里面做主。因此几个月以来，很办了一些事。所以你想在雁老这一方面说人情，最好是和三甜接洽一下。难办的，固然有他们托大夫人在里面讲情。容易办的，也可格外快一点儿。不然的话，有这三甜，在公事之中和你为难一二，你也就够麻烦的了。这禁烟专使，本不用得和他们说。无奈现在大夫人硬保了两个人，急于要发表。雁老私人方面，也只好提拔一两个人。现在要一毛不拔添上这位林先生，就怕不容易。"王坦一面听他说话，一面自摸胡子，他说完了，王坦点点头道："原来如此，但是这林老头子爱钱如命，未必肯送厚礼。"李逢吉道："所以我说这事很难了，不过碰上机会，能够办成，也未可知，只是没有把握罢了。"王坦道："我是急于要出京，不能替他办这事，我叫他的大少爷和你接洽吧，那人倒还精明。"李逢吉道："我总可以尽力帮忙，只要他在三甜那方面能尽一点儿力，总不至于没有法子想。"王坦道："好，就是那样办吧。"当时吃过饭，各自回家。

王坦就把林忠直叫到家里来，告诉他唐雁老方面有路可走。不过光托人情是不行的，总要破费一点儿。林忠直道："家父虽然很省俭，但是这种正当用途，花个五七千块钱，大概还能举办。就是家里没有钱，哪怕将不动产变卖一点儿，那也不要紧。"王坦道："既然如此，事就好办。我是后天一准出京，以后你就和李秘书长直接接洽得了。"林忠直听了这话，一口承认。当日回家，就把这种情形与他父亲林怀宝商量。这个时候，林怀宝的病已好十之八九，还留着一两分病，好在家里睡觉，借此可以不见客，也好躲开那些赌债。现在林忠直回来一报告，说是只要送一点儿小礼，事情就可以办到，他觉得这个差事更有把握，连那一两分养身病，也失掉了，将大腿一拍，笑道："这样说，这禁烟专使的确是我的了。要钱要什么紧？我就出钱。不花本钱，哪有利钱可以弄转来呢？"林忠直正色道："我想，这事我们总得考量一下，难道把不动产变卖了来运动差事吗？"

林怀宝见他儿子正着脸色说话，态度很是郑重，便用手将胡子摸了一摸，笑道："傻孩子，我虽上了几岁年纪，却还不糊涂，何至于孤注一掷，把基业都扔了呢？我早年积下三千两银子，存在银号里，后来又凑合了一点儿零碎款，作为五千块钱，存在银行里。年久只动了一点儿利钱，我没敢用那本，非到急时，我是不用的。现在既然有这样一个好机会，说不得了，只好动用它。这笔款子，不但是你，连你母亲，都没有让她知道的。"林忠直听了这话，倒吃了一惊。不料老头子一年三百六十日天天哭穷，他还藏有这一笔巨款呢。这老头子临要死，都不肯把这话说出来，真是怪事，这钱差一点儿是银行里的了。我猜他有钱，所以诈他两句，居然让我诈出来了。

林怀宝见林忠直站在那里，有一种沉吟之态，就知道了他的意思，说道："你不要奇怪我藏着这些钱，并没有对你们说。你要知道，我藏着的钱，都是你的。不过我不到临危，不能告诉你，这也是我一番痴心，以为能守着一日，就多替你们留一日。不然，我这一大把年纪，还用得了吗？现在我把这钱将差事弄到手，以后挣了钱，比这要多好几倍，你更有的用了。"林忠直虽然垂涎着那五千块钱，但是父亲得了大官，自己做一个阔少爷，也是一个乐子。再说父亲这一做官，一定挣钱。挣了钱，总少不了我的。这样一想，也就不说什么。过了一天，便专程去拜谒李逢吉。

这时，李逢吉接了家眷来京，已经在北京赁下公馆。他是一个秘书长，又是总理面前的红人，他的住宅自然也非同等闲。林忠直一到门房里说会秘书长，门房见他是坐人力车来的，老老实实地就说不在家。林忠直被不在家三个字断住了，不好说什么，只得扔下一张名片走了。到了次日复来，门房依旧说是不在家。林忠直一想，昨日是上午十点来的，今日是上午九点来的，要说不在家，他是上哪儿去了？上衙门，不是时候。平常应酬，没有这样早。有特别事故，不能天天这样。想来想去，恍然大悟。到了次日，雇了一辆汽车坐着。在隔壁秦师长家里，借了两名武装马弁，挂着盒子炮，站在汽车的两边，飞也似的又开到李宅来。汽车到了门口，喇叭是呜呜乱叫，门房知道客到了。走出来伸头一望，早有一个马弁跳下车来，上前问道："秘书长在家吗？我们……"门房连忙笑着道："在家，您哪，请赐我一张名片，我这就去回。"

马弁在林忠直身上要了一张名片交给他，他拿到手一瞧，才知道就是上两次那个姓林的。原来他是武官，而且很阔，这却未曾料到。当时拿了名片进上房一回，李逢吉立刻就叫请到客厅里坐。门房看主人那一副神情，这才恍然大悟。这位姓林的，果然是一个混大差事的，这又算自己看走了眼了。林忠直被请到客厅里，李逢吉也就出来了。林忠直先是一番客气，然后就说平老介绍过来，到秘书长这里来请教。李逢吉道："兄弟和令尊相处很好，令尊的事，我当然可以帮忙，而且王平老又介绍过，兄弟更没有不竭力的。一二天内，我可以约田帮办和你老兄在一处叙叙。介绍之后，二位可以直接接洽。"林忠直道："直接……那反而不好吧？还是请李先生多帮一点儿忙。"李逢吉偏了头抽着雪茄烟，像想什么。半晌，才问道："平老对于田帮办那一方面的事，全都告诉令尊了吗？"林忠直道："家严都知道了，只要田帮办能促成这事，可以办得到的，总竭力去办。"李逢吉微笑道："不是我吃里爬外，这事受了平老重托，令尊又不是外人，我倒不能不直言相告。这田帮办口气是很大的，这竭力去办四个字，可不能对他说。对他说了，他不会客气的。"

　　林忠直见李逢吉告诉了他实话，很是感激，欠了一欠身子，拱着手道："多谢指教，回去告诉家严，总知道秘书长这一番盛意。"李逢吉笑道："我们来日正长，这倒不算什么。"林忠直又和李逢吉互谈了一会儿，对于向三甜走门路的方法，却也领教不少。只是李逢吉本人，却没有说一句要好处的话。当日回家，对林怀宝一提，说是这李秘书长待我们真不错。既不要钱，又没有表示荐人，总算讲交情的了。林怀宝用左手三个指头，拧着下颏下几根长胡子，不觉微笑说道："孩子！你究竟阅历浅，还不能在外面混事。他在台上，我们在台下，非亲非故，他和我们这样帮忙，真是一点儿什么贪图都没有吗？"

　　林忠直道："我想他受了王平老之托，不能不帮忙。"林怀宝道："更笑话了，平老是一个文职疆吏，老李可身居枢要，平老不巴结他，他反来巴结平老不成？就算他要巴结王平老，我们又不是平老什么亲信，用不着要他爱屋及乌。"林忠直道："那是什么缘故？我真猜不出了。"林怀宝道："他不是告诉你来日正长吗？文章要在这来日正长四个字里，他那意思，知道我们现在出钱，那是花老本。要多了，决计是要不到的。目前乐得做一个人情，一个钱不要，和我们办好这件事。将来我们到了外省，查烟以后，那个时候，再和我们索款。因为我们随时有电报告到京的，设若他要想给我们捣乱，就老给我们抬杠，说我们查得不实不尽，那就够我们麻烦的了。你以为官到了手，就可以不怕他了吗？"林忠直听了他父亲这一番话，恍然大悟，才知道他父亲做官，的确有一番经验。

　　过了两天，李逢吉果然约林忠直在家里便饭。同席的就是田子芳，主客不过三个人罢了。席上，李逢吉先说道："府里的意思，现在很想请林老先生出来办点儿事，林老先生虽不大愿出来，忠直兄他却以为有负府方的盛意，一定要他令尊出来。忠直兄的意思，却要我们大家帮一点儿忙。府方既然倚畀甚殷，我们自然要玉成其事。"当晚大家只是含糊其词地说了一遍。到了次日，林忠直亲自到田子芳家来造访。田子芳先道："秘书长也曾对兄弟说了，说是打算请令尊出京一趟，办禁烟的事，但不知令尊意思如何呢？"林忠直道："老人家正想出去游历游历，这事又清闲，正是合适，还要仰仗田帮办在总理面前吹嘘一二。这一番盛意，家严总知道。"说到这里，笑了一笑道："小小的意思，总可以办到。"田子芳道："既然是府方意思，兄弟还敢怎样？"遂又走近一步，和他坐在一张沙发上，低着声音说道："这事非在雁老家庭中托人，不能从速的，虽然，这差事很不坏，喝令尊一杯喜酒，也是义不容辞的了。"说毕，哈哈一笑。

　　林忠直见田子芳笑容满面，似乎是个好说话的人，便只微微地露出了一点儿出钱口气。至于数目多少，一时却还不肯说出来。田子芳和林忠直谈了半天的话，还不曾听见他讲到价钱，心里可就很不高兴，面色也慢慢变了，不是先前那样和悦。因道："我仔细想了一想，这事也很不容易进行。林先生从府方着手的好，只要府方能交下条子来，院方也不能不办。现在在院方这一层接洽，我倒觉得有些蛇足。"林忠直一想，怎样又变了卦了？便拱拱手道："诸事还是请田帮办帮忙。兄弟已经说了，这一番盛意，总会记得。"田子芳道："令尊也是久于仕途的人，这一层兄弟也晓得。不过总要你老兄定一个标准，兄弟才好进行。成与不成，总也在一个一定规矩之内走。"

林忠直见他已老实问起价来，倒不能不说，便道："依理说，这样特派的差事，绝不是随便敷衍一点儿数目，就可以了这人情的。不过家严赋闲很久，不比别人手头很便，只能酌乎其中。"说时，对田子芳伸了三个指头，笑道："这个数目，田帮办以为如何呢？"田子芳见他伸了三个指头，不知道是三千还是三万，便问道："请言其详，到底是哪一个阶级？"林忠直笑道："自然是以千数。"田子芳道："据你老兄的算法，里里外外，全在内吗？"林忠直笑道："这个数目，自然是很细微。不过兄弟的意思，此数暂奉敬前途，至于田帮办这里，回去与家严商量，再谋报酬之法。"田子芳听他说只能报酬三千块钱，简直没法在这里面揩油，心里是有些不愿意。现在他说另有报酬，又转嗔为喜，笑道："倒并不是我计较报酬，只是这一点儿数目，却不大好向里面去说。"他说时，搔搔头发，又摸摸脸，口里却不住地吸气，林忠直道："数目固然是微细，不过田帮办的力量，总不至于有什么阻碍的。"

　　田子芳笑道："老兄说这话，我也不能否认，但是不带物质的说话，恐怕总不如带着物质的有力量，所以你老兄托我，我是不能推诿，至于能发生效力不能发生效力，我却不敢保险。"林忠直笑道："兄弟所以说送里面三数，对兄台另有报酬者，却另有一番意思在内。"田子芳架起一双脚，摇动身躯对林忠直笑道："既然如此，兄弟倒愿闻其详。"林忠直道："里面有的是钱，少个千儿八百，他不在乎。至于我们呢，都是手糊口吃的人，大家能难出几个钱来用之，岂不甚好？所以兄弟以为与其向里面多送几文，不如抽出那一部分钱，对你老兄，稍为加重地报酬一下。"田子芳笑道："你老兄这一番盛意，我自然是感激，但不知道所谓加重，加到什么程度呢？"说这话时，两道眉毛一上一下，望着林忠直的脸，静等回话。

　　林忠直道："就兄弟的意思，实实在在，报酬台端，这个数。"说着，把右手的食指，向上一竖，田子芳忍不住笑道："也就不见得怎样加重呀，与大数合起来，不过是四分之一罢了。"林忠直道："这个数，还是兄弟的意思，家严是否有这个力量，还不得而知。"田子芳挨着林忠直，将手按着他的手，低声笑着说道："令尊此事办成，希望是很大的。要说起来，也是惠而不费，不过先拿出一点儿款子来，分润知交罢了。你老哥回府，可以对令尊商量商量，再增益若干。至于前途，兄弟当竭力去说项。我想对于令尊的事，总有益无损。"林忠直道："大体既定，差不多的小关节，总不至于阻碍事情进行。兄弟除了肯定之数以外，总还去尽力，勉符尊意。"田子芳道："好，就是那样办吧。过个一两天，老哥再听我的消息。"林忠直见交涉得大体就绪，便起身告辞，田子芳道："忠直兄没有什么要公吗?"林忠直道："没有什么事。"田子芳道："既然没有什么事，我们一块儿去吃小馆子，好不好?"林忠直道："不必客气，过一天再叨扰吧。"田子芳道："那样说也好，以后我们会面的日子很多，再请吧。"

田子芳把林忠直送走了，当日下午，借着一点儿小事，便到唐宅来。这个时候，正值唐夫人盘查隔日家用账的时候，口里衔着一支烟卷，斜支着身子，在旁边一张太师椅上坐了。临窗一张横桌上，有一个十五六岁的丫头，在那里记着。屋子外头，门帘边下，站着一个厨子，垂着手在回话。田子芳在窗户外面，先咳嗽了一声。唐夫人问了一声谁，那丫头早见了，便站起来回道："舅老爷来了。"唐夫人道："请进来坐吧。"田子芳进来，厨子退走了，丫头收过算盘账簿，送上茶来。田子芳笑道："大姐还是这样不怕麻烦，这种伙食账，进出也小得很，您还天天查些什么?"唐夫人道："每天差不多有三四十块钱的伙食账，稍微忽略一点儿，就要让他占了不少的便宜去。"田子芳道："那也有限得很，你把存款的利钱多积一点儿，就多得多了。"唐夫人道："你不提，我倒忘了。上次你给我存的款，我要存五年，你怎样只给我存一年。一分六的利不要，倒要这九厘的。"田子芳道："这个年头儿，五年以后，知道变成什么样子? 整万的洋钱，存在银行过这样久，不显着危险吗? 不过活期存款，利息只有五厘，那又太少了。所以我的意思，作为折中办法，款子只存一年。利息达到九厘，也没有挺大的危险。"唐夫人道："你还算男子汉大丈夫呢? 这一点儿胸襟都没有。有大银行做担保，有一点儿款子，都不敢放下去。别的事，还敢放开手来做吗?"田子芳笑道："您既然是能放开手做的，兄弟有一件小小的事奉托，不知道大姐答应不能答应?"唐夫人道："你倒是会说，找着岔儿就上，你又是什么事要托我?"田子芳笑道："有一个至好的朋友，赋闲赋得

242

太厉害了。"唐夫人道："不用说了，一定是要在院里找一个差事，对不对？我知道你来了就不能没有事。"田子芳道："院里的事，他哪能干呢？人家很有身份，在前清还是一个臬台呢。"

唐夫人笑道："你趁早不要在我面前撒这个大谎，你又在什么地方，认识过做臬台的朋友？"田子芳道："起先原不认识，最近才认识的。因为现在有许多禁烟专使的缺，都是派一班遗老去充任。他看见这个机会，很想也弄一个缺。"唐夫人道："这事你不要托我，我办不到。上次为了一个印花税处总办的事，我就和你姐夫抬了半天的杠。他说这种简派的官，关系很大，以后叫我不要管，这话没有说多天，我索性干涉到特派的差事上去，他不要疑我存心和他捣乱吗？"

田子芳见唐夫人第一句话就不愿意，料定这话不大容易说，便笑道："虽然要姐姐帮一点儿忙，但是也不白帮忙。人家可有一点儿报酬，而且兄弟为了朋友的事，说不得了，不要手续费。"唐夫人道："要报酬我也成，我要一万。"田子芳笑道："大姐，你这又是存心和我作难了，这种禁烟专使，名说是特派的，一点儿事也不能办。出一趟差，不过弄些车马费办公费，有什么大进项？就是办个十年八载的差事，也挣不了多少钱。您开口就要人家一万，人家到哪里去捞这一笔本钱？"唐夫人道："据我想，这禁烟的事情，范围很小，果然没有什么事可办。但是你这朋友，为什么要运动这一个缺呢？"田子芳笑道："我一说，你不就是明白了吗？可是范围虽小，究竟比赋闲强得多。有事的人，是不知道赋闲人的苦处。"唐夫人道："他既然为穷出来做事，就应该运动一件好些的差事，为什么要这样有其名无其实的事情呢？"田子芳笑道："就是这样的差事，还不容易呢！哪里又谈得到比这还强的？而且他又是有身份的人，面子上太下不去的事，他也是不能就。"唐夫人一想，这话倒很有道理，便道："既然是他愿意弄，大概他总认为不错。既然愿意出钱，他究竟愿出多少呢？"田子芳道："他的意思，愿出一千。"唐夫人道："胡说！一个特派的差事，只值一千元。那要是运动一个委任职或荐任职，只应该在三块五块十块八块上说了。"

田子芳一见唐夫人变了色，知道刚才所说的数目太少，有一点儿瞧不起她。便道："我也是这样说，他出得太少。他就说不是一千元，是一千两。我说，现在没有论两论钱的。他又说尽力而为，可以凑上两千元。"唐夫人道："两千元？弄一个小荐任职差不多。特派的差事，岂是这两个钱可以想得到的？"田子芳见唐夫人虽然还没有允意，但是不像以前那样带有怒色，便笑着站了起来，对唐夫人拱了拱手道："原知道这数过少，但是我有言在先，这是一个穷朋友，望大姐特别帮忙。这个数目，决计不敢说是报酬。不过他不好白求人，聊表敬意罢了。"唐夫人忍不住笑道："你没有这好的事，肯替朋友这样卖力？不要是你得了人家一大笔钱，随便分几个给我吧？"田子芳道："不敢不敢！那怎样敢？这是我至好的一个朋友，他不托我借钱，已经是有酬劳我的意思在内了，我还想在他头上弄钱吗？"唐夫人道："据你这样说，倒真是你的朋友了，他叫什么名字？干过些什么事？"

田子芳听说，就把早已写好了的一张条子，在袋里掏了出来，双手递给唐夫人。她接过去一看道："果然是个阔人底子，让我问问老头子。若是不可办，那就不必提了。"田子芳笑道："无论如何，总向成的一条路上办。只要大姐多说两句话，我想没有什么不可办的。就是这样办，也不必回头再说了。"说毕，又连连拱手。唐夫人笑道："我看你这样子，就犯有很大的嫌疑。你若是刻苦我，自己大大地弄钱，那可是不行的。"田子芳道："决计没有这事，你放心。若有这事，我多弄一个钱，就留着买药吃。"唐夫人见他起誓，便笑道："没有就没有，男子汉大丈夫，动不动起誓，那算什么呢。"田子芳见唐夫人话都答应了，这才欢喜道谢而去。到了晚上，唐雁老回上房来，要抽两口烟提提精神，便走到唐夫人屋子里来。唐夫人一见，连忙端出烟盘子，放在床中央，自己擦了火柴，将烟灯点上。

唐雁老笑道："啊哟！太太！这就不敢当。你叫他们来弄吧，怎样还要你亲自动手？"唐夫人笑道："你不要说这话了，难道我没有伺候过你吗？"唐雁老一面说着，一面就在床上躺下。这时小丫头芸香早走了过来，端了一张方凳，坐在床沿下，给唐雁老烧烟。烧了两口，唐雁老就吩咐不要烧，叫芸香把昨晚上看的那本书拿了过来，侧着身子，就着烟灯看书。唐夫人也隔着烟盘，对面躺下。芸香先给她烧了两口烟抽着，后来不抽烟了，却有一句没一句地和唐雁老说闲话。唐雁老正看书看得有趣，也不问听清楚没听清楚，口里不是答应着是，鼻子里就答应着哼。唐夫人笑道："你不要胡答应，我问了你一些什么话，你说给我听听看。"唐雁老笑道："人家看书看得正有趣，你就来打扰。"唐夫人道："到我这里来，我和你说话，那就是打搅。若是到姨太太屋子里去，姨太太找你的话，那就不打搅了。"唐雁老笑着将书放下，说道："我不看书了，就陪你说话。有什么事？请你就说出来。"唐夫人先说了一些散话，然后说道："你们做官的人，总是只许州官放火，不许百姓点灯。"唐雁老道："又是什么事，你有些不服呢？"唐夫人道："听说现在又放出了大批的禁烟专使，到各省去禁烟。你瞧，你是国务总理，就抽烟，怎么禁止别人不抽呢？"唐雁老笑道："我是抽着好玩儿罢了。"唐夫人道："过瘾是抽，好玩儿也是抽。若说要禁烟，就得从你禁起。"唐雁老道："你怎样又知道禁烟这一件事？"唐夫人道："我听你和子芳提这事不是一次了。"唐雁老道："有倒是有这个事，禁什么烟？不过安置闲员罢了。"唐夫人道："我一听说这个名目，就猜是安置闲员的。这样说来，果然不错。这事大概也不大要紧，我在你面前保荐一个人，你看怎么样？"唐雁老道："你又要保荐谁哩？这个事情名义特大，你不要荐人吧。"唐夫人道："你这是什么话，名义大了，我不能保荐。难道我保荐的人，都应该是小名义的才行吗？"

唐雁老道："不是那样说，像这种特派差事，发表一个人，都是八方皆知的。就是府里要用人，也得先征求我的同意。我要用人，那更不必说，是先要告诉府里的了。"唐夫人道："既然要给那人的差事，迟早总要见命令，这自然是要告诉府里的，这又算什么难处？"唐雁老道："你不懂，旁的小事，只要动公事到府里，他是照例批准的。像这样特派的事，总得先商量商量。我不愿意为了这不相干的事，到府里碰钉子去。"唐夫人道："你这话我不信，你也只比总统差一级的人。保这么一个闲官儿，还会碰钉子吗？况且你又常说，什么责任内阁，总理要做事，总统也拦不住。"唐雁老笑道："国家的政治，你就少谈些吧。太太！你说的满不是那一回事。"唐夫人道："听说这样的差事，有了十几个呢，那又是谁做主的？"唐雁老道："也有是府里交条子的，也有是我保荐的。"唐夫人道："那还说什么呢？你既然先保荐过，现在何以不能保荐?"

唐雁老随便怎样说,唐夫人总是往下驳,这叫他实在穷于应付,便笑道:"老实说了吧。这个差事,虽然不大紧要,可是名义特大了,总要把名字说出去,是人人皆知的,才像个样子。况且现在也用不着查烟,这无非生出一个名目来,把那没事的老朋友,安插几个下去。只要自己人安插下去了就得了,何必再找不相干的人去充数。"唐夫人道:"我不用和你谈这些废话,反正我荐一个人给你,你总得用。"唐雁老见夫人说这种硬话,有些不快活。说道:"这又不是家事,一定要依你办。这是政治上的事,你也一定要来干涉,真是岂有此理。要说这不过一个小小差事,我也可以模糊承认……"唐夫人不让他向下说,接着道:"都是承认,不承认不行。"唐雁老懒得和她说,拿起刚才那本书,又就着烟灯去看,板着脸,却不理会唐夫人。唐夫人道:"不答应我的话,看书也不成。"顺手一把,将书抢了过来,便扔在床里边。

唐雁老道:"你每次荐人,我因为有法可想,都答应了。现在这禁烟专使,是特派官,我怎好也糊里糊涂答应着?我自负还干净,为了你们,倒弄得我背一身结党营私的臭名声。"唐夫人道:"你说这话,就该打嘴,刚才你还对我说来,这次的禁烟专使,你保荐了好几个人呢?"唐雁老道:"虽然是我保荐的,那并不是我的私人。"唐夫人道:"不是私人,倒是公人不成?我保荐的这个人,未必就不如你保荐的。你若不答应,你倒是真有些结党营私呢。"唐雁老道:"语无伦次,简直胡闹,我不和你说了。"说毕了,坐了起来,打算就要走。唐夫人道:"你这样一发气就让你走吗?你要走也行,也不许进姨太太的屋子。谁要进了姨太太的屋子,咱们是没完。"

唐雁老听了她这一句话,倒不由得软化下来,坐在床上,就不敢动脚走开,说道:"并不是我和你生气,你说的这话丝毫没有理由。"唐夫人道:"你说我不讲理,我就不讲理。你不答应我的事,我就是这样办,不许你进姨太太的屋子。"唐雁老道:"这是什么话?"唐夫人道:"就是这种不讲理的话,听凭你怎样办。"唐雁老道:"你要荐一个差不多的事,我总给你设法。现在你要这样正正堂堂的大差事,我总怕让外面知道了不大好听。你要知道这种特派的差事,不是相当的人,是不便

246

给他的。"唐夫人道："我没有对你说保荐的是谁，你就准知道我保荐的人不够资格吗？你瞧瞧，人家未必比不上你。"说时，就把田子芳开的那个字条，掷在唐雁老怀里。

唐雁老捡起来一看，见是林怀宝，不由得笑起来，说道："这一个老家伙，倒会钻路子，他也走上这一条终南捷径了。"唐夫人道："我问你，他的资格怎么样？不配吗？"唐雁老道："配是配，但是我们和他向来无来往，保荐他做什么？"唐夫人道："揭开天窗说亮话，我是受了人家一点儿礼，不能不硬保，这事你还有什么不明白的。"唐雁老笑道："你得好处，却要我去保这昏庸老朽的东西，好让人家去骂吗？"唐夫人道："我有好处，你也有好处，你自己仔细想想看。不然的话，你一到姨太太的屋子里去，我就和你大闹。"唐雁老道："我看这事，又是子芳经手介绍的，我倒要去问问他。"唐夫人道："不用问，要问就问我，这事是我叫他办的。我不叫他办，他就敢对我说这话吗？"说毕，两手交叉着十个指头，抱着左腿的膝盖，板着面孔，静等唐雁老的回话。

唐雁老本来想坚决到底，可是三姨太太早就说好了，煨着莲子、火腿稀饭，等着过去吃。若是不去，三姨太太明天也是一阵闹。若是要去，不应答太太的要求是不行的。踌躇了一会儿，笑道："这事你一定要我办，我拒绝了，你又会和我生气。但是一口气答应了，又怕办不到。你让我考虑考虑，过个一两天，我再来答复你，好不好？"唐夫人道："办不办在你，有什么可商量的？"唐雁老道："我是答应了，就不知道府里有阻碍没阻碍。现在若完全答应，将来办不成，你又要和我找麻烦了。"唐夫人见他说得很是有理，也就不问。这一晚上，算是难关已过。

到了次日下午，唐雁老上了衙门，田子芳为了一件贺电的事，到总理室来见唐雁老，说是那电报已经拟好，请总理看看，是不是就要发出去。唐雁老将电稿接到手一看，原来是个疆吏的封翁过八十寿辰，发电去道贺。唐雁老仔细看了一看，那稿子无甚可驳的，便问道："这是谁起的稿子？"田子芳原是叫一个秘书起的稿子，因为雁老说话的时候，脸上带着笑容，料定是有奖赏的，便笑道："是子芳自己起的，总理看能用吗？"唐雁老道："我并没有吩咐你们起这个电稿呀。"田子芳道："各部总长都有电了，想总理总也要发一通贺电的，所以拟了一个稿子，请总理看。向来这种应酬电报，都是拟了来请总理改定的。"唐雁老冷笑道："向来这样？就是我向来这样，所以才让你们自由自主惯了。这一回我要做一点儿主，行不行？"田子芳无故碰了一个钉子，倒莫名其妙，一刻儿不知怎样说好，站在一旁发怔。

唐雁老骂得兴起，又道："像你们这样无法无天地胡闹，我的前程，都会伤在你的手上。到了那个时候，少不得树倒猢狲散，你们也不见得有什么利益。"田子芳听到雁老说这些话，越发莫名其妙。凭这样一个小小贺电，是极轻微的事，何至于弄到树倒猢狲散？田子芳和雁老虽是至戚，但是官场的规矩，上司骂僚属，只许上司骂，可不许僚属回答。雁老发了一顿脾气，田子芳却不敢公然回驳，只是涨红了脸，呆立在一边。唐雁老见他不作声，骂了一阵子，也就算了。

田子芳退出总理室，这一阵心里难受，比宣告死刑还觉得残酷。板着面孔，低着头，往办公室里走去。有一个茶房，站在身边，轻轻地说道："田帮办，刘秘书请过去说话。"田子芳勃然变色道："说什么话？有话早也不说，迟也不说，我一有了事，就找我说话，这是什么缘故？"茶房好好地说话，倒不料田子芳会忽然地生气，便不作声，退在一边。田子芳走进办公室，一个人自言自语地说道："这差事不能当了。办得不好是要碰钉子，办得好也要碰钉子，这叫我们怎样去办呢？"办公室里的人，看见田子芳发脾气，都不敢作声，料定他又在总理面前碰了钉子回来。

他坐在椅子上，闷闷地抽了两根烟卷，又喝了半杯茶，也不等到散值的时候，径自回家去了。到了家，自己私自忖度，莫不是我做的什么事，给他知道了？但是我介绍的差事，既有大姐在里面做主，而且这事也是公开之秘密，从来不必瞒着他，怎样好好的为这一点儿小事，和我生气？是了，必是他和大姐生了气，我们连累着都受他的指责呢。这样一想，当天晚上，又到唐宅去见唐夫人。唐夫人说林怀宝那件事已经对老头子说了，他先是不愿意，和他麻烦了半天，他才勉强答应。田子芳笑道："这样看来，不办也罢。"唐夫人道："那为什么？"田子芳道：

"老头子今天在衙门里对我大发脾气，说我专权弄政，说不定他的事都会坏在我们手上。这样的痛骂，我痴长到四十岁，这遭还是头一次。"唐夫人道："真的吗？"

田子芳道："我怎样敢撒谎，不信你回头问问老头子看。我想老头子前程远大，也许将来可以做到总统。不要因为用了几个亲戚，就把他的事弄坏。我想了，不如和树威、赫声两人约着，一同辞职。我们一走，他不见得少这样三个靠得住的做事。在表面上，不用私人了，也省得人家说结党营私。"唐夫人道："辞什么职，辞职倒是怕他了。连他姨太太不相干的干女婿，都可以在衙门里大红特红。我一个兄弟，两个内侄，倒不能用吗？不要理他，全有我做主。"田子芳也不再说什么，回家去把田树威、田赫声约在一处商议了一阵子，便各起了一张辞呈的稿子，誊写好了，次日一早，便送到唐宅。这天，一位帮办，两位科长，就不上衙门了。

唐雁老先一日晚上，已经和唐夫人抬了一顿杠。唐夫人说："要成大事的人，总全靠至亲帮忙，也只有至亲的人靠得住。没有看见你把好亲戚当着眼中钉，倒把那些不相干的混账东西算是心腹人。"唐雁老听她说的话，分明是指着田子芳那一件事，只好默然不作声。唐夫人又问林怀宝的那件事怎么样？唐雁老哪里还敢说不办，一口气就答应可以办到。唐夫人见无隙可乘，便索性直说，因道："我直告诉你吧，子芳今晚上来了一趟，他说要辞职。他辞不辞，你留不留，我都干涉不着。但是院里没有我的人，有了别个的人，我面子上很抹不开，你可要一样地办理。"唐雁老道："因为他事情办得不好，是我骂了他两句，这也很平常的事呀，他为这个就要辞职吗？"唐夫人道："你们是什么缘由，我都不管，反正你给我公平办理就得了。"唐雁老听了这话，也就以为可以含糊过去。不料到了次日早上，田子芳的辞呈就来了。不但田子芳要辞，就是田树威、田赫声两个人，也是要辞。这种举动，不用说，是夫人党有所要挟了。若是为整顿乾纲计，最好是让他们辞职。可是这样一来，夫人又通不过。与其准他们辞了职，又来谋挽回之策，倒不如不让他们辞职的好了。

唐雁老想了半天，想不出一个妥善的办法来。这事由太太而起，算

249

来还是由太太这边去销账为妙。当时便携了三份呈子，送给唐夫人看，笑道："这不是笑话吗？子芳叔侄三人，居然提出辞呈，向我辞职来了。子芳呢，犹有可说，算我把话得罪他了。树威和赫声，对于此事，是井水不犯河水，他俩何必也连带辞职？"唐夫人也不看那呈文，将手掀了一掀，便将呈文推过一边，笑道："不用看，我全明白了。你不说他们是我一党吗？他们三人，总算我一党的党魁，只要党魁一走，我这党，就算取消了。他们是为了我，避嫌疑辞职的，要走当然三个人同走，怎样只走一个呢？走一个留两个，我的党，不是还在吗？"说到这里，只管是笑，说道："可是一层，我是不辞职的。我要辞职，总理大概可以批准吧？"唐雁老皱眉道："人家商量正事，你倒给我说笑话。"唐夫人道："笑话吗？你想想，他们三人为着什么辞职呢？你就把他免职得了。"唐雁老听见夫人一律是俏皮话，答应是不好，不答应也是不好，只坐在一旁苦笑。

当时也没有说什么，因为衙门里今天有要紧的事，自上衙门去了。接上晚间又有宴会，到家很晚。唐夫人约了几个人在家里打小麻将，把这事也忘了。这样一来，田树威、田赫声两个人，都十分着急，次日上午便找到了田子芳家里来，田树威道："老叔，你早对我说了，有姑母做主，我们辞职，姑丈是不能照准的。现在一天一晚，也没有听见一点儿消息，事情有点儿不妙吧？"田赫声道："我说了，我们没有缘故，不好辞职，你一定要我辞职，说是姑丈看在姑母的面子上，绝不让辞职的。现在怎么办呢？我不管三七二十一，我问你要差事。"田子芳道："你不要忙，我总有办法。"田赫声道："你还有办法吗？我看你是拉屎打了脚后跟，自己没奈自己何。"田子芳道："赫声，你说话太无礼一点儿。不说我是你长辈，年纪比你还大着些，你怎样对我说出这种话来？"田赫声道："你把我饭碗都砸了，我还认你作什么长辈？以前我让你三分，因为你是一个帮办，现在都是一品老百姓，谁怕谁呢？"

田树威道："赫声，你别闹，这也不是闹的事，我们慢慢来想法子得了。"田赫声道："我这一辞不要紧，多少人得丢事啦。我老四现在在农商部当办事员，是天天要到的，我在院里给他补了一名录事。我的舅兄，现在是第二科当办事员，也是因为我们田氏关系安插下的。还有我老二，现在在第二科当科员，那是一个极老实的人，在别个科长面前，简直待不下去。我也不愿细算了，这连带关系的人，我们算一算，共有多少，我们这一去，就全得去啦。"田子芳道："我何尝不知道？你可晓得我辞职是苦肉计，好让老头子知道我满不在乎，他就不……"田赫声跳起脚来道："好哇！你把我们开心，来献苦肉计啦。我也不认识你了，去年你和我移了一百块钱用，你拿还我。"田子芳道："我几时借过你一百块钱？我也不至于短这几个钱用。"田赫声道："怎么没有？树威在场，还可以做证哩。我母亲过生日，你在我家打牌，不是输了一百零五块钱吗？这五块钱不要，我可以抹了。这一百块钱还不该给吗？况且这一笔钱，也不是我赢你的，是你输给别人，别人拨在我名下抵账的。你的钱不拨给我，我还不能和别人要钱吗？"田子芳听他说这话，气得满脸通红，说道："你你你这可是人话？"田赫声道："怎么着？要钱就不是人话吗？"田子芳对着田树威道："树威，你还记得那天的事吗？那天我输吴先生一百零五块钱，我要开支吧，他说不要开了。和吴先生有赌账，拨归来一笔勾销吧。我以为反正是给钱，也就答应了。这是你在场见的，你说对不对？事后我把钱给他，他无论怎样不要，说是自己叔侄俩，还要什么赌博钱呢？这时候，过了快一年了，会把这样的陈账翻了出来，三岁小孩子还不如了。"田赫声道："那个时候，我们合作，在一处混差事，可以说是叔侄。现在我们不合作，就不是叔侄。是叔侄就可以不要赌博钱，不是叔侄我为什么不要赌博钱？"

田子芳听了这话，气得两脚直跳，说道："好好好，以后我们不要认为是叔侄了。无论如何，一百零五块钱的债，还不会难倒我，我这就给你。"说毕，一转身进内室去，便拿出一百零五块钱的钞票，放在桌上，冷笑着对田树威道："树威，凭你在这儿，我这钱可是还清楚了，以后他不能再和我要这一笔钱。"他这样一来，田树威倒觉得有些不好意思，便道："赫声也是气头上的话，老叔何必信以为真？这款子，你收回去。我们还是想法把辞职的事，早些转圜过来要紧。"田子芳道："这个年头，人心大变，我是决计不干了。钱还是让他拿去，我不能为了一百块钱的事，老让人家说我的闲话。"田赫声坐在一边，取了一根烟卷抽着，却不说什么。田子芳道："赫声，你把钱收下呀。你不收下，我也会亲自送到你家里去。"田赫声道："我又不是凭空讹诈，是应该得的钱。你要我收下，我就收下。"说着，将钞票一把抓着，就要向身上揣。田子芳一伸手，将他的手按住，说道："且慢，你把数目点一点，我是一个赖债的人，不要在数目里又扣下几个钱，你要暗中吃亏。"田赫声道："我收下就是了。"田子芳道："不成，你非点点数目不可。"田赫声道："这是您要我点的，点数就点数，那也不能算我小气。"说着，将钞票数了一遍，说道："没有错。"说毕，这才把钞票揣上身去，田子芳道："二位请便吧，辞职的事，不要商量了。我灰心已极，绝对是不干的了。"田树威见田子芳态度坚决，也不便多说，便和田赫声一路走了。田树威约着田赫声到家，顿着脚骂了他一顿，说道："无论如何，子芳叔在姑母那里说话，要比我们灵些。我们若是把他得罪了，恐怕我们转圜的事就要绝望。"田赫声道："果然他说话比我们还灵吗？那也不见得，我们现在就去见姑母，看她怎样说。我这里有一笔款子在身上，买一些东西带着，就借送东西为名，可以和姑母谈谈。"

田树威道："这法子倒也使得，我们就一路去。"于是二人跑到果局子里，买了十几块钱的水果，盛成几大篓子，雇了洋车拉着，二人坐着自己的包车，亲自护送到唐宅来。唐宅的门房，认得他们是唐夫人的内侄，并不用得到上房去回禀，所有的水果就搬了进去。田氏兄弟，一直跟到上屋来见唐夫人。唐夫人见搬了这些东西来，便问："是什么？好好的，又送我的礼吗？"田赫声站着笑道："哪里是送礼？这是我两人在一家新果局子里走过，见有许多好果子，就买了这一点儿东西来，请姑母尝尝新。"唐夫人笑道："你两人老实，不要在我面前弄鬼，你两人送了东西来，是求救兵的，你说是也不是？"田树威笑道："姑母这样一说，我们兄弟倒不好说什么了。"唐夫人道："你既然不是来求救兵的，你不许在我面前说公事。"田树威笑道："我们的心事，姑母还有什么不知道的。这一回事，都是给子芳叔争面子，其实我们兄弟俩还有什么意思可言呢。"说时，可就望着田赫声道："赫声，我不是说了吗？我们的事情，总要听姑母吩咐。姑母说怎样好，我们就怎样办。姑母原没有叫我们辞职，我们这事，做得有些冒昧，现在姑母怪下来了不是？"唐夫人道："你们不必捣鬼，去叫子芳来说吧！要挽留子芳不算，我还要给他升一升呢。不是这样，我姑母还有什么面子呢。"田赫声听到说还要给田子芳升官，倒冷了下半截，大悔不该得罪了他。

他心里一想，子芳若再要升官，就是秘书长，所有院里的事，他要做一半主了。我先和他吵了一顿，又要了他一百零五块钱。据他的意思，叔侄的情分从此就断了。到了做了秘书长的时候，我若要复职，非得他的允许不可。但是他为了这事，已经恨我入骨，他还肯帮我的忙吗？我实在一时糊涂，没想到姑母还信任他呢。他们正在这里说话，恰好唐雁老来了。田树威、田赫声一见，连忙都站将起来，你看我一眼，我看你一眼，回头又偷着看了看雁老夫妇的颜色。雁老摸着胡子，对他二人微微一笑，将他们浑身上下打量了一番，说道："我对于你二人，并没有什么过不去的地方，为什么对我做那示威运动，一同辞职？"田赫声望着田树威，田树威却咳嗽了两声。唐雁老道："我告诉你们吧。现在在政界混事，很不容易，不要把差事看得很轻松，以为丢了就丢了，若是丢了，就凭你二位的本领，恐怕不容易再找到这样的事情。"

唐夫人见唐雁老越说越紧，面孔渐渐地板了起来，田氏兄弟却是噤口无声，只是僵着脖子呆望。看了这种情形，心里怪不舒服，不禁插嘴说道："你何必苦苦逼问他们，这事各有各的难处。你想他两人都是子芳的助手，子芳辞了职了，他们没有一点儿表示，实在对不住人。这不是我当他兄弟俩面前，戳穿他们的纸老虎。只要你将呈子退还他们，他们算是手续已到，就没有什么话可说的了。"唐雁老冷笑了一声，也没有向下再说，就随便坐在一张沙发上，不住抽他的雪茄烟。田氏兄弟见唐氏夫妇的面色都不大好，不敢在此久留，便退出去了。唐夫人因为唐雁老刚才没有给她的面子，心中不大高兴，便问他道："刚才他两人一句话没说，你为什么要羞辱他一场？你要知道是我的侄儿，你当着我的面羞辱他，就和羞辱我一样。我们田家人，沾着姑母的光，在你面前混一点儿小差事，那也不为过。你就这样大打官话，一点儿不留面子吗？我限你今天晚上十二点钟以前退回他们的辞呈，若是不退回，哼！我也不能给你留面子了。"

唐雁老道："我的家事，你全权主持罢了。至于我在政治上的行动，你何必干涉？"唐夫人道："你这话是嫌我主持家事吗？好，好，好！

253

以后我就不管家事，看你让谁来主持。我倒要把这一件事，在外面宣布宣布。"唐雁老道："你真是多事，为着他们个人进退的私事，你何必生那些闲气？"唐夫人道："老实告诉你，他是我一党。姨太太能够在衙门里培植一部分势力，我也就可以培植一部分势力。你说他们个人进退是衙门里的公事，据我看来，恰好是我和姨太太的私事。"

　　唐夫人左一句姨太太，右一句姨太太，这一个消息，就很快地传到三姨太太耳朵里去了。三姨太太便悄悄地走了过来，听她说一个究竟。唐夫人越说越有气，喉咙也就提高了一倍。三姨太太忍不住了，便接着嘴道："嘿嘿！这是笑话吧？田家人做官不做官，和我这姓刘的什么相干？"唐夫人听了三姨太太接着说话，昂着头对窗子外说道："我在自己屋子里说话，你还管得着吗？你若是不服气，随便你到哪去讲理，我都可以去。"三姨太太冷笑道："我有什么不服呢？我没有什么娘家人给我现眼。"这一句话不说犹可，说了之后，引着唐夫人无明火高三千丈，伸手在桌子上捞了一把茶壶，就由窗子上抛了出去，要砸三姨太太。她究竟力气不足，没有抛到上层，却抛在下层玻璃格子上，只听呛当一声，把玻璃砸了一个大窟窿。三姨太太冷笑道："就凭我说这句话，就得挨揍吗？"唐夫人道："你为什么说话牵动我娘家人？我娘家人，有当娼的，有做贼的，怎么给我现眼？我倒要问你一个清楚明白。"说了这话，不管三七二十一，就闯出房来。所幸旁边人多，极力将唐夫人拉去，还有几个人带劝带拉，把三姨太太推回房去了。这里唐夫人捶胸顿脚，无论如何和三姨太太誓不两立。唐雁老觉得双方都没有理，不知道劝说哪一个好，只得闷闷地坐在一边，不住地抽雪茄烟。唐夫人道："好哇，难怪你逼得子芳爷儿仨辞职，原来这是奉令而行的呢。"

　　半晌，唐雁老叹了一口气道："总不能过几天太平日子。无缘无故的，又吵闹起来，这是何苦呢？"唐夫人道："你总帮着她，人家骂了我，我倒不能作声吗？这是哪一家的理，请你说一说。"唐雁老道："说来说去，无非是为了子芳他们三人的事。你不必这样，我把他们的辞呈退回去就是了。"唐夫人道："那是一件事，人家骂了我又是一件事，这不能并拢到一处说。"唐雁老道："是你说她半天了，她才说一句，这也……"唐夫人道："好哇，你还帮着她说呢，怪不得她这样大

254

的胆，原来是有你做她保镖的呢。有保镖的我也不怕，我是跟她干上了。"唐雁老道："你就是再吵一顿，也不过骂上她几句，不能于你有什么利益。你要办到的事，我给你办到就是了。"唐夫人道："我要办到的事，都给我办到吗？好！你叫她搬出去，永远不许进我家的门。"唐雁老笑道："我家也是她家呀，叫她上哪儿去呢？"唐夫人道："谁和你这样无廉耻地乐？我是和她干定了。"说毕，起身又要出去找三姨太太。

　　唐雁老一看太太今日发气，非比等闲，料定自己压制不下来，就吩咐听差去打电话，赶快把舅老爷田子芳请来。听差打了电话，不到三十分钟，田子芳就来了。唐雁老把他拉到一边，说道："你大姐和我闹得不像样子，这事都是为你三人辞职而起。你的辞呈带回去吧，不要闹这些手腕。家里闹得不歇，连我也没有心思办公了。无论如何，你马上去劝劝她吧。将来无论要求什么条件，我都可以容纳。"田子芳见唐雁老说这样软化的话，落得就此转圜。见了唐夫人作好作歹，把祸事算着平息下去了。当天晚上，唐雁老留着田子芳同吃了晚饭，把三道辞呈亲手交给他，让他明日照常到院里办事。并且说了，林怀宝那件事情，已经和府里说好，不日就可以发表。这样一来，田子芳算是名实双收，很高兴地回去了。到了家之后，田赫声的辞呈留住，却叫人把田树威的辞呈送了去。

　　到了次日，田赫声知道辞呈已是退回了。可是还在田子芳手里，自己是一个科长，田子芳是一个帮办，照理说，原不必怎样怕他。无奈他既能在总理面前说话，而且又有为秘书长的希望，设若他从中捣乱一下子，把我的辞呈单独批准了，岂不是弄假成真？千不是万不是，总是我不该生那势利眼，以为子芳真倒霉了，现在要想稳住饭碗，还得去联络他。想了一想，打听得田子芳在家，便带着一百零五块钱钞票在身。另外花了十几块钱，在南货店里，买了火腿、罐头、果酒、点心各种东西，随着自己包车带了，一路送到田子芳家。门房因为他们是叔侄，他来了向来是直出直入，不去管的。今天田赫声来了，门房却出来说道："帮办不在家。"田赫声道："你别胡说了，刚才我打电话来问话，他就亲说叫我来，他在家里等着呢。"门房一想，也许他们爷俩又说好了，

255

我何必给他从中为难呢，便笑道："是吗？先是出去了，也许这是刚回来的。"田赫声叫门房拿着礼物在前走，自己跟在后面。门房知道田子芳在内办事房，将礼物全送了进去。

田子芳正在起一个公事稿子，猛然一抬头，见面前摆了许多东西，刚只问得这是哪来的一句话，田赫声便挤进来了，一言不发，对着田子芳便磕下头去，磕完了三个头，然后站起来说道："侄儿糊涂，实在对不住老叔。仔细想了两晚，非对老叔赔礼，折不过这个罪去。"说时，回头一看，门房已退出去了，于是在身上掏出那一百零五元钱票，双手恭恭敬敬地放在桌子上，说道："侄儿又可耻又无聊的举动，莫过于和老叔要这一百块钱的款子，明知道老叔不在乎此，给了我，就当舍碗饭给狗吃了一般，但是这一件事，侄儿心里实在过意不去，再三一想，还是送回来的好。老叔若是不收回去，那就叫做侄儿的心里要难过一辈子，比打我骂我还厉害了。"说着，连连拱手，田子芳也是伸手难打笑脸人，只得和他言归于好。这夫人党中的三甜，不但照常到院，而且地位异常坚固。但是不到一星期，又弄出一桩祸事来。要知是什么祸事，且听下回分解。

第十八回

系铃解铃一牌登仕
以水济水五日回槎

却说夫人党中的三甜复职以后，越是兴高采烈，知道地盘巩固，自然更无忌惮了。不到五天的工夫，林怀宝的两湖禁烟专使便发表了。在命令稿起草之先，田子芳复职的第一日，便打了一个电话给林忠直，约他到家里来谈话。原来那林氏父子，早听得田子芳消极，不到院办公。那一份焦急，比田子芳辞职的本人，还要难堪十分。其间田子芳也怕他着急，又另外去找别条路径，曾打了两个电话，去安林忠直的心。林忠直怕田子芳先要钱，拐了好跑，都让人回绝了，说是不在家。最后这一次，田子芳却是由衙门里打去的电话，林忠直听说是由衙门里打来的电话，就知道田子芳复了职，先是一阵欢喜。田子芳约他在家里谈话，问他什么时候有工夫。林忠直连连答道："随便什么时候都可以的，只要田帮办定一个时间，兄弟就可以来。就是田帮办有事，先到府上恭候，也无所不可。"田子芳因他答应得很恳切，心想别给他太痛快了。他若是得着痛快，钱上面就不肯使劲花了，因道："要是能等的话，请你下午七点钟，就到舍下去。不过兄弟几点钟准回家，可说不定，你老兄不嫌久等吗？"林忠直对着电话鞠躬，连说不要紧不要紧。

这日下午林忠直一头高兴，便到田子芳家去拜访。他七点钟到的，田子芳果然是不在家，由七点候到九点多钟。他由外面打了一个电话回来，请在家里多坐一会儿，我一会儿就回来的。林忠直听了这话，又静静地坐在客厅里等了两个钟头，一直等到十二点钟，田子芳才从从容容地回来。田子芳一进门，接连对着林忠直作了几个揖，说道："真对不

257

住，因为有一件公事，到府里去回话，刚才总把话说完。本来还要见总理，我怕你老兄等了着急，所以抽空先回来一趟。"林忠直也连连作揖道："田帮办这样帮忙，十分感谢。事成之后，另请田帮办吃一台花酒。"田子芳笑道："真的吗？我就喜欢玩儿。你老兄若做东，我是决计要赶到的。"

说毕请林忠直到一间密室里去，同坐下来谈话。田子芳先拱手道："恭喜！恭喜！令尊的事，大有希望。昨天和总理提起，总理表示可以办到，不过时间问题罢了。但是据我看，时间问题四个字，值得注意。他是一个忙人，这样的事，他一天也不知道要经过多少。只要搁下三五天，他就全会忘了的。所以我们现在最要紧的，就是趁着这个工夫，要他赶快办。纵然迟个十天八天发表，也别让他把这事忘了。"林忠直道："田帮办说得极是，至于款子一层，兄弟都已预备好了。帮办说哪天要款，兄弟就哪一天缴奉，绝不误事。"田子芳用手抚摩着下颏，沉思了一会儿，问道："果然都预备好了吗？若是都预备好了……最好是……我看迟早总是要交出来的，又何必耽搁时间呢？"

林忠直听他的话音，已经十分明白，便道："今天是没有知道帮办的意思，所以没有带来。既然帮办主张速交，无论如何，兄弟明天全数奉送过来。"田子芳道："那就很好。"说到这里，笑了一笑，又抚摩两下下颏，说道："我们上次的话，可没有谈出结果，令尊大人的意思如何呢？"说着，将头摆了两摆，林忠直道："早就和家严商量了。家严说：我们都全仗田帮办维持，不妨努力报效，因此预定前途算是二千，报效帮办呢？"说着嘿嘿笑了一声道："拟加为一五之数，这要占前途那个数目四分之三分了。"田子芳脸上并不放出笑容，却在袋里取出烟斗烟袋，装上一斗烟，擦了火柴抽着，却静静地沉思。停了一响，然后微笑道："照说呢，这个数目不算是少。但是前途办这事，全信任的是兄弟。依我说，兄弟所负的责任，实在还过于前途。"说毕，尽管对着林忠直苦笑，意思是要等他回话。林氏父子办这事，原是预备五千元以上的运动费，现在统算起来，还不到四千块钱，当然还可以增加。但是林忠直总怕田子芳贪得无厌，不可给得太痛快，因此故作为难之状，沉吟了一会儿。

258

当时，田子芳是存着不重敲得不到钱的心事，林忠直也想着口不紧一点儿，对方一定是诛求无厌。因此两人，一个善进，一个善守，一直磋商到两点多钟，林忠直才答应报效唐夫人二千，报效田子芳也是二千。田子芳还是犹豫不决，约着过一两天，再作为最后的答复。林忠直见田子芳不松口，又软化下来。当天是不便增价，回家去睡了一觉，第二日一早，趁着田子芳还没有上衙门，又跑到他家里去候教。

　　田子芳见他来得这样殷勤，知道他会长价的。不等林忠直开口，口里先吸了一口气，装出很踌躇的样子，然后摇着头说道："这事怎么办呢？前途有些变卦了。"林忠直很惊讶，本坐在椅子上，突然向上一站，问道："怎么变卦了，前途嫌数目很少吗？这一层早已和田帮办谈及，田帮办没有说到少的话呢。"田子芳道："现在并不是钱不钱的问题，前途觉得把不着，他懒办得。昨晚夜深，我接了老头子的电话，叫我通知一个人，问他愿干不愿干这事。"林忠直连忙问道："这人是谁？"田子芳摸着胡子笑道："这个未便相告。"林忠直问不着根由，很是扫兴，无精打采地说道："那么，我们谈判从此告终了。"田子芳道："现在还不能说这话，让我征求那人意见之后，就可以决定了。"

　　林忠直笑道："这样说，田帮办还没有通知那一方面了，这事还没有十分绝望，大可以挽回，我给帮办商量商量，能不能把这事按下来？"田子芳摸着胡子，沉吟了一会儿，说道："办是未尝办不到，不过这个责任太重大，我怕负不起。"林忠直道："田帮办是有担当的人，这一点儿事算什么？"田子芳笑道："你老哥不要给我高帽子戴，这事我的确不敢负责。若要硬接下来，除非还要运动前途出来做主。但是他已十分消极，我去说这话，不是不识相吗？我也筋疲力尽了，忠直兄另想法子吧。"说着，对他连拱了几下手。看那情形，他就要急着去上衙门。林忠直急了，执着田子芳的手，强笑道："兄弟有一句不知进退的话，还要说出来。田帮办可否再腾出五分钟的工夫，我们再谈一谈。"田子芳道："五分钟的时间，当然还有。但是事到现在，恐怕商量不出什么好结果来。"林忠直道："兄弟现在敢说一句负责任的话，关于经费一项，只要事情可以成功，兄弟当竭力去办。"田子芳点了一点头道："据你老兄看来，能办到什么程度呢？"林忠直道："这很难说，若是兄

259

弟竭力去办，前途还嫌少也是没法。最好是请前途先定一个数目，然后兄弟好有一个目标，能办不能办，再定进止。兄弟所能说的，就是经费一层，可以增加。数目倒不必先决定，免得还成了固定的，不好周转。"

田子芳笑道："既然如此，我交阁下这一次朋友，再对前途去说说看，成与不成，我还不能保险。"林忠直见他答应了，就不住地作揖。当时田子芳瞧着手表，当真只和他做五分钟的谈话。谈话已毕，田子芳自去上衙门。下了衙门回来给林忠直打了一个电话，说是见了前途，足足说了两个钟头的人情，连衙门里的公事，都耽误了没有去办。说来说去，前途非再加一千元，简直无通融之余地。这个数目，原不是他要的，是我斗胆，硬应承下来的。事是十有八九可以成功。但是你要不出那些个钱，我就不免要垫出来。你老兄看着是怎样办？说毕，复又叮咛一句道："数目是没有可商量的了，这就是一句话，办，或者是不办。"林忠直怎能说不办的话？

次日，只得委委屈屈，依着他的话，一共拿出张五千块的支票，亲送与田子芳。这一下子，田子芳又为难了。他在唐夫人面前，原说是两千块的，而且是涓滴归公，一个子儿不要。唐夫人虽不十分相信，料他也所落不多，田子芳为证实自己的话起见，说了将原支票交上。现在是一张五千元的怎样交上去呢？因笑道："这连我的也在内了。"林忠直明白他的用意，说道："那也不要紧，取了现款再陈上去，也就无碍了。"田子芳笑道："前途说话，是很麻烦的。最好是交上原支票去，请你换一换吧。"林忠直正要联络他，也就不敢嫌麻烦，又将支票破开了，一张二千的，一张是三千的，田子芳这才拿了支票，送到唐夫人那里去。因取了一张二千元的支票，双手递给唐夫人，笑道："大姐，你坐在家里，风不吹，雨不洒，又收进二千元了。"唐夫人道："不是我得钱，你哪里有钱得呢？"田子芳道："你总不相信，以为我得了钱呢。我起誓，我要在整数以外，再挣了一个子儿，那就算买药吃。"唐夫人道："没有挣钱就没有挣钱，何必这样起誓。我上次叫你找的那个房子图样，得了吗？"田子芳道："早就得了，我忘了拿出来呢。"一面说着一面掏出身上的皮夹子。打开来，正要取那张图样，恰好那张三千元的支票也在浮面，竟拖了出来。

田子芳一见，心慌了，连忙将那张支票向皮夹子里乱塞。唐夫人一见，便问道："那是什么？给我看看。"田子芳依旧向里塞，笑道："是一张字条。"说这话时，脸上可就红了。这样一来，唐夫人是加倍地疑心，说道："你不要捣鬼，老实拿出来，我看一看的好。"田子芳笑道："没有什么关系，那是别人放在我这里的一张字据。"唐夫人道："既然没有什么关系，越发可以看，你为什么遮遮掩掩呢？你越是这样，我越是要看。你拿出来不拿出来？你不拿出来，以后我们就划地绝交了！"田子芳道："何至于此呢？我们是姊弟，又不是朋友，绝个什么交？老实说，这也是支票，是人家还给我的钱。我怕您看了，你要疑心。"唐夫人道："我疑什么心？还不许你身上带着支票吗？"田子芳道："不是那样说，这支票不先不后，和交款的时候一块儿发现，我怕您见了，会说我从中落下来的，所以不肯拿出来瞧。"唐夫人道："既然如此，你一说明，我就不疑心了。"

田子芳料是抵赖不了，只得拿出来，交给唐夫人，笑道："你就要疑心，也疑心不上，这款子比您那个数目还多呢。我要是从中落下来的，能落那些个吗？"唐夫人且不言语，接过支票一看，见是三千元，和自己那张支票，是一家银行，是一个日子，也是同一个人发出来的。冷笑了一声，又点了一点头。田子芳见这种情形，心里是不住地跳，还是勉强笑道："您能说我是落下来的钱吗？"唐夫人道："你自己这样多心，我哪里说了这话哩？你真有钱，还有整批的款子还债。我也等着钱用，你借给我使几天吧。"说着，就把支票向袋里一揣，立刻板住了脸，不理田子芳。在烟筒子里，取了一根炮台烟，靠在沙发椅子上抽。抽着烟，可还不住地微笑。田子芳看那样子，唐夫人十九是猜破了机关。若是忍耐，眼见三千块钱要去货。若是问她要，又怕惹了唐夫人生气，也只坐在一边抽烟。唐夫人抽了一会儿烟，将烟头扔在痰盂里，两手抱着右腿膝盖，索性昂头狂笑了一阵。

大家对坐了一会儿，到底还是田子芳忍耐不住，笑着说道："大姐要留起来，就留起来吧。但是哪里会短这几个钱使，我倒是因为有点儿事情要用款子，才把这钱要了回来的。"唐夫人鼻子里哼了一声，又冷笑道："你那种本事，不要在我面前卖弄。你以为我是一个傻子，一点儿都不知道呢。到今日，我才知道你弄钱的手段厉害。弄的钱，竟会比我多出一半去，这还了得？钱我是不要你的。回头老头子来了，我把这两张支票，一齐交给他看，让你吃不了兜着走。"田子芳吓得脸上红一阵，白一阵，只管发出干枯的笑容，搔了一搔耳朵，笑道："你容不容我申辩一句？"唐夫人道："申辩什么？难道说我还是敲诈你不成？你走吧，有话我们明天再说。"唐夫人依旧把手抱着膝盖，昂着头狂笑。田子芳一看这情形，料是唐夫人坚决信为是中饱，不容易更正转来，便道："现在我不分辩了，钱就存在你那儿也不要紧，终久总可以水落石出的。"唐夫人道："你以为现在还不是水落石出吗？"田子芳听了，只望着唐夫人嘿嘿地笑了一声。唐夫人道："多话不说，我只有两句话问你，还是官休，还是私休？"田子芳道："怎么叫作官休和私休呢？"唐夫人道："若是官休，我们两个人的钱都不要，给老头子充公。若是私休，姓林的官，可以发表，你那个钱，可是我的。"

田子芳正要哀求一句什么话，不先不后，恰好唐雁老在这时候进来了，笑道："太太说什么钱不钱，又是什么私休官休？"唐夫人倒不料他在这个时候，会闻了进来，大概话都被他听见了，要否认已是不行，便道："你已经全知道了，还问我做什么？"唐雁老笑道："话是被我无心听了，可是其中的缘由，我一点儿不明白。"唐夫人道："有什么不明白，还不是子芳介绍的一笔运动费。这事我早已和你说好了的，我还瞒你吗？我索性敞开来说，子芳许了我两千块钱，不料他的经手费被我查出来了，比我倒多一千块钱，你说这事可气不可气？"

唐雁老巴不得他姐弟内讧，自己就可以出一口气，因对田子芳笑道："是真的吗？"田子芳这时脸上的红色，由两腮一直红到耳朵后面，头上的汗，向外直挤将出来。唐雁老问他的话，他只好站起来，答应了几个是字。那字音从舌尖上吐出，出了嘴唇之外，他自己是否听见，也不得而知。唐雁老笑道："你姐姐托你办事，你都要这样不忠实，其余的人，那更不能说了。"田子芳站了半晌，一句话也说不出，心想何必在这里自找罪受，静悄悄地退出去，便回家去了。到了家坐立不安，心想还是到唐宅探听探听消息的好。坐不到片刻，复身又到唐宅来。进得门，走到上房，便私问老妈子，太太现在做什么？老妈子道："和总理在吃饭呢。"田子芳道:"太太生气了没有?"老妈子道:"倒不像生气。"田子芳见问不着根由,便溜到饭厅上来。见唐家一家在吃饭,不好上前,只在屋檐下站了一站。心想当了众人的面,再挨上一顿骂,那更是难堪。因此又退出去,也回去吃饭,可是心里总不知道唐雁老要怎样发落,无论如何,总要得了这个消息,好做一个准备。吃过饭之后,想来想去,还是到唐宅去的好。事到如今,怕碰钉子是不行的了,于是在此念头一转,又到了唐家来,一进门,好像这些听差都对自己加一层注意似的,便低了头,目不斜视地走进去。刚刚走到重门下,又听到门房里,轰天轰地的一阵笑声。心想,莫非是笑我吗?于是郑而重之地走着。迎头来了一个听差,垂手站立一边,叫了一声田帮办,田子芳道:"嗐!今天事情太忙,下午我来了三趟了。"听差摸不着头脑,舅老爷何以对自己说出这种话来,只得对田子芳笑了一笑。田子芳心想,糟了,他们都在这样笑我,这要进去见了唐雁老,还不知道怎样笑我呢?于是又不进去,在账房里坐了一坐,又回去了。

田子芳丢了三千块钱,又跑了一下午,心中还是难过得了不得。到了次日上衙门,就躲着不敢见唐雁老的面。但是林怀宝那方面,钱是拿出来了,不见田子芳的回信,比田子芳急得更厉害,一天打了好几次电话来问。田子芳虽然搪塞过去,究不能交卷,因此到了晚上,硬着头皮,只好来见唐大人说话。唐夫人一见,便问道:"你是来要那三千块钱的吗?"田子芳笑道:"那一笔钱,大姐既然说是我落的回扣,我也不敢不承认。可是那林某人的命令不发表,我这个担子太重了。"唐夫人道:"有什么要紧,那一张两千块钱的支票,还在这里,拿去退还给他就是了。买卖不成,又没动用他的款子,他还有什么可说的吗?"田子芳心里想着,你那儿扣着我三千块钱呢,怎样说没有动他的款子?笑道:"虽然是这样说,人家还别有的用途,可就算白垫了。你就想点儿法子,把这事发表了吧。"唐夫人道:"老头子说了,这个差事至少也可以弄个一万八千呢。只两千块钱就把事给他,那太便宜他了。"田子芳再三再四地说,唐夫人总是不答应。后来自己承认那三千块钱是林家的,若是不给他官,自己可要垫三千块钱还人,唐夫人道:"你办这些事,挣钱也不少了,蚀一回本,也是应该的。"

田子芳见唐夫人丝毫不能松口，也没有法子，只得又向林怀宝那方面搪塞了一天。不料到了次日，唐雁老派他到四川去，查一件实业上的案子。秘书长帮办的位子，却没有下文，这分明是无形地免职了。这一个消息，传到林氏父子耳朵里去，就急得了不得。林忠直便亲自到田子芳家里来探问消息，田子芳也是丧魂失魄，自己毫没有主宰，哪里愿问这事，一躲就是两天不见面。林忠直对林怀宝一说　以为他必很忧虑，但是又不敢不告诉。谁知林怀宝倒毫不为意，冷笑道："只要田子芳收了我的钱，我就有法子和他办交涉。不怕唐雁老不给我官做，就是不给官，钱也得退还我，你不用急，我自有办法。"

　　到了次日，林怀宝起了一个早，八点钟的时候，就雇了一辆马车到唐宅来。下了车，拿出名片，先就门房说明，自己是总理二十年前的老朋友，有要紧的事相商，你不要推诿不能见。门房看他老态龙钟，是一个老官僚的样子，他说是总理的老朋友，或者是事实，便道："只是时候太早，总理还没有起来。"林怀宝道："不要紧，我在客厅里等着他得了。"门房见他这样说，倒不敢怠慢，引他到了客厅里坐着，预备好了茶烟。林怀宝更是不客气，叫他把今天的早报一齐拿出来。自己把第二个大襟纽扣上挂的眼镜盒子打开，取出玳瑁边老花眼镜，将他戴上。拣了一张既大且厚的沙发椅子坐了，一歪身靠着，从从容容去看报。一回头见有一个听差，站在一边，便道："你去吧，不必侍候。总理醒了，就说客厅里有个姓林的等着了。"听差因为他不要人侍候，只好退出。此时，另有听差，拿了名片到上房去回明。

　　唐雁老被唤醒过来，就由听差把名片递上。唐雁老接了名片，心中倒是一动，心想这老头子怎样自己来了？正要叫听差把他支使走开，接上来又来一个听差报告，林怀宝坐在客厅里的情形。唐雁老一想，这老头子从容不迫，倒像是存心来找碴儿似的。这不可不防备，让我亲自去见一见他，看他说些什么，因此就起床漱洗事毕，喝了一碗牛肉汁，然后到客厅里去会林怀宝。林怀宝见他进来，连忙站起身来，举着双手，到额角上去取眼镜。眼镜取着到手，顺便一揾向下，直伸到地。然后走一步上前，让唐雁老到了右边，又弯着腰，上天下地，作了三个大揖，口里说道："怀宝此来，有扰总理的清梦，十分惭悚。"唐雁老谦逊一两句，就让他坐下，林怀宝道："总理公务很忙，怀宝无事，也不敢前来晋谒。因为令亲田帮办在怀宝面前，一再说总理有栽培之意，实在感激得很，所以前来叩谢。"

唐雁老听他开口一句话，便提到了田子芳，心里就极是不快，而且他又说明了，自己要栽培他，既不便承认，也不便否认，倒得觉得难于措辞，因笑道："你老兄是和我多年不见了，不然，我早就要借重的。"林怀宝道："总理的盛意，很是感激，田帮办曾和怀宝提到，说是政府现在办禁烟，总理尊意，原是要怀宝也去一趟。怀宝虽然上了几岁年纪，却是极肯替国家尽力。但不知总理的意思，是要怀宝到哪一省去，今天特意前来请示。"说着，站起身来，对唐雁老就是屈身一拱。唐雁老始终并没有意思给他官做，这个时候，要他表示是许林怀宝哪一省的差使，那如何办得到？便笑道："请坐请坐，不过我虽想借重老兄，怎样借重的法子，却还没有决定。"林怀宝脸色正了一正，说道："总理的尊意，除非是有点儿变更。不然的话，田帮办对怀宝是说得很明白的。他在院里，既然总理深为倚畀，而且又是总理令亲，他似乎不至于对怀宝这穷愁潦倒、须发苍白的人开玩笑。"唐雁老一想，这老家伙好厉害，居然说出来，便笑道："那何至于，也许他是给你老兄设想如此，你老兄因此误会了。"林怀宝道："有误会是不会的，怀宝有许多下情不便直陈。若是田帮办真和怀宝开玩笑，怀宝要在总理面前请求恕罪。我这大年纪，就不能顾虑一切了。"唐雁老看那样子，他真要做出不堪来，便道："既是他对你老兄有接洽在先，我就可以传他当面一问。只要办得到的，我总可以斟酌办理。"林怀宝道："怀宝见总理一次，是很不容易的。总理既然有栽培之意，就请马上传田帮办一问。否则总理玉成了怀宝的志愿，只要面允一句话，却也不必请田帮办来。总理哪里知道，怀宝为了此事，几乎是破产了，若是不得一个办法，简直没脸回家去见妻子。"

他说毕，伸着手到怀里，哆哆嗦嗦，掏摸了半天，掏出一张字纸来，便站起身，两手捧到唐雁老面前，说道："这是怀宝应酬田帮办的费用，总理一看，必然知道。据田帮办说，他还有个前途呢。"唐雁老见林怀宝说出这种话来，觉得他极是无聊，便勃然变色，将那张字纸，使劲向茶几上一摔，对他道："你老兄也是很有声望的人，怎样说出这种话，做出这种事来？"林怀宝见唐雁老生气，他却只是冷笑，便对唐雁老朝打上了一拱，昂着头摸着胡子，哈哈大笑道："我林怀宝今日死得其所矣。"说时，只见他又在怀里摸索了一会儿，唐雁老知道不好，十分注意。他手向外一拿，有一样红东西，在他手上一晃。唐雁老认得，这是鹤顶红，前清大官僚都有，只要一入口，马上就死，他也顾不得什么内阁尊严了，出其不备，走上前就劈手夺了过来，因道："哎呀！你老兄怎样出此下策？"林怀宝更不答话，两膝一屈，对着唐雁老磕下头去，口里接二连三地说道："今天要在总理台前请命，今天要在总理台前请命。"客厅外的听差，早听见里面有争吵的声音，便掀帘伸头一望，接上就有四五人走了进来，以防不测。正在这个当儿，林怀宝跪了下去，唐雁老连连跺脚道："哎呀，哎呀！你老兄如何行此大礼？不敢当，不敢当！快请起，快请起。"说话时，可望着几个听差。听差会意，七手八脚，就把他挽起。他身子向下蹲着，哪里肯起，还是大家硬把他按在沙发上坐下，他不蹲了。林怀宝到了此时，两行老泪，便由瘦脸上滚将下来，一直流到嘴角上，沾上胡子了。唐雁老见这个情形，又气又好笑，只背着两双手，口里衔着半截雪茄，在客厅里走来走去，急切得不知道要怎样说话才好。

唐雁老正在这样为难之际，恰好李逢吉来了。他一看情形，知道唐雁老是交代不了，便笑道："总理可以请便吧，有什么事，我可以和林老先生接洽。"唐雁老见有人解围，正合心意，便对他点了一个头，走出客厅去。当他走的时候，对李逢吉以目示意。李逢吉会意，便跟着唐雁老走出来。唐雁老因低声说道："这老头子今天到这儿来，是有意捣乱的。他本来想那个禁烟专使，就许给他吧。这事纠缠很多，你就不必去深究了。"李逢吉答应了几个是，回转客厅来，只见林怀宝双目紧闭，靠在沙发椅上，李逢吉笑道："林怀翁，你何以为一点儿小事，和总理争起来？"林怀宝微微地开了一开眼睛，复又闭上，摇了一摇头，然后说道："我也没有和他争执。"李逢吉笑道："怀翁所不能放怀的，不过是为着那个禁烟的差事，但是这个事，总理已经默许了。你要他当面答应，在他是有所难堪，所以只好含糊其词。怀翁真长者也，怎样认为没有希望?"当李逢吉说到总理已经默许了那句话,林怀宝已经慢慢睁开眼睛,及到一直让他把话说完,林怀宝已经站将起来,问道:"李秘书长这是真话吗?"李逢吉正色道:"我绝不说笑话的。"林怀宝一听,大悔刚才不应该和唐雁老争吵,于是用衫袖揉了一揉眼睛,对李逢吉笑道:"我这人真是越老越糊涂,怎样冒犯总理起来。还望李秘书长看在交情分上,给兄弟斡旋一二。"说毕就是一拱。

李逢吉笑道:"总理为人,对于平常的人,他就不大计较,何况林怀翁又是多年老友。你宽心回府,一半天之内,我准有回信。"林怀宝作一个揖道:"既然有你老兄帮忙,事情就不难办,我这回去就等候您的好音了。"李逢吉道:"我一定帮忙,绝没有错。"一阵连说带笑,这才把林怀宝送走。唐雁老因为怕林怀宝以死相拼,不敢把这事延搁,到了次日,和府里商量妥当,就把林怀宝的事情发表了。虽然所指的地点,不是甘陕,却是两湖,不过他这还可与王坦在一块儿合作,也算求仁得仁了。这期间只是苦了田子芳,把人家送上了岸,自己一个子儿没有拿着,倒把官也丢了。唐夫人也恨他吞款太多,唐雁老把他调开,并不过问。唐雁老先将田子芳调着出差的时候,因怕夫人反对,不敢就开他的本缺。一直过了三日,夫人并不曾说什么。这样一来,唐雁老就要对田子芳下手了。

这一天是星期,因为没有事,很想打小牌,便吩咐听差打电话,四处找角色。因为已到了下午四点钟,所有阔人都已出门活动去了。除了李逢吉而外,一个人也没有找着。李逢吉见了唐雁老问道:"总理有什么要紧的事吗?"唐雁老笑道:"哪有什么事,我觉着无聊得很,想打个小牌玩儿呢。可是事情很不凑巧,没有找着人。"李逢吉笑道:"要不然,我陪总理下一盘围棋吧。"唐雁老笑道:"那还是无聊,再打电话找一找人看,也许就找着了。"

李逢吉正要去打电话,听差忽然前来回话,说是伍步云、陆景升两个顾问来了,要见总理。李逢吉笑道:"这位伍先生是宁波人,麻雀打得很好。"唐雁老道:"既然如此,就让他来一角,但不知陆君怎么样?"李逢吉笑道:"据我猜想,大概不至于不会,叫他们进来问问吧。"唐雁老对听差一点头道:"请他们进来吧。"听差出去,不多大一

267

会儿工夫，就把伍、陆两顾问引进来。他两人进来，见总理在内办公室接见，差不多以亲信相视，认为莫大的荣幸，各人脱下帽子在手，对着雁老齐齐地一鞠躬。雁老点了一个头回礼，而且对他们说了一声请坐。伍、陆两人格外高兴，回头见了秘书长在此，也是一鞠躬。李逢吉笑道："久违了，请坐吧。"陆景升一想，这是怎么一回事？不要他们有所求于我吧？为什么这样客气呢？二人看了一看屋子的陈设。东边是一套精致的沙发椅，两人不敢安然坐下，就在沙发椅旁边两张小木椅上坐了。两张脸子，四双眼珠，却不约而同地向着唐雁老。唐雁老笑道："这两天的天气，倒还不错。"伍、陆二人，齐声道了一个是。唐雁老道："今天礼拜，大家都闲着一天了。"伍、陆又答应了一个是，唐雁老在桌上烟盒子里取了一根雪茄烟抽着，含着微笑，靠在沙发上，像是有一句话要说，而又不好就说的样子。李逢吉知道他是不便于启齿，便笑道："我总是闲着没事，要陪总理打个小牌消遣，偏是凑不着人，二位来得很好，有工夫凑个几圈吗？"二人做着梦也想不到有秘书长来请着和总理打牌，这样的好事，绝无不从之理。可是要突然张口答应，又没有这样的例子。顷刻之间，忽然踌躇起来。唐雁老也明白他俩的意思，笑道："若是没事，就可以玩玩儿。我虽然不能做什么平民式的总理，但是不在公事场中，我却也不愿讲什么排场的。"

伍步云知道唐雁老找不着角儿凑数，所以这样病急乱投医。这个机会，正是千载难逢的，岂可失却？他便半站着起来，笑道："总理若不责步云失仪，步云就斗胆奉陪。"唐雁老道："那么，陆君呢？"陆景升也站起来道："可以敬陪总理。"李逢吉对站在一旁的听差一摆头道："去预备吧。"听差答应一个是，返出去了。这时候，唐雁老也进上房换衣去了。伍步云便拱拱手对李逢吉道："总理今天这样高兴，很难得吧？但不知这牌打多大？"李逢吉笑道："平常总理打小牌消遣，大概总是五百块钱一底。但是打大些，总理是不辞的。"伍步云正想凑着这个机会，谋一点儿发展，便不肯轻轻放过，因笑道："只要总理愿意怎么办，我们就怎么办吧，本来是奉陪呢。"陆景升也笑道："景升的意思也是如此，我们听候总理的便得了。"李逢吉也知道他两人的意思，笑着点了一点头。

一会儿工夫，牌局已在东边小客厅布置妥当，李逢吉便引伍、陆二人，一同前去。照着一定的手续，各人坐下洗牌。雁老和李逢吉对面，伍步云坐在他的上手。及至将牌理起，唐雁老将两粒骰子握在手心里摇撼几下，笑着对李逢吉道："我们的老例，你告诉二位吗？"李逢吉枯笑道："我说了，但是二位听总理便。"唐雁老笑着对伍、陆两人看了一看，说道："加倍如何？"伍步云道："听总理的便吧。"唐雁老道："既然如此，那就照话实行了。"于是就定为一千元一底打将起来。先打了两圈，都是伍步云和的牌多，唐雁老笑道："我听到逢吉说，伍君的牌打得很不错。现在看来，果然有点儿本事。"伍步云笑道："那是秘书长谬奖。"李逢吉道："宁波人打牌，向来是有名的。伍君更是其中的翘楚，我怎么不知道？"伍步云道："那也不尽然，宁波人里面，未尝没有不认得牌的呢。"口里说着话，就没有留心打牌。李逢吉面前，原来吃了两铺筒子，伍步云顺手在垫上一掏，掏着一张九筒。因是无用的，便打出去，不料李逢吉却碰了。

唐雁老笑道："正说你的牌高明，你马上就露出马脚了。这样子，逢吉好像是要作筒子一色，留心点儿吧。"伍步云当时也不加以声明，只是微笑。唐雁老看李逢吉那种情形，总认为是大牌，不敢打筒子。伍步云却毫不在乎，依然是照样打。唐雁老摇着头道："胆子不小，你能断定他不是和筒子吗？"伍步云微笑道："我想大概不是。"唐雁老见他断得这样准，也就将信将疑，到了最后，伍步云开了红中的暗杠，在垫上一掏，掏了一张白板，踌躇了一会子，笑道："我这张牌打了，秘书长和了我不至于蚀本。"唐雁老道："大牌更是打不得，他要和三番了，你要吃包子呢，怎样不蚀本？"伍步云笑道："总理一看，就明白了。"说时，却抽了一张九条，放到桌上，李逢吉果然翻下牌来和了。看他手上的牌时，乃是一对九条，一对白板，和两对倒。唐雁老一摸胡子，摇了一摇头，笑道："你的牌果然不错，但是为什么明知故犯，打给他和？"伍步云将手上的牌翻过来，是四、五、六三张万字，另一张白板，笑道："白板是刚摸来的，打不得。四、五、六的万字，又不大熟，也许别人和，似乎不宜拆。我是暗杠红中了，很能收些零和。打九条给秘书长和，不过是和一手小牌，要钱有限。我反正拆牌是不能和，不拆牌

269

也是不能和。不如让秘书长和一个小牌，我来收这红中的零和，也就无功而无过了。"李逢吉拍掌笑道："好算盘，像你这样算得内外周到，毫无漏缝，真不容易输钱，下次我不敢和你打牌了。"唐雁老道："算是算得不错，但是你怎样知道逢吉是和九条呢？"伍步云道："这也很容易猜的，因为秘书长先打一张七条，后来在桌上掏了一张八条打出来，非常地懊悔，还说了一句拆得真巧。由此看来，我猜秘书长的七条，必是一个搭子拆开的。但是这个搭子，应该是七九条，不是六七条。若是六七条就不至于拆开了，那张九条，始终没有打出，因此我猜不是成了对，便留着单吊。又因为九条既没有打出，所以我又猜定了绝不是筒子一色。"

李逢吉笑道："猜是猜得有理由，但是这样猜法，未免用心过甚了。"伍步云道："这也是各人的习惯，一打起牌来，就会这样猜的。"唐雁老笑道："你这样会打牌，我倒要留心一二。"伍步云笑道："打牌虽是留心，可是十次倒有九次输。总理不信，问一问陆君就知道了。"大家说笑着，这牌又是一个圈儿下去。唐雁老果然被伍步云监视得很厉害，一牌都没有和。有一牌，唐雁老和南风的圈风，庄家正是伍步云。他因为牌打了一半，还没有见南风露面，这就料定了必然有人成对，而且唐雁老十分镇静，擦了两次取灯儿点烟抽，更料定南风必在唐雁老手上。因此掏了一张南风来，不敢打出，将定了和的牌，全拆着打了。最后牌是陆景升和了，唐雁老将伍步云的牌翻倒，果然有张南风，笑道："厉害厉害，我是起着的一对南风，都没有对到，在伍君下手，要和大牌，那是没有希望的了。"伍步云一看唐雁老面色，似乎有些不高兴，心里很是难过，只得说道："这张南风，是后起的，那怎样敢放呢？"

这样说过去，也就算了。可是唐雁老因为这一牌没有和成，手气非常闭塞，四圈之间，只和了一牌。唐雁老是终年打牌的人，输几个钱，原不算什么。可是一牌一色而又带圈风的大牌，竟没有和到，觉得异常扫兴。伍步云也是看到那张南风关系太深，不肯放下。现在因为惹着唐雁老不快，很是后悔。到了第二个四圈，各人换了座位了。伍步云坐在唐雁老的下手，改着和李逢吉对面。伍步云原想得当以报赔偿唐雁老的损失，现在既然反在人家的下手，这事就不容易了。打了三牌之后，临到唐雁老的庄，他起首就碰了一碰圈风的东风，两抬牌已经摆在外面了。唐雁老很高兴地道："这牌我要努点儿力，和一牌大的。"说时，回头对李逢吉笑道："你发牌留点儿心吧。"正说到这里，李逢吉打出一张三条，唐雁老已经放出一、二条两张牌来叫吃，笑道："有这一张牌。功成一半了。"

唐雁老见伍步云拿手扶着牌，像是要碰的样子，倒吓了一跳。后来见伍步云就这样勉强忍住了，没有把牌碰下来。知道他是让了一张牌，倒觉得他这人情做得不小。因为这个三条，是不容易吃着的。伍步云忍了不碰，这牌真算成功了一半，心里总有点儿感谢。这个时候，雁老手上有四、五、六、七两个搭子。上三六条，就和五八条。上五八条，就和三六条。恰好到了李逢吉手上，又扔下一张三条来。这在唐雁老，以为伍步云必然是要碰的了，就忍着暂不叫吃，回头看伍步云时，他却笑道："总理不是还用得着一张三条吗？怎么不吃下来呢？"

唐雁老见他如此说，笑着就把四五条放下来，笑道："我实在是佩服你怎样就会知道我手上有四五条呢？"伍步云笑道："这也不啻总理事先告诉我们了，因为总理吃第一张三条的时候，在另一边抽了一张牌，和中间的一张牌，一块儿吃下来。我猜那边下一张，必定是一条，中间的是二条，何以呢？因为边下那张牌，总理曾有二回有要打之势，没有打出，必然是一张孤单的一条。那二条插在牌的当中，依我猜，必定又和其他的牌发生关系，大概不是三条，是三条，就不会吃那一张了，所以我又猜，必是一对二条，或者那是一张四条。这一张牌，留在手上，并没打出，必定又成了一个搭子，二条来了，十有九成，是用得着的了。"李逢吉笑道："了不得，吃一张牌，你却曲曲折折猜出这些理由。我们打牌，还能透露一点儿形色吗？"伍步云笑道："这也不过偶然对一张牌略加注意，哪里能够处处如此呢。"

唐雁老笑道："虽然是偶尔如此，你的本领，也就高妙非凡。这次领教以后，我还得和你打两场。虽然免不了输几个钱，总可以学到一些本领。"伍步云道："总理言重了，其实我也是常常输钱的。"李逢吉笑道："总理这两张三条，吃得真好，恐怕是要和个三台了。岂止三台？摆在桌面上的，就是三台呢。"伍步云和陆景升，早就知道唐雁老的牌一定是三台，因为怕得罪了他，却不敢说出来。现在李逢吉说了，两个人彼此望着笑了一笑。唐雁老见他们都知道了，却把手上的四张牌覆在桌上，笑道："你们说是大牌，我也承认。我是不换牌的，且看你们谁打牌我和？"这一说，大家都僵了。不打条子给雁老和，怕雁老要见怪。打条子给他和，那显然是讨好，又怕别人不愿意，因此大家都默然不语，只拣一些熟张子向外打。伍步云打着牌，心里可就想着，我这人情已经做了一大半，何不将人情做到底，硬让他和成这一牌？李逢吉是不在乎的，不至于怎样怪我。只是让雁老和了大的，怕陆景升有些不愿意，以为我做人情，连累他输钱。这也不要紧，他有多大的损失，将来归我认账就是了。他这样一想，又揣度了一会儿，知道雁老必是要五、六、七、八的条子。于是在桌上一掏，掏了一张二筒。看了一看，却故意自言自语地道："这个时候，他还来公张，真是不得了。无论如何，这张牌是不能打的。"于是将那张二筒，放在面前牌堆里白板一处，却掏出一张五条打了出来。唐雁老笑道："这我可就和了。"说时，将牌向外一摊。

大家看唐雁老的牌时，却是一对白板，和六、七条两张。伍步云笑道："哎呀，晓得这样，我不如打白板出去，留着五条。那样打，总理不碰，那是更好。总理碰了，随便留六、七条哪一张吊头，我们都可以知道，恐怕总理未必能和呢。"大家都知道伍步云是有心放的牌，却也不便说明，就这样模糊过去。可是由这一牌起，唐雁老就接二连三地和起，八圈打过，伍步云、陆景升都输在二千元开外。他两人倒毫不为难，就统由伍步云开了一张支票，交给唐雁老。这个时候，天气已经不早了，唐雁老留着陆、伍二人谈话，随着就在这儿吃晚饭。一谈之下，唐雁老才知道伍步云古文极好，而且自伍步云父亲手里，就学桐城派的古文起，传到伍步云，已经是两代了。唐雁老笑道："我正因为要送韩省长封翁一篇寿序，还没有找着人作，这就托伍君作一篇，不知道伍君有工夫吗？"伍步云哪里能得这好的差遣，当时就满口答应了，而且请唐雁老给一个限期，唐雁老道："伍君多多斟酌几日，原不要紧。大概要在一个礼拜之后寄出，不过我喜欢古文，以先睹为快呢。"当时伍步云就自定限期，约定次日亲自送来，和唐雁老又谈了一会儿，便同着陆景升一路告退。

伍步云坐的是胶皮车，陆景升坐的是旧马车。走出大门，陆景升便道："步云兄，你坐我的马车吧，我可以送你到府。"伍步云道："你不必客气吧，我们一个西城，一个东城，要你把车送我回去，这绕着多大一个弯？"陆景升道："不要紧，我正要到西城去会一个朋友呢。"马车是敞着车门，陆景升一定要伍步云登车。他也觉得情不可却，只好坐上车去。坐在车上，陆景升先笑道："唐雁老对你的感情，都算不错，尤其是他对于老兄的态度，非常和悦，我想不久的时候，一定要借重老兄的。"伍步云道："或者是这样，不然的话，他左右有的是人才，何必还专请我给他作这一篇寿序呢？"陆景升道："的确是如此，老兄将来有了位置，我是一定要附骥尾的，不知道老兄的意思如何？"

伍步云道："那不成问题，我一定帮忙。"陆景升笑道："我也料定你老兄能和我帮忙，刚才开支票给我垫的款子，明日上午一准送来。"伍步云道："那不要紧，随便什么时候送来都可以。实不相瞒，雁老和三台的那一牌，两张三条，都是我忍住没碰，而且……"陆景升道："这是应当这样办的，我们和他打牌，难道还想赢他的钱吗？无非是陪他取乐而已。既然要他乐，又当然要他多和几次大牌。你那种办法极对，我十分同意。"伍步云笑道："照理应该我一人承认才对。"陆景升道："那是什么话呢？你老兄有了发展，大家也好，哪里能那样锱铢计较呢？"二人谈了一阵，不觉已到伍步云门首。马车停了，陆景升一直将他送下车来，看见伍步云进了大门，才登车而去。

伍步云一进家，太太便迎出来问道："哪里去了这一天，饭也没回来吃。"伍步云道："车夫老刘没有回来吗？我是到唐总理那里去了，他一定留着打牌吃饭，随便怎样不让走。他这样客气，我不知道为了什么事，原来他要我给他作一篇寿序。他托我的时候，接二连三地拱着手，我这事怎辞谢得了。你吩咐老妈子沏一壶茶，我这就动手，让我好好地作起来，可不要扰我。"太太笑道："真有这样的事吗？那敢情好。你何不就趁这个机会，和他要一个事情？"伍步云："他简直把我当朋友一般看待，我这话真有些不大好开口。"伍太太道："他把你当朋友那么客气，你怎样也把他当朋友哩？"伍步云道："你这话是不错，我

273

明天一定要向他开口。但是我的意思，是想和他先做成朋友，将来内阁有更动的时候，就可以弄阁员做了。"伍太太听了这话，倒不觉一笑。伍步云道："你笑什么？以为我这是自吹的话吗？我早听见人说，唐总理有请我为阁员之意，我倒是不大相信。据今日这番客气而言，他未尝无此意哩。不要说闲话吧，让我快快地作寿序吧。这一篇寿序，是用总理的名字出面，可不能含糊呢。"

伍太太见伍步云是这样兴高采烈，也就以为他这次做文章，有莫大的责任，对家里一些小孩子说，你们别嚷，你爸爸要替总理做文章。于是伍步云在屋子里转了几个圈，又躺在床上抽了两根烟卷，这才觉得有些意思，然后走到小书房里去，摇头摆脑，作起文来。伍步云整闹了大半夜的工夫，打了一段草稿，哼着默念一段。默念之后，身体作为三段动作，两腿支架抖动，身体微微地摇晃，脑袋像安了什么机关一般，老是由左向右摇摆。一直到又作完了一段，要哼着来念，才停止动作。他摇了便念，念了又摇，左手的手指头，还夹着一根烟卷，老是放在桌子边下。等到有工夫来抽一口，烟已完了。文已作完，两盒炮台烟卷也就抽得干干净净。到了三点钟，伍步云这才揉着眼睛去睡觉。一觉醒来，自己以为不早，赶快披衣下床。拿表一看，却还只有七点钟。既然起来，也就不再睡了，洗了一把脸，赶紧就把那篇寿序恭恭敬敬地誊清。倒是誊清以后，人的精神，很是疲倦，倒睡了一觉。一直睡到一点钟方才醒过来。伍太太便道："你既然约定去会总理，就快去吧。情愿客等主人，也别让主人等客。"伍步云一想，这话也是，袖着那篇序稿，便到唐宅来。唐雁老向来是十二点钟起床，一点半钟吃早餐，这个时候，早餐还没用过，便请伍步云见面。伍步云见了雁老，一鞠躬之后，掏出那篇序稿，笑嘻嘻地双手捧着呈上。

唐雁老接过序文，从头至尾先看了一遍，觉得还有点儿意思，然后又重新默默地念着。伍步云坐在一边，伸着老长的脖子，瞪着眼睛，只看雁老脸上的气色。见雁老先是晃了几晃头，然后又点了两点头。这个样子，竟是大表同情的意思，心里很是高兴。后来唐雁老把全篇文字看完，将胡子摸了几下。伍步云连忙站起身来，欠着身子笑道："实在不大好，因为昨天回去得匆忙，没有时候，所以作得不十分仔细。连打稿和誉清，仅仅只有一个半钟头，这实在是没有法子工整。"唐雁老用左手一个食指，缓缓地摸着胡子，右手还捏着那张稿子在手上，定着眼光，静静地沉吟着看。看了一会儿，将稿子放下，然后点了一点头道："很好，就是要我作，也不过作到这样子。"说时，点了点头，又说了一句很好。伍步云蒙唐雁老连赞了几句好，浑身一阵麻酥，说不出有一种什么奇异的感觉，当时含着微笑，连说了几句不敢不敢。

唐雁老斜躺在床上，默然了一会儿，然后向伍步云道："现在工夫很闲吗？"伍步云听那口音，知道是唐雁老要给他事做，又觉有一阵凉气，从脚板上直透顶心，对着雁老只是极力做出笑容，口里叽叽喳喳了半晌，却说不出一个字来。费尽了吃乳的力气，定住了神，然后才对雁老说道："步云现在算是赋闲，并没有做什么事情，本来想求总理栽培，因为总理是用人以才的，步云什么才干也没有，怎敢来冒渎呢？"

唐雁老笑道："现在我这里倒虚闲了一件事，因为舍亲调到四川去了，一刻儿还找不到这样一个熟手，步云你怎么样？能干吗？"伍步云听说，立刻站起来，给雁老一鞠躬，说道："总理这样栽培，步云是感激莫名，唯有鞠躬尽瘁，以图报称。"说毕，向雁老又是一鞠躬。唐雁老道："你既然愿意办，我这就吩咐逢吉去办稿，你明日就可以到差了。"伍步云感激到了万分，一时竟说不出怎样报答的好。当时因雁老有事，不能多谈。告辞出来，坐上车子，一个人静静地想着，总觉唐雁老这种厚恩，实在没话去形容。从前只有自己的父亲，不必向他要什么，他能自动地给你。这样看来，唐雁老的恩惠，竟在自己父亲之上。我伍某人何德何能，凭空一跃，就让他提拔我做了秘书长帮办。这个缺原是他小舅子干的，他现在把这事给了我，不啻把我当小舅子了。这样的恩德，实在让我五体投地了。越想越把心事冲动，后来竟不觉流下泪来，一直到家，眼睛里还是泪汪汪的。伍太太一见他这种情形，大为诧异，便问道："怎么样，总理说你的文章做得不好吗？本来我就觉得这事太奇怪了，你和他一点儿交情没有，他怎样会赏识你的文章起来呢？"伍步云道："太太！你这话说了不要紧，可真有些口过，他老人家是十分提拔我，已经给我秘书长帮办了。一见情同……"说到这里，顿了一顿，然后接着道："骨肉一般还要怎样提拔呢？"

伍太太道："这话是真的吗？我倒不料这总理给你的差事，给得这样快。"伍步云道："这算什么快！昨日总理和我见面的时候，他就要面许我的差事了。我觉得这事太突兀，怕人要疑心的，所以他那一句话，屡次要说出来，我却把话极力引开去，不敢往上面说。"伍太太道："这帮办的地位，和顾问的地位怎么样？"伍步云道："那怎样能比？差得远了。总理下来是秘书长，秘书长下来，就是我。总理的事，多半是秘书长去办的。秘书长若有事请假，这总理就不啻我做了。你瞧瞧这事有多么阔？顾问是闲散人员，那怎样能相比呢？"

说话时，伍步云家的小听差，从外面买了东西回来，说道："老爷，这还多两毛钱。"伍太太道："二毛钱不算什么，你就拿去吧。可是你以后别叫老爷，应该叫帮办了。明天国务院里，就要把帮办的事发表，明天帮办也就到差了。将来帮办一干长了，你们就都有好处，知道吗？"小听差也不知道帮办有多大，但是太太既然这样重视，料着这事也就不会小，连答应了几个是。听差一出去，告诉车夫和老妈子，老爷有了好差事。伍步云夫妇在屋子里听着，不由得相视微笑，这一种乐趣，真是弄得人心痒难搔。大家快乐了一夜，次日一早，就接着院里的电话，院令业已发表。伍步云不敢耽搁，马上就提着嗓子嚷道："叫老王拉车呀，上衙门，上国务院。"伍太太道："老王，今天帮办初次上衙门，把车子要擦得亮亮的。"老王知道今天老爷要新上衙门，也是格外高兴，便走到院子里，连答应了几个是。伍步云就在这得意之中，到了衙门了。他是一个帮办，地位很高，只要见了总理和秘书长就可办事了。这时总理是没有到院，秘书长李逢吉又是朋友，也无所谓参谒，因此就开始办起公来。第一天初来，倒没有办什么事。到了第二日，唐雁老交下一个条谕，把水利局会办水尚功，调任京东河工督办。

伍步云得了这个消息，灵机一动，就想趁此小显手段。原来这水尚功，和伍步云是同乡，也曾在会馆里大团拜的时候，有几次会面。这人不过三十多岁，是个世家子弟，手边还有几个钱。所以他做官，钱倒不在乎，只要名声好听一点儿，他就满意了。他在政界上昼夜地钻营，慢慢地爬到做了水利局会办。据一般朋友说，他的官运已很好。但是他一想，这不过是一个二掌柜，用人行政，那倒不说，人家一称呼起来，总是一个会办。这会办的名称，就很嫌它不好听。因此在政界方面，依旧努力进行。机关繁简不论，总要独立的才心满意足。他手上有的是钱，只要在府院有些关系的人，就极力用金钱去联络。这个时候，知道京东河工局的督办有换人的消息，他就接二连三托人到院方去说项，物质方面的贡献，更不消说。恰好原任河工督办工程办得不好，立时要撤差，因此唐雁老就下了条谕，叫伍步云去办令稿。

伍步云一想，这水尚功是一只肥羊，他已落在手上，岂可轻易放过？因此便和李逢吉商量，总理这个条谕，事先曾和秘书长提过没有？李逢吉道："事先并没有提过，但是老水运动这个缺，是日子不少了。"伍步云道："好在今天还不是阁议的例期，不如晚上问明了总理，再办稿子。"李逢吉并未知道他别有用意，倒以为他为人谨慎，便道："你这话也对，让我今天晚上和雁老面谈了再办吧。"这样一来，这稿子至少要压下一天。因此下了衙门，便到水尚功家里来。原来伍步云当唐雁老面许给帮办的那日下午，已经赶印了国务院秘书长帮办头衔的名片。这个时候，将官衔名片向水宅门房一送。他看见国务院三个字，立刻就进上房去回禀。水尚功见着这样头衔的名片，料着不是无所谓而来，赶紧请到客厅里相会。

水尚功一和伍步云相见，就连打了几个拱，说道："哎呀！伍乡兄，我正要前去道喜，你倒先来了，真是不敢当。哪一天到的差，今天吗？"伍步云拱着手，和他分宾主坐下，笑道："不是的，昨天就到差了。依我个人的意思，到差是不可太急了。无如唐总理是急于要人办事，我只得奉了院令，当日就到差，尚功兄，你以为怎样，不嫌急促吗？"水尚功道："不急促，不急促。为着办事便利起见，尽有先行办公的呢。"伍步云道："我们都是好同乡，不见外的话，雁老的意思，实在是要我当秘书长。我因为和李秘书长私人感情太好，不便担任他的下手，而且我和总理，私情极好。我无论居于什么名义，都可给总理办事，何必一定要那秘书长的虚名呢？"水尚功道："伍兄说得极是，像你这样干练的人才，总理自然是十分倚重。现在虽然劳苦一点儿，将来总理一定要特别酬庸的。"伍步云听说，便笑了一笑。水尚功又道："现在院里有你老兄在内，这倒是合了那一句话，朝里无人莫做官。兄弟的事，将来还要仰仗一二。"说时，便对他拱了一拱手。伍步云先笑了一笑，然后低着声音说道："我今天此来，正是有件事，来和你老哥商量。赶快进行，这事也许成功。"

水尚功听说，心里扑通一跳，连忙作色问道："兄弟极愿领教，老哥有什么话，尽管指示。"伍步云道："京东河工这件差事，现在快要更动了，老兄知道吗？"水尚功道："这事倒也使之甚久，可是总不见有什么动静。"伍步云道："现在这事快解决了，竞争的人却是不少。这次河工，非比寻常，听说在系款上面，可以挪动一笔钱来办。这只要一接手办，事情倒是不坏。"水尚功听了一听他的口气，已了解他的来意，两人原对面而坐，隔着一个茶几。水尚功将条几上的茶杯，向旁边移了一移，又伏在茶几上，脑袋向前一伸，却低低地对伍步云笑着说道："你老哥这一番来意，兄弟已然明白。我们有同乡之谊，诸事总请老哥帮忙。将来事情成功，应该如何报酬，无不从命。兄弟不是不懂交情的人，彼此虽然会面的时候很少，可是兄弟为人，总也知道一二。"伍步云道："这是早听见说了，水会办是个极慷慨的人。"水尚功道："慷慨二字，兄弟哪里敢说，可是帮忙的朋友，我决不能忘了他的。步云兄刚才所说，一定是有些头绪了，请问应当怎样进行。"伍步云道："我已替你老兄计划好了，先不必声张，免得大家注意。让兄弟私自对总理说，就说水会办对于河工一事，研究有素，看他的口气如何。若是总理追究往下一问，兄弟自然要极力地鼓吹一番。若是他不问，说不得了，拼了碰一个钉子，我也要给老兄保上一本。"水尚功道："好极了，兄弟是感激万分。伍步兄没有什么事吗？可以到里面去坐坐，我也不怎样费事，回头一块儿吃小馆子去。吃饭以后，到胡同里去绕一个弯儿，步云兄以为如何？"伍步云正要和他混得透熟，然后才好进行，便道："我可以奉请的。"水尚功道："那暂且不说，我们先到里面谈谈吧。"于是把伍步云一让，让到自己和姨太太烧烟的屋子里来。

两人躺在床上，先烧了一顿烟。烟炕上一躺，两人就格外显得亲热，水尚功当伍步云是热心朋友，把自己早就运动独立机关的意思全说出来。伍步云道："那是你老兄错了，雁老为人，自信很深的。差不多的人，要在他面前进言，却是不容易。你若冒昧去说，不但不成功，反要坏事。但是他又有一种怪脾气，几个亲信的人，所说的话，他却百依百顺。"水尚功道："是，以前我都是胡闹。从此以后，有你老兄帮忙，我是有所恃而不恐了，再不另外去找人。"一面抽烟，一面谈话，就已天晚。二人于是同去上小馆子吃饭，吃了饭，便在胡同里足逛一阵。水尚功陪着花一晚上的钱，最后还把自己的汽车送伍步云回家。伍步云临别告诉他，无论如何，明天上午一准有回信。水尚功觉得伍步云实在讲交情，千谢万谢方才回去。

次日，伍步云到了院里，和李逢吉一商量。李逢吉笑道："这事恐怕非办不可，这位水会办的夫人，和唐总理三姨太太非常接近。他那位夫人，是个老实人，别什么运动法子不懂，只知道送礼。差不多一个礼拜有一次东西送到唐宅去。三姨太太喜欢她忠厚，也曾问她，水会办的情况怎样？要不要调一个缺？她只知道多谢，说不出所以然来。三姨太太知道她不行，竟自做主，和老头子商量了，给他这个缺。下午你可以打一个电话给他，就说事情要发表，不是乐得做一个人情吗？"伍步云道："我们交情很浅，而且水会办也未必知道帮办到了差。"李逢吉道："你二位不是同乡吗？"伍步云道："同乡是同乡，但是有一年不会面了。"李逢吉道："那么，打电话怕说不清，你老哥就自己去一趟也好。"

伍步六听说，且放在心里，借着缘故，提前下了衙门，一直就到水尚功家来。水尚功还未开口相问，伍步云就道："恭喜！恭喜！事成功了，可是兄弟为了这事，真下了一番苦功。不然，哪有这样容易马上就可发表？"水尚功连连拱手道："诸事仰仗，但不知老哥所谓一番苦功，是怎样进行的？"伍步云低着声音，将三个指头一伸，说道："兄弟是托了唐总理的亲戚，和三姨太太恳求的。三姨太太初还不信，所为水太太常到宅里来，何以没有提到一个字。后来兄弟再三托人说，并且许了一点儿好处，这事才算解决了。"水太太常到唐宅去，这不是外人所能知道的事。现在伍步云也说出来了，可见他去运动唐家三姨太太这一节，并不会假，当时便道："真还要你老哥垫钱，那还了得？是多少款子，请不必客气，老实相告，兄弟这就开支票奉上。"伍步云笑道："为数无几，再说吧。"水尚功听他的话音，似乎有所需索，自己是向来肯在这运动差事上花钱的。况伍步云念起同乡之情，又把差事弄到了手，当然不能把礼送轻，因此开了一千元的支票，双手递给伍步云。笑道："这一点儿数目，不成敬意，大家既都在政治上活动，共事的日子很长，以后兄弟再当帮忙。"

伍步云心想，借故敲一个小竹杠，弄个二三百元而已。不料水尚功一出手便是一千元，心想这个家伙，手头很散，不要轻松放过了他。这样一想，立时把脸色一正，表示极不以为然的样子，说道："那是，政治上合作的日子很多，原不必在一个时候、一件事上分什么彼此。可是你老哥这一次接手，正赶上赶办河工。只要开报销的时候，从宽一点儿算去，这些款子，真是九牛之一毛。"水尚功又作揖打拱，说了许多好话，才把伍步云敷衍走了。伍步云临走之时，还是板着脸的。一坐上车去，心里一痒，就不由得要笑出来。心想，北京城里，穷起来是无路可走，要发起财来，走道都有大元宝绊脚。不料遇到这样一个傻瓜，三言二语，就弄了他一千块钱。他越想越乐，一直笑了回去。水尚功哪里知道院里的事，总以为是伍步云帮的忙。

到了晚上，接着李逢吉的电话说是命令已经交付印铸局。同时这消息，也就为水利局他手下几个亲信所闻，连夜就来道喜了，其中有个科员计多才，倒工于心计，当时便改口，不住地叫督办长、督办短，因道："这河工局原任督办是长江巡阅使的人，他在南方就好些个差事，是南北两边跑的。据多才打听，他已经南下一个星期了，一二天之内，就要来的。等他来了，恐怕他要用延宕手段，缓不交代。现在莫如趁着他还没来，明天我们先去接了事再说。我们有政府的明令，将来就了事，生米煮成熟饭，他还能怎么样？"水尚功一听他这话，也是有理。当天晚上，和大家商议了一阵。次日早上八点钟，便吩咐听差打一个电话给河工局，说明本人十一点钟到局就任。偏巧河工局这个衙门向来是下午开始办公，而且公事不大忙，办事人员也不过三停到个一停，其余的便要茶房代为划到。若有什么急事，叫茶房临时打电话或派人去找。每节多给茶房几个赏钱，也就成了。这样的事，处长、科长倡之于前，科员、办事员和之于后，相习成例，谁也不以为怪的。

水尚功这时打了电话到河工局去，不但职员一个未到，就是局里的

280

茶房，也都睡着早觉，没有起来。电话叫了半天，方才叫通。那边是茶房接的电话，并不曾听见说督办已经换人。现在突然有个新督办打了电话来说是要到任，这是做梦也不曾想到的事。正要在电话里严重质问是哪里来的督办。恰好听见同事的纷纷扰扰地说督办换了人，命令都登在报上了。茶房听见这样的消息，立刻对电话机换了笑容，说道："是，是，衙门里这就预备。"这一下子，衙门里闹成了一团。凡是各员司有关系的茶房，都纷纷地向外打电话，通知一切。无电话可通的，还亲自跑去送信。衙门口的传电处，把两面大国旗横七竖八，早在衙门口立将起来。督办室里的茶房，也就扫地擦灰、揩抹桌凳，闹个不停。有些接了电话的员司，晴天闻霹雳，得了这个消息，不敢耽搁，赶快跑到衙门里来。到了十点半钟，来了二个科长、七八个科员，此外，实在来不及到。过了一会儿，水尚功坐着一辆汽车，风驰电掣开入衙门。茶房一见，早就喊道："督办到！督办到！"

汽车停了，水尚功走下车来，两个科长便迎了上前，对水尚功一鞠躬，各递上一张官衔名片。水尚功看了一看，就由两位科长迎入督办室。水尚功初到一个独立机关，这种就职典礼却不肯含糊其事，便对两位科长道："请二位通知各位同事，在大礼堂接见吧。"两位科长答应了几个是，退了出来。这两位科长，一个是祖诒谋，一个是全有智，倒是两个老手。退到院子里，彼此一商量，这事怎样办？连两个科长在内，也不过九个人，怎好在大礼堂谒见督办？全有智道："可不是，礼堂又大，弄上八九个人去接见，越嫌少，那真成了笑话。"祖诒谋道："那怎么办呢，督办又不是老上司，这事不便先告诉他。"说时，伸起一双手，不住地抓头发。全有智笑道："我倒有个救急的法子，这里的茶房，里里外外，恐怕有十多个人，除了督办室的茶房而外，其余的茶房，督办未必认得，叫他们各找一件马褂穿着，站在我们后来，模模糊糊也就搪塞过去了。"祖诒谋道："法子是一个好法子，可是让他知道了，可不是闹着玩儿的。"全有智道："反正只有一会儿的工夫，他未必知道？现在多凑一个人，就是一个人。不然的话，他要一闹起来，我们两个科长，首先要负责任。"

祖诒谋一想，也只有此法可用，赶紧就和茶房商量。茶房先是不肯，后来是全有智做主，说是去一个人，给一块钱。这一笔钱，就由不到的这些员司公摊出来。茶房为着一块钱的缘故，有十二个人愿去。但是马褂子又发生了问题，七拼八凑，只凑出两件马褂。祖诒谋因为已经耽搁三十分钟了，不能再延搁，便带着办事员和茶房，在大礼堂齐集。齐集已毕，两位科长就到督办室去请水尚功。可是那十二位茶房冒充的老爷，站在人后，战战兢兢，总有胆怯。站在老王前面的老李，退到老王后面。老王一见，复又退到老李后面。有两位穿灰大布长衫的，光着头，又没戴帽子，自己一看，也不像官，回头给督办看见了，落一个当堂出丑，那是何苦？因此先溜了。这其间又有两个茶房，刚才喊总长到的，就是他。心想督办一下汽车，就看见我嚷嚷，我要冒充员司，怎样冒充得下去？于是也溜了。越溜越少，后来只两个穿马褂的茶房没走。

不多大一会儿工夫，水尚功随着两位科长走到大礼堂来，举目一看，只见礼堂中央，只有上十个人在那里晃荡晃荡地站着，满心想在大庭广众之间，大出一个风头，不料只有这几个人，零落极了，当时便问全有智道："全局子办事的，就只有这几个人吗？"全有智涨着一张通红的脸，口里嗳嗫着，说不出话来，连道："是，是，这里原来是晚衙门，大概……"说到这里，偷看水尚功的脸色，见他十分懊丧，便把这话忍回去了。水尚功道："大概什么，难道这局子里多少人办事，科长都不知道吗？"大家一看督办走来就在发脾气，你望着我，我望着你，大礼堂上如摆着一群木雕泥塑的偶像一般。水尚功原预备着一篇洋洋洒洒的演说词，打算先将大政方针宣布一番，现在一看这种情形，满脸子不高兴，哪里还能有什么意见说得出来？当时红着脸对大家说道："向来我只听见河工局情形腐败，倒不料腐败到这种样子，诸位今天来的人，总算还是认真办公的人，其余没有到的，我要重重地惩罚他们一下。"说时，把手只摸嘴上两撇胡子。说完了，将手往下一摔，抽身便向里走。走到督办室，接连就吩咐下去，所有到了衙门里来的人，都亲自到督办室来亲自划到，划一个算一个。这样一来，几个冒充老爷的茶房，是不敢上前，依然是八九个人，战战兢兢地到屋子里来。水尚功坐在公事桌正面，骑角上，摆下了一张白纸、一副笔砚，让来的人各在纸上签个名。进来的人，先向水尚功一鞠躬，然后拿了笔，一面偷看水尚功的脸色，一面一笔一笔地写着姓名，将姓名写完，然后轻轻悄悄地将笔放下，望着水尚功的脸，站立在那里，好像是静等着回话。

这时水尚功坐在那里，气得鼻子里呼呼透气，眼睛向着窗户外，看出了神。所有签名的人，写好了不敢走，都站在一边。水尚功一回头，看见他们，直挺挺站着，以为他们还有什么要说，便道："公事办到这步田地，你们还有什么可说的吗？走吧，我自有办法。"大家听了这话，谁又敢辩论，都退出去了。当时水尚功要显一显手段，就接连下了五道手谕，其文如下：

一、本督办今日就职，各处人员，仅九人到局，似此藐视公务，殊属不成事体。除已到之七科员外，其余人员，一律着记过一次，以示儆戒。

二、本督办今日就职，第二科长全有智、第三科长祖诒课，虽皆到局，但其两科人员，到者极少。该科长督率无方，咎所难辞，着各记过一次。

三、本督办自即日起，更改本局办公时间，由上午六时至下午四时止。科员须在六时以前划到，过时者以旷职论。

四、本督办自即日起，不时巡视各科，如有到局而不办公者，亦以旷职论。

五、本督办今日到局，见有职员不穿马褂不戴常礼帽者，此大不敬。旋亦自知无礼，即行退去。以后到局人员，务须衣貌周全，以壮观瞻。

这几道手谕一下，全局哗然。到了次日，所有不到的人员，为巩固饭碗起见，都赶在六时以前，来局划到。有几个在别处兼差的，因为这边情形紧张，也只好暂时在另方面请假，先到河工局来划到。这河工局共分一处六科，连录事在内，大概有二百余人。平常的时候，每日不过二三十人到局，现在突然加增到十倍上下，各处的屋子，都有人满为患之势。第一就是原来的桌椅板凳，不敷应用，除了科长以外，其余的人，都只好轮流地坐着。坐的人，谁一起身，椅子就让人坐去了。这其间，以第一科的人为最多。

科长乌国强，乃是一杆老枪，每日总可抽个半两膏子。他的工作多半在晚上，每晚抽起烟来，总抽到两三点钟。反过来，白天总是他休息之时。非到十二点钟以后，他不能起来。昨天下午他才接到了信，知道衙门改了早值，晚上也没有睡觉，只在床上烧完了烟的时候，躺着打了一个盹儿。偶然一醒，已是五点三刻，什么也来不及了，只要了一盆冷水，洗了一把脸，马上就到衙门里来。他起床的时候，照例有一顿早瘾，现在早瘾未过，又起得这样早，哪里有一点儿精神。两双眼睛，极力地睁开，大概也不过一根麻线那样宽，脑袋是像铜丝扭着的一般，东边一倒，西边一歪，差不多没有法子将它扶正。到局以后，他就在公事桌边坐着，不住地打盹儿，虽然勉强支持，无如破天荒第一次起早，总有些维持不过来。

这时办事人员都到了，共有二十六位。因为除了正式的科员而外，还有许多额外人员，从来不到局的，也有一部分在这里。几个常到局的人，向来是有位子的，便已坐上。其次是不大到局的人，地方总是熟的，还可以和朋友找几句话谈谈。唯有那些干挂名差事的，人生地不熟，到这一科不好，到那一科也不好，挤挤挨挨，混进了一科，就不肯走。所以各屋子里堆满了人，只有嗡嗡的彼此谈话的声音。先是大家不知道督办脾气如何，身上带着有烟卷的，也不敢拿出来抽。后来乌国强烟瘾看看要发，没有法子搪塞，只好把身上的烟卷取了出来，拼命地抽着。别人一看科长都在抽烟，自然可以效尤，于是三三两两，都取出烟来抽，百无聊赖中，总算找到一件事情做。你也抽，我也抽，抽得满屋子都是烟，雾腾腾的。这样熬着有一个多钟头，才听见茶房喊着督办到。乌国强把手上的烟卷尽力一抽，抽得只剩一粒蚕豆大，然后摔在痰盂子里。茶房打上手巾把来，擦了一把脸，在抽屉里找出三封公事，用手托着就去见新督办。走到督办室廊外，睁开眼睛，先咳了两声。

这个时候只听到督办室里有申斥之声，乌国强便在门外站了一站，不敢进去。一会儿工夫，只见全有智通红两脸，从里面出来。看见乌国强，把舌头一伸，又用嘴对屋子里一歪，那意思说，屋子里的督办，在大发雷霆呢。乌国强到了这里，不进去也是不行，又咳嗽了两声，然后挺住腰杆子便从从容容地走进屋子里去。只见水尚功坐在他自己的位子上，用手不住摸着胡子，歪着脑袋，眼光可在看玻璃窗外蔚蓝色的天空。乌国强走上前一步，先鞠了一躬，水尚功似乎看见又没看见的样子，略微点了一点头，乌国强于是把手上的公事恭恭敬敬俯了身子，捧着放在水尚功面前。水尚功略微将那公事一翻，便瞪着眼睛向乌国强道："你在局里是什么职分？"乌国强："国强是第一科科长。"说时，把那右手已顺便地伸到衣服里去，摸了半天，摸出一张名片，双手呈到水尚功面前。水尚功拿在手上看了一看，问道："乌科长在局里多少年了？"乌国强道："有十年了。"水尚功微笑道："哼！是老公事啊！走来就是当科长吗？"国强欠着身子笑道："最初原是一个办事员。"水尚功道："哦！是升上来的。大概向来办事很勤勉，所以升上来了。像你这样办事，大概将来还要往上升。"说毕，又是一阵冷笑。乌国强先见他一阵夸奖，倒摸不着头脑，现在水尚功慢慢说明白，才知道是骂人的话，便道："国强实在糊涂，昨日督办到局，并没有过来侍候。"水尚功道："你在局十年的老人都是这样，也难怪他们不到了。"

乌国强说不出第二句话来，只得说道："是是，这是国强的错。以后办公，一定勤勉从事。"水尚功做出很能干的样子，一面说话一面看公事。第一件公事，便是第二分局报告河工情形的。上面说到上流头支河里面，有一段小堤工不大坚固，这种地方，向来是归乡民自办，向不在河工局管。因之他那呈文上有几句话，职局鞭之虽长，不及马腹。因派员与乡董会商，将马尾桥一带堤工，仍归职局负责。过桥以东，官民合办。水尚功对鞭之虽长，不及马腹八个字，考量又考量，心想这里面怎样会提到马上去？后来联着下句一念，这才恍然大悟。下面分明说出，马尾桥一带堤工，这马腹当然也是一个地名了。看了一遍，将头摇了一摇，说道："这分局的职员，实在该打，怎样会办出这种自相矛盾的公事，实在该打了。"因操起笔来批道：

所呈既云马尾桥一带堤工，仍旧负责，何以马腹地方，反云不及。马尾之地，必然远于马腹。该局不但舍近图远，且措辞亦不通顺。所请马腹一带堤工，归官民合办一节，着毋

285

庸议。

水尚功批完，就把公事向桌子犄角上一扔，意思是交乌国强去看。乌国强也理会得那个意思，接着一看，不觉奇怪起来。这张呈文，自己也看了两次，并没有提到什么马腹地方，何以引起他这样一个批子，这却很奇怪了，因此表示很庄重的样子说道："回督办的话，这一带地方，并没有叫马腹的一个所在。"水尚功道："怎么没有，那呈文上面，不是写得清清楚楚的吗？我办公事这多年，难道一封公事，我都不会看不成？"乌国强听了他的话，只得把公事重新展开一看。这才明白他所谓马腹地方，是由于鞭之虽长，不及马腹那两句话而来，他简直是根本错误了。

二人撑持了一阵，乌国强究竟也拗不过上司去，只得拿了原来几封公事，退回第一科去。将公事向桌上一扔，便叹了一口长气，摇了一摇头道："现在的公事不能办了，上司说公鸡能生蛋，我们不能不承认公鸡会生蛋。上司说马头上生角，我们不能说犄角生在牛头上。"说毕，将后身的长衣，两手向上一抄，坐在椅上，两脚一伸，又叹了一口气。这时科里的人，依然不减先时的纷扰。有几个人，和科长比较接近，见科长发牢骚，逆料他已碰了钉子回来，便不住向乌国强偷看。乌国强知道他们的意思，因道："今天这回事，说给谁也不肯信，你们瞧瞧，这样一个平常的典故，他会不懂。"说毕，就把这公事交给科里的人看，大家一见就不由得议论纷纭起来。

这第一科，离着督办室不算远。水尚功坐在屋子里听见外面有些嗡嗡然的声音，便问茶房是哪里响。茶房本来就不知道，就是知道，他也不便说出来，因此便含含糊糊地答应着。水尚功也不再问，自己便出了督办室，跟着声音追了去。走过一道回廊，只见一个玻璃窗内，人影幢幢，不住乱嗡嗡声音就是由那里出来。绕到门口，一看上面钉着的牌子，才知道是第一科。因咳嗽了两声，就掀着帘子进去。这里面的人，还有一大部分，不曾见督办的尊容，还不知道。乌国强烟瘾正已发作，眼泪鼻涕一齐开始发动，拿着一块大手绢，揩了鼻涕又揩眼泪正设法子摆布。忽然看见督办进来，呀了一声，说是督办到了。这一下子，把全屋子的人，都吓得面如土色，一个个插笋似的，直竖着站立起来。水尚功道："这屋子里这样，怎么有许多人？"乌国强道："原来就是这么多人。"水尚功在屋子里四周一看，因道："这屋子里的桌凳也就极少，这些办事的人怎样够用？"乌国强知道这事也隐瞒不了，只得实说，平常到的人很少，因为督办下了手谕，都要到，所以都来了。

水尚功道："平常几个人在科里办事，一个能办几件公事？"乌国强不敢直说，加起一倍来说道："平常不过六七人到局，每人也不过办一两件公事。"水尚功道："那样说，一科每日也不过十件公事。现在这里倒有二十多人，难道每一件公事，拆开来分给几个人去办吗？"乌国强这就不好说了，只答应几个是。水尚功微笑道："那倒有一大半人在这里闲着了，做官是替国家办事，不是替国家看衙门，我自有办法。"说毕抽身便走，回了督办室，马上就把各科长召到前面来说话。因问各科的人今天拥挤不拥挤？大家都知道他私访了第一科的，怎敢说不拥挤。但一说出来，又怕督办马上要裁员，便你望着我，我望着你，不敢回话。水尚功道："我看这样子，大家以为人不多。但是办事的人，也不能呆坐在那里。请诸位转告他们，限他们十二点钟以前，各人拟一个条陈上来。过了时候，我就不收。这样办，一来试试他们的才干，二来看究竟拥挤不拥挤。"科长有一个人想问明一声，说是桌椅笔墨不够，水尚功早挥着手道："诸位先生并没有说人拥挤，而今说要办公事，不能就说拥挤了，去吧去吧。"大家不敢多言，就退了出来。这几位科长，里面就有不能拿笔杆儿的，现在马上要上条陈，既没有旧案可稽，也没有古木可查。看看十二点钟离现在不过两小时，怎样赶得上，大家急得在院子里打胡旋，想不出办法。各人回到科里一说，这些科员都说，上条陈可以，要给我笔墨和座位，就可以动手。现在一大半的人，在这里立正，怎样写法？有几个在河工局兼差的，原也可去可留，便在人群中插言道："我看这新来的督办，是有意和僚属为难，明知道坐不下，又要人上条陈。这不是找岔子吗？衙门里还欠了好几个月薪水哩，马上辞了差，或可以拿几个月钱呢。怕什么，我们不干了，我们不干了。"

大家在局里受了半天的苦，都觉得委屈，听了一声说不干，果然跟着起哄，都嚷着不干，便一哄而散。几个科长虽然不愿意和这些科员一般见识，但是督办正要大考，乐得借此机会逃过难关。这全局人员的行动，料着督办也不能将人怎样为难。因此不声不响，也溜起走了。不到十分钟工夫，这河工局就剩了一所空衙门。水尚功坐在督办室里，听到外面有人起哄，正在诧异。隔着玻璃窗一看，只见长衫马褂的人，纷纷扰扰，都出前面院子里走了也去。一会儿，人声静寂，什么响声都没有了。水尚功便问茶房，这些人到哪里去了。茶房不敢隐瞒，只得实说，他们已经罢工。水尚功将桌子一拍道："这还了得？我一定要重办他们，一个也不饶。"说毕，又拍了两下桌子。这种做法，无非遮盖自己的不得下台。发了一顿闷气，也就只好吩咐茶房，叫汽车夫开车，暂且回公馆。

当日回得家去，自己一盘算，今天这事，未免丢人。明天上衙门，他们若还是罢工，怎样下得台去？自己踌躇了一会儿，计上心来，便下了一道手谕，约了各科长，明日一同出城，去视察河工。一来暂避一下不到局，二来可趁机会约了科长来，让他们好自行转圜。这样一想，觉得很周到，就决意照办。到了次日早上八点钟，各科长到水宅齐集。水尚功板着面孔，对各科长道："昨天局里的人员，全体躲避甄别，诸位固然是出兵不由将，制止不住，但是也该来对我说明一声，何以也走了？我对于诸位倒可以原谅，不过昨天之事，是谁为首，一定要给我查出来。其余的人，我也协从罔治，饶他们这一回。我们受了国家的俸禄，就应该替国家办一点儿事，并不是我有意和诸位为难。我办事，是要实事求是的，今天先且出城去，视察一下河工再说。河工看得仔细了，然后方好酌定施工的计划。办事，总有个步法，我说的就是步法，诸位都懂了吗？"说着步法二字，很是得意，把身子和脑袋，连摆了几摆。

大家只白瞪着两眼，听水尚功发表意见，谁还敢说什么。水尚功说完了，便督率着这些人，坐了五辆汽车，风驰电掣开出永定门去。其间苦了第一科长乌国强，昨天起了一个早，熬了半天烟瘾，去了半条命。今天又起这样一个早，越发是眼睛粘成了一线，只在睫毛缝里向外张望。坐上汽车之后，不到十分钟，就睡了过去。可是汽车一过天桥，就颠得极厉害。出了永定门，更是一高一低，如小船行在大风浪里一般。

乌国强是靠车座犄角上睡的，汽车一颠，脑袋就和车壁一撞，颠得厉害，就撞得厉害。行不到十里路，把乌国强摔得头昏脑晕，就像落在五里雾内，不知道人在何处。先被颠不过，还强自支持，坐了起来。但是不到两分钟，汽车一颠，人向后一靠，又晕了过去。几个来回，索性不必醒了，就让他颠去。忽然有人尽力地摇道："到了，到了，乌科长，醒醒吧。"乌国强醒了过来，睁开眼睛一看，汽车已经停住在一片旷场上。所有各车上的人，都已下车。糊里糊涂，走下车来，抬头一看，却是一所土库门楼的房屋，门口挂着河工局的直匾，这才知道到了目的地，就跟着大家进去。这里的分局长，做梦也不曾想到有新督办光临，所以这天并不在家。分局里面，只有一个会计员和一个录事，在局里下象棋，没有出门。忽然门外汽车声喧，就预料是城里公署来了上差。刚找了一件马褂套上，门口有一个老门房，连跑带跌走了进来，说是督办来了。这录事听说，向后院子一溜，死也不肯出去。那会计员没有法子，硬着头皮迎了出来。这一阵风似的，进来六七个大模大样的人，也不知道哪个是督办，只得抱着逢菩萨就拜的主意，站在一边逢人就一鞠躬。

水尚功带着众人自向客厅里来坐着，见迎接伺候全是一个人，便问分局里所有办事的人都哪里去了。那会计员见这事不容易遮掩，便撒了一个谎，说是下游有几处河堤，现在都崩裂了，是去勘察河工去了。水尚功点头道："果然如此，我倒也不怪他，但不知这儿离着河有多远？"会计员道："出门只有半里路，就是河岸。不过由这里去，都是小道，汽车不能去。"水尚功道："既然路不多，我们大家就走了去看看吧。"于是大家休息了一会儿，便由那会计员引道，一路走到河岸上来。水尚功在河堤高处一站，见河里有大半河水缓缓流去。对面河岸上的草，由上而下，一层一层，长着靠到水面。最下一层的草浮在水面上，被水流着一道歪斜，大有随水而去之势。水尚功用手微拍着大腿道："逝者如斯夫，不舍昼夜。"再向河对面一望，只见一片平原，还接着青天。平原上的树木，由近而远，成了圆形，虽然是极大的树，看去只有几尺高似的。水尚功又笑道："古人诗上说，野旷天低树，这真是形容尽致了。"

这个时候，这里的分局长已经得了消息，早飞也似的走了过来。只

289

见几位科长，围着一个人在那里说话，逆料那人必是新任督办。看他对着河和两岸指指点点，似乎在那里讲究河工。心想以后的事，不大好办了，这督办对于河工，是个内行呢。一直走近身边，听到水尚功是谈诗论文，这才将心放下，便请了一个科长引见，根据茶房的报告，就说是视察河工来。水尚功观看风景，正谈诗谈得有劲儿，王分局长是不是考察河工，倒也不暇去追究。站在河边下，直谈了两三个钟头，这才回分局来。一路之上，分局长是不住地奉承，问督办河工上哪里还有不到之处，就请督办指教，水尚功猛不提防这一问，一时却指不出什么破绽来，因点了一点头，沉吟一会儿，说道："破绽尽有，就以这分局的大门而论，坐西朝东，这就不对。依我说，该坐北朝南。分局是治水的，坐在北方未发水的地方，自然便利了。依说，五行相克，不应治水反坐在水位。其实不然，这是圣人留下来的格言，叫作以水济水。"

大家听了他这话，都很以为奇。不过他是督办，对于他的话，只许听，可不许驳，默然无语。水尚功也看出众人的意思来了，便道："诸位对于'以水济水'这四个字，大概不十分了然，我索性说出来吧。水性就下，只可顺势利导，不可硬挡。中国人常说'兵来将挡，水来土掩'，那是不通的话。我们治河的办法，最好是让水快快流走，流走的法子，有多开河道的，有挖深河底的。这都嫌着费事，而且工程浩大，现在有几个夏禹能办这样的事？我的意思，最好用相生相克，五行大理借阴阳妙法来制服这水。所以我们治水的人，遇事，要近乎水，水势浩大，这水就去得快了。"水尚功说得津津有味，大家也只好在一旁凑趣。回到分局，大家稍息一会儿，便仍坐车进城。也不知道这事，怎样被新闻记者听见了，给他登了一条短条新闻，说新任督办水尚功，昨天曾出城去视察河工。他一见之下，非常高兴，就在西车站食堂，定了几十个座，大请新闻界，在席上少不得说了几句冠冕的话，人家也就择要登了几句。这一来，他越发高兴了，又下了帖子，请京兆各团体的人吃饭，作为联欢的意思。但是在他第四天招待新闻记者的时候，那原任督办邵捷如已经回来两日了。他到京之后，便把水尚功抢着接事的情形，打了一个急电给长江巡阅使。恰好这长江巡阅使有意要和国务院捣乱，一天来了两个急电，反对水尚功。

国务院初接到一个电报，以为那边或有误会，这种位置闲员的河工督办远在京兆，长江方面何必去管？后来打听得邵捷如在长江方面连跑两月，已经有些关系，唐雁老就大为后悔。这个河工督办，本来不值什么，为这事得罪长江巡阅使，那不是很不合算吗？及至第二个电报到来，唐雁老就觉得这事非办不可。不过自己把水尚功的事，刚刚发表几天，现在又要把他取消，出尔反尔，有些不好意思。因就吩咐李逢吉，叫他自己私访水尚功一趟，让他自己辞职。李逢吉虽然觉得这事很是麻烦，但是先给水尚功一粒宽心丸吃下去，说是可另给好缺。那么，他必然愿意的，于是也就硬接下这一副担子，去见水尚功。

　　这水尚功初办一个独立机关，正在发号施令，大施作为，见了李逢吉，少不得先把政见略说了一说。李逢吉道："像水督办这样替国家努力，若专治河工真是大材小用，将来总理知道水督办这些建设，一定要特别借重的。"水尚功听了这话，由对面椅子上，却坐到李逢吉一张沙发上来，侧着身子，偏着头，对李逢吉笑道："怎么着，总理谈到兄弟来着吗？"李逢吉道："虽没有谈到，总理是人才主义，他只要知道水督办的成绩，一定很喜欢的。"水尚功将腿轻轻一拍道："兄弟的主张，就和总理有许多相同之点。听说总理初设赈务公署的时候，大门外曾竖了一根旗杆，上挂一面旗子，是对一个衙门而设的。那意思是五行相克之理，免得本署的经济受什么影响，所以兄弟仿了他的办法，主张以水治水。前天亲自到河工分局察勘河工，要把分局的大门，坐北朝南，立在水地方。北方壬癸水，在水位上治水，一定是很顺利的了。总理那个法子，是五行相克，我这个法子，是五行相生，法子虽异，其理正同。"

　　水尚功说得摇头摆脑，非常有趣。李逢吉一想，这治水的能耐，原来如此，把他去了也不算冤，当时也就只点头称是。当时他敷衍了水尚功几句，便问道："水督办和前任邵督办也认识吗？"水尚功道："不大认识，若以他而论，是一个会做官的人了。"李逢吉笑道："他和长江方面，倒有些关系，所以很活动。"水尚功道："什么关系，卖空买空罢了。"李逢吉见他提到邵捷如，便极不高兴，因沉吟了一会儿，笑道："我倒听到一个很可怪的消息，听说他很想回任。"水尚功听到这话，心里明白大半，就知道李逢吉是有意而来的，因问道："怎么样？长江方面还有什么表示吗?"李逢吉道:"倒是来了两个电报。"说着,皱了一皱眉,伸了两个指头道:"这位大帅是不大好惹的,漫说雁老,就是府里也要让他三分。总理对于阁下,是极端信任,不过……"水尚功道:"那么,遇事还请逢吉老兄多多维持。"说着,就作了两个揖。李逢吉道:"总理对于这个事,也是极为难。因为那电报,措辞十分厉害,实在不容易解说。依我说,水督办不如暂避两天,将来再想法子。无论如何,总不让水督办吃亏就是了。"水尚功听了这话,冷了大半截,便道:"既然总理都不敢怎样,我这小区区还能抗命吗?从今天起,兄弟就请病假五天,下午便到西山去。"李逢吉道:"若能如此,这事就好转圜。水督办这一番好意,我一定转达总理。"又敷衍了几句,便告辞走了。水尚功丢了官还不要紧,无奈昨天已发出请客帖子,大请各团体,再要宣布政见,现在自己官都丢了,还请个什么客?因此就赶快油印了几十封油印稿。那文说:

敬启者:

　　敝上原定本月某日下午一时,欢宴各界,并请台端列席。顷因敝上旧时胃气复发,为势甚剧。据西医诊治,须十分静养。敝上因不能亲自招待,恐有不恭之处。某日之宴,暂为延期。俟敝上痊愈,再为奉约,均请原谅。

　　　　　　　　　　　　　　　　河工局号房谨启

　　油印稿子印就,还怕邮递误事,特叫两个差,分途递送,自己便坐了汽车上西山养病去了。那河工局几个科长,见新任督办做事认真,便逐日早早到局,以免误事。那乌国强科长,也是带了整口袋的烟泡子,在身上藏着,依着时间到局,只把烟泡子拼命去挡烟瘾。三四天熬下来,熬得人真去了半条老命。还有那全有智、祖诒谋二人,更是加工地干事,每日除了上衙门之后,还到水宅来伺候督办。这天水尚功没有到局,大家正很是诧异,后来一打听,督办却请了病假。全有智因和祖诒谋商量,老水是极肯办事的人,他要是请病假不到局,一定是真病了,我们到督办家里去看看吧。祖诒谋道："对了，我们要去敷衍敷衍。我看他是讲究这个虚套子的，去瞧瞧吧。"于是二人不到下衙门的时候，就到水宅来探病。这时候，水尚功已经上西山去了，家里那位机要秘书计多才还没有走。祖诒谋却问他道："督办是什么意思，忽然请起病假来了。"计多才一想，水尚功这一个筋斗栽得不小，哪里还能在政治舞台活动，不如向邵捷如那边勾搭勾搭，也许还能保留河工局一部分的事，因笑道："他干了，长江方面，打了几个电报来反对他，他吓得只好向西山一躲。我听说前任邵督办还要回任，本来他就不懂什么叫河工。你瞧他前日勘河工，竟会有以水济水那种怪论。"全有智一听，恍然大悟，便对祖诒谋道："前天我就听到邵督办来了，要去看他，总抽不动身，我们这就去见见他吧。"计多才先插嘴道："邵督办也是兄弟的老上司，我们同去。"于是三人齐齐摆摆，就到邵宅来。名片一拿上去，邵捷如也依然传见。可是一见面，面孔一板，就拍桌大骂起来。要知为了什么，且看下回分解。

第十九回

富而可求将军卖卜
事原难谅皂隶弹冠

却说全有智、祖诒谋、计多才三人，到了邵捷如家来求见，邵捷如一见他三人的名片，先冷笑了一阵，便吩咐听差把三人传到客厅里相见。一见之下，邵捷如便说道："你三位很忙，哪有工夫来见我？"全有智听那口音，已经是立意不善，站起身来，将脸色板得正正的，然后望着邵捷如的脸色，放低了声音，说道："是今天上午，才听见督办回京来了。"邵捷如道："你们那位新上司，事情办得怎么样？很高兴吗？"计多才道："事情办得糟极了，同事对于这事，都是怨声载道。现在同事不愿和他共事，很希望督办回任。"邵捷如道："为什么怨声载道呢？"计多才道："这一位督办，察察为明，所有额外的人员，也一律要到局，而且办公时间又延长了，早上六点钟全要到。"邵捷如道："就为这两点，同人不大满意吗？照这样说额外的人员，是该拿钱不办事的。办事的人员，是该到一下子衙门，就走的了。"计多才被他这样一驳，无可说了，便不作声。三个人坐在邵捷如对面，都默然起来。

这时，邵捷如鼻子里呼的一声，冷笑出来。立时，脖子上的红筋，也就一根一根向外鼓胀，然后将头一摆，说道："你们三人的意思，我早知道了，你不是听说我有回任的消息，又到我这里来做人情吗？老实说，这种差事，干不干都不吃劲，我就不服水尚功，他为什么偷营劫寨，硬接了事去了。我无论如何，必得显一显手段，还在他手里弄回来。不信，你就向后看吧。我听说他接事的日子，就是你二位在局，不是感情处得很好吗？"说时，瞪着两眼，便望了全有智、祖诒谋，这二人就像受了催眠术一般，屁股和椅子不肯合作，只是要望上升起，身子就像在钢丝椅上坐着一般，坐下去，升上来，不能安定，两个人的脸，红得酒糟肥肉一般。邵捷如索性提高嗓子说道："你们既然那样欢迎人，就当想法子拥护他到头，为什么又在我这里说他的坏话？像你这样的人，还靠得住吗？"邵捷如越骂越高兴，他们三人，除了鼻子里哼出蚊子大的声音，答应出一个是字而外，什么也不能说出来。正在难下台之时，听差拿上一张名片来，递给邵捷如看。邵捷如将名片接过，看是王润身三字，说道："请进来吧。"说这话时脸上好似有些欢喜的样子。

计多才三人，借着这个机会，便站起来道："督办有客，我们这且告退。"邵捷如没说什么，只略点了一点头。三人走后，王润身也就走进来，他穿了一件绿哔叽的长衣，套着团花缎子马褂，身上隐隐就带了一阵清淡的香气。面孔上，梳着小小的菱角胡子，还亮油油的，大概是抹上乌须药了。他一进门，把帽子取下，露出西式分头，光乌滑亮，邵捷如只一迎上前，他将右手拿着的粗藤手杖，交给了左手，腾出右手来，伸着和邵捷如握了一握。邵捷如笑道："快有一个礼拜不见了，什么事这样公忙？"王润身笑道："我到天津去了，刚刚才回京。"邵捷如和他对面坐了，王润身在身上掏出一个软皮夹子，取出一根雪茄，点了衔在口里，人向沙发椅子背上一靠，提起一只脚，架在沙发椅子的横头，露出长筒丝袜和黄皮鞋，然后伸了一个懒道："哎哟！这几天我忙极了，在天津每晚上是闹到天亮，不是花酒，便是牌局。还好，闹了一个星期，只用了四五百块钱。"邵捷如道："北京还不够玩儿的吗？为什么还到天津去玩儿？"王润身道："哪里是去玩儿，也是去接洽一些事情。快手将军，现在要在德国接洽一批军械，找不到相当的人，一天几个电话，把我催上天津去了。"

邵捷如道："怎么样，你对于吃洋行饭的，熟人不少吗？"王润身道："认得多着哩，哪一国也有熟人。交外国朋友，没有我多的了。就只一件事，你可以知道我在交际场中欧化得厉害。我有一个礼拜之久，只吃了一餐中国饭，其余都是和外国朋友在一处吃大菜。"邵捷如笑道："你若真有这种能耐，赵鼎帅倒是用得着这种人，我前两天自南京回来，

295

还和鼎帅在一处盘桓了多次。关于军械这件事，也略为提到。据说，外国人做这行买卖的，天津多似上海。因为上海来接洽的大主儿少，天津来接洽的大主儿多，所以洋掮客也都跑到天津来。一年闹到头，哪有这些人买军火。"王润身道："这就合了中国人说古董商人那句话了。三年不开张，开张吃三年。他们那些军火，存在本国反正也是废物，封在库里，迟卖早卖，也和本利无关。现在只拍一个电报或一封信，委托在中国的一个侨民进行，又花得了什么呢？这只要接洽一成功，至少也是二三十万的交易。多起来呢，上千万也说不定。不必多，就闹个小九五回扣，也就发财了。所以洋掮客对于介绍买军火的人，二十四分巴结。从来中外交易，只有中国人巴结外国人，现在是外国人巴结中国人，这也给中国人出一口气了。"说时，口里喷着烟，不住地微笑。

邵捷如道："这样说，你老兄应该是财神爷了。既然在中间接洽，焉有不落二八回扣之理呢。"王润身道："照说，我是要发财的。但是很不走运，上一次接洽了一批，因为买主失败了，事情中途停止。现在一批大的，还是开始进行呢。上一个星期，我倒算了一张命，据说在两个月之内，我准要发财。"邵捷如皱眉道："嘻！你这样一个欧化人物，怎么还是如此腐败，倒迷信算命的。"王润身道："你不要说那个话，这人生的八个字，那是有的。就是在外国，也有这种圆光算卦的人。"邵捷如道："就是外国有，这事我也不信。"王润身道："你交际还阔，你知道北京城里有一个金鉴人没有？他的命，就算得最灵，你应该也听见人说过。"邵捷如道："我会过一次面，讨厌极了。说起话来，三句不离本行。坐着一辆破马车，到处奔走，他倒想借着会算命要弄差事呢。我就很怪，偏有许多人给他捧场，二十块钱算一张命，空空洞洞，也不过百十来个字，我看去也平常，有些人真当着金科玉律，说得神乎其神。"王润身笑道："这个人一钱如命，算起命来，不认交情的。你这样攻击他，也许是他得罪了你吧？"邵捷如道："不是我要攻击他，我觉得北京城里事情真怪，医生有人捧，道士有人捧，和尚有人捧，看相算命的也有人捧。越捧呢，受捧的人架子越大。越大呢，人家越有人捧。譬如姓金的算命，要是两块三块钱，准没有人理他，他一要二十块钱，人家以为值钱，必定不坏，就相信了。"

王润身笑道："不说这个吧？我们两人的主张，根本不同，若是说多了，我们两人会起冲突的，我们再找别的话谈一谈。"说时摇了一摇头，笑道："你真厉害呀，人家把你的事接过去了，你还可以弄回来。"邵捷如道："你是哪里听来的消息？"王润身道："就是在你府上听来的消息，刚才出去三个客，一面走，一面谈着你的事。"邵捷如道："我不是吹，河工局这种不相干的差事，我真不放在眼里。连这个内阁，也受不了赵鼎帅一通电报，何况是姓水的小子。但是我不服这口气，我非把事情弄回来不可。弄回来之后，若是事忙呢，我就辞职不干，也没关系。姓水的要想这样平平和和干下去，那就不行。"王润身对他伸了一伸大拇指，笑道："赵鼎帅的人，究竟不错，说得到，做得到，佩服佩服。将来内阁有改换局面的时候，邵督办是少不得要占一席的了。"

邵捷如被王润身恭维了两句，便高兴起来，因道："我是不愿意突然爬起来，总要挨着次序做去。所谓爬得高跌得痛，又说其进锐者其退速。"王润身道："你这个办法很对，先把根基立得稳了，然后才打开一条路子前进。"邵捷如笑道："这不用得问算命先生吗？"王润身道："你不相信算命的就算了，何必一再提到。我今天不过是来闲谈闲谈，可不要以为我是来给算命先生散传单的。"邵捷如道："俗言说，算算八字，养养瞎子。这些三教九流，吃江湖饭的人，我们原不屑于去推翻他，但也只是由那些无知的妇女，向他们请教。像我们替国家办事的人，自有正当的政见，前途成败都在自己，关命什么事呢？"王润身一听他发表政见，知道这下面的话就是没结没完，心想我还到这里来听你的教训不成？因此找了两句话闲谈得远一点儿，便告辞走了。邵捷如对于刚才所说的话，也是云过天空，绝没有加以留意。不料过了两天，忽然接到南京来了一封信，是使署秘书处来的，邵捷如也不知道有什么要紧的事，赶快拆开那信一看，那信道：

捷如我兄雅鉴：

浦站握别，倏又一周矣。河工事总座已两电雁老，当可圆满解决。兹有恳者，敝友周潜龙将军，精于卦理，更深于麻衣相术。宦游已倦，京华小隐。朋侪因其孤洁，生活过于淡泊，各劝以其所学，公诸社会。周君迫于环境，亦已依允。我兄京华友好甚多，尚乞广为介绍，以玉成其亨，弟亦感同身受也，专此奉达，并颂公祺。

弟梁炳南顿首

这封信以外，另有一张纸条，就开的是这个周将军的简单履历。他是四川人，曾留学日本警察速成学校。号象仪，又号了庵。此外并开了他的住址、电话号码，那意思就是要邵捷如先去拜访他。邵捷如接了这封信，审度了一会儿，还是今天去呢，还是明天去呢？后来一想，这个时候，正仰仗南京方面替自己撑腰，那一方面的人，怎样可以得罪他？反正没有什么大了不得的事，还是抽出工夫，今天去的为妙。因就先吩咐听差，打个电话去问问，周将军在家没有。那边一答应在家，邵捷如就坐了自己的汽车，前来拜访。

那周了庵一见名片，马上就请到客厅里会见。邵捷如未见周将军之先，逆料他必是一位老先生，一副道学面孔，及至一见面，他才不过三十来岁，架着大框眼镜，留着时髦短胡子，身上穿了一件玫瑰紫的哔叽长衫，下面又踏着一双黄色皮鞋，精神抖擞。他一见邵捷如，就伸出手来，和他握手，人一笑，露出口里两粒金牙。邵捷如一想，凭这个样子，无论什么事，都好办，为什么要看相卖卦呢？当时邵捷如就先说道："久要来拜访，总是不得空，今天可幸会了。"周了庵道："兄弟也是常到南京去的，赵鼎帅是兄弟的先生，又是兄弟的老上司，所以兄弟的关系，和别人不同，常常前去。在南京的时候，就听见说鼎帅非常器重邵督办的。"一面说话，一面引着邵捷如上座。这客厅里，沙发大椅，穿衣大镜，放在寸来厚的地毯上，虽不是十分华丽，却也不见得寒酸，看这种情形，要说他为吃饭卖卦，更不符了。这样一想，关于介绍信的那一件事，倒不便先启齿。

两个人先谈了一些闲话，周了庵似乎知道他的来意，却先说道：

"兄弟和鼎帅那里的梁秘书，感情倒还不错，彼此常有书信来往，邵督办和梁秘书也认识吗？"邵捷如道："彼此也很熟识，兄弟就因为梁秘书有信介绍，才来拜访的。"周了庵笑道："前一个星期，兄弟确曾托过他，希望他给兄弟在北京多介绍几位朋友。"说时，站起身来，一会儿工夫，就到客厅里的旁屋子里面，拿出一张稿纸来，双手递给邵捷如，笑道："兄弟无聊得很，打算弄一点儿新鲜的职业玩玩儿。"邵捷如接过那张稿子一看，只见当头写着一寸来见方的行书，七个大字，乃是：周了庵将军谈卦。后面有一两百字一道启事，是介绍书性质。那文道：

成都周了庵将军，英姿天挺，文采焕发，身经百战，人通六艺，天下奇才也。其人淡泊为怀，不耽利禄。解甲归来，京华小隐。功成不居，读书自乐，求之今人，不可多得。然家园无负郭之桑，归农未许。琴书非糊口之术，做客犹难。纵将军胸襟远大，不谋升斗，而椿萱并茂，须供甘旨。儿女成行，亦厚瞻仰。同人为玉成将军素志起见，则公劝将军出其余艺酌为问世。盖将军善识阴阳，幼精卦理，更兼曾留学东瀛，长于哲学。融化中西，贯通新旧，其断休咎吉凶，如亲闻亲见。若以指导社会，真迷津之宝筏。岂江湖术士，所可同日语哉？将军一在养亲，二在访友，遂允同人之请，在寓设案谈卦。而将军既熟子平，又习麻衣，并可兼谈命相。凡世人有疑难者，亟应专诚往访，以求指引。将军或有五洲之游，慎勿失之交臂也。

邵捷如从头至尾一看，这一篇小启，虽不至不通，却有些酸溜溜的。再看那下面，订着卦例卜终身吉凶，一百元，卜十年吉凶，五十元，随时决疑二十元，子平推命，终身三十元，问流年十元，手相每位五元，详谈十元，揣骨谈相二十元。卦例而后，就是介绍人的姓名，第一名就是长江巡阅使赵鼎乾。此外下野的总理总长，在京的名流遗老，列名的共有三四十位。邵捷如心里明白，便先说道："这事兄弟极端赞成，自然列名介绍。"周了庵笑道："邵督办不觉得这事有些无聊吗？"

邵捷如道："笑话了，八卦是伏羲所画，文王后来推演的，都是古圣人的事业，中国国粹所在。现在的人，忘了根本，不懂得易学，更不懂得卦理，这种古学大有失传之虞。周将军能够出来提倡，是再好没有的了。"周了庵笑道："这个年头儿，在北京混饭吃，要不想个妙法，总不免于落后，兄弟对于混差事这一层，是异常灰心。所以主张一变，改了用本事来挣钱。成功不成功，兄弟是不敢断定。反正失败了，也不用得要什么本钱，这是落得做的一个生意了。不过我要求许多朋友帮忙，有两层办法。像赵鼎帅这种大人物，能允许填他一个名字来介绍，这已是十分客气，当然不便再去要求他。像我们都是好朋友，将来兄弟或者也有效劳的时候，所以很希望给兄弟在朋友里面，多多介绍。"说毕，抱着拳头连作几个揖，因笑道："兄弟的设备，和旁人不同，邵督办可以请到我课房里去参观参观。"邵捷如一想，他另外还有课房，我倒要瞻仰瞻仰。周了庵笑道："就是这一间小小的屋子，兄弟也按着哲学心理学布置的，岂是其他卦摊可比？"一面说着，一面将邵捷如向里引。

走到屋里，只见屋子中间，摆一张五尺长的横案，上面陈设着香炉木盒木头格子笔墨萸木板之类。檀香炉里，烧着一缕细细的香烟，绕着圈圈儿向上升。靠北方壁上，挂着一轴人物画，一个赤身披发的人，腰里围着一圈树叶子。他盘着两条腿，坐在一块石头上，手里捧着一个八卦图，画上横写着古圣伏羲大帝之位。这一轴画的两边，列了许多上古衣冠的人物，也有站的，也有坐的，大概那就是文王孔子之流了。左边一个茶几，上面叠着大版刻字易经。右边一个茶几，摆着特别加大的罗盘。桌子南边地下，放了一个圆式的拜垫，大概那就是磕头通诚之所了。周了庵指着桌上道："邵督办，你看看这种布置如何？都是按着古传之法吗？"邵捷如点头笑道："很好，但是从来只听见古人占卦的话，不知道这卦是怎样的占法？周将军能够做一个样子我看看吗？"周了庵正着面孔，说道："不可以。"转身又闭了眼睛，微微地摇摇头道："这是圣人之大道，不可以闹着玩儿的。但是邵督办有什么事要问一问，兄弟倒可以诚心诚意地代占一卦。"

邵捷如要看一看占卦究竟是怎么一回事，便道："我自然有点儿事，不过不便烦周将军分神。"周了庵正要卖弄他的本领，便笑道："邵督办总记得疑思闻这一句格言吧？我们有疑，去问谁呢，自然是问古之圣人了。问古之圣人，除了占卦，哪还有第二法？"邵捷如因他这样夸张，倒不便不理会，就依了他的话，说是自己对于政治前途有点儿疑惑，请周了庵问一卦。周了庵于是顶着帽子，穿着马褂，在香炉里燃上三根线香。一下帽子一碰地，磕了三个头，站起来口里念念有词说："假尔泰筮有常，假尔泰筮有常。督办邵捷如，以政治前途，未知可否，爱质所疑于神灵，吉凶得失，悔吝忧虞，惟尔有神，尚明告之。"

他说时，微微地闭着一双眼睛，将那个木盒子打开，在里面取出一个小黄布袋。袋里有一大束黄不黄黑不黑的草茎，大概那就是蓍草了。他捧着那草，在香烟上来回摆荡着，熏了一熏。这才睁开眼睛，将一根草，先送回木盒子里去。然后把那手上捏着的一束草，重新分开，搁在格子上。轻轻地，慢慢地，取了一根草，夹在小指头里。看那样子，一根草倒真有几十斤重似的。他就这样来回颠倒，把那一束蓍草数了又数，分了又分，他点了点头，就用笔在那木板上，画了几画，有画叉的，有画口字的，也有画一横的。画了之后，再把那草来数来分。这事本来就费手续，周了庵又做得非常慢，邓捷如站在一边，每一次动作，都给他暗下呼着一二三。一直等他做完，两条腿，就站得麻木不堪了。他弄完之后，复又跪在那拜垫上，数着一二三，复磕了三个头。站起来，他给邵捷如作了一个揖，口里说道："这个卦象，好极了，督办的前途未可限量。"于是引着邵捷如到客厅里，将卦象说了一阵。逆料他必定升官，而且东南方有大贵人帮助，事情极容易成功。

正在这个时候，前几天和邵捷如谈命理的王润身，钻了进来，周了庵正要介绍。王润身笑道："不用不用，我们是极熟的朋友呢。"到了这时，邵捷如颇有点儿不好意思，自己先是说了，十分反对迷信，现在冤家路窄，偏碰到在这里卜卦，便说道："南京梁秘书有信来，介绍兄弟给周将军晤面，周将军的卦，实在不错。这是中国的古学，和其他迷信的事，不可同日而语，很可研究，润身兄以为如何？"王润身是久当政客的人，岂能为这小事得罪了朋友，便就附和着他的意思说。周了庵道："润身兄，我前回托你介绍几个朋友，这事怎样了？"王润身道："那很容易，但是第一件，得赶快把那介绍广告在报上登了出去。有了许多名人介绍，我就好说话了。"周了庵道："我想这广告文绉绉的，还不通俗，我想另拟一个通俗一点儿的，二位以为如何？"大家都说是，于是周了庵又在家里，拿出一张稿子，交给他们看，那稿子写的是：

> 五等文虎章，将军府潜威将军，前任淮海一带征兵事宜，前陆军第二十四师参谋长，四省剿匪司令部参谋长，派往日本观操大员随员。历任军事要差，周潜龙将军，号了庵居士。深知卦理，善推命相。曾推知赵鼎帅必为东南要镇疆吏，李汉三上将军，必可组阁，又曾推知前大总统某公，当重掌要枢。所往来者，皆知命之士，每一推算，无不钦佩。观在周将军问世，系欲指引政界人物，根据大道前进，并非志在牟利。凡我同好，不可不一拜访。

王润身看了一遍道："很好，但是还要加上几句，就说河工局邵督办，与前瓯海铁路会办王润身，亦深推许。"周了庵笑道："好极，好极，我这就借光二位大名，登上报去。我还有一件事，要告诉润身兄，就是前几天，我和王督军推算了一张命，觉得他的八字，非常的好。在今年冬天，他应该有升官的机会，不过兄弟和王督军不大熟，听说润身兄和他感情很好，能不能够……"说到这里，只管望着王润身的面孔。王润身道："论到私人感情，我和他极不错，我们是先后同学。因为他号润波，不知道的，都以为我们是同胞手足，其实不然。但是他很看得起我，前几天派了一个马弁到北京来看房子，想买一幢住宅。这马弁到了北京，首先就是到我这里来，这一两天之内，大概他的令弟要来。若是来了，就会让兄弟陪着看房子。在他那一方面，我未尝不能弄一个小差事，然而我怕人误会了我是他的兄弟，所以我只好避嫌，让开一点儿。将来有相当的机会，我还是在北京方面替他做一点儿事。"

王润身越说越有味，说得头是点着，不住地去摸他的胡须。周了庵原来托他的话，却一句也没有说上。周了庵只得再说道："那就很好，王督军的八字，实在不错，像我这样仔细推算出来的，恐怕不容易找到。我希望你老兄把我这话，对王督军的令弟先说一说。然后兄弟再把那张详细的命单，让润身兄带去，我想王督军一定会很注意的。"王润身道："这件事很容易办，我一定可以办到。"他说话时，周了庵对着他的脸，注意地望着，却微笑点头道："好，很好。"于是回转脸来对邵捷如道："王先生脸上的气色很好哇。光彩焕发，有遇贵人之象，前途是不可限量的。"邵捷如含糊着答道："不错，气色很好。"他心里可就想着，连一个督军，他都十分巴结不上，对于巡阅使，可想而知。这样看来，他对于赵鼎帅，恐怕没有充分的接洽。我是一个督办，为什么和一个看相的交朋友？这样想着，一刻也坐不住，马上站起身告辞。周了庵趁着王润身在这里，倒想请他们吃一餐饭，但是邵捷如决计要走，哪里留得住？

邵捷如走了，王润身才笑道："我是无事不登三宝殿，我今天来，是有一套财喜奉送你的。"周了庵道："别说奉送的话，我们是好兄弟，还不是有福同享，什么事请你说出来，我一定合作。"王润身道："有一件极有趣的事，也是前天在朱督军家里宴会，叫了许多条子。老朱是见一个爱一个，爱一个就讨一个的。他在内看中了一个丽妃和一个小桃红，打算出两万块钱讨了她们回去。但是他有一个条件，要她们两人的八字好才肯讨。不过这是老朱私下的话，却没有告诉别人。他手下有一位黄师长，和我感情不错，他没有什么东西孝敬督军。他就想把这两人的事一手包办，而且和老朱微微表示此意，老朱也就有容纳之意了。只是后来要算八字，黄师长很怕这一笔大礼送不上去，非常着急。"

周了庵道："这话很奇怪了，送礼送不上去，也舍得花钱，为什么倒也着急？"王润身道："你哪里知道，这黄师长正和几个同事，在抢一个渔阳镇守使，谁有好意奉上，谁才能得着，礼送不成，他怎样不着急呢？"周了庵道："什么礼不能送，他却要送老朱两个姨太太？照我说，干脆送老朱两万块钱，那不好些吗？"王润身道："老朱有的是钱，一万两万算什么，不够他一条牌九，唯有送他两个美人儿，时时刻刻可以让老朱心里乐。老朱看到两个美人儿，就如看到黄师长一般，自然要给黄师长的好差事了。"周了庵道："原来如此，那黄师长又有什么法子转圜呢？"王润身道："唯其如此，所以我来找你了。黄师长曾私下对我说，哪里有星相大家没有，若是有那可以共心腹的，可以出些私金，请人把丽妃和小桃红的八字都改一改，改得大富大贵，相夫相子，无论叫谁去算他的命，他的命都不错，那么，老朱非讨不可。黄师长的镇守使，也就到手了。"周了庵道："这个很容易办，你就把那两人的八字开来，让我先算一算，然后改过来。"王润身道："你真不怕多事，改什么？她们两个人，一个是十七岁，一个是十八岁，你就挑那好月好日好时，给下凑上，那就得了。"

周了庵笑道："那更容易了。"这句话说出口，有些后悔，又改过来道："凑是容易凑，不过既然办起来，总要办到一点儿痕迹没有才对。所以我要仔仔细细推算一番，我也不想要多少钱，只要黄师长给我一个中等的差事，我也就心满意足了。"王润身道："他们反正也要用人，这一定可以办到的。"王润身一想，既要钱，又想要官，这人的条件，未免过苟。但是事在求人，也不妨先答应了再说，因笑道："你老兄能帮他们的忙，他们焉有不举着两手来欢迎之理。不过他一个镇守使的局面，怎样好敷衍你老哥哩？"周了庵道："不要紧，只要他有什么事和中央接洽，多派我做两回代表，我就满意了。做代表，我还有三不要，不要薪水，不要办公费，不要车马费。我想黄师长真要做了镇守使，这样一个便宜代表，总乐得雇用。"王润身道："那一定可以的，你先把那八字排好了再说吧。"

周了庵反正是做生意，这样的好事，送上门来交易，岂有拒绝之理？于是费了一昼夜之力，把丽妃和小桃红的八字，仔仔细细拼凑了一番。算好之后，亲自到王润身家里去，告诉了一番。王润身开了这两张草八字，就去见朱将军。原来朱将军为了军饷事，正跑到北京来索款，现在住在公馆里，每日无事，只是打牌叫条子寻乐儿。一个礼拜下来，遇事都玩儿腻了，要想个新鲜的玩意儿，一时又想不起来。就在这个时候，王润身拿两张八字，前来求见。

原来这朱督军生性很奇，对于什么参加政治正式活动的人，他非十分不得已，绝不愿相见。若是吃喝嫖赌抽大烟的朋友，他是不问大小，一律招待。守卫的兵士，没有不知道他大帅爱见什么客的，所以王润身这种人，走了过去，身上还带着一阵粉香，一定是大帅爱见的人，丝毫不用得拦阻。王润身走到上房，只见门帘外两个卫兵，倒背着两支枪，两个指头各拿了半截烟卷头，用手掌罩住，偷着在那里抽。看人来，赶快将烟取下，藏到背后去。王润身一看这样子，料定朱督军就在屋子里睡上午觉了。他迟疑了一会儿，才问卫兵道："督军在屋子里睡觉吗？"卫兵点了一点头，王润身不敢进去，抽身向外走。刚下了一层台阶，只见朱督军在帘子里嚷道："是谁？为什么走到门口又走了？"王润身听说，回转身来，站在院子里取下帽子，对上房就是一鞠躬，口里说道："是王润身，来见大帅的。"朱督军道："你这小子，总干不出好的来。来了之后，又这样做贼似的偷走干什么？"

在这骂人声中，王润身掀着门帘进去，只见屋子中间，放了一张藤制的杨妃榻，旁边大理石桌子上，放着一大玻璃缸水果，又是一个大西瓜。屋梁上的电扇，正在呼噜呼噜使劲地转着。朱督军脱了一个赤膊，现出浑身黑肉胖子。胸面前两只大乳，两只橡皮袋似的，向下垂着。两乳中间，有一撮黑毛，由上而下，一直达到他铜子大的肚脐眼边。裤带子扎着裤腰卷成油炸麻花似的，脱落到肚脐以下。把那个又肥又大的肚子堆油也似的挺着。他那裤脚又大，向上一拉，一直拉到腿缝边。他伸着两条长满了黑毛的大腿，挺直地伸着。王润身一进门，看见朱督军赤条条地躺着，倒吓了一大跳。站着愣住了，进又不是，退又不是。朱督军也不起身，将手招了一招，说道："过来坐下，你有什么话说？"王润身这才看见他身后，还站了两个护兵，只下面穿的是灰布裤子，上面还罩的是汗衫，这就料到并没有姨太太在此，可以随便进来的，因道："不是别的什么事，那两张八字，让润身设法弄来了。"朱督军一头坐了起来，问道："这个很不容易，你是哪里弄来的？"王润身笑道："润身想了许多的法子，才把它弄到手。"

朱督军顺手在玻璃缸里拿了一个蜜桃，拿过来就用嘴咬了一口，然后手里拿着半边蜜桃，指着王润身道："你说了这话，又想在我前面邀功，是也不是？"王润身听了这话，呆立着先看了一看朱督军的颜色，看他究竟是怒，还究竟是喜。见他拿了一个桃子，大啃特啃，一刻儿工夫，剩了一个小桃核，就把来扔在痰盂子里。接上又拿了一个蜜桃，唰唰唰，牙齿啃了直响。王润身看他这样子，知道不会发气，便笑道："督军哪里知道，窑……"说到一个窑字，心想且慢，这两个窑姐儿，

305

这马上就有做督军太太的希望，我若指明了骂她，未免指着和尚骂秃驴，就改口道："要这些小姐说多大年纪，那是不容易的。别说日子和时辰，连年月她也不会说句实话的。润身花了好些个运动费，运动了她们里里外外的用人，又等了一个星期的工夫，这才把它弄到手。"说时，把自己开的那张八字草稿，恭恭敬敬双手送到朱督军面前。

朱督军接了一看，写着哪年哪月哪日顺生，是好是歹，自己也是不知道。因道："你拿了这个给我，那有什么用，我又不会算命。你办事究竟办得不周到，为什么不先拿去算一算呢？"王润身微微鞠了一躬，笑道："这是大帅的喜事，润身怎敢造次？"朱督军回头便对身后站的两个马弁说道："这附近有会算命的没有？给我快找一个来，算上一算。"马弁还没有说话，王润身连忙说道："这要用高等的星相家来，才没有错，岂可让街上的瞎子胡算？"朱督军道："哪儿有会算命的，给我介绍一个。"王润身道："对于这一界，润身向来隔膜，并不知道谁好谁歹。不过这几天在报上看见，有一个周将军卖卦，外带看相算命，我想他既然是体面人，算得总不至于错，不如找他来看看。"朱督军道："有这么样一个人吗？"王润身道："的确有这样一个人，不信，找报来瞧一瞧，就明白了。"朱督军哪知就里，吩咐马弁将报纸拿来，果然有这样一段广告。朱督军道："既然真有这样一个人，倒可以请来谈谈。"便对马弁道："把汽车去接了他来吧。"马弁道："但不知住在什么地方？"朱督军道："浑蛋！我知道他住在什么地方？报上登着有，你不会瞧去。"这马弁不大认识字，口里可不敢说，只得拿了报纸一直出去请教门房。问明了地点，就开了汽车，把周了庵接来。

周了庵心里明白，这是王润身给他说合的，早有成竹在胸。到了朱公馆，将名片送了进去。朱督军这才套了袜子，披了一件大褂，到客厅里相见。朱督军一见他，便问道："你为什么不做官，要算命？"周了庵知道朱督军的脾气，不必文绉绉的，因道："回大帅的话，一个人岂有不愿做官之理，可是找不到门路，也没法子。"朱督军坐下，周了庵还是站着。朱督军问道："你是什么阶级？"周了庵弯着腰低低地说道："是个少将。"朱督军道："照说，你不配和我并坐并行，但是这会儿我请你来算命，你是一个客。教书的是先生，算命的也是先生。既然是先

306

生，就可以坐，你坐下吧。"周了庵料定坐下没事，便拣了一张离得远一点儿放在边上的椅子，侧着身子坐下。朱督军问道："你既然是个少将，比街上的瞎子算命，总好一点儿。你不用得查看，当面也能算吗？"周了庵欠了一欠身子，站起来答应道："一样能算。"朱督军于是在身上拿出那张八字单交给周了庵，一面吩咐马弁拿了笔墨纸砚来，让周了庵当面写命。

本来算八字，照葫芦画样，在星相行里，就不是难事。加上丽妃、小桃红这两张八字，是本店自造的东西，要他算，可说是物归原主，这要周了庵来办，当然文不加点，一算就是。不到十分钟，周了庵已经把八字大意并在纸上。他那脸上，显出一种很惊讶的样子，突然站立起来，说道："唉呀，这命太奇怪了。"朱督军坐在一边，正用全副精神注视在他身上，看他怎样摆布。现在见他惊讶起来，便问道："怎么样？这命不好呢，还是太好呢？"周了庵站了起来，望着朱督军道："了庵算命以来也不知经过多少人，由坏运走到好运，大概都是慢慢变化而来的。这两张女坤造，却十分奇。"朱督军道："滚枣，那是什么东西？"周了庵说了一句术语，以为文雅点儿，不料还得重新注解，遂道："坤造就是女命。"朱督军道："这不结了，我不跟你学算命，你文绉绉地抖文做什么，说你的吧。"周了庵道："这两张女命，和别人不同。照目下而论，实在不大高明。但是就在这个时候，她们快要交好运。一交好运之后，就大富大贵。这还不算奇，最奇的这两张命交运也同在一个日子，以后的富贵，两人也就差不多。"

朱督军嘴上，本来养有小胡子，于是用手摸了一摸，对他微笑道："你倒有三分本事。你若算得准，你就照直说。"周了庵道："过去的事，不必提吧。大帅要了庵说实话，了庵就从这两张命交运起说吧。"朱将军又道："将来的事，谁看得见？凭你怎样说，我也是不知道。唯有你把以前的事若说出来，说得对与不对，才知道你有没有本事。这张女命，现在和我可没什么关系。你别顾虑着什么，照直说是不要紧。"周了庵心里，可是暗笑，以为他说这种话不啻自己先画下了供状，因笑道："大帅既然这样吩咐，只好照直说了。这两位女士，命带桃花，在她十二三岁以前，不过很穷苦。由十三岁到现在，倒是有吃有穿，就是

307

一层，很不能自由，照着八字上说，还应该离开父母。"说到这里，又对朱督军望了一望，问道："不知道这话有些对不对？"朱督军点了点头，说道："你这话很对，你算命果然有点儿本事，不是瞎说的，你再往下说。"周了庵道："就在这个月内，这两人红鸾星照命，似乎喜音要动了。不过这两人的八字，不是那样正大，应该位居小星。"朱督军听到这里，已撑不住吟吟地要发笑，因道："这过去的事，算你碰上了，将来呢？"

周了庵知道把他扶上了。算命的规矩，最难就是走来三斧头。这三斧头总算砍过去了，现在不过是算那未来而不可知的事，这随便怎样瞎扯，也不要紧。于是把丽妃、小桃红的好处，说得天花乱坠，这种命几乎是古来少有，现在难寻。朱督军被他这一阵胡说，说得心花怒放，因笑道："我对你实说了吧。这两个人，都是班子里的，我打算把她们全娶了来做姨太太，就是不知道她们命好不好。现在据你这样一算，大概配得上我，我这就要实行讨她们了。但是一层，不知她们的八字，和我的八字合不合？"周了庵早也顾虑到了这一层，事先曾把朱督军的八字，探问到手，算了一算，那丽妃、小桃红的两张命，都没法和他避免冲克。

这时朱督军问起来，周了庵便道："那是要紧的，请问大帅的贵造。"朱督军道："你这话，我明白了，是问我的八字。我今年五十一岁，是八月十五的生日，其实是八月十四晚上出世的。因为落地的时候，就是驴子叫的时候，那是丑时，要算十五的日子。乡下是没有钟、没有表的，没法儿定时辰，所以只好猜上一点儿。我们乡下人，是经验的多。大概驴子叫，就是丑时，你看这准不准？"周了庵预先算的，就是丑时，现在当然不能更改，于是将计就计，说道："这很对，若在冬天晚上，驴子是子时叫，秋天呢，是丑时叫，八月十五，是正中的秋天，那越发准了。"朱督军道："这事书上也载得有吗？"周了庵道："载得有！而且载得极明白。"朱督军哈哈大笑道："这样说来，可见不读书的人，一样可以知道书上的事。成器的人自然成器，不在乎读书不读书。你瞧我没有读过书，怎样也做到了督军。"说毕，又鼓掌哈哈大笑。

周了庵趁了这个机会，索性对朱督军恭维一阵，恭维得朱督军心痒难搔，马上就叫人开了一张五百元的支票，交给他了。周了庵本来就为的是钱，岂有见钱不要之理？不过在朱督军面前，不能表示十分爱钱，总要换出很正当的态度来，因此双手捧着支票，站了起来，鞠躬笑道："这一点儿小事，当然要替大帅效劳，怎样还能领酬？"朱督军道："为公事我可以让你效劳，为我讨姨太太，可不能让你效劳。再说你干的是这个，你就靠这个拿钱。像我这样的主顾，你能遇到几个？要是我这样的主顾，都不给钱，你还做什么生意呢？你收下吧，就不要客气了。"周了庵见朱督军说得这样干脆，再要推辞，恐怕就大拂他的意思，只得鞠了一个躬，将支票揣在身上，定了一定神，然后微笑道："了庵对于星相这层，本来是随便研究的，最有点儿心得，却是卜卦，什么时候大帅有工夫，了庵和大帅占一卦，问一问吉，大帅以为如何？"朱督军笑道："你问什么时候有工夫吗？我是天天有工夫，时时刻刻有工夫。"了庵道："那么，今天我就可以带了东西来，给大帅占一卦。"朱督军道："不用了，现在你算命算得很好，若是卦占得不好，我还是办呢，还是不办呢？可就会把我弄糊涂了。"

　　周了庵也不能说卦一定占得好的，只得算了。当时又恭维了一阵，就告辞出来。到了家里，王润身已静静地坐在客厅里等候，周了庵连连作揖，笑道："恭喜恭喜，事情告诉成功了。这一下子，黄师长恐怕不要出个两三万？窑子里要大大地发一注子财。要论起来，不是我这一张命，他们的事，绝对不会成功。无论买卖哪一方面，都要给我一点儿报酬费才好。"王润身一想，这人真是一点儿不放松，刚刚权柄在手，就要敲起两方面的竹杠来，因道："那是自然，我会到了他们，我一定将尊意转告。"周了庵笑道："这是打铁趁热的事，怎样还等你会到他们再说？老朱为人，我是知道的，说讨就讨。他现在主意决定了，也许今天晚上就把两位新人接了回去。俗言说得好，新人接进房，媒人扔过墙。到了那个时候，他还会理我们吗？老朱那里，总算我一套好话，说得他死心塌地地相信，这后一步，就靠我们几个人保守秘密。再说黄师长要成大事，也绝不惜小费的，就叫卖主方面多要几文，把我的钱也就包括在内了。咱们打开天窗说亮话，我要不是为了几个钱，我为什么

309

肯丢这大的面子，用少将的名义出来卖卦，这事就望王老哥成全到底，我当然也要预备一点儿小意思，做你老哥介绍之费。"

王润身笑道："笑话，笑话！我还分你那个辛苦钱吗？你老哥既然把这事看得很紧切，让我马上去走一趟，只要他们明白好歹，多少总可以提出一点儿款子来的。"周了庵昂头一笑道："他们不想发财就算了，若想发财，似乎以不得罪我为妙吧？"王润身见他大有挟制意味，倒不敢冒昧从事，因道："据你老哥的意思，要多少报酬呢？"周了庵将右手三个指头竖着，就向上一伸，因道："这两位新姨太太，一人借一千五给我，共凑三千之数。我有了这款子，也不再算命了，就可以做一点儿小基本金，在政界上活动活动了，我是老想找这种机会，没法子找得，今天找得了，我岂能放过？"王润身听了他这话，真吓了一跳。自从有算命先生以来，从没听见说有这样贵的算命费，要一千五百块一张。但是他要拆个烂污，把这事宣布，不但买卖不成，连黄师长的地位都有些摇动，又不能拒绝他。

这天两个人商量了一下，王润身为了要撮合成功起见，只得去找着黄师长，把周了庵借故敲竹杠的话说了一遍，黄师长一想，这话也是真，眉头一皱，便对王润身笑道："有了，你去对他说，我们是随营学堂先后老同学，有什么不可商量的。他要多少钱，都可以到我这里来拿，何必和那些龟头去办交涉呢？明天晚上，我请他吃晚饭。叫他在家里等着，我派汽车去接。明天我也没事，可以叫几个条子，大家同乐一晚上，你也可以参加，你看这办法如何？他要钱也好，他要事也好，明天都可以当面说。"王润身信以为真，立时把这事用电话通知了周了庵。周了庵一想，有了，他自认是我的先后同学，我乐得趁这个机会，和他亲近亲近。到了次日下午，每日应吃的两片面包，这时也放下不用，省得到了席上，又吃不下东西去。于是静坐在家里，等候汽车来。

不多一会儿，果然汽车来了。周了庵走出大门，一脚踏上汽车，就有人在身后给他关上汽车门。坐下来两边一看，一边站着一个挂盒子炮的武装卫兵。喇叭呜的一声，向街心里直奔了去。周了庵多年没有尝到这种风味，一看街上的行人车马，老早是纷纷地两边闪让，心里就是一阵痛快。到了黄师长家里，一下汽车，两个卫兵紧紧在后跟随。一直走到客厅，里面空荡荡的，不见一个人，并不像请客的样子。就是主人黄师长，也不见出来，看了这种情形，倒不免怔住了。但是在这个时候，一个卫兵抢上前一步，将帘子掀开。没奈何，只得钻了进去。当周了庵走进客厅以后，帘子一放，两个护兵，贴着风门一站，把守关口一般，直挺挺地立着。周了庵一看这里，是个小客厅，随摆着几张半旧的沙发，并不像是接待贵客的地方。屋子里只亮了一盏电灯，反不如走廊上那样通亮，转觉阴暗暗的。自己坐在沙发椅上，一只手向茶几上一放，闻着有些尘土气味。站起身来看时，刚才搁手的地方，倒印上了一道光印。原来这茶几上的浮尘，积得很厚。这个客厅里，不但少会客，平常听差都是不来照管的了。

周了庵看着情形不对，未免怀着鬼胎。便隔帘子问两个护兵道："黄师长呢？"护兵道："不知道。"周了庵道："怎么不知道呢？黄师长不是吩咐你两人去接我来的吗？"护兵道："不错，是师长吩咐我们去接你来的。他只说接了来，就请你在这里坐，别的话全没说。"周了庵道："大概黄师长不在家，我明天再来会他吧。现在我回去了。"说着，站起身来，就做要走之势。那两个护兵，不约而同地隔着帘子将手一拦，冷笑道："请你坐坐吧，师长就会来的。"周了庵道："我还有事，怎样能老等着呢？"护兵道："师长吩咐了，说请你在这里坐一会儿，没有帅长的命令，我们不敢让你走。"周了庵心里已然明白，这分明是软禁起来。眼见两个护兵都挂了盒子炮，又不敢和他争论，只得说道："这是什么意思呢？我真不懂，我想你们一定听错了话。"

周了庵到了这时，越想越不对，这分明是黄师长定的计，将自己软禁起来，可就把两位姨太太送过去了。只要过了今晚，木已成舟，我就破坏，也是枉然。我也没什么事得罪他，料他也不能将我怎样。如此一想，心里也就坦然，且静坐在这里，等黄师长来发放。不料等了一晚，黄师长也不曾来传见。到了夜深，索性不想出去了，就在沙发椅上放头睡去。睡到次日早上，脸也不能洗，茶也没有喝，苦不堪言。加上鸦片瘾又抗不住了，鼻涕眼泪，一齐发作，自己软瘫了，站立不住，就躺在沙发上。到了一点钟，不住地听到说叫吃饭的声音，自己肚子里，波涛汹涌，不住地鼓动，只觉口里一阵一阵地流黄水。这时心里的不受用，也无法形容，不由得不哼将出来。门帘子外，依然站着两个挂盒子炮的兵，不过不是昨天那两个人罢了。和他们问了几次，知道黄师长昨夜三点钟才回家，这时还没有起来。这也没法，只好等着。

一直等到三点钟，黄师长才来传见。周了庵打起精神，跟着卫兵一直到黄师长卧室外，一间小房里相见。黄师长早就躺在软椅上，看见他进来，含着笑点了点头，也没有起身，也没有说什么。周了庵虽明知道他是搭架子，可是也无可奈何。鞠躬已毕，因先笑道："昨天就来拜会师长，又偏是黄师长公出去了。"黄师长道："你来的时候，我正在家里，并没有出去。你不是知道阴阳八卦吗？我以为对于这事，总会算出来的，所以看你怎样说。等了你一晚上，你也没有一个信儿，这大概你是没算出来了。"周了庵道："师长还有什么不明白的？了庵穷极无聊，不过借这个名儿，混一碗饭吃，哪里懂得什么阴阳八卦？"黄师长口里衔着一根八寸长的小旱烟袋，烟袋头上插着烟卷。烟袋是歪到嘴角边，斜着眼珠对周了庵笑道："我瞧你就不成，你这样子，是烟饭两瘾都有些架不住。这是今天的事，昨天一点儿也不知道，上了我的圈套，可见你这八卦是不准的。就凭你这种样子，一张命要人家一千五百块钱，你不觉得多吗？"周了庵道："那原不敢说是命礼钱，不过这是喜事，讨两个喜钱罢了。"黄师长道："又不是我讨姨太太，你和我讨什么喜钱？"周了庵默然，站着不说什么，黄师长道："我念你也是拿枪杆儿的，不来难为你，你回去过瘾去吧。可是一层，你那蒙人的戏法儿，可以少在北京玩玩儿，第二次再有这种事发生，可就没这好事，再让你便便宜宜回去了，你走吧。"

周了庵自己也是很有身份的人，从来没有受过这样的侮辱。当时也不愿多言，静悄悄地退出去，心想这事一让人传说出去，还有什么脸见人，当天带了些随身用的东西，一溜烟就到天津去了。到了天津，不敢再算命，只是卜卦。要人家向他家里去，他不向人家家里来。真也是怪事，周了庵在北京很是倒霉，到了天津以后，人家都说他是个将军府的将军，一定懂些奇门遁甲，来占卦的居然很多。

有一次，旅馆里的茶房和他商量，说是有个亲戚要进京去找女儿，想请先生占一个，可是送不起五块钱礼金，周先生能不能送一卦？周了庵卜卦算命，本来分文不饶。自尽义务，他哪里肯？但是这个茶房，伺候得很好，不便拒绝，就说道："恰好这个时候没有什么事。若要占卦，就叫他来吧。"茶房见周了庵一口答应，很是欢喜，马上就引了那个老头，来和他见面。

周了庵看那老头，约莫有五十岁上下年纪，身上穿了一件蓝布大褂，长长的衫袖，拖过了手抄。下面穿的是黑布双脸高底鞋，粗布长筒袜，像两只小米袋一般，一直套到膝盖上。黄瘦的脸儿，稀稀地有几根上唇胡子，半掩着两边的嘴角。看他这样儿，就知道不是大都市上的人，必定来自田间。自己坐在一张转椅上，望着他微微点了一点头。茶房跟在后面说道："这就是周将军。"那老头儿抢上前一屈右腿，早给周了庵请了一个安。周了庵越是见人这样，越不大理会，翻着眼睛问那老头儿道："你姓什么？"老头儿弯了一弯腰，笑着说道："我姓鲁。"周了庵道："我听说你要找女儿，是有这话吗？"鲁老头道："是有这话，我听到我的舍亲说周将军的卦很灵，所以请他求求将军，给小老儿卜上一卦。"周了庵板着脸道："我向来是不给人白占卦的。"说着一指茶房，"这是看在他的面子上，给你算一算。"鲁老头听说，又给周了庵请了一个安。周了庵道："你问什么事？听说你丢了一个姑娘，对吗？"鲁老头道："倒不是丢了，我现在要去见我姑娘，不知道见着见不着？"周了庵道："你姑娘在哪儿，怎样会见不着？这不是怪话吗？"鲁老头道："我姑娘侍候朱大帅已经有三年了，前后不过见了三四回，我没事也不敢去见她。这一回因有要紧的事，非见她一面不可，若是见不着……"周了庵听了，连忙站了起来，问道："是哪个朱大帅？"鲁老头道："还有哪个朱大帅呢？就是咱们的朱督军。"周了庵赶紧就笑道："令爱在大帅那里做事吗？"鲁老头道："不，我们姑娘侍候大帅，是第六房太太，我们还算是亲戚。"周了庵听说一惊一喜，早走下他那占算阴阳八卦的宝座，对鲁老头就一揖到地，笑道："原来是岳老太爷，我看您这脸上，就是贵人之相，请坐请坐。"

鲁老头先是见周了庵那样傲慢，以为他的官不小。现在见他又客气起来，倒莫名其妙，弄得坐立不是。周了庵道："你坐下吧，不要客气。朱大帅向来看得起我，我也常在他那里办事，一说起来，我们都是自己人，难得相会，坐下来谈谈。"鲁老头听他这样说，倒也信以为实，也就和他相对坐下。那茶房也是凑趣，给他二人倒茶。周了庵就对茶房道："你既是岳老太爷的令亲，也就是朱大帅的令亲。有这么好的亲戚，为什么不找差事当去，倒在这里干这种苦事？"茶房笑道："我们鲁家老伯，人太老实了，自己总不会去找朱大帅。您想他都不去找，我们怎样去找呢？"鲁老头道："老弟，我这不是去找他吗？可是大帅事忙，见得着见不着，很难说。见着了，三言两语的，就要和他找一个事，恐怕也不容易。因为这样，所以我想请周将军给我占上一卦。"周了庵笑道："这是没有可疑的事，你到北京去求见就得了，还要占什么卦呢？我告诉你一个主意，准见得着大帅。"鲁老头道："若是见得着，无论怎样，我都敢去。现在吃饭的事要紧，我不能那样怯官了。"

周了庵道："那就很好，你别这样去，换上一身好些的衣服，再雇一辆汽车坐了去。见了守卫的你再一说和大帅是亲戚，准没有人敢拦你。"鲁老头道："哎呀，周将军，我是个穷人，哪里有钱雇汽车。我这回来，盘缠都是借来的，哪里又能制新衣服呢？"周了庵道："那你就得去想法子，你是在官场中没有混过，不知道这里面的事。论起来，我们宁可在家里不吃饭，出去的排场，一样少不得。你想，你排场不好，就没法子见人，见不着人，还混什么差事呢？"鲁老头道："坐汽车是罢了，我还多着两块钱，买一件蓝布大褂穿一穿吧。"周了庵道："你老先生若是愿坐汽车，我可以陪你到京里去，一路去见大帅，而且我可以弄到免票，我们可以坐头等车进京。"鲁老头道："使不得吧？别惹出事来。我听说从前有人不花钱坐火车，砍了脑袋。"

周了庵听了，又好气又好笑，只得对着鲁老头仔细解释了一顿。他这样一来，弄得鲁老头心神不安。心想他是一个将军，和大帅差不多大的人。我要和他一路去见大帅，大帅必然说我在外面招摇，这个大担子，我怎样担得起？因此不让周了庵知道，当天晚上，搭了火车，一个人就溜到北京来了。当晚夜深，只在西河沿一家客店里歇了。到了次日一早，便买了一件蓝布大褂穿着。另外在包袱里取出一件黑布对襟马褂，在外面罩上。头上原戴了一顶红顶瓜皮小帽，于是取下来，用袖子擦了一擦。戴上帽子，对镜子照了一照，觉得恭而且整，于是雇了一辆人力车，一直就到朱督军家里。

　　刚进胡同口，两个守卫的兵士，早用手一拦，吩咐停车。鲁老头付钱下了车，对卫兵一拱手道："劳驾，大帅公馆，是在这里吗？"那守卫兵士笑道："嘿！老乡，你由哪里来？"鲁老头道："我由家里来，要见一见大帅。"卫兵道："老乡，你少开玩笑，你怎样能见大帅呢？"鲁老头也明白卫兵的用意，说道："我和大帅是亲戚，来看望他来了。"两个卫兵听了这话，对他身上出了一会儿神，说道："是亲戚吗？"鲁老头道："是的，我们大姑奶奶是六太太。"卫兵只知大帅太太很多，哪个太太姓什么倒不曾弄清楚，正在沉吟。那边大门外头道岗的卫兵他倒知道一点儿，因把右肋夹住了枪，走过来问道："老乡，您贵姓？"鲁老头道："我姓鲁。"那卫兵笑道："对了，这儿六太太是姓鲁，但是六太太好像没有跟着大帅来。"鲁老头道："在省城里，我到大帅府里问过，六太太来了。"卫兵道："你还是要见六太太呢，还是要见大帅呢？"鲁老头道："自然先见大帅，我还想求大帅赏一碗饭吃呢。"卫兵道："你不是在县里当差事吗？"鲁老头道："我原是在县衙门里当传达，现在县太爷换了，我这事有些靠不住，所以来见一见大帅。"卫兵见他说得很对，而且是一口家乡话，当然不是冒充的，因此将他引到号房休息，让传达去告诉副官。副官听说是六太太的父亲来了，大小是个岳老爷，究竟不可藐视，因此把鲁老头请到副官处，先问了一问。鲁老头是个老实人，不会撒谎，照旧把刚才的话说了遍。副官道："你来得正好，昨天晚上，大帅打牌赢了几十万，今天正是高兴的时候，趁着这个机会去见他，准可弄些好处。"鲁老头一听，就连连作揖。

　　鲁老头对着副官拱了一拱手道："诸事都要仰仗您帮忙。"副官点了点头笑道："你在这儿等着，让我给你去通报吧。"副官走到上房，对朱督军一说，朱督军笑道："又一个老丈人来了，叫他进来吧。"副官出来，引着鲁老头弯弯曲曲走过好几重院子。走到一重正房，走廊外站着两个挂了盒子炮的马弁，又是四个插手枪背着大砍刀的卫兵，都站得直挺挺的，那样子很是严重。鲁老头看那样子，腿先软了一半。副官连连招手，让他上前。走到帘子前，早有人给他掀起帘子。鲁老头弯腰走进，看见朱督军伸着大腿，躺在一张沙发榻上。一个十七八岁的姑

315

娘，穿着一件豆绿色的长纱袍，拖着一把油光光的黑辫子，正俯着身躯在擦着火柴，给朱督军点烟卷。朱督军穿着一件蓝印度绸长衫，卷起大半截，放在大腿上。口里衔着烟卷，是要抽不抽的样子，眼睛可望着那姑娘直乐。

鲁老头和他见过几回面，知道这就是大帅，走上前去，双膝落地，就给朱督军磕了几个头。朱督军也没有回礼，也没有上前去搀着，口里便说道："起来吧，起来吧。"鲁老头站了起来，又给朱督军就请了一个安。朱督军道："你来干什么了？又想把你的姑奶奶送来吗？我的姨太太有的是，走了就走了，还送回来做什么，送回来了，我也是不要的。"因指着那个十七八岁的姑娘道："她是我新收的一房太太，你瞧，比你的姑奶奶要漂亮多少？"鲁老头道："大帅这话我不懂，我那姑奶奶不在这里吗？"朱督军道："你别装傻了，早半个月就回去了。她这一次回去，虽没有弄到我多少钱，但是你爷儿俩，总够过半辈子的了。"鲁老头道："哎呀！这事实在不知道。我这次来，一来给大帅请安，二来也是看看她，她什么事得罪了大帅呢？"朱督军道："她并没有什么得罪我，我也没有叫她走，是她自己逃走的。"

鲁老头听说，连忙趴在地下，给朱督军磕了几个响头，说道："这件事，小的一点儿不知道，总求大帅看在小的上了几岁年纪，饶恕这一项罪。小的回去，只要把她找到，就送来，大帅说要怎样办，就怎样办。"朱督军哈哈大笑道："走了就走了吧，那算什么呢？我又没说要怎样办，又没有说要办你，你着什么急？"鲁老头虽然说着话，可是直挺挺地跪在地上。朱督军道："你起来吧，起来咱们慢慢地说。我不是说了吗？这很不算一回事。"鲁老头看一看朱督军的颜色，一点儿怒容没有，料是不会见怪，这才战战兢兢地站了起来，朱督军道："你除了找你姑奶奶而外，还有别的事吗？"鲁老头道："因为县太爷换了，新任快要到，小的原来的差事，恐怕干不稳，所以要求大帅赏一碗饭吃。"朱督军道："现在你们那儿没有县知事吗？"鲁老头道："没有正任的，现在是第一科科长护理。"朱督军道："你在衙门里干什么差事，也是一个科长吗？"鲁老头道："小的不过混一碗饭吃罢了，哪里能干这种大事？"朱督军道："科长就算大吗？你干的是什么呢？大概是一个小

316

科员。"鲁老头放低了声音道："也不是，是在传达处。"朱督军道："你这话我明白了，你是当号房的。你丢了号房不干，到我这儿来，打算怎么办?"鲁老头道："不是不干，现在不知道新知事是谁，求大帅提拔提拔。"朱督军道："我虽然兼着省长，这七八十县知事，是张三李四，我实在也闹不清，你问我你那县知事，我也不知道。"因对旁边站的马弁道："你把李秘书传了来，我有几句话要问他。"

马弁答应出去，一会儿工夫，就把李秘书传来了。李秘书见着朱督军，深深地一鞠躬。朱督军指着鲁老头道："他这一县的知事是谁?"李秘书心里想着你这话真问得奇怪了，我知道他是哪一县人？我知道他的知县是谁？李秘书正发愣，鲁老头先明白了，就把他的县名告诉了李秘书。李秘书笑道："不错，正要换人呢。前天牛道尹不是打了一个电报给大帅，保了一个人吗?"朱督军笑道："哦！就是这一县。我正不知道让谁去好，打算就用牛道尹的人。但是这老东西保的人太多了，我有些不乐意。"说时，望着鲁老头笑道："你来得正是机会，你就去干吧。"鲁老头听了这话，心里倒扑通跳了一下，但是还没把朱督军的话听清楚，还不敢答应，怔怔地站着。朱督军道："你在那儿当号房多年，事情很熟的，你就回去接印吧。"

鲁老头这算明白了，朱督军是要他去做新知事。心想，这可成了笑话了。别说自己做不来官，就是做得来，满衙的差役，都是好朋友。许多科长科员，都是自己的老爷，现在突然做起县太爷，那些人都是部下，怎么样放得下这面子？因此脸上有很踌躇的样子。朱督军道;"你以为出身不好，做了知县怕人说话吗？那要什么紧？好汉不论出身低。我现在做了督军兼省长，就是从前的巡抚。我做了这么大的官，并不是三考出身，也没有进过学堂。干脆我就是做那不要本钱买卖出身的，你瞧，现在谁敢说我一个不字。"鲁老头道："小的不是为这一层不敢去，就是怕地方上的绅士出头来反对。"朱督军道："胡说，我派的人，谁敢反对？谁反对我所派的人，谁就是反对我。"鲁老头搓着两手，站在那里，总有些不自在。朱督军道："我瞧你这老头儿，有些不中用。"说时，掉转脸向李秘书道："打个电报回去，叫卫队旅长调一营卫兵，保护这老头儿上任。谁要说一句不行，就砍下他的脑袋，电报就这样打。你去拟一个稿子来，念给我听。"李秘书答应着，就到书室里拟了一个电稿呈上来。朱督军对公事，向来是听不是看，所以李秘书念着电报道：

督军署卫队旅长张旅长鉴。奉帅谕，着调卫队一营，保护鲁知事到差。若有人不服从，砍下他的脑袋等语，特达。

秘书处

朱督军点头道："行!"因对鲁老头道："你还能去上任吗?"要知鲁老头敢去与否，下回交代。

第二十回

北海樽翻群英袖手
南华经在一士回头

　　却说朱督军拟了一个电稿，念给鲁老头听了，就要他回县去接事。鲁老头一想，上面有大帅做主，下面又有一营卫队保护上任，料无妨碍，便给朱督军请了一个安，说一声谢谢大帅。朱督军笑道："我做人情，就讲究做到底。我看你这样子，衣帽不周，也不像个县大爷。"一回头，看见身后的马弁，便道："在账房里支三百块钱，给这个穷知县老爷上任。你有什么亲戚朋友要找事没有？趁着这会儿县老爷没有上任，你就荐给他，别让他到了差，你再讲人情。你要知道县太爷一上了任，那个威风就大了，比你大帅在北京这一股子劲儿还要强十倍。"朱督军这一套话连李秘书和站在身边伺候的姨太太都引得笑了。朱督军又站起身来，对鲁老头拱了一拱手道："你瞧大帅讲交情不讲情？我因为你还记得我，不像你姑奶奶那样黑眼儿，所以提拔提拔你。"说到这里就对身边的姨太太笑道："这事就只一遭儿，下不为例。若是你明日跑了，你老头儿也来找，我可没有这样客气。"说得那姨太太只是抿住嘴笑。鲁老头心里一想知县到手，还在这里尽等什么？于是又爬在地下给朱督军磕了一个头，然后千恩万谢而去。朱督军伸了一个懒腰，笑道："这事做得痛快，把我一场午觉也耽搁没睡。"说着将手牵着姨太太道："我进去睡吧，你给我捶腿去。"说着，和姨太太一路进上房去了。

　　鲁老头跟着马弁到了账房，照数支了三百元款子。马弁却对他笑道："您现在是老爷了，鲁老爷，咱们交个朋友，去吃一餐小馆子，您也肯吗？"鲁老头道："老总，这是我的事啦，我请我请。"马弁将他引

319

到了酒馆，先是用好话一说，后来就说："大帅的意思，怕你不会做官，叫我跟了你去，有什么事就给大帅来信，我想这一去，咱们就成了对头了，很好的朋友，何必呢？二来我也丢不下这里的差事，还想往上升呢。这么样吧，咱们两下不吃亏。你那三百块钱分我一半，我就对大帅说，您很会做官，不用跟了去，你瞧好不好？"鲁老头一想，这明是敲竹杠。但是不答应他，又怕他从中捣漏子，心里很怕，只得说道："以后还全仗你老哥帮忙，你怎样说，就怎样好。"

这马弁也丝毫不客气，当时就分去了一百五十元。吃过之后，马弁将钱揣在身上，饭钱也没有给，就大摇大摆地走了。也是他要犯事，酒喝得过量一点儿，一回公馆，就掏出钞票来，一张一张地数着，口里可就唠唠叨叨地说道："他妈的，活该！昨天吃狗肉，输了二十多块钱，正没有乐儿，偏是今天遇到这么个老头子，送了我一百五十块钱的礼。"旁边就有人说道："人家也不过得三百块钱，怎样就会送你这些个？"这个马弁道："你别瞧老头子，是有点儿傻像。可是他也知道钱是好东西，不是我硬敲他一下子，他哪里肯拿出来？"人家听他这样说，话里套话，更问得厉害。马弁趁着一阵酒兴，就把实话全说出来。竖着一个大拇指，对大家说道："真不含糊。"

这马弁的声音，越说越大。恰好朱督军在院子里散步，把这话听见了，立刻叫人传这马弁问话，因道："你的本领很不错，讹钱会讹到我们老丈人头上来了。他不过三百块钱，你就要他一百五。若是只有一块钱，你也要分五毛了。"说到这里，脸色一变，两只眼珠，睁得要暴露出来，大喝一声道："来！拿去把他毙了。好久不杀人，我要见一见红了。"这马弁万料不到这样芝麻大的小事，大帅就要军法从事，赶紧双膝向地下一落，哭丧着脸说道："大帅开恩！大帅开恩！马弁死了不要紧，家里还有七十三岁老娘，可没有人奉养。求求大帅，念在马弁老娘头上，饶了马弁一条狗命吧！"说毕，扑通扑通，将头磕着地直响，朱督军道："你家里有老娘吗？你跟我这些个年月，怎么一向没有提到。"马弁又连连磕头道："实在有，实在有，大帅不信，问一问就知道了。"

正在难解难分之际，又一个马弁来说，唐总理家里来了电话，请大帅过去谈一谈。朱督军道："这老头儿真有些讨厌，天天打电话找我，

320

我倒成了他家里的听差了。你告诉他，等着吧，我就来。"马弁答应一个是，就要去回复电话。朱督军道："浑蛋，你怎么就这样答应着。这是我告诉你的话，你可别这样告诉人家。叫他们开车，我这就去。"说毕，他自转身去换衣服，地下跪着一个人，他只当没有瞧见，这马弁在生死关头，不得他的许可，也不敢起来。朱督军心里想着，唐总理知道我要走，也许叫我去是商量饷的事，机会倒不可错过。心里一味地记挂着钱，面前跪了一个人，他也没有看见，立刻坐了汽车到唐宅来。

今天唐雁老是特别客气，听说他来了，一直迎接到重门边，先就笑道："还没有用过午饭吗？我预备了一点儿菜，请老弟台便饭。"朱督军笑道："我以为总理叫我，一定有什么要紧的事，原来是叫我吃东西。"唐雁老抢上前一步，携着朱督军的手，一路到客厅里去。大家一坐下，雁老在桌子上雪茄烟盒子里，取了一根烟，自己抽着，却将盒子拿着，向朱督军面前伸了一伸，笑道："请抽烟！"朱督军心里很纳闷儿，这老头儿向来高傲，今天如何这样客气？只得欠了一欠身子，取了一根烟抽着。唐雁老笑道："你过了午瘾没有？我们到里面去躺躺灯，慢慢地谈着，你看好不好？"朱督军道："我是毛毛瘾，有没有没关系，倒是不用。"唐雁老见他不肯抽大烟，也就算了。先是闲谈，后来慢慢谈到政治上，唐雁老就笑道："老弟台你平心说一句，我在政治上的人缘怎么样？"朱督军笑道："总理是宽宏大量的老前辈，谁能说个不字？"唐雁老沉默了一会儿，笑道："老前辈这句话，我是不敢当。但是大家在政治上的计划，无非是彼此帮忙。"说到这里将雪茄烟弹了一弹灰，又一皱眉道："我就不解两湖方面总要和我过不去，不知什么意思？"

朱督军听他说到这话，心里有些明白，便道："他对总理，也很表示拥护的，有什么事办得不对吗？"唐雁老笑道："老弟台，你还有什么不明白，他的主张，和我是不大对的。他最近打了两个电报来，对于现阁的财政，攻击得体无完肤，这都是误会，让我慢慢地来解释。"朱督军就怕人谈谈政治问题，就不由哈哈大笑道："不要紧，回头我打个电报给他。"唐雁老道："我找老弟来，这是一件事。还有一件，就是老弟所要的款，我也曾再三吩咐丽源，叫他十天之内务必筹划出来，现在已经有些眉目，这是你可放心的。"朱督军心里想着你既来求我帮忙，总得给我钱。我原要了一百二十万，打个七折，也该给我八十万，怎么事到如今，还不肯说出一句实数目来，真是岂有此理！便故作痴聋笑着问道："雁老的盛意，我早就知道，但不知有些眉目的，究竟是多少，我要没钱，真有点儿不敢回任，伸着手和我要钱的弟兄们，他可是不知道什么叫作财政困难呢。"唐雁老皱眉道："这正是各有各的困难，但是五万以上的现款，明后日准可以交付过去。"他不说送钱，朱督军还不生气。现在提到只有五万块钱，朱督军不由得怒从心起，因为一时不便翻脸，便说道："这事再谈吧。"说这话时，却很淡然的样子，取了一根雪茄，躺着随吸随喷那烟。

唐雁老见他不高兴的样子，便笑道："这也不过是我预定下最小的数目，我想总还可以设法。"朱督军道："那就更好了。"二人随便说说，朱督军就忽然站起身来说要告辞，唐雁老道："我特意请过来吃便饭的，为什么就要走？"朱督军道："原来是抽了空来的，现在想起几件事，非回去办理不可。雁老要请吃饭，有的是日子。"说毕，便开步走，唐雁老见这样子，是无法挽留的了，只得送他出门而去。他另外一个客厅里，早已坐满下谋士，静听好音。这时唐雁老脸色沉郁，缓步进来，说道："敬铭真是岂有此理！一年以来，我是常常帮他忙。现在我在困难的时候，他也不能就这样白看着。况且我还当面说明，正在和他筹款，几天之内，就可以先交他五万元。不料他嫌五万元过少，价也不还，竟自走了。"在场的人，本都觉得这回事情重大，非朱督军出来做调人不可。现在听到朱督军大有谢绝调停之意，大家便是着慌。在座的龙际云摸着胡子半晌，摇着头道："他不会为几句话，就这样决裂的。近来他和两湖方面，也有些往来的，不要他对两湖的举动，也有些关系吧？"唐雁老道："我并不是恋栈，为着地位去联络他们武人，很犯不着。但是我就职以来，许多伟大的计划都没有实现，若是走了，很受人家议论的。我只要再得十月八月的工夫，政策实行了，不必他们反对，我会挂冠归隐。"

财政总长洪丽源这时也在座。他口里衔着一支极粗的雪茄，沉默着一语不发，右手接着沙发椅子的扶手，把五个指头像车水一般，只管打着。半晌，才淡笑了一声道："他们最不满意的，就是财政问题，何妨让他们派人试办一下呢？我们正是因为总理要替国家办点儿事情，所以大家忍辱负重维持到现在。若不是为了总理，大家何必这样牺牲？"唐雁老皱了眉道："现在不是说这样负气话的时候了，我看你们哪个和敬铭感情好一点儿，谁就去和他谈一谈。他没有别的什么要求，无非为的几个钱，关于这一层，我可以想点儿法子。"龙际云笑道："他和人交朋友，是无所谓，一刻儿好，一刻儿又不好。这个时候去，他知道为了要紧的事，恐怕是爱见不见，莫如挨到晚上，趁他在家里烧烟的时候，只当前去凑趣。那么，趁他高兴，和他一谈，也许可以得着一点儿办法。只要他能够出来打一个电报，这风潮就可以平息一半。"唐雁老道："我在政治上生活几十年，游历过七八国家，我不知道什么叫着怕事。但是我们是来替国家办事的，不是和人来生气的。所以在能够忍耐的地方，我总是忍耐。有生气的力量，何妨拿来替国家做事呢？我就不下台，看他们怎样办，难道还能把两湖的兵，杀到我家里不成？"

起先大家见雁老发愁，都无精打采，现在唐雁老说不怕事，各人的胆子，又壮起来了。议论了一阵，就不觉到了晚上。聚议的人，在唐宅吃过晚饭，正要打电话去朱督军家里，问有些什么客。忽然外面电话报告，说是朱督军已经上了东车站，坐专车回任了。唐雁老听了这个话，首先惊讶起来，连说道："这、这、这是拆台了。上午，我正请他帮忙，下午他就跑了，这不是拆台，还有什么意思呢？"

大家一想，面面相觑，真也是喜无双至，祸不单行。就这天晚上，保定忽然来了一封通电，却是响应两湖方面质问财政案子的。唐雁老本来就靠保派几位朋友撑腰，这一回事情，虽知道保派不肯出面转圜，也不至于拆台，所以一向没有理会。现在这电一打，唐雁老只是衔着吕宋烟冷笑，口里连说："下台也好，我还有什么留恋？"背着两手只在大客厅里踱来踱去。回头看见李逢吉坐在一边，便将头摆了一摆道："你去打辞呈稿子，事到如今，我们还等什么？非人家派人来轰我们不可吗？"李逢吉见唐雁老脸色变了，说起话来，嘴唇皮都有些颤动。料想这回辞呈，绝不是口头禅，便站起来问道："这稿子大概就要吗？"唐雁老背了手衔着烟，望着天花板出了一会儿神，说道："自然是越快越好，内容说得沉痛些，但是……似乎也不必那样决裂。我们只说我们的话得了，不要对谁发什么牢骚。我们并不是和人负气，无非是一事未举，不愿意这样因循下去。只要负托有人，我马上就可以走。"李逢吉先是猜他的态度非常坚决，后来越说越软，最后简直还是要干。李逢吉心里知道这张辞呈，无非是一道手续，大可不办。因此，口里答应，心里却在暗笑。

　　这一天晚上，唐雁老家里就开了一晚上的会，一直闹到天亮，一点儿结果也没有。唐雁老左想右想，居然他想出了一个法子，就是把在北京的一些名流阔佬，请到家里来吃饭。第一个被请的，就是帮助唐雁老上台的蒋子秋。平常唐雁老有一个脾气，有一点儿芝麻大的小事，就请人在家里吃便饭。一个总理公馆里，岂有没事的道理？所以除了早上那一餐稀饭而外，其余午晚两顿，几乎是座上客常满，开起饭来，多是五六桌，少也有两桌。唐雁老是个好要面子的人，花几个钱，倒是不在乎。所以闹惯了，若是没有特别的缘故，客厅里不得两桌人吃饭，他心里就不痛快。因此有那窥伺唐雁老意旨的人，送他一副对联，乃是："满座春风孔北海，一天绿竹谢东山。"唐雁老大喜，就把它挂在常请客吃饭的客厅里。在他这样自负的情况之下，决计没有请客不到的道理。不料这一回的情形，大不相同。请十个客，却有六个推辞不到。唐雁老所认为唯一的镖客蒋子秋，老早地上西山别墅去了。这种情形，也不知道他是有意还是无意，只好罢了。

　　这一天晚上，唐雁老叫了李逢吉来，问昨天吩咐预备的辞呈已经预备好了没有？李逢吉道："得了，昨天就得了。"说时，转身就要出去。唐雁老连连摇头道："现在不忙看那个，你给我上一个呈子，请五天病假。好在我已派人上保定去了，五天之内，总有一些回信。到了假满再作道理。"李逢吉道："说是什么病呢？"唐雁老抽着雪茄静静地想了一会儿，说道："这倒很难，我向来没有什么老症，说不上旧病复发。若是说突然得了重病，又怕真个相信，闹得荐医探病，更是麻烦。要说小病，就不必请假。"李逢吉见他这一份为难，倒忍不住要笑。唐雁老道："的确的，现在叫我挑一场病来害，我都不知道怎样病好。你就替我写上什么病，事到如今，也用不着什么忌讳，只要能应付环境就是了。"

324

李逢吉因为唐雁老说了不必忌讳，就有了主意，于是起了一个假呈子，说是久患心冲之症，因不以为意，照旧治公。不料近日以来，病象日深，据医诊治，非静养则前途殊甚危险，拟暂请假五日，以资调养。这样一说，病也来得不奇怪，而且不是一天两天可以好的病。形势不好，可以一次两次，向前续假，形势好了，马上销假，还落个力疾从公的好话。唐雁老见了这个呈子，很是合意。次日早，呈子送达公府，唐雁老就没有上衙门。几个亲信阁员还来看一趟，见老总满面忧愁，无甚可说，坐一会儿就走了。至于原来戚阁过来的光求旧、张成伯，早半个月就知道唐阁形势不好，借着一点儿小事，和唐雁老反对，就发生了意见，没有大事，就不到唐宅来。

　　唐雁老几个亲信的人，像洪丽源、龙际云，那是跟着台柱子同起同落的，倒是不分昼夜都在唐宅，共商挽救之策。此外的人，知道唐阁靠不住了，各人自奔前程要紧，谁来管你的闲账？因此唐宅饭厅上，大不如以前热闹，每餐只有唐雁老自己相陪的一桌客。别人不来，犹有可说，何銮保是唐三太太的干女婿，遇到丈人翁这样生死关头，应该出来卖一卖力，才是道理。偏是有三四天之久，不见何銮保的影子，唐雁老很是生气，说道："他不来找我，我倒要找他。"便吩咐打电话到何家去，叫何銮保立刻就来。

　　这时，他正在家里过早瘾，一听说是唐宅来的电话，就由听差回话，说是已经上保定去了。何銮保躺在床上抽烟，见夫人换了鲜艳的衣服，套上裙子，那样子是要出门，因问道："你上哪里去？据我看，你可以到唐家去一趟，敷衍敷衍两天再说。"何太太道："有什么敷衍头，不能唐雁老去死，我们也跟着去死。"何銮保道："不是那样说，我们现在虽然走保定这一条路，但是戚阁的人也很多，未见得所许我的次长，十拿九稳就可以到手。他虽然一定要下台，百足之虫，死而不僵，将来一定还有我们找他的日子。自然我们一到戚阁去做事，和他一定要翻脸的。但是我们要做不成呢，这里又把他得罪了，去不成，又回不来，岂不是两头失错？"何太太道："人家又不是傻子，你许多天躲了不见面，他就不知道吗？"何銮保道："我虽躲了不见他的面，我是撒谎到保定去了。将来问起来，我还可以说是为了他的事去的。这个日

325

子，我若是天天在他那里跑，这一方面，一定疑惑我们还没有脱离他的关系，怎样肯信任我们呢？"

何太太道："余大帅不是叫人来说过，要把铁路借款的合同抄给他一份吗？你老不到唐家去，这东西怎样能得到手？"何銮保道："这一件事，我早就拜托曹伯仁了。他答应了，我们内外合作，将来给他安插个好位置。这个时候，要抄什么文件，他都可以设法。"何太太笑道："这样说来，老头子用的人，全是些汉奸。"何銮保道："他反正要下台了，我们有多大一点儿力量，哪里能够维持他？"何太太道："不是要我们维持他，我们也不应该去坏他的事。"何銮保道："你以为我抄两道秘密文件，这就坏他的事吗？你不知道，余大帅方面，既许了很重的报酬来找，古言道重赏之下，必有勇夫，我们不干，也有旁人去干，何必把一笔好财喜让给别人？得了，不说这些闲话了。蒋督练刚才由汤山打了电话回来，叫我去一趟，不知道是不是问这文件的事，我这抽完烟就要去了。你出门若是没有大不了的事，你就快点儿回来。怕家里有什么人要来，你可以照应一点儿。"何太太道："下午还有人约我打牌呢。"何銮保道："这两天我很忙，你就帮着我一点儿吧。要打牌，将来我事情妥了，你有的是工夫尽量地打，现在就忍一忍吧。"

何太太是个能和丈夫合作的人，何銮保既然要趁这个机会活动活动，说不得了，不能不牺牲一点儿，来助他成功，因此她就笑着说道："今天是钱次长的二姨太太做东，这场牌会，照理是不能不去的。既然你要我和你在家里陪客，我只好失约了。"何銮保将烟枪一扔，一翻身坐了起来，笑道："钱次长算什么？我的次长若是到了手，比他那个次长阔得多。"何太太道："我并不是说她是次长的姨太太，我就得去。不过不去，就要得罪一个人。"何銮保道："你不去，不过是得罪一个人。你若是去了，家里没有人做主，就要得罪好些个朋友，你看是依哪一层好呢？"何太太道："别的事都能，唯有为你陪客这一件事，我真有些腻。"何銮保道："这事也不久了，我一把次长弄到手，差不多的应酬，我就要减少些，就不必要你替我当代表了。"何太太道："也要这样才好，我们老是拍人，应当也让人拍拍我们。"何銮保道："不说闲话了，你坐了家里的车子出去吧。一会儿工夫，张总长会来，我可以

326

坐他的车子上汤山去。"

何太太听说，便坐了自己的汽车，先到一个朋友家里去坐了一会儿，回头就到唐雁老家里来，一直到三姨太太这边来。三姨太太铺开一副牙牌在窗户下的桌子上，一个人取牙牌数。隔着玻璃，一见何太太沿着回廊走了来，便先笑道："哎呀！何太太，稀客呀。"何太太朝着玻璃窗户就是一鞠躬，走进房来，笑道："这几天身体不大舒服，所以没有来看干爹干妈。"三姨太太道："你既然身体不舒服，怎样也不打一个电话告诉我哩？"何太太道："本来想打一个电话告诉干妈的。转身一想，也没有什么大病，别让干妈知道了操心。你老人家一个人抹牌，很寂寞吧？干爹在家吗？"三姨太太将牌一推，叹了一口气道："政界上的事，就是这样，没有什么干头。老头子还没有上台的时候，大家风起云涌地都推他上台。上台还没有干多久，又都要来推翻他，不是开玩笑吗？这几天，老头子很生气，就在他那一间小书房里不大出来。我不愿意看他那一副脸子，也没有去见他。我怕他说，他心里不受用，你们倒快活，因此我哪里也不敢去，就在家里闷坐着。我又不知道你什么事生了我的气，我又不敢打电话叫你。"何太太笑道："哟！你老人家说这种话，我怎样承受得起？我是不怕碰钉子的，既然干爹在家，我去瞧瞧他老人家去。"三姨太太笑道："你去吧。你是客，他总不能不客气一点儿的。"

三姨太太于是先吩咐一个老妈子前去通知一声，说是何太太来了。然后何太太缓缓地走了去。走到窗户外面，牵了一牵衣襟，然后又咳嗽了一声，于是推着门，踏着高底鞋，一步一步向前。只见唐雁老捧着一本木版大本书，躺在软椅上看。见了何太太，微笑道："稀客！"何太太也来不及鞠躬，向着唐雁老一蹲身子，就请了一个双安，站起来从从容容地说道："这几天身子不大舒服，没有来看你老人家。"唐雁老道："你不舒服，銮保也有病吗？"何太太一听这话，心里想道：这老头儿说话好厉害，这样子来头不善。因走近一步，对唐雁老笑道："干爹，您还不知道吗？他不是为您的事到保定去了吗？我还来问您呢，他有没有电报来？"唐雁老道："我并没有叫他去，他什么时候去的？"何太太道："去了三四天了。"说这话时，看唐雁老的颜色，已经和缓了许多。

327

见旁边茶几上，放了一壶茶，于是将茶斟上一杯，放在唐雁老面前，笑着低了声音道："干爹，您喝茶。"当她走近的时候，还有一阵衣香，直扑人的鼻端。唐雁老不觉一笑，说道："你在我家里，你是客，怎样倒反给我倒茶？"何太太道："您怎样还和干闺女客气起来，晚辈侍候老前辈，那还不是应该的吗？"她左一声干爹，右一声干女儿，把唐雁老一肚子牢骚，都已叫了下去。唐雁老因笑道："你今天怎样有空来看我？"何太太将手一摸脸道："您看看，我不是瘦了吗？害了好几天的病。"唐雁老在袋里摸出眼镜盒，取了眼镜戴着，伸着头对何太太脸上看了一看道："还好，稍微黄一点儿，不留心是看不出来的。"

正谈到高兴之际，只听见窗户外面咚咚几下加重的脚步响，接上又是咳嗽了几声，唐雁老一听，知道是李逢吉的声音，因道："逢吉吗？进来吧。"李逢吉手上捧了一张誊录过了的电稿，愁容满面地进来。何太太见了，先是一鞠躬，李逢吉微点了一个头，唐雁老看了他发愁的样子，心里早是扑通一跳。李逢吉双手将电稿呈到唐雁老手上，因道："总理请仔细看一看，这一道电报，似乎和平常的电报不同了。"唐雁老接到手上，默然不语地看看。何太太怕是什么机密电报，也不敢插嘴问话，只见唐雁老手上拿那纸，只是抖颤不定，脸上红一阵白一阵。唐雁老看毕，淡笑了一声，问李逢吉道："是刚到的吗?"李逢吉道："是刚到的，因为情形重大，不敢耽误，就呈上来了。"唐雁老道："这岂不是欺人太甚吗？我已经请了假了，还发这样的联衔电报做什么？看他们这样子，倒要为我一个人兴师动众了。"

何太太早就听到说了，有十一省区的疆吏，要联衔通电，反对现内阁。听这个话因，一定是电报到了。因此不敢作声，坐在一边。唐雁老对李逢吉道："无论如何，我不能干。你把我的辞呈马上誊好，就送进府去。我们只装模糊，没有接到这个电报似的。现在要坐票车是来不及了。马上打个电话给龙总长，替我要辆专车，我立刻就到天津去。我也顾不得他们了，你随便打一个电话，告诉告诉他们吧。"

李逢吉听到唐雁老说要走，还在意中，何太太听到唐雁老要走，却很是诧异，又不敢问究竟，只是睁着眼睛，望着唐雁老的脸。唐雁老笑道："你不懂吗？现在人家不愿我干了，我也就不干。我马上就到天津去了。以后你要有工夫，可以到天津去玩玩儿。以后我有的是工夫，可以常常打二百块底的小牌了。"何太太听说，笑道："你老人家是开玩笑了，哪有说走就走的呢？"唐雁老微笑道："说走就走，那还是便宜了我。若说走不就走，恐怕有人来轰我走了。我很忙，不能和你细谈了，你进去坐吧。"何太太看唐雁老那种匆忙的样子，也不便怎样追问，自进上房去了。李逢吉看那样子，知道唐雁老决意要走，便四处打电话通知，意思叫这些显贵，来欢送他一阵。不料打了电话出去，不是人不在家，就是随便答应一声。

唐雁老因电报已到，急于要走，好在天津有一房家眷，铺盖行李，全不用带，因此只犹豫了一个钟头，就坐了汽车上东车站。来送行的，共总还不到十个人。只龙际云、洪丽源是和唐雁老一般受攻击的，和同唐雁老同车出京。李逢吉因为院里还有许多事要他维持，留京没有走。当时他一见送行的人，还没有平时宅里吃便饭的人多，觉得人生在世，不但不可一日无钱，而且也不可一日无权，以唐雁老之声名赫赫，一下台却是这样凄凉冷落，可见人类的共同事业，都是在片刻间的互相利用，到了这个时期，谁不能利用谁，就反跟和路人一般了。在政治上活动，极高的程度，也不过是做到国务总理。可是做到了国务总理，依然还不免受人的冷眼看待，热心待人，热心干事，有什么好处？

正在独自默想，到了唐宅。车子停了，李逢吉才觉得这一来是无所谓。但是既然到了，也不能不下车。不料刚下车，就见何太太在大门洞里，来往徘徊着。她看见李逢吉，笑道："李先生来了，这倒巧了。我和您商量一件事，可以不可以？"李逢吉笑道："何太太有什么事，能够办到，无不从命。"何太太笑道："您这话太客气了，我是车子坏了，不能回去，您的车子借我坐一趟，可以吗？"李逢吉道："总理走了，我在这里也没有什么事。我正要去找一个朋友，我送您一趟吧。"何太太笑道："那就好极了。"说毕，她就踏上李逢吉的车。

李逢吉送她到了家，何太太一定要他进来坐坐。李逢吉情不可却，只得跟她进去。在何太太的意思，以为何銮保说上汤山去了，这时一定不在家。所以将李逢吉引了进去，不料何銮保随后又接了蒋子秋来的电话，告诉他不必去，自己马上就要进城来。因为这个缘故，所以没出去。这个时候何太太一直把李逢吉引进来，避之不及，只得相见。原来何銮保家里，最是没有男女的界限，差不多的人，都可以直引进内室去。这内室里，有好茶可喝，有鸦片可烧，倒也座上客常满。李逢吉知道他们的内室就是客厅，所以也不避忌，跟了进去。

这时见有几份报放在茶桌上，何銮保口里衔着烟卷，拿了一份报，躺在沙发上捧着看。早就想到他已上保定去了的那一句话，这一见面，彼此倒有些不合适。何銮保却不为意，一坐起来笑道："我正要打电话请你来呢。"李逢吉明知他是一句敷衍的话，但是又不好不应酬，因笑道："那倒很巧，您要找我，我就来了。"何銮保指着床上点的烟灯，笑道："没有什么事吗？玩儿两口如何？"李逢吉道："不吧，我一闹这个就要头晕。"何太太回房去，这时另换一套衣服出来陪客，就把唐雁老匆匆出京的情形，告诉了何銮保。何銮保本来早已接着电话了，却装出不知道的样子，说道："你怎么不先打一个电话回来。你知道我今天下午，一定可以由保定回来的。一来我在保定接洽的情形，要告诉总理。二来我至少应该送到东车站。"李逢吉道："自己人，送不送倒没有什么关系。"何銮保道："逢吉兄这一来不但不能闲着，反更要忙了。雁老留下的事，不都要你一人去办吗？"李逢吉道："我不过留在这里办结束。一两天之内，我也要上天津去的。"

何銮保本和他同坐在一张长的沙发上，这时将身子挪了一挪，靠近李逢吉，带着微笑轻轻地说道："我们都是自己人，说话不妨公开。你老兄还打算和雁老同进退吗？当然，秘书长这一席，下手原有自己人。但是你老兄的才干，下手是很钦佩的。趁这个时候，稍微努一点儿力，可以弄个外快。别的不说，弄一个运使，干上一年半载，也可以发个小财。"李逢吉笑道："我们和雁老这样深的关系，不好意思吧？"何銮保将右脚一抬，架在左腿上，将头一摆道："这是傻话了，难道雁老不做官，我们也不做官，设若他因此断绝了政治上的生命，我们也跟着他一辈子穷死吗？"李逢吉道："虽不能跟着他穷一辈子，但是人家下台，我们马上翻脸，究竟也有些不好意思。做官不过是碰机会，一次机会丢了，还有第二次。做人可是不论机会，事在人为。一次失了脚，终身都是恨事。我们不能为了做官，就不做人。好在还有一碗饭吃，就是没有饭吃，穷也只好认命了。"

何銮保见他这样说，未免有些不好意思，强笑道："你误会了我的意思了。我是劝老兄找事干，并不是劝你老兄和雁老翻脸。"李逢吉道："虽然不和雁老翻脸，但是雁老很没有面子下台，我们这个时候，兴高采烈地去做官，岂有不和他翻脸之理？"何銮保道："雁老自己不做官，岂能禁止旁人不做官？凡事岂能尽如人意，但求无愧我心罢了。我们做官是谋本身的发展，和雁老有什么关系，更谈不到翻脸。"李逢吉见他说话形势很紧张，恐怕再向前说就要伤感情，因笑道："我也并不是什么高蹈，不过机会很不容易找得，落得说两句大话。你想，我们和雁老的关系，谁人也知道的，这个时候，我们要去给旁人找事，人家岂有不疑心之理？"何銮保道："那倒不然，政治舞台上，无非是你来我往，大家凑合。我倒有一件事，想和你老兄合作，不知道你老兄的意思如何？"说毕，把手上一截雪茄烟头，扔到痰盂去里，重新取了一根雪茄点了吸起来。于是把身子挪一挪，更靠近李逢吉一点儿，笑道："实不相瞒，我在新阁方面，有些路子了。"李逢吉点点头道："我也相信你老哥有这样的能力，但不知成绩如何？"

何銮保听说，将手拍了一拍李逢吉的腿，笑道："有个乐儿，我们总不算是外人，有话可以直说。大概交通的第二把椅子，我有些希望。喂！以后各事还求自己人多多帮忙。"李逢吉听了这话，心里很有些疑惑，凭他这样的才干和声望，怎样凭空一跳，就是交通次长！这话恐怕十成之八九是假的。何銮保见他有些不大相信的样子，便装出很沉重的样子，说道："我绝不是吹牛，真有儿分希望。老兄若是愿意合作，在交通方面的事，我总可以助一臂之力。老实说随便有一条铁路在手上，比谋一个平常的独立机关，那是好得多。"说到这里，他就把他自己和各方面发生的新关系，略说了一遍。最后说到这次上保定去，和铁处长见面。"铁处长说了，财政保定是要整个的，交通却要一半。他说这话，拉了我的手，很沉重地声明，只要我能牺牲一点儿，这交通的次席，就决定给我。我当时还有些疑心，他把真心话都说出来了，说是我上次拟的整顿交通条陈，老总非常满意。这老头子有一种怪脾气，他要用这人，就会连叫这人几声小子。他看了我的条陈，就连连拍着桌子说，姓何的这小子不错。好小子，我非见见他不成。你看，他这样骂我，正是要用我的表示。我这事不是有几分希望了吗？临走的时候，铁处长又一定要和我换帖，真是客气。"

李逢吉笑道："这样说，你老兄的前途，是大有希望了。要我帮忙，要怎样个帮忙呢？"何銮保一想，你知道我实在有把握了，你就这样来靠拢我，可见你先前所说一派高蹈的话，完全是靠不住，因笑道："我是极愿和你老兄合作，但不知道你老兄的意思如何？若是老兄果能和兄弟合作，我只有一件事情要求，而且在逢吉兄也绝对不难办。"李逢吉一听，心里就惊讶起来，想着他真要和我合作吗？便道："既然不难办，那自然没有什么大问题，请你指示我一条前进的路径。"何銮保道："也没有别的事，您不是经手雁老许多重要的文件吗？倘若你能把要紧的文件提来几件，让前途参观参观，就是一件大功劳。"

李逢吉听了他这话，就不由得心里扑通一跳，但是外貌依然很是庄重，不露出一些痕迹来，笑道："这是小事，怎样算是大功劳？"何銮保笑道："你有些装傻吧。难道这样一件事，你会不知道？"李逢吉道："我并不是装傻，我一时想不出来这里面会有什么玄虚。"何銮保望了一望他夫人，又望了一望李逢吉，笑道："这屋子里没有外人，我可以把这话公开出来。现在前途倒阁运动，不过做了一半，总怕雁老死灰复燃，还要奋斗。因此要拿雁老几样不大光明的证据放在手里，重重地挟制他一下，不但不让他做官，而且不让他做人。这种事，除了雁老自己人，别人是不能胜任的。他们虽找了我，我还觉着隔一层手。"李逢吉微笑道："人家下了台，就算了，为什么还要逼他一下？"何銮保道："不逼他一下，就再要上台，而且雁老是不是真要下政治舞台，这话很难说，所以对方必要紧逼一步，让他不能再来。"李逢吉道："大家说穷寇莫追，现在连穷寇都放不过，实在厉害。"何銮保道："这样子说，逢吉兄是不肯合作的了。"李逢吉笑道："我不过是这样比方说，若有很好的机会，我哪里又肯失掉？不过这事情很重大，我得仔细考虑一下子。"何銮保道："这无所谓重要，逢吉兄不过拿出一点儿东西来，雁老又不是上司了，你还对他负什么责任不成？"

李逢吉受了他一顿劝，也就点头称是，何太太见他能合作，又要留他吃便饭，李逢吉道："我还有些零碎的事，没有安排妥当，要吃饭，明后天再来吧。"李逢吉告辞出来，坐上汽车，就叹了一口气。心想雁老待何氏夫妇，总算不错，何以他们反过脸来，倒要尽量地逼雁老一下？想到这里，又是叹两口气。回到家中，饭也懒得吃，坐着也觉不安，于是想到找一两本消消气的书解闷，走到书房里去，在书架子上找了一本庄周《南华经》，躺在沙发上看。随手一翻，正看到"剖斗折衡，而民不争"的那一段。这书页夹层里，却好夹了一张纸条，上面行书带草，有几行字。那字写的是：

唯穷则读书，读书乃可养气。以我观之，穷而愤愤不平者，盖未读书之故耳。以予而论，老且潦倒，每读此篇，心地旷达了，无痕迹，不其然乎？

李逢吉一看这字条，原来是他先生魏节庵的笔迹。当李逢吉正在政界兴高采烈的时候，个月不能去看他一回，倒是常常封着整包的洋钱，送了过去，而且还和魏节庵商量，给他另赁一幢房子。魏节庵回了一封信，说是小房子住惯了，搬了好的屋子住，恐怕反不舒服。至于送来的钱，只要够用，多了就写信给李逢吉，叫他不必再送。李逢吉见先生如此，不过认他赋性孤洁，也就听他的便，不去勉强。

有一天偶然由魏节庵门口过，便停了车进去奉看。魏节庵正把烧酒喝了个五成醉意，拿了一本《陶渊明诗集》，躺在一张破藤椅子上看，见李逢吉进来，略微起了一起身，笑道："你现在是阔人了，还有工夫来看我？"李逢吉道："无论怎样阔法，难道还盖过先生去吗？学生所以不大来看先生，就因为先生不喜欢和政界人士接近。学生来了，一定要受教训的。这样大的人，岂有愿跑来挨骂之理？"魏节庵听他这样说，就笑着点了点头道："你虽然做了官，倒是还肯说良心上的话。你果然这样做去，就是爬得很高，大约也不会有什么大闪跌。我用不着教训你，就是教训你，也无非是圣经贤传上几句古董，难道你还不晓得吗？我平生淡泊自甘，得益于两部书，一部是陶靖节的诗，一部是庄子的诗文。是你不大喜欢的，我就把一部素日读的《南华经》送你。嫖赌吃喝有空的时候，我愿你翻着看看。"李逢吉当时也不能不将书受下，不过心里说先生有些古董罢了。

这书拿回来放在书架上，足有一年，也不曾翻过一回。这天偶然翻着书，看见魏节庵这一张字条，想起先生所说的话，觉得人生淡泊自甘，虽然物质上的享受稍微差一点儿，但是总是光明的。譬如何銮保，他并不是没有饭吃，没有衣穿，只因为有了钱还想要钱，所以做出这种卖友求荣的事来。人生一百年，也不能把财产带进棺材里去，伤天害理，求一点儿物质上的享受，那又何必？像何銮保和我商量偷文件的时候，吞吞吐吐，心里未尝不知道是不道德，只好厚着脸说。无论如何，他是一个坏人，总瞒不过我去了。这样看来，政治舞台上做事，不是我负人，就是人负我，发了财，也是心里一辈子不安。趁现在还有几个吃饭的钱，就下台吧。想到这里，觉得还是先生这人不错，有身可安，便觉有一个钱也是多的。这样省得用心去算计，也省了好些麻烦。这样想着，把一部《南华经》，索性看了一个爽快。在书里面看见先生许多批语，都是说着安分守己，遇事听其自然的话。于是越想先生越对，买了几瓶好酒，又在酱肘子铺里切上许多荤菜，用荷叶包了大包。也不坐汽车了，在街头雇了一辆人力车，一直拉到魏先生门口。

魏先生那小院子里，这时正种上三二十根玉蜀黍，因为地肥，长得高过屋檐。挨着大门，一路种了四棵九子灯的葵花，开得正好，一进门来，也就是绿油油的。这院子犄角上，本有一棵枣子树，正长了一树半青半红的枣子，靠着树，支了几根竹竿，撑起个小瓜棚儿，上面牵着许多倭瓜扁豆藤儿。院子里地下，也散种了一些马齿苋、凤仙花、鸡冠花之类。虽然是草藤儿，倒显得清雅。院子中间，摆了一张小桌子，桌上摆着拌黄瓜、炒鸡蛋两碟菜。魏节庵正备了杯筷，在那里喝酒。他见李逢吉提着荷叶包、酒瓶子进来，笑道："你又记起我来了，送着酒来给我喝。"李逢吉将酒瓶、荷叶包都放在桌上，笑道："以前是忙，以后有工夫陪先生喝酒了。"魏节庵叫他秀玉大姑娘，端了一张方凳来，让李逢吉在一边坐下，因问道："那为什么，你辞了职吗？"李逢吉道："你老人家又不愿看报，所以时事一点儿也不知道。唐总理让军阀逼不过，已经到天津去了，现在算是内阁全体坍台。逢吉当然是以总理为转移，也不干了。"魏节庵道："我就早对你说过，赵孟之所贵，赵孟能贱之，不要把军阀保镖认为靠得住，现在怎么样？好，我恭喜你，你总算太太平平地下台了。你带来的自然是好酒，先把那个酒瓶打开，我先喝两杯。"李逢吉将酒瓶打开，给他斟上酒，又把荷叶包打开，要了一个碗盛了。魏节庵笑道："坐在倭瓜棚底下，整瓶喝酒，大碗吃肉，你还没有尝过这个风味吧？我觉得这样吃法，比你坐在大屋子里吃宴席，要舒服得多。"李逢吉笑了一笑。秀玉大姑娘给他们添上杯筷，师徒二人吃喝起来。

那时夕阳西下，暮霭横空。一阵一阵的晚风，吹着瓜架上的藤叶翻动。大家身上，不带一点儿汗渍，好不痛快。李逢吉喝了几杯，酒兴上来了，就把何銮保要偷文件的话说了一遍。魏节庵端起酒杯，喝了一口酒，说道："你不理他，固然是你还有些天良。但是你不知道这样一来，他的黑幕被你知道，他可怀恨在心。他既然和下任有些勾结，他就不难在下任面前说你的坏话，而且下任也是主张这一件事的，你没有和他们共事，他也极不高兴。到了那个时候，他要陷害你，欲加之罪，何患无辞？"李逢吉道："先生说得固然是，但是我也不明白拒绝他们，只延宕日子，敷衍过去就是了。"魏节庵举着酒杯，又喝了一口，然后将酒杯在桌上使劲按着，一摆头道："不！大丈夫做事宕宕落落，何必敷衍？你只管明明白白拒绝他。可是一层，暂时不要想升官发财，把事情结束了，赶快就南下回家，离开这政治旋涡。眼不见为净，你不在这里，他们也就不会追究了。"李逢吉道："学生也是早有这个意思，打算回南方去，所以趁在京的时候，多在先生面前领教。"魏节庵放下筷子，用手理着胡子道："你早有这个意思了，不见得吧？"李逢吉道："是真的，学生本来打算到天津去住几时，今天在家里看了先生手批的《庄子》，发生许多感触，觉得苦事名利无味，所以愿回去。"

正谈到这里，突然刮起了一阵大风，把满院子玉蜀黍吹得呼哩哩向一边歪倒。瓜棚上的瓜叶子，被风一吹，全翻将转来，连全架子都翻动了，桌上两张包花生豆的草纸，吹起有三四尺高，飘飘荡荡，在空中盘旋。大家被风刮得头发纷乱，都侧过脸去。这风势子很猛，可就是这阵，风刮过去了，一切都如平常。魏节庵笑道："逢吉，你看见了没有？

天之不测风云，人之旦夕祸福，都是这一样。你在外面混事，保得住什么时候不出危险呢。你现在大概还剩有几个钱，半生温饱是不成问题的。所以我的意思，趁此你就可以回家乡去走一转。你真是难甘淡泊，过个一年半载再来，也未尝不可。"李逢吉道："先生既然这样说，我赶办收束，过几天就走，不过这样一来，又不能在先生面前领教了。"魏节庵笑道："你不要说什么领教不领教，你只要听我的话，淡泊自甘，这一生就行了。"魏节庵越说越高兴，喝得陶然大醉，让家里人扶着进屋去睡觉。

李逢吉也就告辞师母回家，路过张成伯家，见他大门外电灯灿亮，沿着墙停上许多辆汽车。看这样子，似乎里面又有什么宴会。忽然想起有一件事还要和张成伯谈谈，本来打算回去后，再打电话给他的，现在既由他们口经过，不如就进去见他。李逢吉是坐了一辆破人力车来的，就叫车夫停住，一直进门。恰好张成伯家里新换了门房，见李逢吉是雇人力车来的，便走出门来喝道："找谁？往里面这样胡闯。"李逢吉向来没有受过人家门房这种侮辱，恰好又在酒后，那心里的气，便有些按捺不住。且不理他，一直向里走。那门房见他不理，走上前，一把将李逢吉的旧纺绸大衫扯住，说道："你找谁？往里面直走。"李逢吉虽然有气，究竟不愿意和这种人计较，便道："我自然有人找，说话客气一点儿，何必这样凶呢？"那门房见他说话和气，料他没有什么来头，便道："我说话就是这样凶，你懂规矩不懂规矩，找人也不到门房说一声。"李逢吉见他还扯住衣服，将手一摔，把门房的手摔下去，说道："你这样凶，就是你总长教给你的吗？不到门房，是我的错处，你开口就骂人，你也有错处。"门房见他自己都认了错，越发瞧不起他，说道："我骂了你，你又怎么样吧？"李逢吉见他如此猖狂，情不自禁伸手出来，啪的两声，就打了他两个嘴巴。门房猛不提防，打得脸向两边一歪，还未曾发言，迎面早跑来一个熟听差，赔着笑脸，给李逢吉请了一个安，说道："秘书长，您别生气，这是一个新来的听差，他不知道，您请进吧。"李逢吉道："他什么不知道，不过我是坐破洋车来的，身上又穿得不好，所以瞧不起我，我不见你们总长了。"那门房红着脸站在一边，悄悄地向后就退走了。李逢吉余怒未息，也不见成伯了，转身

336

就走，依旧雇了一辆车，就回家去。

到了家中，又好气又好笑，看起来，这北京城里，简直是个势利世界，一个人一刻也不能丢了权势和排场，一刻没有权势和排场，就要受侮辱了。李逢吉这样一想。天下最靠不住的场合，也莫过于政界。有人当面恭维你，也许你掉过身，他就要来骂你害你。若是把所认识的朋友，当面背后看一个穿，觉得自己是和禽兽为伍了。先生劝我回家，我想这事很对。自从这天起，他真个就浩然有去志，赶着把院里的事结束。一刻结束不了的事，就交给科长去办，三天之后，就不到院办公了。李逢吉当秘书长的时候，每日家中总有不断的朋友来找，甚至乎自己在衙门里，或在唐宅，来访的人都会打听得清清楚楚，跟着追了来。待到唐雁老一下台，形势突然不同，每日也不过几个较为亲密的朋友前来谈谈。这两天自己要走，亲密的朋友也不见来，每日不但不必办公，连说话的工夫也减少得多了。忙人一清闲，反而觉得无聊，每日只把那部《庄子》躺在榻椅上看，却吩咐家里人去收拾行李。几个高等听差见老爷快要走了，在这里也没有什么事，就见了李逢吉告假要回家去。李逢吉自然不能留难，笑着让他们走开。自己因为不愿意应酬，要走的话，事先并没有通知别人，有几个朋友知道他要走，因他不宣布，也就装模糊不过问了。

到了要走的那一日，人都走光，只剩一个老门房，一个听差，家里冷冷清清的。这两个人却也有一样条件，是李逢吉家里丢下零零碎碎的东西，交给他二人去卖，所以他们守着没走。这日上车，行李先搬到车站。李逢吉背着手在廊踱来踱去，要等到时候再走。一见屋子空空，四处是零碎尘土，真个风去台空，令人有些感触。因见窗台上还有一副旧笔砚，便提笔在白粉墙上写了一首五律，以为纪念。那诗道：

> 大笑出门去，前程是五湖。
> 梦真十年觉，胸幸一尘无。
> 时异知交淡，官休僮仆疏。
> 料得后来者，依样画葫芦。

他把笔一丢，就出门上车站去了。正是：

撒手本知一出戏，到头谁是百年官。

（全文完）

（原载 1926 年 5 月 1 日—1928 年 9 月 12 日天津
《益世报》。）

图书在版编目(CIP)数据

京尘幻影录·第二部 / 张恨水著. — 北京：中国
文史出版社，2018.6

（民国通俗小说典藏文库·张恨水卷）

ISBN 978 - 7 - 5034 - 9946 - 3

Ⅰ. ①京… Ⅱ. ①张… Ⅲ. ①长篇小说 – 中国 – 现代
Ⅳ. ①I246.5

中国版本图书馆 CIP 数据核字（2018）第 008317 号

整　　理：萧　霖
责任编辑：卢祥秋

出版发行：**中国文史出版社**

社　　址：北京市西城区太平桥大街 23 号　邮编：100811
电　　话：010 - 66173572　66168268　66192736（发行部）
传　　真：010 - 66192703
印　　装：廊坊市海涛印刷有限公司
经　　销：全国新华书店
开　　本：720 × 1020　1/16
印　　张：21.75　　字数：334 千字
版　　次：2018 年 6 月第 1 版
印　　次：2018 年 6 月第 1 次印刷
定　　价：63.00 元